蓝桉树与释槐鸟

从羡 著

上册

青岛出版集团 | 青岛出版社

图书在版编目（CIP）数据

蓝桉树与释槐鸟/从羡著. —青岛:青岛出版社,2024.1
ISBN 978-7-5736-0191-9

Ⅰ.①蓝… Ⅱ.①从… Ⅲ.①长篇小说－中国－当代 Ⅳ.①I247.5

中国国家版本馆CIP数据核字（2023）第059134号

LAN'ANSHU YU SHIHUAINIAO

书　　　名	蓝桉树与释槐鸟
作　　　者	从　羡
出版发行	青岛出版社（青岛市崂山区海尔路182号）
本社网址	http://www.qdpub.com
邮购电话	18613853563
责任编辑	郭红霞
特约编辑	崔　悦
校　　　对	郭金乔
装帧设计	蒋　晴
照　　　排	梁　霞
印　　　刷	三河市良远印务有限公司
出版日期	2024年1月第1版　2024年1月第1次印刷
开　　　本	32开（880mm×1230mm）
印　　　张	18
字　　　数	571 千
书　　　号	ISBN 978-7-5736-0191-9
定　　　价	65.00元(全2册)

编校印装质量、盗版监督服务电话 4006532017　0532-68068050

目录

上 册

目录

下 册

第一章

惊鸿一瞥

江凛回去京都的那天恰逢阴雨天，航班也被延误至零点。祸不单行，她刚发完短信，手机便提示电量不足，随即自动关机。

给手机插好快充充电器后，江凛蹙着眉坐在候机大厅里，双腿交叠，双手抱臂，眉眼间浮现出了些许不耐烦的情绪。

机场里来往的乘客并不多，步履匆忙间，他们的眼神却都有意无意地朝江凛这边瞥。

坐在座位上的女人样貌出众，五官精致漂亮，眼尾微挑，眼底一片清澈。她虽是美人儿，气场却过于凉薄了些。

江凛察觉到周遭的目光，只垂下眼帘，用手轻轻地捏了捏眉骨。飞机这一被延误就是两个小时，等飞机落就是深夜时分了，实在是折腾。

她将行李箱扯到一边，将手肘支在上面，脸颊抵着手指，合眼小憩起来。睡了个把小时，江凛睁眼拿过手机，发现手机电量已经充了80%，便将充电器拔下收回包内。

通话记录处果然躺着几条未接来电，她将听筒靠在耳侧回拨了过去。

没几秒，电话就被接起来。

"岳姨，"她唤道，"我妈睡了吗？"

"刚睡下，起先知道你要回京都，你妈还不太高兴，这会儿缓过来了，你明天给她打个电话吧。"

闻言，江凛心里松了口气，说："好，航班延误，零点才起飞，我先等着。岳姨，你早点儿睡。"

"行……"岳姨回应着，却踌躇道，"江凛，回去后你要多加小心，有事一定要说。我照顾你们母女这么多年，那人的事我清楚，你可不要因为在京都没有依靠，就任他们欺负。"

江凛没吭声，睫羽低垂，遮盖住了她眼中翻涌的情绪。

"我知道，放心吧，"她应道，嗓音很轻，"晚安，岳姨。"

挂断电话后，她收起手机，靠在座椅上望着机场的时钟，指针一分一秒地走过去，声声敲在她的心头上。她用指甲抵着掌心，传来清晰的刺痛感。

江凛眉尾稍垮，抬手看了眼自己通红的手掌，摇摇头，叹了口气。她想：既往不咎，自己回京都后先把工作稳定好，找到立足之地生存下来，才是硬道理。

与此同时。

京都，某酒店。

房间内，灯光朦胧晃眼，空酒瓶在地上被摆得凌乱，几个人围在桌前打牌。

突然"啪"的一声，牌被甩在桌中央，甩牌的那人一拍桌，说道："今儿就我滴酒没沾，你们服不服？炸了！"

宋川没忍住，将牌往桌上一搁，骂道："贺从泽，你今天手摸金了吗？！"

夜生活才刚刚开始，众人却已玩嗨了，酒瓶也被垒了起来堆在桌旁。

贺从泽抬手解开领口上的两颗扣子，点上一根烟，闻言笑了，说道："金倒没摸，摸了把刚买的阿斯顿·马丁，我看也挺管用。"

宋川不屑地瞥了贺从泽一眼，摆摆手，抄起酒瓶就喝，干脆利索。

"继续，"贺从泽抽了一口烟，眉一挑，扬言道，"今天非得让你们喝一箱。"

这话刚撂下，便有人发笑，说道："得了从泽，指不定贺老爷子什么时候就把你逮回去。"

"好好的你跟我扯这个？"贺从泽轻嗤，将一个烟圈喷在那人脸上，"真败兴致！"

"贺从泽，你就欠吧，"对方"啧"了一声，抢过身旁朋友的烟，猛抽一口回喷过去，"赢了几局牌就这么嚣张吗？"

俩人你一来我一往，周围瞬间就变得乌烟瘴气。宋川咳嗽得止不住，恼得差点儿掀桌，喊道："你们都给我歇歇！"

那人顿时收手，也被呛得不轻，伸手一摸牌说道："不能歇，这把来玩大的，输的人穿裙子拍照留念！"

"拍照我拍，女装你来，"贺从泽将烟捻灭，嗓音稳而沉，"老子必胜！"

宋川将剩下的酒一口干掉，豪言道："兄弟们干起来，明儿头条就是贺公子穿性感女装！"

几个人直呼痛快，纷纷鼓掌。

贺从泽的那句脏话卡在喉咙里，上不去下不来。他不怒反笑，索性寒碜回去："我就是穿女装，也比你们威风。"

于是，一局过后。先前还叫嚣着的贺公子，便被人连拖带拉地强行摁在了沙发上。

然而紧接着，贺从泽放在桌上的手机突然响起，他眼底微亮，翻身就要接，却被人抢先一步。

"哟呵，这么晚了是哪家小美人儿？"拿到手机的人喝了口酒，得意地晃了晃，他旁边的兄弟也凑过来看。

待看清楚来电显示后，俩人眼睛一直，揉揉眼睛再看，"扑哧"的一声将口中的酒喷了出来，正好都喷在对方脸上。

"你们搞什么？"宋川表情惊悚。

"呵呵……"

贺从泽没听懂，不耐烦地问道："笑什么？"

那人终于将舌头捋直，高呼道："是贺老爷子！"

"……"

此话一出，全场陷入死寂之中。

宋川瞠目结舌到将手中的衣服都掉在地上。

贺从泽瞥了一眼那衣服，只觉得眼尾直跳。

万籁俱寂中，唯有贺从泽慢条斯理地起身，拿过手机接起电话，闲闲地说道："爸，您这么晚还不睡？"

贺云锋懒得废话，问道："你在哪儿？"

"睡觉啊。"

"扯，"贺云锋直接拆穿他，"现在去市机场，给我接个人。"

贺从泽本来懒懒散散的，闻言便皱着眉说道："接人？我？"

"对，送人去瑞景苑那套房子，一定好好地把人送到。那人明天去 A 院入职，你给我端着点儿。"

虽说麻烦，不过老爷子吩咐的事刚好给了贺从泽逃离牌局的机会。

"成啊，"他眉眼一弯，"男的女的？"

贺云锋听他这么问，语气瞬间冷起来："贺从泽，你别乱来，要出什么问题，我把你家门锁换了。"

贺从泽觉得老爷子够狠，不过既然老爷子都这么说了，对方八成是个女人。他"啧"了一声，问道："那名字呢？我得喊她吧？"

"江凛。"

"江凛"二字无声地流转于贺从泽的唇齿间。贺从泽用舌尖轻抵脸颊，笑着说道："行，交给我，绝对好好送到。"

挂断电话后，贺从泽霍然起身，对在场的牌友们潇洒地挥手，说道："老爷子有事找我，祝你们玩得高兴。"

正说着，他也不管自己还敞着怀，推门就走，留下一堆人面面相觑。

宋川后知后觉地骂了一声，连忙去外面看，发现人早就没影儿了。

江凛抵达机场时，已经快凌晨 2 点了。

这个时间的机场里人并不多，和江凛同批的乘客大多改签至次日白天的航班，像她这样赶过来的人寥寥无几。

江凛虽累，却仍旧脚下生风，拉着行李箱一路走出机场，站在门口拿出手机来看上面给她安排的住所。她是被高薪聘请过来的，吃住自然不用操心，只是她周围空荡荡的，跟她同一班飞机的乘客都有人来接，也早就离开了。现在是深夜，不仅不好打车，而且还不安全。想到这些，她有些头痛。

贺从泽倚在车边，早就穿好了衬衫，他抽着烟，瞧见从机场里出来的人都有人接，没有落单的。

贺从泽用余光瞥见不远处的长梯，有个人单手拎着行李箱拾级而下，步子沉稳。看着对方的窈窕身形，贺从泽觉得来人似乎是个女人。

女人，独身，目标确定。这个想法浮现的瞬间，贺从泽突然觉得自己像个变态。

他拢眉，用鞋底将烟碾灭。

江凛不放心用手机软件叫车，本打算先去街边看看，向前走了几步，却听见有人唤道："你是江凛？"

江凛循声望去，在看清对方后，眯了眯眼。

那是名男子，五官长得尤其俊朗，一双桃花眼，修眉流昐，眉梢带着促狭的笑意，让人看得挪不开视线。

即使江凛向来对美色无感，此刻也微抿唇角，觉得这人长得像个祸害。

江凛神色淡然，问他："你是哪位？"

"贺老……贺董让我来接你，"贺从泽将她上下打量一番，略收起散漫的姿态，"走吧，我送你。"

江凛心生疑惑，虽然她给贺董发了一条说明飞机被延误的短信，但他并没说有人来接机。念及此，她出言拒绝道："不用，谢了！"

她这是以退为进？

这套贺从泽见得多了，他耐着性子，说："这么晚了，女孩子一个人太危险！"

话音落下，江凛抬眸看他。

贺从泽的目光直直地对上江凛的目光，江凛的双眼瞳孔极深，黑白分明，显得淡漠又傲气。

江凛虽然在看他，眼里却根本没有他。

贺从泽心下微动，唇角笑意淡去，看见江凛启唇，一字一句地说："你也挺危险。"

贺从泽与江凛面对面地站着。

贺从泽始终是一副似笑非笑的表情，不曾袒露多余的情绪，让人摸不透他的心思。

江凛此话一出，他也蒙了，自己挺危险？女人有自我防范意识实属正常，但贺从泽不论怎么看，都觉得江凛压根儿没把自己放在眼里。

江凛不理他，拎过行李箱就抬脚向前，直接无视贺从泽。

她这么傲气？贺从泽轻笑，突然开口道："瑞景苑3栋201，相信了吗？"

江凛脚步倏地停住，贺从泽说的地址正是贺董给她安排的住处。

江凛侧身看贺从泽，皱了皱眉，随后向他走过去，说："不好意思，是我误会了。"

贺从泽把眉一挑，见她这副模样只觉得好笑，说："大半夜的也别浪费时间了，我就是送你回去，你也没必要跟我玩这一套。"

在他先入为主的想法中，这个江凛充其量也不过就是个关系户，不然一个普通的调遣职员，老爷子会让他来接机？还真是什么人都往他这儿塞了。

谁料贺从泽话音刚落，江凛便愣了愣，像是难以置信，待明白了贺从泽的意思后，她蓦地回过神来，啼笑皆非地看向贺从泽。

贺从泽已经给江凛贴上标签，也懒得多言，单手将江凛的行李箱给提了过来。

下一秒，贺从泽动作一滞，微眯起眼，才发觉这个行李箱不轻。结合方才江凛单手拎行李箱下楼梯的情景，他突然觉得心情有点儿复杂。

放好行李箱后，贺从泽还很体贴地给江凛打开副驾驶座的车门，示意她："坐，不用客气，反正以后也见不到了。"

他语气还挺诚恳。

江凛听着只觉得冒火，眉头一蹙，怒从心头起，便伸手上前。贺从泽保持着良好的绅士风度，正抬手打算扶她，然而下一瞬，便被江凛推进了车里。她的力道其实并不大，但贺从泽始料未及，就这么倒在了副驾驶座位上。

贺从泽短暂地失神后，脸上的笑意消失得一干二净，抬头正欲开口，但车门随即被江凛关上，让他吃了一嘴灰。

江凛的动作干脆利索，雷厉风行。那车门带着风，险些就撞上了贺从泽的鼻子。

贺从泽的脸色可以说是很难看，他突然觉得，自己所有始料未及的事情，大抵都在这儿了。这还不够，几秒后，江凛径直坐在驾驶座上，一拧钥匙，将早已打开导航的手机放在手机支架上。

贺从泽此时背脊僵硬，看着江凛动作流畅、丝毫不拖泥带水，竟一时哑口无言。

"我不习惯陌生人代驾，所以不麻烦你。"江凛漫不经心地说道，看也不看贺从泽。

贺从泽还在揣摩她的意思，江凛便一脚油门儿将车开了出去。

此时贺从泽还没系好安全带，想不到车速如此之快，身子被带着向后，他的脑袋毫不收力地磕在座椅靠背上，发出"砰"的一声闷响。

贺从泽倒抽了一口冷气。

"这趟让你完成接机任务，还能顺便清醒清醒，"江凛打了一把方向盘，冷声用贺从泽的原话回敬他，"不用客气，反正以后也见不到了。"

贺从泽终于意识到自己似乎想错了什么，难得吃瘪，忍着火气没再开口。

跑车在街上飞驰而过，留下一道残影。

江凛全程飙车，车技好得出乎意料，贺从泽打小就没见女人能把车开成这样，一颗心被揪得难受。

机场与住所相隔不远，江凛靠着导航开车也没迷路。她开车猛，刹车也猛，贺从泽都能听到轮胎与地面的摩擦声。

"到了，"江凛打开车门，下车将行李箱单手拎出，轻声讥讽道，"忙你的事情吧！祝今晚愉快！"

语罢，江凛走向小区，鞋底踏在地上的声响清脆无比，转身时，长发在空中画出一道弧度，整个人看起来落落大方。

贺从泽微眯起眼，笑了笑，有点儿意思。

"抱歉，刚才是我误会了！"贺从泽单手撑着车窗，语气真挚地说道，"江小姐，我向你道歉！"

江凛脚步未停，只随意地摆了摆手。她大抵猜出了这个人的身份，早听说贺家虎父犬子，贺董却有个恃帅行凶的纨绔儿子。她时常在热搜里瞧见这位贺家公子，如今是见到真人了。

江凛将这贺公子拉入回避名单中，她回京都只为步步高升，其余一概无视。

贺从泽扬眉，也不觉得自讨没趣，稍抬声音，说道："回见啊！"

江凛不予理会，径自走进楼道里。

贺从泽瞧着她离开的方向，眸底闪过一丝兴趣。江凛气质独特，浑身上下都透着股生人勿近的劲儿，一身硬骨头不像是装的。今晚这趟，他还真来对了。

贺从泽转身坐到驾驶座上，踩下油门儿绝尘而去。

夜色深沉。

住处的门卫已经被提前打好招呼，在江凛来之前便将钥匙挂在了门把手上。房子是已经被打扫收拾过的，空气中都氤氲着清香。

江凛去冲了个澡。想到明天还要早起去 A 院入职，她眉心微蹙。这座城市，她许久未归，里面埋藏了太多熟悉而陈旧的人与事。

江凛向来我行我素，自己身边不留人，也不亲近别人，如今换个生活环境，对她最大的影响也不过是没了可以常去的菜馆。这边的种种，都令她心生抵触。

走进卧室里，江凛看到窗外繁华的夜景，灯火通明，车水马龙。时隔多年，这座城市倒是仍旧热闹，人潮拥挤，霓虹灯彻夜不熄。她断掉思绪，简单地收拾好，去卧室里睡下。

翌日，A 院。

A 院是贺氏集团名下的私立医疗机构，在全国医疗机构评比中年年稳居前三名，精英云集。

考勤签到过后，医生们各归岗位，还未到正式上班的时间，人群中自然有不少闲聊声。

"秦姐，你还记得前段时间的传言吗？说上头请了个外科专家，要空降到咱们总院区。"

秦书雅轻拂肩头的碎发，边走边问身边的小护士："不是已经说是假的吗？"

小护士连连摇头，说："我刚才听主任打电话，好像不是假的！"

秦书雅脚步一顿，随即轻笑，说："无所谓，再怎么专业在 A 院里也都是新人，A 院可从来不缺专家，来了也得从头做起。"

小护士点点头，深以为然。

秦书雅没将此事放在心上，她整了整白大褂，余光却瞥见身侧走过的一名女子。

没想到会有不向自己问好就离开的员工，她拢眉，朝对方看过去。不巧，她没看见对方的脸，只觉得气场倒是不凡。

周主任见等的人来了，笑着打了声招呼："江凛，早啊！"

"早，"江凛上前，扫了一眼他的胸牌，"周主任！"

周主任见眼前女子鲜眉亮目，一双眸子深如沉潭，没什么波澜，不知怎的，看得人心底生怯。那是看惯生死的眼神，在医院里，大抵也只有稍年长的医师才会有。

周主任早就听说过江凛，在没见到人之前，便在猜测这名年轻有为的外科专家是什么模样，如今见了，不免心生感慨，这女子的确与常人不同。

江凛被带去了办公室，办公室虽不大却整洁，她道谢后，周主任便离开了。

桌上的工作服被叠得方方正正，她展开工作服，稍一甩手，白大褂在空中画出一道痕迹，落在她的肩头上。

套上工作服后，江凛拿起自己的胸牌，瞥到"主治医师"四个字，她将眼神移开，将胸牌戴好。

当天，A院上下便都知道，总院区外科空降了一名主治医师，这名主治医师还是个年轻的女人。

秦书雅听闻消息后，将笔往桌上一搁，激动地说："主治医师？！"

她在震惊之余，自然是恼怒更多。

在旁边站着的女医生缩了一下身子，说："对，是今天上午入职的。"

秦书雅想起早上那个女人，眯起眼睛，问："多大年纪？"

"二十六七岁吧，叫江凛，"女医生说道，"都说是院方来的，好像背景不简单。"

那个女人就是江凛。

秦书雅本想去会会那个所谓专家，刚抬脚却又收回，她看了一眼时间，八点一刻。

思忖几秒后，秦书雅稳定心神，重新坐回位子上，从容地饮茶。

女医生狐疑道："秦姐，你这是……"

"既然那个新人有能耐，就让她多练练。"秦书雅不紧不慢地说，"你去忙吧，正好我在这整理一下病历，有病人移交给江凛就是。"

外科一直是A院里最忙碌的科室，秦书雅就是存心要折腾人。

女医生闻言心下微动，为那个新人点了根蜡烛，面上却笑着应声。

"秦姐，你不用生气。"女医生见秦书雅脸色不好，便道，"就算她年轻又如何，能考上主治医师的人多的是，她指不定是托关系来的，A院最不缺的就是人才。"

秦书雅本来挺大的火，听见这番话后，才轻蔑地嗤笑了一声，放下茶杯。

A院外科果然忙碌，大清早病人就排起了长队。

自从江凛坐下后，手上的活儿就没停过，她将病历递给病人后，突然觉得不对劲儿。

看向后面排队等候的人，江凛心里估计怎么着也得几十个。虽然大病小病都来诊，这里总是人来人往，但今天这么多病人，未免太不正常。除非……

江凛敛眸，心里隐约明白了什么，指尖在键盘上敲敲打打，录入病人的信息。

随后她拿起一旁还冒着热气的咖啡，轻抿了一口，说："下……"

"是江医生吗？"

话还没说完就被打断，饶是那个女声委婉动听，江凛也听得蹙起眉来。

来人是名女子，容貌明艳，画着淡妆，年龄和江凛相仿。

江凛扫了一眼对方的胸牌，上面写着：主治医师，秦书雅。

原来是同科室的同事。

江凛淡声问："有事吗？"

秦书雅不想她如此冷漠，愣了愣，笑道："没事，我听说科里有个新来的同事，还很年轻，就想来认识认识。"

江凛很有礼貌地没有打断她，闻言点头，说："好，现在认识了吧。"

她把话题结束得太快，杀得秦书雅一个措手不及。

秦书雅怔住："嗯？"

江凛对在门口等待着的病人招招手，说："下一个。"

病人见终于轮到自己了，便乐呵呵地过来坐下，一歪脑袋看到秦书雅，有点儿惊讶地问："这不是秦医生吗？"

江凛扫了他一眼，说："原来是熟人。"

"不不不，"病人否认道，"我就是听人说过，秦医生的医术很高明！"

秦书雅本来僵住的唇角，在此时重新弯起。

然而紧接着，那人便补充道："不过秦医生忙，不是晚去就是离席，我来这么多次都没见到，所以我印象深刻，哈哈哈……"

江凛挑眉，佯装惊讶地说："这样看来秦医生的确医术高超，工作缠身。"

说着，她看了一眼时间，对秦书雅温声地说道："秦医生，现在9点，你忙了一个小时，还挤出时间来跟我打招呼，我真的很感动。"

秦书雅一时错愕，这冷嘲热讽，容不得她有半分不满。

她竭力维持面上的笑容，说："没事，作为前辈应该照顾新人，那江医生你忙，我去隔壁……"

话还没说完，江凛手上已经噼里啪啦地将病人资料录入电脑，喊道："下一个！"

"……"

下一个病人便依言过来坐下。江凛歪着脑袋看了一眼秦书雅，张口欲言……

"再见！"秦书雅从牙缝里挤出两个字，折身就出了门。

新来的病人是位小姑娘，见此不禁缩了一下肩膀，问："秦医生为什么要生气？"

江凛不着痕迹地牵了牵唇角，笑得有些敷衍，说："因为没达到目的。"

小姑娘很疑惑。

"没什么，"江凛话锋一转，将指尖搭上键盘，"我们继续。"

秦书雅前脚离开，江凛便去处理手边的工作。

估摸着时间差不多了，江凛抬声，对在后面排队的病人说道："隔壁秦医生来了，你们可以去那边。"

话音刚落，江凛这边的长队人数"唰唰"地锐减，紧接着，她便隐约听到从隔壁传来的拍桌子声。

秦医生火气真大。

江凛抿了口咖啡，神色清冷。

江凛不是刚踏进社会的小姑娘，她知道自己以中级职称空降 A 院，定会成为某些人的眼中钉。方才秦书雅迟到一个小时，绝不会是无心之失。

江凛心知肚明，但也不想陪玩，她忙了一上午，没觉得做什么，时间就溜到中午。

来换班的人看了看她，江凛略一点头，收拾收拾便去了食堂。她走路不喜欢四顾，因此途经大厅时，并没有瞥见门口那个熟悉的身影，也没听见周遭那些小护士的议论声。

贺从泽权当感受不到周围那些火热的视线，但不知道第几次被"碰

· 11 ·

瓷"后,好脾气也被磨没了。在那护士靠近前,他便已侧身回避,唇角微抿,看着对方。

小护士站在原地有点儿尴尬,见贺从泽神情淡然,她喉间微动。

然而转瞬间,贺公子便已露出那招牌微笑,问她:"您好!我有件事想问一下。"

小护士立刻回话:"好……好的!"

"今天上午,是不是有个叫江凛的人来 A 院入职了?"

"没错。"

他稍一抬眉,问:"人在哪儿?"

小护士"呃"了一声,猜想着说:"这个时候估计去食堂了吧……"

得到了答案后,贺从泽满意地点点头,说:"谢谢!"

随后,他便回身朝着食堂方向走去。

小护士自己在原地回味,半晌后才后知后觉地反应过来,贺从泽打听的居然是那个新人。

A 院食堂的饭菜还算不错,荤素搭配,色香味浓。

食堂阿姨见江凛面生,还特意多给她盛了菜。江凛道过谢后,找个没人的位子便坐下了。她对同事关系这方面并不热衷,所以不主动去挨圈子,也没兴致。

她正埋头吃饭,对面便坐了个人。江凛没放在心上,随意一瞥,手微顿。

男人,有种莫名熟悉感的男人。

江凛抬头,果然看到了那张祸国殃民的脸,脸的主人此时正似笑非笑地望着自己。

目光交会,贺从泽闲闲地跟她打招呼:"江小姐,又见面了!"

"巧,"江凛并无情绪波动,不紧不慢地喝了口汤,"贺公子原来也会来这儿吃饭。"

贺公子?贺从泽听到这个称呼后,心下古怪,原来她知道他,他本以为真是场误会,如今看来是他多想。

贺从泽瞬间没了大半兴致,说:"替家父来视察而已,职责所在。"

"贺公子果然正经。"

他不置可否,只说:"别叫贺公子了,听着怪生疏,喊我名字就行。"

江凛抬眸扫他一眼："你叫什么名字？"

贺从泽一时语塞，心想：为什么这个女人总是语不惊人死不休？

他蹙眉："你不认识我？"

"贺家公子哥儿。"江凛道，"然后呢？"

贺从泽嘴角有点儿僵，说："我叫贺从泽。"

江凛"嗯"了一声，交换姓名以示礼貌："江凛。"

贺从泽实在好奇，便问她："我没说过我的身份，你怎么知道？"

"三更半夜不睡觉，开着跑车来接机，还拥有常人没有的自信。除了贺家的公子，我想不到别人。"

贺从泽沉默，总觉得这话里有点儿讽刺的意味。

"抱歉，"他轻笑，"生活环境影响，见谅！"

那张英俊的脸，再配上招牌的笑容，贺从泽整个人都成了焦点，吸引了食堂诸多女性的目光。

然而在江凛面前，贺从泽完全不能入她的眼。

她点头，说："可以理解。"说完，她继续吃饭。

贺从泽就被这么晾着了，脸上笑意淡，却有些挂不住。他活到现在，不论性别，还真没遇见过这么难搞定的人。不，也不能说是难搞定，是江凛眼里根本没他。

就在此时，桌旁突然响起一个明媚的女声："贺公子，你怎么来了？"

江凛闻声识人，突然觉得头痛。

贺从泽看向那人，眸底闪过不耐烦的情绪，面上却照旧，回应道："原来是秦医生。"

他用余光瞥过埋头吃饭的江凛，转念一想，到嘴边的话重新一转，对秦书雅说："江医生刚来 A 院，我怕她受委屈，就来看看。"

话音刚落，江凛抬眸看了他一眼。

偏偏贺从泽一本正经，成功地让秦书雅脸色微僵。

贺从泽这话里有话的感觉，难不成江凛还在背后告状了不成？

"我算江医生半个前辈，肯定会多多照顾她的，贺公子放心。"秦书雅眉眼含笑，"我去找同事了，你们慢慢吃。"

说完，秦书雅便侧过身子，刚好背对着贺从泽，于是，毫不客气地剜了一眼江凛。

刚走两步路，秦书雅突然惊呼出声，手中餐盘歪斜，碗中滚烫的汤汁眼看就要洒向江凛。

贺从泽神色一冷，当即要将人拉开，然而江凛已先一步抬手，快准狠，用指尖抵住碗身，汤汁不曾溅出半滴。

全场寂静，围观群众也怔怔地望着这边，见证了这电光石火间的神奇逆转。

秦书雅本来已经做好让江凛吃亏的准备了，然而突生转折，她刚酝酿好的话此时说也不是，不说也不是，尴尬得很。

贺从泽也有些错愕，看向对面的江凛，见她面无表情的模样，不知怎的竟开始无声地笑起来。

江凛不紧不慢地收手，重拾筷子，缓声道："秦医生，办事小心点。"

她是提醒，也是警告。

秦书雅心底最清楚不过她的意思，脸上有些挂不住，忙不迭地抬脚离开。

见风波结束，围观群众便也结束暗中观察，食堂内气氛恢复如常。

贺从泽将二人之间的暗流涌动看得一清二楚，饶有兴趣地问道："你倒是手疾眼快，早就料到了吗？"

"老套路而已，况且，外科没有手抖的人。"说着，江凛神色平静，看也不看他，"譬如我想切开你的气管，就绝不会碰到你的血管。"

贺从泽的手一抖，江凛这个比喻打得好，他的脖颈似乎已经在隐隐作痛。

"贺从泽。"江凛忽然出声，夹菜的手顿住，抬头坦然地对上他的视线。

贺从泽撞进她一双漆黑沉静的眸子里，轻声地笑了。他突然觉得，自己就算身处盛夏的酷暑天气里，也能在江凛的眼里感受到过冬的寒意。

心中这样想着，贺从泽扬眉问道："怎么了？"

"我只是没搭理你而已，你这么急着给我拉仇恨吗？"

贺从泽沉默几秒，决定装傻，从容不迫地问："你说什么？"

这装傻装得江凛以为他是真傻。

"没什么。"江凛话锋一转，看到他盘中的菜出奇地少，便问，"食堂阿姨寒碜你？"

贺从泽见躲过了方才的话题，暗自松了口气，说："我不……"

"饿"字还未出口，江凛便已给他夹了菜过去，说："我正好还没动，这鱼香肉丝味道不错，你尝尝。"

贺从泽心生诧异，但也接了下来。眼前这座冰山难得示好，他仿佛看见铁树开花，格外稀奇。

然而，接下来，江凛停不下来了，说："这个茄子好吃，给你点儿，炖肉入味，很香。甜点也不错，你试试看。"

贺从泽笑容未改，仍是一副气定神闲的模样，腰板却越发挺直。

他终于忍不住，尝试着转移话题，说："对了，江凛，你今天初来乍到，没在工作上受什么委屈吧？"

江凛停止夹菜，抬起眼帘，问："你觉得我像是受委屈了？"

贺从泽真心实意地说："不像。"

"那就对了。"

"不过秦书雅是院长的亲戚，我不是天天都能来，你记得小心，"贺从泽想了想，还是决定提醒江凛，目光扫过她胸牌的职称，"谨慎点儿总没错。"

他的言外之意再明显不过。

这些事江凛心底自然清楚，但此时贺从泽亲口嘱咐，她不禁怔住，有种莫名其妙的情绪浮上她的心头，令她烦闷得很。

她蓦地开口，问道："你来就是为了说这个？"

见贺从泽点头，江凛突然就不给他夹菜了。

她放下筷子，垂眸轻轻地吐了一口气。

"我吃饱了，门诊很忙，你继续。"江凛说着，端好餐盘起身，抬脚离席。

贺从泽好不容易松懈下来，此时胃部隐隐胀痛，实在有些坐不住。

江凛为什么给他疯狂地投食？他这会儿也明白了，正是因为他先前在秦书雅跟前，刻意地说出了给江凛拉仇恨的那番话。

这个女人真是报复于无形啊。

贺从泽轻轻地"啧"了一声，站起身来。不过，江凛为什么又突然不给他夹菜了？他百思不得其解，那就不解。贺从泽轻捏眉骨，兴致却愈加浓厚。这个江凛实在是有意思。

接下来的几日，贺从泽没有现身。

午休时，有几名女医生疑惑地探讨——

"最近怎么没见贺公子来了？"

"可能和朋友玩去了？"

"不清楚……"

就在此时，一位自称知情的人士"啧啧"道："我知道内幕。"

几个人连忙转头看她。

"听说贺公子那天夸咱们食堂饭好吃，回去就吃伤了，休息了好久呢。"

众人感到不解，这都可以？

而身为罪魁祸首的江凛，就坐在她们身边，轻轻地抿了一口茶水。

"不过也够奇怪的，"有人疑惑，"贺从泽这个富二代，顶多长得好看，也没什么长处，怎么这么多人追着赶着凑上去？"

"你刚来没多久，不知道前些年的事。"一名女医生轻嗤，"贺从泽没那么简单，以前别人可都喊他小贺总，他年少有为，在圈里很出名的，贺老先生也对他满意得很。"

江凛神色如常，只是唇抵在杯口的时间长了些。

"是呀，当年远驰可是界内大头，就是贺从泽把它拿下的。听说收购远驰后，贺氏集团的市场份额提了好几个百分点，我记得当初这个消息霸占了好久的头条。"

"那他挺厉害啊！怎么成了现在这样？"

几个人面面相觑，表情复杂。

终于，有人压低声音，说道："因为……贺从泽那次收购，是把他堂兄当垫脚石，他堂兄公司都倒了，十几年的心血呢，差点儿崩溃跳楼。"

"还有这事？！"

"唉……这些东西还是别说了，具体内幕我也不清楚，就是当时看网上一直在说这个。"

正说着，午休时间所剩不多，聊天的人纷纷起身各归岗位，方才也不过是闲聊而已。

江凛抿了口茶，随即怔住，茶已经是冷茶，自己竟然出神了这么久。她垂眸，缓缓地摇头，将杯子放下，随后起身整理了衣裳，抬脚离开。

今晚江凛值夜班，吃过晚饭后，刚好到交接的时间。

江凛刚上楼，便见同科室的苏医生从她办公室里走了出来。

见了江凛，苏楠笑着打招呼："呀，江凛，你来啦！传达室里有你的东西，我帮忙送上来了。"

江凛点了点头，说："麻烦了。"

苏楠是主任医师，是数一数二的 A 院外科精英，却不过 30 多岁的年纪。不知是不是苏楠惜才，江凛进 A 院后，受了苏楠不少指导，因此二人关系还算不错。苏楠摆摆手，示意不必客气，随后离开。

江凛便也走进办公室里，想看看传达室有什么东西送来——那物件正被摆在桌上，满目鲜艳猝不及防地撞进江凛的眼里。

是一大捧玫瑰。

尽管室内灯光清冷，也未能阻挡花朵的娇艳明媚。

江凛始料未及，着实愣了愣，上前拿起花束看了看，发现并没有署名卡片。

但不知怎的，江凛就是心里有数。果不其然，像是为了印证她的猜测，兜中手机"叮咚"一响，她摸出来一看，发现是条短信："一点儿心意，任凭处置。"

江凛用指尖在屏幕上点了几下，言简意赅地问："贺从泽？"

对方秒回："看来我在江医生心里，还是有一席之地的。"

不愧是妇女之友贺公子，果真是能说会道，满嘴甜言蜜语。

江凛没再搭理他，将花放在一边，打开电脑开始工作。

江凛忙完手上的活儿后，时间也到了零点，同交接班的医生打了招呼后，便拎着那束玫瑰离开 A 院，顺便无情地将花扔进了垃圾桶里。

翌日，江凛接到一份临时任务，要她到二院去取一位重要病人的转院手续和病历。

这本是秦书雅的工作，但因她有事要处理，便临时推给了江凛。

与江凛同行的还有个见习医师，是秦书雅手底下的人。秦书雅美其名曰"江医生不熟悉院区"，便让这个见习医师跟着江凛了。

那个见习医师是个小姑娘，同事都唤她小刘，嘴甜，对着江凛一口一个江姐，套近乎的意图显而易见。

刚出 A 院大门，江凛就被什么东西闪到了眼。她微眯双眼，定睛一看，见眼前是一辆钛银色的阿斯顿·马丁，车身在阳光下煜煜生辉，惹眼得很。

不知怎的，瞬间江凛便联想到自己昨夜回办公室里被闪到眼的事。

果不其然，她只见车门前靠着个极其眼熟的男人，他肩宽腿长，容貌出众。

男人上身外穿米白色呢子大衣，内搭玄色针织衫，下身黑西裤配休闲靴，看起来倒是十分养眼，一表人才。

身侧的小刘瞬间将注意力从江凛身上挪开，转而目光灼灼地盯着对面的男人，兴奋至极。

江凛大概将男人上下打量后，便草草地收回视线。

这个贺从泽长得未免太帅，说男女通吃都不为过，她多看一眼，都觉得是在给自己添堵。

"两位不去午休，是要准备外出？"

贺从泽长腿一迈走上前来，眉宇间浮现出浅浅的笑意："不嫌弃的话，我送你们一程？"

"贺公子太客气了。"小刘抿唇，不好意思地笑道，"我和江姐要去二院拿资料，午休估计是没时间啦。"

贺从泽长眉轻挑，道："二院？那我刚好顺路，也省得你们再打车了。"

正说着，他便绅士地拉开后座车门，唇角微勾地望着二人。

小刘巴不得他这么说，当即痛快应下，伸手扯过还在思忖的江凛，麻利地钻进车内。

江凛反应过来时，已经坐上了柔软的车座，蓦地侧首，正对上贺从泽似笑非笑的眼神。

那眼神意味不明，近乎暧昧。

二人的视线只交会一瞬，贺从泽随即关上车门，隔绝了江凛的目光。

这虽然不是江凛的本意，但有要事在身，她便不想那么多了。

二院与主院之间有段距离，再加上中午堵车，虽然车流已极力为这辆阿斯顿·马丁腾出空间，但阿斯顿·马丁还是在以不快不慢的速度前行着。

于是，小刘看了一眼时间，恰到好处地"咦"了一声，遗憾地说道："现在是休息时间，办公室里都没人了，要不我们吃完饭再过去？"

贺从泽没回应，只透过后视镜看了一眼江凛。

江凛正支着下颌看外景，闻言眼神轻移："行啊。"

她的话音刚落，贺从泽便极自然地接话说："前面有条美食街，我们去那儿。"

于是午餐便被敲定下来。

抵达美食街后，贺从泽刚将车停好，江凛就推开车门下车，看样子似乎是打算去吃饭。

贺从泽看她道："一起？"

江凛拒绝得十分干脆："抱歉，我习惯自己吃。"

说完，她便将车门关上，扬长而去。

没有人看见，小刘望着江凛的背影，面上的笑意冷淡了几分，盯着江凛的眼神也掺杂了些许的意味不明。

此时车内只剩下小刘和贺从泽，小刘整理好表情正要开口，却见贺从泽正凝视着江凛离去的方向，若有所思。

江凛取餐后，便找个位子坐下了。

刚将吸管插进饮料中，她用余光瞥见对面来了个人，那个人也不问是不是空位，便大剌剌地坐下来。

江凛似乎早有预料，只是无声地轻叹一声，抬眸看向来人，正是贺从泽。

贺从泽对上江凛的视线，姿态闲适。

贺从泽看人时总是似笑非笑，眉眼里装满温柔，心思则不能揣测，旁人看不懂，都觉得那是多情。

江凛每每见他笑时，就有种被他耍了的感觉。

她不着痕迹地蹙眉，突然没头没尾地说了句："你别朝我笑。"

这个开头着实莫名其妙，贺从泽顿了一下："什么？"

江凛垂下眼帘，打开装着鸡块的纸盒，淡声道："怪瘆人的。"

贺从泽："……"

"笑容瘆人"的贺公子唇角微僵，满嘴甜话也被江凛这四个字给堵了回去，只好面色复杂地看着她。

江凛吃饭很快，没一会儿便解决了午饭。

江凛回车后，没几分钟小刘来了，三个人前往二院，抵达时刚好赶上午休结束。

江凛和小刘去找科室主任拿了病人的相关资料，正要打车回去，走到门口时却见那辆阿斯顿·马丁仍在原地。

小刘正茫然，贺从泽却已放下车窗先行开口："正巧我有空，可以把你们送回去。"

小刘一愣，连忙激动地道谢："那真是麻烦贺公子了！"

贺从泽淡笑，轻轻地摆了摆手："不麻烦，上车吧，你们工作要紧。"

这有意为之的巧合实在明显，江凛心底拧了拧，最终还是跟着小刘上车，无奈地向贺从泽道了声谢。

虽然江凛不知道贺从泽有何目的，不过接送二人这两趟的确花费了他不少时间。

贺从泽听到江凛那声道谢，眸底亮了一瞬，随即勾唇，侧首回应："客气什么。"

他用余光刚好掠过江凛手中的病历，瞥见病人的名字但并未停留，继续回头开车。

到了主院，江凛拎着包回办公室，没有注意身后稍停留的小刘。

江凛喝了口水，门口便有小医生唤她："江医生，周主任在办公室里等着你呢。"

"我马上过去。"江凛说着，打开包打算拿出病人的相关资料，然而简单地翻找后，脸色微变。

这怎么可能？

与此同时，秦书雅的办公室里。

敲门声响，秦书雅应声后，那人便推门而入。

一沓文件被人放在桌角上，她不经意地抬眼，愣了愣，随后惊讶地唤道："贺公子？"

"我看秦医生正忙，就没出声打扰。"贺从泽眉眼含笑，"你们科室的人事情太多，我顺手帮着把文件送来。"

"真是太感谢了！"秦书雅点头微笑，开口欲言，却有个女医生推门而入，在她耳边低语几句。

贺从泽并不作声，只似笑非笑地看着二人。

而后，秦书雅点头，对贺从泽抱歉地说道："一名ICU的病人资料交接出了问题，我要去趟主任办公室，实在不好意思。"

贺从泽很是宽容："没事，工作要紧，下次再聊。"

一个"下次再聊"，听得秦书雅满心欢喜，随后她同女医生出了门。

贺从泽却没急着离开，走到办公桌前在桌角隐秘处发现了一份病历。

他长眸微眯，目光落在病人姓名处，无声轻哂。

"江医生，院方十分重视 ICU 这名病人，我看你办事稳妥才交给你，你怎么……？唉！"

周主任坐在办公椅上，满面愠色，被气得说不出话来。

江凛点头，面上神情看不分明，只道："抱歉！"

秦书雅在一旁好心地劝解："主任，小刘跟江医生一起去的，说的确看到江医生把病人资料收好了，或许真的是意外呢？"

周主任叹息一声，火气却更大："意外！意外！这是理由吗？怎么给院方交代？！"

秦书雅暗中扫了一眼江凛，面上却挂着笑："主任，你消消火，小江刚来 A 院，做事不周到……"

然而秦书雅话音未落，办公室的门便被推开，开门声成功地截断了她未说完的话。

秦书雅和周主任同时望去，不承想是贺从泽，都有些始料未及。

贺从泽闲庭信步，手中拿着本东西，轻轻地晃了晃："秦医生，你落东西了。"

在看清他手中的东西后，秦书雅变了脸色，难以置信地盯着他。

"病历不是被小刘放在你桌上了嘛，看来秦医生太忙，没注意到。"贺从泽笑得温和无害，上前将病人的详细资料放在桌上，"周主任，你以后可要问清楚后再追究责任。"

周主任不知道发生了什么，确认转院手续和病历都属于 ICU 的那位病人后，这才长舒一口气。

随后，他想起什么，连忙转向江凛，解释道："不好意思啊，小江！我刚才也是着急，错怪你了。"

这转折太突然，饶是江凛也反应不及，顿了顿才道："没什么，也有我的疏忽。"

经贺从泽这别致的提醒方式一提醒，此事的来龙去脉，便也在江凛心底渐渐地显现出来。

"秦医生，你也是。"周主任面色微沉，看向秦书雅，"以后要提高办事效率，别再让别人给你善后！否则这事还不知道要被耽搁多久！"

秦书雅面色难堪，说不出话来。

江凛看也不看她一眼："那周主任，我还有工作没处理，先回去了。"

周主任点头后，江凛转身离开，与贺从泽擦肩而过。

秦书雅后知后觉地侧首，入目的便是贺从泽面带笑容的模样。

贺从泽望着秦书雅，她这才发现他虽在笑，眼神却是冷的，直刺得她胸口作痛，不敢与之对视。

贺从泽无声地开口，嘴唇几番开合间，便有寒意自秦书雅心底滋生。

他说："老实点儿。"

江凛回到办公室里，在桌前站了一会儿。纠结数秒后，她拧眉回身，走向门口，然而手还没来得及搭上门把手，便有人先推门而入。

江凛手落空，一时没收回来，下意识地想将手抬高避开，却不想就这么覆上了对方的胸膛。她愣了愣，察觉来人的身份后，当即要撤身。

贺从泽却迅速地握住她的手，二人掌心相贴。他倏地勾唇，略一发力，便将江凛拉了自己怀中。

江凛着实想不到贺从泽会这么做，陌生的淡淡的香气袭进她的鼻腔里，她不由得身子微僵。

贺从泽的香水大抵是木香，清淡却慵懒，极具侵占欲，这种被视作猎物的感觉令她有些不适。

江凛尽量让自己显得客气些，说："贺公子……"

"我叫贺从泽。"他漫不经心地说道，"这是我第二次强调。"

江凛没理贺从泽，试图抽手，然而他纹丝不动，江凛便抬头看他，眉梢微挑。

"别人怎么喊是他们的事，我只想听你叫我的名字。"贺从泽望着江凛说。

江凛轻嗤，说："贺从泽，你可以再不要脸一点儿。"

见称谓变了，贺从泽这才满意地松手，顺着她的话说："感谢认可！"

江凛并不理会贺从泽的油嘴滑舌，心里清楚，无视是使他闭嘴的最好方式，于是想了想，说道："刚才的事，谢谢你！"

"不用客气，我也不过是商人本性，惜才而已。"

这句道谢似乎在贺从泽的意料之中，他只是轻笑一声，说道："江凛，他们的诋毁和陷害不过是出于羡慕，有太多人想成为你。"

江凛心头那点儿感动还没升起来，便被贺从泽一个转折给浇灭，他说："不过，谢谢要是有用，就不存在欠人情这一说了。"

他将"欠人情"这三个字说得极其暧昧，就连眼波都是潋滟的，可谓帅气难挡。

"有事说事。"江凛直接打破氛围，不适地轻耸肩膀，想抖落那满满当当的肉麻，"还有，跟我保持适当的距离。"

吃了瘪，贺从泽并不在意，便也顺着她的意思开门见山地说道："今晚下班我接你，赏脸吃顿饭。"

"就这样？"

"就这样。"他弯唇，眼底带笑，"能请你吃饭，就是我收到的最好的回礼。"

江凛自动屏蔽贺从泽的油嘴滑舌，点头应下，坐回办公椅上说："下午五点半。"

她那般从容的模样，好似并没把跟贺从泽吃饭这件事放在心上，只当寻常晚餐看待。

贺从泽沉默几秒后，突然开口笑着问道："江凛，有没有人说过你很傲气？"

"有。"江凛看着手中的文件，语气毫无波动，"废话而已。"

贺从泽头一次被人堵得说不出话来，反正人已约好，便也不多烦江凛，心满意足地关门离开。

江凛跟同事交接班后，出门便看见那辆阿斯顿·马丁已经候着了。贺从泽带她去了家高档西餐厅，车程略长，她看到眼前的豪华建筑时，心情着实复杂。

在江凛短暂出神时，贺从泽已经下车替她打开车门，眼眸低垂地看着她，笑意浅淡。

他稍俯身朝江凛伸出手，神情温柔，眼底的绵长情意恰到好处，惹人心动。

只可惜这些对于江凛而言，没有分毫用处。

最终，江凛还是决定给贺从泽面子，便搭着他的手下了车。

暗处有闪光灯一闪而过，悄无声息。

二人抵达座位后，江凛将视线落在了桌角的那束玫瑰上——没办法，人们都喜欢美好的事物。

花是好花，花瓣娇艳欲滴，极为惹人注意。

"贺从泽，"她突然开口，从语气中听不出情绪来，"你到底想要什么？"

贺从泽似乎没听懂，问道："嗯？"

"你为什么要接近我？"江凛蹙眉，"我敢肯定我们没见过，你没必要向我示好。"

贺从泽面带笑意，一副君子模样，声音低沉和缓，问道："怎么？花不喜欢？"

"花是好看，就怕你动机不纯。"

"我想跟你做朋友这个动机，不知道算不算纯？"

"纯黑的纯？"

"江凛，"贺从泽唤她的姓名，语气平静，"不是所有人的接近都有目的性。"

"当然，"他想了想，坦言承认，"我确实对你感到很好奇。"

江凛没应声，一副若有所思的模样。她用指尖搭着杯沿，感觉到与肌肤温度无差别的冰凉。

贺从泽不着痕迹地将眼神下移，见江凛手指纤细，肤若凝脂，在灯光下泛着莹莹的光泽，他的眸色沉了沉。

好看是温和的，而美是凛然的。江凛属于哪种？不言而喻。

"如果两个素未谋面的人突然熟悉，那么其中肯定有一个人知道……"江凛停顿一瞬，继而说，"这段关系，绝非巧合。"

她言之有理，贺从泽好像找不出什么合适的理由反驳。

贺从泽与她对视，唇角的笑意淡了几分，问道："江凛，我其实很想知道，你是怎么养成这种性格的？"

江凛孑然一身的孤独感和那种难言的颓然气质显然是经过漫长的岁月形成的。

"三言两语解释不清楚，"江凛说，"不过你不会有机会了解的。"

"来日方长，你别急着下结论。"贺从泽恢复了往日的闲散，含笑道，

"我又不会骗你什么，就是想提前在你身边占个位置，交个朋友，就这么简单。"

江凛想了想，也的确不知道他能从自己身上得到什么，便没再继续这个话题。

饭后，贺从泽准备送江凛回去。

兴许是室内太过温暖，江凛的脚刚踏出门，便打了个喷嚏。

贺从泽秉持绅士风度，打算将自己的外套给江凛披上，然而他的指尖刚触碰到自己的肩头，才想起自己只穿了件毛衣。

下午他回家时，觉得天气有点儿热，便将大衣脱了，真是大意了。如果江凛不介意他裸着上半身，他倒是愿意把毛衣给她，但这显然只能是想想。

走到车前，贺从泽贴心地帮江凛打开车门，说："以后如果你有时间，随时可以找我。"

"停，你那些套路对我没用。"江凛轻轻地摆手，"多谢款待，但我们保持距离。"

贺从泽闻言微怔，而后失笑地说："那怎样你才能信我，要不听听我的心跳？"

江凛抬眸扫他一眼，冷冷地说："坑蒙拐骗。"

贺从泽神情慵懒，不着痕迹地倾身，好似要将无赖行径坚持到底，解释道："我这可都是肺腑之言，怎么就骗你了？"

察觉到贺从泽正不怀好意地接近，江凛伸手抵开他，淡声道："得了，你这颗心里装的全是女人和享乐，我也用不着。"

贺从泽这一番话下来，要是其他女人早就被哄得七荤八素，而到了江凛面前，却接连碰壁。

贺从泽觉得有趣，便挺直身子，真假参半地说："江医生，你这话说得我真是心痛又心动。"

他开口时，眼帘低垂，一副委屈模样，配上一张帅气逼人的脸，轻易地便勾起了人的愧疚之心。

然而等江凛细看，便见他眸光浮沉，其中晦明难辨，哪有半分真情？

他又是在演。

她摇头，没再搭理贺从泽，便钻进车内。

把江凛送回家后，贺从泽打开手机，便见通知栏里躺着几个未接来电。

他敞开车窗，点了根烟，将电话拨了回去。

贺从泽慢条斯理地抽了口烟，从手机听筒里便传来宋川的声音："小贺爷，不就一个女装吗？把你给吓得几天没动静了？"

"少扯，"贺从泽有意地跳过话题，"我最近忙，没时间。"

刚说完，他便隐约地听见宋川笑骂了一声，随后对面换了个人，那人调侃道："勤奋努力贺从泽？"

该男声温和低哑，贺从泽当即顿住，随后轻笑道："陆大明星这是得了闲，来调侃我了？"

"难为你还能想起我。"陆绍廷说，"怎么，贺叔又把你家门锁换了？"

"啧，你们是见不得我干正事？"

闻言，宋川凑过来说："我一直以为你的正事是泡吧、飙车、蹦迪。"

贺从泽抽了一口烟，说："不跟你们贫，这几天我有事，夜生活别找我，其余活动先打电话预约，明白了吗？"

得到回应后，贺从泽便挂断电话，突然想起什么，他眉头轻蹙，当即捻灭烟，开车回家。

果不其然，即便贺从泽已经尽快赶回家，但推开门时，还是挨了自家猫主子一爪。幸好他穿着毛衣，不然胳膊就要被抓花。

方才在车上，贺从泽想起自己出门前没倒猫粮，连忙赶回了家，但猫主子该上的火还是得上。

贺从泽伸手，将扒着自己不放的猫从身上扯了下来，苦笑道："我的错，我的错！闹总，你先下来。"

贺从泽前些年无聊，养了只布偶猫，随意取名为"闹总"，本只想玩玩，谁知这一养就是三年。当初胆怯的奶猫，如今已经成为无法无天的闹总，而贺从泽也从十指不沾阳春水的公子哥儿，进化为一名任劳任怨的铲屎官。贺从泽倒好猫粮后，闹总才消了火气，踮着爪子去吃晚饭了。

贺从泽见猫主子消停了，便去冲了个澡。穿上浴袍后，贺从泽在腰间随意地打了个松垮的结。随后他一边擦头发，一边坐在床边打开了自己的电脑。

贺从泽说自己这几天忙，不全是假的。再如何懒散，他也是分公司的副总，是集团董事长的独子，该管的事情和不该管的事情总有一堆。

自从三年前贺从泽收购远驰，便落得如此境地——坐着没有实权的高位，大事管不着，小事不用管。

尽管当年那件事的确复杂，但大部分人只相信他们眼中看到的所谓"事实"，贺从泽没法说，也没处说。

闹总吃饱喝足后跳上床，晃晃尾巴，自在地窝在贺从泽身边，团成毛茸茸的一团紧贴着他。

贺从泽伸手揉了一把闹总，便将注意力集中到了电脑屏幕上的企划案上。

夜深人静，偌大的卧室内，只有断断续续的键盘声。

第二日，天刚蒙蒙亮，整座城市尚未苏醒过来，全网却掀起了一片热潮。

八卦吃瓜专业组V："惊！京都某知名人士低调数月再现身，疑恋情曝光，携女友出入高档餐厅！"后面有图片。

该博主是知名大V（网络平台上获得实名认证，拥有众多关注者的用户），网友爱称其为"卦姐"，卦姐微博粉丝破5000万，是个受欢迎的博主。

根据卦姐所附图片，千万网友便见那声名狼藉的贺少，放低姿态站在车旁。他一边俯身，一边为车内的女子搭手，神情温柔，这前所未见。虽然图中女人的样貌被挡得严实，但由于证据确凿，卦姐的原博没过多久转发量便已破万。数月不曾登上微博热搜的贺公子，刚一登场，就震惊全网。

贺从泽的微博粉丝数也是千万起步，平日会发些趣事，偶尔还晒几张合照——全是知名艺人，外加各路富商。他最后一条微博，是跟陆绍廷及宋家少爷宋川的合照，定位在海外，时间是三个月前。

然而网上闹得沸沸扬扬，当事人的微博却并未更新，反倒有个令网友们意想不到的人发言了——

陆绍廷V："难怪昨晚贺从泽把饭局推了，说这段时间忙，原来是忙这个。"

吃瓜群众手里的瓜都被吓掉了，可乐也喝不下去了，纷纷加入讨论贺从泽微博的行列，神秘女人的身份陷入热议中。

数个小时后，却有另一条消息被放出来：盛大公司的叶董突发意外，视察项目时倒地不起，疑旧疾发作！

全网沸腾。

盛大公司的叶董，虽年过五旬，但言语幽默风趣，丝毫没有架子，且时常赞助慈善项目，赢得了大众无数好感。因此叶董这一出事，在全网掀起了不小的波澜。

江凛则十分不巧地成了上述两件事的当事人。

这日，风平浪静的A院来了一位身份特殊的病人。

江凛接到通知赶去的时候，叶董已经躺在床上不省人事，她快步上前观察情况。

病人呼吸急促、发绀、多汗、发冷……

江凛蹙眉，尝试呼唤叶董，然而并没有收到回应，看来病人是完全丧失了意识。

秦书雅匆忙赶来时，周主任已经到达现场。

江凛收回听诊器，当即下了结论："病人已休克，可能是张力性气胸，需要立刻进行手术，否则气体流出压迫心脏，病人会有生命危险。"

这个病人身份实在特殊，而情况又如此紧急，周主任不禁冒了一层冷汗，说："准备手术，各人员就位……"

"主……主任，"有名医生突然低声打断了周主任的话，声音微颤道，"苏医生今天请假了，那主刀医生……"

此话一说出口，在场的医护人员皆是变了脸色。

苏楠是A院外科的权威医生，以往各种大型手术皆由她主刀，谁知赶上今天形势紧迫，她却不在场。

小护士虽心惊，但还是先迅速地将叶董推入手术室里，着手布置。

"周主任，"江凛开口，"我来主刀。"

"不行！"秦书雅下意识地否决，"你刚来A院，也就做过几场小手术，谁知道你有没有那个能力？！"

江凛看向她，没有辩驳，只点头："那你来。"

秦书雅咬唇，嗫嚅着开口，却并没有发出声音。她不敢，在场的大多数人也不敢。

这么多家媒体在医院外面蹲守，手术成功便罢，若是失败，那他们作为主刀医生是要丢工作的，进 A 院本就不易，没人愿意拿自己的饭碗去赌。众人心里有数，所以没人吭声。

"可以！"周主任对江凛原先的工作经验稍有了解，此刻形势迫在眉睫，他只得对江凛委以重任，"那江医生，就交给你了。"

"我需要至少一名助手，"江凛微微抿唇，环视周围，"谁来？"

医生们面面相觑，无人作声。

周主任知道他们在怕什么，心里也是为难得很。

场面僵持不下，方才叶董微弱的呼吸声仿佛仍在众人耳畔回响。

江凛轻轻地吐了口气，突然淡声道："大家害怕负责，害怕丢工作，这是人之常情可以理解。"

这句话扎在了众人的心尖上，大家哑口无言。

江凛眸光清冷，一字一顿地说："所以我不逼迫谁，现在就问一句，谁跟我一起上手术台？"

江凛的话音刚落，一名女医生站出来说："我来吧。"

几乎是同时，一名男医生也说道："我有相关经验。"

"好，通知护士和麻醉师就位，"江凛说着，抬脚便赶往手术室，"动作要快！"

这场手术争分夺秒，由于患者情况不容乐观，江凛并不是全无压力。

她浑身紧绷，神经高度紧张，后背出了一层薄汗，手术每一步都极为小心谨慎。

手术室里的灯光从白天亮到黑夜，终于，迎来了熄灭的时刻。

叶董的家属和助理早已红着眼眶候在门外，见里面终于有医生出来，都箭步上前。

江凛抬手将口罩扯了下来，由于高强度工作了太久，开口时嗓音有些沙哑："病人已经脱离危险，暂时需要隔离观察。"

话音刚落，叶董的女儿便松了口气，脚一软险些摔倒，被江凛单手扶住。

她轻声地道谢，双眼闪烁着泪光，似乎在极力地克制着自己的情绪。

江凛实在疲惫，处理好术后杂七杂八的事情后，便换好衣服回办公室了。

刚推开门，一股芬芳的气味便扑面而来，江凛眯了眯眸子上前打量，发现今天的"罪魁祸首"变成了百合花。

看来贺公子每日在她这里刷存在感的行为短期内是不会停了。

困倦不已的江医生已没有心思跟贺公子计较，累得窝在沙发里便草草地睡下，成功地错过了手机的推送消息——

"贺公子三连发博否认，破绯色传闻！"

"叶董事脱险，A院新人医师妙手回春！"

再次成为热门事件当事人的江凛向疲惫暂时屈服，对此毫不知情。

江凛非常不幸，睡到后半夜的时候，再度接到了医院的抢救通知，只得爬起来赶去手术室。

新来的病人是一名二十多岁的男人，胸口被利器刺中，出血量挺大，听人说似乎是斗殴所致。

不过好在病人被送来得及时，这场手术江凛做得十分轻松，手术结束后病人直接就被送进了普通病房里。

完事后，江凛感觉太阳穴一阵阵地发痛，就连忙赶回办公室，裹上薄毯睡下了。

一觉醒来已是天亮，江凛不知不觉地在沙发上躺了一夜，起来时稍有不适，但无大碍。

她看了一眼时间，竟然已经快早上9点，也没人来喊她一声。

江凛轻轻地捏了一下眉骨，起身舒了口气，披上白大褂走出办公室，打算去病房里看看叶董的情况。

来到隔离病房，江凛刚好遇见苏楠，还没出声打招呼，苏楠便已快步上前，拍了一下江凛的肩膀。

江凛不明所以，愣了愣。

苏楠笑盈盈的，毫不吝啬地夸赞道："江凛，叶董的手术你完成得太棒了！"

"没什么，这是我该做的。"

苏楠叹了口气，说："我原来治疗过叶董，谁知这次他突然复发引起气胸，真是幸好有你在。"

江凛看了一眼病房，问道："叶董情况如何？"

"基本稳定下来了，再观察几天就转普通病房。"

江凛一晚上始终将心吊着，此时闻言，才算松了口气。见没什么事了，她便同苏楠道别，打算去门诊工作。

江凛刚走到一楼大厅，有护士推着一张走轮担架走来，正和江凛打了个照面。

江凛本来没注意，用余光不经意地扫过病人时，却蓦地顿住，当即俯身看过去。

只一日未见的贺公子，此时正躺在走轮担架上，一双桃花眼眼波潋滟，虽面色苍白，但不足以掩其帅气。

见了江凛，贺从泽眸子微亮，唇角勾着弧度，摆出一副闲散慵懒的模样，脸色却稍显病态。

江凛蹙眉，问旁边的小护士：“他是怎么回事？”

“好像是左臂桡骨骨折，刚被送过来。”

小护士话音未落，贺从泽像是为了证明自己，腾出右手挥了挥，对江凛轻轻地笑，说：“江医生，能在早上看见你，我一整天的心情都会很好。”

江凛心想：他可能还是伤得轻。

贺从泽被推走后，江凛便去门诊忙了，直到午休时才忙里得闲。

饭桌上似乎永远是人们交换八卦消息的地方，江凛在喝茶的间隙，又被灌了一耳朵的八卦消息——

“昨天那个爆料你看了吗？就是卦姐发的那条微博！”

“肯定看了啊，都有手机推送了，就是可惜看不见女主角的脸。”

“陆绍廷那条转发够劲爆啊，贺从泽居然是跟人约会去了……啧。”

江凛手中的茶杯猛地一歪，滚烫的茶水险些洒出。江凛的失态不过瞬间，她很快便恢复如常，竖起耳朵继续听下去。

“可能是朋友吧，没看昨晚贺从泽更博否认了吗？估计是误会。”

“对啊，而且昨天半夜送来的那个病人，不就是被他弄进来的……”

“什么病人？！”

“嘘，我昨晚刚好值班，有个胸口被刺的男人，就是被贺从泽刺伤的。好像是一伙儿人打起来，不知道怎么事态就严重了。”

“不是吧，那他怎么今天上午才骨折入院？”

“这个我就不清楚了……”

江凛心下微动，将茶杯放下，便起身离开了食堂，提前回归岗位。

今天门诊依旧繁忙，江凛坐上位子后，便埋头忙到了下班，和同事交接班后，她回办公室里换下白大褂，抬脚走向大门。

然而没走几步，她便停了下来，在原地皱眉思忖了几秒，而后脚步一转，朝反方向走去——骨科。

贺从泽左臂桡骨骨折，本来只是打上石膏就能回家的事，却非要住院。他住院也就罢了，住的还是单人病房。

江凛查到贺从泽的病房后，便寻了过去。

只是不太凑巧，江凛到的时候，病房里已经提前有人前来探望了，门也只是虚掩着。

尽管江凛无意偷听，却还是隐约地听到了房内两个人的谈话内容。

"贺从泽，你真是缺心眼儿，张昊那小子犯浑做错事，他家的老爷子都懒得管，你非得充好人去捞他一把？"

江凛觉得这个男声陌生得很，听着似乎年纪不大，话里带着火气。

贺从泽不以为意，嗓音低沉地说："他原来帮过我，我欠他人情，顺手帮一把。"

"亏大发了，"对方啐了口唾沫，"你一去，外面的人肯定都说是你干的破事，张昊倒没心思了，你刚出院就得进派出所里去捞人。"

"那怎么了？我的名声差成这样，多一件破事不嫌多，随他们传。"

"呸，我看你折了一条胳膊都算轻的，你好好待着吧，我先走了。"

"不送。"贺从泽漫不经心地说道，"对了，记得把我家闹总给陆绍廷，让他先替我伺候着。"

话音刚落，江凛便听到房内传来摩擦声，似乎是椅子被推开的声音，她回过神来，当即躲到墙后。

一名年轻男子拉门而出，江凛目送他下楼后，这才从暗处出来。

虽然只是只言片语，但江凛明白了个大概，贺从泽并没有像同事们所言的那样主动挑事伤人，此事根本与他无关。

难怪他被骂缺心眼儿。

这么想着，她便推门走进病房里。

贺从泽本来靠在床头上看窗外，循声望去，却不想来人是江凛，顿时愣住。不过那愕然转瞬即逝，他便恢复了似笑非笑的模样，气定神闲地说道："江医生可真无情，这么晚才来看我。"

那"江医生"分明只是寻常称呼，但从贺从泽口中说出来，不知怎的便蒙上了一层缱绻情意，尤为暧昧。

江凛垂眸瞟了他一眼，搬过椅子在病床旁坐下，说："这种小伤也住院，你倒好意思盼我过来。"

"何止，我已经想着你要不来，我就主动上门。"贺从泽挑眉，促狭地望着她，"只是一天没见你，我就觉得十分想念。"

"满嘴情爱，花言巧语。"江凛撂下八个字作为总结，不再同贺从泽兜圈子，道，"微博那事你处理好，我不想惹一身麻烦。"

话音刚落，贺从泽就怔住了。

他笑意微僵，有些难以置信地望着江凛，问道："就这事？"

"就这事。"

"你也不问我为什么受伤？"

江凛被他这么提醒，才稍稍回过神来，问道："你为什么受伤？"

贺从泽算是明白了，在江凛眼前，众生平等，皆为浮云。

在江凛处吃了瘪，贺从泽自在依旧，倾身靠近江凛，右手支在她身侧，不紧不慢地说："说真的，我很希望你是欲擒故纵……不过还真不是。"

江凛没想到他折了手臂，还能动手动脚，一时没避开，便蹙了蹙眉。

二人距离极近，那张过分好看的俊脸就在江凛眼前，吸引着她的视线，使她根本无法挪开视线。这五官与其说是一副皮囊，倒不如说是一件完美的艺术品。

贺从泽最吸引人的地方，无疑是那双漂亮的眼睛，狭长的眼角微挑，却不见半分柔和。他眼底埋藏着极深极沉的波光，像是望不见底的潭水，那光虽不明显，却总像是在蛊惑着什么。饶是江凛，也刹那失神。

紧接着，江凛便伸出手推开了贺从泽的脸，她当真是推，毫不客气。

向来靠脸吃饭、以德服人的贺公子，活到现在头一次被人嫌弃脸，不禁陷入了沉默之中。

在数秒的怀疑人生后，贺从泽得出结论：不是自己的长相不好，而是这女人太不解风情。

想罢，贺从泽将撑在椅子上的右手转移到了江凛的下颌上。

江凛不避也不躲，坦坦荡荡地看着他。

贺从泽瞧着有趣，轻笑道："江凛，你应该知道，你越难搞定，就越会让人觉得有意思。"

"是，这就是你们男人莫名其妙的征服欲。"江凛挑眉不冷不热地说道。

贺从泽收手，一言不发地正过身子靠在床头上，表情仿佛看破红尘。半晌后他才开口，语气十分痛苦，终于道出肺腑之言："江凛……你真有能耐！"

"谢谢夸奖！"江凛整整领口，没什么表情，"在煞风景方面，我一直颇有造诣。"

贺从泽苦笑道："我真是越来越期待，能看到你有人情味的那天了。"

江凛点头，道："那你先期待着。"

说完，她便起身，抬脚准备走人。

贺从泽却在此时唤她，语气难得正经："江凛。"

她停住脚步。

"那人不是被我弄进医院里的。"他解释了一句，随后微顿，敛容正色道，"还有，我为我之前误会你的事道歉。叶老先生的手术，也多谢你主刀。"

江凛沉默了一会儿，就在贺从泽以为她不会回应时，她却淡声说："我知道。"

贺从泽一愣，问道："什么？"

"刚才门没关，我不小心听到了你和你朋友的谈话。"说着，她侧头扫了一眼贺从泽，"那你的胳膊是怎么回事？"

受宠若惊的贺公子突然不知所措，开口竟有些结巴："被……被老爷子弄的。"

看来贺老先生得知儿子"闯祸"后，一怒之下还没了解事情真相，就二话不说先动了手。

了解原因后，江凛没有再说什么，随口嘱咐他好好养伤，便离开了。

在接下来的日子里，江凛事务缠身，由于她是叶董手术的主刀医生，所以叶董的病情也多由她来负责跟进观察。

贺从泽虽自觉地不来打扰江凛，可花每天送到，顽强地刷着存在感。

也不知是有意还是无心，他近几日送来的都是栀子花，香气淡雅清爽，放在办公桌上，十分解乏，江凛觉着有用，就没舍得扔，放着了。

等到江凛彻底放松下来，已是半个月后。

这日，江凛从办公室里走出来，久违地踏入了 A 院的后花园里，满园都是清新的花香，叫人轻松不少。才抬眼，便望见不远处站着个熟人。

贺从泽拆了石膏，兴许是今天出院，换了身私服，他穿着简单的白衣黑裤，正站在草坪边低头看手机。

贺从泽安静下来的时候，就是一道亮丽的风景线，分明就是个嚣张的二世祖，却好看得不像话。

江凛没动，看着他。

就在此时，一个小女孩儿追着蝴蝶向贺从泽跑去，手中拉着兔子气球，面庞稚气未脱。

紧接着，小女孩儿手一滑，兔子气球就无情地飞走了，飘向天际，剩下小女孩儿在原地出神。

贺从泽刚收起手机，便见跟前站了个四五岁的小女孩儿，小孩儿眼神迷茫。

二人对视一秒、两秒、三秒……

贺从泽唇角微弯，轻声道："小姑娘……"

小女孩儿突然撇嘴，"哇"地哭了出来。

贺从泽有一瞬间错愕，而后蹲下身来，耐心地柔声问："发生了什么不好的事情吗？"

小女孩儿抽泣着，豆大的泪珠噼里啪啦地往下掉，看起来越发楚楚可怜，说："妈妈给我买的兔子气球飞走了。"

贺从泽闻言思忖了几秒后，将目光移到身旁草坪上，随意摘下了几根狗尾草，而后手指灵活地摆弄几番，一个草兔子便在他手中大功告成。他将草兔子递给小女孩儿，小女孩儿瞬间止住了哭泣，很是新奇地捧着草兔子。

贺从泽抬手，轻轻地拭去她眼角晶莹的泪珠，轻声地说道："别哭了，女孩子的泪水是很珍贵的。"

眼前的哥哥容貌俊美，嗓音温柔平缓，小女孩儿懵懵懂懂地看着他，不知怎的就红了脸。

江凛在不远处看得清楚，望着贺从泽柔和精致的侧脸，心情渐渐地复杂起来。

玩世不恭的是他，风流成性的是他，沉着稳重的是他，温文尔雅的也是他。

贺从泽只说对她感到好奇，但他又何尝不是有所隐瞒？

目送小女孩儿离开后，贺从泽慢条斯理地起身，转头时又恢复了往日的散漫神情，说："怎么不过来？"

江凛迈步走近，问道："你今天出院？"

他轻笑道："是呀，江医生工作繁忙，竟然还能想到我。"

江凛低头想了想，道："出院愉快！"

"我现在要去派出所，未来几天见不到你，"贺从泽一双桃花眼微弯，"所以你今天可以送送我吗？"

江凛拢眉，说："你还挺麻烦的。"

"所以江医生，"他轻笑，缓声道，"考虑一下，要不要收下我这个还算看得过去的麻烦？"

江凛自动屏蔽他的甜言蜜语，念及自己这会儿工作轻松不少，便同意送他。江凛送他到花园后门时，一辆卡宴正在门口候着。

宋川靠在车边抽烟，见贺从泽来了，开口欲言，然而紧接着他把目光紧锁住江凛。

"兄弟，你这就不够意思了，"宋川不悦地开口，"我忙着帮你应付司家那位小公主，你却在勾搭美人。"

"我说我住院这几天怎么这么清净？"贺从泽没有正面回答，笑吟吟地对宋川说，"谢了，等我解决完那堆事后带你快活。"

贺从泽并没有注意到，身旁的江凛在听到"司家"二字后脸色微沉。

"你等我会儿，我办完事后再来送你。"宋川说完，便回身拉开车门，"我先把这祖宗送到宠物店去……"

宋川话还没说完，车内便有个活物迅速地蹿出来，响亮地吠了两声。

几乎在宠物狗出现的瞬间，江凛蓦地后退了几步，动作有几分踉跄，神情也有些仓皇失措，脸色略显苍白，前额出了一层薄汗。

江凛感觉自己心跳如擂鼓，又仿佛被掐住了咽喉，呼吸不畅。她强行将注意力转移开。贺从泽从未见过她这般模样，顿时心下发紧，对宋川沉声道："宋川，你先走。"

宋川没想到这姑娘怕狗，忙不迭地把自家宝贝塞进车里，赶紧开车去宠物店了。

江凛竭力平复了自己的气息，眼睫微颤，再出声时嗓音已经略微沙哑："抱歉。"

贺从泽下意识地想伸手揽她，最终却默默地收回，只问："你这么怕狗？”

“有点儿阴影。”

“讨厌狗？”

“不，”江凛否认，摇头解释，“我很喜欢动物，怕狗只是我自己的问题。”

贺从泽凝视着她，虽然极其短暂，但还是成功地捕获到她眼底一闪而过的晦暗苦涩。

他顿住，突然哑口无言。

第二章

人间无味

方才失态仿佛只是意外，很快江凛便恢复了常态。她沉默几秒后，突然出声提问："贺从泽，司家现在境况不错？"

贺从泽鲜少见江凛对什么感兴趣，不禁长眉微挑，回答她说："是一直不错。"

说完，他打量着江凛，眼神中有几分揶揄，问道："怎么？想了解了解？"

江凛抬头看了贺从泽一眼，没承认也没否认。

贺从泽直接当她默认，不紧不慢地说："司家虽远不及另外几代经商的几家，不过在白手起家的行列里，也称得上是头等。"

"刚才我朋友提到的就是司家小姐司莞夏，我跟她不熟，你别听刚才那人胡扯。"为避免不必要的误会，贺从泽有意地表明自己的清白，"不过司莞夏是司振华的第二个女儿，她母亲是司振华的续弦。"

听到这里时，江凛的眸光稍起波澜，只是一瞬，但还是被贺从泽捕捉到了。

虽不明白江凛为何好奇，贺从泽还是多补充了一句："在我还小的时候，一场大火烧光了司家宅邸，司振华的发妻和女儿不幸葬身火海。"

"原来还有这些事，"江凛眼帘微敛，让人看不清神情，"我知道了，谢谢！"

话音刚落，方才的那辆卡宴便重新回到了二人跟前，宋川用手肘支着窗框，吹了声口哨，说："来吧，小贺爷，风里雨里局里等你！你那'好兄弟'还等着你捞他呢。"

　　"少恶心我。"贺从泽骂道，"那小子这回欠我欠大了。"

　　语罢，他似乎轻叹了一口气，而后走向卡宴，前脚刚踩上车，却突然像想起什么，回头看向江凛。

　　江凛不着痕迹地歪了一下脑袋，想看看他还有什么操作。

　　只见贺公子伸出右手，将食指、中指并齐轻点了一下唇角，修长的指尖再向外一挑，送出一个飞吻。

　　贺从泽当真是厉害，眼看就要去派出所，还能卖个乖再离开。

　　望着渐行渐远的车，江凛无奈地摇着头转身离开。

　　回办公室前，江凛先转道去洗手间里洗了洗手。这会儿是上班时间，洗手台周围空无一人。她刚擦完手，便听到从旁边女厕的某个单间里传出隐隐约约的说话声，跟秦书雅的声音有些相似。

　　虽然听不清楚，但江凛还是从那谈话中隐约听到了自己的名字。她蹙眉，稍上前走了几步，光明正大地听了起来——

　　"江凛前不久刚被调过来，也不清楚是不是有关系，简直是目中无人。"

　　"是呀……她处处刁难我也就算了，可是莞夏你——还有贺从泽居然也被江凛迷惑了，天天送礼物，殷勤得很。"

　　"没有，我不委屈。"另一个声音回答道，伴随着一声恰到好处的哽咽。

　　秦书雅劝道："我就是告诉你一声，你别生气，网上消息谁知道是真是假呢？可能贺从泽只是一时兴起。"

　　两个人语气极其到位，情感十分丰富。

　　江凛在外面，深以为然地点头，险些真以为自己是个仗势欺人、横刀夺爱的关系户。

　　看来这秦书雅不仅是院长的亲戚，还是司莞夏的好闺密。

　　江凛没把这事放在心上，径直转身回门诊了。

　　一周后，电影《风月尽揽》的首映式现场。

记者蜂拥而至，现场入口处的闪光灯不停。

如此声势浩大，只因该电影的主演是当红艺人——陆绍廷。

陆绍廷是什么人？他跟一块石头合影，石头在的地方都能成为景区。他吃个街边小吃，店主就能发家致富。各大城市的屏幕广告与海报代言处处有他的身影，人物宣传牌上的粉丝唇印数不胜数。这个年少成名的青年演员，如今已斩获无数奖项。

今日受邀参加首映式的人，要么是一线演员，要么是商界子弟，可谓各路名人汇聚一堂。

其他嘉宾已经逐个入场，最受期待的那位却迟迟未到。

就在此时，记者们蓦地发出了一阵抽气声，随即闪光灯与快门声此起彼伏，全场的注意力都汇集在最后到场的那位嘉宾身上。

只见贺从泽西装革履地稳步走来，明亮的灯光落在他的脸庞上，映得他眼底生辉，神色难辨。那张脸实在出众，他只是往人群中一站，就能轻易地吸引无数人的注意力。

"来了，来了，他竟然真的来了！"

"我听说这贺少之前把人弄进医院里了？他还跟张家的小儿子有关系，没蹲进去？"

"不清楚，肯定后面有操作呗……"

场外，记者们震惊不已，随便闲聊了几句，就连忙扛着相机，对准贺从泽狂拍一通。

贺从泽迈步走进会场里，既气定神闲，又矜贵自持，一点儿看不出是身陷恶意舆论中央的人。

现场受邀的人大多是同一个社交圈子的，见他来了，不禁凑到一起低声讨论——

"听说前些日子，张昊把人伤了。贺从泽后脚就去了趟派出所，指不定跟他也有关系。"

"对，我当初还没信，结果打听后才知道这件事是真的，对方现在还没出院，新闻一直被压着，没几个人知道。"

"这么恶劣？"

陆绍廷身为知情人士只听不评，对贺从泽笑笑，道："总算没迟到，我还以为你不来了。"

贺从泽稍稍扬眉，道："这么久不露面，想必大家都挺思念我的，我不来晃晃对得起他们？"

此言一出，针对性十足，先前那些交头接耳的声音瞬间消失了。

等到嘉宾尽数落座，首映式按流程开始进行。

还未轮到受访环节，陆绍廷便在贺从泽身侧压低声音问："你还真来了，不怕那些记者乱写？"

"怕什么？"贺从泽眼梢微弯，笑里藏着凉薄，"我在这儿，他们没人敢。"

陆绍廷一想也是，而后正身说道："话说司莞夏今天竟然没露面，是被你吓着了吗？"

贺从泽倏地蹙眉，问道："她没来？"

"没有，我还以为你在的地方必有她。"

贺从泽眸光微冷，想也未想便拿出手机，先给宋川打了个电话，随后迅速发了条短信："A院江凛办公室里，堵住司莞夏。"

江凛正坐在办公桌前，将病人的资料依次录入电脑里。工作说来就来，忙的时候她只嫌自己没多长个脑袋。

突然，门口有人唤了声"司小姐"，江凛搭在键盘上的指尖顿住，打出了一个错字。

几乎同时，办公室的门被推开，一名约莫20岁的女子走进来，不紧不慢地坐在沙发上。这女子倒有几分姿色，只是神情里带着些似有若无的轻蔑。

江凛将目光停在她身上几秒，而后重新移回电脑屏幕上，问道："司小姐有事？"

宋川火急火燎地赶到江凛办公室门口时，便见二人已经谈上了，联想到原先司大小姐惹出过的种种是非，他不禁太阳穴隐隐作痛。

"原来你知道我。"司莞夏顿了顿，轻笑，"你就是江医生吗？"

"不用那么客气。"江凛抿了口茶，"因为贺从泽来的？"

被戳中心思，司莞夏心中暗讽，面上却尽量维持着温婉，说："不，我……"

"你是不是想否认，然后说自己只是来看看外面传得火热的A院外科新人？"

"其实……"

"然后，拐弯抹角地告诉我，少在这儿惹是生非，别挡了你闺密的路，以及远离贺从泽？"

"从泽……他……"

"最后，暗示我和你们不是一个世界的人，让我少动心思，老实做个普通人？"

在门外偷听的宋川发现这个江凛实在看得通透，几句话就总结了司莞夏屡试不爽的套路，让人无话可说。

司莞夏陷入沉默中，脸色也冷了下来。

江凛终于抬头看她，似笑非笑，眸底清透，说："司小姐，麻烦请回吧，我工作很忙。"她何止是满不在乎，简直没将司莞夏放在眼里。

司莞夏从未如此颜面扫地，实在难堪，索性不再装模作样，冷声警告道："江凛，我看你是一个巴掌拍不响！"

"我能不能拍响不知道，"江凛懒得理她，"但我觉得我的巴掌拍到你脸上绝对响，司小姐应该也不会想试。"

宋川险些为江凛鼓掌，只觉得终于有人替自己出了这口憋屈许久的恶气。

司莞夏瞠目结舌，憋得面红耳赤也说不出半个字。她平日里被娇纵惯了，还没被人这样对待过。她委屈至极，面上挂不住，怒而起身，只撂下一句"你给我等着"，便摔门离开。

宋川躲闪不及，只得贴墙而立，但司莞夏不曾转头，竟没瞧见他。他舒了口气，拿出手机跟贺从泽复命去了。

虽然从宋川口中已经知道了江凛的潇洒言行，但贺从泽依旧满怀歉意，当晚便亲自给江凛送花去了。

首映礼刚结束不久，贺从泽也没来得及换身衣服。当他衣冠楚楚地捧着花踏进 A 院里时，成功地吸引到众多目光。

贺从泽推开门时，却见素来工作认真的江医生此时正趴在桌上休息。

他放轻脚步上前，目光扫过键盘旁放着的一沓文件，文件数量之多，他觉得甚至可以当作一个人三天的工作量，放在江凛这儿却被当成是日常工作量。

贺从泽眉头轻蹙，略显不悦。他将花放在桌角上时，尽管声响极其细微，却还是惊动了江凛。

她抬头望向声源处，刚好对上贺从泽的视线。

寻常人初醒时，或多或少都有些茫然，但江凛不同，她眼底的锋芒甚至更甚平日，清亮无比。

贺从泽眼睛微眯，心里有些狐疑，面上却不动声色，说："吵到你了？"

江凛见来人是贺从泽，原本紧绷的身子松懈了些，起身揉揉太阳穴，嗓音有些低哑，问："你怎么来了？"

"你不去找我，我只好主动来见你。"

语罢，贺从泽无奈地笑道："可别嫌我烦，我没来找你的时候，已经在努力地忍着不想你了。"

"贺从泽，你这些招儿真的对我没用。"江凛的语气不算客气，继续对他说，"另外，我没空应付那些乱七八糟的事，你大可不必在我身上浪费时间。"

虽然贺从泽知道江凛秉性冷漠，习惯拒人于千里之外，也明白她茕茕孑立，对她而言似乎任何人都是累赘，但面对她如此直截了当的拒绝，任谁听了也不会开心。

贺从泽看着她，虽然不想承认，但她之前那番话的确说得不错，男人骨子里总是有种天然的征服欲，尤其对于江凛这样的女人。

他微微眯了眯眼，道："江凛，话别说这么早，指不定哪天你就栽了。"

贺从泽眸色深沉，里面似乎藏有暗流，要将江凛卷入其中，使她不能脱身。

江凛只同他对视了一瞬，便错开眼神，"嗯"了一声后就抬脚走向门口，仿佛根本不在乎。

贺从泽自然不打算与她就此别过，于是伸手攥住了她的手腕，她立即试图抽出手——意料之中无法动弹。

她回头看向贺从泽，却见他的神情难得正经，好似当真因为她的态度有些动怒。

江凛皱眉，沉声道："如果我真的如你所说，到那时候不管你意愿如何，我会先睡了你。"

贺从泽本来就憋着火，闻言差点儿被噎死，不禁怒极反笑，好，江凛有种，真有种。

听完江凛的话，贺从泽被气笑了。这女人似乎生来就知道如何去打击男人的自尊心，偏偏还让被打击的人发不了火。

憋屈归憋屈，贺从泽却无话可说了。这个想法刚一成形，他就怀疑自己迟早要被她逼成受虐狂。

"好，"他沉默几秒后回道，然后倏地勾唇，"那我就等着你来睡我。"

江凛好似被贺从泽的厚脸皮震惊到了，一时没说话，只是诧异地望着他。

清亮的光晕被揉碎在江凛的眼底，贺从泽也是这时才发现，她狭长的眼角浮着一抹不明显的红晕，看起来娇俏又动人。

江凛本就生得好看，此时这个小细节显得她更加旖旎动人，看得贺从泽心下微动。

但江凛这副模样显然不太对劲儿，他正开口欲言，谁知江凛竟身子一歪倒了下去。

好在贺从泽先一步察觉不对，连忙伸手扶住了她，而后焦急地唤了声："江凛！"

江凛没吭声，靠着他的胸膛，身子无力。

美人在怀自然是好，更何况是江凛这块万年冷石头，但现在情况异常，绝不是贺从泽欣赏美人的时候。

贺从泽突然想到什么，伸出手去探她的额头，滚烫的温度令他倏然拧紧了眉。

他想起半个月前，每每深夜看到江凛的办公室，里面都是灯光明亮，她连着高强度工作这么久，身子早就吃不消，竟然也心里没数。

贺从泽将她打横抱起放在沙发上，用毯子把她裹得严实，随后便出去找了个值班的小护士，让护士看看江凛情况如何。

经过简单检查，护士发现江凛是劳累过度导致的抵抗力下降，最终落得一场 38.7℃ 的高烧。

护士给江凛打了退烧针，又去拿了些口服药物，这才算安顿好江凛。

贺从泽抱臂倚在墙边，神情懒意，望着熟睡的江凛，突然开口问："江医生的工作真有那么多？"

护士身子微僵，轻启双唇却没出声。

贺从泽轻声地循循善诱道："放心，你只需要告诉我实情，不会有任何事。"

护士抿了抿唇，半晌后下定决心般对贺从泽说："贺公子……是秦医生，她总是以各种理由，把自己的工作分给江医生一些。"

这样说着，她越发觉得难以开口，眼睛都酸涩起来，说："江医生真的一点儿架子都没有，只是不爱交际而已，她对我们特别好，还经常指导我们。这事我跟她说过的，可她还是不声不响地揽下那些活儿，天天熬到深夜……"

这的确像是江凛的作风，旁人觉得她是受气包，殊不知她是真的压根儿不在乎。

贺从泽无声地叹息，弯了弯唇，说："谢谢，我知道了。"

护士没再多言，调整好情绪后便默默地离开了。

此时，房内只剩贺从泽和江凛二人，一个清醒，一个昏睡。

他缓步走到沙发旁，单膝蹲下打量着江凛。

她闭上双眼时，平日里的漠然与尖锐被尽数隐藏，只剩一副柔和精致的面庞，难得安静。

在贺从泽的印象里，这张脸上从未出现过任何与人情冷暖有关的情绪，永远是一成不变的淡然。

贺从泽突然好奇，是不是在江凛的世界里没有任何东西是特殊的，生命都是一般性的存在？她没有痛点，没有软肋，就连情绪也不会外露半分。他很难理解为什么会有人让自己活得这么孤独？

贺从泽鬼使神差般的伸出手，用指尖将江凛的唇角向上勾了勾——嗯，她笑起来果然好看！

他后知后觉地发现自己的行为有多么幼稚，不由得哑然失笑。他转而轻轻地捏了捏江凛的脸颊，声音融于夜色，温柔且低沉，甚至带着他自己都没有察觉的无奈："你啊你。"

江凛觉得自己遍体生寒，四肢僵硬，整个人动弹不得。她清醒地知道自己身陷梦魇之中，却无论如何都挣扎不开那道无形的束缚，惊惧、惶恐……各种负面情绪纷至沓来，将她淹没其中。

江凛知道自己梦见的是什么，那是令她在数千个深夜里歇斯底里的痛苦之源，是她到死都不愿回忆起的童年阴影。

一个沉稳而冷漠的人声在她耳畔响起，说出的一字一句将她的心砸得鲜血淋漓，还有稚嫩清脆的狗叫声掺杂其中。随即画面一转，她却被一片浓厚血色笼罩，漫天火红埋葬了所有。她仿佛又回到那个逼仄的空间里，蜷缩成懦弱的一团，瑟瑟发抖。

她感到快要窒息，宁可撕碎自己，也想挣脱桎梏。

远处传来的呼唤声将她拉出了泥沼。

"江凛……江凛！"

"你醒醒！"

江凛蓦地睁开双眼，呼吸急促，冷汗淋漓，坐起身便剧烈地咳嗽起来，险些喘不过来气。强烈的不安席卷江凛全身，搅得她五脏六腑狠狠地作痛，她喉头干涩，身体还停留在那种被撕裂得血肉模糊的痛苦之中，如同濒死之人。

贺从泽瞧着她这副模样，只觉得心惊，一时不知该做什么，只得伸手虚揽住她，小心翼翼地轻拍她的后背。

当贺从泽将江凛搂入怀中时，江凛脑中纷繁的思绪突然开始趋于平静，所有潜意识的抵触以及那些重复变幻的零碎记忆瞬间停止，令人作呕的铁锈味、触目惊心的伤口也逐渐地远离了她。都过去了……都过去了……她不断地告诉自己。

江凛紧紧地闭着眼，只觉得刚才仿佛在梦境中被撕裂了，此刻才感觉痛意渐缓，开始独自沉默着自我疗伤。

时间悄然流逝，钟表的"嘀嗒"声格外突兀，让人想将其一把砸碎后抛入空中。

不知过了多久，直到贺从泽感觉怀中的人终于放松了，才敛眸说："没事了，过去了。"

贺从泽没问她梦见了什么，也没有问她为何会身陷噩梦之中难以醒来，甚至闭口不提她方才的失态，只说了六个字作为一句安慰。

江凛稍作停顿，哑声道："谢谢！"

"你躺下休息，别受凉。"贺从泽有意地避开她的噩梦，将话题引向了别处，"你劳累过度，发了高烧，我已经让人给你打退烧针了，你要想吃药我去给你冲。"

江凛点头，情绪终于稳定下来，看了看四周，发现原来是在自己的卧室里。

她愣了愣，问："你就这么把我送回来也不怕被人看见？"

"要是我的绯闻都与你有关，那我愿意天天在头条上待着。"

江凛轻轻地按太阳穴，无奈地哑声道："还有什么能让你怕的？"

"有，"他回应道，从语气中辨不出情绪来，"我就怕某人逞强逞惯了，别人有的那些她没有，还自己憋着受气。"

她倏地顿住，没作声。

"明天给你放假，调养一天后再去上班。"贺从泽及时转移话题，神态也恢复如常，一边展开感冒药的用量说明书，一边半开玩笑道，"平时不见你示弱，怎么连加活儿不加钱这种事都能忍？"

江凛思忖几秒后，便明白了他的意思，道："秦书雅未必能做好那些工作，交给我也没什么。"

自负这条路一路走到黑，不愧是江凛。

"还真不把自己当人。"贺从泽眉梢微扬，毫无恶意地嘲讽了她一句，也知道她就这副德行，便起身去客厅里冲药去了。

江凛感觉整个人仍然昏沉沉的，大抵是因为还没退烧，身子使不上劲，索性靠在床头上。

贺从泽将退烧药冲开，试好温度后递给江凛，看着她将冲剂一饮而尽后才低声地感慨道："我觉得我真不错。"

江凛将瓷碗放在床头柜上，问："怎么说？"

"你这么喜欢折腾自己，病了也就我不介意你这张冷冰冰的脸，我还不辞辛苦地贴身照料。"他明里暗里地往自己脸上贴金，继而轻描淡写地说道，"江凛，你可要珍惜我。"

话音刚落，江凛后知后觉地看了一眼挂表——凌晨两点半。

她刚才做噩梦时被贺从泽喊醒，也就是说，贺从泽不仅把自己从医院里给搬了回来，还始终在自己旁边守着。

江凛无声地轻抿唇角。她不是石头，也不是榆木脑袋，看得出谁是真的待她好，而这些日子以来也渐渐地体会到贺从泽的用心。但贺从泽对这段关系的态度只是出于好奇，注定无法长久。

"贺从泽，"江凛开口，嗓音沙哑，"你最好早点儿放弃。"

虽是拒绝，却不似往日那般随意，江凛反而无比认真，像是劝告一般。

贺从泽唇角微敛笑意，却是心平气和地问她："为什么要这么抗拒别人接近你？"

这个问题多少事关私人生活，他本不抱希望，可江凛总能让他感到意外。

"那太痛苦了，"她眼睫稍敛，语气平淡，仿佛事不关己，"我再也不希望谁留在我身边了。"

贺从泽怔了怔，目不转睛地望着江凛，眼底有细碎的光。而后，他轻轻地笑道："江凛，你什么都能自给自足，唯一需要的就是有个能照看你的人。"

江凛并不认可，说："你接近我，这件事本身就是错的。"

贺从泽坚持己见，回道："我知错不改。"

两个人对峙的局面僵持不下。

江凛率先做出让步，低声地叹息一声，重新钻进被窝里，背对着贺从泽，说："随便，我要睡了，你早点儿回去。"

贺从泽却颇有兴趣地眯眸，道："把后背留给我，你还真放心。"

江凛背部微僵，似乎也意识到自己内心的松懈，但没吭声。

贺从泽点到即止，起身替她披好被角，便抬脚离开了。

听到贺从泽渐行渐远的脚步声，江凛才彻底放松下来，本就强撑起的精神登时溃不成军，因发烧引起的困倦感如潮水般涌来。

贺从泽其实并没走，而是去阳台上抽了几根烟。等散掉身上的烟草气味回到卧室里后，他见江凛已经睡熟了。

贺从泽碰了碰她的额头，发现烧退得差不多了，看来她的恢复能力还蛮强。

也不知出于什么想法，贺从泽没立刻动身回家，而是慢条斯理地坐在床边瞧着眼前的女人。

江凛在睡梦中不自觉地翻了个身，此时正面对着贺从泽，裹着被子很是老实。

想起先前的种种，贺从泽眼底不禁浮现出些许复杂的情愫，无关情爱、无关欲望，他只想去探寻江凛更深层的情感秘密。

她向来顽固坚强，却难得愿意对贺从泽袒露一二。正因如此，贺从泽才更想去见识真实完整的江凛，了解那个只有他自己一个人知道的江凛的模样。

贺从泽知道自己与江凛并非同类人，但能察觉到与她有一些共同之处，这也让他逐渐转变了对她的看法与态度。起初他的确只是对她好奇而已，如今似乎有什么不同了，他懒得细想，任其发展。

贺从泽伸出指尖摩挲着江凛的脸颊，指腹下的温热一直传递到他心间。

他轻笑着，喃喃道："江凛，我们来日方长。"

在你身边聒噪的只有我一个就够了。

江凛在家养了一天病后，便回 A 院上班了。

也不知是不是贺从泽暗里做了什么操作，总之秦书雅不仅不再将繁杂公务推给江凛，就连话也少了很多。

带着几名实习医师例行查房并做了简单的指导后，江凛便去了门诊。

然而她前脚还没踏进屋里，后脚便有医生焦急地喊道："江医生！江医生！"

江凛迅速地转身，循着声音望去。

一个医生小跑过来迅速地说明情况："刚送来一名女高中生，她在路口被闯红灯的小轿车撞倒了，出血严重，要紧急手术！"

江凛点头，二话不说便快步离开，迅速地整理完毕后抵达手术室。

少女的伤势并不算轻，但好在送来及时，手术不那么棘手。

止血过程中，身旁的助手递来缝线，江凛伸手接过当即要用，却蓦地蹙眉，问道："你是新来的？"

助手愣了愣，答："是的……"

"缝线首选 4-0 普理灵线，我之前提过的。"江凛淡声说着，另一名助手已将 4-0 普理灵线送上，江凛不多废话低头缝合。

手术期间，少女的父母来手术室门口签字后便迅速地离开，竟连自己女儿的情况如何都不曾过问。

江凛这些年来在医院里见过的奇人异事太多，对此也见怪不怪。

手术结束后，已经过了江凛下午换班的交接时间。少女被推出手术室送入病房里，江凛才得以喘口气。

摘下口罩时，江凛似乎想起什么，侧首看向了方才给错缝线的小助手。

小助手一副忐忑不安的模样，低着头等待批评。

"我不骂你，也不责备你。"江凛望着她，语气平淡，"待这份工作认真与否是你的事，我把我的经验告诉你，你放不放在心上也与我无关。"

"细节决定成败，这句老话不单是用来磨耳朵的。"江凛说，"在我们手里的是人命，不是工作，多用点儿心别浮躁。"

说完，江凛看了一眼时间："先这样，大家辛苦了，该下班的下班吧。"

预想的刻薄批评并未出现，反而是一番心平气和的言语，小助手颇为讶异地抬头，半晌后又默默地点头，说不出话来。

江凛回办公室里看了看，见没有多余工作后便换下白大褂离开了。刚出大门，她便看到一辆并不眼熟的SUV在门口候着，在车旁靠着的人却是面熟得很。

江凛回想与贺公子的初见，彼时贺公子开的是红色跑车，后来是阿斯顿·马丁，现在又成了一辆SUV。

江凛第一次觉得贫穷限制了自己的想象。

贺从泽望见她，不紧不慢地招招手："江医生下班了。"

察觉到来往同事都盯着这边，江凛在心底暗自叹气，上前问他："你来做什么？"

"来接你下班。"贺从泽姿态从容，十分自然地拉开副驾驶座车门，"防止你沉迷工作，忘了我。"

江凛道："你还真有时间。"

"让你早日接受我才是首要任务。"贺从泽从容地回答道，"做其余的事都是在浪费时间。"

江凛对他的花言巧语向来免疫，稍作思索后便坐在了副驾驶座上，而后用余光一瞥，果然看到在后座上放着一束花，说："……贺公子耐性不错。"

"只对你。"贺从泽轻描淡写地撂下三个字后便坐上驾驶座，然后似笑非笑地看江凛道，"不过我还挺意外的，你竟然肯上车。"

贺从泽今天赶上交接班高峰期来接人，本以为江凛会因同事的眼光而无视自己，谁知她总能给自己惊喜。

江凛看了他一眼，觉得他少见多怪似的："下班高峰期打车不便，既然有专车接送，我为什么不坐？"

这话若是别人所言，贺从泽觉得兴许是借口，但从江凛口中说出来，贺从泽就知道她是真的这么想。

贺从泽无奈地叹息，刚拧动钥匙，却听身旁的江凛又补充了一句：

"况且，我从不在他人眼中找自我，我只做自己想做的。"

人言可畏，她偏不畏。

贺从泽微怔，侧首看她，却见她盯着窗外神色坦然自若，仿佛方才那话不是她说的。贺从泽搭在方向盘上的手微收，耳根子发烫，头一次厚脸皮如他，有种被撩到的感觉。

两个人一路无言。

抵达江凛家楼下，贺从泽习惯性地下车替江凛拉开车门，顺便示意了一下车后座上的花，提醒道："记得拿。"

"我留着没用。"江凛拒绝，抬脚要下车却被贺从泽挡着。

"送出去的东西我不留着。"他勾唇淡笑，垂眸看她，"你拿回家当空气清新剂也成，装饰垃圾桶也成，随你喜欢。"

江凛无可奈何，便伸手捞过那束花，迈腿下车。

谁知她下车时猝不及防被绊了一下，贺从泽手疾眼快地扶住了她，意外却在此时发生。

贺从泽只见那线条精致、色泽如樱的唇倏地靠近自己，他浑身僵住，还没反应过来，温软感便已擦过他的脸颊。

只一瞬，贺从泽便犹如石化。

公司倒闭了，冰山消融了，火山爆发了，人类灭亡了……

江凛亲他了。不，并不算亲，只不过是由意外引发的肢体接触，仅此而已。但是怎么办？他好像今晚不太想洗脸了。

内心戏极为丰富的贺公子不动声色，将江凛扶稳后便撒手提醒道："注意脚下！"

她跟没事人似的。

江凛本来就没太放在心上，见此点头："那我先走了。"

语罢，她便抬脚走向居民楼。

独留贺从泽站在原地，神情看不分明。

"女人没一个好东西！"

三更半夜，宋川坐在贺从泽家的沙发上边喝酒边痛骂："说分就分，怎么能这么冷酷无情？！"

贺从泽坐在旁边撸猫，表情若有所思，说："你说得对。"

"我因为她多久没跟朋友出去了，我陪她的时间不够吗？"

"你说得对。"

"太生气了，不行，这次我绝对不哄她！"

"你说得对。"

"贺从泽！"宋川忍无可忍，将酒瓶搁在桌上抬声，"我失恋来找你，需要的不是无关痛痒的陪伴，而是切实的安慰！"

而此时贺从泽对自己的事情都百思不得其解，根本无暇顾及兄弟的诉苦。

江凛不过是用嘴唇碰了一下他的脸，为什么他整晚都在想这事？自己什么时候这么纯情了，还是说因为江凛强势如男人让他产生了思想偏差？

念及这个可能性，贺从泽当即将闹总放到边上，正色唤道："宋川。"

宋川打小没见过这人正经的样子，不禁挺直腰板同样认真地问道："怎么了？"

"你亲我一口。"贺从泽郑重其事地说，"照脸亲。"

宋川瞠目结舌。

这话说完，贺从泽也愣了几秒，紧接着，他便正过身子，拧紧了眉低声骂人。

宋川这个来寻求安慰的人，此时反而变得小心翼翼："怎么了？"

"女人果然没一个好东西！"

翌日，江凛刚上班没多久，便收到通知说昨天那名出车祸的少女已经醒了。

江凛身为那名出车祸的少女的主治医生，当即就去病房内查看少女的情况，确认少女没有任何不适后，江凛才放心。

江凛扫了一眼病人的信息牌——李悦。

病房门被推开，一名女医生走上前来同江凛耳语："江姐，这个小姑娘曾在两年前被确诊为中度抑郁症，用过药，所以你在沟通方面……注意点儿。"

江凛沉默了两秒后，点头算作答应，便让女医生先离开了。

江凛望向李悦，却见她正盯着窗外景物，眼神平淡如水，看不出分毫兴致。

江凛随手拿了一个一次性纸杯，倒上一杯温水，开口道："病房里挺无聊的吧，你可以习惯一下轮椅，以后去后花园里看看。"

闻声，李悦这才将视线转移过来，眼神复杂地打量着江凛。

终于，她哑着嗓子问："他们两个，来过吗？"

江凛知道李悦是说她的父母，便实话实说："签完字就离开了，目前还没再来。"

"他们还在生气。"李悦的表情难辨喜怒，她再度垂下眼帘，喃喃自语，"是不是有些事情即使努力，也是遗憾？"

江凛喝了口水，打量着窗外美丽的秋景，思忖少顷后说："真正努力过，并不会感到太遗憾，遗憾本身只是努力后仍不如意的结果。"

话音落下，李悦有些讶然："你……"

"别误会，我不是心理医生。"江凛指了指自己的工作胸牌，"我姓江，是你的主治医生，以后有什么问题直接找我。"

李悦停顿几秒后，慢悠悠地"嗯"了一声，道："江医生，如果他们没有问起，你能不能不要主动把我的心理疾病告诉他们？"

江凛闻言看着她，还没开口，李悦便张皇地解释道："因为我车祸不能去上学，他们已经很生气了，要是再知道这个，他们……"

她嗫嚅着，却没继续说出话来。

江凛不紧不慢地替她将话说完："觉得女儿是个抑郁症患者，一个'非正常人'，这种家丑让外人知道会很丢脸？"

李悦怔怔地看着她，眼神仿佛瞬间变得脆弱起来。

"这没什么好丢脸的，就像是感冒，只是治疗时间可能会长些。"江凛喝完水，将纸杯扔进垃圾桶里，神情淡然，"大家都是人，都爱生活，只是有时候难以忍受自身的不完美。患抑郁症的人，可能比所谓'常人'更加细腻。"

"我尊重你的决定，只要你父母不主动问起，我就不会说。"她看了一眼时间，转身挥挥手，"我还有工作没处理，有什么事情找护士，想找我的话让人捎话就行。"

李悦没应声，直勾勾地望着江凛的背影。

有一瞬间，她的眼圈泛了红。

接下来的几天，李悦每逢午休时间，就会默默地坐着轮椅去找江凛。

江凛并不嫌烦，刚好最近她的工作量有所减少，陪着李悦去花园里逛逛也无妨。

刚开始李悦既谨慎又自闭，但在与江凛的相处过程中，李悦逐渐对江凛敞开心扉，向江凛讲一些自己的情况。

于是江凛得知，这是一个因父母期望值过高与长期冷暴力而造成孩子敏感自卑、自我封闭的故事。

太阳底下没有新鲜事，原生家庭造成的缺憾不是三言两语的安慰就能解决的。

这日，二人一前一后在 A 院花园中闲逛。

鸟雀栖在枝头，风拂过树叶时，鸟儿受了惊纷纷展翅高飞，直奔湛蓝的天空。

"江医生。"李悦凝望着某处，突然轻声地问道，"你说，他们真的爱我吗？"

"不好说，爱有无数种表达方式。"

"他们总是说因为爱我才约束我，而我也很爱他们，所以我就按照他们的意愿去活。"李悦说着，自嘲般笑了一声，摇头说道，"但我觉得，爱和死没有区别。"

江凛不置可否，低头看向她，问："为什么会这么想？"

"爱会让人不自觉地改变自己，使自己言行受阻，甚至丧失自我，我认为这是另一种意义上的'死'。"

"有点儿道理。"江凛点点头，不疾不徐地说道，"可李悦，爱能杀人，也能救人。爱并不全是罪恶，只是因为太多人循着这个字，干尽了丑事。"

"你要敢爱，更要敢恨，你的情绪不该被他人左右，你要知道你本身就很优秀，你能做很多事情。"

李悦微屈手指，轻咬着唇，声音低低地说道："可他们说……随性的人生，都是失败者的人生。"

面对这种经典言论，江凛连眼皮子都懒得抬："人生不论最终是喜剧还是悲剧，都不该被定义。"

话音刚落，身后不远处便传来男子轻笑的声音，温润如珠玉，格外悦耳。

随后，那人饶有兴味地说："江医生，你不觉得你有点儿叛逆吗？"

江凛没什么表情，回敬道："贺公子，你不觉得你有点儿无聊吗？"

"在见到你之前，我是挺无聊的。"

贺从泽一边答道，一边信步走来，低头对李悦笑了笑："你好，小姑娘！"

眼前的男人五官俊美，气度非凡，一双桃花眼潋滟带笑，李悦不禁愣了一下神。

"少在这儿诱惑少女。"江凛瞥他，随后问李悦："李悦，你想回去休息还是继续散心？"

李悦看了看贺从泽，又看了看江凛，很识时务地说道："我自己去花圃那边吧，等会儿来找你。"

江凛点头，嘱咐道："小心点儿！"

李悦"嗯"了一声，便转动轮椅慢悠悠地朝着花圃方向去了。

待李悦走远，贺从泽唇角的弧度才微微收敛，他看向江凛："这个小姑娘的生活环境似乎不太如意。"

他其实来了已有一段时间，因此江凛和李悦的对话，被他一字不漏地听了进去，才会有此想法。

江凛默认，望着李悦的背影，语气平静："国内大多数家长，自负却不自知，对孩子层层累加的期待只会成为束缚孩子的枷锁。"

"的确。"贺从泽淡笑，眸底深沉如海，"人创造了'满足'这个词汇，却从来不会用它。"

江凛一顿，侧首看了一眼他，没说话。

"沉重的话题到此为止。"贺从泽恢复了往日的懒散模样，对她弯唇，"今晚是叶董的寿宴，叶董托我问问你，有没有时间？"

"我今晚值班，就算了。"江凛缓声拒绝，"替我给叶董祝个寿。"

这个回应在贺从泽的意料之中，他知道江凛不喜欢参加这些酒宴，就没求证值班是否属实，点头应下。

江凛随即抬脚，打算走向李悦，然而紧接着，她的步伐被人截断。

贺从泽稍一侧身，便挡在江凛面前。他本就比她高不少，此时干脆将她的视线尽数截断。

江凛的头顶上传来了慵懒散漫的男声："这几天我没来打扰，看来江医生就这么把我忘了？"

江凛抬眼，望见那棱角分明的下颌，视线上移，见他嘴唇微抿不知喜怒。

她稍加思索，说："空虚寂寞，自己解决。"

贺从泽愣了愣，低头看她，轻笑："真是个无情的女人，想被你惦记着就那么难？"

"就那么难。"江凛坦荡地承认，"我只看重自己，所以能让我惦记的也只有自己。"

他笑："那我真想占有你的唯一财产。"

江凛懒得接茬儿："花言巧语。"

"说真的，江凛。我虽然年少时因为不懂事，干过一些冲动的事情，但一切都过去了。"贺从泽似笑非笑，语气中倒真有几分诚挚，"现在我唯一的嗜好，也就只有缠着你了。"

江凛示意他歇歇，淡声道："贺从泽，我对空话从来不上心。"

贺从泽闻言，佯装痛心："凛凛，我很伤心，我需要你的物理安慰。"

安慰还分物理方法和化学方法？

听到那声"凛凛"，江凛抑制不住地眉尾狂跳："譬如……？"

贺公子毫不犹豫地要求道："亲我一口。"

她还未回应，却听从后侧方传来了一声低笑，对方似乎是忍俊不禁："贺从泽，你还真是硬核求安慰。"

是一个男子的声音，听起来陌生中又有点儿耳熟。

江凛回头望去，见对方戴着一副遮住大半张脸的墨镜，瞧不清容貌，但看轮廓应该是长得不错。

对方坐在道路旁的木椅上，姿态悠闲从容，身穿深色大衣，内搭高领针织衫，浑身散发着成熟男人的气息。

贺从泽见了他，把眉一挑："什么风把你陆绍廷给吹来了？"

江凛这才反应过来，眼前这人是贺从泽的好友——当红演员陆绍廷。难怪江凛听他的声音觉得有些熟悉，也难怪这人在公共场合还戴着墨镜。

陆绍廷慢条斯理地起身，随意地整了整衣裳："贺叔联系不上你，托我来找你，省得你旷了叶董的寿宴。"

贺从泽眉心轻皱："你怎么知道我在这儿？"

"宋川说的。"陆绍廷干脆出卖队友，"不过你手机关机了？贺叔给你打电话没听见？"

"哦。"贺从泽十分坦然，"我把他拉黑了。"

陆绍廷沉默半晌，感叹道："行吧，我再等你一会儿！"

正在此时，李悦转着轮椅慢悠悠地前来，随意抬眼瞥见陆绍廷，她面露惊讶："你是……"

陆绍廷稍稍拉低墨镜，对她弯起唇角："你好！"

李悦有点儿蒙，好似没反应过来发生了什么。

"要回病房里休息吗？"江凛适时地问她，见她后知后觉地点头，江凛便对二人挥挥手，带李悦回去了。

贺从泽望着江凛的背影，"啧"了一声："陆绍廷，你这时机抓得妙。"

"不怪我，时间不等人。"陆绍廷笑意浅淡，"倒是你，就不怕被贺叔知道？"

"除非他自己发现。"贺从泽扬眉，道，"不然没人会跟他说。"

陆绍廷耸肩，转了一下自己的车钥匙，说："你有数就行，走吧。"

叶董的寿宴虽被定在傍晚开始，但不少人已经提前抵达，送的礼物多到助理快接不过来。

贺从泽姗姗来迟，本想好了搪塞的理由，谁知贺云锋竟这么快就看穿了，他板着张脸质问贺从泽："你小子是不是把我拉黑了？"

贺从泽未来得及展开的笑容，就这么僵在唇角上。

"爸，你想多了。"他轻轻地拍了一下贺云锋的肩头，满面诚挚，"我刚才在家里看合同呢，手机被猫顺走了我都没发现。"

贺云锋将信将疑，见贺从泽这么诚恳便就这么相信了，嘱咐他："你也看好猫，总偷手机算怎么回事，之前好几次给你打电话都没人接，你给它换个玩具。"

贺从泽微笑着附和："一定。"

躺在家里看门的闹总并不知道自己在无形中替人背了那么多的锅。

贺从泽随父亲去找叶董的时候，刚好撞见送完寿礼的司振华以及他的夫人。

贺从泽上次见司振华还是在少年时期，印象早就模糊，此时碰了面，没能及时认出对方是谁。

还是贺云锋不悦地拍了一下他的肩膀，道："才多久没见，这就不认识司叔了？"

"原来是司叔。"贺从泽应对自如地说，"司叔看着更年轻了，我刚才都没认出来。"

司振华笑了笑："没什么，毕竟这么多年不见了，你也成熟了很多。"

贺从泽方才出于礼貌，视线便未与司振华的视线齐平，此时简单的问候结束后，才不紧不慢地打量起对方来。

眼前的男子虽是中年，但气宇不凡，容貌俊朗，看着说是三十岁出头也有人信。尤其一双眼，狭长而凌厉，眸底锋芒似隐似现，那淡漠疏离的模样，不禁让贺从泽联想到另一个人。

不，不对。

贺从泽蓦地怔住。这已经不是联想，他们太像了，简直是一个模子刻出来的。

不仅仅是眼睛相像，那些眼底更深层、更隐晦的东西更是相像。

若不是二人姓氏不同，且还有多年前的那场火灾，怕是贺从泽就要误以为二人是父女了。

望着与贺云锋谈笑的司振华，贺从泽眸色微沉。

不知怎的，他看着司振华时总觉得不太舒服。明明对方衣冠楚楚，矜贵优雅，让人寻不出毛病来，可当他的视线在对上司振华的视线那一刹那，只觉得此人深不可测。

"对了，从泽。"叶董突然想起什么，侧首笑吟吟地看向贺从泽，问，"江医生呢，怎么没来？"

叶董突然发问，贺从泽稍作停顿后才答道："江医生今晚值班，赶不来了，只好托我给您祝个寿。"

"也是。"叶董了然般点头，"江医生才能出众，等有空了我要好好地谢她。"

"江医生？"司振华轻描淡写地提起，问，"就是那个 A 院新来的主治医生吗？"

叶董点点头，面上有几分欣然，说："是呀，虽然还只是个二十六七岁的小姑娘，但主刀经验丰富，实在是厉害！"

"这么年轻？"司振华似乎未曾料到，有些惊讶，但转瞬间他的眼底闪过半分异色。

叶董见他这样，瞬间明白了什么，不禁低声地感慨道："唉……都过去这么多年了，那小丫头如果还在，也差不多是这个年纪了……"

"当年是我的过失，她才 6 岁，要不是因为我没及时赶到，也不会发生那种事。"司振华语气沉重，神情染上些许悲恸，仿佛在极力克制难过。

"好了，好了，"贺云锋开口打破这沉重的气氛，叹息道，"别提伤心事了。"

贺从泽在一旁沉默着，也不知是在听他们说话还是在想别的事情？

富丽堂皇的大厅内，众人不知日夜。

晚风清爽，夜色沉寂。

江凛完成值班任务回到家时已经完全入夜了。她去浴室里洗去满身疲惫后，坐在床边想了想，给岳姨打了个电话过去。

她这段日子以来忙昏了头，除了在微信上偶尔同岳姨聊几句，还没正式打过电话。

岳姨平时很晚才睡，这个时间并不算打扰，没一会儿电话就被接起了。

江凛开口欲唤，然而对方已出声："凛凛？"

那是一道极婉转的女声，含着几分试探，柔柔地落在江凛的耳畔。

江凛微怔，眸底的冰冷瞬间消融，唇角也生出了一抹笑意，答应道："妈，你还没睡啊？"

"今天看了会儿电影，不小心晚了。"江如茜莞尔，"你也是，今天是忙完工作了？"

"抱歉，"江凛垂下眼帘，坦然地认错，"我刚回京都，这段时间忙着适应和交接工作，的确没怎么跟你们联系。"

"没事啦，你在那边过得怎么样？"

"挺好的，你不用担心，好好养身体，情绪波动别那么大，记得吃药，偶尔跟心理医生聊聊……"江凛说。

江如茜被她嘱咐得无可奈何，轻声地打断她："我知道的，放心，你也好好忙你的，不用总想着我。"

"还有两个多月过年，我到时就回家了，你和岳姨需要什么跟我说声，我捎回去。"

"好，你一个人在那边，记得照顾好自己啊，别不把身体当回事。"

江凛一一应下。

最终，江如茜的语气中透出困意，便被江凛半逼迫着挂断电话睡觉去了。

江凛给手机充上电，见时间已经不早了，便也上床睡下了。

翌日上午，本想睡到自然醒的江凛被手机来电无情地唤醒。

她今天是晚班，奈何医院临时来电通知她有一台手术需要她主刀。

江凛只得马不停蹄地从床上爬起来，打车前往 A 院，直奔指定手术室。

病人是一位患有食道癌的老太太，是江凛接手过的病人，平时总唤江凛"小姑娘"。老太太看起来慈眉善目，是个十分温柔的老者。

但老天似乎对她并不公平，她因食道癌入院后，治疗了一段时间也不见好转，家属终于决定进行手术。

这台手术，其实可以说是老太太的生死大关。她年岁大了，很多方面条件都不太好，手术成功率极低。即便江凛习惯在阎王手里抢人，此刻也难打下包票。

麻醉前，江凛站在老太太的身边，握着她的手安慰道："奶奶，没事，你睡一觉，醒来后就会恢复健康了。"

老太太完全没有紧张的模样，轻轻地拍了拍江凛的手背，笑容和蔼："谢谢你啊，宝宝！"

最后那声称呼，似乎戳中了江凛心底最柔软的部分，她愣了愣，将要出口的话没能说出来。

自然界草木动物的消亡都有预兆：前者凋谢枯萎，后者衰老虚弱。人命却无法预知，人命坚韧时百折不挠，脆弱时不堪一击。前一秒生命之火尚且熊熊燃烧，下一瞬便可能归于死寂。谁都说不准，谁也逃不过。

不久，一切准备就绪，手术即将开始。

江凛拿出了百分之百的专注度，旁边的助手也丝毫不敢懈怠，时刻紧跟着江凛操作，大家各自谨慎。

她切口，查看肿瘤，切开膈肌，分离调整，吻合关胸……

这台手术持续到下午，终于圆满地画上句号，手术室内的几个人松了口气。

手术十分成功，接下来只需要观察老太太的后期恢复情况了。

同家属说明相关情况后，江凛也没了困劲儿，索性去外面挑家店填饱肚子。

除了早上出门前吃了一个三明治，江凛今天还没吃什么东西。先前因为手术高度紧张她不觉得什么，现在松懈下来饥饿感自然就出来了。

江凛走出 A 院，抄近道前往美食街，然而刚走到半道，迎面就驶来一辆黑色轿车，稳稳地停在了她面前。她蓦地停住脚步，面前的车也没有再动。

江凛皱眉，突然觉得不对，当即转身要走，却不知何时，身后站了一个陌生的男人。

男人望着她，笑容温和："江小姐，走一趟！"

江凛没应声，不着痕迹地打量四周，然而这条小道向来冷清，此时更是不见人影。

"不用紧张，我只是负责接人的，有人找你有点儿事。"男人说着，抬手示意那辆车，"江小姐，你也不想受伤吧？"

言外之意十分明显。

江凛思忖几秒后，果断折了回去，拉开车门上车。

男人满意地点头，似乎很欣赏她的识时务，随后也上了车。

江凛坐在车内，不问对方身份，也不问目的地，一副淡定自若的模样，让司机忍不住地看了看她。

男人带她去了一处知名的休闲场所，亲自将她送进了一个单间里，不紧不慢地对里面的人说道："骆少，人被我带过来了。"

房间内灯光昏暗，烟酒气息毫不客气地朝江凛扑面而来，惹得她频频皱眉。

沙发上坐了五六个人，其中一个人看向这边，懒懒地回应道："行了，你先走吧。"

江凛身侧的男人便推门离开，留下她与几个人对峙。

江凛在心里琢磨着自己得罪了哪位祖宗，面上依旧淡定，迈步走近了些，这才看清楚沙发上的几个人——大多是京都人人皆识的公子哥儿，脸倒都不算生。

其中一个人她好像还见过，就是想不起来了，江凛只能作罢。

宋川本来只打算看戏，谁知来人竟是江凛，惊得他险些跳起来，最后强行镇静了下来。

只是江凛扫他一眼后就将目光移开，也不知是什么意思。

"江凛？"方才应声的男人盯着她，笑意不善，"长得倒是不错。"

旁边的男子调笑道："骆天，你悠着点儿，司大小姐只让你吓吓人家，可别动其他心思。"

一句话透露了两则重要信息，江凛瞬间便了然于胸，心下嗤笑。

房间内的气氛并不轻松，宋川低头佯装玩手机，却暗暗将手机界面切换至微信。

与此同时。

贺从泽坐在车内，手搭着方向盘长眉紧蹙。

司莞夏坐在副驾驶座上，喋喋不休："从泽，你陪我去吃顿饭嘛，然后我们去看电影，那部电影……"

贺从泽自动屏蔽她的声音，心中生出几分不耐烦。

今天司莞夏不知怎么回事，突然上门堵住他，非要缠着他陪自己，不然就要赖着不走。

贺从泽虽觉得有异样，却也说不上来，就没有多想。

正等着红灯，手机屏幕却跳出消息提示，他点开查看，是宋川发来的微信消息。

一个定位，以及一个名字。

贺从泽眸色瞬间沉下。

"骆天，她再怎么着也是个女人，别太过火。"

宋川说着，将烟碾灭在桌上的瓷缸中，说道："司莞夏就是喜欢闹腾，别太较真儿。"

居然有人替她说情？

江凛双眉轻拢，看向宋川，觉得越发眼熟，可还是想不起来是谁。

骆天背倚着沙发，摸着下巴想了想，觉得宋川的话也在理，便笑："行吧，这么漂亮我也狠不下心，那这样……"

他一顿，指向面前摆着的白酒，不疾不徐地说道："喝完这些酒，你就能走了。"

江凛随意扫了一眼，酒瓶里的酒已经下去了大半，但剩下的酒怎么说也有二三两。

宋川暗自抽了口冷气，正要开口替江凛拒绝，当事人却犹不自知地讥刺道："女人的事用酒解决，骆少好肚量。"

"的确不少。"骆天"啧啧"两声，眼神轻佻地望着江凛，"不过我这也是帮人办事，所以只要你能喝完，我就答应你一个不过分的要求，要多少钱你随便提。"

江凛盯着他，眸色深沉而冷冽，随后轻笑着一把抄起了酒瓶。

江凛抄起酒瓶，直接对瓶吹。

在场的几个人皆是出乎意料，宋川难以置信地看着她。

剽悍，她是真的剽悍。

惊讶归惊讶，有人回过神来后，却嘲讽道："果然见钱眼开……还以为多硬气！骆天，你可别被坑太多。"

辛辣苦涩的酒刚一入喉，江凛的意识像是一瞬间蓦地炸裂又被冰封了起来，记忆的碎片被掀起，她的耳畔响起了隐隐约约的男声："你自己的身体是最好的宣泄对象。"

江凛身子僵了僵，心底暗骂，忍着空腹饮酒的巨大不适，硬生生地将剩下的白酒一饮而尽。江凛感觉目之所及有些恍惚，脑袋眩晕，但选择暂且忽略，转而将酒瓶口倒转朝地，盯着对面的骆天不语。

她当真喝完了。

骆天见此不禁愣了愣，随即反应过来，冷笑道："行，够痛快，说吧，你要多少……？"

谁知他话还没说完，江凛突然抢起酒瓶狠狠地砸向了他的脑袋。

紧接着，只听一声闷响，全场陷入死寂之中。

鲜血淋漓间，骆天在剧痛中跪地。江凛睨着他开口冷声道："我要你的血。"

一字一句，冷漠坦荡。

宋川瞪大了眼睛，看着灯光折上酒瓶绕过自己的视线，而后直接撞上了江凛眼底的戾气与漠然。

那眼神实在狠厉无情，宋川不禁微惊，再看时江凛已经恢复常态。方才散发出的疯狂狠意，仿佛只是他的错觉。

骆天捂着鲜血直涌的头，骂道："你这……"

骆天刚开口，包间的门便被人狠狠地踹开，贺从泽大步走来，拧眉扫视全场，气场骇人。

望着此情此景，贺从泽只觉得火气上头，闭了闭眼，好不容易才勉强平复了气息。

而后司莞夏被他毫不客气地扯了过来，由于不小心绊倒在地，司莞夏的眼圈瞬间泛了红。

宋川不冷不热地看了她一眼，地上铺的是地毯，哪儿有那么疼？

在沙发上坐着的几个人之中，见此有起身要上前的，看样子是想把司莞夏扶起来。

贺从泽看也不看她，嗓音沉而冷："她爱坐在地上就随她，我看你们谁敢扶！"

那人被吓住，当即老老实实地坐了回去。

司莞夏噙着泪，瞪着眼，眼看坏事被拆穿，咬紧了唇，恨得说不出话来。

宋川站起身来，走过去附在贺从泽的耳边："这姑娘估计不好受，喝了得有三两白酒。"

贺从泽闻言，刚压下去的火又蹿了上来，他神情冰冷地望着眼前的几个人，一字一顿地说："今天挨个清算，谁都别想走。"

骆天平日里看贺从泽的好脸看惯了，从没见过他动怒的模样，即便是此时头上有伤，也愣是没敢吭声。

江凛这会儿酒劲儿上来，感觉胃里翻江倒海，疼得她近乎窒息，隐约间听到熟悉的人声，她强撑着意识走了过去。

见到江凛，贺从泽不待她上前，便已快步迎过去，伸手小心翼翼地揽住她的肩膀，将眼底的戾气收得干净，只余担忧与柔和。

江凛有些眩晕，只得靠着他，艰难地说："抱歉……这次好像有点儿棘手。"

"无所谓，想做什么就去做。"贺从泽蹙眉戳了一下她的额头，又帮她将颊边的发丝撩至耳后，轻叹了一口气，"就是捅破了天，我也能给你补上。"

江凛失笑，却再没力气说话，头一低，晕倒在他怀中不省人事。

"贺从泽，你瞎了吗？！"司莞夏终于忍不住，抬声愤愤地说道，"这才是她江凛的真面目，你以为她温婉娴静吗？你看她都做了什么！"

贺从泽终于低头，狠狠地瞪了司莞夏一眼，道："不好意思，在我眼里，她耍横的模样比平时的模样更合我意。"

司莞夏脸色骤变，不可思议地盯着贺从泽，突然有种从来都不认识他的感觉。

她认识的贺从泽，是那个素来从容不迫、矜贵有礼的人，虽听说过一些关于他的负面传言，但她也从未相信。而眼前这个神情冰冷、戾气横生的男人，是她从来没见过的。

要知道以往司莞夏闹事，贺从泽从来不会插手。

贺从泽轻扯了一下唇角，笑意微冷，说："司莞夏，我看我是好脾气给你多了。"

司莞夏坐在地上，狼狈不堪地说道："贺从泽，你竟然敢……"

"司小姐，"贺从泽不紧不慢地唤道，眼底的情绪晦暗阴森，"我只是出于礼貌，别误会我是在乎你。该动谁还是不该动谁，我以为你心里清楚。"

司莞夏被贺从泽震住，瞪大眼睛看他，对他愤怒的行为感到不可思议。

为防止江凛酒精中毒，贺从泽没耽误时间，先让宋川把江凛送去医院洗胃。

门被关上的刹那，贺从泽也懒得维持最后的笑容，面无表情地一一扫过眼前的几个人。

他留下负责处理剩下的残局。至于他用什么手段，就不那么重要了。

江凛实在意志顽强，在被送去医院前还醒了一回，眼神蒙眬地问："干什么？"

"你再睡会儿，洗完胃就舒坦了。"宋川在旁边随口安抚道，"你刚才也忒猛了，那可是白酒啊，直接对瓶吹，我一个大老爷们儿都不敢这么干。"

江凛觉得有点儿聒噪，不耐烦地摆摆手。

回想之前的种种，宋川仍旧心有余悸地问："不过你挺冲动的，要是没人救场，你打算怎么办？"

"除非他们弄死我，"她冷声地说，"否则我就算和他们同归于尽，也得报复回去。"

够狠，这语气也像是她真能做得出来。

宋川听她这么回应，还来兴致了，继续问道："江凛，你缺朋友吗？觉着我怎么样？"

江凛闭眼敷衍："再说吧。"

宋川闻言不禁笑了："还别说，你真挺酷的！"

江凛姑且把这句话算作夸奖。她洗完胃还没睁眼就被护士推走了。

洗胃的感觉是真不好受，江凛感觉自己的意识好像被从身体中揪出来又塞了回去。常人折腾一趟下来，纵是铁打的身子也受不住。躺进病房里后不久，她便在安稳的环境中睡着了。

宋川在病房门口候着，本想抽根烟缓缓情绪，突然想起这里是医院，只得作罢。

好在贺从泽没让他等多久，很快就赶了过来。

问清楚江凛的情况，得知并无大碍后，贺从泽总算将提着的那颗心给放了下来。

"话说回来，你动作还真快。"宋川记起方才那个惊险时刻，不禁感慨，"我给你发完消息才多久，你就抓着司莞夏过来了……不对，你怎么知道是司莞夏？"

"她今天很奇怪，一直缠着我，我本来就觉得不对劲儿，你一发消息我就明白了。"

宋川登时了然，叹道："唉，我就是没想到你这么不给人面子，直接就现场解决，我还以为这件事你会低调处理。"

贺从泽很是不屑地说："君子报仇十年不晚，老子报仇一天到晚。"

宋川一言难尽地看了他一眼，突然想起来什么，问道："对了，骆天那个傻子呢？"

贺从泽眼都不抬，透过病房的小窗看着里面的江凛，说："他在医院里，估计得缝几针。"

宋川咋舌，再次被江凛折服，说："那姑娘力气不小啊，一瓶子下去把人打进了医院里。"

"是不小。"贺从泽闻言，便自动回想起二人初见时江凛手提行李箱步履稳健下楼梯的情形，认可道，"她那力气，人家拧瓶盖，她拧天灵盖。"

宋川感到无语，贺从泽用的是什么离谱的比喻？！

外面夜色沉寂，静默无声。

江凛醒来时，身子骨酸痛得很，浑身上下没一处舒服的地方。她慢慢地撑起身子，靠在床头。

贺从泽推开房门的时候，就见江凛不知何时已经醒来。

他正欲开口，然而视线定格在江凛的侧脸上时，刚组织好的话就这样没了。

江凛望着窗外，黢黑的瞳孔似乎要与深夜融合。她并不言语，眼底像是无人之境，荒芜冷清。

若说原先贺从泽对这眼神有多感兴趣，那现在就有多无奈。

江凛像是个灵魂并不常驻的躯壳，既能在白日里活成一个鲜活的人，也能在深夜里成为一个空洞麻木的壳子。

她一个人的时候究竟在想些什么？会做些什么？独处的时候，也会像今天这样自暴自弃，伤害自己吗？

贺从泽无声地收敛起心底的情愫，走了过去，在江凛的床边坐下。

江凛闻声回过神来，侧首看向他，方才眼底的虚无尽数消散，恢复平日清透。

"江凛，我其实挺好奇的，"贺从泽没看她，声线沉稳平和，"你这种人，为什么会选择成为医生？"

江凛虽不知道他是搭错了哪根弦，但还是思忖几秒后坦然地说："我母亲教我从小行善积德，医生这个职业基本符合我的需求。"

贺从泽眸色深沉，笑意未达眼底，带着几分冷意，问："那没人教过你惜命吗？"

江凛点头，眉目冷淡，说话的语气仿佛事不关己："倒是有人教过我，人自己的身体，是最好的宣泄对象。"

贺从泽倏地顿住，定定地望着江凛，试图从她的表情中寻出半分开玩笑的意味，却是徒劳。

贺从泽承认，自己在生江凛的气，气她过分冲动，气她不知求助，气她不懂爱护自己。

贺从泽语气有些僵硬，问她："谁教你的？"

江凛垂下眼帘，淡声答："男人，有血缘关系的那种。"

贺从泽怔了怔，然后瞬间反应过来——她将自己的父亲称为"有血缘关系的男人"。但这种给孩子灌输负面思想的男人，也的确担不起"父亲"这个称呼。

透过江凛的只言片语，贺从泽大抵明白过来，江凛自小受过的教育是两个极端：母亲教善，父亲教恶。

"你也没必要因为我不要命生气。"江凛语气平淡地说道，"我之所以无所畏惧，就是我不怕死。"

死亡于她，不过是对生命的最终义务，只看什么时候履行罢了。

贺从泽望着她，好似这时才顿悟了什么，若人生有两种，大多数人过得喧嚣而热闹，那江凛便是另外一种少数人过的生活——她的人生从一开始就是一片寂静。

贺从泽轻叹一声，突然没头没尾地说了句："江凛，人是一种很脆弱的生物。"

江凛回答："人既顽强又渺小，生死都很简单。"

"是，"贺从泽嗓音低沉地说，"我比一般人更脆弱，如果没了你，虽然不至于死，但也跟死没差多少。"

贺从泽话锋一转，似笑非笑地指了指自己，说："所以江凛，为了你能多看几天我这张脸，先好好活着。"

贺从泽这种稀奇古怪的鼓励是怎么回事？江凛停顿几秒，好像突然明白过来什么，又觉得好笑，说："我说我不怕死，又不代表我会主动去死，你在乱想什么？"

"没办法，"贺从泽耸肩，"你有时候想法挺危险的，让我很没安全感。"

"我不会自杀，"江凛摇头，淡声道，"人间百般滋味，自己尝过才算知道。"

语罢，江凛感觉身体里有一阵疲惫感涌上来，便干脆朝贺从泽摆摆手重新躺回被窝里。

贺从泽垂下眼帘望着她，不发一语。

江凛正处在人生最精彩的年龄段，但她那颗心好似已经过完了一生。她总是在自嘲，明里暗里都不够珍惜自己，独自给自己套上枷锁、画地为牢。

江凛像是漂浮在人间的浮萍，始终寻不到根基。但同时，她看似冷漠，却总愿意因为旁人一星半点儿的真心而默默地调整自己。

半响，贺从泽起身跟江凛道过晚安后，便离开了病房。其实他还有很多想问的事，可现在还不能操之过急。

江凛就像是一座巍巍的雪山，山上积满冰雪难以消融。别人给予她的每分温热都需要付出千百倍的努力，但这些温热也能得到她千百倍的回报。

他们之间，一切事情要慢慢来。

与此同时。

卧室内，灯光昏黄暗淡。一位中年男子正用蓝牙耳机通话。

"原来是司莞夏叫人干的。"他扬眉，问，"江凛怎么解决的？"

听到对方的答复后，男人神情稍怔，重复了一遍："进了医院？"

他失笑几声，挂断电话，将耳机摘了下来。

"司振华还真是厉害……"男人低声道，意味深长，余音在房间内回响，"能养出一个怪物和一个废物。"

次日江凛出院，对外只说是聚会喝多了，并无人怀疑。

她恢复得快，当天就上班了。贺从泽自然是不大乐意，但毫无悬念地被江凛无视。

江凛处理好手上的工作后便去了李悦的病房，谁知刚好撞上满面怒气的李妈妈。

也不知刚才病房里发生了什么，李妈妈怒气冲冲，竟直接撞上江凛的肩膀，话也不说地离开了。

江凛这些年来见过太多没礼貌的人，从容地拍了拍肩，抬脚走进病房里。

李悦坐在病床上，低着脑袋不知在想什么。看着李悦，江凛下意识地眯眸。

小丫头好不容易缓和的情绪，好像又回到了最初的丧气状态。

江凛无声地叹息，走上前去，坐在床边上没说话。

"江医生，你能不能多陪我一会儿？"李悦开口，嗓音沙哑不已，"我有点儿……我感觉自己有点儿怪。"

刚一出声，李悦的眼泪便克制不住地滴落下来，她仓皇地摇头道："她知道我有病了，是小护士告诉她的。她觉得很丢脸，骂我无病呻吟、多事……"

以爱为名的"虐待"无处不在，在孩子的思想里根深蒂固，从此代代相传。从小就有人不断地对孩子说"要优秀""要出类拔萃""要比别人多付出"，可很少有人告诉孩子要快乐。

江凛静静地望着李悦，突然张手将她揽入怀中，拍了拍她的背。

李悦浑身一僵，随即呜咽着哭出声来："对不起，我也不知道自己怎么了，我感觉难过得快要死掉了……"

"父母总告诉我，这世上有太多比我痛苦的人，我这点儿累不算什么，可为什么我会这么难受？"

江凛一边轻轻地拍她，一边轻声地安慰："这不是你的错，痛苦本就无法比较，只要它能摧毁一个人，那对这个人而言就是一场灾难。"

"这世上不幸的人有很多，你的确不是最糟糕的那个，但你的痛苦也不会有人感同身受，这是肯定的。"江凛缓声道，从桌上抽了几张纸，替李悦擦拭泪水。

人生不过是苦中作乐，习以为常后也就不过尔尔。

李悦是个极度自持的女孩儿，在短暂的发泄过后，便恢复平静，抿唇不语。

"以旁观者的身份劝人乐观，是件没有意义的事。"江凛摸了摸她的脑袋，像安慰似的，"所以李悦，我只希望你能睡一觉，继续努力学习和生活。"

李悦的情绪缓和不少，闷闷地应了一声。江凛知道不宜久留，便离开了。

接下来的日子里，因为接近年底，所以江凛自然而然地繁忙起来。

时光流逝，转眼间便到了12月。

圣诞节前一天下午，李悦出院了。

跟江凛道别时，她哭得一塌糊涂，虽然只是短短数月，但江凛对她的影响是相当之大。此次一别，二人也不知以后还有没有机会再见。

江凛当天夜里值班，故而推掉了贺从泽共进晚饭的邀请，在办公室里埋头忙碌。

贺公子虽然憋屈，但总不能跟工作争风吃醋，只得跟自己的狐朋狗友吃饭喝酒去了。正巧陆绍廷今晚没事，几个大老爷们儿便凑到一起了。

今天众人拼酒，除了烟酒不沾的陆绍廷，全部对瓶吹。

众人在饭桌上聊得火热。

"我听说骆天那事了。"有人挑起话题，兴致勃勃地问贺从泽，"小贺总，到底怎么回事？"

此事一被提及，大伙儿当即来了兴致，险些忘记这茬儿。

陆绍廷前些日子忙，但也略有耳闻，问道："你们发生什么了？"

贺从泽尚未开口，一旁的宋川便感叹道："还能有什么，司莞夏那丫头动了不能动的人。"

陆绍廷眉心微蹙，似乎对那个人有点儿模糊的印象，而后转向贺从泽，问："是 A 院的那个人？"

贺从泽这边还没开口，宋川那边就把事情经过全说出去了，贺从泽无奈地点头，算是承认。

旁边的兄弟震惊了，说："这么复杂……你这是打算认真了？"

"别打扰我难得的心情。"贺从泽扫了一眼他们，正色道，"总之，以后你们快活不用叫我了。"

"不是吧你，正经的？就为了一个女人？"

"让她好好生活，才是我现在的首要任务。"贺从泽摆摆手，似乎不愿多谈，"说不清，我现在也没太搞明白，反正就是放不下，顺其自然吧。"

几个人见此，都不再打诨了。

虽说大家都在一个圈子里，刚开始也是由酒肉朋友发展来的关系，但相处了这么些年，彼此什么样早就清楚了。一个女人能让贺从泽"浪子回头"，看来她是真的被他放在了心上，至于究竟是个什么定位，恐怕只有当事人才知晓了。

第三章

山水迢遥

贺从泽难得喝醉，虽不至于糊涂，却也有些意识不清。

闹总蹲在门口候着自家铲屎官，见门被打开，当即跑了过去。然而，闹总灵敏地嗅到了酒精的气味，态度当即转变，腾空一转，原本的亲昵变成冲撞。

贺从泽还没打开灯就被糊了满脸猫毛，他呸了一声，伸手捞过转身欲跑的闹总，一人一猫干瞪眼。

闹总是只布偶猫，本就生得精致，一双剔透蓝眸清亮无比，若不看这臭脾气，俨然是副贵族相。

"你们怎么这么像？"贺从泽没来由地不满，戳戳它，"长得倒是挺漂亮，揭开内里一看都是没良心的。"

闹总看贺从泽仿佛是在看弱智，也不知他究竟是哪根筋搭错了。贺从泽拎着它坐上沙发，便拿出手机。

江凛正在整理病人资料，手机冷不丁地振动起来，她以为是同事，看也不看便接起电话，开了免提。

谁知对方一开口，听筒里便传来一个慵懒沙哑的男声："凛凛，我打赌你肯定在忙。"

江凛稍稍蹙眉，打字的动作未停，问："你的声音是怎么回事？"

"你也不问我在做什么，真是个无情的女人……"

江凛眼尾直跳，正欲开口，贺从泽却已经开始自行报告："我刚回家，现在抱着我家猫。哦，对，我好像还没跟你介绍过，它叫闹总，我看它跟你八字挺合的，你应该会喜欢，以后让你们见见。"

江凛仔细地分辨了一下，手指顿住，淡声提醒道："贺从泽，去吃点儿醒酒药。"

"别打岔，"贺从泽喝醉了，并不好管教，"我也就这时候会说心里话了。"

江凛闻言愣了愣，不由得联想到他平日里那些深不可测又相当内敛的情绪，缄默数秒后，终于一推键盘，拿起手机关闭免提。

她无奈地问他："贺从泽，你到底想干什么？"

对方沉默了半晌。

江凛怀疑贺从泽已经睡着了，他突然开口哑声道："我想离你再近一点儿。"

随着贺从泽的话音落下，江凛感觉听筒中微弱的电流声好似被放大了，酥酥麻麻的感觉蔓延到了她的心底。

他嗓音低沉，缓缓地说道："江凛，我好像才发现，我比自己想象中更想待在你身边。"

江凛没出声，难得怔住。也不知是不是贺公子时机选得妙，专挑在这容易感情泛滥的深夜，总之江凛被这句话成功地打动了。

她未曾尝过男女情爱，也对感情没有分毫兴趣，但不代表不明白什么是心动。

"我还有工作没处理完。"江凛道，语气如常，"贺从泽，醒醒酒早点儿睡吧。"

说完，不待贺从泽回应，江凛便挂断电话，将手机关机，防止某人醉酒后的无休止骚扰。

为了摒弃多余的思绪，江凛侧身将窗户拉开，却不想被冷风侵袭了满身。

她果断合窗，抬手一拢衣领，看看桌上的日历，发觉今年竟快要走到头了。

回京都后，不知不觉已经过了四五个月，除去个别变数，她倒也过得安逸。

江凛想了想，随手在12月日历上写到：诸事顺遂。

然后她放下笔，坐回原位上继续工作了。

翌日，江凛刚将手机开机，便收到了一条微信消息。

她点开，见是贺从泽发来的"节日快乐"。紧跟其后的是一张照片，照片的主角是一只极漂亮的布偶猫，坐在贺从泽的腿上，被他举着爪子摆出比心的姿势，虽然是一副不太情愿的表情，瞧着倒是很有趣。

江凛想到了他昨夜的话，隐约记得这猫叫什么……闹钟？

不对，是闹总。

虽然有个奇奇怪怪的名字，但这猫意外地很合江凛的眼缘。想了想，她回复贺从泽："同乐。你家闹总长得挺好看的。"

"主凭猫贵"的贺公子受宠若惊，立即回道："猫随主子。"

江凛心想：他的脸皮可真厚！

正想着，贺从泽那边又发来消息："说正经事，你今天上早班吧，下班后有什么打算？"

"处理文件，背资料，吃饭睡觉。"

远在公司的贺公子反复地看着这行字，陷入沉默之中。真的，他觉得，和江凛比无趣这件事本身才是真正的无趣。

贺从泽没回应。

江凛看着聊天栏上持续许久的"对方正在输入……"，不由得联想到贺从泽没话找话的无奈模样，轻轻地摇头，叹了口气。

江凛是从来不过节日的，包括生日。她没时间也没这习惯，而且就算不庆祝也不会觉得缺什么。

最终，贺从泽也没做出什么回复。

江凛内心并无波动，于是放下手机，去忙自己的事情了。

她先是查房、午休，而后整理完资料准备下班回家，但临时被转院申请的事耽搁了一会儿，待她到家时，钟表时针已经指向4点。

厨房架子上柴米油盐酱醋齐备，她打开冰箱看了看，却只找到了两包方便面以及一袋火腿肠，还不错，起码晚饭有着落了。

江凛盘算着，随后便去冲了个澡，而后换上家居服，清清爽爽地坐在沙发上擦拭头发。

旁人或许觉得这生活单调无趣，她倒无所谓。

江凛瞧了瞧外面，天色渐晚，现在入夜快，才5点多这太阳就快落下了。

琢磨着该到饭点儿了，江凛慢悠悠地起身，刚要去厨房，门铃却被按响。

难不成是快递？

江凛蹙眉，看了一眼时间，怎么想也觉得不可能，便走去门口透过猫眼看，然后顿时愣住。她思忖几秒后，最终还是将手移上门把手，拧了下去。

门刚被打开，来人便淡定地说："小姐，你好！社区送温暖，关爱空巢美人。"

江凛无奈地抬眼，果然看到贺从泽那张似笑非笑的脸，然而视线下移，便被他这身行头惊到了——只见向来养尊处优、十指不沾阳春水的贺公子，此时左手抱着个巨大的食品袋，右臂挂着兜花花绿绿的水果、蔬菜，整个人身上挂得满满当当。

更奇葩的是，即便在如此情况下，他还能从容地腾出一只手，抱着一大捧娇艳欲滴的玫瑰花。

贺公子双眸含情，将花往她面前一递，整个人殷勤又热切。

江凛面色复杂地接下花放在桌上，随后好心地帮贺从泽分担了些重量，将食物袋子统统放上餐桌，然后问："你怎么来了？"

"我这不怕你孤单嘛。"贺从泽理直气壮地说，"你自己待着，也不知道会不会好好吃饭，我得亲自过来监督。"

他说得跟真的一样。

江凛不置可否，边收拾桌子边对贺从泽说："我这儿有吃的，你不用……"

然而她话还没说完，贺从泽便已从厨房里走出来，两只手左手拎着方便面，右边拎着火腿肠，面无表情地问："就这些？"

江凛沉默几秒后，回答道："就这些。"

贺从泽干脆利落地转身，拎起食材走向厨房，不发一语。

江凛皱着眉跟过去，大概明白他的意图，却觉得难以置信，问道："你要做饭？"

"不然呢？"贺从泽只觉得头痛，实在想不到江凛这么不把健康当回事。

他随意地翻了翻厨房里的调料，种类倒是十分齐全，只是……

贺从泽愣住，回头看向她，说："江凛，告诉我，你是刚整理完厨房。"

调料盒里的小勺干净无比，完全没有用过的痕迹，该情况无非有两种可能：一种是她不做饭，另外一种是她刚收拾干净。

贺从泽主观上情愿相信后者，但心里其实已经默认是前者。

"我很少下厨，"江凛很是坦荡，"外卖和不吃是首选。"

他无言以对，只得叹息道："你就不能多爱你自己一点儿吗？"

江凛没说话。

贺从泽似乎自觉失言，也不多说了，就挽起袖口忙活起来。

客厅里传来塑料袋的声响，半晌，江凛不咸不淡地道了句："谢谢！"

贺从泽切菜的手一顿，随即低声地笑了，眸中郁闷之色彻底散去。

"不用谢，"他语气散漫，"反正以后我会成为你的首选。"

贺从泽的情话实在高超，江凛忽略掉那一瞬间怦然加速的心跳，不予理会，转而开始不紧不慢地收拾东西。

贺从泽虽自小锦衣玉食，但厨艺还是可以的，做出的饭菜花样不算多，不过尚能算作丰盛。总之，无论如何，他的手艺比凑合惯了的江凛的手艺好些。

饭后，毕竟贺从泽是今晚的主厨，江凛便主动去收拾厨房里的残局，各有各的活儿可做。

她手上刷着盘子，难得肯说句夸奖话："本以为你就是个公子哥儿，没想到厨艺还不错。"

"我还有很多优点等你发现。"身处客厅里的贺从泽毫不谦虚，"你的外套怎么在沙发上堆着，还得我给你挂好……"

江凛敛着眸擦盘子，思索要不要忽略他的话？但是……她手下动作停顿，终是平平淡淡地"嗯"了一声。

草率生活也好，饮食随意也罢，她早年因发泄压力而养成了很多坏习惯，也是因为知道不会有任何人关心自己。从来没人告诉她要按时睡觉，要好好吃饭，要把生活过得有条不紊。她孑然一身惯了，不曾觉得与他人有异，但现在看来，自己与别人好像是有不一样的地方。

而这个房子，自贺从泽来后，好似也多了几分别样的感觉。

"对了，江凛，"贺从泽的声音突然接近，江凛回头看了一眼，发现他不知何时到了厨房门口，姿态懒散地倚着门，问她，"你是哪里人？"

江凛慢悠悠地整理碗筷，回答道："本地人。"

贺从泽愣了愣，显然没想到会是这个回答。

"我小时候在这里生活过一段时间，后来去了S市定居。"她思忖数秒后，继续说道，"不过我离开京都快20年了，重新回来也没什么感情。"

"看来缘分妙不可言，"贺从泽深以为然地说，"尽管你离开京都多年，我们注定还是遇见了。"

"差不多得了，"江凛懒得理会，十分隐晦地下了逐客令，"时间不早了，你回去休息吧。"

贺从泽在心底感慨了一句多么无情的女人，还未开口，江凛便已径直从他面前经过。

贺从泽手疾眼快，伸手握住她的手腕，不疾不徐地说道："江凛，被你拒绝了这么多次，我总觉得不做点儿什么都对不起自己。"

江凛扫了他一眼，淡淡地问："做点儿什么？"

贺从泽轻笑，但还没开口便已被江凛摁在墙上，紧接着，一只手倏地撑在了他的身旁。

由于对方身高不够高，所以做这个动作有些古怪，但无论如何，眼前的事实贺从泽无从否认。他被壁咚了——被一个女人，被一个气势完全不输自己的女人，这感觉真的很奇怪。

"所以，"江凛抬眼瞥他，姿势不变，"你就想做这种事？"

贺从泽闻言稍顿，随即伸手扣住江凛的下颌，哑声说："不，是这种。"

说完，他便俯首欲吻江凛。

江凛早就料到如此，果断地挡住他。贺从泽无奈，却还是有法子。他从容地侧首吻上了江凛的腕骨。

江凛蹙眉，迅速地收手，说："贺从泽，你就不能老实点儿？"

贺从泽笑得十分君子，懒散地问她："江医生，你打算什么时候来睡我？"

江凛说："看情况。"

贺从泽觉得这个女人的煞风景技术实在是国际水平。

最终，在贺公子厚颜无耻地将离开时间磨蹭到9点后，江凛正式赶人了。

临走前，趁江凛去阳台收拾衣服，贺从泽走到桌上那捧玫瑰花前，从衣袋中摸出店家送的卡片和笔，思索了几秒。潇洒风流的贺从泽，对写情书这事向来不屑，但凡事总有第一次，他很愿意将之献给江凛。

三水江，二水凛，他写得格外认真，眸底荡漾着柔和的情意。我手写我心，情话哪里需要琢磨，但凡真正珍视，便是再平淡的语句也能闪耀出星光来。

江凛听到关门声时并未出去送别，而是不紧不慢地将一切整理好后，才重回客厅里。

方才那阵温暖的烟火气息，好似也被贺从泽带走了些。

桌上那捧玫瑰花的存在感实在太强，她上前将其抱起，却有一张卡片悄然滑落。

她捡起，望见卡片上字体潇洒遒劲，意态跌宕："一见钟情太过敷衍，我遇见你，是惊鸿一瞥。"

江凛愣了愣，失神片刻后，轻声失笑，缓缓地摇头，这还真是……唉。

饱食餍足的贺公子回家沐浴后，躺在床上望着窗外的夜景，心情舒畅。

闹总慢悠悠地踱步而来，跃到床上，在他手边窝成毛茸茸的一团。

贺从泽唇角微弯，揉揉闹总的脑袋，回忆起方才与江凛相处的点点滴滴。然而电光石火之间，好似有什么信息自他脑中闪过，如惊雷轰鸣般震醒了他。

贺从泽后知后觉，突然变了脸色，想起江凛无意间同他说过自己已经离开京都快 20 年了。

他将自己的记忆迅速地推回到叶董寿宴那天，那时司振华说"她才 6 岁"，也就是说，那场火灾是在司振华大女儿 6 岁那年发生的。

贺从泽看过江凛的档案，知道她的出生年月。他默默地在心里算了算，若是 20 年前……他蓦地顿住，那刚好是江凛 6 岁的时候。

他不由得想起司振华与江凛二人过分相似的眉眼与神态，一个荒谬的猜想无声地萌发。

明明室内温暖如春，贺从泽却觉得周遭比室外的寒冬还要冷上几分。

接下来几日，贺从泽知道江凛工作忙碌，便没常去叨扰，只是每日送去玫瑰花替自己问候美人。

临近年末是加班高峰期，好在江凛平时没有堆积工作的习惯，这会儿全民熬夜加班，反倒是她闲下来了。

跨年那天，A 院响起无数哀号，大家纷纷后悔自己平日里不勤快，落得个跨年夜加班的下场。

江凛作为为数不多正常下班的人，心情平静地回到家中，给母亲打电话问了问情况后，便陷入了短暂的无聊之中。她打开电视，频道内正播着娱乐节目，但她不太感兴趣，看得昏昏欲睡。

她平日里生活简单，工作、吃饭、加班、睡觉，除此之外没有任何娱乐，人际关系也十分简单。如此一来，她闲暇之时也不知道有什么事情可做。

江凛这生活真是难以过得积极起来。

她叹了口气，拿出手机打开微信，望见朋友圈里清一色的跨年祝贺，仍旧觉得乏味。

就在此时，一条微信消息自手机通知栏里出现："江医生，晚上有约吗？"

字里行间自带暧昧，打眼一看就知道发送者是谁。

江凛回复："有事？"

"跨年夜这么重要的日子，我觉得和你在一起才算过得有意义。"

江凛腹诽几句，手指点出输入法，还未打字，对方便已将电话打了过来。

她眉心微蹙，点了接听键，开门见山道："你要找我吃晚饭？"

"是邀请你跟我共进晚餐。"贺从泽耐心地将言辞美化，"怎么样？就当是这么多天没见面的补偿了。"

江凛考虑了几秒后，想到自己今晚的确无聊，便"嗯"了一声，又补了一句："好。"

"就算你不答应……"贺从泽几乎与她同时开口，紧接着反应过来，一下子愣住，"什么？"

"几点去？"

贺从泽花了3秒钟将自己的思路整理好，恢复冷静，说："我晚上6点来接你。"

"好，电话联系。"

"先别挂！"他料想到了江凛接下来的行为，先出声阻止，含笑道，"江医生，我觉得你可能有点儿喜欢我了。"

江凛想都没想，开口打消他的念头："好感有余，喜欢尚远。"

只这几个字，落在贺从泽的耳畔，也足够有分量。

"你倒是直白，"他眼底微亮，随即轻笑道，"我就喜欢你这样。"

"我去收拾了,待会儿打电话。"江凛不置可否,有话说话,无话也懒得多费口舌,便结束了通话。

准时如贺从泽,待手机响铃时,江凛便拿过手机透过窗户扫了一眼楼下,果然他已经候着了。

江凛想不到今年最后一天,竟要与他一同度过。

今年的最后一顿晚餐,贺从泽的确安排得正式。

江凛平日里习惯在小店铺里买吃的,但自从遇到贺从泽后,二人常去的吃饭地点就成了高档餐厅。

她想:果真是快要过上蛀虫般的生活了。

江凛心里无奈,面上倒没泄露半分心绪,同贺从泽抵达目的地后,不久便有服务员开始上餐。

他们都不是喜欢边吃边聊的人,因此这顿饭吃得慢条斯理,也十分安静,但是气氛并不尴尬,反而称得上自然。

想起自己的心情已经很久没这么平静过,江凛不免稍稍出神。刚开始在 A 院上班时日子过得实在忙碌,工作上的压力并不是不会给她带来负面情绪,只是她习惯于自行消化。

她现在想想,果然还是有影响的。

而在江凛陷入自己的思绪中的短暂时间里,贺从泽也正不着痕迹地打量着她。他自是能察觉到江凛在愣神,但并未出声,只是望着她,在心里揣测着她正在想什么。

江凛平日里寡淡,但当思考时,便会有细碎的光芒自她眼底浮现,为她平添了几分人情味。

等江凛小心翼翼地褪去那冷硬的外壳,贺从泽只想尽可能多地探寻江凛不为人知的另一面,以便为她带去一些或许微不足道的温暖。种种行径究竟是出于怎样的想法,他现在也无暇去思考了。

他的心动本就莫名其妙,或许只是某个瞬间的事,又或许是最初的好奇变了质。事已至此,他再纠结这些完全没有意义,现在他只想朝她靠近。

饭后,江凛闲来无事,便同贺从泽去商业街逛了逛。

京都风光无限好,万家灯火,繁华热闹,更不必说今日还是全民期待的跨年夜。广场与街道上人满为患,游客络绎不绝。

江凛看了看身旁身份特殊的男人，淡声提醒："这里人多。"

但人潮往来间，或许是因为灯光倾泻晃了众人的眼，贺从泽没戴口罩，竟也没人认出他。

"是呀，"贺从泽似乎有意曲解她的意思，抬手便揽过她，弯唇道，"所以凛凛，你可要好好地待在我身边，别走丢了。"

江凛知道贺公子向来厚颜无耻，对此习以为常，不冷不热地将他不安分的手扯下，说："在你身边更危险。"

"上次是意外。"贺从泽明白她是指先前的微博爆料事件，耸肩轻笑，"只要你想，全网就不会有任何与你有关的花边消息。"

"只要你想，"江凛意味不明地抬眼看他，却是几乎将话重复了一遍，"全网就不会有任何与我有关的花边消息。"

换了个人称，句子里含的意思却是全然不同了。江凛嘲讽人于无形的能力，实在是炉火纯青。

二人虽是在交谈，脚步却并未停止不前。贺从泽果真乖乖地听话没再动手动脚，同时不着痕迹地护着江凛，防止她被来往的行人撞到。

江凛不是神经大条的人，这种小细节当然被她收入眼底，她看了看贺从泽，眸底的最后一点儿冷意也无声地消失了。

江凛并非无情，只是身旁鲜少有真正愿意接近自己的人，她分辨得出对方的好意是真是假，对于每个人她也有自己的评判，不说，不代表看不见。

兴许是因为太热闹，时间迅速地流逝，不知不觉便到了跨年夜的最后一个小时，无数人聚集在中央广场，兴致勃勃地等着跨年倒计时。

江凛没太多兴致，但原来从未做过等候零点这种事，觉得似乎还算新鲜，便也没赶着回去。

贺从泽俯首打量她，望见璀璨的灯光映上了她的面庞，那双沉寂的眼眸平静如海，不悲不喜，只是被灯光添了几点星光，仅此而已。

江凛似乎总与人间的热闹格格不入，习惯游离于人群之外，无法适应，也放弃适应，茕茕孑立地活着。

贺从泽收回目光，含笑开口道："江凛，我带你去个好地方。"

江凛没多问，便点头答应。

江凛随贺从泽走到了不远处的一座小型塔楼前，这里平日里游客挺多，但这会儿人们都聚集在广场上，倒显得这里空无一人了。

二人乘电梯登塔，江凛跟在贺从泽身后，发现他竟将自己带到了观赏台上。

这观赏台的视野极好，既面朝广场，能够望见攒动的人群以及正在跨年倒计时的大屏幕，又能将夜晚的城市风光尽收眼底，美不胜收。

江凛难得掷下一句好评："这个地方还不错！"

"那就让今年在这里画上句号吧，"贺从泽站在她身旁，唇角笑意清浅，"和我一起。"

江凛没有回应，望着眼下的繁华景色，心里竟有些怅然。

贺从泽似乎想起什么，便问她："对了，江凛，许新年愿望了吗？"

江凛道："和往年一样。"

贺从泽随口追问："那你往年的愿望都是什么？"

"爱自己。"

三个字，使贺从泽眉眼间的笑意无声地减少了几分。

江凛轻描淡写的模样，仿佛是在说着与自己毫不相干的事情。

"江凛，"贺从泽开口唤她，语气轻缓，"有时候我觉得，你好像是脱离了社会而活。"

江凛闻言陷入沉默之中，并未立刻回应。她习惯独享黑夜，拒绝光明。她自我封闭，从不爱人，因此也不配被爱。她也想热烈地活，因为知道世上有很多美好，可这种美好她感受不到。

这世界是上苍给予众生最盛大的礼物，是一场可被更改的奇迹。生活再如何枯燥如何无意义，她也依旧怀揣希望，可终究还是徒劳，毕竟只有在阳光下生活的人，才能长出挺拔的骨。

"人太想被爱，才会流连在各色人的身边。"江凛摇头，语气平淡如常，"我只是恰巧不需要那些。"

她来这世上走一遭，要自始至终地保持清醒，活不将就，爱不将就。

话音刚落，远处天边便传来了低沉的轰鸣声，她尚未反应过来，便听见从广场中央传来了广播的播报声——"跨年倒计时，5分钟开始"！

夜空绽开的烟花映亮了整座城市的上空，美得让人分不清自己是身处白昼还是黑夜，仿佛是场恍惚的春秋大梦。

江凛有些反应不及，怔怔地说道："有烟花？"

贺从泽侧首看她，终是瞧见了她眼底浮起的万千光影，虽清淡如水彩晕染，却已是一种极致的美。

他终于看到了，比这世间所有美好的光景都要有吸引力的一抹绝色。

贺从泽无声地倾身，在江凛的耳畔轻笑，说："好好欣赏，这是专门为你存在的时间。"

凉薄是她，温柔是她，她的凛然戾气也并非伪装，只因那些性情不论好坏，被通通混乱地塞进了江凛的命里。

江凛是个矛盾体，她幼年受到的教育是两个极端——善与恶。她即便在泥沼中活过，体会过人间大恶，却也想一步步地爬出沼泽，哪怕遍体鳞伤，也要亲自去品尝这世间百般滋味。

烟花自天际缓缓地飘落，跨年倒计时已经到了最后关头，无数欢呼声自远方传来，让人听得不甚真切。

贺从泽低头不偏不倚地吻在江凛的额间，点到即止，而后拉开些距离与她对视，神色平静。

江凛难得出神，为这场盛世烟火，也为贺从泽方才克制珍重的吻。

片刻寂静中，贺从泽轻声开口，嗓音柔和："江凛，你活了二十多年，有人教你作恶，有人教你行善……可偏偏没人教你，如何面对他人的爱意。"

江凛心底的尘封处仿佛被撕裂了一个小口，她缄默不语，眸光趋于破碎，似乎有什么陌生的情愫呼之欲出。

"那么我来教你，时间再久也没关系，"贺从泽不紧不慢地说，语气温柔且坚定，"直到你明白这世上真的有人爱你，直到你哪怕明白人生苦短，只有一个真心待你的人，就能够成为你好好活下去的理由。"

随着他的话音落下，不远处突然传来人们尽兴的欢呼声，最后时刻终于到来。

江凛没有出声。

新一轮的烟花为迎接崭新的一年再度绽放，比上次的更加璀璨盛大，似乎要扫去过往的所有暗色，让人重获新生。

贺从泽无声地眯眸，天边的烟花点亮了黑夜的每个角落，也映上了对面女子隐隐泛红的眼睛。

新的一年，到来了。

后来，"贺公子烟火盛宴"的消息在头条上红红火火地挂了整日。

跨年倒计时的最后5分钟，一场惊艳至极的烟花秀深深地刻进了众人的脑海里，视频被全网传播，空前火爆。

贺从泽作为热搜的主要人物，显得十分淡定从容，该玩玩，该忙忙。

1月中下旬，A院迎来了好消息。经上层会议讨论，院方决定更换院内部分医疗设备，并对医院大楼内部进行简单装修，需要暂停营业一个月。

此通知被放出后，A院上下尽数欢呼，假期之始恰好赶上小年，相当于给他们放了长达一个月的春节假期。

从京都搭飞机去S市大约两个小时，再加上江凛住在S市的郊区，乘车时间也不短，因此小年当天江凛放弃补觉，清早起床拎起行李便去了机场。

下飞机后又立马打车，江凛折腾一路走进自家庭院里的时候，便看到正给花草浇水的岳姨。

岳姨听闻声响还以为是邻居来拜访，头也没抬，笑道："今儿这么早就来啦……先帮我拿下肥料。"

江凛将行李箱靠在栅栏上，拿过旁边的肥料袋，上前递给岳姨。

岳姨没察觉出不对劲儿，边施着肥边问："怎么不说话呀？"

"岳姨，"江凛无奈地笑，"是我。"

话音刚落，岳姨手一抖，险些将肥料撒了满地，瞠目结舌地看向来人，这才真正将眼前的人打量一番，眼前的人鲜眉亮目，容貌生辉。相别半年有余，这姑娘的气质似乎越发清冷，却不知怎的较原先似乎多了些人情味。

"哎呀！"岳姨高兴不已，连忙起身握住江凛的手，欣喜道："你这丫头，回来怎么也不说一声？还想搞个惊喜不成？"

"医院装修，我放假一个月，在这儿多待几天，"江凛牵起唇角，重新拉过行李箱，"对了，岳姨，我妈呢？"

"你妈妈最近有些嗜睡，这个点儿可能刚醒不久，来来来，先进屋里。"

江凛点头，边走边问："她有好好吃药吗？"

"每天都定时吃的，情绪也越来越稳定啦。"

江凛听着，敛眸舒了口气，心口那点儿沉重也缓缓地散去。

江如茜患有躁郁症，最严重的阶段堪称噩梦，但过往不提，好在一切都在好转，痊愈大抵只是时间的问题。

江如茜刚醒不久，前脚踏出洗漱间，就见岳姨带着个人来了，刚开始没注意，然而定睛一看，便愣在原地。

"这么早就回来了？"江如茜回过神后迎上去，眼睛微红，"不会过几天又要走吧？"

江凛轻笑，伸手抱了抱她，说："医院放假一个月，过完年我再回去。"

江如茜叹了口气，失笑道："总算等到你回家了，看把我高兴的……"

江凛放好行李后，同江如茜聊了聊近况，和妈妈说话让她打消了自己的忧虑。随后旅途的困倦涌来，江凛简单地吃了点儿东西后便回房间里睡下了。

当天，岳姨去市场买了一堆食材回来，种类丰富，认真地为小年夜的大餐准备着。

江凛睡了个囫囵觉，醒来时已是下午。习惯性地打开手机查看未读消息，她却意外地发现，贺从泽在两个小时前给自己发了微信。

两条消息：一张图片，一句文字。

图片是用原相机拍摄的，不得不说贺从泽的拍照技术不错，将城市的一角拍得极美。皑皑冰雪铺了满地，天上还在飘着雪花，纷纷扬扬。

他说："江凛，京都下雪了。"

江凛打量着图片，心想自己刚走就错过了京都的初雪，回道："挺好看的，我这儿很少下雪。"

发完，她还礼尚往来似的对准窗外拍了张景，传给贺从泽。

随后她放下手机，伸个懒腰走出了卧室。

今日公司董事会开会，贺从泽应邀出席。

晚饭时间，贺云锋做东请客，贺从泽这才有了看手机的空当儿。

他点开微信，发现江凛早在下午就回复了自己，还附了张图，似乎是个小庭院。

看来她已经回 S 市了。

这么想着，贺从泽抬指欲退出图片预览界面，却不小心双击放大，刚好望见了图片角落处的路牌。他稍稍眯眼，仔细地辨别了一下，成功地识别出路牌上的文字，而后眉心微蹙，点着头若有所思，最终，将这张图片保存，传给了助理。

江凛在家中度过了平和的两天，闲来无事陪江如茜聊聊天，看看电视，小日子倒也过得十分自在。

这日，江凛正在庭院中给绿植浇水，江如茜安安静静地坐在旁边的藤椅上读着书。

江凛刚直起腰来，便听到院外有人声传来："江太太，我来给你送点儿年货啦。"

兴许是关系不错的邻居，江凛猜测着，刚抬眼就见一名中年女子拎着大包小包走来，还腾出一只手扯着……狗链。

那是一条小型宠物犬，瞧起来人畜无害，胖嘟嘟可爱得很，一双圆眼对着江凛，眼中波光闪烁。分明是寻常人会喜爱的模样，对江凛而言却如同洪水猛兽，直接击垮了她的理智。

江凛瞬间变了脸色，下意识地后退几步，强行咽下干呕的冲动，颇为不自在地移开视线，神情竟有些狼狈。

江如茜敏感地察觉到江凛不对劲儿，但面上不曾袒露情绪，起身接过年货，笑着同邻居寒暄几句后，邻居便牵着狗离开了。

狗离开视野后，江凛的情况稍有好转，虽说不自觉地出了一层冷汗，但呼吸已经稳定下来。

江如茜咬唇，轻声地叹息，垂着眼低声道："江凛，抱歉……"

江凛平日里在江如茜面前表现得一往无前，然而江凛方才瞬间露出的惊惧，才让江如茜明白，原来那童年阴影已经注定要跟随自己女儿一生。

江凛皱眉，摆摆手，说："别总把责任往自己身上推，这又不是你造成的。"

"那个人现在……"江如茜开口想提及什么，最终还是决定沉默着将这个话题转移开，拎着年货进屋内。

经过方才的惊扰，江凛的太阳穴突突作痛，她在院中出了会儿神，合上双眼强迫自己清醒之后，这才进了屋里。

岳姨傍晚回来的时候，刚好在家门口碰上一位客人。

来人是一位气质不凡的年轻男子，手中似乎拎着年礼，看到岳姨，便侧首问好："您好！请问这里是江家吗？"

眼前的人神情似笑非笑，眉目清俊，天边未燃尽的夕阳的暖色投进他的眼底，显得熠熠生辉。

岳姨平生初次被男人惊艳到，有点儿口吃，说："是……是的，你找谁？"

男子笑了笑："我找江凛。"

岳姨了然，带人走进庭院里，刚好望见同江如茜坐在太阳房内的江凛，太阳房的隔板是玻璃的，二人似乎在看电视，房内没开灯，光线暗淡。

"小凛！"岳姨抬声唤道，"有朋友来找你啦！"

江凛闻声侧首，此时天色渐暗，岳姨身旁的人面部轮廓模糊，但她还是瞬间认出来了。

她脸色微僵，皱眉转过头去，总觉得有点儿难以置信，思量着是不予理会还是什么。

岳姨满面狐疑，未曾料想江凛会是这个反应，但这个客人似乎早有预料，从容地拿出手机，好像是在打字。

几秒后，岳姨看到房内江凛的手机亮起，暗色中霍然出现了一处亮光，十分显眼。

江凛没理，过了几秒后，手机暗下。

贺从泽并不意外，稍一挑眉，继而不紧不慢地发消息——

"凛凛，我在你家门口。

"我知道你看见我了。

"不理我一下吗？

"唉，真是个无情的女人……"

江凛的手机亮起，又灭，又重新亮起……终于，江如茜疑惑地看向江凛，而江凛也终究无可奈何，起身推门而出。

最终，贺公子还是凭借堪比城墙拐角厚的脸皮，走进了江凛的家里，并蹭了一顿饭。

贺从泽不愧是妇女之友，带来的年礼精挑细选，成功地讨到了江如茜和岳姨的欢心。

江凛介绍他是来拜早年的同事，岳姨信以为真，江如茜察觉一些端倪，但并未问起。

饭后，贺从泽礼貌地婉拒了岳姨邀请他留宿的提议，道："我来 S 市办公，还有事情没处理好，今晚多谢款待了。"

江凛看了他一眼，眉梢轻扬。

"其实，我还有件事。"贺从泽话锋一转，含笑看向江凛，"医院方面有福利，计划在年后组织一次目的地是雪山的旅游，我来问问江小姐有没有时间？"

江凛开口便道："没……"

"有空。"江如茜抢先道，很是无奈地瞧着江凛，"江凛，要多出去走走，正好放松心情。"

江凛捏捏眉骨，只得叹了口气："好，我参加。"

贺公子见目标达成，又饱食餍足，便干脆利索地退了场。

江凛去庭院里收拾东西，贺从泽同江如茜和岳姨二人道别后，也准备跟过去，却被江如茜轻声地唤住。

江如茜抬眼看他，嗓音淡淡地说："你是贺家那位少爷吧？"

贺从泽顿了顿，随后轻牵唇角回道："是。"

旁边的岳姨怔住，难怪总觉得这人眼熟，原来是京都贺氏的公子。

江如茜也只是单纯地确认身份，稍稍点头，问他："你和我女儿……？"

江如茜的话音缓缓地落下，而贺从泽也眸色渐沉。

"看来还是瞒不住伯母，"他轻笑，嗓音低沉，逐字逐句地说道，"我在追求您的女儿。"

夜里温度骤降，江凛在庭院中站着冷不丁地打了个喷嚏，身后传来贺从泽的声音："回去吧，别着凉了。"

江凛轻揉鼻尖，转头看他，问道："你来S市真的是因为工作？"

"来这里工作是假的，带着工作来这里才是真的。"贺从泽耸肩，"你从不给我跟你偶遇的机会，那我只好主动送上门了。"

董事会开过会后贺从泽工作繁忙，他就连在飞机上也要看合同，折腾一天基本还没怎么睡觉。若说目的倒也没有别的，他只是想见她，仅此而已。

江凛闻言顿了顿，这才借着月光，发现了贺从泽眼底疲惫的暗色。

她蹙眉评价："白费工夫。"

"没白费，"贺从泽弯唇，垂眸看着江凛，"我已经见到了我图谋的对象，满足了。"

说完，贺从泽随意地摆了摆手，嘱咐她赶紧回去休息，简单作别后，他抬脚迈入深沉的夜色之中。

"嗒嗒"的脚步声清晰可闻，踏在江凛的心头上，泛起了细微的波澜。

她出神半晌，后知后觉地抬起手来，碰碰自己的耳朵，感觉有些发烫。

年后第二日，江凛启程回京都，准备听从上级安排前往雪山。

说是组织度假，其实有资格参加的只有A院中级职称和副高级职称的医生——没办法，正高级职称的医生大多数上了年纪，实在不方便来，机会自然要让给年轻人。

医师们加上部分公司员工，倒也算是个小型旅游团了。

江凛也是间接得知，此次度假地点刚好与盛衡公司所在地点相同，明眼人都知道这并非巧合。

盛衡主打科技生产，可以说是国内AI第一股。其总裁林城年少有为，白手起家，未及不惑之年，便颇有一番作为。凭借AI技术的前瞻性，盛衡是各大公司争抢的合作对象，于贺氏也不例外。

商人的野心向来隐晦，贺从泽表面挂着公司度假的噱头，在无形中为此次会面提供了由头。

江凛对这些事一知半解，对于商圈里的明争暗斗不是很感兴趣，当真是过来玩乐。

江凛撑着下巴，表情平淡地望着那位身材极好的空姐。

空姐此时正俯身为贺从泽盖毯子，胸部几乎要贴上他，难为他还能目不斜视地盯着平板，神色如常。

然而在抵达雪山酒店后，矜贵的贺公子便有了轻微的高原反应。他只是普通头痛，倒无其他不适，然而还是秉承"利用一切条件制造机会"的追人理念，给江凛打了个电话。

彼时江凛正在房中安放行李，刚确认没有问题后坐下休息，就冷不丁地接到了贺从泽的电话。听着贺从泽隐忍沙哑的嗓音，不太像是伪装，江凛只得迫使自己大发善心，去找服务员要了支葡萄糖，给他送去。

她敲敲门，等了有五六秒，门便被人打开。

江凛办事利索，刚伸出手要把葡萄糖递过去，却被贺从泽攥住手腕，拉进了房内。

"砰"的一声闷响，江凛的背抵在房门上，她眉心微蹙。

房内没开灯，玄关处光影朦胧，江凛只能隐约地瞧见对方的身形轮廓，在这种环境中，她的感官瞬间敏锐。

贺从泽独有的清冷气息将她包围，她如同逃无可逃的猎物，她对这种感觉十分不爽。

然而在她伸手想要推开贺从泽的一瞬间，那逼人的气势倏地消失，紧接着她便被拥入怀中。

贺公子决心将厚脸皮的习惯坚持到底，完全不给江凛开口的机会，说："我不放。"

江凛那声"放手"还未说出口，就被堵在喉咙里。随后她面无表情地推开贺从泽的肩膀，贺从泽的高原反应绝无虚假，因为此时他使不上劲儿，还真松了几分力道。

江凛懒得废话，打开了灯。手下虽是朵"娇花"，她却不曾怜惜，半拖半扯地将人带到卧室里，径直把他推倒在床上。

贺从泽即便如此也还在打趣，靠在床头冲她笑，说："欸，你急什么……"

江凛摁住他，眉角止不住地跳，说："闭嘴，躺好。"

方才贺从泽仅是说玩笑话，事实上高原反应带来的不适已让他浑身冒冷汗，于是索性沉默下来，平心静气。

江凛坐在床边上，低头看着葡萄糖，有发丝垂落在她的肩头上，散发着淡淡的清香，撩拨了贺从泽的思绪。

于是，前一秒还清心寡欲的贺公子，后一秒便悄无声息地打量起眼前的美人儿来。

从贺从泽的角度，他第一眼望见的便是江凛的唇：线条柔和、色泽浅淡，两片嘴唇实在诱人，瞧得他平白生出几分燥热。

可惜心有余而力不足，就在贺从泽想要起身偷个吻的时候，太阳穴不合时宜地传来了一阵尖锐的疼痛。只这一阵，贺从泽便瞬间打消了所有的不良念头，只得躺好合眼，默默地劝自己要清心寡欲。

"一支葡萄糖就差不多了，喝太多也不好。"江凛并未发现贺从泽的心思，将葡萄糖拆开递给他，"喝完睡一觉，起来就好了。"

贺公子顺从地将葡萄糖饮尽，眼神诚挚热切地望着她，说："凛凛，看在我之前照顾过你的分儿上，要不……"

"你急什么！"江凛原话奉还，表情毫无波动，伸手拍拍他，"贺公子好好养病，难得出来一趟，可别虚了身子。"

贺从泽语塞，他真的觉得，迟早要用强硬手段让江凛明白，什么叫男人。

事实证明，贺公子的身子骨还是不错的。他睡了一觉，翌日睁眼时，高原反应已经完全消失，毫无后遗症。

一同前来的员工们已进入度假状态中，要么在雪场游玩，要么去雪道滑雪。

约利山位于几大洲的交界处，其旅游资源相当丰富，尤其是冰雪风光在世界上小有名气。虽然现在约利山的度假季才刚刚开始，却已有不少人慕名而来。

度假区的酒店可租赁雪具，为游客们提供了十足的便利。贺从泽收拾妥当后去前台翻了翻租赁名单，在上面发现了江凛的名字。

虽然江凛有时太过认真，但在玩乐方面，倒毫不收敛自己。

贺从泽唇角微弯，离开酒店，乘缆车前往山顶——那里有家小酒馆，是他此行最主要的目的地。

在约利，令人沉醉的不仅有雪景，还有当地极富异域风情的美酒。

林城让助理看好自己的儿子林天航，因为缺乏滑雪兴致，只身前往山顶上的酒馆。

林城本以为自己来得够早，但当他推开木门的时候，却见已经有人坐在吧台前了。

林城望见对方的后背挺拔修长如青松。

而那人听到门口摇铃，便慢悠悠地回首看向林城，从容地说道："原来是林总，巧啊！"

林城顿了顿，随即失笑，心底瞬间明了。商人之间，哪有巧合？他缓步上前，坐到贺从泽旁边，问道："小贺总，怎么不去滑雪？"

"约利的美酒其实更吸引我，"贺从泽笑了笑，神情悠闲，"林总来这里，不也是因为这个？"

林城笑而不语，点了杯果酒，用余光淡淡地扫向身旁的男子。

林城偶尔会因自己的商业才能感到自豪，而面对眼前的男子时，又不由得感慨，这才是真正才能出众的年轻人。

贺从泽甚至才20多岁，而当年执掌贺氏名下企业的时候，贺从泽更是刚刚成年。

林城道："我感兴趣的是酒，可小贺总就未必了。"

贺从泽并不遮掩，索性敞开天窗说亮话："目前最让我感兴趣的，还是贵公司。"

"怎么？贺公子看好盛衡？"

"以盛衡主打的 AI 技术及其市场份额来看，很难让人不看好。"

林城并不过多客套，都是在商圈里摸爬滚打多年的人，他心里其实早有了理想的合作对象候选，其一便是贺氏。

林城点头，淡声地问："不知道贺氏打算吃下多少份额？"

贺从泽抿了口酒，不紧不慢地说："只要林总敢放，就不用担心贺氏吃不下。"

林城闻言，眼眸微眯，贺氏的确诱人。

若抛去当年贺氏兄弟的那件事，贺从泽俨然是最好的合作伙伴。只是林城不知道贺从泽的野心大小，盛衡是林城自己亲手带起来的，他多少有些犹豫。

"林总还有大把的时间考虑，现在是度假时间，就不谈工作了。"贺从泽淡笑，将空酒杯放下，杯壁在灯光下折射出了多彩的光。

"我去雪道看看，林总要不要一起？"

林城本想婉拒，但想起林天航还在外面，便答应下来，同贺从泽离开酒馆。

他也是这时才发现，贺从泽带的雪具很齐全，显然是打算谈完就去滑雪的。

大抵是年轻人的乐趣吧，林城想自己若是 20 多岁的年纪，也会选择去雪道潇洒一回。

从不远处的山头上似乎传来一声闷响，但听不真切，二人便没有在意。

二人旁边便是高级雪道，下方山脚处人来人往，贺从泽的目光细细地扫过，最终在游客中锁定了江凛。

漫山冰雪重重叠叠，寒风呼啸，江凛站在茫茫雪色间，如同永远明亮的星星一般。

贺从泽眼底浮起笑意，穿戴好雪具，却将目光移至山脚处的人群上，问道："那位就是小少爷？"

林城循着他的目光看过去，便望见林天航正奋力地迈着小短腿，在雪地中前行。

"嗯，"林城应声，眼底是为人父的温柔，"这次来这里度假，就是他 5 岁的生日愿望。"

贺从泽了然地点头，而后准备经雪道下山。

就在此时，他只听耳畔传来一阵可怖的轰鸣声，沉甸甸地压在心头，让人喘不过气来。

紧接着，漫天雪雾铺面而来，无数冰花自山巅涌下，似乎要气势汹汹地淹没一切。

几乎在瞬间，贺从泽脸色骤变，联想到方才听到的闷响，是冰雪破裂声！

雪崩了！

山脚处传来游客们惊慌失措的叫喊声，他突然想起什么，迅速地在山脚处寻找江凛的身影。

好在江凛并不惊慌，顺着人流逃脱的话，应该不会出事的。

贺从泽刚舒了一口气，便听见身旁的林城焦急地喊："林天航！"

林天航的身影已经被白雾淹没，贺从泽拧紧了眉，下一瞬望见人群中的江凛突然停下了脚步。

她在原地思索了数秒，随后转身，毫不犹豫地冲回山脚处，撞进了白茫茫的雾气中，而后消失不见。

贺从泽瞳孔猛缩，大脑短暂地一片空白，心跳声如擂鼓，"咚咚咚"的响声砸在他的耳畔，甚至盖过了外界的纷扰声。恐慌、震惊、担忧……一系列情绪喷涌而出，迅速地侵占了他的身体。

待贺从泽回过神来，他的肢体已经先一步行动，迅速地滑下雪道，朝着江凛消失的方向奔去。

周围很寂静，是死一样的寂静。

万物失去生机，连风声都止息了，这冰冷的世间好像只有江凛一个人在独活。

江凛已经在雪堆下挨过了疼痛期，此时感觉浑身麻木，意识也在一点点地涣散。无力感自她的四肢侵入骨血里，让她越发觉得困倦。

但江凛尚存一丝理智，知道自己刚才经历了雪崩，此时正被埋在冰雪里。

她感觉身上仿佛压了一块巨石，有些透不过气来。但她丝毫不慌乱，只安静地回想着自己过去的二十余年，有痛苦，有挣扎，有百般辛苦，却唯独没有什么快乐，实属毕生遗憾。

江凛觉得多少有些可惜，想叹气，但好像没什么力气，便干脆作罢。她并不畏惧死亡，若就这么死去，也毫不留恋，不想重来一次。

这一生虽还很长，但好像到目前为止她都过得很糟，无论以后会如何，大抵也是没机会经历了。

江凛缓缓地合上眼，心里平静，毫无波澜，细听着耳边雪屑散落的声音。

突然，她的耳边传来了孩童的哽咽声："姐姐……姐姐……"

江凛条件反射般一蹙眉，这才想起身边还有个小家伙儿。方才雪崩时，她看到有个五六岁的小男孩儿摔倒在地，旁人只顾着逃窜，没人有心思去救这个孩子。

江凛原本准备顺着人群脱身，可是抵不过自己身为医者的良心，只得转身去拉小男孩儿。谁知时机不巧，刚好江凛被风雪迷了眼睛，待她清醒过来，已经是现在的样子了。

"姐姐，你醒醒啊！呜呜……"

"姐姐，你不能死掉啊！我好怕……"

小男孩儿哭得撕心裂肺，当真是吵闹，江凛一颗等死的心，愣是被他吵活了。

他那双小手费力地扯着江凛，然而江凛身上盖了一层积雪，哪里是一个孩子能轻易拉动的？

江凛无可奈何，轻轻地拨开他的手，勉强唤起些许求生欲，开始努力地向外爬。

冰雪混合物压在脸颊上，她隐隐觉得痛，但更庆幸雪还没有凝固，而后抿紧了唇，用手一点点地去拨身前一处隐约透光的地方。

也不知道挖了多久，终于看到了光亮，她不适地眯了眯眼，竟觉有些好笑。她实在想不到，自己也会有奋力求生的时候，只是……可惜了。

江凛能清晰地感受到自己的力量正在迅速地流失，但心有余而力不足，只能止步于此。只差最后一步，她只差最后一步。可她的意识迅速地模糊，就连身旁小男孩儿的呼唤声也听不真切，那一刻死神相催，命里的万水千山都在与她作别。

江凛垂下眼帘，眼神有些涣散，身子一寸寸地脱力，不知怎的竟想到了某个烦人精。

尘归尘，土归土，她孑然而活，难得遇见曙光，却终究要看不到了啊。

江凛轻声嗤笑，睫毛颤了颤，抖落下了零星的冰凉，寒意刺骨。

就在此时，一阵踏雪的脚步声渐渐地传到了江凛的耳畔，声声扎耳，在呼啸的风中显得格外清晰，最终脚步声在她眼前停下。

男孩儿的哭声也逐渐地停止了，转为抽泣，好像是安心了一般。

江凛反应有些迟钝，只望见视野里出现了一双马丁靴，瞧着有几分眼熟。后知后觉地将视线上移，待看清来人后，她动作倏地顿住，瞳孔微缩。

贺从泽站在她面前，背后映着的耀眼日光散在他略带弧度的唇角上，那是春光入凛冬，虽突兀但极致温柔。

下一瞬，江凛便被他提着衣领，从雪堆中拎了出来。

她难得愣神这么久，就连被某人借机搂住腰身都未察觉，她心绪无比混乱，竟不知该作何反应。

熟悉的嗓音自耳侧响起，贺从泽含着笑，却有几分怒气，说："江凛，你还真是老天给我带来的惊喜。"

是贺从泽！江凛想：不是幻觉，当真是他。

意识到自己成功地存活，江凛并没有生出多余的感慨，而是迅速地恢复状态，伸手胡乱地将自己脸上的冰碴儿抹掉，眯眼打量起身边的贺从泽来。

他发型有些乱，颊边还挂着一道划痕，不知方才是被什么剐到了。

贺公子在人前向来风流从容，江凛还是第一次见他这般模样，评价道："形象挺接地气。"

贺从泽这辈子就没这么狼狈过，见江凛还有力气嘲讽，不禁被气笑了，说："彼此彼此。"

方才贺从泽站在山头上，见江凛无事，突遇雪崩也尚能冷静，但随后看到江凛义无反顾地冲进雪雾里，他的一颗心就突然被吊起，紧张得近乎窒息。

弥天冰雪铺天盖地地卷来时，江凛纤细的身影在满目素白中过于渺小，随即便被咆哮而下的冰雪淹没，整个人消失不见。

贺从泽望着山下，那一刹那，他听不到身边人的惊呼声，迅速地甩开林城阻拦的手，待反应过来已经滑下雪道。

这世上哪有藏得住的在意，他再沉着冷静也慌了神，担心与惶恐泛滥成灾，耳边是呼啸的凛风，颊边是冷冽的冰雪，眼里却寻不见唯一想要的身影。

所幸江凛还是被他找到了，老天终是待他不薄，让他能再次见到江凛。

"你们不要再抱抱了。"就在此时，脚边传来一道稚嫩的童声，稍带哽咽，"我们接下来该怎么办呀？"

贺从泽这才想起来还有个麻烦鬼，念及江凛就是为救这个小家伙儿才身陷险境之中，便皱眉低头，随意地打量了几眼。

而后他怔住，难以置信地盯着这个小男孩儿，在心底感慨命运的神奇。

先前他不看还没发现，这一近看，这个小男孩儿可不就是林城的孩子——林天航！

"活下去再说。"江凛垂眼说，继续问林天航，"你叫什么？"

贺从泽将震惊的目光转移至江凛身上，原来她不认识林天航？！

男孩儿眨眨眼，极为正经地答道："我叫林天航。"

他年纪虽小，气质倒是比同龄人的成熟不少，方才遭遇天灾时也只是掉泪而已，并未闹腾，是个让人省心的主儿。

江凛闻言点头，对这个孩子的印象不错。

贺从泽哑然，最终轻叹了一声，认定这是一场巧合，没再多说什么。

"我们现在在雪坡上，你们两个没滑下去实在是幸运，"他打量一下环境，道，"当务之急是先找块平地落脚。怎么样？江凛，你还能动吗？"

"被埋了会儿而已，"江凛本就恢复快，伸手轻轻地推贺从泽，虽然身子还有些使不上劲儿，但比方才被埋时好太多了，"你怎么找过来的？"

贺从泽要面子，自动将自己仓皇下山找人的片段删减了一下，言简意赅地说道："雪崩时我正好在雪道上，稳定下来后，突然听到了小孩儿的哭声，过来一看就发现是你。"

江凛看着他，沉默了几秒，就在贺从泽以为自己的谎言被识破的时候，她点头"嗯"了一声，似乎是信了。

江凛拍拍身上的冰碴儿，开口欲言，脚下立足的地方却倏地震了一下，几乎使人站不住脚。她拧眉，第一反应是扯住了身边的林天航，随后雪块塌陷，二人与贺从泽一起从坡上滑了下去。

在此之前贺从泽便已有所准备，他迅速地将旁边的石块作为新的落脚点，随后攥紧江凛的手腕，单手发力才勉强稳住了身形。

千钧一发之际，他力挽狂澜。

尘埃落定时，三个人的身体正好成一条线，紧贴着斜坡。

林天航毕竟是个孩子，今天受的惊吓实在太多，已经反应不过来了，此时只得咬紧了唇，拼命地将眼泪收回。

雪"簌簌"地落下，散在江凛的脸颊上，融化成水，在这极寒的环境下似乎要结霜。

江凛恍惚了一瞬，能感受到牵着自己的那只手沉稳而有力，彼此脉搏的跃动在这一片寂静中格外清晰，她竟感觉心中涌现出了某种莫名的情愫。

贺从泽这个姿势维持得有些费劲，先前寻找江凛便费了不少力气，更别提现在他手底下还拉着两个人。

他额前浮起冷汗，刚要将人拉上来，却听见下方的江凛淡声说："林天航，抱住我。"

林天航不明就里，紧紧地环抱住了江凛的腰身，像是抓住了最后一根救命稻草。

贺从泽眉头轻蹙，不明白江凛要做什么，然而紧接着手下一空，他瞳孔猛地一缩，当即要去抓，却被江凛出言制止："别动！"

见江凛人还在，贺从泽狂跳不已的心趋于平静，他暗骂自己真是被吓傻了，旋即垂下眼帘看江凛。

只见江凛将双手深深地扣进雪中，稳步向上攀，她每每抬手，贺从泽便能瞧见皑皑白雪上留下的鲜红血迹，触目惊心。

然而她不声不响，最终将身子稳定在了岩石边，而后虚虚地扶住了贺从泽的肩膀，舒了口气。

贺从泽看着她的手，心里平添了几分火气，不禁拧眉，问道："江凛，你还把不把自己当女人？"

她未免太不自我珍惜，总喜欢挑战身体的各种极限，贺从泽当真是怕了。

江凛不以为意，不紧不慢地将林天航拉上来，淡声回道："我一直不把自己当人用。"

贺从泽无奈地叹息，寻思着也不好改变她这犟脾气，便径直翻了个身，将她扯到身边扶稳。

江凛还带着林天航，不好推拒，便同贺从泽交换位置，而后略有疑惑地看向贺从泽，似乎是在问为什么。

贺从泽懒懒地一抬眼皮，随口解释："如果是两个大人一个孩子，这块岩石撑不了多久。"

江凛摇头，显然并不觉得有什么，说："我们可以轮流休……"

"得了吧。"贺从泽打断她的话，轻嗤，"你舍得折腾自己，我不舍得。"

话音落下，江凛顿了顿，没说话。

她的倔劲儿难得在这时有所收敛，贺从泽着实感动，但此般情形实在困窘，不得不去寻找新的平地以便休息。

"姐姐……你的手还在流血，很疼吧。"林天航用小手裹着江凛的手，眼中满是疼惜，眼泪"噼里啪啦"地往下掉，"我给你暖暖，暖暖就不疼了。"

正在观察四周的贺公子闻声顿住，眼带冷意地扫了一眼林天航，贺公子初次觉得自己活这么大还不如一个小孩儿会心疼人。

"疼也要坚持，"江凛对待孩童时总是意外地有耐心，道，"男子汉大丈夫，不到生死关头不能落泪，明白吗？"

林天航使劲儿地点头，当即胡乱地抹掉自己满脸的泪水，认真地回应江凛："明白了，我不哭。"

江凛点头，说："你先休息吧，恢复恢复体力，待会儿可能会很累。"

哄好林天航后，她才转向贺从泽，将音量放轻了些，说："我去找平地，你……"

"你好好休息，"贺从泽不容置疑地说，将她按在原处，"别的事情我来，你少逞能。"

这已经是贺从泽第二次打断江凛说话，但江凛意外地没有发脾气，而是沉默了一下。她也十分清楚自己的情况，如果再继续折腾，身子怕是会更加糟糕。她虽然无所畏惧，却不至于鲁莽，知道何时何地该进该退。

于是江凛合眼休息，却是淡淡地道了声："贺从泽，谢谢你！"

贺从泽不甚在意地说："巧合而已，谢什么。"

"我看到了。"

"嗯？"

"你和林城在酒馆里聊天的时候，我就在旁边的雪道上。"

话音刚落，贺从泽神情微顿，眸色深了几分，缄默不言。他看向江凛，她已在旁安稳休整，呼吸平稳，毫无异色。

贺从泽暗自苦笑，叹了口气，完了，最后这点儿欲擒故纵的把戏也被江凛识破了，以后还真是抬不起头来了。

虽然贺从泽风流的名声流传在外，但他未曾有过对别人的爱慕之情，如今碰到了这个人，对他而言倒像是个把柄，他不知该如何安放这柔软的心思，只能暂且隐藏。

可方才天灾降临，他毫不犹豫地冲下雪道找江凛，待回过神才醒悟过来，自己对江凛的感情，不知从何时起，竟已如此之深。

贺从泽收好思绪，决定将心思放在眼前的当务之急上。他随意地打量了一下四周，想看看有没有安全点儿的缓坡，然而缓坡没找到，倒是在脚下方不远处看到了一个背包。

那个背包里面似乎有不少东西，鼓鼓囊囊的，拉链被撞开，半个冰斧露了出来，贺从泽眸底微亮。

见江凛这会儿在闭目养神，而林天航也迷迷糊糊的，贺从泽便迅速侧开身子，单手把住石块，沿着斜坡滑了下去。

事实上，他动作轻快迅猛，并没有发出什么声音，但不知怎的，江凛像是有意识地瞬间惊醒，毫无目的地伸手一抓，指尖却只触碰到了冰冷的雪。

江凛感觉脑中好像有什么东西崩断了，而后大脑一片空白。

她狠狠地顿住，侧首望望空荡荡的身旁，心里也跟着空荡起来，被凛冽的寒风充满。

贺从泽人呢？

刚才还好好地待在她身边的家伙，突然就这么滑了下去，江凛脑子一团乱麻，说不清是惊讶还是担忧，只想赶紧重新找到他。

江凛试着唤贺从泽的名字，开口了才发现自己的语气竟如此慌张："贺从泽？！"

没人回应她。

江凛有些急了，眼看着就要翻身下去查看情况。

贺从泽仿佛听到了江凛趋于混乱的心跳声，突然从下方发出了安抚的声音，似笑非笑道："没看到我，担心了？"

他的声音听起来虽近，却明显与江凛有一定距离。

江凛当即调整角度向下看，便望见贺从泽正在几步远的地方对她随性地招手，他示意自己肩头的背包，道："我发现了个好东西。"

随后，他从包中抽出那个冰斧，确认没有任何破损后，便凿入雪地中，小心谨慎地向上攀去，不一会儿就回到了原位。

贺从泽真是身体素质过硬。

江凛这么想着，对贺从泽的印象稍有改观。

"你太冒险了。"江凛拧眉，"从这儿摔下去，你的生还概率基本为零。"

"在人间的最后一眼能留给你，死也不算什么。"

说着，贺从泽勾了勾唇，虽没个正经，却明显带着疲态，说："而且……你不用担心，我在部队里待过两年，这种苦不算什么。"

江凛无话可说，只得无声地叹息，去翻看背包。背包里有巧克力和矿泉水，三个人简单地解决了温饱问题，林天航大概是真的累了，陷入了浅眠之中。

而在石块上站着的江凛本想同贺从泽换位，但他各种推拒，最终她无可奈何，原地合眼休息。

凛冽的风吹过，江凛脸上有一种被刀割般的触感，但由于肢体已接近麻木，她只能感觉到些许痛麻。

江凛始终不敢放空意识。也不知过了多久，直到万物寂静，她好像听到有雪块跌落的声响，登时便睁开了眼。

动静不小，林天航也被惊醒了，他睁开睡眼，满面茫然。

贺从泽终归也是人，会感觉到累，这会儿忍不住小憩了一下，没能立刻做出反应。眼看那跌落的雪块要砸到贺从泽，江凛手疾眼快地将他扯开，与此同时，她手边炸开了无数银白飞屑，冲击力惊人。

若是雪块砸在人身上呢？江凛不敢多想，本就不稳的情绪更加波动起来，而后她攥紧贺从泽的衣袖，低声骂道："见鬼！"

贺公子好像并没有意识到自己前一秒差点儿丢了命，而江凛实在忍不住了，这样下去贺从泽迟早得被冲走，她推了推贺从泽，语气强硬地说："贺从泽，你跟我换位置。"

贺从泽理都不理，抱着手臂装聋子，闭目养神。

江凛对他这种行径早有预料，于是刚才那句话也根本就是意思意思，她探过身子，雷厉风行地就要去拉贺从泽。

贺从泽"啧"了一声，蓦地伸手攥住江凛的手腕，声音沉而稳："江凛，你不知道你对我的重要性，就别擅自行动。"

"我要保证你的安全。就算你不愿意这样，但凡我要做的事，就绝不会退让服软，也更不会因为你生气就妥协。"

兴许是因为他从未如此正经过，这句话拆成单字落在江凛的耳畔，竟让她略有动容。

那种微妙的感觉无法言说，但她还是第一次被人保护。

见江凛安静了，贺从泽将她轻轻地推开，自己则纹丝不动。江凛所在的位置本就危险，她不敢妄动，生怕最后的落脚点也失去了，只得暂时放弃。

林天航窝在旁边断断续续地睡着，江凛与贺从泽皆是无言，寂静良久。

贺从泽用余光瞥了一眼江凛，见她似乎是睡着了，便不着痕迹地动了动身子，肩头瞬时传来撕心裂肺的剧痛，温热的血从伤口处争先涌出，浸湿了他的衣衫布料。

贺从泽暗自咬牙，将闷哼咽下，硬是一声没吭。

刚才他滑下坡去捡背包，不小心被碎石划破了左肩，回来后便一直有意地侧身隐藏，却不想此时扯开了伤口。

淡淡的血腥味顺着风飘散开来，江凛身为医者，对这个味道极为敏感，她身子微顿，马上便明白过来什么，却并未动弹，继续装睡。

雪崩还未彻底过去，白雾不时散落下来。雪落得较密集的时候，江凛不待贺从泽躲避，便倾身迎上去，砸下来的雪自然而然地落了她满身。

贺从泽身子微僵。

江凛却仿佛没事人儿般拍了拍肩头的雪屑，继而替林天航扫去发间的冰晶。

半晌，江凛休息得差不多了，体力已经恢复大半，她看了一眼身侧的贺从泽，这时才发现他只穿了一件单薄的棉服，棉服里的内搭不过是一件高领毛衣。

江凛无声地拢眉，想起雪崩时，贺从泽原本可以和林城直接离开，却依旧衣物单薄地直接冲下来寻她，这样下去贺从泽十分危险。

江凛一大早上起来滑雪，为了御寒，在外面长款羽绒服下还穿了一件稍薄的羽绒服，这双重保障给她带来了不少温暖。可此时情况特殊，她迅速地将外面那件羽绒服脱下，不容拒绝地披在了贺从泽的身上。

贺从泽本在休息，突然被一阵温暖包裹，愣了愣当即睁开眼睛，觉得不免有些好笑，说："江凛，你还把不把我当男人了？"

江凛难得动了怒，说："闭嘴，你絮絮叨叨的，还是不是个男人？！"

贺从泽闻言陷入了沉默之中，羽绒服被盖在他身上，还带着江凛身体的余温和馨香，的确有点儿作用。

林天航刚睡醒，听到二人的对话，问道："为什么絮絮叨叨的就不是男人了呀？"

江凛坦然地解释道："絮絮叨叨的不一定不是男人，我只是针对他现在的行为而已。你看，他这就是典型的死要面子活受罪，看不清自己的真实处境，明明都快没了半条命，还在逞能拒绝别人伸出的援手。"

"那哥哥的确就是这样。"

"对，所以不要学他，真男人就该拿得起放得下。"

贺从泽有点儿下不来台，敢情江凛是拿自己当例子，顺带给林天航上了一节人生哲理课。

"但幸好我知错就改，及时接受帮助。"贺从泽不紧不慢地开口道，"所以林天航，跟亲近的人示弱，并不是一件丢脸的事。"

说着，他似笑非笑地看向江凛，眼波如水，暧昧且意味深长，衬得他本就精致的五官越发好看。

江凛的关注点落在那句"亲近的人"上，微不可察地皱了一下眉，低头对林天航说道："他说得没错，可你一定要明白，做人脸皮不能太厚。"

"总比冥顽不化的人好，"贺从泽轻笑，神态慵懒，"及时行乐，做人也不能太压抑自己。"

她淡声道："适度享乐，并不等同于纵欲无耻。"

他从容地回应："无耻是成功者的通行证。林天航，记住这句话。"

林天航只觉得自己的三观被不断地冲击，已经不知道该听谁的了。

最终二人歇战。

此地不宜久留，江凛让林天航抓紧她，随后便同贺从泽小心翼翼地挪动位置，尽量去找平旷的地面。

林天航扁着嘴，轻声地问："姐姐，救援队会找到我们吗？"

江凛指了一下旁边的贺从泽，然后回答林天航："看到这个人没有，这是一块行走的金砖，只要他在，我们就能获救。"

林天航恍然大悟，将希望的眼神落在了贺从泽的身上。

贺从泽在心里翻了个白眼，暗暗劝自己务必和气，面对江凛最好的应对方式就是让她闭嘴，可惜有未成年人在场，他不好发挥。

天色渐晚，江凛面色凝重地看了看望不到尽头的茫茫天际，眼前全是无比刺眼的雪白。

江凛觉得视线好似模糊了不少，眼睑也开始隐隐作痛，她伸手摸了摸，眼睑好像有些轻微肿起。

种种迹象印证了江凛心里的猜想，最怕的事还是来了——自己得了雪盲症了。

江凛无声地抿唇，心想：如果他们再找不到休息的地方，眼下的麻烦将会被无限地放大。

若做最坏的打算，三个人今晚将要露宿雪地，深夜的寒风伴着飘雪，他们稍不注意便会被雪掩埋，又没有帐篷，漫漫长夜该如何度过？

所幸三个人走到平地后，继续前行了一段距离，最终找到了一个较为宽敞的洞窟。

洞窟背风，里面虽称不上温暖，但简直比外面好了太多，林天航进去后便发出了一声满足的感叹，随即躺倒在地上。

洞内没有成堆的积雪，只是地上薄薄地覆了一层雪花，凉气不至于透骨，三个人休整一晚大抵是可以的。

时间悄然推移，星辰挂满了天空，约利山的夜晚无声地降临，四周静谧得好似只能听见呼啸而过的风声。

江凛靠在洞口观赏星空，林天航轻手轻脚地跟过来坐到她的身边。

以防万一似的，他回头看了一眼贺从泽，确认对方正在睡觉，才敢凑近江凛，对她道："姐姐，其实我知道这个哥哥。"

林天航把声音放低，江凛听起来却十分清晰。

"是吗？"江凛并不太意外，问他，"在电视上见过？"

"见过真人。"林天航摇摇头，"我听别的叔叔和我爸爸谈起过，说这个哥哥曾经把堂兄当作垫脚石去收购对头公司。"

二人并没有发现后面的贺从泽无声地睁眼，眸光清冽。

贺从泽没有作声，下意识地想听江凛如何回答。

江凛沉默几秒，并未给出个人观点，而是问林天航："那林天航，你觉得他的做法是对是错？"

林天航有些犹豫，虽然他已经有了模糊的三观，但他只记得当时叔叔谈及此事时的不屑语气，于是支支吾吾地回答："叔叔说过，商人无情……可是贺从泽是冷血。"

江凛稍稍点头，摸了摸他的脑袋，淡声道："三年前的那场收购战，贺从泽的行为的确称得上无情无义，毕竟对方是他的堂兄，却被他当作事业上的垫脚石。"

贺从泽闻言垂下眼帘，心里沉寂一片，对于这个评价并不意外。

当年，贺从泽堂兄手下的公司岌岌可危，任谁都能将其收入囊中。贺从泽回国听闻此事时已经太晚，为了避免更大的亏损，便等对头公司收购堂兄公司后，垄断股市给了对头公司致命一击。

这的确让对头公司数倍偿还了侵占堂兄公司所得的资产，也让贺氏获益良多，还解决了一个界内对手。可与之相关的负面舆论却传遍全网，贺老爷亦大发雷霆，直接将贺从泽从总公司总裁的位子上撤下，而后贺从泽被下放到了分公司，沦为一个悠闲的副总。

所有人都嘲讽贺从泽冷酷，就连他的父亲也是大为失望。于是贺从泽走到了今天，坐着有名无实的位子，远离商界，做个闲散的二世祖。

但当贺从泽发现江凛也这么看自己时，心里竟无法抑制地有些无奈，初次后悔起自己的所作所为来。

"但是，也有大多数人没有想到的，"贺从泽正想着，便听到江凛不疾不徐地说，"当时他堂兄的公司经营不善，市场份额直线下降，局面已经无可挽回。贺从泽虽不仁义，但他还能在获利的情况下，让对手加倍偿还。凭借贺从泽堂兄身为商人的自尊、自负，就算贺从泽当时出手资助他堂兄，也未必会有个痛快的好结果。"

林天航这么听着，突然有些茫然，说："这么感觉，好像他做得挺对。"

"但这种行为不值得学习，我不多评价。"江凛本就纯属发表个人观点，并不打算为贺从泽洗白，"贺从泽浑蛋归浑蛋，可值得人佩服的地方是他办事果决，即使知道事后会引出负面言论，也选择了勇于承担。"

江凛轻和平静的嗓音在雪夜中响起，不知是不是因夜色朦胧而产生了错觉，竟有些许温柔。

贺从泽听见她这番发言，不禁恍惚一刹那，许久后无声地弯唇，感觉胸腔里有几分难言的复杂之情。

江凛啊江凛……

二十多年来，他从未真正爱过谁，可好似此时才惊觉，爱是人之本能，无师自通。

夜深人静，唯有风雪充斥着周遭。

贺从泽睡得浅，因此当身旁传来细微声响时，瞬间就清醒了过来。

大脑还未给出相应的行动方案，他便下意识地准确地握住了对方的手——那手无比冰凉，几乎觉察不出分毫热度。

贺从泽瞬间就清醒了。他说不出这一夜提心吊胆的原因是什么，只是每每想到江凛，便无法安下心来。

贺从泽只知道江凛身体状况不佳的时候会做噩梦，而且不好醒来，不知道江凛有怎样的过去，也不知道是什么阴影笼罩她至今。未知令人不安，他从未问过江凛，却不代表不在意。

贺从泽掌心冰凉的手被抽开，江凛淡声地问他，嗓音有些哑："吵醒你了？"

"我没睡着，"贺从泽揉了揉额头，眉头轻蹙，"你做噩梦了？"

她没答，只是有些烦躁地叹了口气，走到洞口坐下，想让冷风吹醒自己。她又做同样的噩梦，又是同样的回忆，二十多年来不曾变过。

江凛有时午夜梦回，会莫名地觉得自己好像被一分为二：一半是她心里最阴暗的部分，逼她冷酷无情、良心扭曲，让她痛不欲生；另一半是她内心中洁白的部分，那里有赤诚善良，有人之本性，有被她幼年所受的教育所潜移默化的最"令人作呕"的善意。

江凛不愿踏进任何一部分里，执拗地站在两个部分的交界处——那里有灰色的刀锋，她踩在上面，满脚鲜血，仍然不肯抽身。好像如果不这样，她就不知道该怎么活下去。

兴许是因为白天劳累过度，身体超负荷运转太久，饶是江凛的自控力极强，她的思绪也不禁混乱起来。

贺从泽坐到她身边，没说话，就仅仅陪着她。

林天航睡熟了，蜷缩成一团，身上盖着贺从泽给他的外套。

周遭一片安宁祥和。

沉默良久后，江凛的情绪有所缓和，她开口说道："贺从泽，我一直都很奇怪。"

贺从泽懒懒地挑眉问道："怎么？"

"雪崩的时候，你到底为什么下来救我？"

"说出来不怕你不信，我当时什么都没想。"

江凛看他。

"没办法，"贺公子十分无奈地耸了耸肩，声音低沉，"当一件事与感情扯上关系，就不存在理性和逻辑。"

说实话，江凛有时候还挺佩服贺从泽的，好像不论什么时候，从他嘴里都说不出来什么正经话，但他缓解气氛的本领倒是不错。

"很感动？"贺从泽看着她笑了笑，眼底盛满星光，"那等我们活着回去，你考虑一下要不要来把我睡了？"

江凛的记忆被唤回到不久以前，那时她说了一句"我先睡了你"，只是未经大脑思考的结果，没想到还真被贺从泽记住了。

"早点儿休息，"江凛懒得接茬儿，径直转移话题，起身拍了一下他的肩膀，"说不定明天就有人来找你这块金砖了，我也跟着沾光。"

贺从泽见缝插针地握住了她的手，在她的手背上落下一个吻，轻笑道："只要能跟你在一起，多耗会儿我也不介意。"

江凛眉角挑了挑，强忍住反手抽他的欲望，权当是被猪拱了，继续冷声道："我介意，如果明天救援队还没来，我就考虑脱了你衣服给自己穿上取暖。"

贺从泽没心没肺般的扬眉，说："乐意至极。"

在贫嘴这方面，江凛甘拜下风。她不再理会贺从泽，径直走回原位，靠着洞窟壁酝酿睡意。

方才江凛被噩梦惊醒时的张皇与不安感已经尽数消失，这还是要归功于贺从泽的贫嘴。

长夜漫漫，江凛后半夜无梦，睡得十分安稳。隐约间觉得有暖意袭来，她便毫不客气地歪过身去，调整了个舒服的姿势继续睡。

这可苦了贺从泽。方才他怕江凛睡着受凉，便伸手让她半靠着自己，谁知这个女人竟干脆倚在了他的怀中，瞬间惊散了绕在他头顶上的瞌睡虫，让他清醒大半。

贺从泽身子微僵，平时他虽不着调，但毕竟是男人，美人在怀里熟睡，惹得他整颗心都乱了。

于是，江凛翌日醒来，首先看到的便是贺从泽那堪比网瘾少年熬夜过度的脸色。

她睡得舒服，站起身来简单地活动了一下手臂，蹙眉看他，问："你怎么回事？"

贺从泽摆手，有气无力地说道："怕自己闭眼就做梦，一晚没睡。"

"做梦？"

"春梦。"

江凛总觉得自己该远离贺从泽这股"泥石流"，奈何就这么点儿地方，无处可去。

林天航不久后也睡醒了，小家伙揉了揉惺忪的睡眼，朝洞外看了一眼，突然"咦"出声来。

困意消失，他激动得跳了起来，也顾不得裹紧衣服，便迈着小短腿跑了出去，兴奋地喊道："有狗狗！有狗狗！"

狗？江凛闻言霍然起身，当即去洞外查看。然而雪盲症发作，她只感觉双眼刺痛得无法睁开，目之所及一片模糊，根本看不清是不是搜救队。

江凛刚要揉眼，却被一只手轻轻地拢住了视线，紧接着耳畔传来了贺从泽的温润嗓音："是救援队来了。"

江凛心里松了口气，正要开口说话，便觉得身子一轻，她怔了几秒后才反应过来——自己被贺从泽抱起来了！

"放我下来，"江凛不太适应如此亲密的接触，蹙眉道，"我自己能走。"

"你雪盲症发作了，不想失明就闭上眼睛，"贺从泽无奈地对她道，"你怎么这么犟？就这么不信任我？"

江凛闭着眼，嘴上却不饶人，说："我认为趁人之危是你的座右铭。"

他被气笑了，此时此刻只想找个什么东西堵住她这张嘴。

脑中有个想法一闪而过，贺从泽抬眸扫了一眼前方不远处，看到林天航已经撒腿跑开了，林城只顾着庆幸孩子安然无恙，救援队人员也忙着检查小少爷的身体，还没来得及接近贺从泽这边。

天时地利人和，贺公子从来不是个会放过机会的人。

面对江凛唠叨最好的应对方式就是让她闭嘴，贺从泽始终抱有这个想法，如今终于有了实践的机会——于是他俯身，吻住了她。

江凛浑身巨震，大脑暂时死机，以至于没能瞬间做出反应，她只觉得男子独有的气息萦绕唇齿，也意外地不感到抵触。

直到贺从泽得寸进尺地轻咬了一下她的下唇，江凛才回过神来，有些恼怒地咬了回去，权当报复。这却刚好顺了贺从泽的意。

他低笑，转而吻得温柔起来，缱绻的情意袒露。他不急不躁，逗弄似的引着江凛，男女在情事上的差别好似在这时才清晰明了。

林城在确认林天航平安无事后，不禁舒了口气，问他："小航，还有其他人吗？"

"有啊，有啊。"林天航忙不迭地点头，满面激动地指向身后，"一个漂亮姐姐救了我，还有那个姓贺的哥哥，他根本不像叔叔说得那么坏嘛！"

林城瞬间明白那个"姓贺的哥哥"是谁，毕竟当时他是看着人滑下雪道的，但那个"漂亮姐姐"……他有些疑惑地顺着林天航所指的方向看去，脸色当即微变。

林天航不解，也要转头去看，旁边的救援队队长却已迅速地反应过来，将林天航的眼睛捂住，轻咳一声，说道："小少爷，成人画面你还是别看了。"

林天航十分困惑，却乖巧地没有挣扎，只问："成人画面是什么呀？"

林城选择无视自家儿子的问题，揉了揉他的脑袋，说道："小航，乖，先在这儿待着，我们等会儿一起回去。"

林天航一听说要回家了，立刻把所有事情抛之脑后，欢欢喜喜地应了声好。

贺从泽余光瞥见救援队来了才舍得放开江凛。但他总觉得有些意犹未尽，便在她耳边低声地说道："为了印证你的评价，我只好亲身示范。"

暧昧的气息在二人之间肆意地蔓延，周遭的气氛也逐渐升温。然而下一瞬，江凛毫不犹豫地推开了他的脸，仿佛十分嫌弃。

贺从泽的笑容瞬间僵住，算了，反正已经亲上了，他暂时让着点儿这个女人吧。

约利山雪崩事件风风火火地上了热搜，网友们尤其关注在此期间失踪的贺从泽。听说林总的儿子也在失踪人员名单上，更是引起一波热度。

所幸当地救援队十分厉害，第二天便发布了最终消息——失踪的游客已全部被寻回，无人遇难。

江凛被救援队带回去后，便戴上眼罩回房里冷敷眼睛，以缓解雪盲症引起的眼部刺痛。

由于眼睛完全康复还需要几天时间，江凛昏昏沉沉地睡了一觉，压根儿没管外界的动静。

贺从泽受伤的部位在右肩，医生处理时发现伤口已经严重发炎，不好说会不会留疤。待医生处理好伤口后，他尝试着抬了抬手臂，感觉十分勉强，近期是不能做什么大动作了。

林天航倒是被两个人呵护得极好，回去后只发了一场烧，并无其他异常。

其余被搜救回来的游客，伤势各有轻重，好在情况都不算严重。

双方公司的员工在经历这场天灾后，也无心玩乐了，尤其被雪埋过的那部分人，大抵是这辈子都不想再看见雪了。

江凛回国后，A院刚好整修完毕开始营业，院方特批她休假一周，让她好好休养。

江凛对此也不推拒，便在家里日夜颠倒地睡了一整天，最后她还是被饿醒的。

醒来后她只觉得浑身轻松，揉了揉饥肠辘辘的肚子，翻身拿起手机看了一眼时间，该吃早饭了。

她仅仅一天没看手机，推送的消息就堆成了小山。将通知栏展开，江凛大概扫视了一下内容，多在讨论约利山的雪崩事件。

第一条新闻标题，吸引了她的注意力："贺氏捷足先登，拿下盛衡资助权！"

盛衡是林城的公司，江凛记得它是界内极为厉害的公司。

江凛点开新闻，文章有点儿长，她只粗略地扫过，而后看到了一段文字："贺氏宣布与盛衡达成出资协议。据称，贺氏将出资……亿元，占有盛衡股份……"

专业术语比较多，江凛看得似懂非懂，却明白贺从泽将这件事办得很是漂亮。也是难为他带伤工作了。

江凛从床上爬起来，慢吞吞地洗了个澡。简单收拾过后，她点了外卖，难得觉得这生活惬意得很。

然而"享受生活"的江医生，并不知道带伤的贺公子还在A院兢兢业业地工作。

今日，A院重新营业不久，贺从泽便带着助理来了。

本来此行只是为了给院长送器械资料，助理自己来就可以，可贺从泽不知出于什么目的，执意要亲自来。

助理虽担心自家副总的伤势，但还是不好违拗上司，便时刻紧跟着贺从泽。

要知道贺老爷子听闻贺从泽受伤后，便禁止贺从泽再出去乱跑，但他从来不听老爹的话，去和林城谈生意不说，此时还要来 A 院视察。

助理也不知道小贺总是不是被雪崩砸坏了头，因为贺从泽的转变实在是太令人匪夷所思。毕竟外人都说贺家是虎父犬子，但自从贺从泽与盛衡合作这件事一出，众人对贺从泽的印象也大为改观。

贺从泽没有提前通知 A 院的工作人员，走进大门里后带着助理径直上楼，朝着办公区走去，像是目的极为明确一样。

助理有点儿茫然，敢情小贺总来 A 院是有别的事情要办？

二人一前一后刚走近办公区，贺从泽却倏地止步，抬手示意助理停下。

助理会意，十分配合地稳住身形站在原地，等待贺从泽发号施令。

办公区里似乎有几名员工正在闲聊，隐约可以听见谈笑声，由于环境静谧，他们的对话清晰地传入了贺从泽与助理的耳中。

"真是奇怪，不就是雪崩嘛，江凛也没受伤，院方竟然批准了她一周的带薪休假。"

听声音，是名年轻女子。

助理闻言愣了愣，总觉得"江凛"这个名字有点儿耳熟，却想不起来是什么人。

"救对了人啊。"一名外科男医生接话，冷声笑道，"我听秦医生说了，当时江凛好好地在滑雪，谁知道她是不是故意冲进雪里找林天航？这样一来不管是林城还是贺从泽，都会对她刮目相看，真是为了往上爬连命都不要的女人啊！"

这位男医生本来在科室里还算有威望，但自从江凛来了 A 院，他就完全说不上话了，因此早就看江凛不爽。此时好不容易抓住嘲讽江凛的机会，他又怎会放过？

这种事也就只有在人后能说，旁边几个人也心里清楚，便纷纷表面上附和着过去。

"我估计那江凛本来就不简单，之前贺从泽不还是天天献殷勤，指不定她就是靠别的手段进来的。"

这话越说越过分，办公区里的员工们似乎并未想到隔墙有耳，他们的话一字不差地落进了贺从泽与助理的耳中。

助理拧紧了眉，越听火气越大，想起当时救下叶董的医生也姓江，这才明白过来江凛的身份，对其同事这种背后嚼舌根的行为颇为不满。

他刚准备出面厉声呵斥，却听身前的贺从泽笑了，笑声低沉淡然，含义不明。

助理登时便冒了一头冷汗。

随后，助理见自家副总走进办公区里，回过神来赶紧跟上，拿好了手中资料，不知道接下来会发生什么。

办公区内有六七个人，既有医生也有护士。他们本来还聊得好好的，冷不防听到脚步声，便同时看过去，登时纷纷变了脸色。几个人想到方才的谈话内容，面色更加惨白。

没人知道贺从泽究竟听进去了多少，或者他根本没听见，但大家看他神态自若，全然没有丝毫要动怒的迹象。

最后有个小护士决定装傻，面带讪笑地问："小贺总怎么来了？"

"我来办点儿事。"贺从泽似笑非笑道，在众人面前站住，恰好对着方才的那名男医生。

只见贺从泽不紧不慢地侧过身，从助理那里接过文件，反手一转——

"啪"的一声脆响，那人脸上挨了一巴掌。大伙儿都蒙了，被打的男医生也蒙了。

随后，贺从泽好似什么都没有发生过一样，对着男医生淡笑，说："这是要交给院长的器械资料，一直放在我这儿，今天才想起来，麻烦你替我转交过去。"

贺从泽一副道貌岸然的模样，好像刚才的事情只是他手滑而已。

男医生愣了愣，面上挂着尴尬的笑容，伸手接过资料。

见正事办完了，贺从泽点头淡声道："不过大家刚上班，工作期间聊天解乏也要适度，别放了个假就松散了，你们以后注意一下。"

说着，贺从泽抬手摆弄了一下袖口，像是不经意间，他手肘毫不收力地击向男医生，男医生立马发出了一声吃痛的闷哼。

众人惊恐，刚才的话果然被贺从泽听到了！

员工们纷纷心虚地挪开视线，助理眼神复杂地望着贺从泽，暗自鼓掌。

没有多余的事情需要处理，贺从泽便准备带着助理离开，大伙儿纷纷松了口气。

送客前，男医生为了不再被花式"误伤"，有意地退让了一下，与贺从泽保持安全距离。

然而贺公子漫不经心地一勾脚，旁边的椅子便轻巧地偏转了一下，尖锐的椅子边角刚好撞上男医生的膝窝，男医生瞬时一个踉跄，倒抽了口冷气。

助理差点儿笑出声来，但出于职业素养，最终还是忍住了。

"各位工作加油！"贺从泽不咸不淡地撂下话，随后若无其事地领着助理扬长而去，背影潇洒利索。

留下几个人面面相觑，神情尴尬。

贺从泽边走边揉了揉额头，觉得太阳穴隐隐作痛，他面上从容，其实着实被气得不轻。

送资料这种破事再怎么样也轮不到贺从泽，今天他之所以执意要亲自来 A 院，为的就是看看江凛休假时医院里的同事们对她的态度。

其实他最初也只是怀疑，并未想过会有人暗中针对江凛，谁知刚好就撞上了那几个人，那些恶意的揣测不堪入耳，他都为 A 院有这样的员工而觉得丢脸。

幸好今天他来了，不然以江凛那闷葫芦的性子，才不会主动理会别人说什么，只会让那些人越发嚣张。

"小贺总，"助理在此时打断了他的思绪，颇为严肃地说，"你从约利山回来后就一直没休息，现在工作上的事情都被处理好了，是时候该安稳下来养伤了吧。"

贺从泽的确察觉到了自己的力不从心，懒懒地应了一声。在确认待处理事件为零后，他准备回家好好休息。就在此时，他脑中突然浮现出一个念头，进而无声地演变成一套详细的计划。

"我家里被收拾过了吗？"

见副总突然发问，助理忙不迭地认真回答："昨天就收拾好了，还替您更新了厨房里的食材，冰箱里也备有熟食。"

助理本以为贺从泽会十分满意，谁知他闻言蹙了蹙眉，道："都搬走。"

"好……啊？"

助理满面茫然，不明所以地望着他。

贺从泽好像也觉得这个任务太过简洁，便补充道："除了调料和饮品，其余的食材不论蔬菜还是肉类，你全搬走，就当员工福利了。"

助理虽然不明白自家副总有什么奇怪点子，但上级的命令还是要无条件地服从，他没有多问，当即跟着贺从泽去搬东西。

闹总独自在家里待了几日，许久不见熟人，怨气极重，家门刚被打开它就炸了毛，好在贺从泽手疾眼快地把它捞入怀中，让它无法抓人。不顾闹总的挣扎，他俯身便亲了闹总一口，闹总被腻歪得用肉垫抵上贺从泽的脸，十分抗拒。

不由自主地，贺从泽想起了之前在约利山上的那个意犹未尽的吻。

他失笑，轻轻地摇头。不得不说，江凛跟闹总还真像。

待助理拎好大包小包离开时，时间已经是下午了。

主要是贺从泽家里的囤货太多，一口气全搬走并不容易，其数量之多简直堪比年货。

在成功地清空厨房后，贺公子懒散地给闹总收拾了猫砂盆。因为他右肩有伤，所以耗费了挺长一段时间。

去卧室里处理肩膀上的伤口时，贺从泽望着医疗箱若有所思，思考的结果是，他刻意给右肩多缠了几圈绷带，让伤口看起来十分严重。

这边，贺公子满意地点头，唇角带笑，嗯，就是要这种视觉效果。

而另一边，江凛正想着晚上该点什么外卖，屏幕界面还没退出外卖软件，便接到了一个电话。

江凛看了一眼联系人姓名，是某个正在养伤的家伙。

她接起，开门见山地问："怎么了？"

"凛凛，"贺公子有气无力地唤了声，"能不能帮个忙？"

"帮你联系资深服务技师？"

贺从泽不生气，反而笑着说："我在你眼里就这么像禽兽？"

"还真是伤人。"他佯装失意，语调却是轻快的，"我工作忙到现在才回家，你竟然也不关心一下。"

他的声音听起来也不像状态不好。

江凛想起方才看到的新闻，蹙了蹙眉，问："你的伤怎么样了？"

"挺糟糕，"贺从泽疯狂地暗示，语气懒洋洋的，"而且家里没吃的了，我还不方便动手，怎么办？"

"有话直说。"

"你帮我买点儿吃的送过来。"

江凛将那句差点儿脱口而出的"你怎么不点外卖"咽了回去，毕竟贺公子矜贵得很，肯定不会吃那些东西。而且他受伤也是为了自己，江凛受不住良心的谴责，便叹了口气答应下来。

大约一个小时后。

江凛循着贺从泽给的地址，按响了门铃。

等了一会儿后，门被打开。

江凛抬眸，愣了愣。

贺从泽站在她面前，一身黑色的丝绸浴袍，头发湿漉漉的有几分杂乱。

他倒风流依旧，是让人看了便舍不得移开目光的模样，当真是男色误人。

几秒后，江凛迅速地从这视觉冲击中抽身，侧身经过他径直走进屋中，淡声道："多穿点儿，容易感冒。"

贺从泽佩服江凛这神奇的关注点。

江凛前脚刚踏上木地板，后脚便听到了"喵呜"的一声，与此同时，有个雪白的团子冲到了她的眼前，看上去蓬松又柔软。她猝不及防，被惊得退了半步，定睛一看，这才发现脚下是一只极漂亮的布偶猫，猫咪看起来可爱无比，如果那眼神不那么有敌意的话。

贺从泽关上家门，回头便望见一人一猫在原地对峙。闹总对这个陌生来客十分提防，眼睛紧紧地盯着江凛，毛都竖了起来。

他瞧着有趣，没进行干涉，想看看这两个性情相像的生物如何相处？

江凛面无表情地和闹总对视，既不主动亲近，也不出声，好像压根儿没把它的威胁往心里放。

最终，闹总百年难遇地主动示弱，它缓缓地放松紧绷的神经，踱着步子走到江凛脚边，抬起脑袋观察她。几秒钟后，闹总歪了歪身子，把脑袋蹭上了江凛的小腿，看起来极为满足。

江凛挑了挑眉，评价道："果然猫随主人。"

贺从泽不忍直视闹总那副狗腿子模样，便瞥向江凛手中的几个购物袋，看到里面装着花花绿绿的水果、蔬菜，好像还有些熟食肉类，不太好分辨。

食材准备得意外齐全，贺从泽发出"嚯"的一声，说："买这么多，看来是想好晚上吃什么了？"

江凛点头承认，轻描淡写地说道："而且你八成没吃过。"

贺从泽眼睛一亮，不由得有些期待江凛的手艺，不知这次她带给自己的惊喜是什么。

正想着，贺从泽便准备帮着江凛整理食材，然而像突然想到了什么似的蓦地止步。

江凛没注意他的动作，刚要走向厨房，却被他拉住了手腕。她眉心微皱，侧首去看，果然对上了贺从泽那双似笑非笑的桃花眼。

"我现在还湿着头发，这样很容易着凉。"他缓声道，嗓音低润，又补充了一句，"而且我右肩受伤了，不方便抬手。"

江凛简直服了他拐弯抹角占便宜的本事。

见她蹙着眉似乎在考虑，贺从泽便乘胜追击，继续低声开口："帮一下忙，好不好？"

那语气如此柔和，让人抵挡不住。

江凛没应声，他又轻轻地晃了晃她的手臂，说："好不好？"

江凛简直拒绝不了。她叹了口气，随手将买来的东西放到厨房里，看到沙发旁放着吹风机，便拉过贺从泽，将他摁在沙发上，随后插上吹风机插头、摁下开关，动作一气呵成。

贺从泽唇角噙着一抹得逞的笑，然而那笑容尚未完全展开，便被江凛粗暴冷酷的手法揉没了。

感受着头顶上那除草机一般的双手，贺从泽默默地调整心态，闭上眼催眠自己：她是在照顾自己，她是在照顾自己。

江凛素来雷厉风行，大发善心帮贺从泽吹完头发后，便将吹风机一扔，去厨房里准备晚餐了。

贺从泽便去卫生间里苦苦地整理发型，闹总被铲屎官的鸡窝头惊住，瞪大眼看他。

贺从泽不理它，专心致志地抢救仪容仪表，满脸的悲戚，实在是明白了什么叫"痛并快乐着"。

待贺公子将乱翘的头发整理好，餐厅里已飘来阵阵香味，他一扬眉，心中泛起喜悦，快步上前查看江凛的成果——一碗面条。

面条色香味美，只是形状卷曲有些奇怪，贺从泽也不知道是什么手工面。

贺从泽心生感动之余，还觉得新奇，便坐在江凛的对面问她："这是什么面？我好像没见过。"

"你当然没见过。"江凛面不改色，从容开吃，"这是方便面。"

话音刚落，贺从泽的表情就僵住了。他的脸色变了又变，欲言又止，江凛则饶有兴致地瞧着他，着实比吃饭还有趣。

最终，贺从泽憋出来一句："这个能吃？"

自小养尊处优的贺公子，从来不喝速溶咖啡，不去路边小摊，日常甚至精致到喝豆浆都要用高脚杯，方便面自然而然地被他归类为"不可食用"的东西。

"体会一下普通老百姓的日常，没什么不好。"她淡声说，用筷子夹起面条绕了两圈，"放心，吃不坏你的'玻璃胃'，工作忙的时候我顿顿吃这个。"

见江凛吃得毫不犹豫，贺从泽只得战战兢兢地拿起筷子，尝试着吃了口。

下一瞬，他顿住。

这味道实在美妙，贺从泽只觉得自己作为贺氏集团未来的继承人，以后的确该去多多体验一下普通人的生活。

江凛抬眼扫向对面的贺从泽，他吃得还挺香，看来这不知人间疾苦的贺公子，也终于沾上烟火气了。反正她除了方便面也没别的花样，他能吃是最好，不能吃也没办法。

贺从泽去厨房里翻了翻饮料，问道："你喝什么？"

"除酒以外的任何饮品。"

他想了想，拿了瓶可乐过来，坐在椅子上拧开瓶盖。

由于右手不能用，左手不好发力，所以贺从泽一时只顾着控制力度，却忘了手里拿着的是碳酸饮料。

于是只听"嗤"的一声，江凛还未将面条放入口中，便迎面袭来一阵清爽的水汽。

场面陷入了沉默中，尴尬的气息在空气中肆意地扩散。

江凛的手动了动，贺从泽能看出来她在极力地克制自己不摔筷子。

江凛只穿了件毛衣，黏糊糊的液体自她发梢滴落，浸入毛衣里，这感觉让江凛十分不好受。

她拧着眉看贺从泽，几乎是从牙缝里挤出来三个字："贺从泽。"

贺从泽当即撇开视线，讪笑应之。

待江凛从浴室里走出来，天色已经彻底暗下，天边缀着两三颗星。

幸好贺从泽这里有备用浴袍，不然江凛都怕自己掀了他家。

男人的浴袍十分宽大，将江凛浑身裹得严严实实，她丝毫不用担心多余的问题。

江凛戳了戳被可乐弄湿的毛衣，只觉得太阳穴作痛，来吃个晚饭都能发生突发事件，是贺从泽与她相克还是怎么回事？

浴室门被拉开的瞬间，在旁边靠着墙等候多时的贺从泽，条件反射般侧首去看。由于尺寸不合适，浴袍穿在江凛的身上显得格外宽大，尤其是领口略微敞开，江凛洁白的玉颈与纤细的锁骨，被贺从泽尽收眼底。

贺从泽喉间干涩，心底涌出几分燥热感。他将视线挪开，强迫自己清心寡欲，随口调侃："江凛，你这个样子，让我真想再实践一次我的座右铭。"

江凛闻言，便想起先前在约利山的事，她眉心皱起，问道："你傻了？"

"疯了。"贺从泽哂笑，"想亲你想疯了。"

江凛对这人的厚脸皮已经见怪不怪了，直接将他说的话当空气，淡声回应："你这话对多少人说过？"

"就你一个。"

她沉默，自认说浑话的技能比不过贺从泽的，便将这些废话给跳过去，直奔主题，说："给我衣服，我要回家。"

贺从泽被她这么一说，才想起这个问题，回答道："等等，我给助理打个电话，让他买了送来。"

江凛愣了愣，似乎有点儿惊讶，问道："你这里没女人的衣服？"

贺从泽扯了扯嘴角，尽量维持自己的笑容，嗓音渐冷，说："我是做了什么，才会给你一种我女人很多的错觉？"

在江凛的印象里，好像贺从泽就应该如此。她皱了皱眉，不太想纠结这个问题，摆摆手道："好吧，是我误会你了。"

贺从泽用手捏捏眉骨，拿过手机给助理打了个电话，等待的时间却很久。助理接起电话后，虽极力掩饰，但声音仍旧沙哑得很明显，还隐约带着喘息声。

"小贺总，有什么事吗？"助理终于开口，气息有些不稳。

大家都是成年人，再听不明白就是傻了。

贺从泽抬头看向挂表，晚上9点多。他顿了顿，抱歉地笑道："没事，你忙。"

看来贺从泽是不方便麻烦助理了。

江凛正坐在沙发上逗闹总，听到一阵脚步声逐渐接近，她抬起眼帘，把目光落在贺从泽的身上，似乎是在等他的答复。

贺从泽慢条斯理地在她面前止步，垂眼对上她的视线，似笑非笑道："穿我的衣服回家，或在这里过夜，你选哪个？"

第四章

斯人若虹

让江凛穿着贺从泽的衣服回家，这显然是不可能的。好在贺从泽家中的客房会有人定期打扫，他便直接给江凛用了。

贺从泽知道江凛就是一块冰冷的石头，就算是和她同床共枕，他们这晚都不会发生什么。于是，他对这晚的期待值好像也没那么高。

贺从泽给助理发了条微信："明早8点之前，送套女装过来。"

打完"女装"二字，他蹙了蹙眉，总觉得这么发过去有点儿歧义，但也懒得纠结了。

江凛没有这么早睡觉的习惯，头发还湿着，她不愿玩手机，便问了贺从泽书房的位置，想去找点儿书看。她闲不下来，虽然不知道他这儿都有什么书，但有书看总比无聊好。

贺从泽家的书房很大，两面墙都立着书架，竟还有标签归类，细致得很，有些出乎江凛的意料。

她走到书架前，只粗略地扫了一眼，发现还真是各种类型的书都有，不过商科类的偏多，也的确是他会看的书。

江凛眉梢微扬，对贺从泽的印象再度改变了一些，突然觉得这个满嘴浑话的公子哥儿并不是那么一无是处。

江凛随便拿了本小说，打量了几眼书房中央的办公桌，最终还是选择坐在角落里的软沙发上。

江凛看了没几分钟，突然感觉裸露在外的脚踝碰到了一个温热的、毛茸茸的东西，似乎是个活物。她被勾起不好的回忆，条件反射般把脚一缩，便听脚边传来了一声委屈巴巴的"喵呜"，撒娇似的。

哦，对了，他家里还有只猫来着。

江凛这才想起了闹总的存在，她垂下眼帘看猫，正好对上那双湛蓝色的瞳仁，里面星辉斑斓，极为好看。它此时正乖顺地蹲在江凛的脚边，眼巴巴地看着她，一脸求抱抱的神情。

江凛对应付小动物这种事不太拿手，想了想，试探地唤了声："闹总？"

闹总眨眨眼，用脑袋蹭蹭她的小腿，发出温驯的低吟声。没了刚见到她时的凶悍，这个小东西还挺好玩的。

江凛伸手去顺它的毛，闹总顿时满脸享受，得寸进尺地跳上沙发窝在了她的身旁。

江凛见它这样，再次鬼使神差地想到了四个字——猫随主人。

她没赶它下去，而是继续低头看起了书。

周围一片静谧。

纸张被一页页地翻过，时间悄然流逝，空气中弥漫着一派安宁祥和的气息，让江凛感到久违的舒适。

就在此时，一阵开门声吵醒了江凛的世界，她循声望去，见是贺从泽拿着笔记本电脑走了进来。

他坐在办公桌前，将笔记本电脑打开放好，动作如行云流水，无比自然。

江凛有些狐疑地问他："你要干什么？"

"工作啊。"贺从泽神情慵懒，示意手底下的笔记本电脑，"你以为我这么挥霍，用得都是老爷子的钱？"

这倒不至于，江凛也能瞧出来他要工作，只是……

她蹙了蹙眉，提醒道："你应该是要打字吧，肩膀受伤时最好不要这样。"

哟，江凛是在关心他？

贺从泽眼底浮起笑意，身体靠上椅背，回她："可活儿还是要干啊，不然到时候没钱了，我只能蹭你吃的，蹭你喝的。"

江凛彻底放弃跟贺从泽交流，翻了个白眼不想继续管他，却听他语气平淡地说："盛衡那边需要对接的事情还有很多，我不想让老爷子操心，所以要用休息时间来处理。"

贺从泽难得正经，一番话听得江凛稍感动容，她抬头欲言，紧接着便听他轻描淡写地补充道："而且我又不是你，工作起来不要命，男人的肾可是很重要的。"

江凛面无表情地翻了一页书，自动将贺从泽当成空气。面对贺从泽的这种操作，她最好的应对方式就是把它当成屁，任其自行消散。

见江凛专心致志地看书去了，贺从泽便也没再打扰。他敛起笑容，将注意力转移到电脑屏幕上，开始工作。

公司的事情本来就不少，贺从泽与林城达成合作关系后，更是多了无数的琐事，偏偏他在这方面严谨，不放心交给助理来办，只能亲力亲为。

一晚上，两个人共处书房里，各有各的事情可忙，室内只能听见翻动纸张声和敲击键盘声，彼此缄默不语，气氛称不上和谐，倒也不尴尬。

完成今日工作的计划后，贺从泽无声地松了口气，但合上笔记本电脑，抬起右臂的那一刹那，便感觉胳膊酸痛不已，他不由得皱了下眉。

江凛那边没动静，贺从泽侧首随意扫过，心跳却漏了半拍。

只见江凛身子微倾靠着沙发，头抵着沙发靠背，双眼微微合上，精致的五官被暖色的灯光笼罩，睡颜娴静。

未看完的书被江凛歪歪斜斜地放在腿上，浴袍带子系得时间久了稍有些松散，令她本就略微敞开的领口敞开得更大，那惹眼的春色若隐若现，看得贺从泽心潮澎湃。

贺从泽自认为不是什么君子，但因为对象是江凛，他从一开始便努力克制自己。可他毕竟是男人，某些事情不是靠意志就能抵抗的。

他喉结微微滚动了一下，下腹似着了火，熊熊地燃烧着，心底某种不可抑制的情感泛滥开来，既克制又浓烈。

最终，贺从泽强迫自己闭上眼，捏捏眉骨，头痛地叹了口气，清心寡欲地自我调节了半响，总算是冷静了不少。

随后他起身快步上前，伸手合拢了江凛的领口，将她裹得严严实实，着实不想再体会自行灭火的感觉。

他替江凛整理衣服时，二人贴得极近，距离不过咫尺。有温热的呼吸洒在江凛的脸颊上，她敏感地察觉出异样，长睫颤了颤，缓缓地睁开眼。

于是，二人目光相对。

贺从泽的手按在书上，江凛望着他，见他眸色深沉地盯着自己。

一瞬间，似乎有无数或纯粹或恶意的念头在江凛的脑海里闪过，二人周遭的温度没来由地升高了几度，也不知是否有催化情绪的作用？

江凛莫名有种不好的预感，当即蹙着眉要起身，腰却被贺从泽先行握住，两副身躯瞬间贴紧。

江凛心底警铃大作，扑口正要言语，唇却已被贺从泽的唇堵住。

他单手揽着她，俯首与她唇齿相依，如同最亲密的情人。

原先贺从泽在江凛面前老实规矩，顶多也就是言语调戏。可自从上次尝过甜头后，他便再也不知自制力是个什么东西，对上次那个温软的吻食髓知味，难以忘怀。

那是他难得在江凛冰冷的外壳下寻见的柔软，是他能真切感受到的人间美好。

贺从泽突然不想再否认了，所谓自尊与理智在感情面前不值一提，他对江凛就是情深至此。

书房里斑驳的光影细碎地落在二人的眉眼间，如同一场略微青涩的桃花梦。

吻罢，贺从泽靠在江凛肩上，等待呼吸趋于平稳，他躁动的心也被她渐渐地安抚。

"不好意思。"他轻笑，嗓音有些哑，似乎在压抑某种欲望，"太美了，没忍住。"

他开口时，声线低沉诱人，满含意犹未尽的暧昧意味，引人浮想联翩。

江凛不悦地蹙眉，突然伸手毫不客气地捏住了贺从泽的脸。

"不好意思。"江凛手动将他的脸挪开，淡声道，"太欠了，忍不住。"

江凛的动作说是捏，其实用"掐"来形容都不为过。这女人好像活这么大就不知道什么是温柔，"娇羞"这个词简直与她此生无缘。

不过无妨，面子这东西贺从泽向来是踩在脚底下的。

"凛凛，"他环抱着江凛柔软纤细的腰肢，嗓音低哑，隐隐含着笑，"打算什么时候来睡我？"

江凛闻言顿了顿，眉心轻拢，心底有一瞬间恍惚。

她扪心自问，对贺从泽大抵算得上有好感，甚至是喜欢。但她这么多年来早就习惯独自一人，没有尝试过，也没有想过将自己托付给别人，那很不容易，需要她从内到外地转变，而她目前还没有那份信心。

她的秘密太多，许多阴暗的东西已经被揉碎融进了她的灵魂里。她内心最深层的那一面，连自己都唾弃不已，更何况他人？

"贺从泽，"江凛开口，语气平淡而笃定，"你一点儿都不了解我。"

"是。"贺从泽毫不否认地说，"尽管已经相处了快半年，但我除了你档案上的信息，其他什么都不知道。"

"那你还……"她眉毛拧成一团，开口想问他为什么要纠缠自己，但苦于不知该如何形容。

"很多时候对一个人的喜欢没有理由。我不在乎结果和前提，也不管别人怎么想，只是觉得你很优秀，我很喜欢，所以就靠近你。"

罢了，贺从泽稍作停顿，眸色深沉地看着她，道："江凛，不是所有事情都需要理由。"

江凛的确似懂非懂，不过她承认自己在同理心和人情世故方面有所欠缺，便没反驳什么。

她伸手推开贺从泽，没有碰他受伤的右肩，开口道："我要去睡觉了。"

闹总受到惊动，迷迷糊糊地伸展了一下爪子，睁开眼看着二人。

贺从泽瞬间没了方才的正经模样，弯着唇看她，说："需要暖床服务时可以找我。"

"满嘴瞎话。"江凛随意地挥了挥手，步伐不停，头也没回，"我不排斥生理上的本能接触，但在一段谈不上爱的关系中，我绝不接受性的存在。"

话说完，江凛也离开书房了，只留下一个背影。

贺从泽眸子亮了几分，抿着嘴笑了一会儿，而后不紧不慢地坐在沙发上，揉了揉闹总的脑袋。

闹总刚刚睡醒没什么脾气，迎着贺从泽的手掌蹭了蹭。

"完了……"他喃喃自语，声音轻如云烟，却有沉甸甸的欢喜。

"我真是越来越喜欢她了。"

翌日大早，助理便敲响了贺从泽家的大门。

不久门便被打开，助理毕恭毕敬地将纸袋递上，心里暗自猜着小贺总是不是把女人带回家了？

啧啧，小贺总还特意让他送衣服。

助理心里的小剧场十分精彩，面上却没表现出半点儿松懈，显得无比正经。

贺从泽随意地瞥了一眼袋子，说："可以了，你先走吧。"

助理闻言点头，准备乖乖地退下，然而在门被关上的瞬间，他清晰地听到屋内传来了一个女声："衣服被送来了？"

助理愣了愣，总觉得这声音在不久前听到过，便疑惑地抬头。这不看还好，一看他便禁不住地瞪大了眼睛。

偏偏是赶在门被关上的前一秒，他还没来得及仔细地观察，视线就被隔绝掉。但仅仅是那么一瞬间，助理也看清楚了贺从泽身后的女人。

那张脸实在漂亮得令人难忘，因此他瞬间便将之同记忆中的面孔对上了号，A 院高薪请来的外科专家——江凛。

这……这两个人竟然在一起了？！

助理难以置信地缩了一下瞳孔，只觉得冷汗都流出来了，第一反应就是将这个秘密深埋在心底。这件事要是被贺董知道了，还不得打断小贺总的腿？！

而房内，贺从泽随意地揉揉头发，将纸袋递给江凛，道："换上吧，我送你去 A 院。"

"我自己打车过去。"

"我顺路。"

江凛显然不信，问："顺路？"

贺从泽淡笑，垂下眼帘看着她，语气暧昧地说："只要是你去的地方，我东南西北都顺路。"

江凛眉角挑了挑，随即头也不回地走向卫生间。

贺公子的话从来不具有任何参考价值，她左耳进右耳出，随机挑选顺耳的句子听。

不过事实证明，贺从泽的确有事。

车被停在一家烟酒茶店前，由于贺从泽身份尊贵，实在不便，于是便拜托江凛下车——去买烟。

是的，贺从泽让江凛买烟。

江凛在心底叹息，眼神从烟盒上掠过，想到自己已经很久没买过了，便随便买了一盒公认的比较好抽的烟。

谁知她刚走到车前拉开车门将烟递过去，就有一个人不知从哪儿冒了出来，拿起相机对准江凛就拍。

闪光灯晃到了江凛的眼睛，她下意识地眯眼，尚且没反应过来，便听身旁的人低声骂了句什么。

他们竟然被跟踪了？

江凛对被偷拍这种事缺少经验，这边刚明白过来，坐在驾驶座上的贺从泽便已推门而出，迅速地上前抓住那名狗仔。

他擒住对方的手腕，再将人反手扣住，就着力道重心下压，一连串动作无比熟稔，显然是经常遇到这种情况。

江凛拧眉，正想跟过去查看情况，却突然想到了什么，便坐在副驾驶座上没有动弹。

她虽然不了解，但来偷拍的狗仔应该不会只有一个，如果附近还有他的同伴，那她过去就会被拍到，还是老实地待在车里比较安全。

这么想着，江凛有意地低下头，尽量将脸偏到一处死角里。

贺从泽应对狗仔十分老到，几句话交涉完毕后，便从钱包中随手抽了一张卡扔给狗仔，相机便落入贺从泽的手中。

美色误人，旁边坐着个江凛，他竟然忘了小心偷拍者。

贺从泽无奈地叹息，上车后熟练地将内存卡抽出后折断丢弃，相机此时没了用处便被他扔到后座上。

江凛不咸不淡地扬眉，问道："这么快就解决好了？"

"钱能应付一切。"他言简意赅，眉眼似有不悦，"敢在这边蹲点儿，八成是个新人。"

江凛会意，点头道："难怪你花边新闻这么少。"

言外之意，可不就是讽刺他善于藏娇？

贺从泽对她缜密的逻辑思维表示无语，而后轻轻地笑了一声，眼里荡漾着光，说："我的女人到底多不多，你不清楚？"

贺从泽一边说着，一边身子不着痕迹地倾向她，口中的话也无比暧昧，勾得人心痒。

她说："处男无法验证。"

他笑道："试试不就知道了？"

江凛转过脑袋，这对话没法儿继续了。

她隐约间闻到了一股血腥味，而后顿了顿，伸手碰了一下贺从泽的右肩，果然听他倒抽一口冷气。

贺从泽拢眉，一把握住江凛的手，无奈地说道："你至于蓄意报复吗？"

"去 A 院处理你的伤。"她将眼神挪开，不承认自己报复性的小动作，"这几天老实点儿别乱动，不然迟早留疤。"

先前还好好的，此时他伤口开裂，肯定是因为方才冲下车的动作过大，也难为他一直没吭声。

"留点儿疤也好。"贺从泽姿态散漫，二人的手还交握着，他用指腹摩挲着江凛那细嫩的肌肤，叹道，"省得你不长记性，再拿命开玩笑。"

他嗓音低沉，说出的话蓦地撞上了江凛的心口，成功地软化她内心中的一处坚冰，而后化为春日里的温柔春水。

她对心底的情愫感到有些莫名奇妙，蹙眉抽出自己的手，略显嫌弃地说："还挺啰唆。"

贺从泽笑笑未言，开车送江凛去了 A 院。

江凛在医院前台签到后，便打算叫护士去给贺从泽处理伤口，然而贺从泽理所应当地说："江医生，这伤是为你受的，你得对我负责到底。"

江凛无言以对，只得带他去自己的办公室。

贺从泽每每见她顺从的模样便万分舒心，只觉得肩头的疼痛感都减轻了不少。

二人刚刚拐角，便同走廊中的一位妇人打了个照面。

江凛本没有在意，只将视线随意地扫过那位妇人，然而在看清楚对方长相后，她瞬间警觉起来，浑身上下的细胞都在叫嚣着赶快离开这里。

江凛纵然早在回京都前就做好了准备，但与眼前之人的这场相遇实在过于突然，杀了她一个措手不及，她竟没能及时整理好表情。

齐雅看向来人，第一眼看到的是贺从泽，随后她不紧不慢地看向他身旁的人，觉得这人有些眼熟。

齐雅眯眼，稍有疑惑地盯着江凛，试图从记忆深处中挖掘出点儿有用的信息。随后她蓦地僵住，眼底难以置信的情绪几乎要抑制不住。

深藏的记忆被重新唤起，齐雅一动不动地打量着对面的女子，莫名的窒息感似乎将齐雅吞没。这张脸……怎么可能？！

冷汗直冒，齐雅还在心悸，便听身后传来了一阵脚步声，与此同时，响起了一个平淡沉稳的男声："小贺总也来 A 院了？"

贺从泽正狐疑于齐雅的失态，闻声暂时将注意力转向来人，扯了扯唇角，说："原来是司叔，真巧！"

江凛在看到对方时，表情有瞬间的恍惚。心跳从未如此快速，她清楚地知道那不是欣喜，不是惊讶，而是惶恐。

"莞夏做了阑尾炎手术，我和她母亲来看看她。"司振华说着，看向一旁的江凛，稍加打量，问道，"这位是……？"

"是 A 院外科的江医生。"贺从泽言简意赅，随即侧首向江凛介绍："这是司总和司夫人。"

江凛迅速恢复状态，对二人点头，算是打过招呼。

齐雅抿着唇，看向江凛的眼神复杂难辨。

"原来这位就是江医生。"司振华轻笑，俨然一副商业精英的从容模样，他伸出手，"年纪轻轻就有如此精湛的医术，江医生真是厉害！"

江凛心里虽然排斥，但出于礼貌还是同他握了握手，淡声回道："过奖了。"

齐雅暗中观察自己丈夫的神情，见他毫无异常，想必是没有认出江凛来，心里不由得松了口气。也是，毕竟这么多年过去了，司振华应该早就忘了……

就在几秒前，江凛也是这么想的。她不愿意和这两个人继续纠缠，本想迅速脱身，谁知与司振华两手交握的瞬间，她登时察觉出了些许异样。

江凛浑身巨震，抬眼看向司振华，恰好望见他眼底的讥讽和不屑。

在只有她能瞧见的角度，面前的司振华唇角上挑，冷意乍现。

是呀——他怎会认不出江凛来？

江凛瞳孔微缩，随即不着痕迹地蹙眉，将手放开，后退几步。

贺从泽适时地侧了侧身子，刚好挡住司振华看向江凛的视线，开口不疾不徐道："司叔，我还等着江医生替我处理伤口，先失陪了。"

司振华对他笑笑，说："好好养伤，我们也回去了。"

双方就此别过，齐雅在离开前回头瞥了一眼江凛，无声地握拳。

A 院，某单人病房内。

司莞夏望着低头给自己打点滴的小护士，若有所思。

一片寂静中，她突然开口发问："护士小姐，我听说A院外科来了个很厉害的新人。"

"嗯，是呀。"小护士没想到司莞夏会问这个，愣了愣道，"司小姐说的是江凛医生吧，她真的很厉害呢，工作态度也很认真。"

"是嘛。"司莞夏意味不明地啧了一声，忍着心里的不快，摆着笑脸继续问，"我倒是听说她空降A院就是主治医师，是真的吗？"

"对的，江医生是上面特意高薪聘请过来的专家。"

司莞夏攥紧了手下的被子，心里再怎么骂江凛一千遍一万遍，面上始终不曾显露半分负面情绪。

"那真是很厉害了啊，她那么年轻。"司莞夏回应道，佯装不经意地提起，"那你知道江医生原来是在哪里工作吗？"

对于司莞夏的意图，小护士并未多想，只思忖半晌后，回答道："嗯，我只知道江医生是S市人，读大学和参加工作都在那里。"

得到了最需要的消息后，司莞夏便以自己想睡觉为理由，迅速地遣走了小护士。

待房门被关上后，她连忙拿起自己的手机，给通讯录中的某个人发去一条短信："喂，你不是在S市混得不错吗？帮我查个人。"

直到江凛把贺从泽按在办公室的座位上时，二人始终没有任何对话。

江凛断断续续地出神，也不知道在想什么，而贺从泽就这么看着她出神。

他少见地没有聒噪，垂着眉眼，眼神平淡地看着江凛。

江凛脑中实在是乱得一塌糊涂，但她强迫自己回过神来，心想：这刚要上班，状态绝不能太差。再说了，身边还有个麻烦鬼，她按了按太阳穴，随即拿来了医疗箱，展开放在桌上，从中拿出需的工具来。

贺从泽早已自觉地脱掉外套，身上只剩一件衬衫。他右肩处的颜色格外深，江凛也看不出伤口究竟有多严重。

她抬眼看贺从泽，他亦同她对视。

几秒后，江凛发现这男人没有丝毫的自觉，不禁蹙眉，说："脱衣服。"

贺从泽很是虚弱地示意了一下自己的肩头，说："我受伤了。"

江凛放弃同他扯皮，干脆利索地在他身前单膝蹲下，伸手去解贺从泽的衬衫纽扣。

她从贺从泽的喉结处开始解，一路向下，直到他的腹部。

贺从泽想不到她当真会亲力亲为，短暂地愣神后，他的视线便紧紧地锁住了她的那双手。

江凛纤细的指尖搭在他的衬衫的玄色纽扣上，轻扣轻启间，白皙与暗色产生的鲜明对比直晃人眼。

她动作虽谨慎，但还是不可避免地碰到了贺从泽的皮肤，如蜻蜓点水般转瞬即逝。

贺从泽感觉自己的太阳穴又开始隐隐作痛，本来只是想要调戏一下江凛，谁知到头来受苦的还是他自己。

江凛本来清心寡欲，然而越向下解贺从泽的扣子越不自在，觉得这实在太过暧昧，她蹙着眉正要开口，手却已经被他握住。

"算了，"贺从泽有些难受地开口，嗓音莫名低哑，"还是我自己来吧。"

江凛瞬间明白过来，收手与他保持安全距离，眼睁睁地看他三下五除二地将衬衫脱下丢在一旁。

江凛惊叹于贺公子刚才的演技，说好的右肩受伤不方便动弹呢？

她已经习惯贺从泽睁眼说瞎话，上前用酒精棉为他的肩头伤口处消毒，伤口只是开裂了一个小口，不算严重，但牵扯到皮肉肯定不会好受。

贺从泽一声不吭，呼吸平稳，懒散地盯着她。

江凛被他那存在感极强的视线弄得浑身不舒服，边替他处理伤口边拧眉问："你一个劲儿看我做什么？"

贺从泽慢条斯理地开口："你脸上有东西。"

"什么？"

"有情绪，"他淡声说，"还是负面的那种。"

话音落下，江凛手下的动作亦停顿了几秒，半晌后她垂下眼帘，轻声地嗤笑。

也是，他这么有眼力见儿，方才肯定看出了猫儿腻。

江凛不遮不掩，十分干脆地说："我不太想说。"

"我也没打算让你说。"贺从泽瞥她，"就是有点儿烦躁。"

"理由？"

"我记得我说过，"他答非所问地说，"我想看你变得有人情味的那天。"

江凛有点儿印象，手底下正做着最后的包扎步骤，问："所以……？"

"今天的确看到了。"他嗓音平淡，没什么情绪，"但是江凛，我再也不想看到你那副表情了。"

刚才她压抑着的情绪仿佛被撞出了一个缺口，各种复杂的情绪纷涌而出，袭上了她的眉眼。

江凛平日里神情寡淡惯了，贺从泽竟无法想象她也会有如此失魂落魄的模样。他不知道江凛和司家究竟有什么故事，她不说他便不问，但看到江凛为这件事费神，他就没来由地开始烦躁。

"我可以假装什么都不知道，不去探索那些你不愿回忆的东西。"贺从泽侧首，看着她的眼睛，一字一顿地说，"但对于你的痛苦，我做不到坐视不理。"

话音刚落，江凛第一次主动地避开了贺从泽的眼神，宛若未闻地专注于打绷带，并未给他任何回应。

"我也不是逼你把所有的事情都告诉我，我知道我还没那个资格。"贺从泽倒有自知之明，对她有没有回应感觉无所谓，他知道她在听，"但你有情绪或遇到麻烦的时候，可以和我说。帮助并非施舍，你过分自负才是对自己的不珍惜。"

他把一番话讲完，江凛敛眸不语。半晌后，她才干巴巴地挤出来一句："就说你啰唆。"

贺从泽见她这样就知道她听进去了。他弯唇，心情总算晴朗起来，拿过自己的衬衫穿上。

"你今天上什么班？"他问江凛。

"白班。"江凛心知他所想，及时补充道，"你不用来，我下班后要去吃夜宵。"

"我陪你。"

江凛闻言眯了眯眼，看向他，说："我吃的东西，你那'玻璃胃'可能受不了。"

"不试试怎么知道？"贺从泽笑得明媚，"我不介意让你用食物拴住我的胃。"

江凛和"行走的情话大全"没什么可多谈的，下了逐客令后便去忙工作上的事了。她接连休息了一周，早有一堆事情等着她处理。

贺从泽不多打扰，整理衣襟后便干脆地离开。二人下次见面又该是晚上了。

坐进车内，贺从泽把手指搭在方向盘上，才想起公司里的事情已被他处理完了，接下来的时间里好像没什么事情可做。

自从来了个江凛，他丰富的娱乐生活便就此中断。

贺从泽垂眼摸出烟盒，烟是江凛方才买的，牌子虽一般却是较好上口的，也不知是不是巧合？他想了想，觉得大抵不是。

点上烟，他抽了口，莫名觉得有些头痛。江凛的身世，以及她和司振华的关系……贺从泽有个猜想，可因为实在荒谬，他没有深想。

算了，他轻捻香烟，将脑中那些念头清空。想起许久不曾回家，他拿出手机打算给贺云锋打个电话。

谁知还没点开通讯录，助理的来电便挤了进来，贺从泽皱了皱眉后接起，问："怎么了？"

"小贺总，您上网了吗？"

"股票跌了？"

"比这好点儿……总之您先看看微博吧。"

贺从泽没挂断电话，直接把手机界面滑到微博主页，一刷新便看到了一条转发量上万的博文。他挑眉，看着手机屏幕上的寥寥数语笑出了声。

"贺从泽与一女子结伴出行，疑似热恋中！"

配图可不就是江凛坐在副驾驶座上给他递烟盒的照片？

由于角度不合适，图中江凛的脸被阴影罩住，全然瞧不清五官，不明真相的观众也只能看得出图中是名女性。

她手中的烟盒也十分模糊，贺从泽眯眼打量，怎么看怎么觉得像另一种盒状包装品……

该微博博主指出，这是在贺从泽家附近拍到的，说明两个人昨晚共处一室，关系暧昧。

贺从泽对此并不上心，随手往下翻，见热评第一名这样写道："还有问那个盒子里装的是什么的，都 2019 年了，还看不出来那个盒子里装的是什么吗？"

原来不止贺从泽一个人看了图片后这样想。

电话那头的助理问道："小贺总，是我去公关还是……？"

"不用管，反正仅凭图片看不出来她的身份。"贺从泽退出微博界面，轻描淡写地应道。

语罢，他又低声说道："不然都找不到跟她接触的借口了……"

这句话音量太小助理没听清，于是又谨慎地询问一遍，贺从泽说没什么，便将电话挂断。

随后他也懒得给贺云锋打电话，直接开车回贺家，进门时却发现母亲崔妍也难得在。

于是午饭时，贺家一家三口围着餐桌坐好。

贺云锋显然对贺从泽和林城的合作十分满意，虽然嘴上是在说教，但眉眼间为人父的骄傲却掩盖不住。

贺从泽知道自家老爹好面子，笑着一一应下。其间，他佯装无意地提起："要不是当时林天航被 A 院医生救下，估计这次合作也不会这么快谈好。"

贺云锋还未开口，崔妍便开口道："江凛。"

这两个字从母亲口中说出来，贺从泽心里一惊，但没让情绪外露，只随口说："我还以为您不关心这些。"

"毕竟是高薪聘请过来的人，还给叶董动过手术，这么年轻优秀的小姑娘，我怎么会注意不到？"

贺从泽方才的那些不安瞬间消散，听崔妍对江凛如此评价，竟有种莫名的自豪感浮上他的心头。

原来江凛的出色，大多数人看得到。

从贺家离开后，贺从泽分别给宋川和陆绍廷打了电话，想找个人出来。可惜前者在陪女朋友旅游，后者在准备晚上的节目录制，二人都忙得不可开交。

贺从泽不甘心成为闲人，百般无聊下只得去了趟公司，姑且算是处理公务。好不容易挨到江凛下班的时间，他欢欢喜喜地赶往江凛说过的夜宵地点。

抵达目的地后，贺从泽看着眼前接地气的室内烧烤，心想：这个女人还真是神奇。

与此同时，某节目直播现场。

本期的特邀嘉宾团是当前爆火的电视剧剧组，由于陆绍廷是领衔主演，不论节目现场还是直播平台都人满为患。

目前是节目的抽卡环节，几名演员依次完成了各自的任务，陆绍廷作为压轴人物，最后才不紧不慢地抽了张卡出来。

大屏幕当即同步显示任务的内容："现场给一位好友打电话，问对方在做什么？"

陆绍廷挑了挑眉，轻笑一声。

全场哗然，主持人嘴角也噙着一抹意味深长的笑容，问道："不知道这电话会是谁接呢？"

陆绍廷拿出手机，慢条斯理地打开通讯录，用指尖随意地滑了滑联系人名单，最终将目光落在某个人的名字上。

手机现场连接多媒体后，他将电话拨了出去，静候对方接通。

众人屏息期待，气氛一时有些紧张。

等了几秒，电话被接起后传来了一个略显不耐烦的声音："怎么想起来给我打电话了？"

这个声音着实让人熟悉，正是贺从泽本人。

贺从泽话音未落，观众席上便爆发出一阵热烈的尖叫声，陆绍廷抬手拢了拢话筒，弯唇问："你在做什么？"

贺从泽闻言蹙眉，此时正忙着研究烧烤架，随意地说："吃烧烤。你要来吗？"

江凛正在一旁挑着串，闻言便随口问道："谁要来？"

"没，就我们两个。"贺从泽果断否认，当即挂断电话，顺带将手机调成静音模式放回衣服口袋中。

殊不知，另一边的直播现场已然鸦雀无声。

陆绍廷听到江凛的声音时也愣了一下，随即便明白了是谁。

通话中断的"嘀嘀"声将他的思绪唤了回来，他眉间轻拢地看向身旁的主持人和嘉宾——如他所料，都呆若木鸡。他再看观众席——集体缄默，风干石化。

陆绍廷在心里感慨自己还真是给他人做嫁衣，看来明日的热搜头条又要被贺从泽占领了。

而此时此刻，众人只震惊于一件事：贺公子深夜接地气地吃烧烤，竟是在陪一个女人？！

上午贺从泽和神秘女子的照片刚被爆出，这会儿就被他本人阴错阳差地证实了。大伙儿实在有些吃不消，关注的焦点都不放在节目上了，场下的讨论也逐渐离题、逐渐热烈。

虽然方才落在众人耳边的只有短短三个字，但也成功地引起了大家的广泛议论与猜测，录制现场眼看就要陷入一片混乱之中。

主持人毕竟身经百战，经验丰富，当即灵光一现将话题转移开来，对身侧的陆绍廷莞尔，问道："这么说来，绍廷最近好像也有些情况，方便跟大家透露一下吗？"

这个问题不在剧本中，陆绍廷垂下眼帘看了一眼主持人，礼貌地反问："哦？我怎么不知道自己最近有'情况'？"

该话题一展开，现场观众的注意力瞬间被拉了回来，感受到了现场效果，主持人暗自松了口气，也没想能不能问，便笑道："听说您最近和景舒窈走得很近呢，两个人的关系什么时候这么好了啊？"

这句话无疑将粉丝们的小心思给点了出来。众所周知，陆绍廷年少有为，身为青年知名演员，却鲜少有绯闻，与圈内女演员相处也很有分寸，可以说是没有任何黑点。

前不久，陆绍廷与一名叫景舒窈的十八线女演员合作了一部网剧，全网大火。这对于满身荣誉的陆绍廷来说没什么，倒是带红了景舒窈。

说来也奇怪，这部剧虽然剧情精彩，备受好评，但从导演到主演毫无知名人物，直至今天，众人也难以理解为何陆绍廷会接下这部剧？

后来，陆绍廷与景舒窈相处的照片陆续被爆出，但不论网上掀起何等惊涛骇浪，二人皆没有正面回应，这便成了粉丝们的心结。谁知今天，这个问题竟被主持人问了出来。

众人只顾着起哄，却无人发觉，陆绍廷在听到"景舒窈"三个字后，眼里难得有了细微的波澜。

"我和景小姐大概是朋友关系，"他似笑非笑道，从容依旧，"至少她是这么认为的。"

话音刚落，粉丝们集体惊呼出声。

主持人也被陆绍廷的回答震惊到，忍不住追问："请问这是什么？"

"节目时间有限，我们还是尽快回归正题比较好。"陆绍廷不紧不慢地开口，打断了主持人的话。

主持人这才惊觉，急忙不着痕迹地回归主题，继续流程。

陆绍廷最后的这句补充实在让人浮想联翩，偏偏他还转移话题不继续透露，众人只得被吊着胃口。

直播结束，陆绍廷同工作人员道别后便去了休息室。

推门而入的一刹那，陆绍廷唇角挂着的笑容便消失不见，接过经纪人递来的水杯后，他蹙眉淡声说："蹲点儿偷拍的事，以后多帮我注意着。"

经纪人无奈地应声："行吧，不过你也……"

陆绍廷似乎并没有注意经纪人在说什么，而是拿出手机不知给谁打了个电话，接通后他眉眼间才浮现出淡淡的笑意，轻声地说："忙完了吗？我去接你。"

一听这温柔到要命的语气，他的经纪人就知道接电话的人是谁了。

于是经纪人翻了个白眼，暗自腹诽：不想被偷拍，你倒是自控点儿别总黏着人家啊！

数日后，A院。

最近宋川的胃病常犯，女友便拖着他去A院做胃镜，拿到结果后两个人发现并无大碍，只是由于近期饮食不规律而已。

随后，宋川拿着医生开的单子去买药，将一系列烦琐事宜解决后，便打算和女友离开。

路过病房区时有个病房门是半敞的，宋川并未注意，还是被女友疑惑的声音唤了过去："咦，那不是司小姐吗？"

宋川一听到"司小姐"三个字就浑身不舒服，蹙眉顺着女友指的方向看过去，刚好望见在病床上靠坐着的司莞夏。

服了，他怎么在哪儿都能撞见这个祖宗？

宋川自认倒霉，伸手揽过女友感叹道："估计是来治缺心眼儿了，看她干什么，我们去吃饭。"

司莞夏的公主病是出了名的，女友深以为然地点点头，说："嗯，也是，那我们走吧。"

宋川带人经过病房时，最后扫了一眼司莞夏的病房里的情况。

他隐约地看见在司莞夏的病床旁站着的女人将一沓资料模样的东西

递给了司莞夏，司莞夏伸手接过，随意地翻看几眼，抬头笑着同对方说了些什么。

宋川也不过是随意一瞥，见此情此景也没有想太多，就径直离开了。

与此同时。

贺从泽合上面前的笔记本电脑，拿起手机粗略地扫视了一下微博推送的消息，神情慵懒。

——"贺从泽意外被'实锤'！"

他挑着眉用手指继续往下滑，却意外地瞥见了紧跟着的报道。

——"陆绍廷与景舒窈之间不得不说的事……"

贺从泽从中获得了些许安慰，便满意地将手机放在桌上，起身走到玻璃窗前。

三十多层楼的视野足以让他俯瞰都市的一角，川流不息的街道显得微乎其微。

耳机提示有来电，他抬手接听，懒懒地"嗯"了一声示意对方开口。

"小贺总，海外分公司有个很重要的合作会议，我看了看日程表明天正好可以赶过去。"

贺从泽蹙眉，问道："几天？"

助理老老实实地回答："正常情况下需要一周，加班加点另说。"

贺从泽摸了摸下颌，没急着回应，神情若有所思。几秒后，他没头没脑地问道："你谈过恋爱没？"

"啊？"助理摸不着头脑，搞不懂副总怎么突然关心起了自己的私事，只道："谈……谈过几次吧……"

"那你觉得，女人吃不吃欲擒故纵这套？"

助理一时无言以对。

"算了，当我没问。"贺从泽"啧"了一声，低声叹息，"那个没良心的女人，我离开几天估计就把我忘了。"

"其实吧，小贺总，我其实也是建议，仅供参考啊，"助理这才明白过来贺从泽是在说江凛，便犹豫道，"按江小姐那个性子，您可以在离开前做些事让她记挂着，这样估计会有效果。"

贺从泽闻言，眸光一动，当即计上心来。

当晚，江凛刚把买来的炒菜端上桌，门铃便响了起来。有了多次的相同经历，不用看猫眼，她都知道来人是谁。

江凛叹了口气走到玄关处拉开门，抬头映入眼帘的果然是那张俊脸。她眼角跳了一下，开口问："贺从泽，你是有多闲？"

"我明早的飞机。"贺从泽十分自然地走进屋内，关上门，"未来一周你是见不到我了，最后一起吃顿饭不过分吧？"

江凛闻言扬眉，回身继续去收拾桌上的晚饭，道："看来我可以清净清净了。"

贺从泽把她的话全然当作浮云，笑眯眯地凑上去看了一眼餐桌，一双长眉便拢了起来，问道："怎么又是外卖？"

"我这双手，会救人就够了。"

他顿了几秒后，忽然泛出个邪气的笑容来，说："不止。"

江凛面色不改地说："那你最好祈祷永远不要出现在由我操刀的手术台上。"

"怎么说？"

"怎样让病人在手术中承受最大的痛苦最后还能安然无恙，这点我最清楚。"

不过虽然这么说着，江凛还是去厨房里多拿了一副碗筷放在桌上。

贺从泽坐在她的对面，饶有兴趣地打量她，说："江凛，我发现你有时候还是挺有趣的。"

江凛不置可否，回应道："是吗？"

"虽然你大多数时候很无趣。"

江凛不知怎的特别想把筷子折断。她做了个深呼吸，告诫自己要心平气和，这才对贺从泽淡声道："贺从泽，我也发现你有时候挺欠揍的。"

贺公子决定彻底落实江凛对自己的评价，直接回应道："那就来啊。"

江凛蓦地顿住。

他轻笑，嗓音低沉诱人，充满了暗示的意味："来啊。"

此时的气氛登时暧昧了起来，室内温度似乎都跟着升高了些许。

男色误人，江凛的部分食欲转移到了错误的地方，她蹙眉捏了捏筷子，移开视线，眼不见为净。

看吧，好看的男人就是有资本，同样的话他说出来就是撩拨，换成其他人就是猥琐。

"你刚才进门的时候说什么？"江凛突然想起这件事，问道，"明早的飞机？"

贺从泽淡笑道："工作上的事情，我得出国一段时间。"

江凛点点头，安安静静地吃起了饭。

贺从泽离开一周对她来说倒是没什么影响，也谈不上什么舍不舍得。不过不得不说，贺从泽在她生活中起到的调味剂作用十分明显，少了他好像真少了点儿趣味。

察觉到自己的这个想法后，江凛心中巨震，瞳孔微缩。怎么回事？什么时候，她也产生了这种依赖心理？

江凛顿了顿，问他："你今晚过来就是跟我说这事？"

贺从泽挑眉弯唇，说："也不全是。"

"想给我留个难忘的告别记忆？"

贺从泽愣了数秒后，倏地笑了，扶额叹道："我还以为你天生就没这方面的心眼儿……本来没怎么期待，不过你竟然能反应过来。"

江凛觉得贺从泽还是闭嘴的时候比较顺眼。

晚饭过后，江凛将贺从泽送到玄关处。

贺从泽单手搭在门把手上，垂眼看着江凛，问："这就没了？"

江凛想了想，说："下周见。"

说这三个字时她神色平淡，没有半点儿期待的意味。

贺从泽真是不能指望江凛，这么想着，他无奈地叹息，突然伸手揽过江凛的腰肢，单手抬起她下颌，俯身便落下一记深吻。

江凛未曾想贺从泽会这么做，愣神片刻后，蹙着眉试图推开贺从泽，却没能如愿脱身。

江凛对情爱一窍不通，只得被迫跟着贺从泽的步调来。

良久，贺从泽才舍得放开江凛，她没站稳，被他圈在了臂弯里。

他敛眸，怀中的人被亲软了身子，微微喘息，两颊浮现出一层粉雾，眼波潋滟，是难得一见的小女人模样。只一眼，他心底那刚熄灭的火苗便有复燃的势头。

"没办法。"贺从泽低笑，手指暧昧地轻轻地擦过江凛的唇角，"你不主动，只好我来。"

江凛平复好气息后便伸手抵开了身前的贺从泽，蹙眉望着他，她一字一顿地说:"贺从泽,事不过三。"

贺从泽一本正经地回答:"无三不成礼。"

江凛眼尾挑了挑,不客气地说:"你脸皮倒是厚。"

贺从泽眸底泛着光,笑意浅淡,说:"这只是第三次,以后还会有很多次。"

把话撂下了,贺从泽此行的最终目的也已达成,便转身打算离开。然而刚打开门,他听身后传来声音:"等等。"

"怎么?……"贺从泽扬眉,刚要回头调侃,便觉得腰间环上了一双手臂,温热且柔软。

他浑身僵住,眼神震惊。

这一瞬间于贺从泽而言,实在是难以言表,江凛竟然给他来了个背后的拥抱。

贺从泽就差热泪盈眶地下跪感谢上天让江凛这棵铁树开了花,然而还未等他完全将情绪酝酿好,腰间的手臂便倏地被撤走,随即他感觉自己的身子前倾……

他被踹出了房内。是的,他挨了江凛结结实实的一脚。

贺从泽踉跄几步,扶着腰蒙了。

身后传来"砰"的一声,是大门被对方利索地关上的声音,他还能隐约地听见上锁的声响。

贺从泽是被这个女人用美人计坑害了,后知后觉地意识到这点后,他咬着牙揉揉方才被踹的腰部,又被气笑了。也罢,总有一天他会让江凛知道什么叫男人的报复。

当天深夜,微博再度迎来了一波讨论热潮,讨论的起因是贺从泽更新的一条博文,正文没有任何配图,只有一句话:"我觉得就算是为了男人的尊严,我也不会再去主动找她!"

网上冲浪爱好者感到不解,纷纷发问:"发生了什么?"

官方实锤最为致命,放荡不羁的贺公子竟然已经到了在微博上秀恩爱的地步。

尽人皆知,贺从泽是个恃才傲物的主儿,到底是怎样的一个女人能让他纵容到这种程度?网友们围绕此问题迅速地展开讨论,根据圈内名单挨个儿排查却仍旧寻不到合适的人选。于是,大伙儿便明白了贺从泽的女友是什么身份。

几分钟后，微博热搜榜第一名就出现了——"贺从泽'圈外'女友"。

翌日。

贺从泽一大早便同助理前往机场，此次出差的日程被安排得十分紧凑，他这几天有的忙了。

贺从泽在车上就开始看合同，上了飞机后又打开电脑继续忙碌。好不容易腾出了一些时间，他点开微信，粗略地扫视了一下之前的未读消息，竟一眼望见了熟悉的头像。

贺从泽在心里"曜"了一声，心想：这个无情的女人竟然破天荒地给他发了消息，这是太阳准备打西边升起了？

他将视线移至消息框上，江凛发的消息很短，就简简单单四个字："一路顺风！"

他支在桌边的手肘蓦地下滑，整个人身形一晃。

这个动作有些大，惹得身旁的助理略有疑惑地看了过来，贺从泽俨然一副没事人的模样，整了整袖口。

数分钟后，上个关于贺从泽的热搜还未下去，贺从泽就再次更新微博，依旧是纯文字："尊严这东西没用，不要也罢。"

这日清晨，江凛给贺从泽发完信息后照常去上班。

然而，她感觉医院里的气氛显然有些不对劲儿。自从她踏进A院大门里开始，四周的同事便纷纷对她投以异样的目光，更是有小声议论和指指点点的人，看着她的眼神或是震惊，或是讽刺。

江凛觉得莫名其妙，签到后便往自己的办公室走去，也没有去了解这其中原因的打算。

谁知江凛走到半路，却见苏楠火急火燎地上前来对她说："江凛，周主任在办公室里等你。"

江凛这时才隐约地意识到事情的严重性，虽然不知道究竟发生了什么，还是点头应声："好，我知道了。"

"江凛，"苏楠突然出声唤江凛，神情有些欲言又止，最终苏楠拍了拍江凛的肩膀，轻声道，"没事的。"

江凛稍作停顿，唇角微挑，说："谢谢你！"

苏楠还是不放心，直到把她送到周主任的办公室门口才肯离开。

江凛敲了两下门，听到里面的人说了声"进来"，便推门而入。周主任见她来了，放下手中的文件，推了推眼镜，神情严肃。

江凛上前，在周主任的办公桌前站定，礼貌地开口："周主任，您找我？"

"事情是这样的，"周主任轻咳了一声，抬手示意桌上那几张纸，"院方收到了一份匿名举报信，里面有相关材料证明……"

说到这里他顿了顿，半晌后才开口，嗓音有些干涩："江凛，你曾被诊出患有重度抑郁症。"

随着话音落下，办公室里安静了数秒。

江凛垂下眼帘扫过桌上的那几张纸，是她前些年在S市的病历，白纸黑字，就连时间和所用药剂都被标得清清楚楚。能搞到这些东西的人，无非也就是那几位个别人士。

她收回视线，面上波澜不惊，回答道："是真的。"

虽说周主任在看到病历时便已有定论，但真真切切地听到江凛承认后，还是忍不住叹了口气，问她："那……现在情况怎么样？"

这份病历按年份推算是在江凛十七八岁的时候。时隔多年，如果江凛的情况有所好转的话，那这件事还尚有转机。

周主任其实对江凛这个年轻有为的外科专家还是颇有好感的。这个小姑娘认真又努力，总能精准地抓住机会向上爬，且一门心思用在正道上，实在是难得的苗子。

只是如江凛这般出类拔萃的人肯定会遭同事嫉妒，他在A院也待了不少年了，自然看得比谁都通透。就如这次的举报事件，举报者的身份不言而喻，只是他无论如何都没有想到江凛居然会被人抓到这么大的把柄。这样一来稍有不慎便会闹得很大，即使他有意庇护江凛，此时也是进退两难。

"我不知道。"江凛微微合眼，淡声说，"我已经断药两三年了，也没再看过心理医生，所以没有能提供的参考信息。"

这是实话，其实她早就发觉自己的异样，所以最初被检查出患有重度抑郁症，也并未感到有多意外。

江凛记得那段日子里自己因内分泌失调而体重骤减，因噩梦缠身而严重失眠。多少个夜晚她浑身冰凉地缩在墙角里，痛苦时甚至歇斯底里地撞墙，无时无刻不在崩溃的边缘徘徊。

江凛曾以为铭记仇恨就能让自己活下去，却不想反而将自己送入了另一座地狱里。后来她终于勇往直前，无所畏惧，却终究成了被世界遗弃的弃子。她失去了感知快乐的能力，于是也迫使自己丢弃了感知痛苦的能力。直到后来随着病情加重，再多的药也不能让她入睡，她便没有继续配合治疗，一步一步地走到今日。这段灰暗的过往终究是她的软肋啊，实在讽刺。

周主任闻言，眼底似乎有悲悯溢出，问她："没想过继续接受治疗吗？"

"没用了，"江凛笑了笑，神情平淡，仿佛是在说着别人的事，"再过几年我就 30 岁了，那些冲劲儿早没了，现在回头没什么意义。"

她虽然已经戒烟了，但胃也被酒精和垃圾食品折腾坏了。尽管她如今自律地生活，可当年那些恶习在她身上留下的痕迹注定会伴她一生，再说这些又有什么用，都过去了。

周主任疲惫地按了按太阳穴，撑着额头拧眉叹气，说："那江凛，你应该知道 A 院的规定一向严格。"

江凛点头，说："我愿意听从院方安排。"

"等开会后再决定吧……毕竟你为 A 院做出的贡献不小，在此之前先在家里休息。"

"好。"

江凛心平气和地接受了这个结果，并不多言，转身离开了办公室，径直走向门口。

苏楠一直在楼下焦急地等着消息，见江凛出来连忙迎上去，问道："怎么样？周主任怎么说的？"

江凛停下脚步，简单地解释："我的去留还要等会议结束后再决定，收到通知前我先在家里待着。"

"真是……"苏楠有些气急败坏，愤愤地跺了一下脚，蹙眉道："她们这群人怎么成天针对你？！"

说完，她为了让江凛放心又信誓旦旦地补充道："没事，江凛，我的职称毕竟放在那儿，开会时我肯定会帮你。"

江凛愣了愣，随即轻笑道："苏楠，谢谢你！"

在低谷时还陪在她身边的人，是值得被当作朋友的。虽然江凛这些年来从未有过什么亲友，但这点儿道理她还是懂的。

苏楠笑着拍拍她，握住她的手，安慰道："跟我客气什么啊，以后还会是同事。"

江凛心头裹了层暖意，点头轻轻地回握住了苏楠的手。

与此同时，高速公路上。

司机在旁边开车，宋川跷着腿坐在副驾驶座上玩手机，姿态悠闲自在。

他懒洋洋地打了个哈欠，刚刚听说贺从泽去国外出差的事情，正好女友有需要的东西，便让贺公子当回代购好了。

电话拨出去后久久未被接起，宋川皱眉，以为是信号问题便不死心地再次拨了过去。

半晌后，电话终于被人接起。

宋川也不等对方开口，当即就挖苦道："喂，贺公子，让你接个电话还真是不容易啊！"

听筒里传来的却是全然陌生的男声："是宋少爷吗？"

宋川愣了愣，问道："你是哪位？"

"我是小贺总的助理，小贺总现在正在开会不太方便接电话，有什么事您可以跟我说，我稍后转告他。"

呃，没想到贺从泽忙起来还正儿八经的。

相比之下，宋川忽然觉得自己要说的事不太那么正儿八经，便说："也没什么正事，他在忙就算了，谢谢你了啊！"

说完，宋川便将电话挂断，心里打算等贺从泽那边到了晚上的时候再打过去。

然而还未等手机完全黑屏，宋川便听司机爆了声粗口，随即宋川整个人就被一股巨大的力道撞得五脏六腑都狠狠地绞在了一起，痛得他近乎麻木。

眼前白茫茫的，宋川什么都看不清，想动一下手也没能抬起，只觉得身体某处有液体正在迅速地向外流。

宋川用残留的意识反应过来，自己竟然遭遇了车祸？！所谓飞来横祸不过如此。

清醒了没几秒，宋川便感觉脑袋发沉视野昏黑，整个人几近虚脱。最终他头一歪，彻底晕了过去。

高速公路突发重大车祸，数十辆轿车相撞。目前警方正在疏散现场，救护车已火速赶来，各方力量都在参与紧急救援。

车祸的起因是一辆货车转弯时意外翻车，这直接造成了后方大批车辆追尾。货车车厢的桶状货物随之滚出，又殃及了不少旁边的车辆。

惨剧的发生不过是短短一瞬，造成的影响却如此之大。

车祸现场无比惨烈，受损最严重的车辆遭到前后车辆夹击，连基本形状都快瞧不出来了，里面的伤者被救援人员拖出来时也已经奄奄一息。

警察在清理现场时费力地拉开其中一辆车的车门，却发现晕倒在副驾驶座上的人十分眼熟。虽然那人的五官被鲜血糊住了一半，但警察还是瞬间认出这是宋家少爷宋川。

"医生！赶紧叫医生过来！"发现宋川的警察硬生生地被吓出了一身冷汗，忙不迭地呼唤人手，小心翼翼地将宋川从车中拖出来，赶忙送往医院。

时间紧迫，他来不及多想，回身挥手下令："动作都快点儿，救人要紧！"

与此同时，A院。

已经过了上班时间，江凛不想耽误苏楠的工作便先告辞离开。然而她前脚刚迈出去，还没来得及踏出那一步，便见楼下大厅入口处拥来了大批医生和护士，他们步履匆匆，仿佛发生了什么大事。

江凛拧眉停下脚步，侧首和苏楠对视一眼，彼此都觉得云里雾里。

广播适时响起，通知铃传来，随后便是严肃沉重的人声："某高速公路发生重大车祸，急诊科注意！各科室医生迅速回归岗位，准备好所有手术室！"

话音刚落，便有救护车的鸣笛声响起。江凛怔住，看向声源处，只望见一个个担架被从救护车上推了下来，上面躺着鲜血淋漓的伤者，让人不忍直视。

"我的天哪……"苏楠也看到了楼下的情景，脸色微变，"这么严重？！"

江凛眉心拢得更紧，只一刹那，便在心里做出了决定——什么狗屁在家里休息？！救人才要紧！

这样想着，她回身拍了一下苏楠的肩膀，声音沉稳地说道："走，准备手术。"

五个字，昭示的是为医者的职责，真不愧是江凛。

苏楠闻言弯起唇角，重重地点头，说："好，我们走！"

江凛走进外科科室里时，同事们不约而同地注视她，眼神皆是无比复杂。

秦书雅也在其中，她正准备赶往手术室，此时看到江凛，也不禁愣了愣，似乎是没想到江凛会出现在这里。

现场的多数人何尝不是如此？他们都知道江凛出了事，估计她在A院待不下去了，没想到现在突发意外，她却又出现在了众人的视野中。其中的原因不言而喻，细想则令人羞愧，大伙儿便纷纷挪开视线，去忙自己的事情了。

现在也不是说那些乱七八糟事的时候，秦书雅多少有点儿分寸，虽然看到江凛后她有些不爽，但毕竟多个人多份力量，于是她也没说话，径直走向了手术室。

秦书雅经过江凛身侧时佯装无意地撞了一下江凛，略带歉意地笑道："欸，原来是江医生啊……你也来参与手术？"

江凛理都不理她，直接脱下白大褂搭到旁边椅子上，径直离开了。

秦书雅暗自咬牙，不冷不热地嘲讽了一句："别怪我说得难听，江医生，你一个心理有问题的人可要好好控制自己，手术时别出什么意外。"

江凛这次没再无视，而是站定，背对着她，唤道："秦书雅。"

她语气平淡，却有种压迫感，让人轻松不起来。

秦书雅强撑着笑容，说："怎么了？我说的话难道有错？你已经违背了医德。"

"懒得跟你废话，我就直说了。"江凛稍稍侧首，从秦书雅的角度看，江凛的表情模糊，说出口的话却无比漠然，"我这个心理有问题的人，不仅会救人，还会杀人。"

秦书雅听见江凛的话，一下子瞳孔紧缩，浑身发冷。

江凛这个人的气场十分强大，有种使人无法抵抗的寒意。她的危险性似乎始终蛰伏着，此时才露出隐隐一角足以让人慌乱。

"你……"秦书雅语塞，不知说什么好，那句"你竟然威胁我"无论如何也吐不出来。

江凛是真的疲于同秦书雅纠缠，撂下话后便果断地转过身子，快步走向手术室。她收拾得很快，几乎伤者刚被确认情况推进手术室里，她便从后台穿戴整齐地走了出来。

江凛调整了一下手上戴着的手套，看了一眼手术室中站着的几个人，眼神淡淡地扫过秦书雅。江凛觉得还真是十分不巧，前几分钟还针锋相对的两个人此时却要合作进行一台手术。

担任助手的小医生此时正在同秦书雅谈话，听见声响便看了过去，见来人是江凛，被惊得目瞪口呆。

在此之前，助手并没想到主刀的人会是江凛，出神数秒后，迅速地回过神来，道："伤者女性，车祸造成身体多处骨折，右侧液气胸，脾脏伪影，考虑脾破裂。"

江凛点头，走到手术台前开始手术。她检查了一下伤者的伤口，说："脾脏受创严重无法修补，建议切除。准备引流管，进行胸腔闭式引流。"

秦书雅一边看了江凛一眼，一边手下操作未停地为伤者的气管插管，不知为什么感觉有些费力，但好在还是成功了。

没多久，江凛正给伤者做着脾脏切除手术，秦书雅却紧张地说道："喂，江凛，患者情况不对！"

江凛垂下眼帘，这才发现伤者的嘴唇逐渐呈现青紫色，十分异常，这是发绀的征兆。

秦书雅有些急，毕竟手术失败对谁都不好，连忙俯身检查，问道："怎么回事？伤者还有其他创伤？"

江凛没回应秦书雅，当即停手，蹙着眉寻找原因，当视线落在伤者下颌处时，江凛表情微怔，随即看向那根氧气管，只觉得有火气涌上心头。

"伤者下颌骨骨折，怎么能经口气管插管？"江凛冷声道，迅速地将其转换为鼻腔气管插管，"你们谁这么没有常识？！"

几个人不约而同地看了一眼秦书雅，但都明白此时开口不合时宜，便纷纷低头忙自己的事了。

秦书雅只觉得整张脸无比滚烫，咬了咬牙没作声。

不一会儿伤者呼吸通畅，脸色也慢慢地好了起来，江凛终于放下心来，继续进行手术。

遇到如此严重的车祸，手术注定是场持久战，江凛结束这台手术后又接到了新的伤者。

她在手术室里转场数次，上手的手术多到她自己已经昏了头，还要应付伤者家属，整个人身心俱疲。

而很多伤者即便是手术结束后也还没脱离危险期，稍有不慎就要重新被推进手术室里，因此需要医生百分之百地时刻关注。

许多医生承受不住这么高强度的工作，决定轮番休息，一轮替一轮。

整个A院忙碌不堪。

苏楠算是比较敬业的，但连着做了几台手术后也有些吃不消，本想拉着江凛一同稍作歇息，但江凛坐了没多久就重新投入工作中，不知疲惫似的。

苏楠简直不能理解江凛拿自己身体开玩笑的行为，工作起来不要命大抵如此。

此时此刻，苏楠突然希望贺公子能在这儿，虽说有些奇怪，但确确实实只有贺从泽能让江凛安安稳稳地坐下来休息。

苏楠晃了晃脑袋不再多想，迅速站起身来跟江凛一同走向科室，准备接手新的伤者。

时间就这样迅速地流逝，江凛在不知不觉中连续忙了三天两夜。她几乎始终在手术室里待着，大小手术都有经手，送走一个伤者，过不了多久就又来了下一个。除了累得不行时忍不住睡了会儿，她基本没合过眼，身体完全是在超负荷地运转。

江凛觉得自己倒说不上有多敬业，纯粹就是因为不把身体当回事，所以才这么拼。她叹气，捏了捏酸痛的肩膀，从椅子上站起来时身形微晃，她"啧"了一声后迅速地稳住身子。

宋川再次睁开眼的时候，差点儿被阳光晃瞎。

他低声呻吟，坐在床边的母亲和女友欣喜若狂，当即将护士叫来检查，确认他身体无恙后二人才放下心来。

宋川被女友扶着喂了水，干燥的喉咙这才得到滋润，他尝试开口说话，声音沙哑古怪："我昏迷了多久？"

"两天了。"母亲双眼含着泪，差点儿哭出来，"哎哟，你说你这孩子，平时飙车都不见你伤得这么重，我还以为你被撞成植物人了……"

宋川听得眼尾直抽，听母亲念叨完，他简单地向母亲询问了自己的伤势，得知只有轻微皮外伤以及头部受创，别的都正常。

这次真是不幸中的万幸，连环车祸中，宋川的车是最后一个撞上的，安全气囊及时弹出救了他的上半身，甚至可以说他是这场车祸中伤势最轻的人。

宋川有些累，便让女友和母亲先回去了，打算先好好睡个两三天再说。

护士来给他挂点滴的时候，宋川不知怎的脑子一抽，突然就问："对了，这次伤者这么多，江医生是不是很忙？"

"江医生？"刚开始护士没理解，听懂后则顿了顿，心虚似的低声道，"啊，她这两天基本没休息，比那些正常上班的医生都忙。"

宋川捕捉到一个关键词，问道："正常上班？"

"呃……"

宋川看出她并不想说，想了想，觉得声称自己是江凛的朋友有点儿扯淡，便道："我是贺从泽的朋友。"

小护士当即会意，轻声道："其实前天上午，有人匿名举报江医生患有重度抑郁症……证据确凿，她可能在 A 院待不下去了。"

宋川觉得自己耳朵也被撞出了问题，刚刚听到了些什么玩意儿？江凛？重度抑郁症？他稍微有些不能接受，缓了几秒后，满面认真地同护士道了谢，便坐在床上发呆。

护士见他一副受打击的模样，也不知道是怎么回事，便离开了。

怀疑自己的听力半个小时后，宋川果断地掀开被子起身下床，一把抓起床头的手机。说来幸运，他被撞时手机被弹到后座上分毫未损，比他这个主人还光鲜亮丽。

他穿上鞋，刚站起身的瞬间又险些脱力跪下，恢复了几分钟后才勉强能走路。

宋川可以走路后干的第一件事就是赶到外科科室门口。

果然，宋川看到了忙里忙外的江凛，几日不见，她简直憔悴得没了人形，不知道是被怎么折腾的。

宋川拿出手机干脆利索地拍了一张照片，传给了远在海外的贺从泽，并说："出事了，要么睹照思人，要么立马回国。"

发完信息后，他没事人似的收起手机，慢悠悠地走回病房里，裹紧小被子安心睡下。

翌日，宋川正做着好梦，冷不防地被人从床上揪起。

"我……"宋川张口就要骂，然而看见贺从泽那张冷脸后，他便将未说出口的脏话咽了下去。

贺从泽平日里不怒笑三分，怒也笑一分，让人捉摸不透。宋川认识他这么多年，还真很少见他冷眼凝眉。

于是，宋川知道贺从泽这回来正形了。

"不是吧你。"宋川愣住，揉揉眼还以为是车祸后遗症，"这是收到消息后立刻就回来了？"

贺从泽懒得跟他扯皮，问："什么情况？"

"车祸啊！老哥，没看见我脑袋上的纱布？"宋川翻了个白眼，指指自己的脑袋，"高速公路上有货车翻车了，接着车辆追尾，情况超级惨烈，A院忙得像是顶翻了兔子窝。"

贺从泽毫不意外地问："江凛几天没休息？"

"重点不在这儿，"宋川摆摆手说道，"重点是江凛被举报了，情况有点儿复杂。不过A院院方的商讨会议因为车祸这件事被耽搁下来了，好像还没确定她的去留。"

"她死板得跟石头似的，能干什么违规的事？"

宋川不假思索，正色回答："抑郁症。"

三个字落下，贺从泽微怔。

"听江凛的同事说江凛好像还是重度抑郁症患者。"这种事没什么隐瞒的必要，宋川索性告诉他，"其实我觉得你早就猜到了，总之……喂……你干什么去？"

就在宋川说话的间隙，贺从泽已经一语不发地走向病房门口。他步子迈得很大，没几秒人就走出去了。

闻言，贺从泽头也不回地说："找人。"

"这种时候你要出面？"宋川瞠目结舌地问，忙不迭地要拦住贺从泽，"那江凛和你的关系得被他们说成什么样？"

"就是因为我不出面才给了他们闹腾的资本。"贺从泽冷声，一字一顿地说，"管他得不得体，先护短再说。"

这已经是车祸发生后的第四天清晨。

伤者们的伤势基本上已经得到控制，后续的手术也陆陆续续地被安排妥当，A院上下终于逐渐轻松下来，越来越多的医生得以休息。

这几天急诊和外科人员来回奔波，从未休息，全体自觉加班加点地工作，为数不多的休息时间都是偷来的。

此时这场生死战即将获胜，众人在办公区里狼狈不堪地瘫坐下来，不知道的兴许还会以为是 A 院员工在闹事罢工呢。

"咱们也真是不容易，终于熬过来了。"

"是呀，工作这么多年，我还没遇见过像这次这么严重的车祸！"

"哎哟，累死我了，这次医院必须给我们加薪啊！天天加班上手术台简直折寿……"

A 院员工们感慨的感慨，休息的休息，还有人许久没能吃上饭，连忙端着方便面去茶水间冲泡区了。

江凛刚做完最后一台手术，此时姗姗来迟。她心里记着自己是一只脚已经踏出 A 院的人，所以也没进办公区里休息，只是坐在门口处的椅子上稍作休息。

江凛的身体和精神已经紧绷太久，此时突然放松下来，她还有些不适应。她靠着墙缓缓地合上眼，心里打算回家后一定要睡上个一天一夜。

江凛的耳边是嘈杂混乱的人声，他们好像总能把任何事情拿来闲聊。江凛能感知到聒噪的人群，也能感知到自己与众人之间无法逾越的距离。

门内一片热闹，门外一片安静。

江凛的视线不知为何有些模糊，她有些胸闷，低头喘了口气，只觉得浑身上下每个细胞都在叫嚣着疲惫。

她感觉心跳沉重无比，额头伤也渐渐地浸出冷汗，她抬手去抹的时候，却发现自己额头冰凉，指尖还在轻微地颤抖。

江凛瞬间反应过来情况不妙，自己必须休息了。她实在不想以"猝死"这么不体面的死法离开人世，于是用力地眨眨眼唤回一些意识。她正了正身子，打算赶紧起来吃点儿东西后回家休息。

就在此时，秦书雅的声音自前方不远处响起："啊，对了，江医生，这两天也是辛苦你了！"

江凛反应慢了几秒，缓缓地抬眼，大抵是由于状态不佳，她的听力好像都不那么灵敏了。

秦书雅见她的脸色不太好看，抿唇轻笑道："不过，毕竟院方还在考虑你的事……所以你还是先回家里好好休息吧。"

这件事本来已经快被大家忙忘了，此时此刻经秦书雅提起，众人这才想到江凛被举报的事情。他们将视线不约而同地落在了江凛的身上，或同情或冷漠。

"哎呀，差点儿忘了她的事……"

"重度抑郁症啊，心理有问题挺危险的吧？"

"对，待会儿我们再去查查房，万一她主刀的手术有差错呢！"

众人低声地议论着，毫不遮掩地说着针对江凛的言语，那些话响在江凛的耳边，极为烦人。

秦书雅满意地看向江凛，显然十分享受踩在江凛头上的感觉。虽然秦书雅在江凛的脸上寻不见半分沮丧的神情，但也足够使她感到十分畅快。

事实总是如此，一个人只要让人们看到他们想看到的，便能轻松地操控这些人。

江凛没说话，见此直接起身准备走人。

然而就在江凛起身的瞬间，突然感觉有一阵剧痛穿透她的太阳穴，直击她的神经最深处。江凛瞬时失去了所有力气，就这么倒了下去。

就在江凛乱七八糟地想着自己该如何爬起来时，下一秒，她歪斜的身子便在半空中被人稳稳地扶住，撞进了来人的怀里。

对方的动作好似带着脾气，力道没有丝毫收敛，百分之百谈不上怜香惜玉。

江凛却怔住了。

这个人的手臂揽着她的肩膀，支撑着她虚弱无力的身子，稳固可靠得如同避风港一般。这个怀抱极为温暖，带着一股熟悉的气息。

江凛紊乱的心跳开始趋于平缓，头部针扎般的痛楚也渐渐地缓解，她对眼前的状况有些难以置信，竟没任何反应。

方才还人声嘈杂的办公区，此时却鸦雀无声。

"你怎么回事？"贺从泽无视众人，俯身对怀中的人蹙眉道，"折腾自己还上瘾了？"

贺从泽语气不善，江凛费力地抬眼看了一眼贺从泽，便瞧见了他黑成炭的脸色——显然是动了怒。

江凛没回应，其实她的意识已经模糊不清，她只能在潜意识里模糊地想着贺从泽不是出差去了吗？

贺从泽看着江凛这迷茫混沌的状态，心底的疼惜泛滥成灾，又气她逞能，着实百感交集，哭笑不得。

在与江凛的这场感情战中，他当真一败涂地。哪儿有什么理由可言，全是他自愿罢了。

他用手搭上江凛的脸颊，本想惩戒性地拧一把，最终还是没忍心，无奈地转为轻捏，低声道："等会儿再找你算账。"

江凛也不知听没听见，半眯着眼睛，脸色稍显病态。

"小贺总，事出有因，你可不能怪我们这些人。"

人群中有名男医生看不下去贺从泽公然护短，站出来严肃地说："江凛隐瞒病情上班在先，而且还是隐瞒很严重的心理疾病，她这样就是对病人的不负责。如果不是有人举报她，迟早有一天会出乱子。"

话音刚落，便有医生开口附和："是呀，这简直有违医德！"

"小贺总，事实摆在这里，江凛的病历上写得清清楚楚，实在是证据确凿，周主任还找人查证过真实性。"男医生得到了声援，有了些底气，继续道，"虽然你们二位关系好……但于公于私，希望小贺总在这件事情上不要有所包庇。"

敢情他们这次是打算彻底将话挑明？

贺从泽饶有兴趣地听着这些人说话，也不打断他们，一副极有耐心的模样。

所以这些人是认定了江凛跟他贺从泽关系不浅，只要贺从泽今天敢护着江凛，那就是坐实了两个人之间的关系，既然如此，那就坐实好了。

贺从泽先前顾及江凛与 A 院同事的关系，在外便有意地与她保持距离，避免给她带来麻烦，但现在看来完全没这个必要。这些人一个两个的，真以为江凛受了欺负就没人为她撑腰吗？

贺从泽无声地笑了笑，揽着江凛的手紧了紧，他扫视了一下在场的所有人，淡声道："我问你们，上面光明正大地请过来的外科专家是谁？"

刚才第一个说话的男医生闻言，嗫嚅着没说出话来，众人也缄默不语。

贺从泽似笑非笑，继续发问："每天加班加点地工作，就算被同事排挤也半句怨言都没说过的人是谁？"

现场仍旧寂静一片，却已有人心虚地低下头去。

"叶老先生旧疾复发入院，人人后退，唯一敢站出来负责手术的人是谁？"

不少员工忍不住将视线移开，有人轻声地说道："别说了……"

贺从泽恍若未闻，继续道："这些都可以作罢，那你们扪心自问，江凛在手术室里忙得日夜颠倒的时候你们真的没去休息过？"

现场仍旧无一人开口。

"刚才大家都那么义正词严，这会儿倒没话说了？"贺从泽看着最初落井下石的男医生，微笑道，"我贺从泽只惜才，从不包庇，各位还是拎清自己的位置再跟我说话。"

话音刚落，江凛的手突然动了动，她缓缓地抬头看向贺从泽。

贺从泽却难得没看她，仍看着那位满面羞愧的男医生，神情冷漠。

江凛唇角倏地弯起了一个微小的弧度，眸中的寒意也悄然消融，闪耀着温柔的光彩。此刻，她只为贺从泽的理解与尊重而感动。

虽然只是一瞬间的弧度，但江凛的笑容还是被贺从泽收入眼底。他好似看到了冰雪消融，觉得实在是美不胜收。

贺从泽无声地弯唇，锐利的目光只在看向江凛时浮现温柔。江凛这时已经撑不住了，有气无力地拍了拍贺从泽，仿佛是在下什么通知。

贺从泽无奈地叹息，对她轻声安抚道："放心，剩下的交给我。"

江凛这才敢放任自己松懈下来，头一偏，彻底失去了意识。

昨日贺从泽收到宋川的消息时，其实已经是深夜了。

接连数日周旋于各种会议与饭局，贺从泽好不容易才有了时间歇息，原本已经打算睡下了，却看到了宋川发来的信息。

他困意顿消，忙不迭地披衣起身，给助理打电话订了最早回京都的航班，随后顾不得休息，迅速地将后续工作安排妥当，行李箱都没拿便只身去了机场。

天知道他有多着急，江凛那没轻没重的主儿，他最怕她那犟脾气，哪天她把命丢了都不知道怎么丢的。

贺从泽千里迢迢地赶回来，心急如焚地直奔A院，然而医院内人来人往，分外忙乱，他根本找不到江凛。后来他还是先从工作人员口中打听到了宋川的病房号，才慢慢地了解了事情的经过。

贺从泽厘清事情的来龙去脉后，第一反应便是愤怒，对江凛的愤怒：

怒她仍旧不肯信任他，怒她过分逞强不够自我珍惜，怒她每次都是闯得遍体鳞伤后才让他得知她的难处。

看到江凛倒下的那一瞬间，贺从泽的那种愤怒被放大到最大，却不是对江凛，而是对他自己。正如此时，江凛面色苍白地躺在病床上，贺从泽满心自责，甚至连胸腔都在隐隐作痛。

他明明可以将江凛保护得很好，可又不愿意太过拘束江凛从而折断了她的翅膀。他希望江凛不要被世俗磨平棱角，可眼下这种情况，还真不见得他比她好受。

贺从泽合眼，本来被气得头痛，现在见江凛这副模样，他的头痛也通通化为心疼，只希望她能早日恢复。

他握住江凛的手，无比珍重地放在唇边亲了亲。

二人十指相扣，贺从泽将自己掌心的温热慢慢地传递给江凛，防止因为输送的营养液过冷而使她的手发凉。

江凛睡得很沉，陷在梦境中挣扎着，走不出来。

在一片浓重的黑暗中，她什么都看不见，只能一步一步地向前走。这条路没有起点，也没有终点。

很快，江凛看到前方有一片光亮，天色明媚绚烂，似是春景。她继续走，才发现自己进入了一个庭院里。说是庭院，其实占地面积足以与小花园媲美，满院五彩缤纷，香气四溢。

这个环境太过熟悉，江凛心底警铃大作，身体因危机感而紧绷起来。

有个女孩儿蹲在前方，巴掌大的脸，五官精致动人，唇角噙着笑。

江凛有些恍惚，那个女孩儿是小时候的自己。

其实那时候她的父母已经秘密离婚，不过是表面做着夫妻的样子，实则形同陌路。但那时，她其实过得挺开心，还没被彻底打垮，还能有至纯至真的笑容。

那个女孩儿偷偷摸摸地观察了一下四周，确认没有人后，才从花坛后挪出个纸箱。

看到这里，江凛的眼中有某种情愫在迅速地翻腾，她僵硬地想要移开视线，却发现梦中的自己作为一个旁观者，根本动弹不得。

女孩儿小心翼翼地打开纸箱，稚嫩的犬吠声响起，有个毛茸茸的脑袋凑过来，乖巧地蹭上了她的手心。女孩儿甚是惊喜，托起小狗抱在怀中，又在它的脑袋上亲了亲，随即轻笑起来，欢喜得迟迟不肯放小狗下来。

江凛这时才想起，其实自己最初是特别喜欢小动物的。

这只小狗是她偷偷捡回来的，因为男人很久才回一次家，所以她有幸养了小狗大半年之久。一个没有童年又缺乏家庭温暖的孩子，对这种温顺可爱的小生物向来没有抵抗力。

因为知道接下来会发生什么，所以江凛想要赶紧醒来。可她身陷噩梦之中，无法自拔。

梦中的情景倏地转换，鸟语花香消失，无边的黑夜悄然笼罩下来。轰鸣的雷声响彻天际，噼里啪啦的雨滴声杂乱无章，吵得人心慌。

大宅内只有寥寥的灯光，阴沉沉的。江凛沿着楼梯向上走，每步都像踏在刀尖上。

江凛试图控制自己的身体，却是徒劳。站在那扇无比熟悉的房门前，她开始浑身颤抖，被压抑的情绪终于尽数爆发，恐惧感席卷而来，让她喘不过气来。

江凛颤抖着推开门站在原地，将屋内的情形看得一清二楚。

屋内没有开灯，光线灰暗，女孩儿将身体绷得笔直，低着头瑟瑟发抖。

她面前是个身材高大的中年男人，男人西装革履，气场强大。

江凛记得清清楚楚，那是男人时隔数月后第一次回家，却撞见她在抱着狗玩耍。

小狗颤巍巍地趴在地上，不动弹也不作声，似乎也被男人吓到了。

男人看着地板上毛茸茸的一团，淡声问女孩儿："这东西是从哪儿来的？"

东西，他将生命称为"东西"。

女孩儿感到害怕，声音也有些发怯，低声回答："是我捡的。"

"养了多久？"

"半年……"

闻言，男人笑了声，意味不明。

他慢条斯理地拎起那只小狗，笑着看向女孩儿，问："哦？你很喜欢小狗吗？"

女孩儿不敢回答，抬眼看了看他又迅速地低下头去。

"回答我。"

她嘴唇翕动，嗓音干涩，轻声说："喜欢。"

女孩儿好不容易鼓起勇气开口，舒了口气，继而道："爸爸，我可不可以？……"

还没等女孩儿把"养它"二字说出口，男人便已将窗户打开。

恰在此时，闪电与惊雷同起，映亮了男人冰冷阴鸷的脸，也映亮了女孩儿因惊恐而紧缩的瞳孔。

随着那团孱弱的阴影被男人扔出窗外，两条生命同时死去。与幼犬一同死去的，还有年幼的江凛。

"现在呢？"男人面带笑容，逐字逐句地问她："还喜欢吗？"

你还喜欢吗？

你喜欢吗？

站在门口的江凛身形不稳，呼吸紊乱。她颤抖着闭上眼，才惊觉自己早已泪流满面。

老天是个吝啬鬼，精打细算地对待每一寸光阴，不容许任何人的幸福比痛苦多。

江凛的棱角早被经历磨平，嚣张也被洗刷得一干二净，她余下的，不过是一具支离破碎的躯壳。

后来，在那个雨夜，幼时的江凛不管不顾地冲出大宅，去花园里翻了个底朝天，最终寻到了小狗的尸体。泪水和雨水混杂着在她的脸庞上滑落，她哭得声嘶力竭，最终绝望到发不出任何声音，便麻木地将小狗的尸体埋葬了。

她浑身被雨淋湿，跪坐在地上，手脚尽是泥泞，整个人狼狈不堪。

男人从容不迫地撑着伞站在旁边，衣冠楚楚。

"孩子，你没资格怪谁。"他开口道，语气温柔，极富耐心似的，"它是你杀死的，我们这种人生来就不能去喜欢任何东西，如果有软肋，那就要自己折断。"

他真是个疯子……

江凛疲倦至极，感觉黑暗铺天盖地地压了过来，然后自己就在不断地下沉。也不知过了多久，她好像感觉有人在温柔地揽住自己，带着自己转而向上。那是无边荒凉中不请自来的希望，是她还尚存期许的一束光。

江凛蓦地睁开双眼，呼吸急促，心脏狂跳。

入目的是一片浓重的漆黑，江凛险些以为自己跌入了另一重梦境之中，然而感官带来的不适与阵痛都在告诉她：这是现实。

江凛吃力地眨眨眼，逐渐厘清了思路。

哦，对，她当时好像晕倒了，如果不是梦的话，还有贺从泽赶来救场。

所以……她现在是在 A 院里？

意识到这一点，江凛眯了眯眼。肢体这时才有了知觉，她想抬手撑着身子坐起来，动动手指却发现自己正和某人掌心相贴。

她茫然地侧首去看，映入眼帘的是贺从泽稍显疲惫的脸，他就这么握着自己的手在床边等到现在吗？

一贯极其讲究仪表的贺公子，此时衬衫领口发皱，脸色憔悴，神情彷徨，哪儿有半点儿平日里的光鲜？

看到江凛苏醒后，贺从泽如释重负地捏了捏眉心。

他似乎有太多话想说，但一时整理不过来，于是沉默良久。

最终，贺从泽皮笑肉不笑地看着她，问道："江凛，你摸着良心问自己，这是你第几次在病床上见到我了？"

江凛听到这个问题后，还颇为认真地回忆起来，似乎是第三次。

她想了想，回他："无三不成礼。"

她用原话回敬贺从泽。

贺从泽一肚子的火顿时消散，他被气得有些想笑，说："你真是——你知道自己差点儿猝死吗？"

"知道，我是医生，有感觉。"

"那你还这么拼？"

江凛淡淡地说："我们行医的人很敬重生命。"

"是吗？"贺从泽笑了两声，"那看来，你是唯独看轻自己的命了。"

江凛自知理亏，便没再继续这个话题，转而问："我晕倒后呢？发生了什么？"

"还是得靠我给你摆平。"贺从泽眉梢扬了扬，道，"下周去上班吧，别的不用管。"

这个回答在江凛的意料之中，毕竟以贺公子的身份，就算他光明正大地护短也没人敢说什么。

她点头，一本正经地感慨："看来偶尔靠棵大树也不错。"

"毕竟关系还不到位，现在这样容易遭人非议，所以我不介意你名正言顺地靠着我。"

"想得挺好，"江凛极其敷衍地予以评价，"其实我以为今天离开 A 院就再也没机会进来了。"

司莞夏和秦书雅是真的要整她。虽说回避是解决事情的最好办法，可这种事遇到的次数多了，她总是回避反而会助长他人的威风。

贺从泽闻言嗤笑道："说到这个，你那时倒看得开，他们让你走你就走？"

"不然呢？我还赖在这里？"江凛扯扯嘴角，淡声说，"人家的地盘，我可硬气不起来。"

"人家的地盘？"贺从泽仿佛听到了什么国际笑话，"先不说其他地方，在京都，只要你报上我的名字就绝对没人敢动你。"

这的确是个妙计，江凛深知这句话的真实性。她虽然已经尽量去学着接纳他人的善意，可毕竟过去的二十余年里她都是从刀尖上走过的，想要完全开始依赖一个人并非那么容易。

"我做不到。"江凛认真地看着他，沉声道，"贺从泽，我不需要任何人的庇护。"

贺从泽闻言顿住，半晌后扶额，无奈地笑叹。也对，这才是江凛最真实的样子。

"我对你，不全是庇护。"他沉声开口，与江凛对视。

"江凛，我只是要你知道，我喜欢的不仅仅是你这个人，更包括你对自己尊严的坚持。"

室内静谧了一段时间。

许久，江凛偏过脑袋看向窗外，开口问道："你就没别的事想问我？"

闻言，贺从泽看向她，眼神复杂。他的确还有其他想问的事。

虽然通过这段时间和江凛的相处，贺从泽早就有了猜测，但真的确认她曾患有重度抑郁症后，他的心情依旧无比沉重。

可这种事实在无从开口，于是贺从泽便决定如果江凛不主动提起，他绝不过问。

可江凛总能出乎他的意料，她竟然愿意给予他一些信任，同他谈及这件事。

贺从泽沉默良久，才沉声问她："是从什么时候开始的？"

江凛知道他在指什么，稍加思索，说："确诊是在我17岁那年，但如果说开始时间，估计还能往前推几年。"

"那你为什么从来没跟我说过？"

"能用语言表达出来的痛苦不具有摧毁人的力量。"她说道，神色平淡，"而且，我不想被别人知道。"

贺从泽沉默数秒后，一字一顿地说："我不是别人。"

"所以，"江凛认真地直视他，"从现在起，你知道了。"

她终究是能体会到的。

贺从泽远在海外，能这么快赶回来，想必是得知消息后第一时间就订了机票。这番行为将他的真实心迹尽数袒露出来，由不得江凛不信。

他给了江凛多重的情感，江凛便尽力去回应同等的情感。

贺从泽怔住，随后扶额笑了，无奈至极。他不惜放下工作都要来找她……看来从此以后，他不能再随性做事了，因为注定拿不起，也放不下。

"江凛啊江凛……"贺从泽摇摇头，为自己的男性尊严默哀一秒，道，"我在你面前，可真是够没面子的。"

江凛耸肩，不置可否。

"你不考虑回应我一下？"贺从泽将手肘支在床边，撑着下颌笑吟吟地望着她，"我已经为你牺牲到这地步了，你总要给我尝点儿甜头吧？"

江凛拍拍他的脸，轻描淡写地回道："不好意思，我没办法把自己没有的东西送给别人。"

贺从泽笑不出来了，这个女人最擅长用一句话把天聊死，不过幸好他的接话水准也是一流。

贺从泽伸手轻轻地握住江凛的手腕，就着她的话，语气温柔地说："所以，江凛，我希望你能把这份爱送给你自己，就像是我把它送给你一样。"

他不管不顾，披星戴月地去她身旁，不惧风雪险阻。他要将她从泥沼中拉出来，然后紧紧地拥抱住。这份爱，和她本身的自由并不冲突。

"我的话还没说完。"江凛不紧不慢地将手抽出来，淡声道，"即便是我这样的人，也同样期待被爱。"

话音刚落，贺从泽的眼底便有光芒泛起。他起身在她额上吻了吻，轻笑道："来日方长，我迟早会成为满足你期待的那个人。"

江凛面上没什么波澜，只慵懒地说："看我心情。"

当江凛举世皆敌时，贺从泽也依旧选择站在她身边，无条件地信任她、支持她。这份感情是爱慕，更是成全，江凛是有感觉的。

在遇到贺从泽以后，她麻木僵冷的心似乎从此开始有了新鲜的血液。这颗心曾在烈火中被灼烧过，现在重新焕发生机，温暖着她残缺的灵魂。

大抵只有她才清楚自己这种心态的转变需要多大的勇气。而她希望，自己不要再对人心失望。

江凛次日打完营养液后，便被贺从泽强制送回家里休息了几天。

美其名曰是要她好好养身体，实际上贺从泽却是以各种理由频繁地登门拜访，再凭借极厚的脸皮蹭吃蹭喝。虽说，江凛的吃喝都是他亲力亲为。

这日，闹总也被贺从泽带了过来。

闹总许久没有见江凛，与江凛亲近得很，在她身边腻歪，又是蹭又是扒。

彼时的贺从泽正在厨房里切菜，他抬眼看向油烟机，发现不知从何时起竟也开始有了被用过的痕迹。本来一尘不染的餐台，也终于有了点儿烟火气，简直就是在昭示他下厨做饭的次数之多。原先十指不沾阳春水的他，如今也是个操着菜盘子的实用型男人了。

想罢，贺从泽叹了口气，回头正要说什么，就望见一人一猫玩得正好。

江凛蹲在地上逗着闹总，脸上难得挂着淡淡的笑意。她穿着一身宽大的毛绒睡衣，和闹总并排，乍看起来像是一大一小两个毛茸茸的球，充满了居家气息。也许，未来的某天，他们就会这样生活下去。

想象总是美好的，贺从泽在脑中构想了一会儿两个人的幸福未来，而后边切菜边无意地问道："对了，江凛，你为什么那么怕狗？"

江凛正在给闹总顺毛，闻言动作停滞了半秒，若无其事地答："我曾经有只很喜欢的小狗，是我四五岁那年在路边捡到的，养了半年就死掉了。"

"是病死了吗？"贺从泽点头表示可以理解，"也是，毕竟你那时还小，容易造成心理阴影。"

按照惯性思路，他理所应当地这样认为，江凛却摇了摇头。

"不是，"她道，表情平淡，"是被人从阳台上丢下去摔死的，就在我面前，最后还是我亲手埋掉了小狗。"

贺从泽浑身巨震，手一抖，刀锋便划过指尖，血珠涌现。他恍若未见，蹙着眉回头看向江凛。

贺从泽是该说她语不惊人死不休，还是该说她的经历太过艰难？

江凛虽未提及那个人是谁，贺从泽却大概猜出来那个人正是她的父亲。

她父亲竟然在一个心智尚未成熟的孩童面前做出这种事情……还何谈"家人"？简直都不是人。

难怪她如此怕狗，还总是噩梦连连，原来这些都归咎于她惨淡的过去。

贺从泽感觉心头一阵酸涩。他真想要回到二十多年前，抱紧那个满怀心事的女孩儿，摸摸她的头告诉她：小姑娘，你已经尽力了。

"这个世界上所有的努力和童真，都值得被重视。"贺从泽望着她，一本正经地说道，"江凛，能在逆境里成长成现在这个样子，你很厉害。"

"你倒是会说话。"江凛慢悠悠地起身，看了一眼贺从泽手上被刀划出的伤口，便去卧室里拿了创可贴来。

她上前看了看他的手指，见没什么大问题，稍微清理了一下伤口，便把创可贴包了上去，淡淡地说道："小心点儿，贺公子这么金贵的身子可不能随便见血。"

二人肌肤相触的瞬间，贺从泽发觉江凛的指尖冰凉，便将之轻轻地拢入手中。

他轻笑道："在我这儿，你最金贵。"

"不过凛凛，我很高兴你愿意告诉我这件事。"说着，他顺势吻上江凛的手背，低声道，"不论怎样的你，我都无条件地接受。"

江凛是个心理防线十分牢固的人，这一点在贺从泽初次遇见她时就知道了。

她鲜少谈起自己的事，将所有事情层层埋在心底，就连个人情绪也被控制得滴水不漏。她不主动揭开，别人也无法主动探索。

可贺从泽能感受到江凛心头的坚冰实际上已经在缓缓地融化，只是

161

她还需要更多的温暖，才能彻底地清除那些坚冰。

贺从泽身上柔和的气息包围着江凛，她垂下眼帘，在抽手和不抽手之间纠结了数秒，最终还是没动。

算了，她就当人工暖手了。

事实证明，贺公子并没有那么娇贵，破了个手指的事。他重新拿起刀，照旧在厨房里忙活。

生活技能基本为负的江凛，便心安理得地抱着闹总靠在阳台上，难得好心情地看起了日落。

闹总在她怀中乖顺无比，毛茸茸的身子摸起来软乎乎的，有种奇异的温柔自她的心底滋生，她敛眸瞧着这只慵懒的小家伙，不知怎的弯了唇角。

或许，她是说或许——贺从泽，真的带给她一些不一样的感受。

江凛心情平静地眺望远方，绯色晕染在天际，如同纸上晕开的水彩，浅淡绮丽，十分梦幻。

闹总轻轻地"喵呜"了一声，才将江凛的思绪拉扯了回来，随后她的耳畔响起了逐渐接近的脚步声。

贺从泽不知从哪儿翻出个杯子，杯口冒着腾腾的热气，他正拿小勺搅着里面的液体，她才后知后觉，发现是咖啡。

江凛温馨提示道："那是速溶的。"

"我知道。"贺从泽不屑地说，"我再怎么玻璃胃，也不至于喝不下去速溶咖啡，虽然是挺委屈自己的。"

最后一句话完美地袒露了他的真实想法，江凛耸肩，倚着围栏看风景。

他蹙眉："落日就这么好看？"

她摆手："别打扰我难得的心境。"

贺从泽于是只得闭嘴，不紧不慢地走到江凛身旁，侧首打量她。

她在看风景，他在看她。

夕阳的余晖映上了江凛的五官，越发衬得她美好动人。那素来清冽的面部轮廓也在此时柔和下来，落在旁人眼里实在是惊艳。

难得的岁月静好。

从未有过的柔情涌上贺从泽的心头，他无声地弯唇，开口轻声地唤她的姓名："江凛。"

江凛闻声侧首，却猝不及防地被掩住了视线。有手掌轻轻地覆在她的眼前，光线被尽数遮挡。

温热的气息迅速地靠近，落在她唇畔似初融的白雪，温润纯粹，其中还掺杂着几分醇香。

江凛后知后觉，唇齿间弥漫着咖啡的味道。

恰逢此时，天边那团橘红色终于与地平线相拥，为这大地送去最后的光和热。火光沁入流云，催得它们散成一团绵软。

有光自二人之间穿过，斜斜地洒入室内，又透过玻璃折回到了彼此的面庞上。光影朦胧间，二人眼底的情动都尽数隐藏。

贺从泽将这个吻进行得极柔、极缓，他用指腹轻抚江凛的下颌，低笑道："我眼里的风景，就只有你。"

如果时间停在这里，其实也不错。

第五章

飞鸟投林

除了在江凛面前刷存在感，向来睚眦必报的贺公子，并未忘记去找罪魁祸首算账。

有本事弄到江凛的病历并将其捅到 A 院上层的人，贺从泽不用动脑子就知道是谁。

秦书雅这个女人没了司莞夏就蔫儿了，贺从泽不屑于动她。司莞夏毕竟娇贵，他不好动粗，于是便用了别的法子。

"欸，我说，你打算怎么处理？"这日，贺从泽与宋川在高尔夫球场打球时，宋川一边瞄着方向，一边问他。

贺从泽半眯了眯眼，问："处理什么？"

"装什么傻，江凛那件事不就是司莞夏折腾出来的？"宋川嗤笑一声，而后出手击球，但还是偏了些，他无奈地揉了揉头发。

贺从泽自然明白宋川的言外之意，只是未立刻做出回应，而是稍加打量角度，然后下杆随挥，一球进洞。

宋川吹了声口哨，颇为感慨地开口："老鹰球，咱们贺公子的球技还真是高精端。"

贺从泽慢条斯理地正过身子，整了整袖口，说："差不多了。"

宋川挑眉，不懂就问："什么差不多了？"

"时机。"贺从泽言简意赅地说，抬腕看着时间，"那边儿应该坐不住了，估计能把人逼出来。"

宋川正疑惑着，便听到身后传来了脚步重重踏过草坪的声响，来人仿佛有万千怨愤无处发泄似的，每一步都走得格外用力。

他好似明白过来什么，暗中给贺从泽比了个大拇指，随后才转过脑袋看来人，果不其然，来人正是满面盛怒的司莞夏。

宋川虽然不知道发生了什么，但看着司莞夏这张脸，就知道她是受了什么天大的委屈，跑过来找贺从泽兴师问罪的。不过贺从泽又不能对她做什么，她哪儿来这么大的火气？

宋川摸了摸下颌，决定当个旁观者，便竖起高尔夫球杆优哉游哉地靠在旁边。

贺从泽倒是对司莞夏的到访丝毫不觉得惊讶，他懒懒地抬起眼帘扫过她，不紧不慢地直起身子，从容地问她："司小姐，怎么有闲心来这儿？"

司莞夏咬紧牙关，气愤地跺了一下脚，道："贺从泽，你别跟我装傻，我知道是你搞的鬼！"

先前教训江凛的计划被花式搅黄也就算了，她实在不明白，为什么江凛患有心理疾病这件事都掀不起波澜，贺从泽更是亲自上阵公然护短，他就真的把那个女人捧在了心尖儿上？！

怒火简直快要将司莞夏点燃，她不知道江凛凭什么成为自己的眼中钉，还拔不出来。

这些也就罢了，更可恶的还在后面。就在刚才，司振华突然叫助理把她带到了公司的办公室里，特别严肃地问她："司莞夏，你最近是不是犯了什么事？"

她搞不懂父亲的意图，也完全没往江凛的事情上想，便皱着眉回答："没有啊。"

司振华脸色有些阴沉，索性敞开天窗说亮话："你到底怎么得罪了贺从泽？"

几乎在听到"贺从泽"这个名字的瞬间，司莞夏就不由自主地联想到了自己匿名举报江凛的事情。难不成……又是因为江凛那个女人？！

看到司莞夏变了神色，司振华就知道自己猜的没错，于是烦躁地揉了揉眉间，冷声道："最近我和贺家有份合同，本来已经谈妥了，但贺从泽那边提出要再加3%的利息，结果拖到现在还签不下来。"

贺从泽明明是在公报私仇。

司莞夏闻言愣住，难以置信地摇头，说："他竟然……"

"贺从泽虽然没个正形，但他的重要程度远高于你的想象。司莞夏，平时你到处捅篓子我可以睁一只眼闭一只眼，这回你必须给我解决好。"

这番话听得司莞夏十分不舒服，她不愿意承认自己的所作所为，语气轻蔑地轻嗤道："我们家这么厉害，难道合作对象就非贺家不可？"

"你口气还挺大的！"司振华本就压着火气，闻言就绷不住了，狠狠地拍桌子怒斥道，"女人真是眼界窄，所以商业上的事我懒得跟你说，平常你小打小闹我也不管，但是这次，你要是不给我处理好就别想回来！还有，司莞夏，平时是我给你好脸色多了还是怎么的？你觉得没了司家你算什么东西？哪儿来的资本成天给我添乱？！"

司莞夏从小是被宠到大的，司振华对她是放养式管教，因此她鲜少见到他发火，这会儿也是被吓得不敢吭声，眼泪在眼眶里打转却不敢落下来。她心里的委屈通通转化为对江凛的怨恨。

从回忆中缓过神来，司莞夏看着现在站在自己面前的人——意气风发，从容依旧，他仿佛真的不知道自己做了什么事似的。

"贺从泽，你把个人感情转移到工作上，算什么正人君子？"司莞夏抬声质问他，脸上满是愤怒，"那江凛根本就有病，你就非要护着她？"

宋川闻言，好像懂了贺从泽是如何逼迫司莞夏的了，原来是经济施压，也难怪了。

"我从来没说过自己是正人君子，认识我的人都知道我全看心情办事。"贺从泽唇角还挂着笑，慢条斯理地摘下手套，"很不巧，你这段日子里的所作所为，让我的坏心情持续了很久。"

司莞夏怒极反笑，嘲讽他："贺从泽，你还真是好意思啊，背地里搞这种小动作！"

"这一点我们彼此彼此。"他说，"倒是我要问你，司小姐放暗箭放得舒不舒坦？开不开心？"

司莞夏没应声，紧紧地盯着贺从泽，看样子就差要扑上去了。

在旁边观战许久的宋川把脑袋给转了过来，没办法，司莞夏吃瘪的模样实在是百看不厌，他憋笑憋得好辛苦。

想当初江凛和司莞夏对峙时，给司莞夏的下马威就让司莞夏无话可说，再结合现在贺从泽的这番行为，宋川忍不住摇了摇头。

好家伙，一个正面对决，一个玩阴的，司莞夏真是够可怜，惹上了这么一对黑白双煞。

"合同我不会做出让步，你要是想说这件事，那就趁早回去吧。"贺从泽说，显然是不想跟她多做纠缠。

司莞夏觉得贺从泽简直不可理喻，怒从心头起，冲上去揪住了他的衣领，道："贺从泽，你是不是瞎了眼？江凛都不是个正常人，活该她被孤立！"

"第一，我说过我不是正人君子，我不想跟女人动手，但不代表不会动手。"贺从泽面色如常，将司莞夏的手掰开了，笑容却添了几分威胁，"第二，再让我从你嘴里听到诋毁江凛的话……"

他稍作停顿，低下头靠近司莞夏，一字一顿地说："我会让你后悔今天站在我面前。"

贺从泽俯视司莞夏，眼神冰冷，司莞夏从来没见过他这么阴冷的模样，只觉得不寒而栗，抱着手臂下意识地后退了几步。

宋川没能看清楚贺从泽的表情，但透过司莞夏的反应，也知道估计是贺从泽把自己那张好人脸给撕下来了。

"时间不早了，我们之间好像也没什么可聊的，你回去吧。"贺从泽直起腰，又恢复了往日似笑非笑的样子，对司莞夏意有所指地说，"可别让你父亲等太久了。"

语罢，他转过身子背对着她，低头整理自己刚才被揉皱的衣领。

司莞夏好似全身被冷水淋了个彻底，胸腔中的怒火不断地扩散，熊熊地燃烧着，将她的理智一寸一寸地燃尽。

最先察觉出不对劲儿的人是宋川，他用余光瞥到司莞夏拎起了金属球杆，心底便警铃大作，升起不祥的预感。

宋川还没来得及酝酿好提醒的话语，司莞夏便已经有所动作。

"贺从泽，你就是个浑蛋！"她喊道，用双手抡起贺从泽放在旁边的球杆，趁着他背对自己的空当儿，直接朝他的后背砸了过去！

幸好贺从泽反应及时，侧转了一下身子，但他的右臂还是遭了殃，被司莞夏拿球杆划出了一道口子。几秒后，伤口便开始涌出鲜血，看起来十分骇人。

宋川早些年打架打惯了，对此倒是见怪不怪，第一反应是贺从泽的伤口要被缝上几针。

贺从泽猛地拧紧眉，伸手便揪过司莞夏，说："你是真觉得我脾气好？"

司莞夏刚才那瞬间再怎么凶狠，也不过是一时昏头，她哪里见过这么血腥的场面，当即就被吓得浑身发抖说不出话来。她潜意识里想要赶紧逃离这个地方，但贺从泽似乎真的动了怒，力气大得吓人，她根本挣扎不开，急得眼泪都要流出来了。

贺从泽本来就恼，见司莞夏这副快哭出来的样子就更烦了，直接松了手，不耐烦地说道："赶紧走！"

他简直佩服自己的绅士风度。

"你……是你自己活该！"司莞夏张皇失措，临走前还不忘撂下一句嚣张的话，便赶忙小跑着离开了高尔夫球场。

宋川拍拍手，十分感慨地说："女人啊女人。"

贺从泽打量了一眼自己的伤口，"啧"了一声："我就该要求再加 3% 的利息。"

"行了行了，你这伤怪吓人的，我给你处理去。"宋川打着哈哈揽过贺从泽，边说边将他往休息区那边带。

贺从泽却问："这儿离 A 院是不是挺近的？"

"对啊，到不了 10 分钟的路程。"

"去 A 院。"

宋川像看怪物似的看着他，问道："不是，贺从泽，你什么时候变得这么娇弱了？受这点儿伤就去医院？"

"你懂个屁。"贺从泽轻嗤，"能见到我家凛凛，这伤不算白受。"

江凛到手术室里的时候，贺从泽正坐在台子上，大爷似的跷着个腿，面带不爽。

一位小医生正战战兢兢地给他手臂上的伤口消毒，从江凛这边看过去，那小医生的手抖得几乎肉眼可见。

江凛不解，这小医生是有多害怕贺从泽？

她蹙了蹙眉，看了一眼贺从泽，见他黑着脸，难怪小医生被吓住了。

听见从手术室后门传来的声响，二人不约而同地侧首看去，在看清来人是江凛的一刹那，小医生面露喜色，仿佛看到了从天而降的救星。

贺从泽的表情也稍有缓和，他将身子向后倚，挑眉看着江凛，好像已经恭候多时。

江凛抬手将长发一撩，轻轻地叹了一口气，上前对小医生说："你先去忙吧，我给他处理。"

"好的好的，江医生，麻烦你了！"小医生有如得了特赦令，闻言忙不迭地直起身子，摆摆手离开了手术室。

江凛该干什么就干什么，也没多说话，就直接站到贺从泽面前，一边收拾着手边的器械用具，一边翻出了针线。

"你真是够忙的，还得让我托人去喊你过来。"贺从泽叹气道，侧脸打量着江凛，唇角弧度浅淡，"怎么？有什么感想没？"

江凛连白眼都不屑于给他，低头专心地处理他手臂上的伤口，问："怎么搞的？"

"被高尔夫球杆剐出来的。"

江凛惜字如金地评价道："活该！"

"在你脸上还真是看不出半点儿心疼。"贺从泽也不气，只笑了笑，叹道，"算了，我姑且认为是你藏得太好。"

江凛眉心无声地蹙起。贺从泽的伤口虽然不算严重，但毕竟需要缝针，她稍有不小心就会留疤，到时绝对是他无暇皮囊上的污点。

就在此时，贺公子轻描淡写地提了一句："不过话说回来，这伤还是拜司莞夏所赐。"

江凛手一顿，缝合的动作便重了几分。

也不知是疼还是怎么的，江凛看到他的眉头蹙了蹙。不过也只是一瞬间，麻醉过后缝合伤口应该是没什么感觉的，她就没在意。

江凛迅速恢复常态，问："你干什么了？"

"在商业方面用了点儿小手段。"贺从泽抬眸，一双桃花眼微弯，"你应该知道我这人睚眦必报，并且不择手段。"

江凛沉默良久，才憋出了几个字："你没必要这样。"

"江凛，你不用有什么心理负担。"贺从泽徐徐开口，嗓音淡淡的，"我做这些事不是为了圈住你。我只是想你知道，想做什么便去做，尽管向前走，不用回头。"

"越是珍贵美好的事物，就越有眼红的人去抹黑。江凛，你从来不在底层，而是处于他们触碰不到的高度。"

169

这番话一字一顿地响在江凛的耳畔,她听得心底颤动,有种温热柔软的情感缓缓地溢出,包裹了她。

有的感情激烈,有的感情无声。贺从泽对江凛,更多是润物细无声的温和的感情,日子久了不曾有所感触,在某个时刻才让她惊觉自己的棱角在他面前已经趋于平滑。

江凛垂眼看他,二人目光相对,有什么不同以往的情愫暗自萌发。

江凛那点儿心思还没酝酿完毕,贺从泽便已经恢复了往常吊儿郎当的模样,似笑非笑道:"怎么样?现在心疼了没?要不要考虑给我一个安慰吻?"

江凛后悔了,真就是不能给他好脸看。

"闭嘴。"她淡淡地警告他一句,而后将注意力全部放在消毒缝合上。

贺从泽这会儿倒真乖乖地闭上了嘴,敛起笑容,眼神温柔地望着江凛。

不得不说,江凛的五官生得着实精致好看,称不上明媚,也不是冷艳,而是综合以上两种的惊艳,让她能将柔媚和清冽两种气质同时拥有,还不显得突兀。特别是她认真做事时,眸子里的星光闪耀重叠,动人无比。

也不知道是不是情人眼里出西施?贺从泽有些不能理解,为什么这张万年瞧不出人情味的脸,能让他怎么看怎么喜欢?

贺从泽将视线落在江凛光洁的额头上,随后是眉梢上、鼻尖上……最终,定格于她的双唇上。

他感觉喉间莫名有些干渴,一股无名的燥热升腾而起,险些让他抑制不住。

他对亲吻江凛实在是食髓知味,有了第一次就想有更多次,他本不想那么快,谁知这根本不是他自己能控制的。

随着时间流逝,江凛动作娴熟地处理好贺从泽的伤口,俯身将工具收好放回原处。

贺从泽的歪心思一动起来,也懒得克制,他干脆腾出手扯过江凛,偏过头就要去亲她。

电光石火间,江凛单手撑在了二人中间,于是贺从泽的动作被迫停止。

她欣赏着贺从泽欲求不满的表情,从容地直起身来,道:"好好养伤，少折腾。"

"你这个不解风情的女人。"贺从泽只觉得头痛，叹了口气，无奈地问，"就当谋个福利都不行？"

江凛拍了拍身上并不存在的灰尘，转身走向手术室门口，拒绝道："我不想，那就是占便宜。"

难道自己占的便宜还少？贺从泽失笑，目送江凛离开后，自个儿也从台子上下来了。他整整衣服，本来负了伤心情挺糟糕，见到江凛后简直是看谁谁亲切。

江凛在回门诊的路上，碰巧遇到了刚才手术室里的小医生。

对方是刚来 A 院没多久的实习生，常跟在江凛身边学习，大场面也算是见过了，但刚才贺从泽的压迫感实在沉重，让她简直抬不起头。

传说中风度翩翩的贺家公子哥儿，原来黑起脸来是这副模样，她今日也算是在另一种意义上长了见识。

小医生见到江凛，恭恭敬敬地问了声好，随后小心翼翼地问道："江医生，处理好了吗？"

江凛点点头，说："伤口不严重，我给他包扎好直接回家就行了。"

"那就好……"小医生抚着胸口，回忆起先前的事，不禁轻声地说，"不过江医生，其实之前我还不怎么了解，现在看来，贺公子是真的很看重你呀。"

江凛闻言，饶有兴趣地微挑眉梢，问她："什么意思？"

"贺公子和朋友过来的时候，你当时正在门诊忙呢，他本来想亲自过去找你，但主任不放心，就让我直接去处理了。"小医生说道，"贺公子的不乐意简直都写在脸上了……吓得我都不敢出声。"

这么听来，贺从泽倒是还挺幼稚的，江凛无奈地轻笑。她摇了摇头，说："直接来叫我不就好了。"

"是呀，幸亏你来得快，我刚给伤口消完毒，你就到了，我当时都舒了一口气呢。"

江凛正要开口，思绪一转却想起了什么，蹙眉问道："那时你刚消完毒？"

小医生点点头，说："是呀。"

"还没进行局部麻醉？"

"还没来得及。"

江凛心底的愕然不止一星半点儿，她突然联想到自己当时因为出神不小心将缝合线扯过时，贺从泽皱了皱眉头的细微动作。

彼时，她还以为贺从泽已经打过麻醉药，所以就没放在心上，原来贺从泽是在未麻醉的状态下被完成了伤口缝合。他倒是一声没吭，硬气得很。

江凛有些头痛，扶额叹了口气。

一波未平一波又起，江凛切实地感受到了生活的荒谬。就在她下班背着包准备回家休息时，一个惊喜当头砸来，简直让她措手不及。当然，她并不开心。

江凛站在 A 院门口，几乎可以说是有些呆滞地望着眼前二人，向来表情清冷的脸上，第一次出现了"茫然"这种情绪。

"漂亮姐姐，我们好久不见啦！"

林天航一眼锁定了江凛，当即面露喜色，边喊边迈着一双小短腿"噔噔噔"地跑了过去，张开双臂就向江凛讨要抱抱。

当然，抱是不可能抱的，江凛压根儿就没理这小家伙。

她迅速地回过神来，拧眉看着林天航身后的人，她虽然没出声，脸上却是明明白白地在问他是什么情况。

难不成是林贺两家合作谈崩了，贺从泽把人家儿子掳了过来？

以上猜想显然不可能，只见贺公子摆着一副衣冠楚楚的模样，含笑看着江凛。江凛简直无法将眼前的贺从泽和他先前受伤时的那副惨样联系到一起。

"林天航，我之前忘了跟你说，这位姐姐叫江凛，是名医生。"贺从泽不紧不慢地朝江凛走了过去，随手揉了揉林天航的脑袋，例行公事般的介绍道。

林天航双眼仿佛含着星星，很是钦佩地说："哇，姐姐好棒！"

江凛没想到，林天航小小年纪就这么会拍马屁！

贺从泽侧首看江凛，向她示意旁边的林天航，解释道："上次雪崩事件后，小家伙回去就发了两天高烧，最近身体刚彻底恢复过来。"

江凛点头，问："所以呢？你们两个怎么在一起？"

"林城临时有个海外紧急会议要出差几天，林天航由他们家的管家照顾，刚才一直吵着要来找我，就被人送过来了。"贺从泽说着，满不在乎地耸了耸肩，言简意赅地说明事情经过，"这孩子我要带一段时间。"

江凛有些不解，问道："林天航什么时候这么喜欢你了？"

乖巧旁听的林天航闻言，连忙跳起来挥挥手表示否认："不不不，我只是以为找到哥哥就能找到姐姐，想走个捷径而已。"解释完，又笑嘻嘻地补充道，"哥哥算不上什么，我最喜欢姐姐啦！"

话音刚落下，贺从泽嘴角就细微地抽搐了一下，好脾气地说道："林天航，'舔狗舔到一无所有'这句话听过没？"

林天航一脸乖巧地依偎在江凛身边，做了个鬼脸，说："那不是在说哥哥你吗？"

贺从泽喉头一哽，半句话都说不出来。

江凛深以为然地点点头，对贺从泽语重心长地说道："小孩子都懂的道理，你怎么就不明白？"

贺从泽有苦说不出，面前这两个人是在唱双簧吗？变着法儿地挤对他。他倒是不怒反笑，俯身贴近江凛，用仅能彼此听见的声音，低声道："我只舔你一个。"

不得不说，贺从泽在语言调戏这方面，实在是深有造诣。好好的字，明明意思正得不能再正，到了他嘴边却意思歪得令人咋舌。

江凛就差一巴掌把他拍开，不着痕迹地向后退了退身子，淡声道："那贺公子可真专一。"

贺从泽垂眼间神态暧昧，温柔地说道："毕竟对方是你。"

林天航好奇地望着二人的短暂互动，越看越觉得不对劲儿，摸了摸下巴，却又说不上来是什么地方不对劲儿。

"说正经事，"江凛眉心微皱，说，"你们两个过来找我有事？"

"有事有事！"林天航连忙踮起脚解释道，"姐姐，明天我要作为班级代表进行演讲，所以要穿得正式一些，你能不能陪我去买衣服呀？"

原来他们是为了这事。江凛想了想，反正自己现在下了班回家也没什么事，便点头答应下来："好。"

林天航当即面露喜色，眨眨眼满脸诚挚地对江凛说："那姐姐……明天我们学校的活动，你能来参加吗？"

江凛闻言，却略微迟疑。明天她要值夜班，上午也要工作，一整天都没什么闲暇时间，怕是没法去参加了。

江凛这么想着，刚要婉拒，便听见小家伙低声道："其实这种活动我们学校每年都举行的，别的小孩儿都有父母带着，但是我……我只有管家爷爷。"

这么说着，林天航低眉敛目，模样失落又沮丧，看得人心里发酸。

江凛顿住，话到嘴边又被她收了回去。

贺从泽念及江凛兴许是不了解情况，便低头在她耳畔轻声地说："林夫人死于难产，林天航这孩子从小就没有母亲，林城忙于事业很难抽出时间去陪他。"

江凛听着，只觉得心里发紧。难怪了，之前雪崩的时候她就觉得这个孩子遇事不怎么哭闹，比其他同龄人显得更成熟稳重，如今看来是受了家庭因素影响。

她先前没有听说过林天航母亲的事，也没人提起过，便没放在心上，原来是这样的背景。

"好，明天我去接你，我们一起去。"想罢，江凛伸手轻轻地揉了揉林天航的脑袋，鼓励他说，"能作为学生代表演讲，你很棒！"

"真的吗？"林天航喜笑颜开地说，"谢谢姐姐！"

贺从泽是开车来的，林天航蹦蹦跳跳地去了停车区，贺从泽与江凛则在后面跟着走。

贺从泽用余光瞥向她，说："我还以为你会拒绝。"

江凛连正眼都没给他，说："你已经给我做背景补充了，我还有拒绝的余地？"

"难道你明天有时间？"

"没时间，全天班。"

"那你为什么答应了？"

"请假带孩子。"

闻言，他有些忍俊不禁，揉了揉额间，轻笑道："唉……说实话江凛，我真希望你这么有人情味的一面只有我能看见。"

江凛哪里如外表一般铁石心肠？其实相处久了，只要你愿意耐心地了解她，就会发现她那柔软珍贵的内在。

江凛听他这么说，不紧不慢地淡声补充道："除了我妈。"

贺从泽没反应过来，笑容凝固在唇角上。

江凛没再重复。

贺从泽大脑死机数秒后，迅速地反应过来：江凛的意思是，她默认除自己的母亲外，让她肯敞开心扉的人只有他一个？

贺从泽会意后，觉得自己高兴得有点儿飘飘然，他笑吟吟地凑到江凛的身边，说道："你这女人什么都不好，就这张嘴是真的会哄人。"

江凛知道贺从泽向来是给点儿好脸就不知东南西北，因此对他不予理会，加快脚步走向了停车区。

贺从泽看着她的背影，只觉得心情无比明媚，这会儿就是见了乌云也觉得可爱。

三个人上车后，贺从泽负责开车，一同前往京都规模最大的购物大厦给林天航挑礼服。

三个人的目的地是一个极为繁华的商业区，车水马龙，人来人往好不热闹。江凛先前就对这里略有耳闻，毕竟有好多家"网红"店铺汇聚于此，但该地属于高消费区域，不是普通人能来逛的，因此她从未来过。

现在想来，身边这个多金的贺从泽，也算是帮助她在另一种意义上长了不少见识。

江凛在心里感慨了几句，跟着贺从泽从地下停车场走出来，见人太多，她担心林天航走失便牵起了林天航的手，而后三个人一同进入了大厦里。

贺从泽对于各种奢侈品牌十分熟悉，也有自己的取舍，因此负责带路，随后径直走进了一家店铺里。

江凛不了解衣服牌子，也没这方面的常识，不过单看店面和款式多样的礼服，便知道这里随便一件衣服就能抵上她小半年的工资。

导购员能准确地辨识出这类人的面孔，虽不知道江凛是什么身份，但江凛旁边的两位可都是名副其实的贵客，尤其贺从泽更是贵客中的佼佼者。

于是，导购员挂着礼貌的笑容迎了上来，问道："三位好！请问需要什么帮助吗？"

贺从泽拍了一下林天航的肩膀，示意道："有什么要求跟导购姐姐说，随便挑。"

林天航闻言双眼放光，也毫不客气，直接让导购员带自己去了礼服区。

江凛被贺从泽那句简单粗暴的"随便挑"镇住了，下意识地皱眉，说："买衣服不要钱的？"

贺从泽挑眉看向她，说："还真不要钱。"

江凛只是随口吐槽，没想到真的被自己说中了，愣了愣道："什么？"

"也是，我好像还没跟你说过。"贺从泽仿佛这才想起什么似的，轻笑了一下，不紧不慢地说，"这栋大厦，是我家的。"

行吧，贺从泽不愧是有钱人。

江凛将视线从店内光鲜亮丽的衣服上挪开，随意地打量着附近几家店铺，不经意间发现对面是家婚纱店。刚好有位姑娘换好了婚纱正在镜前打量，她的丈夫陪在旁边，带着满面的笑意。

或许是出于女性生来就有的向往，江凛忍不住多看了那婚纱几眼。婚纱精美而华丽是一回事，穿着它的姑娘笑容幸福、美丽大方，这又是另一回事。

贺从泽注意到江凛的出神，顺着她的视线看过去，也看到了对面的情景。

贺从泽眸光闪动，未曾想到江凛也会关注婚纱这类事物。倒不是奇怪，只是他觉得江凛素来清冷，平常女子喜爱的事物想必是入不了她的眼。

他弯唇，似笑非笑地看着江凛，问："怎么？羡慕了？"

"本能地向往而已，谈不上羡慕。"江凛摇摇头，收回视线，表情没什么变化，语气也如常，"而且比起婚纱，新人的幸福感更吸引我。"

趋光性以及追求幸福，都是人类本性的代名词。

贺从泽垂下眼帘，说："我能让你穿更好看的，要不要考虑一下？"

"免谈。"江凛扫了他一眼，淡淡地说，"如果遇不到让我心甘情愿嫁的人，我这辈子都不会踏进婚纱店里。"

话音未落，身后便传来林天航的呼唤声，似乎是小家伙换好了衣服来问效果如何。

江凛便同贺从泽摆摆手，折身走了过去。

贺从泽站在原地未动，注视着江凛的背影，眸色复杂而沉静。许久，他合眼，轻笑出声，透出几分无奈的宠溺。

有时候，他觉得江凛那固执的自我应该有所改变，可偶尔也会觉得……没什么必要。

正如此时，江凛有自己的坚持与观点，还恰好与贺从泽的不谋而合，他便觉得如果江凛能始终这样坚持自我下去，其实也不错。

保持自身的锋芒，不去为了适应谁而循规蹈矩，要做便做这世间万物中的独一无二，这才是他贺从泽最想看到的江凛。

不得不说，林天航当真是百分之百地遗传了他父亲优秀的外貌基因。

这小家伙似乎是个天生的衣架子，穿什么都好看。贺从泽随便给他挑了两件小西装，让导购员装了起来，其间，江凛无意中瞥了一眼价格，愣了数秒，再次在心底感叹有钱人就是有钱人。

三个人买完东西后，天色渐晚。江凛本来还想着回家吃饭，但此时不早了，便打算三个人一起解决晚饭问题。

为了照顾贺公子的玻璃胃，晚餐地点自然是由他来定。当然，江凛仅仅陪吃，钱肯定也是贺从泽掏的。于是，三个人走进了一家装潢奢华的西餐厅里。

西餐厅是外国人经营的，服务员说的是法语，江凛能听懂一点儿，坐在座位上撑着下颌翻看菜单。菜单上显示的价格简直贵到离谱，江凛看哪个都舍不得点，干脆把菜单交给贺从泽和林天航，她等着吃就好。

贺从泽操着一口流利的法语同服务员沟通，江凛大概听出他点了两份七成熟的牛排，还有披萨和些许甜点，别的倒也没什么新奇。

林天航双手捧着菜单，眼神始终盯在某处，一副想说又不敢说的模样，这引起了江凛的注意。她偏着脑袋扫了一眼，发现这孩子是想吃牛排，便侧首对服务员道："请问店里做全熟牛排吗？"

江凛的法语倒也清晰流利，但服务员闻言摇摇头，回答她店里只有三成、五成和七成，不做全熟。

小孩子的肠胃不像大人，在发育完全前，他们其实最好只吃全熟的食物。

江凛皱了皱眉，看向林天航，问道："能吃七成熟的牛排吗？"

林天航忙不迭地点头，说："我吃过一次！"

"那好，"江凛随即对服务员说，"再加一份七成熟的牛排。"

服务员点头记下，贺从泽本想示意等等，却被林天航那小眼神劝住了，只得暂时让步。

待服务员离开后，贺从泽才眉心微蹙，望着江凛认真地说："林天航他年纪还小，不能这么吃。"

"他说他吃过。"

贺从泽划重点，说："并且是只吃过一次。"

江凛不置可否地说："一次也是吃，就像吃海鲜过敏的人，吃过一次就知道能不能吃。"

坐在旁边的林天航满脸茫然，见二人似乎在为自己的饮食问题争执，察觉气氛不大对劲儿，不禁有些着急，就差站起来劝架了。

江凛却是挑眉，没看林天航，而是径直问贺从泽："方便面、炸鸡汉堡、室内烧烤，你原来吃过没有？"

贺从泽愣了愣，道："没有。"

"你呢？"她转过头，"林天航，你吃过没有？"

林天航可怜巴巴地摇头，单是听着这些名字就嘴馋，说："没有，管家说这些是垃圾食品，不能吃的。"

在他们的世界里，大抵只有经过精挑细选的食材才能进入厨房，就连菜谱都要精选出没有任何危险性的。社会中随处可见的民间美食，对于他们来说，反而是可望而不可即的。

"怎么不能吃？"江凛问林天航，"多少小孩儿都吃过，你难道和别的孩子不一样？"

"不一样。"不等林天航开口，贺从泽便已经替他回答，"他是林家的少爷，和其他孩子怎么会一样？"

江凛简短地评价道，嗓音平淡："的确人分三六九等，出身决定一个人的起点，但大家都是生命，是活着的人，那就是同等阶级。"

林天航只觉得似懂非懂，此时也插不上话。

贺从泽被她一噎，一时竟找不出能反驳的话来，只能说："就算如此，他年纪还小，肠胃脆弱，怎么能吃你说的那些东西？"

"那和你一样锦衣玉食，最后养出个玻璃胃就是绝对正确的？"江凛眉眼淡淡，似乎只是在陈述自己的观点，"如果哪天你身处困境，落魄到连普通人都不如的时候，身上金贵的毛病还一大堆，要怎么活下去？"

贺从泽哑口无言。他当真甘拜下风，无奈地揉揉额头，笑着叹了一口气，不得不承认，虽然江凛口中说出的话往往冲击力十足，但都在理得让人无从反驳。

贺从泽含着金汤匙出生，是被周围人用疼惜与爱护喂养大的。许多事情在他看来理所应当。但被江凛如此说道，他好像才隐隐约约地反应过来，自己在某些方面的观念的确是偏执了些。

江凛成熟超前的思想决定了她淡然从容的性子。

贺从泽无可奈何，随即叹了口气，说："唉……我还真是捡了个宝。"

林天航脸上一副受教的模样，近乎膜拜地看着江凛。

西餐厅的效率很高，没过多久，精致的食物便被逐一送上了桌，三个人基本可以开始用餐。

江凛将林天航的牛排推给他，教他正确使用刀叉后，便埋首擦拭自己的餐具。

林天航活了五年，向来是衣来伸手饭来张口，还没自己切过食物，此时兴致盎然，握着餐刀的手蠢蠢欲动，看得对面的贺从泽后背直冒冷汗。

"林天航，你先把刀叉放下。"贺从泽实在担心林天航手滑受伤，便对他说，"我帮你切好，你再吃。"

林天航将嘴角一撇，似乎有些不乐意，下意识地看向江凛想要寻求帮助。

贺从泽不禁长眉一挑，敢情这小子已经把江凛当成大哥一样的存在了？

"大哥"江凛果真不负所望，抬起眼帘回复贺从泽："我已经教过他了，让他自己来。"

贺从泽眼尾挑了挑，皮笑肉不笑地说："江凛，你是不是忘了，他前不久刚满5岁？"

江凛礼貌地摆手，表示不能理解，说："不好意思，我5岁的时候已经会自己下面条了。"

贺从泽正欲开口，旁边的林天航已经一刀戳了下去，牛排发出"扑哧"的声响，小家伙随意地切着肉，嘴里还不忘吐槽："吃个饭你们话还挺多。"

贺从泽打心底觉得无言以对。

江凛见此，便点头道："看，他不是小孩子了。"

说着，她还转过头去问林天航："林天航，你说你是不是小孩子？"

林天航刚刚切好一块牛肉，吹了吹随即送到嘴里喜滋滋地嚼着，闻言笑得畅快，骄傲地说："我是男子汉！"

江凛显然对这个答案十分满意，揉了揉小家伙的脑袋，鼓励道："对，就是这样，你比那种五六岁还要别人帮忙切食物的人强多了！"

"五六岁还要别人帮忙切食物"的贺公子突然中枪。他被这唱双簧的一大一小气笑了，无奈地摇摇头，放下手中的餐刀，将不知何时切好的牛排推到江凛那边，自己则拿过江凛面前那份完好无损的牛排。

江凛抬眼看他，似乎是在问他是什么意思。

"我，贺从泽，今年 26 岁，单身。"贺从泽不紧不慢地说，似笑非笑地看着她，"会赚钱，会做饭，会照顾人，也会切牛排。"

江凛这回被贺从泽堵得无言以对，便默默地低下头吃起了自己的食物，心想：贫嘴是不可能贫得过贺从泽的，这辈子都不可能的。

两个人在旁边打嘴仗的时间，林天航已经半块牛排下肚了，完全打消了贺从泽多余的担心。贺从泽也觉得的确是自己多想了，这林小少爷并不是那种被宠坏的孩子。

其实二人不知道，林天航暗中观察他们许久了。

从下午刚见面的时候开始，林天航就越发觉得不对劲儿。他本就是早熟的孩子，对人与人之间的关系格外敏感，因此才发觉江凛与贺从泽之间似乎不太对劲儿。

"姐姐，"林天航最终还是没能忍住，孩子天生的好奇心促使他开口，"你和哥哥是什么关系呀？"

江凛听他这么问，还当真陷入了沉思中。

对面的贺从泽本来想抢先回答，但看她这样一本正经地思忖答案，便来了兴致，他抿了口咖啡，想听她先说。

于是数秒后，江凛斩钉截铁地说："他是舔狗。"

贺从泽差点儿把嘴里的咖啡喷了出去。

贺公子是何等人？他用那自小优异的自制力维持好最后一点儿绅士风度，拿起餐巾纸轻拭唇角，笑着应声："是。"

林天航对这个名词不甚了解，便认真地提问："那'舔狗'到底是什么意思呀？"

"这个词有两种意思。"贺从泽看也不看江凛，自顾自地解释起来，笑容和煦："一是指那些阿谀奉承、毫无原则和底线的人。林天航，你不能学这种人。"

林天航当即乖巧地点头，说："我觉得哥哥你不像呀。"

"没错，所以你江凛姐姐说的是第二种意思。"他点头，补充道，"第二种，就是指在情感中勇往直前，明知对方态度冷淡还决不后退的人。"

听到这里，江凛已经开始嘴角发僵。说瞎话不打草稿的贺公子，美化词语的本领当真是高强。

林天航听着这番话，则是一副茅塞顿开的模样，他摸着下巴闭眼思索了几秒后，便神色无比认真地抬起头，开口唤贺从泽："姐夫！"

听到林天航喊出这两个字，江凛难得失态到手抖了抖，不小心把叉子磕到了盘子的边缘，发出一声脆响。

贺从泽也没想到林天航会这么喊，怔了三秒后，便忍俊不禁地拍拍林天航的肩膀，毫不吝啬地夸赞道："林天航，你绝对是个有前途的孩子！"

林天航眨眨眼，虽然不明白是怎么回事，但被夸奖了就是好事，于是也回了贺从泽一个大大的笑容。

江凛面色复杂，不知道怎么跟林天航纠正这其中的关系，最后索性懒得讲，一声不吭地埋头吃饭。

林天航终究是个小孩子，饭量不大，吃完牛排就差不多填饱了肚子，便美滋滋地去卫生间洗手了。

江凛吃好后刚拿起餐巾纸擦完嘴，抬眸便对上了贺从泽打量的目光。

被抓了个现行，贺从泽也不心虚，优哉游哉地对她说道："凛凛，林天航刚才叫我姐夫。"

江凛坦然道："童言无忌。"

"你说过，他不是小孩子了。"

江凛纯粹是搬起石头砸了自己的脚。

贺从泽抿了口咖啡，轻笑道："所以，我当真了。"

江凛沉默了半晌后，从容地点头，说："人家说什么就信什么，那你是小孩子。"

贺从泽一时语塞，这女人真是不噎死人不舒服。他将眼神轻飘飘地移到了江凛的唇上，神色暧昧不清，嗯，这张嘴比起怼人，还是更适合用来接吻。

江凛不用想都知道，对面这厮脑袋里一定又冒出来了什么龌龊思想，她用余光瞥见林天航回来了，便也起身穿好外套，准备回家。

开车接人的是贺从泽，送人回家的任务自然也就落到了他身上。因为明天要早起，所以二人路上并未耽搁时间。

晚上回家后，江凛便在微信上跟同事说好明天请假的事情，随后洗了个热水澡，出来时顺便将明天要穿的衣服也拿了出来。

在她坐在床边上擦头发的时候，瞥见床头柜上的手机屏幕亮起，似乎是有人给她发了消息。

江凛腾出一只手去划开锁屏，发现是贺从泽发来的微信："明早七点半，我来接你。"

江凛擦头发的动作顿住，她打了几个字发过去："你也去？"

对方理直气壮地说道："男女搭配，有排面。"

"我睡了。"江凛将消息发过去后，本打算放下手机，但想了想还是补充了两个字，"晚安。"

然后，她也没看后续回复，径直去吹头发了。

待江凛敷完面膜后再回卧室里，已经是一个小时后了，她看看时间，心里感慨女人收拾慢大概是天性了。

江凛有临睡前浏览手机消息的习惯，于是打开床头灯，躺在床上，照常开始浏览未读消息。

首先映入眼帘的便是她与贺从泽的对话框。

贺从泽发给江凛的最新一条消息，显示时间是一个小时前，刚好是她给他发完晚安后放下手机去忙活其他事的时候。

他回复的内容是："跟你道过晚安后，你或许去睡觉，或许去忙别的，而我只有一件事可做——想你。"

江凛的目光落在那句话上，心头微动。

翌日清晨。

瑞景苑小区门口，只见一个人形单影只地站着，大衣的衣摆被冬风刮得发出声音，混着尚未大亮的晦暗天色，好不凄清。

贺从泽好脾气地做了个深呼吸，身子后仰倚上车身，点出手机通讯录。这是最后一次！然而电话拨出去后，仍旧是熟悉的无人接听提示音。

贺从泽怒极反笑，不紧不慢地收起手机。

好，好极了。自从他开始呼吸这个世界的空气起，就没人敢不接他的电话。江凛不接电话也就算了，还让他大清早吹了这么久的冷风。

女人的嘴，骗人的鬼，江凛可还真是有能耐。

一不做二不休，贺从泽干脆利落地将车停好，随后便敲响了小区保安室的大门。

　　保安在屋内说了声："请进！"

　　贺从泽随意地整了整衣领，抬脚走了进去。

　　贺从泽是何等身份，保安本来坐在桌前看书，抬眼见来人的面孔如此熟悉，吓得他立刻站起来唤道："小……小贺总，您怎么来了？"

　　"遇到了点儿小麻烦。"贺从泽笑了笑，道，"可以帮我找一下201室的房门钥匙吗？"

　　"好的好的！"保安连忙答应下来，打开备用钥匙橱迅速找出了201室的钥匙，毕恭毕敬地递了过去。

　　贺从泽显然对这种办事效率十分满意，欣然接过钥匙，说："谢谢，麻烦你了！"

　　"不麻烦！"保安一副受宠若惊的模样，随即想起来什么，唤住了打算离开的贺从泽，"欸，对了，小贺总，按规定，住户拿备用钥匙我们要登记理由和归还时间，您看……"

　　话音刚落，贺从泽的步伐顿住了，他想了想，回首对保安叹了口气，说："说来也挺惭愧的，其实现在201室的住户是我女朋友，情侣之间吵架你也知道。那丫头生气了，拿走了我的钥匙也不给我开门，我实在没办法。"

　　贺从泽说这话时，眉眼间搭配着恰到好处的无奈与宠溺，瞬间便让保安信以为真。

　　最终，保安一边在表格上填写理由，一边在心里真情实感地感慨：想不到小贺总虽然是个花花公子，却是个难得的好男人哪！

　　江凛是被太阳晒醒的。刺目的日光直射进来，她不适地皱了皱眉头，略有些烦躁，便裹着被子翻了个身。

　　大清早的就扯窗帘，谁这么缺德？不对啊，明明昨晚拉窗帘了……江凛迷迷糊糊地想着。她刚刚睡醒，意识还没完全聚拢，完全没反应过来重点究竟在哪里。

　　几秒后，她突然睁开双眼，眼底清明一片，是谁进她家里了？想罢，江凛翻身坐起，也没看窗户那边站着什么人，单手抄起床头柜上的手机就准备砸过去。

然而电光石火间，她的手腕被人握住，砸人的动作戛然而止。

江凛心底警铃大作，还没做出回击，便听头顶上方的人语气不满地说："我辛辛苦苦地赶过来叫你起床，杀气怎么这么重？"

语调慵懒，含着点儿开玩笑的意味，是她熟悉至极的声音。

江凛蒙了。她宁愿相信是入室抢劫的小偷，都不愿意认清眼前的人竟然是贺从泽。她有些难以置信地抬起头来，用目光仔仔细细地把对方的五官瞄了个遍，这才敢确认就是贺从泽本人。

贺从泽秉承一贯的厚脸皮作风，俯身拉起江凛的手腕，使得彼此间的距离急剧缩短，他轻笑道："怎么？看着这张脸心动了？"

这种厚颜无耻的发言让江凛瞬间清醒，她抽回自己的手揉了揉太阳穴，这才算是彻底从睡眼蒙眬的状态中抽身。

"你怎么在这里？"江凛终于问出了关键问题，皱眉盯着他，"你怎么会有钥匙的？"

因为这个小区住的人不多，而且安保人员也十分尽职，所以江凛便没怎么刻意去养成睡前落锁的习惯。谁知道今天就被贺从泽钻了空子。

"我先回答你第一个问题。"贺从泽说着，抬手指了指她尚且握着的手机，"你自己看看时间，你是不是没设置闹钟？"

江凛闻言愣住，好似这才想起来什么，查看一下手机，果然是昨晚忘了这回事。好在现在才刚过 7 点，只要她收拾得利索些还是能赶上的。

贺从泽难得看到江凛懊恼的模样，继续说："至于第二个问题……你别忘了，这套房子是我名下的。"

"你有钥匙？"

"没，去保安室要的。"

江凛蹙眉，问："保安就直接给你了？"

"没这么顺利。"贺公子笑得人畜无害，比君子还君子，"我有正当理由，这个你没必要了解。"

听他这么说，江凛原本也不是好奇的人就没再追问，迅速下床去洗漱收拾了。

贺从泽俨然没有进闺房里的自觉，他抱臂环视整个房间，本来还想寻找江凛的生活痕迹，但就这卧室里性冷淡的布局格调，实在……没什么看头。

他轻轻地"啧"了一声，摇摇头，心想：要是哪天两个人住在一起，绝对得把房子布置成暖色调。

当然理想总是美好的，他希望那天能快点儿到来。

江凛果然雷厉风行，不久便化好妆换好衣服，出现在贺从泽面前。

时间已经过了七点半，贺从泽先行下楼开车，江凛匆忙地拿过自己的手机，换好鞋后也出了门。

她照常扫了一眼手机未读消息，却发现有个来自母亲的未接来电，但由于时间紧迫，她暂时将手机放入包内，打算闲下来的时候再回电话。

好在二人最终没有迟到，去林家接到林天航再抵达他所在的幼儿园时，还有许多家长正带着孩子进园。

人来人往，孩子间的嬉戏打闹声不绝于耳，好不热闹。

贺从泽是带路人，江凛在此之前并不知道林天航就读于哪所幼儿园，因此当她站在幼儿园门前时，有些短暂地出神。

这所幼儿园在京都是名声响亮的，不论是设施还是氛围都极为优质，而在此就读的孩子都家庭条件优渥，无一例外。

多年过去了，这园内的建筑竟和江凛印象中的样子并无差别。

她也曾在此度过几年时光，不过儿时的回忆其实已经很模糊，毕竟当时她还小，而且由于抵触，童年的琐事已经被她忘得差不多了。

江凛垂下眼帘，掩盖住眼底涌动的情绪，不曾让任何人察觉出异样。

今天的活动其实是为了庆祝幼儿园成立六十周年，说简单点，就是一群学生和家长齐聚一堂，听各个园领导发言。有趣的是小活动，每个班级都要选出一名小代表出来演讲，也算是培养孩子的能力。

江凛与贺从泽都是相貌出众的人，林天航的五官虽还未长开，他的长相却也十分俊气，三个人走在一起无疑成了一道亮丽的风景线，吸引来不少人的注意力。

进入礼堂前，家长首先要去现场签到。签到处的人很多，于是贺从泽便让江凛和林天航在原地待着，等他签完到后直接一起入场。

在等待的过程中，林天航始终安安静静地站在江凛身旁，也不去找其他小朋友玩耍。

江凛察觉出一些不对劲儿的地方，俯首正想开口问林天航，却听身后传来了一个小男孩儿的声音："哇，这不是林家小少爷吗？"语气讥笑，嘲讽意味无比明显。

听得江凛眉毛当即就竖起来了。

林天航闻言身子一僵，却没有动，只是拉着江凛的小手默默地收紧。

那个小男孩儿凑到林天航面前，先是打量了一眼江凛，随后笑嘻嘻地说："看来今年你也是孤儿啊！"

林天航仿佛被触到逆鳞，瞪着眼吼他："你说谁是孤儿？"

"啊，不好意思，"小男孩儿佯装歉意，叹息道，"我忘了你还有个爸爸了……"

林天航红了眼睛，伸手就要推对方，然而江凛已经先林天航一步将那个男孩儿单手拎了起来。

"你是谁？你要干什么？"小男孩儿当即剧烈地挣扎了起来，惊慌失措地想挣脱开抓着自己的手，"你算什么人，竟然敢这样对我？！"

江凛理都不理小男孩儿，而是俯首看向缄默不语的林天航，开口道："林天航，你委屈什么？"

林天航咬着唇，没吭声。

"你这是默认了他的话？"

"不，我才不是孤儿！"

"这就对了。"江凛点头，"你是很多人的宝贝，别让不相干的人给自己委屈受。"

贺从泽回来时，看到的就是这个场景。从在旁边围观的家长口中得知了前因后果后，他饶有兴趣地在旁观战，并不着急救场。

"宽容不等同于让自己受气，该反击时就要反击。"江凛说着，晃晃手中拎着的小男孩儿，语气平淡，"比如这种时候，出于礼貌你不能动手，但你可以选择骂回去。"

林天航显然对这个提议动了心，踌躇道："我……爸爸教过我，不能骂人。"

江凛不置可否，只问："把欺负你的人打哭和骂哭，这两种你觉得哪种比较优雅？"

林天航毫不犹豫地说："骂哭！"

江凛直接把手中的小男孩儿往林天航面前一推。

"你这个坏蛋！"林天航壮了胆，指着对方的鼻子便骂，"你说谁是孤儿？我爸爸可疼我了，你知道吗？！你说这种话就不怕年运不顺吗？你他妈……"

"停！"江凛突然拧眉，问道，"谁教你骂人的？"

林天航无辜地眨眨眼，说："之前贺从泽哥哥打电话，我听他说的。"

人群中的贺从泽满脸黑线。

旁边有人认出了贺从泽，不禁纷纷打量他。贺从泽无奈地笑叹，见那个小男孩儿泪眼婆娑的，便走上前去。

贺从泽刚走近就接触到江凛冷冰冰的视线，捏捏眉骨认怂道："我的错，以后不在孩子面前使用成人用语了。"

他说话的语气跟老夫老妻似的，让人忍不住怀疑这二人的关系。

"你竟然骂我，还说脏话……"被骂的小男孩儿撇着嘴，眼眶里已经有泪水在打转，毕竟是孩子，听不得重话，"你们知道我是谁吗？我要让我爸爸妈妈教训你们！"

"小家伙，"贺从泽对此嗤之以鼻，蹲下身微笑着问他，"你知道我是谁吗？"

"你……你……"

"听哥哥的话，洗把脸好好玩你的去。"他笑容温和，嗓音低沉轻缓，"不然，哥哥有的是法子对付你。"

这话实在不善，小男孩儿愣了几秒，好不容易憋住的眼泪这回彻底决堤，自知理亏，只得哭着跑了。

以上姑且算是小插曲，林天航迅速收拾好负面情绪，揉揉泛红的眼睛，重新调整好状态。

林天航是演讲者，所以入场后要待在后台做准备，江凛见这个小家伙紧张，便留下来多陪他一会儿。

贺从泽向来只出现在江凛在的地方，此时自然是寸步不离，他在林天航面前蹲下身，问道："林天航，稿子会背了吗？"

林天航点点头，乖巧地说："会背了，昨晚我练习了很久。"

"我给你准备好的结尾呢？"

"也会了。"

贺从泽闻言莞尔，揉揉他的脑袋说："真棒！"

江凛挑眉，看向这相处融洽的一大一小，不知怎的总觉得有些好笑。

"但是……我感觉我好紧张啊！"林天航撇了撇嘴角，双手不安地揪着衣角，"万一我演讲砸了怎么办？"

"尽你所能，别怕失败。"贺从泽神态自若地为林天航整理着衣裳，淡声说，"听没听过一句名言，'失败'还有个意思，那就是开辟一条成功之路。"

"没听过。"林天航很是诚实，问道，"谁说的呀？"

"我说的，别以为我只会说脏话，说金句我也可以。"贺从泽替林天航紧了紧领带，确认毫无瑕疵后，弯起唇角，鼓励似的拍拍他的肩膀说道，"总之，成长就是不停地突破自我的过程，没有绝对的成功与失败。"

"我会录视频发给你爸爸，所以尽你最大努力！你能做到吗？"

林天航闻言，眼睛里当即便有光芒闪烁，回答道："能！"

江凛站在旁边，始终没有出声。她将贺从泽的话反复默念，最终在心里轻笑，看来贺从泽还蛮有鼓励人的天赋的。

园庆活动虽然声势浩大，但实质上还是挺枯燥乏味的。

林天航是班级代表，所以陪同而来的成人要坐在礼堂前排，江凛挑了个中间的位子，同贺从泽一起落座。

首先是园领导发言，然后是学生家长代表……

江凛强行忍住打哈欠的冲动，撑着脸颊，出神地回想着儿时的事情。

详细的已经记不太清，她只隐约记得自己所在的那一届，当时有很多亲子互动的活动。由于父亲不回家，母亲又不适应人多的地方，所以每当幼儿园有活动的时候，江凛要不请假，要不就是自己在角落里发呆。

在某种意义上，她和林天航也算是相像。所以方才那个小男孩儿对林天航恶语相向的时候，她才会有种油然而生的厌恶感，下意识地去维护林天航。倒是谈不上善心……可能这也是她对自己的一种弥补吧。

孤独阴暗的童年，苦涩不堪的回忆，正因为她通通遭受过、经历过，所以江凛才更不愿意让林天航再走上自己的老路。

江凛正乱七八糟地捋着思路，便听到周围家长鼓起掌来，于是也跟着拍拍手算是意思意思，随后她抬起眼帘，随意地扫过台上的演讲者，却愣住了。

台上的女子已是花甲之年，但容貌神态完全不显沧桑。她拿着话筒，姿态从容不迫，嗓音柔和却有魄力，整个人看上去十分精神。

江凛怔怔地望着她，眼里像是被蒙了层雾气，连台上的身影都看不清晰了。

岁月当真是不饶人。二十多年过去了，随着时间流逝，当初和蔼柔美的女子，脸上也留下了或多或少岁月的痕迹。

贺从泽注意到江凛的情绪波动，侧首看她，眉心微拢，说："江凛？"

这声音将江凛的意识唤了回来，她淡声应道："嗯？"

顺着她的视线看过去，贺从泽顿了顿，问："你认识园长？"

她缄默数秒，无比自然地答道："不认识，就是觉得有些面熟。"

贺从泽闻言挑眉，不置可否，也不知道是信还是不信？

江凛收拾好自己的情绪，默默地注视着台上发言的园长，心情总归还是有些复杂。

她小时候性格孤僻，十分不合群，而且睚眦必报，听不得别人说自己坏话，因此打架对她来说是家常便饭。有时她赌气不去睡觉、不去吃饭，脾气犟到老师已经放弃管教她。

只有园长待她不同。她打架受伤时，园长会亲自给她包扎；她不去睡觉时，园长就把自己的休息室让给她；她赌气绝食时，园长会将饭菜放在桌上，等她饿了自己去吃。园长总会照顾她的小脾气和敏感的心思，将她视如己出。

后来年岁已久，江凛渐渐地也就淡忘了往事，无论如何也没想过两个人还会有再见的一天。只是，两个人也没了相识的必要。

江凛念及此，合上眼断绝视线，不再多想。

各个领导发言完毕后，便轮到小孩子们上台演讲了。

说来也不过十来个孩子，时间眨眼间便流逝了。江凛刚开始还觉得有些浪费时间，不过孩子们的语言幽默风趣，听着还算不错。

林天航是最后一位演讲的小朋友。他站在台上，从最初肉眼可见的行为拘谨，到后来的自然从容，看得江凛十分满意。

林天航的发言稿她不曾看过，也不打算过多关注，只知道似乎贺从泽帮忙写了点儿。不过单看林天航临场的状态，她已经很欣慰。

个人介绍进入尾声时，林天航雄赳赳气昂昂地说："在座的各位，你们看到今天陪我一起来的那个男人了吗？"

江凛将目光愕然地转向贺从泽。

在座的孩子家长没有一个不认识贺从泽的，此时也不约而同地将目光移到他身上。

贺从泽靠着椅背，姿态慵懒，笑而不语。

台上的林天航继续说："他年少有为，出类拔萃，有多少人后悔错过了当年的他。"

江凛脸上的表情已经精彩到无法用言语来形容了。

林天航做了个深呼吸，做出最后的总结："所以，大家不要错过当下的我！"

贺从泽带头鼓掌，笑着夸道："好！"

平生第一次，江凛产生了巴不得挖个坑把自己埋进去的冲动。

去后台按到林天航后，贺从泽很是满意地蹲下，捏捏他的脸，欣然地说道："这次演讲很成功，哥哥待会儿请你吃饭。"

"真的吗？"林天航面露喜色，当即扑上去抱住他，"谢谢哥哥！"

"对啦，姐姐，"他突然想起要事，连忙将脸转向江凛，"你觉得我的演讲怎么样？"

江凛看他一脸求夸奖的模样，有些忍俊不禁，点头道："嗯，很棒！"

林天航这才展露笑颜，像是松了一口气，也不知道他上台前给了自己多大的压力。

就在三个人准备离场的时候，江凛听到身后传来有些熟悉的女声，声线里含着几分不易察觉的颤抖："阿悦？"

贺从泽心里还未来得及生出什么想法，便下意识地看向身旁的江凛。

江凛神色自若，没有回头，脚步未停地朝着礼堂出口走去。

倒是林天航对这声呼唤有了反应，他回过头去，惊喜地叫出声来："园长奶奶！"他边喊着，边蹦蹦跳跳地朝着园长那边迎过去。

"小航，"园长不着痕迹地收回视线，俯首对他笑了笑，弯腰轻轻地拍了拍他的肩膀，说道，"刚才在台上表现得不错啊！"

"还好吧。"林天航不太好意思地抓抓头发，随即好奇地问道，"园长，你刚才喊什么？……'阿悦'？那是谁啊？"

院长闻言微怔，看向在对面站着的江凛，这张面孔与她记忆中的小女孩儿的面孔几乎重合，但给人的感觉又全然不同。

"没什么，"她笑着说，"是我认错人了。"

那个小女孩儿早在二十多年前就被大火吞噬了。

贺从泽出于礼貌，打了声招呼："园长。"

"贺公子，真是好久不见！"园长含笑应声，将目光转移到江凛身上，"这位是……？"

"她是江凛姐姐！"林天航抢先回答道，"江凛姐姐可厉害了，是A院的外科医生呢！"

园长这才了然，不禁有些感慨："我记得，就是A院那位年轻的外科专家吧？之前关于叶明成先生的事我听说过，还是个小姑娘就这么厉害了。"

说着，园长伸出手，笑容和蔼地望着江凛。

"过奖了。"江凛点头，伸手同园长交握，"您好！初次见面，我是江凛。"

"我是这儿的园长，就是个老太太，也没什么好介绍的。"园长说着，抱歉地笑了笑，"抱歉啊，人老了眼神不太好，刚才把你错认成别人了。"

"没关系。"江凛回以礼貌的微笑，客气地问，"我长得很像园长的熟人吗？"

"算是吧，我上次见她的时候，她还是个娃娃呢，也不知道为什么就是觉得你们两个很像。"园长莞尔，说道，"那孩子如果还在，应该也能和江小姐一样优秀。"

江凛听到这个答案后，只略一点头，面上并无多余表情，也不再多言。

园长还有公事在身，便同三个人道别先行离开了。三个人也不在现场多浪费时间，就直接前往停车区取车。

此时已经过了午饭时间，贺从泽正跟林天航讨论吃什么好。江凛这时才想起来自己还没给母亲回电话，便拿出手机回拨过去，却是无人接听。她皱皱眉没多想，只以为母亲是在午休，所以也没再打，直接将手机收起。

贺从泽很快便敲定好了吃饭地点，将车开出来后，手机振动显示是助理的来电，他便让江凛和林天航先上了车，自己去一旁接起电话，问道："什么事？"

助理语气有些焦灼，开口便问他："小贺总，你之前快过年的时候，是不是去了趟S市？"

"什么事这么着急？"贺从泽听着他的语气觉得不对，不禁无声地拢眉，"是，怎么了？"

"您当时不是让我根据照片去查一个S市住址嘛，我能不能多嘴过问一下，您当时去那边是去做什么了？"

本来这种私人问题是绝对轮不到一个助理来关心的，但贺从泽总觉得事情不太对劲儿，便果断地回答道："我去了趟江凛母亲家里，发生什么事了？"

"不会这么巧吧……"助理蒙了，喃喃道，"我刚才去机场接女朋友，准备回来的时候，看到一辆出租车刚从出口开到路口就被撞了，里面坐着的好像就是跟我女朋友同班机的乘客……"

贺从泽没心情了解这么多前情回顾，突然有种不祥的预感，冷声催促："说重点！"

"我女朋友是从 S 市回来的！"助理道，迅速地将重点转了过来，"肇事司机现在跑了，我和我女朋友把人送到医院后发现伤者是名中年女性，姓江……"

中年女性，姓江。听到这两条信息，贺从泽只觉得身体有些发冷，有些难以置信地再次确认道："姓江？叫什么知道吗？"

"不清楚，我没看见。"助理那边不知道来了谁，助理同对方简单地说了几句话后，才继续对贺从泽道，"现在人还在手术室里，情况好像不是很好，我也不清楚是不是江小姐的母亲，总之先打电话跟您说一声。"

贺从泽抬头按住眉骨，有些烦躁。

"你把伤者名字问出来，立刻发给我。"他舒了口气，稍稍平复了一下心情，"或者如果能见到身份证，把上面的家庭住址告诉我，我看看是不是同一个人。"

"好的，我这就去！"

贺从泽挂断电话后，侧首看了一眼车内。

江凛正同林天航聊着天，面上还带着笑意，他犹豫半晌后，最终决定在消息确认前不告知江凛，避免引起不必要的担心。

于是，贺从泽拉开车门，坐上了驾驶座。

林天航将脑袋凑了过来，说："哥哥，你怎么打了这么久的电话？"

他笑了笑，敷衍道："工作上的事，有点儿复杂。"

林天航"噢"了一声，便老老实实地坐了回去，眨巴着眼睛，开始期待自己即将迎来的美味佳肴。

开车途中，贺从泽并没有注意到自己的手机屏幕亮了起来。

手机页面上显示着一条短信，发件人是助理。

等贺从泽再次拿起手机时，已经是在饭桌上了。

他本来只是想看看时间，谁知解锁屏幕后却发现了助理在不久前发来的短信，但他的手机开了静音模式，竟然就这么错过了。

他蹙着眉点开短信，短短两行字便映入眼底。

伤者的姓名是江如茜，这点贺从泽并不了解，他没打听过江凛母亲的名字。

可那个地址……贺从泽心里一紧，脸色当时就变了。

偏偏就在此时，江凛的手机响了起来，她也没看来电显示，随手接起电话，问："哪位？"

"请问是江如茜女士的家属吗？"

江凛闻言怔住，心中有种糟糕的情绪开始迅速地翻涌，她稳了稳心神，问："是……我是她的女儿，请问怎么了？"

"是这样的，你的母亲在机场路口处发生了车祸，现在还在抢救中，麻烦来一趟中心医院……"

手机听筒内的声音江凛已经听不清楚了。听到"车祸"二字后，她整个人如遭雷击，一时竟没反应过来究竟发生了什么，也无法描述那一瞬间的感受。

苦涩、恐惧、恶心……一堆乱七八糟的感觉侵蚀了江凛的肢体，她感觉五脏六腑仿佛都狠狠地拧在了一起，同时开始无意识地呼吸急促，迫切地想开口说话却又做不到。

电话里的人唤道："喂？江小姐？"

"我马上过去。"江凛艰难地吐出五个字，当即将电话扣死，起身就要走，身体却蓦地晃了一下，若不是被贺从泽接住，她就要结结实实地摔在地上。

林天航被江凛吓得不轻，饭也不敢吃了，手忙脚乱的不知做什么好。知道自己什么忙都帮不上，他此时扶也不是坐也不是，快急哭了。

贺从泽在揽住江凛后，正欲开口出声，却微微顿住。

她在发抖。

贺从泽眼神复杂地望着怀中的女人，一眼便望见江凛趋于破碎的眸子，她眼中溢满了脆弱和仓皇。

他从未见过江凛如此失态的一面——所有情绪都写在了脸上，彷徨而无助，整个人身处濒临崩溃的边缘，连歇斯底里都只能揉成一团喑哑塞进咽喉里，像个孤立无援的孩子。

"去哪儿？"贺从泽垂下眼帘，下意识地将自己的声音放轻放缓，"我开车送你过去。"

"我妈……她出车祸了。"江凛眨眨眼，暂时唤回了一丝清醒，发觉开口说话都有些困难，于是哑着嗓子道，"现在去中心医院。"

"哥哥，你快把姐姐送过去吧。"林天航总算明白过来发生了什么，忙不迭地挥手道，"我有手机的，给管家打个电话让他来接我就好，你们不用管我，赶紧去医院！"

贺从泽不能耽误时间，虽然不放心但也只得匆忙点头应下，同店员说明情况后让店员帮忙照看着林天航，便迅速开车带江凛赶往中心医院。

偏偏正是交通拥堵的时候，堵车不说，红灯还一路，贺从泽有些不耐烦。

等待过程中，江凛一言不发地坐在副驾驶座上，神情恍惚不安。她紧紧地攥着手，只觉得从心底到身体没有一处不在发冷。是真的冷到彻骨，她发现自己好像在发抖，却浑身上下麻木到没有任何知觉，只有胃部在不停地痉挛，让她有种模糊而疼痛的呕吐感。

"江凛，你现在先冷静一下。"贺从泽实在有些看不下去，就没见过她这么没生机的时候，便出声安慰道，"伯母肯定会没事的，你别多想，先到医院看看情况，好不好？"

"我……不是，我只是在想，她明明早上还给我打了电话，但我当时忙着收拾就没有给她回过去。"江凛开口，嗓音嘶哑，仿佛正在流血，"如果我那时候立刻就回她了呢？她是不是有什么话想跟我说？不然为什么会突然一个人来这边找我？"

江凛心下无措，开口难免有些语无伦次："如果……我是说如果，我妈真的出了什么事我该怎么办？我活到现在就是靠她支撑着我，如果她不在了……那我该怎么办？"

她看似坚不可摧没有软肋，实际上她的生命早就残破不堪，全靠母亲这一根弦绷着，若是断了，那她命里的所有也就失去了意义与光彩。

她不过是拥有一条贱命，躯壳中的灵魂早已荒芜贫瘠，除此之外一无所有。这么多年来，支撑她走下去的唯一念想，就是她还有个至亲，她还是被别人需要的。

可是如果……如果……

江凛眼眶干涩，伸手撑着额头，此刻竟然连悲哀的声音都发不出，只有莫大的涩滞哽在喉间，堵得她心脏狂跳，耳鸣阵阵。

她希望没有如果。

二人赶到医院时，手术室的红灯还亮着。

江凛同医生沟通后，被告知江如茜目前还没有度过危险期，需要做最坏的打算。

江凛闻言，面上虽未表现出什么波澜，却是下意识地捏紧了拳头，指甲嵌进肌肤里，她浑然不觉，还在继续发力。

贺从泽见此，抿唇握起她的手，一点点地用力，试探着分开她的五指。

她终于张开手，掌心的青紫痕迹就这样显露出来，那白嫩细腻的肌肤甚至浮现出了斑斑血迹，二者产生的鲜明对比极为刺目。

贺从泽看得心里作痛，拧紧了眉，用温热的指腹搭上江凛冰凉的掌心，轻轻缓缓地揉，试图为她散去些许痛楚。

热度从手心缓缓地蔓延，悄无声息地涌入江凛的心房里，意味难言，但似乎是暖和了些。江凛蓦地僵住，眸光闪烁刹那，回过神来轻轻地抽回了自己的手，为自己的失态而沉默。

"其实按理说这种程度的车祸并不算严重，病人的情况却很不好。"医生说着，摇了摇头，语气有些犹豫，"病人的身体并没有什么大碍，所以最大的可能性就是……病人的求生欲，太弱。"

江凛行医多年，大大小小的手术都参加过，自然知道病人的求生欲对手术结果来说能起到多大的作用。

可是为什么？为什么江如茜会求生欲太弱？她不是在好好吃药吗？难道她还在为过去而痛苦吗？

江凛说不上话来，只得坐在长廊的椅子上撑着额头，脑子里一团乱麻。

助理一直在这边等着，见江凛这副失魂落魄的模样也没敢上前，只走到贺从泽身边，对他附耳说道："小贺总，肇事司机被找到了，正在派出所里被审着呢。"

贺从泽吐出口气，疲惫地合眼，对助理低声道："去让人调路口的监控录像，看看是意外还是人为。跟警方那边报上我的名字，这事必须给我查清楚。"

助理点头应下："好，我现在就去打电话。"

贺从泽吩咐过后，便坐到江凛身边，轻轻地拍了拍她的背。他没说话，只是安安静静地陪着她，试图缓和她几近崩溃的情绪。

不一会儿，助理脚步匆忙地赶了回来，唤贺从泽："小贺总，我刚接了个电话，说是公司那边有个临时会议需要你出席，你看……"

贺从泽不假思索地说："推掉。"

助理的模样十分为难，他补充道："可是这场会议有股东，挺重要的……"

贺从泽拧眉正要动怒，旁边的江凛却说："贺从泽，你去公司吧。"

她的状态已经比最初得知消息时的状态好了许多，此时她抬起头来对贺从泽淡声说："我留在医院里等结果，又不会寻死觅活，你不用担心。"

虽然这么说，可贺从泽还是不放心，又确认道："别跟我逞强，你一个人真的可以吗？"

江凛摆摆手，神情无异，说："赶紧去吧，别浪费时间。"

于是贺从泽不再多言，临走前还不忘嘱咐她："有事给我打电话，就算在开会我也立刻赶过来。"

江凛表示实在受不了他的婆婆妈妈，再次摆手催他赶紧走，这才将二人送走。

此时空旷的走廊里，只剩下她一个人坐着。

大悲无泪，江凛现在正处于情绪爆发后的麻木期，即便是出神也不知该想些什么，只得盯着墙发呆。

四周一片静谧，冷气好似钻进了她的骨血里，叫嚣着要翻江倒海。

江凛想：母亲如果真的就这么睡下去，其实也不能算是太坏的结果吧。至少，她也不会在午夜梦回时，想起那段悲哀阴暗的婚姻和那个带给她无数痛苦与噩梦的男人，以及二十年前，那场烧死她的自我的铺天大火。她也不必再受躁郁症的折磨，整日整夜地失眠，在噩梦中脱不出身，又每天泪流满面，靠着各种治疗精神疾病的药物过活。

江凛怔怔地想着，却觉得有哀切自心底溢出，侵蚀着她的四肢百骸。

可是……江凛自己呢？人生的路还有好长啊，她自己又该怎么继续走下去？

江凛此时才发现，一直以来她都在不断地给自己筑起高墙，其实就是因为她怕得要死，怕身边的人离去，怕只剩下自己一个人。她脆弱的心理防线已经不足以承受这些，便选择去抵抗所有外来的温暖。所以，她其实根本就是个懦弱至极的家伙。

公司的这次会议有些复杂，尽管贺从泽已经尽力提高了商讨效率，但会议仍旧持续了一个多小时。

他将还未来得及阅读的文件放到办公桌上，抬手松了松领带，便打算给江凛打电话问问情况。

就在此时，办公室的门被人敲响，贺从泽暂时放下手机，说："进来。"

助理推门而入，面部表情十分严肃，走上前来对贺从泽说："小贺总，警方那边查出了一些不对劲儿的地方。"

贺从泽无声地挑眉，问道："怎么回事？"

"已经确定肇事司机是土生土长的本地人，家属也都在京都生活多年。但警方却从肇事司机的手机中发现，他最近频繁地和 S 市的一个人有联系，所以警方现在怀疑车祸可能是人为的。"

"查，把那个人的背景和人际关系网都翻出来，逐一排查。"贺从泽冷声道，眉宇间浮现几分阴鸷，"无论如何，必须把幕后人给我揪出来！"

助理不敢怠慢，俯首应声："好，我这就去安排！"说完，便极其利索地退出了办公室，将门带上。

贺从泽有些烦躁，揉揉额头，给江凛打电话。贺从泽等了有一会儿，江凛才接听起来。

贺从泽开门见山地问道："伯母的情况怎么样？"

江凛开口，嗓音低沉，听不出什么情绪来："情况不太好，虽然捡回一条命，但目前还处于昏迷状态，现在躺在 ICU 里。"

这是不幸中的万幸。

贺从泽心里紧绷的弦稍稍松懈，轻声对江凛道："不用担心，我会安排最好的医生来救治伯母，一定不会有事。"

贺从泽不知道还能说什么，但深知此时此刻安慰的话语是最无力的东西。

话音刚落，手机听筒内陷入寂静之中，只剩时有时无的电流声敲打着两个人的耳膜。时间无声地流逝着，他不催江凛，只默默作陪。

江凛沉默良久，突然出声唤道："贺从泽。"

"嗯？"

"我想你了。"

天已经黑了。

贺从泽抵达中心医院，正往楼上走的时候，刚好碰见了先前负责江母手术的医生，便伸手拦下。

医生似乎是准备下班回家，看到贺从泽后，忙不迭地打招呼："贺公子。"

"江女士现在的情况如何？"

医生愣了愣，闻言似乎有些踌躇，支支吾吾地，好像是在犹豫该不该说。

贺从泽蹙眉，嗓音冷了下来，说："你实话实说。"

"其实江女士外伤并不严重，但是在车祸中被冲击到了头部，所以……"医生稍作停顿，沉声道，"不排除病人成为植物人的可能性。"

话音刚落，贺从泽便倒抽一口冷气，合眼扶住额头，心跳声沉重地打击着他的耳膜，刺得他耳朵发痛。拧紧的长眉好不容易才舒展开，他叹了口气，问："你把真实情况跟江小姐说了吗？"

"没有。"医生当即摇摇头，否定道，"不过江小姐也是医生，所以心里应该多少清楚点儿情况，总之贺公子最好还是照顾一下病人家属的心情。"

病人家属的心情？

贺从泽低声道："她还是我未来岳母。"

医生没听清楚，便也没多问，只摇首叹息道："江小姐一直守在 ICU 门口，但我估计江女士今晚肯定是不会醒了。现在天冷，医院气温低，麻烦贺公子您劝劝她早点儿回家，别着凉。"

"谢谢。"贺从泽点头应下，便径直抬脚朝 ICU 的方向走去。

苍白空旷的长廊，就连灯光都是冷的。

江凛靠着墙，站在 ICU 病房门口，低垂着脑袋，不知在想些什么。她身形单薄，像一棵随便一阵轻风都能将之摧折的枯树，看起来脆弱沧桑，生息全无。

贺从泽走到楼梯尽头，看到的便是这一幕。江凛就站在离他数十步远的地方，他感觉二人之间却如同相隔了数万光年。

贺从泽心口仿佛被钝刀狠狠地割过，而后刀刃又被一点点地向外拔出，伤口瞬时鲜血淋漓，疼得他近乎窒息。他不由自主地放轻脚步，待他走到江凛身前，她才动了动肩膀，仿佛刚刚收回神志。

贺从泽垂着眸看她，轻声唤："江凛。"

江凛用单手扶额，掌心挡住了眼睛，无人能看到她的表情，她淡声回应："嗯。"

贺从泽沉默数秒后，说："我送你回去。"

江凛揉了揉太阳穴，嗓音沙哑干涩，问道："回哪儿去？"语调慵懒，带着自我嘲讽的意味。

她唯一的家人现在正躺在 ICU 里，昏迷不醒，甚至有成为植物人的可能性。她找不到能让自己觉得温暖的地方，不知道自己该做些什么，还能做什么，她没有可以回去的地方。

"回家。"贺从泽握住她的手，神情认真，一字一顿地说，"江凛，我带你回家。"

贺从泽温热的手掌包裹住江凛的手，她连掌心都是凉的，此时突然接近热源，竟有一种模糊的炽热感源源不断地涌上她的心间。

江凛愣了愣，察觉到自己的负面情绪袒露过多，便垂下眼帘有意收敛了些。

她想要将手抽回，淡声道："我没事。"

"你有事。"贺从泽的语气不容置疑，他握着她的手不见放松，定定地望着她，认真地说道，"江凛，你不是坚不可摧，而是根本不堪一击。"

这话飘进江凛的耳朵里，砸在了她的心头上，碾磨出了道道血痕。江凛蹙眉，开口想要说些什么，最终却还是闭口未言。她选择妥协，知道再继续等下去也是无济于事，反而容易受凉伤身，于是便跟着贺从泽离开了中心医院。

贺从泽在开车的途中，江凛坐在副驾驶座上看着窗外经过的建筑物，问："去哪儿？"

贺从泽言简意赅，只丢给她一个字："家。"

"这是去你家的路。"

他不置可否，耸肩回应："你现在住的房子也是我家，与其你一个人住着，还不如选择有我的地方。"

其实这不过是借口，贺从泽只是单纯地不想让她今晚一个人待着。

他是真的怕，怕她人生中绷紧的最后一根神经就此断开，怕她冲动之下伤害自己，怕她独自难过。

江凛自然清楚这其中的真正原因，闻言未答，姑且算是同意。

贺从泽握着方向盘的手紧了又紧，他提着心等了一会儿江凛，发现她默认后，不禁松了口气。

这时，江凛却低声道："谢谢！"

贺从泽挑眉，佯装无所谓，说道："四舍五入已经是一家人了，谢什么谢。"

江凛懒得反驳，只不过同贺从泽来往这几句后，心里那些趋于复杂的阴暗情绪似乎有所平缓，脑子也逐渐冷静下来。

江凛用路上十几分钟的车程调整状态。待彻底冷静下来的时候，她已经坐在贺从泽家里的沙发上了。

贺从泽将客厅里的灯光调了调，暖色的光线温柔地洒下，零星地点缀在她的衣襟上。

闹总见到江凛欣喜不已，这会儿已经黏在她腿边不肯动弹，还时不时地用毛茸茸的脑袋去蹭她的手，既温柔又可爱。

江凛的心被化开一角，她轻轻地揉了揉闹总的脑袋，原本紧绷的身子此时也稍微放松了些。

贺从泽去倒了杯热水，将水杯放在江凛面前的桌上，而后坐到她身旁，抬手松了松领带。

江凛侧首，见他眉眼间似有疲惫，问道："你开完会就过来了？"

贺从泽笑了一声，眼神复杂地看向她，说："你说你想我的时候，我恨不得下一秒就到你面前。"

那是江凛最后的示弱，她将自己最柔软的一面展现给他，他如何不欣喜？如何不怜惜？他的凛凛是多么骄傲的人啊，何曾有过这样脆弱的时候？

"其实你不用这样。"江凛喝了口热水，想要暖暖身子，抿着唇说道，"不论如何，这也是我的事，你没有必要这么累。"

贺从泽挥挥手，表示不想听她说这种话，说："我把伯母当岳母，照顾是应该的。"

江凛无奈轻笑，摇头不再多言，只是垂下眼帘思忖着什么。半晌后，她眉心微蹙，突然出声问道："贺从泽，车祸真的只是意外吗？"

贺从泽并未言语，对上江凛的视线，他望见她眼底破碎的情绪已经收拢整合，眼神坚毅而熠熠生辉。他愣了愣，随即便有些忍俊不禁，果然，江凛还是江凛。

"之前看你状态不好，所以我就没跟你说。"贺从泽说着，慢条斯理地把自己的手搭上江凛的腿，沉声说，"肇事司机刚开始逃逸了，但目前已经被警方控制，人在派出所里被审问着呢。"

江凛迅速地捕捉到了关键词，问道："你说审问？审什么？"

"肇事司机是本地人，亲戚和家属也都常年在京都生活，但检查他的手机后，发现他近期经常和 S 市的一个人联系。"

按理说，不过是场车祸而已，警方犯不着去追究，竟然还检查了肇事司机的手机。不过江凛再一想，肯定是贺从泽让人去同警方联系，不然这个案子也不会这么受重视。

江凛心里的滋味有些复杂，具体说不清楚，她也不再多想，将注意力转移到正事上，蹙眉问："现在查出来是谁了吗？"

"我让人调查了，有什么消息会第一时间通知你。"贺从泽安抚她，"你放心，这件事的参与者我都会查清楚，伯母不能平白受害。"

江凛想道谢，却又不知道该怎么开口？"谢谢"这两个字太过苍白无力，贺从泽一直以来帮她太多，她已经不知道该怎么回报了？

"你如果真想谢我，那以后就别再跟我说'谢谢'。"贺从泽看穿了江凛的心思，弯着唇低笑，对她道，"江凛，你记住，我帮你从来都不是施舍。我说过我惜才，而你对我最大的回报，就是变得更加优秀，让我觉得对你的所有支持都是值得的。"

江凛心底那点儿感动还没全然酝酿出来，他便不紧不慢地补充道："当然，这是为公。"

"为私，我作为你的追求者，当然要努力在你面前刷好感。"说着，他还特别投入地对她眨了眨眼，似笑非笑道，"如何？我劝你最好早点儿心动。"

江凛被贺从泽逗笑了，抬头看时间不早了，便起身拍了拍他，说："你明天还有工作，去休息吧。"

她刚才已经跟同事和院方说明了情况，医院特批出来一周的假期，让她能安安心心地在中心医院里照顾母亲。

"你一个人在医院里可以吗？"贺从泽不是很放心，准备进卧室前还不忘回头，"我工作也不算很忙……"

江凛受不了他这么婆婆妈妈，不耐烦地摆摆手，说："行了，我没那么脆弱，先忙你自己的事吧。"

说完，她顿了顿，又补充道："我只是突然觉得，你之前说的话挺在理。"

贺从泽没反应过来，挑眉问她："我说的什么话？"

江凛没答，抱着臂神色平淡地与他对视。

贺从泽愣了几秒后，突然会意，自己曾经对江凛说过，跟亲近的人示弱，并不是一件丢脸的事。

贺从泽眼底有光溢起，不禁弯唇，却未多说什么，只对江凛道："晚安。"

江凛点头，说："晚安。"有些话不必多说，自己将其珍重地放在心里，对方就能听见。

贺从泽走进卧室里后，江凛简单地活动了几下脖颈，打算洗把脸去客房里睡下。她刚一抬脚，腿却被什么东西扒了一下，低头去看，刚好对上了闹总那双水光潋滟、自带特效的大眼睛，她将视线往下移，发现它粉嫩柔软的小肉垫，正无赖地搭在她的腿上。看起来，闹总像是想留下来。

"不行，"江凛拒绝道，挪开它的爪子，"自己回去睡。"

闹总眨眨眼，爪子凌空一跃——这回两只爪子都搭在她腿上了。它一抬脑袋，楚楚可怜的模样就这么映入了江凛的眼底。

最终，江凛向布偶猫与生俱来的美貌投降，双手抱起闹总，走向了客房。

次日清晨，中心医院。

江如茜的情况基本稳定了下来，江凛已经可以进 ICU 里去探望母亲。护士刚刚为江如茜换好输液器，见了江凛，护士略一点头，离开了病房。

房门关上的声音在身后响起，江凛将视线移至病床上，抿了抿唇，她放轻脚步走上前去，像是怕惊扰了母亲。

ICU 病房里很不舒服，空气中弥漫的消毒水的味道无比刺鼻，房间里也干净得一尘不染，入目即是刺目的苍白。

病房里明明开着空调，江凛摸了摸母亲的手，感觉却还是冰凉的。

四下静谧，江凛只听得见氧气罐中气泡发出的声响，床头仪器嘀嘀作响，声音平缓而冰冷，听得人心里发麻。

早些年，江如茜因为心病好长时间都寝食难安，导致她身子较常人更加孱弱。现在，她本就经受不得任何风吹雨打的身子，却遭受如此重创。

江凛坐在床边上，慢慢地将脑袋垂下，脸颊轻贴着母亲的手背，像儿时那样。

她轻声开口，试探地说："妈……你能听到吗？"

然而除了江如茜平稳微弱的呼吸声，江凛收不到任何其他的回应。

她合眼，用沙哑的声音继续说："妈，阿悦来看你了，你怎么还在睡？"那本是她最厌恶的名字，又被冠以她最忌讳的姓，可因为是江如茜给她取的，她便无论如何都不能唾弃。

她母亲这一生已经遭受过太多的罪，尝尽了人心难测的苦，却还是将她好好培养成人。可她还没让母亲过上多久安稳的日子，母亲就遭遇了如此变故，终究是她无能。

"我应该当时就给你打电话的。"江凛喃喃自语，"对不起，是我的错，你起来训我好不好？"

可躺在病床上的人毫无生机，面色苍白如纸片般，仿佛经不起任何外界的惊扰。

江凛最怕母亲再也不能回应自己。

她突然想起自己小时候，因为同龄人都有父母陪伴，唯独她自己是个异类，所以时间久了便养出了个敏感自负的性格。因为不肯受欺负，她常跟别的孩子打架，一身伤回去也不吭声，实在是个麻烦鬼。每当这时，江如茜都会叹着气将她抱起来搂在怀里，耐心地跟她讲道理。恍惚间，竟然都过去了这么多年。

"我一直让你很头痛吧，性格敏感自负，上学时也不好好学习，人际关系还一团糟，又经常吵你。"江凛轻声地说道，也不知是说给自己听的，还是说给江如茜听的？

"所以……你现在，连理会我都不愿意了吗？"

江凛说到这里时，已经开不了口。她低下头，一直以来强忍的情绪终于爆发，击得她溃不成军。

江凛悄无声息地埋首，崩溃地落下泪来。

"小贺总。"

ICU 病房外，助理小声地提醒了一句身旁的贺从泽。

助理刚刚抵达医院，不知道自家副总已经在病房门口站着看了多久，但他隐约能猜到贺从泽大抵是不想让江凛发现，才暗地里跟过来的。

其实助理已经等了许久，但贺从泽始终注视着病房内的江凛，不发一语，神色平淡。

直到方才江凛缓缓地俯下身子将自己缩起来时，助理才看到贺从泽眼底有什么情绪溢出，有疼惜，也有自责。

助理不忍再看，便唤了贺从泽一声。

贺从泽合眼，将自己的情绪调整好，这才侧目看向助理，因为长时间未开口，他的嗓音有些沙哑："有消息了？"

"查出来了一点儿东西。"助理点点头，低声道，"我们追踪到那个 S 市的电话号码后，司机就供出来了，证实这场车祸的确是受人指使的。"

贺从泽闻言蹙眉，心里烦躁不堪，刚想抽根烟却想起这里是医院，只得作罢，他问："那个人呢？"

"人已经被抓起来了，现在在派出所里。"

"底细都查清楚了吗？"

"那人是个女人，叫刘彤，今年 25 岁，S 市本地人，倒没什么家庭背景。"助理陈述着目前已知的信息，"而且还有个比较重要的一点……这个刘彤，也是毕业于 S 大，和江小姐是校友，并且同级。"

莫非，两个人是同学？

贺从泽眼底泛冷，继续追问："案子审到什么程度了？"

"刘彤已经承认，是自己打电话指使司机故意在离机场不远的十字路口等着江凛的母亲，然后制造车祸的。"助理道，"说是因为私人恩怨，大学的时候她就看江凛很不顺眼，所以一直想报复。"

贺从泽闻言嗤笑，问："就这么简单？"

"呃……"助理犹豫半响后，补充道，"因为理由正当成立，所以警方那边已经准备结案了。"

助理本以为贺从泽会发怒，谁知自家副总从来不按套路出牌，贺从泽反而释怀地笑了一声，道："那就让他们结案吧，正合我意。"

助理瞠目结舌，还以为是自己听错了，紧接着，事实证明他果然只是多想了。贺从泽如此睚眦必报的人怎么可能就此罢休？

贺从泽最后看了一眼病房内的人，收回目光中仅存的那点儿柔和，只剩下暗流涌动的危险。他神情淡漠，嗓音低沉，说："事情处理利索后，给我把那两个人带出来。"

助理被自家副总这副活阎王的模样吓了一跳，竟然有些结巴，问："带……带出来？"

"让张昊那帮人负责，"贺从泽说，弯了弯唇角，笑容温和，"他们不是最会折腾？我免费送两个活靶子过去。"

助理禁不住打了个寒战，不再多言，点头应了下来，心里默默地为警局里的两个人点了根蜡烛。他们动了最不该动的人，怕是要完蛋啊……

第三天的时候，江如茜醒了。

江如茜的苏醒完全是出人意料的，就连医生都没有想到她会这么快就清醒过来。

这日，听闻消息的岳姨已经从S市赶了过来，江凛照常在医院里待着。贺从泽买了些新鲜水果送来时，顺便捎了些花，他想放在窗边吸收一下病房中浓重的消毒水的味道。

在江凛起身打算去倒杯水的时候，坐在床边上的岳姨发出一声惊呼："太太！"

江凛眸光闪烁，当即回头去看，便望见江如茜的双眼缓缓地睁开，似乎是不太适应光线，她又轻轻地闭上了。

江凛愣住，有些难以置信，生怕眼前所见只是幻觉，等贺从泽道了声"伯母醒了"，她才恍然大悟不是幻觉。

江如茜缓了缓，这才慢慢地睁开眼睛，逐渐适应了外界。她似乎还没有完全从混沌状态中清醒过来，茫然地睁眼合眼，重复数次后，终于明白过来自己是在什么地方。

江如茜第一眼看到的便是坐在床边的江凛，她下意识地唤道："阿悦？"

贺从泽闻声身子微僵，眼底刹那间闪过一抹震惊，随即被他很好地隐藏起来。

江凛只沉浸在母亲苏醒的喜悦当中，哪里能注意到这些细节，她险些落泪，小心翼翼地俯身抱住母亲，嗓音低哑地说："你这场梦怎么做了这么久？"

"醒了就好，醒了就好哇。"岳姨眼眶有些湿润，背过身子抹了抹眼睛，长叹了一口气。

贺从泽及时送上一杯温水，江凛接过水杯喂江如茜浅饮了几小口，帮江如茜润润干涩的嗓了。

"我怎么在医院里？"江如茜觉得头痛，记忆不知怎的有些混乱，轻轻地拧眉，问道，"我出车祸了吗？"

"你刚从机场出来没多久，就在十字路口发生了车祸。"江凛舒了口气，扶着母亲坐起来靠在床头上，问道，"有没有哪里不舒服？"

江如茜摇头示意自己没有问题，抱歉地笑了笑，说："头有点儿痛，还有就是没什么力气……不好意思啊，本来还想给你个惊喜，没想到成惊吓了。"

说到这里，江凛才蹙眉想起，问："对了，你怎么突然想起来这边找我了？"

"傻丫头，我就知道你又忘了。"江如茜闻言不禁失笑，垂眼叹息道，"你自己的生日快到了，你都想不起来。"

江凛动作一顿，这才想起似乎几天后就是自己的 27 岁生日，难道母亲就是因为这件事特意过来找自己的吗？

"妈，"江凛喉间有些发涩，"生日过不过，不都是无所谓？"

"你不看重，不代表妈不看重。"江如茜说着，却又想起自己现在只能躺在病床上，苦笑道，"唉，就是妈现在这副模样也不好陪你了。"

江凛摇摇头，说："你能坐在这儿陪我说说话，就算是陪我了。"

江如茜虚弱地弯起唇角，正要开口，却瞥见了江凛眼底的血丝，以及那过重的黑眼圈。她蹙眉，关心地问："你几天没睡了？"

"伯母，你昏迷了三天，江凛这三天就没怎么休息。"江凛还没来得及回答，贺从泽便已开口，"我劝她不听，所以还是麻烦您了。"

江凛侧首看向贺从泽，他佯装没看到江凛的视线，看向别处。

江如茜当即便对江凛说："你现在回去好好睡一觉，明天再来医院。"

"不用……"

"这里有我和岳姨。"贺从泽算是服了江凛的倔脾气，无奈地叹息，"听话，不然下一个住院的就是你，回去休息好不好？"

他语气温和，比起给她建议，更像是妥协服软。

江凛抿唇犹豫了半晌，也知道自己这几天熬夜，身子吃不消，便答应下来。临走前，她嘱咐道："有什么事一定给我打电话。"

岳姨连连应声，这才送走了江凛。

直到脚步声渐远，倚在床头上的江如茜才收起唇角的笑意。她转向贺从泽，开门见山地问道："贺公子，你是不是有什么想问我？"

"是有点儿事，关于车祸的。"贺从泽倒是从容，坐在旁边的椅子上，简单地将事情的来龙去脉告知江如茜，随后问道，"伯母，我调查了这个幕后指使者，发现她是江凛的大学校友。这中间有什么猫儿腻，我想了解一下。"

"大学校友？"江如茜闻言怔住，似乎是想起了什么，咬唇低声道，"难道江凛……难怪了。"

贺从泽稍稍点头，表示洗耳恭听。

江如茜似乎有些举棋不定，试探地问道："江凛的情况……你知道吗？"

"如果您指重度抑郁症，我是知道的。"

江如茜顿了顿，最终还是开口道："其实大学期间是她病情比较严重的时候……那孩子从小性格孤僻，很容易得罪人。我间接了解到，她大学时似乎跟宿舍室友有过一些矛盾，后来一声不吭地就回家住了，我问怎么回事她也不说，不知道事情是怎么解决的？"

贺从泽稍加思索，没再多打听，对江如茜笑了笑，说："我知道了，谢谢伯母！"

江如茜看着他，眼神复杂，说："不……贺公子，是我该谢谢你！"

贺从泽失笑，站起身来整了整衣裳，语气无所谓地说："不用，以我对江凛的重视程度，帮助您是我应该做的。"

"不止这个。"江如茜轻声地否定，对他认真地说，"谢谢你，愿意陪在江凛身边！"

贺从泽动作停滞了一瞬，神情逐渐温柔下来，半晌后，他对江如茜弯起唇角，说："这个就更不用谢了。"

"毕竟我不只现在会陪在她身边，未来的所有日子里我都会陪着她。"

贺从泽正说着，衣袋中的手机振动起来，他看了一眼来电联系人，眉间拢起，抬手就打算挂断。

"你去忙吧。"江如茜及时阻止他，"我没什么大事，也有人照顾，你们两个都去好好忙自己的事情。"

贺从泽迟疑数秒后，对她歉意地笑了笑，作别后便也离开了病房。

江如茜靠在床头上，望着贺从泽的背影。许久，她才收回视线，合上了双眼，唇角带着笑。她曾无数次担忧，江凛会因为自己的家庭对幸福和人情失去信心，但是现在她彻底打消了这个忧虑。她觉得，江凛能遇上贺从泽，真是太好了。

到了医院走廊的转角处，贺从泽才接起电话。他微调领带，淡声道："问出什么新线索了吗？"

助理十分利索，有话直说："小贺总，确定套不出来话了。那个肇事司机是完全不知情，就是收了钱被人当枪使的，然后被硬拖着一起下了水。刘彤那边也是一口咬定就是私人恩怨，只是因为她大学期间看江小姐不顺眼，是她们两个人之间的矛盾，和别人没关系。"

贺从泽闻言挑眉，眉眼间无声地晕开笑意，说出口的话却不含感情："嘴硬？"

助理迟疑几秒后，说："还真不像……也许事情没那么复杂。"

难不成真是自己多想了？贺从泽蹙眉，他一直觉得凭借"看不顺眼"这个理由，完全不足以成为刘彤花钱害人的理由，但既然此时助理已经说了真的套不出话来，看来这件事的确没他想得那么复杂。

心里的怀疑被打消了一些，贺从泽吐出口气，嗓音淡淡地说："把人送回去，配合警方结案。"

"好。"助理应声，老老实实地说，"我这里暂时就没什么事了。小贺总，你还有什么吩咐吗？"

贺从泽正要否认，却突然想起一件事来，临时改口问助理："对了，你还记不记得司家的那个长女？"

助理起初并没有什么印象，后来想了想才问："是当年死于火灾的那位？"

"嗯，知道她叫什么吗？"

这件事太过久远，且当时相关消息被封锁得很快，助理思忖了半晌后，才不确定地说："好像是叫……司悦？对，就是司悦。"

司悦。

二字入耳，贺从泽当即眯了眯眸子。

先前陪林天航去学校参加活动的时候，他注意到江凛似乎认识园长，不过当时江凛否认了，他便也没放在心上。后来散场时，园长那声"阿悦"分明就是在唤江凛，不过江凛当时并无反应，贺从泽只好将这份怀疑默默地埋藏在心底。

贺从泽真正确认江凛改过名字，是在什么时候？是在江如茜刚刚苏醒的时候，那时江如茜意识模糊，看到女儿后出于本能，叫的不是"凛凛"，而是"阿悦"。

一位母亲无论再怎么神志不清，也绝对不会记错女儿的名字，更何况两个人还相依为命多年，母女间的羁绊再深不过。

江凛听到"阿悦"这个称呼后，兴许是太过激动忘记了贺从泽这个外人的存在，也默认了这个名字，脸上没有露出任何异色。

事情发展至此，贺从泽瞬间厘清了自己的思路。他眸色渐沉，心底一直以来存在的某个猜想终于被彻底证实，但他还差一些证据。

于是，贺从泽对手机那头的助理吩咐道："帮我查一下司家当年那场大火的具体日期，还有目前司家旧宅的地址。"

当年火势滔天，几乎整栋司宅都受到波及，待消防人员赶到时，据说卧室已经烧得进不去了。后来，有媒体曝料，这场火灾是由精神疾病发作的司夫人引起的，不禁引发了社会上一片唏嘘。因为性质恶劣，所以有关火灾的相关报道在事出三日后便被全部封锁，群众们还没有开始讨论，便已经没了机会。

不过像贺从泽这样的圈内人士，若是真的想查，他用点儿手段还是能查出来的。

助理一一应下，回答道："好的，我尽快查清，然后用短信发给您。"

贺从泽抬手用指腹摩挲下颌，垂着眸，神情若有所思。

他隐约记得，在自己还很小的时候，就听说司家夫人患有严重的精神疾病，足不出户和女儿一同居住，有专门的人照顾。也正因如此，司夫人与其女儿的基本信息外界都不得而知，怕是只有司振华本人才清楚。

这些无论如何都查不出来，贺从泽干脆作罢，也不为难助理，不再给他相关任务。

挂断电话后，贺从泽觉得心里有些发闷，从衣袋中摸出烟盒，叼了根烟在嘴里。离开中心医院后，他才不紧不慢地将烟点上。

贺从泽说不清楚心里是什么感觉，自己对江凛的身世怀疑已久，此时猜了个大概，好像也说不上多惊讶。

如果江凛当真是司振华当年"葬身火海"的孩子，那司家值得挖掘的秘密可还真多。贺从泽只知道现在的司夫人齐雅，是在那场大火发生后的第二年嫁入司家，十分低调，据说婚宴只请了熟人，甚至没有大肆报道，这一点不禁令人生疑。不过如果非要找个借口，也不是找不到。

齐雅这个人，贺从泽鲜少与她来往，见面也极少，印象中只觉得她是个过分谨慎小心的女人，让人看不透。这司家人还真是各怀心思，满身秘密。

毕竟是怀疑人品的事，虽说贺从泽总觉得司振华这个人表里不一，十分别扭，但在真相水落石出之前，他还是不敢妄下判断。

贺从泽启唇，青灰色的烟雾缭绕升腾，缓缓地飘过他棱角分明的五官，最终悄然消散。尼古丁总是很奇妙，仿佛是最实用的镇定剂，轻易就能让人冷静下来。

待烟燃尽，贺从泽才去停车场取车，回公司处理这几日来不及审批的文件。

办公室里的灯光彻夜未灭。

贺从泽将文件都签字整理好时，已经是深夜时分。由于长时间工作，他感觉太阳穴有些隐隐作痛，便用指骨轻抵着揉了揉。休息了几分钟后，贺从泽拿起放在桌角上充电的手机，打开微信点进最上方的对话框，嗯，江凛没有回复自己，很好，他眯了眯眼，心情敞亮了些。

晚上10点的时候，他特意于百忙之中腾出手来给江凛发了条消息。消息内容没什么营养，纯属是贺从泽找话题闲聊，但是按江凛的性子，收到消息就算只发个"滚"字，她也一定会回复别人，现在她没回复贺从泽，看来真的在家里好好休息。

那贺从泽就放心了。

眼睛有些刺痛，贺从泽放下手机见时间也不早了，索性将身子向后一倚，靠在软椅上闭目小憩。也不知道浅睡了多久，贺从泽意识正涣散着，手机收到短信的振动声便将他吵醒了。

贺从泽头痛地骂了声，半眯着眼睛摸过手机，点开屏幕一看，短信是助理发过来的，应该是查到了贺从泽想要的东西。

短信内容十分精简，一行是司家旧宅的地址，还有一行是火灾发生的具体年月日。火灾发生在二十年前……不，还有几天就满二十一年了。

贺从泽盯着那行年月日看了几秒，不知道怎么回事，越看越觉得熟悉。

贺从泽突然联想到什么，从手机中翻出当时找人事部要来的江凛的个人资料，将目光锁定在出生日期一栏上放大去看，随后他蓦地怔住。

江凛的 27 岁生日，是在下周二。这日期刚好与二十一年前的那场大火日期相同。

贺从泽清清楚楚地记得，司振华曾经说过"她才 6 岁"。

司悦"死"于 6 岁那年的火灾。

而二十一年前，江凛 6 岁。

贺从泽终于集齐了所有证据，线索串串相连，一条完整的关系链彻底地展现在了他的眼前，当年那场火灾的真相，也即将浮出水面。

那一瞬间，贺从泽的心脏好似被撕裂出了一道口子，他拧紧了眉，胸口憋闷得近乎喘不过气来。

火灾发生那天，竟然刚好就是江凛的生日。难怪她说从来不过生日，难怪她总噩梦缠身……这么多年来，她到底背负了多少沉重阴暗的东西？

此时贺从泽的情感复杂难言，他揉揉眉心，将手机拿在手中，不紧不慢地站起身来。

拉开办公室落地窗的窗帘后，他发现天色已蒙蒙亮，整座城市正在逐渐苏醒过来。

思忖数秒后，贺从泽看着已经处理完毕的文件，果断地将手机调成勿扰模式，决定开车去一个地方。

中心医院，VIP 病房。

确认江如茜的身体可以搬离 ICU 后，贺从泽便让助理同院方沟通，让江如茜转入了 VIP 病房，负责后续治疗检查的医生也都是精英。

江凛昨天回家后睡了个囫囵觉。她本就恢复状态极快，此时感觉已经神清气爽，丝毫没有因前几日作息不足引起的不适。想到岳姨一个人在医院里陪着母亲，可能有的事忙不过来，江凛便特意起个大早，赶到了医院。

江如茜的生物钟向来很准，江凛推开病房门的时候，她已经坐着靠在床头上看电视了，嘴角还带着笑，看得津津有味。

江凛见她精神头还算不错，不禁稍微放了心，关切地问："妈，今天感觉好点儿没？"

"我比较幸运，车祸没留下什么后遗症。"江如茜见女儿来了，弯唇笑道，"医生说我再休息一段时间，就能下床走路了。"

"没事就好。"江凛松了口气坐在床边，环顾病房却没看到熟悉的身影，便问，"岳姨怎么不在这里？"

"你岳姨刚刚去接热水了，我听护士说茶炉房有点儿远，估计要等一会儿才能回来吧。"

江凛闻言点头。她起得早，来得也早，还没来得及吃饭，但也懒得再出去买了，随手从旁边的盘子里拿了个洗净的苹果，百无聊赖地削起苹果，打算草草地垫一下肚子。

江如茜看了一会儿电视节目，突然想起要事来，侧首问她："对了，凛凛，贺公子跟你说关于车祸的事了吗？"

"嗯？"江凛抬眼对上她的视线，问道，"说什么事？"

目前为止，江凛只知道肇事司机常与一个S市的人联系，其余就一概不知，贺从泽也没有告诉她。难不成他昨天留下是跟母亲说了什么新的线索？

"可能他还没来得及告诉你。"江如茜点头，表示理解，"凛凛，你大学同学里有没有一个叫刘彤的人？"

听到这个名字后，江凛的脸色显然变了变。她止住正在削苹果的动作，眉眼间溢出一丝沉重，问道："原来是她搞的鬼？"

"凛凛，你们之间发生了什么？"江如茜见她这副模样，更加确定了自己的猜想，忧心忡忡地望着她，问，"我当时就问过你，但被你敷衍过去了，你能告诉妈到底是怎么回事吗？"

"妈，你不用担心，就是一些私人纠纷而已，不严重。只是没想到她现在还记恨着。"江凛蹙眉，显然不愿意多说，"她现在人呢？"

江如茜叹息，对自己女儿的脾性也清楚，不想说的事情她绝不会说，只得道："在看守所里吧……应该已经结案，准备判刑了。"

江凛点点头，放下水果刀后站起身来，对江如茜说："我出去打个电话。"她得找贺从泽问清楚，到底是怎么回事？

"凛凛，"江如茜无奈地出声，将她唤住，语重心长地说，"妈知道，小时候我对你的关心不够，才让你什么话都不肯说。但是……我还是希望，你如果有什么事的话，妈是可以替你分担的。"

说完，江如茜沉默几秒，怅然说道："毕竟，我们都不知道谁会先离开对方，所以凛凛，我希望能更多地去了解你。"

江凛停住脚步，闻言顿了顿，心头涌起的情愫太过复杂，她难以用语言描述，最多的是感动。

"没有这回事。"江凛说，嗓音有些哑，"妈，没有你就没有今天的我，如果不是你，我的三观早就被那个男人毁了。你对我来说非常重要，所以有些不好的事，我不想让你知道。"

江凛稍作停顿后，终于允诺道："以后我会试着跟你说的。"

江如茜湿了眼眶，欣慰地笑了，点头应了声，目送女儿离去——她的小丫头啊，不知何时，已经成长为如此优秀、坚韧的模样。

江凛站在医院走廊里，反手合上病房门，走出去一段距离确认江如茜不会听到谈话内容后，这才拿出手机，拨通了贺从泽的电话。然而出奇的是，贺从泽竟然没有接听。

江凛隐约觉得有什么地方不对劲儿，但就是说不上哪里不对劲儿。她蹙着眉重新拨了一次，结果还是无人接听。

这真是奇怪了。江凛沉吟思索，总觉得有些古怪。

不对，有什么地方不对。

江凛发觉异样，却一时间不知道该往哪方面想。略一思索后，她从通讯录中翻出宋川的电话号码——是先前贺从泽强行留给她的，没想到在此时被派上了用场。

电话拨过去后，宋川倒是很快就接听了起来，语气轻快地说："今晚有场了改天约，哪位爷儿啊？"

江凛蹙了蹙眉，猜他大抵是没存过自己的电话，便忽视那句极其风骚的招呼，开门见山地问道："宋川，你知道贺从泽去哪儿了吗？"

话音刚落，宋川却沉默了下来，无比寂静。

宋川蒙了有好几秒，才难以置信地问道："你是江凛？"

"是我，麻烦回答一下我的问题。"她回道，而后咬字补充了一句，"有急事。"

宋川不是个没眼力见儿的人，听出了江凛语气中的认真与急切，便有了正形，认真地回答："抱歉啊，这我还真不清楚，之前给他打电话他还说最近很忙，推过聚会和酒场。"

宋川竟然也不知道？

江凛听到他这么说，不禁有些错愕，如果连宋川都不知道，那看来她只能自己去想办法找了。

"我看你好像挺急的，"宋川提议道，"要不我让人帮你找找？"

"不用，也不是什么特别重要的事，我联系他就好。"江凛婉拒道，"还是谢谢你了。"

宋川爽朗一笑，说："不用，不用，你是我嫂子，应该的！"

江凛沉默了一会儿，还是礼貌地说："那我先挂了。"

宋川全然不觉有什么，笑着应了声，此次通话便结束了。

江凛放下手机，侧身背靠着墙壁，陷入沉思中。现在的重点，好像不是联系贺从泽问刘彤的事，一定有更重要的事情，被她忽视了。

江凛意识到这一点后，脑中一团乱麻，她合眼，开始在脑中梳理近几日发生的种种事件，希望从中发现一些细节，拼凑出完整的思路。

首先，她和贺从泽陪林天航去幼儿园，然后遇到园长，母亲出车祸……最终，回忆碎片被拼合起来，江凛蓦地睁开双眼，心脏狂跳，她明白了，引起贺从泽怀疑的是那两声"阿悦"！

糟糕！江凛变了脸色，甚至来不及同江如茜道别，匆忙给岳姨发了条短信后，便一路小跑出中心医院，去街边拦了辆出租车。

坐上车后，她迅速而准确地报出了一个地址，司机狐疑地看了她一眼，问道："姑娘，那边可是荒郊野外啊，什么东西也没有，你确定没记错地儿？"

"没记错。"由于刚才是跑过来的，江凛的呼吸有些不稳，她定了定心神，淡声道，"司机师傅，麻烦快点儿过去，我有很重要的事情。"

司机闻言不再多问，点点头，说："好嘞。"

车开始行驶，江凛有些脱力地靠在座椅上，此时她才惊觉自己前额冒了一层冷汗，手也异常冰凉。

她无法形容自己此时的感受。苦涩、难堪、自卑、仓皇……她不知道自己原来还能有这么多情绪，这些情绪逼得她六神无主，不知所措。

那本该是只属于她一个人的黑色过往。

江凛本来以为这么多年过去，自己早就顺利地从童年的泥沼中脱身，变得坚不可摧，不再恐惧。但此时她才发现自己哪里是不怕，分明就怕得要死。

她早就习惯了茕茕孑立的生活，从来不将自己的软肋袒露给他人，也从来不肯接受他人的悲悯。此时此刻，她自己那些最不堪、最脆弱的一面将要被别人悉数看到，她慌张得不知该如何去面对这个事实？

尤其，对方还是贺从泽。

江凛合眼，心底涌起了极深的无奈与悲凉，原来这么多年过去，自己从来没有放过自己。

第六章

雪霁天晴

　　虽然当年的司家旧宅已经被大火烧得面目全非，但司振华不知道出于什么心理，又将它修回了原本的模样。他并不住在这边，只定期让人将房子打扫干净。房子附近荒无人烟，是比郊区还要清冷的地方。

　　外界都说，这是因为司振华与发妻情深义重，难忘旧情，所以才将旧宅复原，留下来当个念想。司振华的所作所为也着实完美地印证了这些说法，每当提起这件事时，他总是摆出一副黯然神伤的表情，正如许久以前酒宴上贺从泽亲眼所见的那般。

　　如今看来，事实似乎并非如此。

　　贺从泽不知道该怎么说司振华才好？说他演技精湛，还是说他动了真情？总之，若不是因为越来越多的线索让贺从泽发现了真相，怕是自己都要信了司振华是个念及旧情的好男人。

　　想起江凛每每无意中透露的那些她父亲的所作所为，贺从泽便觉得一阵寒意。他本是不信这世上有不爱自己孩子的父母的，可事到如今不得不信。

　　司家旧宅大门未关，外人可以直接出入。估计也不怕会有小偷盗窃，毕竟这里十分隐秘，前不着村后不着店，荒草丛生的地方，平日里根本见不到人。

　　贺从泽记性还算好的，他隐约想起自己小时候似乎被贺云锋带着来过这边，当时好像是场宴会，具体为了庆祝什么他已经记不起来。

他推开铁栏门，步入花园里，脑中倏地闪现江凛曾经说过的话，下意识地抬眼向上看去，将视线定格在大宅二楼的卧室阳台上。

那就是她的房间吗？那只幼犬，就是从那里被人丢下来的吗？当时尚且年幼的她，又是怀着怎样的心情去亲手埋葬幼犬尸体的呢？

贺从泽迫使自己收回视线，紧紧地合眼，无声地叹息，心底怅然一片。这根本不是她的家，而是监狱啊。

想起江如茜早年患有躁郁症的事情，贺从泽越发难以想象江凛是如何在这里度过整整六年时间的？偏执阴鸷的父亲、沉默病态的母亲、死气沉沉的生活环境……

二十年前的那场大火，将一个小姑娘灵魂里最后的纯净烧尽了。此后每个深夜里，这场火都令她备受噩梦的折磨，数次挣扎着向死而生。她究竟经历过多少苦难，才磨砺出了现在这副坚韧的模样？

贺从泽推门入室，脚步声响彻在偌大的堂屋里，整个大宅空荡荡的，虽然房屋向阳，光线洒满地板，但还是让人觉得发冷，家具还都算干净，应该是前不久刚清扫过。

其实他今天来司家大宅，不是为了参观江凛生活过的地方，而是想证实自己是否真的猜对了。

手机被调成免打扰模式后，他便没有再看过。

贺从泽垂眼，抬起手捏了捏眉骨，承认自己这点儿小伎俩实在称不上光明正大。

可贺从泽更希望江凛不会来，更情愿自己猜错了。

这个地方实在太偏，路也不好走，大约过了一个小时，江凛才成功抵达。

江凛特意挑了个距离司宅比较远的位置下车，将车费付清，目送司机开车走远后，她才转过身子，朝着一个方向走去。已经过去了那么多年，但只凭印象她也能摸到那个地方。

江凛觉得自己已经做好了准备，但当她再次看到那栋熟悉的大宅时，心底还是难以抑制地涌现出些许悲凉。大宅现在的样子和她记忆中的模样，完全重合了。

司振华竟然将这栋宅子复原了？明白这点后，江凛却只觉得作呕，完全不能理解。司振华那只老狐狸为了维持他伪善的形象，真是什么事情都干得出来，着实虚伪可恨。

江凛走进花园里，现在的时节植物凋零。她路过花圃时，里面枯黄满目，毫无生气。花圃旁边放着浇灌和修剪用的工具，还都是新的，看得出来有专人在悉心照顾这些花草，但的确没什么作用。其实它们本不至于如此萧条的，只是草木需要人气养，这鬼地方凄清落寞，在如此压抑的环境下生长，植物又怎么会有生机？

江凛收回视线，径直走向宅门。在门口踌躇数秒后，她最终做了个深呼吸，去伸出手推门，仿佛开门对她而言是一个巨大的挑战。

是的，这个推门动作有多么艰难，大抵只有江凛自己心里清楚了。

时隔二十年啊，她终于又踏入了这个曾经的人间地狱。一切已是尘埃落定，物是人非。

贺从泽正站在二楼的楼梯口处。他本是继续朝前走着的，听见楼下大厅里传来的声响时，他身子一僵，一时竟没有低头去看的勇气。

她真的来了吗？

司宅大门被江凛再次推开的瞬间，仿佛击碎了此处尘封的岁月，时光涣散开来，连空气中的尘埃也都是陈旧的。

江凛站在楼下，贺从泽伫立于楼上，二人之间仿佛隔了无数道透明的墙。

贺从泽缓缓地低下头，二人遥遥地对上视线，他怔住，心头微动。

许久，江凛出声问他，神色看不分明，语气也听不出异样："贺从泽，你来这儿做什么？"

室内空旷寂静，所以即便二人之间有一段不算短的距离，也能听清楚对方说的话。

能说会道的贺从泽，此时却仿佛词穷，哑然道："我想确认一些东西……"

江凛望着他，面上情绪未曾展现半分异常，嗓音极其平淡，连疑问的语气也轻描淡写："那现在呢？"

贺从泽回答她："确认了。"

贺从泽这句话一出口，所有被掩埋的往事都翻然飞出，在二人之间隔着的那堵透明墙，也在此时尽数坍塌了。

贺从泽不用看都知道，自己手机里此时定是躺着几条江凛打来的未接来电。

聪明如江凛，肯定迅速地便察觉到他的意图，然后第一时间打车来旧宅，她如此熟知这个地方，这点说明了什么，不言而喻。

真相终于浮出水面，贺从泽却一点儿都不觉得轻松，反而整颗心沉重无比，整个人也烦躁不堪。他眼神复杂而深沉，没有再继续前进，而是一言不发地走下楼梯来到江凛面前。

江凛见他过来了，便若无其事地转过身子，背对着这栋旧宅，说："那就走吧。"

二人直到走出花园都静默无语。

上车后，贺从泽看了一眼坐在副驾驶座上的江凛，她正望着车窗外的大宅，眼神平淡，不知在想着什么。

天知道贺从泽有多想问她，当年那场大火究竟是怎么回事，但不知怎的，他竟觉得如此难以开口。

直到房屋的轮廓彻底消失在视野中，江凛才揉了揉额头，开口道："不论你猜到了什么，或者查到了什么，都当作不知道吧。"

贺从泽没答应也没拒绝，只是正色地问她："你希望我不知道吗？"

"跟我的意愿无关，只是因为即使你知道这些事也没有任何意义。"江凛目视前方，声线平缓而沉稳，"不论是司夫人还是她的女儿司悦，已经在二十年前被大火烧死了。"

贺从泽稍稍凝眉，沉声道："虽然司振华将当年的事情压了下去，但只要我想，重新翻出来还是没问题的。"

对话进行到这里，二人已经相当于是打开天窗说亮话。

他直截了当地问江凛要不要复仇，如果江凛点头，他一定会无条件地帮助她将当年的真相发掘出来，并公之于众。

江凛闻言，恍惚了一瞬。她突然回想起从火灾中死里逃生后的那几年，自己和母亲好不容易才寻到了个不错的住处，她那时候还小，却几乎没有一天晚上能睡个好觉，梦里的她无数次缩在橱柜中，透过缝隙看见火苗乍起，迅速地蔓延。

可那又如何呢？时间太久了，相关证据怕是早就被罪魁祸首销毁了。

"不用了，"她低声道，"早就不用了。"

贺从泽沉默半响后，才说："我希望你不是在跟我客气。"

"如果现在是我刚从司宅里逃出来的时候，哪怕你只给我一把水果刀，我都愿意跑回去和他们两个人同归于尽。"

说着，江凛无所谓地笑了笑，仿佛已经真的不再将此事放在心上："但后来我不想和他们斗了。我不想让自己越来越冷血，成天靠着仇恨活下去，如果只能以丧失自我作为后果，我更愿意把司家当作是一摊烂泥。"

"我妈和司振华的婚姻悲剧就是因为商业联姻。虽然我妈最初是真的喜欢司振华，但司振华从一开始就对她很反感，自从我出生后，这种反感变成了厌恶。他很少对我们俩有好脸色。"

江凛本就不是喜欢说太多话的人，能解释这么多已经算不错了，她便干脆做了总结："我恨他是有别的原因。总之我现在想从我的人生里彻底把那段过去删除，所以不论你知道与否，都没有任何意义。"

话已至此，贺从泽决定全凭她的意愿，便不再多言。

"送我去看守所。"江凛从容地将话锋一转，道，"我要见刘彤。"

"好。"贺从泽亦无比自然地应下来，仿佛刚才两个人之间的一番对话并不存在，而后他扫了江凛一眼，"伯母跟你说了？"

江凛应了声："结果出来了吗？刘彤被判了几年？"

"故意伤害罪，且有教唆嫌疑，被判三年有期徒刑。"

江凛嗤笑，似是感慨又似是漠然，其中情绪辨不清晰。

路程有些长，二人抵达关押刘彤的看守所后，江凛坐在椅子上等着，贺从泽则去同警员沟通。

两个人之间的距离有些远，江凛只见贺从泽不知跟警员说了什么，起先警员的表情还有些为难，似乎是想拒绝的模样，但当警员背过身子打了个电话后，就点头答应了。她猜测大抵是他向上级做了请示。

没多久，贺从泽走了过来，对她示意后方的警员，说："刘彤已经到了，让他带你去会见室吧，小心点儿。"

江凛颔首，跟随警员一同前去会见室，刚踏入门口，便同铁栏对面的女人对上了视线。

刘彤本来状态散漫，亲人少，接到通知后也不知道是谁来探望自己，索性干等着。但她无论如何都没想到，来的人竟然是江凛。

在看清江凛的那一瞬间，刘彤不禁睁目，难以置信地打量了江凛几秒，才倏地笑出声来："行吧……竟然是你啊，江凛。"

江凛面上并未有所波动，坐在椅子上后，那名警员贴心地给她递来一杯清茶,她低声道谢后心不在焉地抿了一口。

直到会见室的大门被人从外面合上,刘彤才讥讽地笑着,对江凛说:"还真是好久不见了啊!你见我这样还挺开心的吧?"

江凛倒不急着应声,只轻飘飘地瞥了一眼摄像头的方向,动作漫不经心得好似只是随意的一个动作。

监听室内的贺从泽咬着烟,在收到屏幕上江凛那个漫不经心的眼神后,动作顿了顿,低笑了一声。

他本来还想着偷偷摸摸听点儿她的往事,看来还是敌不过她,惨被抓包。不过也无所谓,那他就光明正大地旁听好了。

屏幕前的警员无奈地苦笑,心想:这贺公子不合规矩的事做了太多,倒也不差这点儿。

"其实我本来没想着暴露自己的。"刘彤盯着江凛,神态戏谑,"不过谁知道这么自命清高的你,竟然有贺从泽撑腰。"

"江凛,你这是怎么回事?"她倾身,眼底的不屑越发明显,"当年你不是特别高高在上吗?原来都是装的?"

"随你怎么说。"江凛将茶杯放在旁边的桌上,神情淡漠地说,"我今天来这儿,也就是想看看你戴上手铐是什么样子的。"

"你有什么猖狂的资本?"刘彤笑出声来,句句带刺,"凭你这张脸在男人堆里吃得开?凭你会勾搭人?"

"哈哈哈……江凛啊江凛,当年你挨的那顿揍难道还没教会你做个人?"

话音方落,江凛的拳倏然攥紧。

监听室内,警员困惑地"咦"了一声,只见贺从泽捻紧烟身,眸色渐沉。

"心虚了?怎么不说话?勾搭男人的感觉很舒服是吗?当年我就该让人毁了你的脸!"刘彤步步进逼,若不是二人之间有铁栏相隔,恐怕都要扑上去了。

"不过看来你这次比较好运啊,是因为有了靠山,还是说继续靠你的抑郁症卖惨?"刘彤笑嘻嘻地说着,看到对面的江凛脸上转瞬即逝的颤抖,她不禁有些得意,继而低声说道,"其实当初把你的病历卖出去,我还以为能毁掉你的,没想到竟然这么快就被解决了……江凛,你这是跟了多少个男人?这么吃香?"

监听室中，随着刘彤的话音落下，贺从泽倏地笑了一声。他将烟捻灭，言语中含着笑意，低声说道："当初就该揍个半死不活再送过来……"

会见室中，江凛沉默半晌后，突然弯起唇角，用单手撑额，好似听到了什么荒谬的话，挑眉看向铁栏后的刘彤，笑道："刘彤，我还以为这些年过去，你能有点儿长进。"

"把嫉妒心当枪使，将所有因求而不得的恶意宣泄到别人身上，你也就会这样恶心人了。"江凛不愿再多谈，站起身来拍了拍衣裳，好像这里多脏似的。

"三年后别再出现在我面前。"江凛端起桌上的茶杯，茶水不知何时已经冷透，她反手泼向刘彤，冷声道，"刘彤，别逼我以暴制暴。"

刘彤猝不及防地被泼了满脸的冷茶，颜面扫地，她正欲发作，却被江凛阴冷的眼神震慑到了，只得缩紧瞳孔盯着江凛。

直到江凛头也不回地走到门口时，刘彤才突然大笑出声，抬高声音喊道："江凛，你以为就我一个人在盯着你吗？！你不知道有多少人想撕烂你这张脸，你可等着吧！"

江凛权当她的话是放屁，重重地关上会见室的门，总算落得个清净。终于为整件事做了总结。

她跟随警员回到大厅里时，贺从泽已经坐在沙发上喝着茶了，桌上的烟灰缸中有几个烟头，也不知道是谁抽的。

"走吧，"贺从泽抬眼看见她，慢条斯理地站起身来，安慰道，"都结束了。"

事情都结束了。

江凛颔首，对身侧的警员道了声谢，随后同贺从泽一起离开了看守所。

上了车后，江凛最后看了一眼看守所，也在心里为自己那段荒芜的青春画上了句号，让那些本来跨不过去的坎儿，就此抹平吧。

察觉到贺从泽的接近，江凛下意识地向后退了退身子，却发现原来是贺从泽在倾身为她系安全带。

他低眉敛目，乌黑的碎发垂下，漫不经心地问："刘彤说的那些话，是怎么回事？"

男子的气息充斥鼻间，弥散着一些若有若无的暧昧感，江凛不着痕迹地偏了偏脑袋，神色坦然。

"你不是都听见了？就跟你想的一样。"她回道，语气平淡如常，"大学时，我和刘彤住同一个宿舍，她的男朋友对我表现出了好感，于是她找人揍了我一顿，很老套的剧情。"

"不过最后不知道什么原因他们两个还是分手了，但刘彤一直记恨这件事，后来也没少为难我。"

江凛陈述这段往事时，仿佛它根本就不是发生在自己身上的，她神色平淡，更像是提起了什么无趣的社会新闻。

贺从泽却清清楚楚地记得，江如茜曾经说过，大学期间是江凛病情比较严重的时候。

他闻言微怔，最终没有说话，只"嗯"了一声，随后正过身子将车启动。

迟钝如江凛，直到二人快要抵达中心医院的时候，她才后知后觉地转过脑袋，盯着贺从泽的侧脸，狐疑道："你在生气？"

"是有一点儿，不过不是对你。"贺从泽轻拢着眉，表情有些烦躁，沉声道，"我只是在烦，为什么非要等到你受过这么多委屈，自己才来到你身边？"

"你本来不应该遭那些罪的，也根本没有必要因为别人的嫉妒就去收敛自己。"贺从泽神色严肃地说，"外貌和才能是你的优势，你不该因此受难。"

话音刚落，江凛眸光微动，似乎有些意外贺从泽会这么说。

其实这种思路几乎已经成为一个习惯，正如长辈们常说的"可怜之人必有可恨之处"，可又怎能将一个人的坎坷命运，说成是他的可恨之处呢？

一个人即使莫名其妙地受了委屈，也要不声不响地咽下，最后还要反过来去感谢那些伤害他的人。江凛始终不懂这些莫名其妙的道理，只觉得凭什么？摆出一副道貌岸然的样子，轻轻松松地向下扔石头的是他们，拼尽全力也要向上爬的却是她自己。

人们向来只告诉她要忍，要反省自己，却从来没有人对她说过这不是你的错，你没必要为他人的错误买单。

所以，当贺从泽这么说时，她心里不免是有些动容的。

江凛捏了捏眉骨，半响后才道："虽说在我这里没什么是过不去的，反正我的性格一直差，但我其实打心眼儿里恶心那些害过我的人。圣人才负责宽恕和原谅，我又不是。我后来发现，和垃圾作对根本就是徒劳的，与其浪费精力和他们斗，还不如把他们当作一堆垃圾，随他们自行发臭。"

无法避免地，世界上总会有这种垃圾。他们因为自身千疮百孔，所以就去伤害别人，用别人伤口里流出的鲜血，填充自己灵魂上的缺口，伪装自己完美无瑕。

江凛曾痛苦地花了极为漫长的一段时间，才认清这个事实。后来她想开了，便觉得没什么大不了，因此最初面对A院部分同事的排挤时，她也依旧自在。她早就说过，从不在别人眼中找自我。

"所以贺从泽，我还是挺感谢你的。"说到这里，江凛稍作停顿，认真地说道，"最起码生活教给我的是隐忍和放弃，而你教给我的，是有仇必报。"

话音刚落，车缓缓地停下，两个人不知不觉间已经到了中心医院门口。

"成。"贺从泽轻笑，侧目看向江凛，宠溺地说，"以后小仇你报，大仇找我。"

江凛做了个"OK"的手势，随后便拉开车门下了车，头也不回地走进了医院里。

贺从泽一个人在车内回味她方才说的话，等最初的欣喜淡去后，他才隐隐约约地反应过来：那女人，刚才是在哄他？

江凛在医院里照顾了江如茜几天后，便回A院工作了。

其实江凛本来还是不放心江如茜的，但江如茜怕江凛耽误工作，执意要让江凛去上班，江凛本来想请假，见此也只得作罢。

经历过种种风波后，A院的氛围也被贺从泽整治得焕然一新，江凛不知道自己离开A院的这段时间里发生了什么，但连秦书雅都规规矩矩了许多。

江凛不禁在心底又感慨了一下，这下当真是没有任何可以使她烦心的事了。

医院的工作如往常一般繁忙，江凛又开始了加班到深夜的日常生活，虽然还没有到过度劳累的地步，但也始终腾不出时间放松自己。

除了去看江如茜，江凛的生活就是门诊、手术和查房，最近她还要写论文准备评职称，更是忙上加忙。

时间流逝，成堆的任务好不容易都到了收尾阶段，江凛吃完午饭后又去门诊忙了会儿，随后便准备跟同事交接班后休息。

她走到自己的办公室里，刚将白大褂脱下来挂好，手机便响了起来。

江凛以往都是将手机调成飞行模式，或静音模式，但上次的车祸实在让她心有余悸，不敢再错过任何电话。她腾出一只手将手机拿了出来，扫了一眼来电显示，发现竟然是江如茜打来的。

她干脆利索地划开接听键，问：“妈，什么事？”

“什么事？”江如茜愣了愣，似乎没想到江凛开头就这么问，不禁感到有些好笑，“唉，我就知道你这丫头……”

江凛不明就里地打开免提，边收拾桌上的文件边问道：“怎么了？”

“我还特意等你下了班才打电话。”江如茜叹了口气，无奈地说道，“今天是你27岁生日啊！凛凛，你忘了？”

江凛闻言愣了愣，动作顿住，转而拿起放在电脑旁的日历，发现今天还真是自己的生日。其实生日对她来说没什么意义，若不是被人提起，她也许早就忘了。

江凛不好说自己根本就没想起来过，只得随意地找了个借口：“这几天医院挺忙的，我不小心忘了。”

江如茜怎么会不清楚自己的女儿，当即无情地揭穿了她：“我看你就是压根儿没想起来。”

江凛闻言无奈地叹息道：“妈，这真没什么好庆祝的，我都多大了啊？”

“行了，今天不许再忙工作，就算不庆祝也要放松一天。”

江凛拗不过母亲，便连连应下了。挂断电话后，她看着桌上零零星星没有读完的文件，想了想，最终还是没有装进包中，就当给自己放一天假好了。

江凛刚下楼走到大门口，便见一辆极其熟悉的阿斯顿·马丁停在眼前。

她早有预料，习以为常地走了过去，车窗未关，她刚接近，贺从泽便已将手肘搭上车窗，满面笑容地对她说：“凛凛，几天不见，想我了没有？"

江凛没回应他，只不冷不热地挑眉，说："你别跟我说，今天是特意过来给我过生日的。"

贺从泽笑容微僵，沉默了几秒后，无奈地扶额叹息："江凛，还有没有比你更没情趣的人？"

她倒是坦诚，说："应该没有。"

"上车，送你去医院。"贺从泽这次没接茬儿，即使刚见面江凛就堵了他一路，但他看江凛心情不错，便继续说道，"既然你能想起来生日这事，估计是伯母给你打电话了。"

他猜得还挺准。

江凛绕过车身，径直拉开车门坐在副驾驶座上，却闻见了不同于以往的气味，觉得有些熟悉，往后一看，果然看到了一大捧娇艳欲滴的玫瑰花，大抵这就是有钱人的浪漫了。

江凛收回视线，问："你这花从开始送到现在，也不觉得太浪费了吗？"

贺从泽慵懒地回应："我的心意只为你难能可贵。"

论说情话，江凛着实不知道谁能比得过贺从泽。

"我前几天加班加点，好不容易才把公司的事情处理利索，就为了陪你过生日，你感动吗？"贺从泽轻笑，将车开上大道，朝着中心医院的方向驶去。

江凛撑着下颌，毫无波澜地说："生日只是代表我又老了一岁。"

"跟你这毫无情趣的女人简直说不通。"贺从泽发自肺腑地感慨道，"算了，你今天放下工作就成，别的我就不奢望了。"

贺从泽这话简直和江如茜说的话有异曲同工之妙。

江凛不再多言，看着窗外，权当欣赏沿途风景。

抵达医院后，贺从泽陪着江凛一同去探望江如茜。

江如茜最近恢复得不错，已经可以自己下床走路了，只是容易劳累，在运动量方面还是有所受限。

江凛到医院的时候，江如茜正坐在床上吃着水果。见江凛姗姗来迟，江如茜便将一个蛋糕盒子塞给江凛，不容置疑地说："吃不吃完我不管，但少说也要尝一口，过生日还是要有过生日的样子。"

蛋糕盒子倒是不大，江凛把盒子拎在手中，却有些哭笑不得，说：

"妈，我都多大了，你还给我买蛋糕？"

"反正你和我的年龄差永远不变，在我眼里你还是个孩子。"江如茜闻言揉了揉额头，叹息道，"唉，真是说不通，孩子长大了就是不一样。"

"是呀，"旁边的岳姨也笑着应道，"江凛，你可能都不记得了，你小时候过生日都吵着要吃蛋糕呢。"

贺从泽听见这句话，仿佛发现了什么新大陆，也跟着点点头，迎合道："那她还是小时候比较可爱些。"

"就是说啊。"江如茜深以为然，道，"只是可惜……本来就没保存过多少她小时候的照片，仅剩的几张也被我弄丢了。"

江凛对于几个人又捧又踩的行为无言相对，摇了摇头，着实无奈。

"欸，说到这个，我过年的时候收拾房间，不知道从哪儿翻出来了一张照片。"岳姨突然想起什么来，连忙惊喜地掏出自己的手机，说，"我当时觉得稀奇，还特意用手机拍了，我这就翻出来给你们看看。"

正说着，她用指尖在手机上没滑几下便找到了目标。

"对对对，就是这张！"岳姨说着，将照片横屏展示，放到三个人面前。

江凛对于自己小时候没什么好印象，本来无意去看，但照片就这么摆在眼前，她不得不看——照片上的女孩儿站在庭院中，穿着一身荷花边的白裙，留着黑长直的发型，笑容纯净无瑕。

若不是五官过于相像，江凛甚至没能认出来这就是自己。

"是这张啊。"江如茜似乎有些印象，回忆道，"我记得当时好像是什么宴会……具体的也记不太清了，已经过去这么久了，竟然还能找出来。"

岳姨感叹道："唉，我们江凛小时候是真的可爱！"

江凛却没有关注这些，只是盯了照片半晌后，不禁凝眸，出声问道："后面站着的小男孩儿是谁？"

江如茜本来还没注意，闻言一看，发现幼年江凛的身后，当真还有个小男孩儿。

不过那孩子似乎只是路过，虽然照片拍得有些虚，但精致俊气的五官还是依稀能看得清楚，江凛越看越觉得……眼熟。

就在江如茜和岳姨思忖着对方是谁时，贺从泽突然出声说："这个孩子……好像是我。"

江凛看了他一眼，又看了看照片中的小男孩儿，不禁怔住了。

是该说这个世界真小，还是该说二人之间的缘分过于奇妙？照片中的小男孩儿，还真长得和贺从泽一模一样。

江如茜也有些难以置信，问："这么巧？"

岳姨叹了口气，说："还是两个孩子有缘分啊！"

贺从泽更是无论如何都没想到，自己竟然早就遇见过江凛，彼此之间也许早就擦肩而过无数次，而他竟然曾在江凛的童年照片中出现过。

他也不知是该庆幸，还是该遗憾。他看向身旁的江凛，见她神情专注，不知她在看到照片的那一瞬间心里在想什么。

江如茜因为不方便出行，便嘱咐贺从泽一定看着江凛，别让她跑去忙公事，要好好度过这一天。

贺从泽笑着一一应下，对这种女婿般的待遇感到十分喜悦。

江凛站在旁边无奈地看着，突然都不知道到底谁才是江如茜的孩子了。

二人离开医院时，太阳已经半隐在天际。

贺从泽开车带江凛去了一处餐厅。餐厅位置偏远，环境优雅闲适，让人十分自在，江凛难得对一家餐厅的评价这么高。餐厅内的菜式也十分合她的胃口，的确算得上是意外之喜，也不知道贺从泽在这方面费了多少心思。

在今天之前，江凛本来无意于过生日这种形式主义的活动，此时却突然觉得，好像在这种略显特殊的日子里，有人陪着吃顿饭也还不错。

饭后，即便江凛对蛋糕没什么感觉，也还是将母亲给自己的蛋糕盒打开，慢悠悠地切了一小块，拿起叉子吃了起来。

天知道对面的贺从泽是费了多大劲儿才将那句"言行不一"的吐槽咽了下去。

蛋糕是巧克力口味的，江凛记得自己儿时特别喜欢吃，长大后倒也无所谓了，此时尝到熟悉的味道，那份怀念也油然而生。果然是时间过得太快，日子过得煎熬时，江凛觉得生活下去都是难题，没想到竟然也熬到了今天。

江凛吃着蛋糕，心里正感慨着，却听对面的贺从泽说："对了，我的生日礼物，可能有点儿特殊。"

江凛神色未改，对此似乎也没什么特别的感受，问道："怎么个特殊法？"

"这个生日礼物，你可以选择不接受，但我会一直替你保留下去。"贺从泽道，神情似笑非笑，眼底荡漾着昳丽的光彩。

江凛闻言顿了顿，好奇心被他成功地勾起，抬头挑眉以示还算期待。

贺从泽于是将一个文件袋放在桌上，推到江凛面前，示意她打开。

江凛都没注意到，他是什么时候把这个文件袋带过来的。她接过文件袋，打开后，却整个人怔在座位上。

江凛已经很久没有这种震惊到极点的感觉了。她难以置信地看着文件袋中的东西，半晌后又抬头看了看贺从泽，似乎是不知道该怎么消化这个过分别致的生日礼物。

"很惊讶？"贺从泽弯唇，笑意如往常一般柔和，将文件袋从江凛手中拿过来，说，"那我来跟你说明一下。"

文件袋里的东西被贺从泽一一摆在桌上，数量虽然不多，但足以让江凛发蒙。

"这是我在贺家总公司的股权书。

"这张卡里，是我至今在所有投资项目中获得的利润。

"这张是我的私人卡。我这几年里单独做过不少生意，赚的钱都在这个账户里。

"这张是房产证。因为证太多了，所以我只挑了一张比较上档次的，其他的你想看我也可以抽空拿过来。"

贺从泽简单地对这些东西做了介绍，姿态从容，明明是将所有家底都透露给了江凛，却还一副不以为意的模样。

江凛的表情有些复杂，她说不上来此时是什么心情，张口想要说什么，最终却还是缄默不语。

江凛看着眼前这些东西，明白了贺从泽的意思，只觉得喉咙干涩，不知道该如何回应，就连脑中都是空白的。

"我知道现在把这些东西给你，你肯定会拒绝。"不用她说，贺从泽也心里有数，于是他不紧不慢地将东西都收拾好，重新放回文件袋中，"所以我说了，不着急送，先替你暂时保存着。"

"另外，注意我说的是'替你保存'。"他将重点画出，笑意温和，眉眼间满是志在必得，"所以江凛，这些东西不论你要不要或者什么时候才准备要，从现在开始，它们就只属于你。"

"你大可以让我继续等，反正我有的是时间陪着你，我们来日方长。"

话音刚落，江凛头一次没有迎上贺从泽的目光，而是垂眼移开了视线，难得有了逃避的意味。

尽管不愿意承认，但的确有一瞬间，她内心是被贺从泽动摇了的。追求幸福是人的本能，可她向来认为"幸福"既需要步步为营，又会随时破灭，因此对突如其来的美好也常持怀疑态度。

只能说贺从泽的柔情陷阱实在做得太好了，不论江凛如何小心翼翼，此时也终于陷进去了一只脚，是抽身还是继续沦陷，她仍在举棋不定。

"我自认为耐心不错，所以你还有很长的时间可以考虑。"贺从泽并不催着江凛回应，也不想逼得太紧，见时间差不多了，便慢条斯理地站起身来，说道，"走吧，我送你回家。"

"好。"江凛放下叉子，拿起餐巾纸拭了拭唇角，也跟着起身离开餐厅。

二人一路无话。

贺从泽似乎是因为完成了今日任务，觉得心满意足，坐在位子上丝毫不显得焦躁。

平时不论如何，二人都能算得上是旗鼓相当，难得有一次，江凛处于如此被动的地位。

贺从泽将江凛送到楼下，江凛下车临走前，他还不忘回身拿过被放在后座上的玫瑰花，伸手递给她，唇角微弯道："生日快乐，江凛！"

今夜月明风清，向来被阴云笼罩的京都天空，此时竟冒出了几点星辰，缀在天际熠熠生辉，明朗的光芒映在贺从泽的眼底，让他整个人显得越发耀眼。

江凛接过花，想了想还是说："谢谢你今天过来陪我！"

贺从泽不置可否，只挑眉，说："真想谢我的话，就回家里好好休息，别总是忙着医院里的事了。"

江凛无可奈何地有点儿自我怀疑，一个两个的都劝自己少工作多休息，平时自己就真的表现得那么像个工作狂？

江凛转身抬脚走向居民楼，身后的贺从泽淡笑道："晚安，梦里有我！"

她自动无视后面四个字，头也不回地应他："晚安！"

江凛回到家后看了一眼钟表，发现时间竟然过得这么快，不知不觉已经9点了。

她今天心情还算愉悦，打算洗个热水澡后就去睡觉。换好拖鞋后，她随手将贺从泽送的玫瑰花放到了桌上。下一瞬，却有一张纸从花束中飘落到了地板上。

江凛蹙眉，将其捡起后发现是一张信纸。纸上的字体刚劲有力，飘逸流畅，是贺从泽的字没错。

她目光缓缓移动，字句逐一地映入眼底：

"你从低谷而来，想感受光、想好好体会世界的美好，因此从未向命运屈服，始终向上。

总和过去作斗争，你一定很累了吧。

新的一岁，不论如何，我都希望你能以本色生活，真正地用心去感受喜怒哀乐。

我，会一直陪在你身边。"

她是贺从泽的远行，也是他一生的苦行。

江凛指尖略微颤抖，也不知道怎么的，她感觉眼睛没来由地便有些酸涩，只霎时间，落泪的欲望几乎不能克制。她感觉心底有莫名的情绪喷涌而出，眨眼间便溢满了胸腔，无法抑制，也不知如何抑制。

贺从泽从她贫瘠灰暗的过往中走来，跨过沉重难挨的岁月，背着阳光缓步上前轻轻地抱住了那个茫然的幼年时期的江凛。

这缕光来得很迟，但好在为时不晚。

贺从泽敲响了她的世界，笑着问："是江凛吗？我是贺从泽，从此以后，我一定会一直陪在你身边。"

江如茜身体渐渐地好转，已经完全可以自行下床行走，但还是需要住院观察一段时间。

贺从泽还是不放心，特意派了几个人去中心医院保护着，要他们务必确保江如茜的人身安全。

这日，江凛在值夜班，贺从泽代替她去了趟医院，给江如茜和岳姨捎带了点儿新鲜水果。

贺从泽安排的人此时正在病房门口站着，见副总来了，便低声打招呼道："小贺总。"

贺从泽颔首应下，特接地气地拎着个水果篮子，敲响了病房的门，语气温和地说："伯母，我进来了。"

下属看着贺从泽这副居家好男人的模样，不禁有些咋舌，但当着上司的面还是不好表现出来，因此仍旧木着脸，站在原地一动不动。

房内的江如茜应了一声，贺从泽便推门而入，不慌不忙地将水果篮放在床头柜上，从里面挑出几个水果来，似乎是打算去洗。

岳姨忙不迭地站起身来，实在不敢相信贺小公子这金贵的主儿会洗水果，说道："欸，贺公子你给我就行了，这种粗活儿我来干！"

贺从泽摆摆手，全然不在乎地说："小事而已。岳姨，你坐下休息就行。"

虽然贺从泽家庭条件好，但母亲向来重视培养他的生活能力，他大多数时候是无须亲自动手做事，不过也不是那种十指不沾阳春水的人。为了讨好准岳母，他也是费尽了心思呀。

贺从泽心里想着，面上却没表现出半分感慨。他将洗净的水果放入桌上果盘里，侧首看向江如茜，关心地问道："伯母，这几天身体感觉还好吧？"

"恢复得很好。"江如茜笑着颔首，由衷地感谢道，"贺公子，这次的事情多谢你了！"

江如茜对于贺家独子略有耳闻，却只说贺从泽是个玩世不恭的冷情公子哥儿，所以年前他来S市找江凛的时候，她还在担心这孩子会不会对江凛不利。

可是日久见人心，贺从泽对江凛的那份感情，她作为旁观者都能真真切切地感受到，自然也就打消了最初的疑虑。她倒也不打算刻意地去撮合两个孩子，毕竟感情是两个人的事，她作为母亲，不好插手。

"没什么好谢的，这些也算是我应当做的。"贺从泽笑了笑，说，"您把江凛培养得如此优秀，我应该感谢伯母您才对。"

时间不早了，已经入夜，因此贺从泽便不再多留，先行告辞了。他刚离开中心医院，手机铃声便响了起来，他拿出来扫了一眼，发现是宋川。

划开接听键，贺从泽摸出烟盒叼了支烟，懒散地问："有事？"

"哎哟，我就想试试，没想到真打通了。"

贺从泽眯了眯眼，点上烟，继续说："有事说事，怎么了？"

"这不看你这段时间忙得跟兔子似的，来找你一起消遣消遣啊。"宋川似乎身处一个嘈杂的环境中，他下意识地将声音放大，"老地方，弟兄们都在呢，来不来？"

回想上次和朋友们拼酒已经是数月前的事了，贺从泽想着反正江凛值班，他也没什么好忙的，便说："成，等着我，今天玩个通宵。"

宋川畅然一笑，打趣道："玩个通宵？凛姐不管你啊？"

贺从泽"哧"了一声，说："我可巴不得她管我。"

"不是吧，贺从泽，你还没成呢？"

"你们这种基于商业联姻恋爱的人不懂，我是追求真情实感的人，总要循序渐进。"

"我呸，"宋川对此感到十分不屑，说，"狗屁，商业联姻的男女朋友就不能是真感情？我跟我家宝贝儿这么好你是看不见？"

"当初是谁哭着喊着闹绝食，发誓一定拒绝包办感情的？"贺从泽笑了两声，声音冷冰冰地说，"还'宝贝儿'，迟早腻歪死我。"

"人类的本质不就是打脸？"宋川左耳朵进右耳朵出，全然不在乎地说，"'宝贝儿'怎么了？你到时候也得这样喊。"

贺从泽冷哼一声，说："我跟你不一样，我得叫她祖宗。"

得，贺从泽是个狠人，宋川拼不过。

江凛正在办公室里翻看病历和查房记录，被放在桌角上的手机却响了起来。她腾出一只手拿过手机，却发现来电显示是一串陌生数字，没有备注姓名。

江凛蹙眉，放下笔，将电话接起，说："你好！"

电话那头传来了一个熟悉的童声："姐姐！"

江凛顿了顿，眉眼舒缓了些，问道："林天航，你怎么会有我的电话？"

"前几天我爸爸出差回来，我让他帮我查的。"

难怪林天航打电话过来。

江凛"嗯"了一声，问："这么晚找我有什么事吗？"

"就是上次的事情呀，我看姐姐你好慌张，脸色都变了。"林天航现在想起来还心有余悸，"姐姐，你妈妈现在情况怎么样呀？"

江凛这才想起当初接到医院的电话的时候，林天航也在她身边，可能被她的反应吓到了。

"她只是出了场小车祸，好在没出什么大问题，现在恢复得还不错。"

"那就好，我怕你忙，一直不敢联系你，吓死我了。"林天航似乎舒了口气，说，"那姐姐……我还能去找你玩吗？"

江凛想了想最近的日常安排，不算忙也不算清闲，正思忖着该如何回应，便听小家伙低声道："爸爸他回来后没陪我几天就走了，我好无聊的……"

江凛发现，自己对林天航还是容易心软。

"我只有下班后才有时间。"她揉了揉额头，对他说，"要不然，你让管家给贺从泽打电话，让他先陪着你？"

"嗯，可是管家已经睡啦……"

江凛闻言，这才后知后觉地看了一眼时间，发现已经快零点了，对于一个孩子来说，这个点儿的确已经太晚了。

她蹙眉问他："说到这个，林天航，你怎么还没睡？"

林天航心里暗叫不好，支支吾吾了好一会儿，终于说了实话："我……我在偷偷玩手机……"

"放下手机，现在睡觉。"江凛语气生硬地说，"不然别想出来玩，我也不帮你给贺从泽打电话。"

这个威胁实在是立竿见影，吓得林天航忙不迭地应声挂断电话，关灯缩进了温暖的被窝里。

江凛看着通话结束的手机页面，有些出神。她没有兄弟姐妹，也没有近亲，身边唯一有血缘关系的人便是江如茜，可又因为种种事情，亲情在江凛的生命中并没有占据多少分量。

林天航——这个在一场天灾中误打误撞地闯进她生活中的小孩子，偶尔依赖江凛，在某些方面也和儿时的她过分相似，久而久之竟然给了她一种……没来由的温暖。

这种感觉说是亲情也并不完全是，只能说是那种被人需要的感觉让江凛感觉还不错，好像她真有了个弟弟似的。

江凛笑自己想太多，摇了摇头，点开手机通讯录，给贺从泽拨了个电话过去。

彼时，贺从泽正坐在沙发上，跟几个朋友掷骰子拼酒。

他今晚手气一般，已经认罚喝了几杯，此时难免有些燥热，便抬手扯了扯衬衫领口，解开几颗扣子，锁骨就这么袒露出来。

点数出来后，贺从泽认命地又干了一杯，不禁怒道："你们这是水逆（遇事不顺）了！"

"哎哟，今天的运气是真好！"朋友在旁边看着贺从泽这副模样，心满意足地说，"终于轮到别人灌你了！怎么？今天没摸你那辆阿斯顿·马丁？"

"欸，可能是因为我手气好呢。"宋川耸肩，笑道，"出门前，我女朋友亲了我一口，别说还真挺管用的。"

此话一出，当即引起众人的愤慨。

"哑哑哑，你也麻利地赶紧滚！"

"宋川，你行了啊，什么玩意儿啊，搁这儿炫耀恩爱呢？"

"就是，搞得好像就你有女朋友似的，在场的哪个没女朋友？"

话音刚落，发言者与听者纷纷反应过来，沉默地看向贺从泽。

贺从泽暗自叫苦，这群小老弟一个两个的都怎么回事？

就在此时，贺从泽的手机响了起来，他本来还挺不耐烦的，打算直接挂断，看了一眼来电显示，却突然双眼一亮。

众人实在不明白，究竟是谁打来的电话，能让贺从泽瞬间变脸。

朋友吹了声口哨，打趣道："哟，是什么春风吹来了？"

"那必须是第二春啊。"宋川随口笑道，他就坐在贺从泽旁边，当即偏过脑袋去看，紧接着就知道是谁了。

"我去！"宋川被吓得就差从椅子上跳起来，"你们的关系已经到这步了？！已经半夜了还电话联系？！"

贺从泽用眼神示意他闭嘴，接起电话，笑吟吟地说道："凛凛，想我了？"

"有点儿事。"江凛向来开门见山，懒得废话，边翻阅文件边说，"林天航刚才给我打电话，说他爸爸出差只有他自己在家，你要是没事的话，抽空带他来找我。"

贺从泽这会儿心情好，索性就答应个全套："成，我待会儿给林家打个电话问问，把林天航接我这儿住一段时间。"

江凛想了想，说："也行，没别的事了。"

她刚要挂电话，却隐约听见电话那头的声音有些杂乱，分不清是人声还是音乐声，但足以证明，贺从泽还在外面。

江凛本来无意多问的，但鬼使神差地突然开口问道："贺从泽，你现在在哪儿？"

贺从泽听见这句疑问，不禁愣了几秒，确定这女人是在主动关心自己后，险些热泪盈眶。不过具体位置他不好说，虽然没干什么坏事，但这儿总归不是什么好地方。

于是，贺从泽便清了清嗓子，说："我……"

"先生！"宋川特意抬高自己的声音，捏着嗓子用服务员的语气说道，"人我给您送过来了，看看满不满意？"

在旁边喝酒的朋友们闻言，纷纷一口酒直接喷到了地上，被呛了个半死。

电话那头的江凛一个手抖，纸张被撕裂的声音响起，她竟然不小心将文件撕裂出个小口子。

宋川优哉游哉地靠在沙发上，捏着调儿继续说："先生，您怎么不说话了？"

"你给我闭嘴！"贺从泽当即侧首骂了他一句，随即对江凛焦急地解释道，"喂，凛凛，不是你想的那样，我不是，我没有……"

话还没说完，贺从泽只听耳边沉默了半响，随即便是一阵"嘟嘟嘟"的声响，仿佛是在宣告贺从泽的凄凉处境。

江凛毫不犹豫地把电话挂了。

贺从泽当然不死心，立刻使出最快手速，重新将电话拨了回去，以防江凛把他拉到黑名单里。谁知刚把听筒放在耳边，他就听到了一个冰冷的女声："对不起，您所拨打的电话已关机。"

贺从泽单手扶额，头痛地叹了口气。这么短的时间内，江凛绝对不可能关机，唯一的可能就是他的名字已经躺在她的黑名单中了。

江凛不愧是外科医生，贺从泽这次是切实地体会到了医生这个职业的手速之快，但他是以如此悲哀的方式体会到的。

"宋川，你搞什么？！"贺从泽被气得差点儿砸手机，单手拎过宋川的衣领，愤怒地说，"你就跟我说怎么办？！"

"等等，等等，别急着生气，先消消火。"宋川完全不慌，用双手做了个下压的手势，示意贺从泽先冷静，"我这不是在帮你吗？你等我给你分析分析。"

贺从泽这才松开他，眉间紧拢，说："有屁赶紧放，我赶着去找她解释。"

"你想想，如果江凛听到我说的话，不生气才不对劲儿啊。"宋川语重心长地拍拍手，叹道，"如果江凛不生气，就说明你在她心里根本就没有分量，但她现在生气了，就是说她吃醋了啊！"

贺从泽本来正处在气头上，闻言想了想好像也是这么回事，便消了火气重新坐回沙发上。

"对，我女朋友就这样。"宋川刚说完，立即有人附和，道，"她表现得越生气，就代表心里越酸。贺从泽，我看你跟这姑娘已经快成了！"

贺从泽跟个纯情小男生似的，将信将疑地问："你确定？"

"那必须，不然我去微博直播学狗叫。"那人继续出谋划策，"你现在上门给她道个歉，绝对就好了！"

"成，那我今天先走一步。"贺从泽当即起身，给助理打了个电话让助理来当代驾，随即拎起外套就往外走。

助理正好就在这儿附近，接到贺从泽的电话后，没几分钟就开车过来了。

车上，他问："小贺总，回家还是去哪儿？"

贺从泽看了一眼时间，江凛快下班了，他去 A 院没什么必要，便说："去瑞景苑。"

他去蹲在江凛家门口求原谅，这总可以了吧？

江凛值完夜班后并没急着回家，而是挑了个路边小摊，不紧不慢地吃了顿夜宵后才打道回府。

在路过小区门口保安室的时候，江凛被保安大哥笑眯眯地叫住了，也不知道是因为什么。

她侧首看过去，问："有什么事吗？"

"小姑娘，我没记错的话，你就是这栋 201 的住户吧？"保安大哥笑容淳朴，撑着窗户边，见她点头承认，便对她说道，"我刚才看见你男朋友来了，好像是要找你呢。你们两个小年轻啊，吵架了一定要沟通知道吗？上次那事就搞得特别尴尬，我觉得你男朋友挺好的，实在不多得，小姑娘你就珍惜着点儿。"

男朋友？上次那事？江凛蹙眉，实在没搞懂保安大哥的话是什么意思，却大概明白过来，贺从泽刚才来过这里了。

不过她并没有看见什么眼熟的车辆，估计是贺从泽看她不在家，就先走了吧。

江凛对保安大哥颔首，便径直走向了居民楼。

她边低头从包里翻找钥匙，边走向自家家门，直到拿出钥匙抬起头，才发现门口不知何时站了个人。

那人靠着墙，姿态慵懒散漫，唇边还叼着根烟，青灰色的烟雾从他的唇边升腾散开。他身穿米色卫衣，外搭着黑色牛仔外套，下身的工装裤更衬得他一双腿无比修长。

江凛将目光缓缓地向下移动，最终定格在了贺从泽脚上的那双运动鞋上。嗯，一双鞋抵得上她好几个月的工资了。

贺从泽私下里的衣服她倒是见得不少，只是平日里没见他穿过这种街头潮流风的，此时第一次瞧见，却也是有种别致的视觉享受。

此人当真是个衣架子，穿什么都好看得要命。

江凛收回乱七八糟的思绪，迈步上前，伸手将他的身子往旁边推了推："我要开门。"

贺从泽毕竟是刚从酒场出来，本来就微醺，感官方面不如平时敏锐，方才竟然没注意到江凛什么时候回来了。他眯着眼，干脆利索地将烟捻灭在楼道的垃圾桶上，伸出手一把攥住了江凛的手腕。

江凛忽然觉得不大对劲儿，拧着眉去看贺从泽，果然在他眼底瞧见了蒙眬的醉意。

"你真是……"他似是有些生气，却又不知道该怎么发作，便皮笑肉不笑地说，"江凛，你还真是有让我发疯的资本。"

江凛不置可否，挑眉回应："什么？"她不是装傻，是真的没听懂。

"你看看现在几点了？你什么时候下班我能不知道？"贺从泽见她这样，心里越发觉得憋屈，一股无名火不知该往哪儿撒，"给你打电话也打不通，你这是想急死我？"

江凛闻言顿了顿，这才想起自己为了不让贺从泽干扰自己工作，临时将他的联系方式拉进了黑名单里，后来忙完之后……就忘了把他放出来。

这完全是乌龙事件。

江凛正欲开口解释，贺从泽却突然单手发力，她撤身不及，竟就这么生生地撞进了他怀里。酒香夹杂着一阵清冽的男性气息将她包围。

江凛十分冷静，美男在前不为所动："贺从泽，你喝醉了。"

"那正好。"贺从泽单手抬起她的下颌，似笑非笑的，"酒醉壮人胆。"

江凛当即察觉不妙，抬手就要推贺从泽，却不想他像是早就料到江凛会这般，就着她的力道一倾身，便紧紧地圈住了她的腰肢。

江凛的应对办法多了去了，她当即偏过脑袋，贺从泽却低低地笑了一声，便迎了上去，两个人的双唇最终还是碰到了一起。

加上江凛的剧烈动作，简直就像是她强吻了贺从泽一般。

江凛在这方面永远是被动的，但偏偏不喜欢被人压着，就算不得要领，也会跟贺从泽死磕到底，绝不认输。

贺从泽刚好就算准了她的脾性，因此与江凛的这个吻，全然是在循循善诱。江凛哪里知道男人的小心思，直接落入了贺从泽的圈套里。

虽然贺从泽的下唇被她方才用牙磕得隐隐作痛，不过完全不影响他的大好心情。突然，怀中的人似是来了脾气，一口咬住他的下唇，用的力道不轻。

贺从泽吃痛地吻了她几下，才放开她，笑道："你这女人，下嘴还真是凶狠……"

江凛蹙眉，实在不想继续跟他耗时间，伸手推他："放开……"

话未说完，贺从泽却再度俯身吻住她。这次不同，整个局势突然逆转，贺从泽完全成为主导者和索取方。

江凛并不耽于情爱，迎上去便要咬，贺从泽见她这样，扣在她下颌的手指无声地一紧。江凛始料未及，虽然及时防备却还是不经意地将唇轻启，给了对方乘胜追击的机会。

贺从泽张口含住她的唇，这个吻极具侵占性，甚至混杂了更深层次的意味。二人当真是在"唇枪舌剑"，分明是暧昧的举动，却像是在打仗。

偏偏就在此时，从不远处传来了一个稚嫩的童声："啊啊啊——成人画面！"

贺从泽瞬间分神，江凛趁这间隙，轻而易举地便将他推回到墙上，得以顺利地脱身。

江凛蹙眉，闻声望去，发现在不远处的电梯口站着的竟然是林天航与贺从泽的助理。

小家伙闭紧眼睛，"噌噌噌"地拽着助理的手使劲儿地往自己眼睛上揉："辣眼睛！辣眼睛！"

"……"

助理静默数秒后，最终还是对二人温馨提醒道："那个……公共场合，二位最好注意一下。"

好事被打断，贺从泽有些烦躁地揉了揉额头，脸色称不上多好，问："你们怎么来了？"

助理一瞬间以为自己听错了，愣了会儿才发现自家上司是真的忘记了，这才老老实实地答道："小贺总，刚才在车上你说的，把林小少爷接过来啊。"

"是呀！是呀！"林天航本来还是十分不自在的模样，闻声直接蹿出脑袋，兴奋地说，"没想到姐姐效率这么高，我还以为要等到明天呢，结果还没等我睡着，哥哥就让人来接我啦！"

江凛眼神凉凉地看向贺从泽。

贺从泽："……"完蛋，醉酒不仅壮人胆，还让人忘事。

助理想了想，最终为难道："要不，我再把人送回去？"

林天航闻言，眼睛立刻就红了，小嘴也噘了起来，摆明了不愿意。

"不用，都这么晚了，再送回去不是折腾嘛。"江凛有些头痛地揉揉太阳穴，而后拍了拍手，唤："林天航，过来。"

林天航当即欢欢喜喜地小跑过去，一把拉住了江凛的手："谢谢姐姐！"

助理瞠目结舌，看了看旁边黑着脸的贺从泽，又看了看江凛："你们二位……这样方便吗？"

方便吗？他们方便什么？

江凛眯眼，反应了有几秒钟，才皱皱眉，转而对贺从泽道："贺从泽，你回家。"

随后，她对助理道："他喝多了，你把他送回去后记得给他灌点儿醒酒药。"

"好的，好的。"助理俨然将江凛当成上司夫人来对待，忙不迭地应声。他方才还以为两个人已经到了同居的地步，还没来得及感叹，便知道是自己想多了。

贺从泽却显得极为从容，照旧倚靠着墙："林天航能留下，我就不能留？"

"你们俩一样？"

"那你说哪儿不一样？"他问得理直气壮。

助理简直快被自家小贺总的厚脸皮击败了。

江凛面无表情地看着贺从泽，沉默半晌后，淡定地颔首："行，那你以后随林天航叫我姐。"

贺从泽日后若是得了闲，他一定要让林天航把对江凛的称呼从"姐姐"改成"凛凛"。

"我没带钥匙。"贺从泽摆明了无赖的态度，"我助理家里有家属，我不方便过去住。"

说到这里，他后知后觉地想起了一件严肃的事情，不禁心头微微酸涩，连助理都有夜生活，就他什么都没有。

江凛正要让他去外面酒店里住，但知道他肯定又会找借口推托，于是也懒得再说废话："进屋就睡觉，老老实实的，不然我直接把你扔出去。"

贺从泽见自己终于得逞，笑着回答："成了。"

助理见事情迅速地被敲定下来，便也抽身离开，回家洗洗睡觉去了。

江凛打开门后，便把新来的一大一小往屋里一塞，自个儿不紧不慢地换好拖鞋，走向洗手间。

林天航扒着门框："姐姐，我能跟你睡吗？"

贺从泽竖眉，单手拨开他："林天航，男女授受不亲你不知道？"

"哥哥，你刚才明明就在亲姐姐！"林天航嘟着嘴表示抗议，"难道你是女人吗？"

贺从泽一下子哑口无言，平生还是第一次被一个小孩子堵得不知道说什么好。突然他察觉到从下唇传来的隐隐疼痛感，顿时想起先前之事，旋即低声笑道："那不叫亲。"

"那叫什么？"

"那叫单方面家暴。"贺从泽一本正经地说瞎话，用指尖点了点自己稍有红肿的下唇，上面还隐约留着刚才干透的血色，"看见没？这就是你姐姐咬的。"

林天航当真信了他的话，凑上去仔细地查看了一番，心疼地抽了口气，轻声道："啊，姐姐好狠哟，哥哥，你真可怜……"

"这不过是小伤而已。"贺从泽说着,笑吟吟地揉揉他的脑袋,道,"不论什么时候,男人都要让着自己喜欢的女人,明白吗?"

林天航点点头,好奇宝宝似的发问:"那面对普通女人,或者讨厌的女人呢?"

"面对普通女人,你要有风度和气度,保持适当的距离。"他一副人畜无害的模样,"至于后者,林天航,我告诉你,讨厌的人不分男女,往死里整就对了。"

站在洗手台前倾听许久的江凛不知道该说什么好。

江凛简单地洗漱后,还不忘去厨房里冲了杯醒酒药。

她转身正打算给贺从泽送过去,却见他不知何时已经站在了自己的身后,此时正斜身靠着墙壁打量自己。

江凛纯粹将他当成木头桩子看待,把水杯往他跟前一送:"喝,喝完赶紧睡觉。"

贺从泽挑眉,虽然不觉得自己醉到需要喝醒酒药的程度,但毕竟是这女人的一片心意,他便欣然接过,不紧不慢地饮下。

喝完后,他把空杯子放在一旁,江凛见他难得这么听话,便点点头准备离开厨房,却不想眼前突然横来一条手臂,直直地拦住了她的去路。

江凛面无表情看向贺从泽,似乎已经料定他又要说一堆废话。

贺从泽轻笑,姿态慵懒,俯身缓缓地接近她,咬着她的耳朵:"凛凛,刚才没做完的事,不觉得遗憾吗?"

贺从泽温热的呼吸触及江凛耳部的敏感地带,仿佛有轻微的电流滑过,于是江凛不着痕迹地蹙了蹙眉,感觉有些不舒服。

什么狗屁酒醉壮人胆,她看贺从泽就是胆大,却又借着醉酒的幌子。

贺从泽将注意力始终放在江凛身上,未曾察觉到身后有人接近。他只低眉敛目,眼底映着怀中女人的容颜,这张脸对他而言正散发着致命的吸引力。

想什么便做什么,贺从泽从来不差这点儿胆子。

他俯首,便要吻下去。

江凛不退不躲,只在二人距离近在咫尺时,淡声道:"林天航,揍他。"

贺从泽的动作一顿,说时迟那时快,几乎在他陷入思考中的瞬间,便感觉臀部被人狠狠地拍了两下。

林天航当真是在亲手揍贺从泽，打人的声音还挺响亮。

与此同时，林天航小朋友用自己稚嫩的童音，满含怒气地质问："哥哥，你怎么可以对姐姐动手动脚？"

贺从泽一时有些发蒙，毕竟从小到大，除了幼儿时期，还没人碰过他的屁股，更别说是这样下手打。

林天航疑惑地歪了歪脑袋，见贺从泽不动，还以为他没听见，便抬手再次打了两下："哥哥，你快放开姐姐！"

林天航！

贺从泽直接炸毛，当即松开江凛，回身就要把这个没轻没重的小东西拎起来："林天航，你再碰我一下试试？"

他刚一开口，江凛便以迅雷不及掩耳之势跨步上前，单手抄过林天航的衣服领子，直接带着人往后退了好几步，动作之敏捷，几乎让人反应不过来。

林天航见贺从泽脸色不对，本来还准备溜之大吉，却不想江凛突然出手相助，终于让他与贺从泽保持了相对安全的距离。

"林天航，干得漂亮！"江凛单膝蹲下，替他整了整衣裳，神色平淡地说，"面对无下限要无赖的人，就该动手教训。"

林天航点头，义正词严地说道："对！不然不长记性！"

江凛深以为然，鼓励似的轻轻地揉了揉林天航的脑袋，甚是欣慰。

贺从泽："……"他能怎么办，活得还不如一个小屁孩，好绝望啊。

林天航终究是小孩子，折腾得太晚，一下子就困了。

虽然家里没来过外人，但好在客房里还算干净整洁，江凛便将林天航塞进被窝里，让他赶紧睡了。

贺从泽去卫生间里洗了把脸出来时，江凛刚换好睡衣准备回卧室里，见他差不多没事了，便摆摆手："去客房里跟林天航睡，别打扰我。"说罢，抬脚走向主卧。

贺从泽望着她的背影，敛眸思索几秒后，还是决定为自己的清白辩解一下："江凛，我没干那事，当时是宋川喊的。"

江凛闻言停下脚步，回头看他，似乎完全不觉得意外，只点点头道："我知道。"

贺从泽眨眨眼，表情好无辜："真的，我没骗你。"

"我没说你骗我。"她轻微拧了拧眉，"你当我聋？我又不是听不出来电话那头的人是谁。"

敢情她是从一开始就知道了？

贺从泽愣住，一下子没反应过来，问她："那你还把我拉到黑名单里？"

江凛十分坦诚，毫不掩饰地说："我嫌你再打电话来解释，打扰我的工作。"

贺从泽："……"成了，他还真是每天都在跟工作争风吃醋。

"不过，"江凛顿了顿，嗓音有些冷淡，"你下次再胡混的时候，别联系我了。"

贺从泽这会儿倒是反应敏捷："你不乐意我去？"

"那是你的自由。"江凛回身，头也不回地走向主卧，"别在我耳边吵吵就行。"

啧啧啧，这个口是心非的女人啊。

贺从泽站在她身后，颇为愉悦地应声："成，那我以后都不去了，我还就喜欢你这心口不一的劲儿。"

回应他的是江凛的关门声。

这并不影响贺从泽的大好心情，他笑盈盈地关了灯，去客房里找林天航睡觉去了。

谁知他这边刚一沾床，便见身旁的小家伙翻了个身，对着他一脸严肃，不知在想些什么。

贺从泽挑眉："怎么还不睡？"

"我在想一个很重要的问题。"林天航一脸正经，低声对贺从泽说道，"哥哥，你是不是喜欢姐姐啊？"

贺从泽并未急着回答，只觉得来了点儿兴致，反问："怎么了？"

"我觉得你对姐姐好上心哟。"林天航摸摸下巴，神情似乎有些感慨，"我原来听叔叔们说过，哥哥你有点儿不务正业，但是我感觉你在姐姐身边的时候，完全不像他们说的那样呀！"

贺从泽无声地弯唇，缓声问他："那林天航，在你眼里，我待在江凛身边的时候是什么样子？"

"嗯……"林天航当真一本正经地思考起了这个问题，贺从泽也不急，颇有耐心地等着。

半晌后，林天航抬头，将小孩子的世界里为数不多的形容词贡献出来："工作认真负责，很成熟，能力强……让人很有安全感。"

贺从泽揉揉他的脑袋，带着笑意说："正因为我喜欢江凛，才会有这么多优秀的样子。"

"因为喜欢一个人，这份心意本身就能带给你力量，它会促使你成为更好的人，让你整个人焕发生机。明白吗？"

林天航似懂非懂的，却好像也明白了什么道理，缓缓地点头："原来是这样……"

他戛然而止，像是想起了什么事情，撇着嘴看向贺从泽，十分委屈地说："不对，不行啊，你喜欢姐姐，我也喜欢姐姐，我不想把姐姐让给你。"

贺从泽笑得温柔："不让也得让。"

"姐姐对我比对你好多了，我才不让！"

贺从泽笑容未改："林天航，以后还想不想让我带你吃好玩好了？"

林天航如遭雷击，瞬间蔫儿了。过了会儿，他才心不甘情不愿地开口道："那……那我让给你吧。"

贺从泽欣慰地说："懂得取舍才是聪明小孩儿，你要学会适时向势力屈服。"

林天航咬着被角无语凝噎，心里给江凛姐姐道了无数的歉。

夜深人静，二人短暂闲聊后，便关灯睡觉。

司家。

司莞夏刚跟朋友逛完街，身后的用人拎着大包小包，跟着她走进屋内。

司莞夏有些疲倦地伸了个懒腰，对用人懒洋洋地命令道："放我房间里去吧，动作利索点儿。"

用人应声，连忙快步朝着她卧室的方向走去，不敢耽搁。

司家上下都知道这司小姐是个坏脾气，有公主命也有公主病，平日里总瞧不起家里的用人，稍有不顺眼，便要将用人痛斥一顿再辞退，任性妄为。搞得司莞夏一回司家，便人心惶惶。

齐雅已经回房里睡下了，而用人们也早就到了该歇息的时候，可司小姐迟迟不见归家，大伙儿只得干巴巴地等她回来，此时才终于等到了人。

司莞夏浑身劳累，正要去冲个澡换身衣服，再试试今天刚买的护肤品，然而还没走出去几步，便被管家伸手拦了下来。

管家看着她，面上的笑容温和谦逊，说："小姐，老爷找您。"

"我累了，不想去。"司莞夏的好心情瞬时烟消云散，她不耐烦地挥挥手，说，"别挡在我跟前。"

管家神色自若，仿佛瞧不出她的不满情绪，继续说："小姐，老爷说了有事要问您，您今晚无论如何也要过去。"

司振华这么多年来鲜少管她，这段时间是怎么回事？

司莞夏实在既困惑又烦躁，然而再怎么样也还是拧不过自己的父亲，只得跺跺脚，对着管家道："大半夜真是烦死了……他在哪儿？带我过去。"

管家带她进了司振华的书房里。说是书房，其实就是司振华的办公室，平时他常在里面办公，司莞夏儿时常来，但因为司振华严令禁止别人碰他的东西，她觉得无趣，便也没再来过了。

管家替她将书房门打开："老爷在打电话，小姐，您先进去坐着等一等吧。"

司莞夏在心里吐槽了一句麻烦，表面上无比敷衍地胡乱答应下来，抬脚就走了进去，随便在小沙发上坐下。

然而，管家依旧守在她旁边。

司莞夏浑身上下都觉得不自在，转头，拧着眉毛问道："你在这里干什么？没有事情可以做？"

"我陪您一起等老爷……"

司莞夏摆摆手，道："没必要，你在这儿我怪难受的。"

管家似乎有些犹豫，但看司莞夏态度坚决，便也不好再坚持，临走前特意嘱咐了一句："小姐，一定不要乱碰书房里的东西。"

"行行行，我知道了，你赶紧走吧。"

司莞夏简直都快没脾气了，再次出声赶人。门被合上后，书房里终于清净了下来。

她坐着也是无聊，便拿出手机打算聊聊天，却发现不知什么时候手机没电关机了，只得愤愤作罢。

司莞夏最不喜欢等人，安生没多久便站起身来，开始随意地在书房里溜达。

她用目光从书架上一一扫过，也没看到什么新奇玩意儿，都是些规规矩矩的书，单是看名字就无趣得很。这些根本就没什么看头啊，司振华为什么不让人碰？

司莞夏只觉得这是属于中年男人的不可理喻。

她摇了摇头，随后走到司振华的办公桌前，粗略地扫视一圈。

桌面一尘不染，文件都被整理得十分整洁，隐约能从中瞧出一些男人一丝不苟的作风，或者说是近乎强迫症。

司莞夏闲得难受，便俯身去看那些文件。她对商务一窍不通，看着文件上的各种条款仿佛是在看天书。

她心里不禁越发地烦躁。

就在此时，她余光瞥到办公桌的角落处放着一个文件袋，在这么干净的书桌上，这实在有些突兀。

司莞夏的好奇心瞬间便被勾了起来，她走过去将文件袋拿起，正准备拆开来看，动作却蓦地顿住。

司振华不是说不让乱碰他的东西吗？司莞夏不禁有些踌躇，在拆与不拆之间犹豫了好久。

她可是他司振华的女儿，又不是什么外人，就算犯了错，也无所谓吧。这么想着，司莞夏便觉得理直气壮了些，当即利索地将文件袋拆开，手一伸，却发现里面只有薄薄的一张纸。

她拿出来一看，身体瞬间僵硬。

这是什么东西？亲子鉴定委托书？

司莞夏的指尖有些颤抖，她将目光缓缓地落在姓名栏上，发现是司振华和……

司莞夏不敢相信地揉揉眼睛，确定自己没有看错。

江凛？！

司莞夏手足无措地发现自己看不懂表格上那些乱七八糟的数据和字母，索性直接去看鉴定结果那一栏。

只一眼，她的心跳便蓦地停了一拍，仿佛被一盆冷水迎头浇下，她浑身冰凉。

这怎么可能？！

"鉴定结果我让人送到你手里了。"

手机听筒中，传来男人沉而缓的声音，沙哑的声调能够听出对方已经步入中年。

司振华不冷不热地"嗯"了一声，问道："你看了？"

对方笑了笑，说："这也是我好奇的事，怎么可能不看？"

司振华"哧"了一声，似乎有些不屑地说："那看来，叶董今天兴致挺高，连我的私事都管了。"

叶明成全然不在意他语气中的不善，懒懒地说："叫江凛是吧……那孩子当初救我的时候，我就觉得她给我的感觉很熟悉，没想到还真猜对了。"

司振华没接他的话，淡声道："我希望鉴定结果只有一份。"

"仅此一份，我已经给钱封口了，你没必要担心。"叶明成道，随后又笑着问，"不过司振华，她毕竟是你的女儿，未必比不上你狠，你就不怕她把你们司家那些事情给捅出去？"

"女人之间的事罢了，就算她捅出去，也牵扯不到我身上。"司振华不以为意地说，"更何况她不过是个小姑娘，能苟且偷生到今天已经算是费劲儿，还能干出什么大事？"

"那看来，当年的火灾你根本就没有发现尸体，也一直知道她们母女两个活着。"

"既然齐雅以为她们死了，那让她们消失就好了，也省了不少事。"

闻言，叶明成笑而不语，也不知心里在想什么。

"我还有事，挂了。"司振华不再多言，言简意赅地结束此次通话，收起手机，向书房走去。

他在心里算着时间，司莞夏这个时候应该已经回来在书房里候着了。

他刚推开门，便见司莞夏神情恍惚地站在办公桌前，手中拿着一张纸，在桌角处放着的是被拆开的文件袋。

此情此景说明了什么，再明显不过。

司振华的脸瞬间沉了下去。

"司莞夏，你在干什么？"

司莞夏还在对着亲子鉴定书看得出神，身后冷不丁地响起了男人不含情感的声音，吓得她下意识地缩了缩肩膀。

"我……我……"司莞夏被杀了个措手不及，第一反应便是迅速将亲子鉴定书放回桌上，神色张皇地看向站在书房门口处的司振华，结结巴巴的也不知道该说些什么好。

司莞夏现在脑子里一团乱麻，根本理不出任何头绪，甚至怀疑这是否只是一场荒谬的梦境，但可惜并不是，她拼命地掐着自己的胳膊，感受到的却只有疼痛。这份疼痛反而迫使她更清醒地接受了这个事实——江凛，是司振华的女儿。

婚外情？不，这不可能，江凛的年纪明明和自己的年纪差不多啊！司莞夏唯一能想到的答案只有一个，但那又是绝对不可能的，她也不好开口去问。

司振华黑着一张脸，快步上前将亲子鉴定书折叠好收回文件袋里，然后随手放进了办公桌的抽屉中。

抽屉被合上的声音格外响亮。

司振华陷入沉默中，司莞夏不知道为何也失去了勇气，只得低着头逃避，胡乱猜想着后续该怎么办。

终于，不知静默了多久，司振华开口对她冷声说："司莞夏，我是不是说过书房里的东西绝对不能动？"

"我……我只是太好奇了。"司莞夏抿了抿唇，想为自己辩解几句，然而抬头对上父亲的眼神时，却蓦地失声。

好陌生的眼神。

有一瞬间，司莞夏甚至觉得自己并不认识眼前的男人。

他看自己的眼神像是看一件物品，冰冷得不含任何的私人情感，就连司莞夏想象中的盛怒都没有。

司振华冷冰冰地盯着她，闻言只轻轻地嗤笑了一声，不置可否。

莫名地，司莞夏竟然有种被看轻的恼怒感。

虽然司振华是她的父亲，但他们父女两个的感情并不深。司莞夏只记得小时候他经常陪着自己，如同一个最普通不过的父亲。可后来渐渐地，彼此间的距离越发遥远，有时连话都说不上几句，二人的关系也趋于冷淡。

司莞夏是能察觉出来的，司振华对她明显是厌倦了。可为什么偏偏是厌倦？自己明明是他唯一的孩子。

起初，司莞夏还这么疑惑着，可今天突然就明白了。

司莞夏的嗓子有些干涩，她定定地直视着司振华，佯装从容道："这种事情被我发现，你就不怕我告诉我妈吗？"

她本来以为司振华闻言，会惊慌失措，或者大发雷霆，但这些都没有发生。

司振华只是无比平淡地扫了她一眼，似乎根本就没把她的话放在心上，径直绕过她，坐到了办公桌前的软椅上，淡声道："怎么？觉得知道点儿什么就能威胁我了？"

他难道不怕吗？

司莞夏怔怔地盯着他："你不怕？"

司振华冷笑："我为什么要怕？该怕的人不是我。"

"你是什么意思？把话说清楚！"司莞夏被他说得越来越茫然，心头的谜团越积越多，她双手按着桌面，满面焦急，"江凛究竟是谁？她怎么会是你的女儿？！"

司振华看着她不发一语，眼神平静，毫无波澜。

司莞夏只觉得自己浑身冰凉，一脸震惊地望着司振华，喃喃道："不对，江凛是你的大女儿，当年的火灾——她们母女两个根本就没死！"

司振华闻言，嘴角终于露出了一分淡漠的笑意："看来你还有点儿脑子，能反应过来。"

这不可能，不可能。究竟是为什么？

司莞夏摇摇头，向后退了几步，转身就要走："不行，我要去告诉我妈。"

"你最好别去。"司振华淡淡地出声，坦然无比，"不然你妈可能以后都睡不好觉了。"

"什么意思？"司莞夏愣住，倏地回首看他，眼神急迫，"你到底是什么意思？在暗示我什么？"

为什么得知江凛母女还活着的消息，司振华这个当事人不慌不忙，反而是齐雅担惊受怕？

司莞夏百思不得其解，脑子越来越乱。

突然她灵光乍现，浑身僵住，一个可怕的念头在她心中油然而生，无论如何也迈不出下一步了。她喉间动了动，再出声时，嗓音暗哑得吓人："当年火灾……是怎么发生的？"

司振华冷笑，一字一顿地说："你承受不住，还是不知道比较好。"

这无疑就是肯定了司莞夏的猜想。

司莞夏有些身形不稳，跟跄了一下，赶忙伸手撑在墙壁上，勉强让自己稳住重心，身子却依旧在止不住地发抖。

司莞夏冷汗如雨下，感觉自己呼吸急促，心跳加速。意识到这可怕的真相后，她下意识地便去否认，重复道："不可能，你骗我……"

"我不想多说，总之我所做的一切都是在保护你和你妈，你只需要当作今天没看到过那份亲子鉴定书。"司振华表情寡淡，瞧不出任何威胁的意味，却让人觉得倍感压迫，"我之所以今晚叫你过来，是有正事。"

司莞夏脑子还在发蒙，眼神困惑地看着他。

"我懒得跟你废话。"他开门见山地说道，"司莞夏，你联系 S 市的人一起制造车祸，真的以为自己已经完美脱身了？"

话音刚落，司莞夏浑身巨震，瞳孔蓦地紧缩，眉心也紧紧地拧着，表情十分丰富。

今天她受到的打击实在太多，简直怀疑是不是老天想跟自己开个玩笑，接着再逼疯自己。

她明明每步都做到了万无一失，谨慎再谨慎，即使刘彤被判入狱也没有牵扯到她，为什么会被司振华知道？

"之前匿名举报江凛的事情，相关资料也是你让那个叫刘彤的弄来的吧。"

司振华说着，眉眼间似乎有几分不耐烦。他点上一支烟，淡声道："我很早以前就警告过你，你做的那些事我只是不想管，而不是不清楚。"

司莞夏显然已经震惊到无话可说："你……"

司振华嗤笑，也不知道是说给自己听，还是说给她听的："害人都不会，看来我还是太惯着你，把你养成了个废物。"

司莞夏瞬间炸毛，也不知道哪里来的勇气，几步迈上前去，手掌重重地拍在了司振华面前的桌子上，气愤地说："你是觉得我不如江凛？！"

司振华见她如此，蹙了蹙眉，说："简直毫无可比性。"

"以后老老实实收手，只要当作什么都没发生过，你就能继续心安理得地过安稳日子。"司振华仿佛已经厌烦同司莞夏沟通，轻轻地弹了弹手中的烟灰，眉眼间尽是漠然，"但你如果还要惹是生非……到时候，就别怪我没警告过你了。"

他虽然话未说全，但话语中的狠劲儿已然袒露无遗。

语罢，司振华不再看她，低头拿过旁边的一沓文件，说："你走吧，我烦了。"

司莞夏默不作声，在原地呆呆地站了会儿，而后便转身朝着书房门口一步一步地走去，脚步沉重。

直到身后的门被关上，她才逐渐反应过来。她缓缓地蹲下身子，咬紧下唇，眼泪争先恐后地涌出眼眶。江凛，江凛，又是江凛！为什么那个江凛就这么跟她过不去，死活都要干扰她的生活？

要是江凛消失就好了……那种垃圾，有什么资格在她眼前晃悠？她司莞夏才是名正言顺的司家小姐！

司莞夏咬紧牙关，硬是没让自己出声，直到血腥味溢满了口腔，她才惊觉是自己咬破了嘴唇，疼痛感也在此时传来，侵蚀着她的四肢百骸。

她握紧拳头，闭上双眼，心情突然平静了下来。不行，她不能再继续跟江凛正面对峙了。司振华的态度很明显，而且齐雅似乎和当年的火灾也有关系，她绝对不能让江凛的身份泄露出去。

司莞夏头痛地闭紧了双眼，啊，烦死了！

次日早晨。

江凛今天上早班，因此很早便在卧室里开始收拾，还特意放轻动作，怕把在客房里睡觉的两个人吵醒。

当她推开卧室门，打算去厨房里拿点儿面包当早点儿的时候，却发现本该在客房里睡觉的一大一小，已经坐在餐桌前了。

林天航还处于蒙眬的状态，小脑袋一点一点的，江凛十分担心他一不小心就磕到桌子上睡着了。

桌上摆着三明治，似乎是刚做好的，还冒着热气，旁边摆着一杯咖啡。

贺从泽还真是贤惠无比啊！

江凛挑眉，扭头去看贺从泽，便被他闪了一下眼。

她也不知道是该说贺从泽太过随性，还是该说他忙着做早饭还没来得及整理？他身上的卫衣本就很宽松，此时领口向下敞着，让他脖颈的大片肌肤直接裸露在外面，他的发型也有些乱，却不显得邋遢，反而让他整个人有种慵懒的美感。

大清早就遭受到了如此冲击，江凛有些受不住，于是不着痕迹地收回视线，坐在座位上拿起了自己的那份早餐。

贺从泽正打着电话，双腿交叠地搭着，嗓音带着刚起床没多久的低哑："她现在人呢？"

"去逛街？别扯了，这大清早的才几点。"

"我给她打电话问问吧，你不用管了。"

"嗯，那我今晚回去吃饭。"

贺从泽随口应了几句后，便挂断电话，捏着眉骨叹了口气。

江凛瞥他一眼，问："怎么了？"

"我祖母昨晚刚回京都，今天就不知道跑哪里玩去了，我还得抽空去找她。"

江凛嚼三明治的动作一顿，她问："跑出去玩？"

"我好像没跟你说过。"贺从泽言简意赅地介绍道，"她老人家虽然上了年纪，但最喜欢自个儿坐着飞机全世界乱转，我的玩性估计就遗传自她。"

江凛想了想，评价道："老太太性格挺好！"

贺从泽显然不敢苟同，只默默地翻了个白眼。

饭后，江凛上班没让贺从泽送，而是将林天航扔给了贺从泽，让他暂时先照顾着。

贺从泽在客房里的床上将就着睡了一晚，睡得不太舒服，精神不佳，但还是顺着江凛的意思，勉强答应带会儿孩子。

江凛离开后，贺从泽低头看了一眼自己，不禁嫌弃起身上皱皱巴巴的卫衣来。他从来不穿隔夜的衣服，便给助理打了个电话过去，让助理准备一套男装，顺便再去趟林家，把林天航的衣服收拾几件带过来。

"好的。"助理一一应下，顺嘴问道，"是送到江小姐的住处吗？"

贺从泽懒懒地"嗯"了一声，叹了口气，说："反正那女人扔下我就跑了，你直接上楼送到家里就行。"

助理不理解，这个说法有点儿微妙，小贺总被江小姐扔下就跑了？

助理有点儿控制不住自己的脑洞，情不自禁地联想到自家副总衣衫不整地坐在床上抽事后烟，然而女主角早就甩下他无情地走人的场景。

当然，这种想法他是绝对不会说出口的。挂断电话后，他赶紧老老实实地按照贺从泽的吩咐忙去了。

贺从泽也没让自己闲着，再次尝试给祖母打电话未果后，索性放弃了这个念头，低头问林天航："一会儿带你去玩？"

林天航眨了眨眼睛，问："去哥哥家开的医院里玩可以吗？"

"你想找江凛？"

小家伙忙不迭地点头，乖巧地保证道："我一定不会乱跑，就是过去看看姐姐工作的地方！"

贺从泽想了想，应该没什么大碍，便说："好，等你助理哥哥把衣服送过来，我开车带你过去。"

林天航当即喜笑颜开地说："好的！"

与此同时，A院。

江凛刚去签了到，正在办公室中整理着近期工作的资料文件，打算待会儿带着实习医生例行查房。

最近A院的氛围倒是轻松，手术室那边也松快了很多，只是她的工作有些繁杂，手底下又来了几名实习生，都需要她多费点儿时间。

将文件整理好后，江凛舒了口气，整了整白大褂，便推门出了办公室。

谁知江凛刚一开门就感觉自己似乎撞到了什么，察觉到不对，她迅速地收力，却还是听到对方吃痛地"哎哟"了一声。

自己撞到人了。

江凛定睛一看，发现被自己撞到的是一位慈眉善目的老太太，老太太捂着肩膀，看起来似乎是忍着痛楚，嘴里还"咝咝"地抽着冷气。

"对不起，我没想到外面会有人。"江凛心里一紧，生怕老太太真的出了什么事，伸手便去扶着她，问，"老人家，您没事吧？"

"没事，没事，我还行。"老太太勉强地扯了扯唇角，对江凛说，"就是这肩膀被撞得有点儿疼，还真是人老了，骨头脆。"

江凛本来就很是担忧，闻言更不放心了，连忙扶着老太太坐在走廊边的椅子上，道："您先坐着，我是胸外科的，不清楚这些，这就给您找个骨科的医生来看看。"

说着，江凛转身就要去骨科那边，生怕耽误老太太的检查，万一真的出了问题就不好了。

老太太正不着痕迹地打量着江凛，谁知还没反应过来，江凛就要准备离开了。

情急之下，老太太也没多想，条件反射般伸手攥住了江凛的手腕，连忙喊道："欸，小姑娘！"

这么一扯一喊间，江凛瞬间便察觉出了些许不对劲儿的地方。

老太太的声音中气十足，哪里有半分方才的虚弱无力？还有这拉住她的手，颇有力道，竟然能直接把她拽住。

江凛稍稍眯眼，顺着拽着自己的那只手看了过去，可不就是方才老太太说疼的那只胳膊？莫非是老人家碰瓷碰到这儿来了？

老太太似乎也瞬间反应了过来，结巴了一瞬，迅速整理好措辞，说："唉……我……我有点儿头晕，感觉跟喘不过来气似的。小姑娘，你坐下来陪陪我就行，就不麻烦你再找人来了。"

江凛无声地皱眉，本来不想多浪费时间，但毕竟自己刚才真的撞到了人，便顿了顿，问："老太太，您就直说吧，到底有没有事？"

江凛五官精致动人，身材高挑纤细，一双眼睛尤为明亮清澈，甚是好看，让人瞧着便心生欢喜。老太太看着江凛，觉得她声音好听，人也不错，怎么看怎么觉得满意，竟都没注意听江凛问的是什么。

老太太笑吟吟地对江凛和蔼地说："小姑娘，我怎么看你这么眼熟？你叫什么啊？"

江凛本来没想答，说不上信任眼前的老人，也不知道对方有何目的，但她此时挂着胸牌，老太太看了一眼，便知晓了她的身份和名字。

"外科主治医师，江凛。"老太太念出声来，面上的喜色更加明显了些，"哎呀，名字可真好听！"

江凛一头雾水，着实不明白这老太太有何用意，不过老太太看着似乎是没什么大碍了，江凛便转身准备去忙自己的事情。

"欸，别急着走呀！"老太太忙不迭地站起身来，拉住江凛，也懒得继续装下去了，语气有些急迫地问道，"小姑娘，你今年多大了？有兄弟姐妹吗？是自己一个人在这边工作吗？"

江凛不解，老太太这是什么意思？来查户口的吗？

"老人家，您问我这些做什么？我们认识吗？"江凛有些啼笑皆非，轻轻地将自己的衣角从老太太的手中抽了出来，道，"接下来您是不是要问，我家在哪里？"

"对对对！"老太太点头，欣喜之情溢于言表，毫不掩饰地继续问，

"姑娘，你家住在哪儿啊？"

江凛哑然失笑，半晌后笑着摇摇头，说："您应该是没什么事了，我还有工作，要先走了。"

老太太这回急了，终于忍不住自报家门："其实我是……"

就在此时，从不远处传来一个男人愉悦的呼唤声："凛凛，一会儿不见想我没有？"

江凛闻声去看，见来人是贺从泽，他换了身新衣服，头发也被精心打理好，整个人和清晨那副慵懒居家的模样全然不同。

此时，他正单手牵着林天航，迈步朝这边走来，步履从容。

老太太也听见了他的声音，当即挑眉，转过身子面对着他，正要开口，然而下一秒她看见了贺从泽手边的林天航，不禁瞠目结舌。

老太太方才始终背对着这边，此时贺从泽才得以看清楚对方的长相，只这一眼，他眉眼间的散漫笑意顿时僵住，被震惊取代。

江凛和林天航不明就里，望着眼前无言对视的一老一少，不知道到底是怎么回事。

数秒后，两个人同时开口，语气皆是难以置信——

"祖母，您怎么在这儿？！"

"你们竟然连孩子都有了？！"

"所以，"江凛抱臂站着，有些哭笑不得地看着眼前的老太太，问道，"您就是……贺从泽的祖母？"

贺老太太摇头叹息道："其实我刚开始没想暴露身份的。"

贺从泽牵着林天航走过来，眉心轻蹙，问道："不是说逛街去了吗？您怎么跑到A院这儿来了？"

"我听说你最近在追一个小姑娘！"贺老太太瞥了他一眼，神色复杂，"谁知道你们竟然连孩子都有了……"

被误会身份的林天航愣了愣，顿时反应过来，连忙对贺老太太摆手，说："奶奶，你误会啦！我叫林天航，是林家的孩子，只是来找哥哥姐姐玩的！"

贺老太太闻言一愣，这才仔细地打量了林天航的五官，嗯，果真不像两个人中的任何一个。她当即恍然大悟般一拍手，笑道："这样啊，那看来是我误会了！"

贺从泽挑眉，没头没尾地道了句："估计也快了，应该就这几年。"

这话说得隐晦，如果不仔细联系前面的对话内容，旁人根本反应不过来他的言外之意。

林天航摸不着头脑，疑惑地看着贺从泽，贺老太太却是了然似的点点头，一脸慈祥的笑容。

江凛是好脸给他多了还是怎么的？他怎么越来越厚颜无耻了？

贺老太太在此时转头，满面正色地打量着江凛，神情严肃。

江凛疑惑，身子未动，问道："怎么了？"

"唉，真是。"贺老太太叹气，似乎有些惋惜，"你怎么找了个这样的啊？"

江凛眉峰一挑，她这是被公然嫌弃了？

贺从泽闻言瞬间变了脸色，正欲开口缓和气氛，便见贺老太太握住了江凛的手，由衷地感慨道："小姑娘，你这么出色，怎么就找了贺从泽那样的混账小子啊？"

话音刚落，林天航便十分不给面子地大笑出声，边笑还边去拍贺从泽，说："哈哈哈……哥哥，你也太不受待见了吧？！"

贺从泽的脸色十分"好看"。

这转折太过突然，江凛愣住，一时不知该作何回应。几秒钟后，她反握住贺老太太的手，沉着地说："多谢您夸奖！"

贺从泽面色复杂地轻轻地将二人隔开，无奈地对贺老太太说："祖母，您准孙媳……江凛还有工作没处理，就让她先忙吧，我先送您回去。"

他虽然及时改口，欲盖弥彰的模样却更显暧昧，江凛算是懂了这男人的小心思。

"既然如此，那我就不多打扰了。"贺老太太乐呵呵地颔首应下，对着江凛弯唇笑道："小姑娘，有机会再聊，我很看好你哟！"

说实话，江凛还没见过性格如此开朗的老年人，倒不讨厌，反而觉得有些好感，于是也挥手作别："好，您慢走。"

贺从泽掏出手机，正准备给贺云锋打电话，却想起了旁边还有个小家伙，便俯身对林天航道："林天航，我要先回一趟贺家，可能要花点儿时间，你想跟着谁？"

林天航虽然表面踌躇，小眼神却是不停地往江凛那边瞥，稍微有点儿眼力见儿的人，都知道他是什么意思。

江凛自然是接收到了林天航的信号，想了想，问他："林天航，我待会儿要先去查房，你如果想在这里的话，就在我办公室里待着不要乱跑，能保证的话，你就留下来。"

林天航闻言，忙不迭地点头应声，展露笑颜："好的，姐姐，我不会乱跑的，就在办公室里等你回来！"

"好。"江凛应声，侧首朝向贺家二人道，"林天航我带着，你们先去处理家事吧。"

贺从泽本来打算临走前给江凛丢个飞吻的，但毕竟有长辈在身边，他还是规矩了些，有意收敛行为，最终只是对江凛挑眉放了个电，便同贺老太太离开了。

江凛看了一眼时间，自己已经耽误了快半个小时了。就在此时，苏楠走上楼梯朝江凛这边走了过来。

苏楠见了江凛，笑着打了声招呼："原来你在这儿呢。今天你难得没早到，我就过来看看你在不在。"

说完，她将视线逐渐转移到林天航身上，怎么看怎么觉得眼熟，不禁颇为疑惑地问道："这个孩子是……？"

江凛简单地回答道："林城的孩子，林天航。"

林天航很有礼貌地低下脑袋，老实巴交地同苏楠打招呼："姐姐好！"

于是苏楠彻底想了起来，拍了下手，叹道："原来是林家的孩子，我说怎么这么眼熟呢。"

"嗯，刚被人送过来，我要照顾会儿。"江凛说着，对苏楠抱歉地笑了笑，"不好意思，刚才有点儿事情耽误了时间，我马上就去查房。"

苏楠摆摆手，示意江凛不着急，说："没事，没事，你不用急，我正准备去给病人配药呢，有点儿不确定，想找你一起看看。"

"好，稍等一下。"江凛点头，随即推开办公室的门，言简意赅地跟林天航介绍："林天航，办公室里面没什么贵重的东西，但电脑里的文件以及桌子上的资料不要乱碰，在这里等我回来，可以吗？"

林天航连连应声，俨然一副乖巧宝宝的模样："我一定会乖乖地在这里待着！"

江凛对这个回答感到十分满意，点点头，说："等我下班了，就带你去外边玩。"

林天航欢呼雀跃地说："好，玩起来！"

苏楠觉得，江凛带孩子的方式还真是神奇……

林天航其实并不怎么擅长去适应新环境，但江凛的办公室中只有他一个人，对他而言，也就没那么难以接受了。

江凛和苏楠一同离开后，林天航便乖乖地走进了办公室里。他反手关上门，将室内布局打量了一番，随后锁定边上的小沙发，小心翼翼地走过去正襟危坐，仿佛办公室里有双无形的眼在盯着他似的。

小孩子的规矩意识总是比较强的，只要大人不厌其烦地重复几遍，就能增强他们对一件事的重视程度。

林天航本来也不是那种特别活泼、特别有好奇心的孩子，既然答应了江凛好好在办公室中待着，那他便待着，也不乱在办公室内走动，只用眼睛去观察四周。

江凛的办公室干净整洁，几乎没有什么日常生活的痕迹，十分正式，近乎没有人情味。

林天航看向后面的书柜，发现里面除了一些医学生的学习教材，还有些小说名著，他对江凛的兴趣十分好奇，便多看了几眼，也算是趁机了解了她的所喜所爱。

原来姐姐喜欢看这种类型的书呀……以后要让管家叔叔买一些这样的书，好送给姐姐看。林天航美滋滋地想着，唇角展露笑意。

他拿出自己的小手机，秉承一贯认真学习的态度，点开了手机中的英语词典，开始背单词。

也不知过了多久，林天航感觉自己还没背几个单词，便听见有脚步声在办公室外响起，与此同时，办公室的门被人推开了。

"咦，姐姐，你这么快就回来啦……"林天航下意识地以为是江凛回来了，顿时欢欢喜喜地看向门口。

在看到来人的那一瞬间，他未说出口的话蓦地止住。

林天航望着眼前的陌生女人，蹙了蹙眉，疑惑地问道："请问你是……？"

"这批药是刚运进来的第二批，第一批药有很多病人说效果挺不错。"苏楠打开橱柜，将一盒药递给江凛，示意她看看。

江凛看了看药物成分，觉得没什么不对劲儿的，说："成分含量正常，你哪位病人想用？"

"嗯，是位老太太……啊，对了，就是你之前接手过的，那位做了食道癌手术的老人。"苏楠说到这里，连忙补充道，将情况向江凛简单地介绍了一下，"当初手术是成功了，但老太太已经上了年纪，过了没多久又住院了，还有并发症，你当时手下有病人，所以院方就交给我负责了。"

江凛愣了愣，经苏楠这么一说，才想了起来："是那位啊。"她本来以为老人家出院后已经康复得差不多了，谁知竟然……实在是造化弄人。

"嗯，她听别的病人说这个药好用，就跟我提出自己也想试一下。"苏楠颔首，却是叹了口气，"但是……你也知道的，老太太身体不太行，有很多小毛病。这个药虽然效果不错，但使用过量，对肾脏不太好。"

江凛闻言蹙眉，问她："对肾脏影响不太好？是病人反馈的吗？"

"这倒是还没有，这药是第二批入院的，第一批的时候没有病人说不好。"苏楠摇摇头，道，"但药物中的一些成分的确对肾脏有一定的副作用。"

江凛再次看了一眼药物成分表，结合当初老太太的身体情况，认为这药的确有产生副作用的潜在危险。

江凛沉吟了数秒后，道："老太太入院后，最近情况怎么样？"

"说实话，老太太的情况不太好，和手术前几乎没什么差别。"苏楠叹了口气，脸色有些凝重，"而且，她的常用药似乎也已经没什么效果了，我还在想办法，总不能就这么放着老太太不管。"

江凛想了想，最终提议道："那就先小剂量试用一段时间吧，观察一下老太太的身体情况，如果有产生副作用的迹象，就立刻停掉。"

"行。"苏楠点头，说，"刚开始我就在犹豫，想着要不找你参考参考，毕竟你也是当初负责过老太太的医生。既然你也这么认为，那我就这么办吧。"

江凛"嗯"了一声，苏楠大概打量了一下药物使用说明，随即根据病人的状况，在一张纸上写下了相应的服用剂量，打算就给病房送去。

就在此时，门口传来同事的呼唤声："苏楠姐，周主任叫你呢，好像找你有事。"

苏楠应了一声："我马上过去！"

"那我去送药吧，你先去忙。"江凛见她快顾不得两边了，便主动帮忙，说，"正好我也准备去查房，顺路。"

"好好好，那谢谢你了啊！"苏楠忙不迭地道谢，将病房所在位置告诉江凛后，便快步离开房间，去周主任办公室了。

江凛拿过药，打量了一眼苏楠给出的剂量，确认没什么问题后，径直去了老太太所在的病房。

此时已经不算早，大多数病人已经起床，老太太也不例外。她今天的精神头似乎还不错，半靠在床头上兴致勃勃地盯着电视，看得正来劲儿。

老太太看电视过于投入，都没有注意到有人来了。直到江凛走到她身边，她才反应过来，笑着抬头，开口欲问好。

在看清楚来人的相貌后，老太太怔了一怔，眼底逐渐有惊喜之情浮现。她一弯唇，笑容和蔼地说："小姑娘是你啊！真是好久不见了！"

江凛下意识地对她笑了笑，问道："身体还是感觉不太好吗？"

"唉，说这些做什么？"老太太似乎还挺豁达的，轻描淡写地回应江凛，"我这把老骨头，能撑到现在已经不错啦，还是多亏了你上次手术做得好，不然我真的都怕活不到……"

江凛有几分无奈，伸手竖起手指放到唇边，道："别说这种话。"

老太太被她这正经模样逗乐了，说："原来你们医生也信这些吗？"

"倒也不是信不信的事，就是在接受治疗的过程中，病人的心态很重要。"

"哈哈哈，好，那我以后不说这种话了。"老太太爽朗地答应，似乎是想起什么，又问江凛，"欸，小姑娘，苏医生没来吗？"

"我刚才和苏医生一起去配药了，她去周主任办公室了，我就先把药送过来。"江凛言简意赅地说明来意，直接进入正题，将药盒与写着服用剂量的字条递给了老太太。

老太太将其接过，好奇地瞅了瞅，发觉药物名称有些眼熟，"咦"了一声，说："这不是我跟苏医生提起过的药吗？"

"嗯，我和苏医生讨论后，觉得你可以先服用小剂量试试看。"

"这样啊，麻烦你们两位姑娘，我会按照这个吃的。"

江凛颔首，又提醒道："对了，奶奶，你开始服药后一定要注意自己的身体状况，如果有乏力、食欲不好、贫血、眩晕等类似状况，一定要及时和苏医生说。"

"好，我知道了。"老太太点点头，笑吟吟地说，"真是谢谢你了，宝宝！"

听到那声熟悉的"宝宝"，江凛顿了顿，随即笑了笑，说："谢什么，您身体能有所好转就行。"

病房门被人推开，老太太的女儿拎着暖瓶走了进来，刚开始看着江凛的背影，没认出来，亲切地喊道："苏医生，今天这么早就来了呀！"

老太太见自家闺女和自己一样认错了人，不禁笑出声来。

"妈，你笑什么啊？怎么啦？"女人疑惑不已，随即上前几步，这才惊觉是自己看错了，"不好意思，不好意思，原来是江医生啊！"

江凛对她颔首，算是打过招呼："你好。"

"自从我妈上次手术结束后，就没再见过江医生了啊。"

"嗯，之前比较忙。我今天是来给老太太送新药的，服用剂量写在纸上了。"

"好的，好的。"女人连忙答应，出声道谢，"谢谢你了啊，江医生！"

"应该的。"江凛说，"我还有工作要处理，先走了。"

"好，真是辛苦了！"

江凛摆摆手表示没什么，便去查房了。今天病人们的情况都很稳定，她记录了当日的情况后，想到林天航还在办公室里等着，便径直向自己的办公室走去。

刚推开办公室的门，江凛随意一瞥，不经意地看到了正坐在小沙发上的中年女人。

江凛动作僵住，浑身巨震。

对方显然也听见了声音，抬头便对上了江凛错愕的视线，笑意柔和地说："江医生，你回来了。"

林天航在看书，见江凛来了，便乖巧地说："姐姐，这位阿姨说有事找你呢。"

江凛没回话，只是一动不动地盯着女人的脸，一种极其诡异的感觉涌上了她的心头，让她感觉压迫感十足。

不知怎的，江凛的太阳穴竟然开始剧烈地疼痛起来。

第七章

长夜将明

江凛与面前的女人对视半晌，周遭的气氛骤然紧张，两个人之间也剑拔弩张。

林天航虽是小孩子，却也已经有了对环境的准确感知力。他谨慎起来，直觉告诉他，江凛姐姐很讨厌这个阿姨。

半晌后，江凛却笑出了声，眸色深沉，说："我还以为是谁，原来是司夫人。"

齐雅笑而不语，伸手轻拂了一下长发，说："我有些私事想跟你聊聊，方便吗？"

江凛坦荡地开口："我要是说不方便，你现在就能滚出我的办公室吗？"

齐雅闻言，表情僵住了，眼神也冷了下来，嘴上却依旧客气："江医生别这么大的火气。"

"我要是真的火气大，你就坐不到这里了。"江凛轻嗤，懒得同这女人周旋，"有事就说，我很忙。"

齐雅面上有些挂不住，看向林天航，说："小朋友，阿姨和姐姐有事要说，你能回避一下吗？"

林天航瞬间警觉起来，蹙起眉头看了看江凛，似乎是在征求她的意见。

江凛颔首，面对林天航时她的表情稍有缓和，说："你先去走廊椅子上坐会儿，好吗？"

林天航连忙点头答应，抱着怀中的小说向门口走去。临走前他不安地瞄了一眼室内的情景，总觉得不踏实。姐姐是和那个阿姨认识吗？怎么两个人看起来怪怪的……？

待办公室的门被关上后，江凛唇角的弧度也消失了，她坐到办公椅上，面无表情地望着齐雅。

齐雅见外人走了，此时也干脆摘下了自己那副雍容华贵的面具，用近乎讥讽的表情看着江凛，道："司悦，没想到你还活着呢？"

"啊，不对。"说完，齐雅掩唇，"现在应该叫你江凛了。"

江凛觉得齐雅实在是故作姿态得有些恶心。

江凛甚至不屑于评价，只是拧紧了眉，和这女人共处一室让她觉得极为难受。她冷声道："齐雅，我说了我很忙，你那些狗屁的弯弯绕绕少跟我玩，不说正事就滚出去。"

齐雅这些年来还没被人如此恶言恶语地对待过，顿了顿，似乎是要发作，想想又忍住了，她直接切入正题："行，那我就直说吧，江如茜是不是也在这儿？"

江凛脸色微变，盯着齐雅，说："你敢动她？"

对于江凛，齐雅只有一些关于她小时候的印象，隐约记得她是个孤僻乖戾的小孩儿，虽长得漂亮，但实在不讨人喜欢。

如今将近时隔二十年，齐雅再次看到江凛这副阴沉着脸的戾气模样，不知怎的有些冒冷汗，心里竟不由自主地萌生了怯意。不得不说，江凛和司振华也未免太过相像。

齐雅并不想表现出半分弱势，冷笑着佯装从容道："我敢不敢动她，也得看你的态度了……你可别忘了，在这边，我比你有权有势。"

话音刚落，江凛将拳头候地攥紧。

"你开个价，多少钱我都能给你。"齐雅也不想继续耗下去了，双手交叠，"只要你带着江如茜离开这里，有多远走多远，总之永远别出现在司家面前。"

江凛用看神经病似的目光注视着齐雅，有些好笑地问："齐雅，你这是怕了还是怎么了？当年你放火时的胆子呢？当了几年富太太全给扔了不成？"

"话可不能这么说。"齐雅唇角的笑容里充满了讽刺的意味，她不屑地说，"过去这么多年了，司家前任夫人和她的女儿司悦也早就死了。江医生，你没有任何证据。"

齐雅的一字一句皆落在重点上，也直戳江凛的痛点。

江凛抿紧了唇，只觉得越发烦躁，甚至想把眼前的茶杯朝齐雅砸过去。

齐雅是第三者的事情，江凛很小的时候就知道了。

那天司振华应酬回来喝醉了酒，同江如茜大吵一架后便摔门进了书房，江如茜的情绪也有些崩溃，她径直回了自己的房间。客厅中，只有缩着身子躲在沙发后的江凛。

父母吵架的次数太多，江凛已经见怪不怪，只觉得烦。此时安静下来了，她也就站起身来，打算去倒杯水喝，却不经意间发现沙发上有个手机，应该是司振华方才随手丢下的。

幼时的江凛本来无意去看，但手机屏幕突然亮起时，小孩子一时好奇没忍住，就凑过去瞄了一眼。她看到了一条短信，内容暧昧亲昵，看得她如遭雷击，傻在原地。

她心性早熟，懂的事情要比同龄人多很多，自然是明白过来究竟发生了什么，只是觉得十分惊讶和愤怒。

江凛还来不及细看，司振华便已想起自己的手机还在客厅里，从书房里走了出来，下楼时他和江凛撞了个正着。

江凛那时很害怕司振华，只得假装喝水，最终司振华只冷冷地看了她一眼，便拿起手机转身离开。

直到后来，江凛想起这件事时，觉得司振华大抵是知道齐雅的身份暴露了，但他根本不在乎这个家庭，不在乎妻女，所以连哄骗和狡辩的行为都不曾有过。

江凛犯过的最大一个错误，就是没有将齐雅的事情告诉江如茜，直到齐雅主动找到江如茜，这才引发了那场火灾。

江凛紧紧地闭了闭眼，吐出一口气，撑住额头，拼命控制好自己的情绪。

"你们司家人少闲得难受来恶心我，别以为谁都挤破了头想跟你们搭上关系。"江凛实在觉得自己脾气够好，淡声道，"齐雅，我告诉你，你们这些年来活得够滋润，难以割舍的东西也多，可我不一样。"

她定定地看着齐雅，一字一顿地说："像我这种穷凶极恶的人，你绝对不会想看见我发起狠来的样子。"

齐雅被江凛的话噎住，正欲回击，但在撞上江凛的视线后，又感觉脊背一凉。

那是何等阴冷的眼神？晦暗、残冷、喋血、充满了戾气，看起来简直就像是暴徒的眼神一般。

若说之前齐雅只是因为江凛的脸色而发怯，那此时，她就是真真切切地被江凛散发出来的气息吓到了。

"你……"齐雅好不容易开口，却发现自己的声线里含着些许颤抖。她恼羞成怒地想拿江茜来威胁，但看着江凛的模样又立即噤声。像江凛这种一无所有的疯子，发起狠来才最可怕。

齐雅愤愤地跺了一下脚，也顾不上保持仪态和气质了，起身快步地走向门口，摔门离开。

江凛的眉毛拧得死死的，许久，她一拳砸在桌上，指关节与桌面相撞的声音无比沉闷，听着有些骇人。手已经有些泛红，她也未曾放在心上。

办公室的门再度被人推开，只是来人多了些小心翼翼的意味，连关上门的动作都是轻柔的。

林天航脚步轻轻地走上前来，看着江凛的脸色就知道她不开心，他却也嘴笨得不知道怎么安慰，便安安静静地待在江凛旁边。他用余光瞥见江凛的手骨节有些红肿，明白姐姐刚才发了脾气，心疼得眼眶直泛酸意，不禁伸出两只小手将江凛的手包住，一边吹了吹，一边嘴里还念叨着："吹吹就不疼了，姐姐要开心啊！"

江凛本在出神，冷不丁地听见林天航的声音才回过神来，这时她才后知后觉地感觉到手在隐隐作痛，想必是刚才砸桌子太用力造成的。江凛心头的那点儿阴郁情绪暂时散去，她轻轻地抽回手，摸了摸林天航的脑袋，反过来安慰他："我没事。"

林天航见她眉眼间的阴沉散去不少，便松了口气，说："姐姐，你也是很多人的宝贝，不要为了不相干的人受委屈。"

江凛听这话觉得有点儿耳熟，仔细一想，可不就是自己说过的话吗？小家伙倒是会活学活用。

江凛颔首说："谢谢你！"

林天航龇牙回应："不用谢！"

江凛还有工作没处理好，所以林天航便乖乖地坐回小沙发上捧着书看。

林天航偷偷地看了一眼江凛，见她在认真地工作，完全没注意到自己这边，便悄悄地拿出手机。他给贺从泽发了条短信过去："哥哥，姐姐受委屈了。"

等了几分钟后，贺从泽回复他："怎么回事？"

"一个阿姨来找姐姐，但姐姐好像很讨厌她的样子……那个阿姨离开后，姐姐也很生气。"

远在贺家的贺从泽看着这两行字，长眉蹙了蹙，问："你认识那个阿姨吗？"

"不认识。"林天航实话实说，然而信息刚发过去，他便想起一些细节来，连忙补充道："但是姐姐好像叫她'司夫人'。哥哥，你认识吗？"

这次很奇怪，林天航这边信息发过去后，贺从泽等了大约有一分钟，才回复林天航："算是认识，你知道她们说了些什么吗？"

"没有，姐姐让我先去外面等一等，等那个阿姨离开后，我过了一会儿才敢进办公室。"

贺从泽看着这条信息，若有所思。

母亲崔妍瞥向他，问道："看什么呢？这么入神！"

"没什么，和朋友聊天。"他笑笑，不经意地问道："对了，妈，你和司夫人认识吗？"

"齐雅吗？"崔妍回想了一下，皱起眉头，说，"不算认识吧，我挺讨厌她的，总觉得她有些奇怪，给我一种太刻意立人设的感觉……你问她做什么？"

贺从泽不着痕迹地敷衍过去："之前碰巧遇见了，觉得面生，随口问问。"

崔妍便也没多疑，不再过问。

贺从泽的眸色无声地沉下，齐雅……他本以为和司家恩怨无关的一个人，看来也并非那么简单。那当年的火灾，她是否也有嫌疑？司家的事情远远没有那么简单，贺从泽深知自己了解到的只是事实的冰山一角，虽然江凛说过不想让他继续了解，但他还是忍不住去推理这其中的人物关系。

指尖停留在手机屏幕上，许久，贺从泽打出了一行字，发给林天航："我会处理好，你待在江凛身边，好好陪她。"

林天航迅速地回复道："好的，哥哥加油！你要怎么处理那个阿姨呀？"

几秒钟后，他收到了贺从泽的回复："教她怎么做人事。"

年幼的林天航感受到了极大的威胁，忍不住哆嗦了一下。

贺从泽收起手机后，便思索着是否该对司家有所行动了。他总得让别人知道，江凛是个不能动的人。

天有不测风云，老天要人倒霉从来不看时机。江凛还没过上几天安稳日子，A院就出了事。

苏楠负责的那位老太太突然病情急转直下，整个人陷入休克状态，直接被送进了手术室里。

江凛是在半夜接到电话的，那时她已经睡着了，本来困意还未散去，在听到电话那头的人说"心跳骤停"四个字后，她如同被人迎头浇了一盆冰水一般，浑身发冷。

怎么会这样？！江凛匆忙地换好衣服，洗了把脸便冲出家门，急慌慌地赶去了A院。

手术室门口，病人家属面色苍白，看起来十分憔悴，显然是刚刚哭过。给江凛打电话的值班医生站在旁边，神情焦灼。

江凛走上前，抬头看了一眼高亮着的手术室门牌，拧眉问："怎么回事？苏医生呢？"

"苏医生先到了，现在正在手术室里。"值班医生道，语气有些颤抖，"我……我不知道怎么回事，老太太之前一直好好的，刚才人突然就不行了，心跳都没了，吓了我一跳，通知准备急救后，我就给你和苏医生打了电话。"

现在人在手术室里，就说明还有抢救的希望。

但是怎么会突然这样？江凛分明记得自己前几日还看过老太太，自从换了新药后，老太太的精神状态也越来越好，怎么病情会突然恶化？这实在是没有理由，没有征兆。

江凛怀着沉重的心情在手术室外等着，这一等，就到了天亮。最终，手术室的灯熄灭，老太太被医生推了出来。

由于坐久了腿麻，家属起身上前时一个趔趄险些摔倒在地，却也顾不上别的，连忙探头去看自己的母亲。床上的老人看起来很虚弱，透着一股病态的沧桑感，本就羸弱的身体此时更显得无比脆弱，仿佛随时都会消失一般。

苏楠扯了扯口罩，满面疲惫，嗓音沙哑道："病人暂时脱离危险期，接下来要转移到 ICU 里观察情况。"

家属怔怔地点了点头，老太太便被迅速地推走，分秒不能耽搁。

周主任刚来到 A 院，看到手术室门口面色沉重的几个人，便察觉不对，问道："怎么回事？"

苏楠言简意赅地解释道："我的一位病人夜间突然病情恶化，刚刚结束手术，现在人刚被送到 ICU。"

江凛也说明来意："我接到了电话，本来要赶过来做手术，但苏医生在我前面先到了，病人是我曾经负责过的，所以我一直在这里等结果。"

周主任闻言，不禁蹙眉，问道："突然病情恶化？怎么会这样？"

老太太的家属神情恍惚，似乎还没有从刚才巨大的打击中缓过来，只是盯着地面出神。

"这位是病人家属吗？"周主任向江凛询问了一下，得到肯定回答后，便开口道："这位家属你好，我知道你现在心情很沉重，但能不能麻烦你稍微回想一下，病人最近一段时间有什么异常表现吗？"

家属似乎这才被唤回了神，她反应有些慢，愣了好几秒后才说："好像没什么不对劲儿的，吃喝睡觉都很正常……我明明感觉我妈在换药后，情况越来越好了啊……"

"对，换药！"说到这里，家属突然一个激灵，如同被按下了什么开关，情绪激动地抬高声音喊道，"医生给我妈换了新药！本来还好好的，自从换药后突然就这样了！"

话音刚落，周主任脸色一沉。

江凛凝眉，思绪突然有些混乱。

苏楠闻言怔住，第一反应便是说："不可能啊，那药已经有很多病人用过了，反映都很不错。"

"我先确定一点。"周主任异常冷静，并未急着怪罪，而是再次从病人家属处去确认细节，"病人除了用药有变动，其余的都和以往一样？"

"全部一样，我妈作息很规律，就连饮食也都是按以前最喜欢的来，从来没有过什么毛病。"家属笃定道，情绪越发崩溃，"肯定是那个药的问题，肯定是，不然我妈怎么会突然……突然……"

她说不下去了，泪水从脸颊上滚落下来，有一股莫大的悲哀笼罩着她，最终她失声痛哭。

如果事实当真如此，那这件事就要严肃处理了。周主任皱着眉看向苏楠，问道："苏医生，你是病人的主治医生吧？"

苏楠点头："是的。"

"病人是什么情况？你给她换了什么药？"

苏楠将老太太的病情如实说明后，便报上药名，自始至终并未说多余的话。若是有错便认错，苏楠不想多做解释，既然事情已经发生，她便要负责到底。

周主任略一思索，对这款药有印象，是医院里上次刚进过的一批新药，病人普遍反馈良好。但是按照病人的身体，服用这药分明是有潜在的副作用的。如此看来，老太太突然病情恶化，肯定是因为药物的副作用。

清楚地意识到了这一点后，周主任被气得倒抽一口冷气，责备道："部分药物成分对病人无益，你怎么也不仔细想想，竟然说换就换？"

苏楠正欲开口，旁边的江凛却道："不好意思，周主任！换药是我和苏医生共同商量的结果，并且药物当初是由我经手的，如果真的出现问题要追究责任，责任在我。"

什么？！苏楠这边还在组织着语言，冷不丁地被江凛抢了先，苏楠没想到江凛会这么说，震惊地看向江凛，一时不知该做何反应。

"责任在你？"周主任脸色更差了，怒斥道，"江凛，现在不是你讲义气的时候，苏楠才是病人的主治医生，你怎么可能给病人换新药？"

"我曾经负责过这个病人，也了解她的身体情况。"江凛陈述道，语气平静，"所以当我知道病情不佳时，就决定向苏医生提议换药。"

周主任觉得有些胸闷，问道："你真是……真是不知道药有副作用吗？"

"知道，但我觉得可以一试。"

此话一说出口，周主任倏地变了脸色，生气地说："江凛！"

病人家属闻言彻底崩溃了，不顾一切地冲上去揪住江凛的衣领，哭喊着："你凭什么？！你知道这是在拿人命冒险吗！亏我和我妈这么相信你，我们真是瞎了眼！"

江凛面上并无什么波澜，敛眸，也不挣扎，就这么被家属推推搡搡，甚至不去开口为自己辩解，只道了声："抱歉。"

病人家属歇斯底里地喊道："你给我说话啊！你不是权威吗？不是专家吗？怎么换药还差点儿换出人命来？万一人有什么三长两短怎么办啊？你说啊，道歉又有什么用，你能给我母亲偿命吗？！"

由于闹出的动静有些大，不少来往行人和医生护士纷纷看向这边，还有好事者上前围观。

"江凛，你在乱说什么，事情不是这样的！"苏楠急了。她连忙抬声为江凛解释："换药是我和江医生共同商议的结果，但这个想法是我提出来的，跟江医生没关系……"

"你胡说！"家属矢口否认，目眦尽裂，"当初来送药和告知服用剂量的是她，她自己都承认了，怎么可能和她脱得了关系？！"

苏楠哑口无言。这样一来，几乎是彻底坐实了江凛换药害人的罪名。

围观的人一听，不禁都震惊不已，低声讨论起来——

"江医生不是专家吗？怎么可能犯这种错？"

"但也不像是假的啊，你听她说的那话……还'可以一试'，太把自己当回事了。"

"唉，还是年纪轻没阅历，真把自己当神医了。"

苏楠听见那群人这么说，急得眼睛都红了，喊道："周主任，你听我说，我当时有事，所以拜托江凛把药送过去，如果真是药品问题，那我……"

"够了！"眼看着越扯越乱，周主任蓦地出声斥责，"苏楠，你身为主治医生也有责任，别急着替别人揽罪了！"

一旁的江凛终于开口，语气沉稳："周主任，我愿意承担责任，接受任何处分。"

"承担责任？万一真的出了事你怎么承担？！"周主任有些恨铁不成钢，一向觉得江凛是个好苗子，谁知她今天竟然犯了如此大的错，还说出那般混账的话来，他被气得有些头晕。

"我马上就把这件事向上面汇报，开会决定该怎么解决。"他好不容易才冷静下来，对二人冷声道，"在此之前，你们两个都回家好好反省。"

说完，周主任眼神复杂地看了一眼江凛："江凛，你要做好被停职的准备。"

A院向来规矩严明，先前江凛被匿名举报的事情，因为贺从泽出面才有了回旋的余地，但这次的事故显然不同于上次，传出去别说是A院，就算是其他小医院也不敢收一个用错过药的医生。

江凛这次犯的错实在严重，严重到根本没有人能护着她。

周主任语惊四座。

苏楠一下子就炸毛了，抢着说："周主任！我说了责任在我！"

"好。"江凛应声，反应称得上平淡，"我说过接受任何处分。"

江凛的声音并不算特别大，但因为语气淡然，在周遭喧闹的环境下竟显得格外清晰。

周主任深吸一口气，背过身去，说："你们两个走吧，等开会商讨结束后我会另行通知。"

江凛颔首，径直离开了A院，苏楠本想跟过去，但周主任留下她询问病人的情况，她无法脱身，只得看着江凛渐行渐远。

苏楠怔怔地望着江凛，咬紧了唇。

当天晚上，江凛便接到了周主任的电话，让她去一趟A院，要聊一聊换药的事情。

今天冷得出奇，天色也阴沉得出奇。明明冬天已经快要接近尾声，却又不知何时迎来了一股新的寒潮。

江凛穿上大衣，戴好围巾，打车去了A院。

这会儿刚过了晚饭时间，医院里有很多来往的病人和家属，还有一些工作人员，江凛刚刚出现在A院门口，便吸引了众多视线。

毕竟上午的事情闹得很大，一传十、十传百，这才不到半天的时间，整个医院都知道了外科有个年轻的专家因为换药失误，差点儿让病人丢了性命的事情。

周遭的议论声不断，但江凛目不斜视，直接一路上楼去了周主任的办公室。

她敲了敲门，听见里面传来一个疲惫的男声："进来。"

江凛便走了进去，既不多说废话，也不对自己的行为做什么别的表示，只是站定在办公桌前，一副处变不惊的模样。

周主任盯着江凛，心想：哪怕她表现出半分委屈，他也能开口帮忙求求情，说她是无辜的。

可江凛偏偏就一口咬定自己参与了这件事，而且病人家属也说了是江凛亲自送的药，证据确凿，他又如何去为江凛开脱？她实在是……

周主任突然觉得太阳穴隐隐作痛，但还是尽量语气平和地说："江凛，对于上午发生的事，你真的没有什么想解释的吗？"

"没有，病人出事，责任在我。"江凛敛眸，表情沉静淡然，并不觉得委屈，说，"换药的事情是我提议的，我知道那药可能会对病人产生副作用，但还是用了。"

"江凛！"周主任拍桌，似乎动了怒，"你瞧瞧你这是说的什么话？你是一名医生！到底怎么回事才会犯这种低级错误？！"

江凛不做辩解，淡声说："抱歉，主任。"

周主任看好她，对她悉心栽培，这些她都是看在眼里的，出了这种事，他甚至比江凛更加痛心。

"江凛啊江凛，你真是……我该怎么说你才好！"周主任长叹一声，似乎已经十分疲累，随后嗓音低哑道，"院方对这件事情很重视，会议商讨后，决定了对你和苏医生的处罚结果。"

"我可以接受。"

"你怎么接受？"周主任憋得难受，好半天才挤出几个字来，"你知不知道，上面对你的处罚是停职回家？"

江凛顿住，虽然出神了一瞬，眼底却未起波澜。来A院之前，她早有预料，也已经做好了这个心理准备，因此并没有太过惊讶。

"药物我也让人去检查过了，没有任何问题，所以你和苏楠都有责任。"

周主任说着，觉得嗓子有些干涩，喝了口水后继续道："苏医生作为病人的主治医生，却犯了这种错误，院方决定对她予以扣薪处罚，并取消她评副高级职称的资格。"

这已经是不轻的处罚，但无论如何，都比停职来得好。

在得知并不是药物成分的问题后，江凛的心情反而轻松了些，她明白不是外界因素，只是因为自己一时大意，这个结果好像更容易接受一些。

"我这就去收拾东西。"江凛坦然接受，随后想了想，开口道，"周主任，谢谢您一直以来的照顾！"

周主任摇摇头，只叹了口气，扶着额说不出话来。

发生这样的事情，谁也想不到。

江凛最终还是问了一句："病人现在还在 ICU 里吗？"

"是，还在昏迷状态中，情况不太好。"

周主任如实回答她，淡声补充道："你如果想去探望，或者找病人家属道歉的话，还是算了吧，家属说不想看见你。"

江凛的心蓦地被扯开了一角，她动了动唇，却没能顺利地出声。

半响后她终于挪动了脚，一步一步地朝着办公室门口走去，一步一步地远离，最后，门被轻轻地关上。她的身影彻底消失在了周主任的视野中，那身影挺拔笔直，孑然一身。

江凛的办公室很干净，没多少私人物品，她拿了个小箱子，随便装了装就解决了，根本花不了几分钟。

她看了看办公室，白大褂还挂在衣架上。也不知道是出于何种心理，等反应过来的时候，她已经伸手拿起了自己的胸牌。她最后看了这些字一眼，姑且算是对回京都一年半以来的总结和纪念。

这段时间实在是有喜有悲，遇见过惹人心烦的极品病人，也遇见过通情达理、态度温和的好人——正如躺在 ICU 中的老太太……

当时苏楠明明说了药物有产生副作用的可能性，如果她为了保险不同意换药，或许也不会发生这样的事情了。

老太太一家人是如此信任她，她却没能担起这份信任，试用了并不保险的药物，才导致了如此严重的后果。是她无能，根本担不起他们的信任。

事已至此，不论责任究竟在谁，只能竭尽所能把对病人的损害降到最低，她不过是个外地来的空降医生，而苏楠在这里工作多年，这种污点如果落在苏楠头上，那太沉重了。

江凛指尖颤了颤，随即合眼，攥紧了手中的胸牌。

胸牌上的针不经意间被江凛的力道挤压出来，尖锐的针尖直直地戳入了她的掌心里，鲜红的血珠当即涌出。她条件反射般张开手，望着掌心刺目的红，后知后觉地笑了笑。

果然凡事不能握得太紧，是时候放手了。想到这里，她松手转身，毫不留恋地离开了这个她曾经工作过的地方。

回去后，她应该是会和母亲一起回 S 市吧，继续过自己的安稳日子。只是出了这种事，一般医院可能不会收她，回到 S 市后，只能先找个小诊所工作着。

其实还好，生活该如何就如何，换个环境又如何？换个人际关系圈又如何？她只要好好活着就行。

江凛脚步倏地顿住。

她突然想起那只雪白蓬松的猫咪，小东西蹭向自己的时候是何等的温热柔软啊；想起尽管刚开始进入 A 院时受到了一些排挤，但自己与医院里的大多数同事还是相处得很融洽，工作氛围也从未像现在这样轻松自在；想起林家小少爷，他和自己的童年境遇意外地相似，明明是一个早就习惯独立的孩子，他却真心将她当成姐姐。

还有……还有一个人。他教给自己的东西实在太多，她还没有来得及回报，却要以这种方式狼狈离场。

江凛扯了扯唇角，实在觉得造化弄人。她抱着装有自己私人物品的箱子，推门走出办公室，却发现门口有不少医生和护士站着，他们各个脸色沉重，还有女孩子眼睛泛着红。

江凛打量一圈，倒都是熟面孔，要么是一起合作过的，要么是被她带着实习过的。大伙儿见她出来了，表情更难过了。

"江医生……为什么不解释啊？你怎么可能会犯这种错？"有名女医生低声道，语气十分不舍，"你带我的时候，我觉得你真的是一名很认真负责的医生啊！这次的事情不是你有什么难言之隐？"

这名女医生这么一开口，旁人也觉得想不通，说道："对啊，江医生，这可是停职，对你以后的职业生涯都有影响，你一定要慎重啊！"

江凛望着这些人，怎么看起来一个个都比自己难过着急，她有些哭笑不得，先安慰那名快要哭出来的女医生，道："没什么难言之隐，的确是我建议苏医生换药的。周主任说药物本身经检查并没有问题，所以是我的原因没有错。"

女医生的嘴角渐渐地撇下去，她重复道："怎么会这样……？"

"好了，都别哭丧着脸了，以后肯定会有比我更优秀的医生过来的。我犯了这种错误，也不配继续在 A 院里待下去了。"江凛这个被停职处罚的当事人，在一群人中反而显得最从容淡然，她安慰大家，"别送了，没什么好送的，都去忙自己的吧，我也该走了。"

有人不放心，问了句："那江医生，你要怎么办？"

"我先回原来的城市，再看看情况吧。"

江凛答道，见时间已经不早，便对众人告别："我走了，你们都要加油！"

有些感性的女孩子已经开始在低声抽泣，悲伤的气氛渐渐地弥漫开来。

江凛无疑是一名出色的外科医生，最初众人都觉得她高高在上，无比清高，可相处后才发现其实江凛也是个普通人，有着温和、通人情的一面。

很多主治医师在带实习医生时有着各种不耐烦的情绪，各种训斥，但江凛不是。她从来不会乱发脾气，只会耐心地教导指点实习生，十分专业，在场的很多人都深有体会。可是以后，他们也许再也见不到江凛这个人了。

这世界很小却又很大，缘分这东西压根儿就说不清楚，有些人一旦说了再见，也许真的以后就再也见不到了。

江凛难免还是有些感触的。她自小享有的亲情就极为淡薄，更是未曾体会过友情、爱情。她尝遍了世间的人情冷暖，根本不在乎这些身外之物，只想独善其身。

自从来到京都后，生活中许多早已经被她摒弃的感情，却在潜移默化中被找了回来。她终究还是对生活有所感恩的。能来这里工作生活这么长一段时间，她已经收获了很多，这样离开虽然有遗憾，但也是她自己造成的结果。

江凛走到A院门口的时候，才发现外面不知何时飘起了毛毛细雨。

下雨实在是无关痛痒的小事，江凛也懒得再去借伞，便径直朝外走去。最后她彻底迈出了院区，彻底离开了这个地方。

不知道为什么，今晚的车格外难打，江凛拦不到索性就放弃了。她沿着街道慢悠悠地朝前走，心想：反正就这点儿雨，走回去也不至于感冒。

谁知她这个念头刚冒出来，雨势就突然变大，瓢泼大雨当头砸下，将她的头发和衣服尽数打湿，贴在身上是刺骨的冷。

江凛突然僵住。

当一个人在崩溃边缘，但依旧强撑着清醒时，但凡再来一件多么不值一提的事情，都能将这个人的心理防线瞬间摧毁。也就是，压死骆驼的最后一根稻草。

江凛出神地盯着前方，雨滴毫不留情地砸在她的脸上，疼得她几乎连眼睛都睁不开。

江凛不避不躲，始终隐忍的复杂情绪被这场大雨淋开了一角，她就这么在原地站着，一动不动地，任凭雨水打在身上。路灯下，她的影子模糊而破碎，她觉得自己也是如此。

江凛倒抽了口气，抱着箱子缓缓地闭上眼，感觉整个人头脑清醒却遍体生寒。

这算是报应吗？上天惩罚她自作主张、自以为是，把局面搞得一团糟，把自己也搞得一团糟。

江凛腾出手抹了把脸，透过雨幕看着夜空，下雨的天望不见任何星辰月亮。

四周是近乎诡异的雨声，路上的行人早已经各自回家，就连车辆都很少，只有江凛一个人站在街头，形单影只。

江凛很难说清楚自己现在是什么感觉。她甚至觉得自己的意识与身体已经被冰冷的雨水彻底分开，而脱离了身体的意识只是冷冷地注视着这个静默站立着的躯壳，她已经不认识自己了。

雨水仍旧不断地砸在江凛身上，只是她的感觉已经由最初的疼痛转为麻木。也不知道过了多久，久到江凛的双腿几乎失去了知觉，她突然觉得雨势似乎变小了，不，不仅变小了，好像还下不了。

她反应有些慢，目之所及还是豆大的雨点儿，这场雨分明就没有停，只是因为有人给她撑了把伞而已。

江凛抬头，看到的是一副眼熟的面孔——贺从泽的助理。

"江小姐。"助理见她如此狼狈，说话的语气都顿了顿，江凛失魂落魄的模样看得他于心不忍，道，"您先上车吧，天这么冷，别冻坏了身子。"

江凛看向他的身后，不远处的那辆车车身是黑色的，暗沉沉的。

那辆车往江凛这边开了一段距离，在车灯的照耀下，她可以清晰地瞧见细密的雨点儿砸到地面上，而后飞溅出了灿烂的水花。

她缓缓摇头，对助理道："不用了，我想自己待会儿，等雨势小一点儿我就走。"

助理显然有些为难，说："江小姐，这……"

"如果还不放心，那麻烦把伞留给我，我离开京都前会还回去的。"

助理不知道该说些什么，开口道："江小姐，不是还伞的事情，是小贺总他有事情找您。"

"我不想见。"江凛果断地摇头，早就知道了他们的来意，"这是我自己做出的选择，并不需要他再为我做什么，替我谢谢他的好意。"

说完，江凛抬脚就打算走。

助理这次可真是体会到了江凛的固执倔强，正要开口拦人，却听后方传来了"咔嗒"一声，这是车门被打开的声音。

江凛停住脚步，看了过去。

贺从泽从车上下来的时候，江凛看不太清他的表情，只见他一身黑色几乎要与夜色融为一体。

他本就是那种体形与气场都很出众的人，此时穿着一件深黑色的大衣，身材挺拔如青松，气质清冽凛然，越发显得卓尔不群。此时此刻，他整个人却是冷的。

江凛望着他不说话，贺从泽也直直地回望她，眼底暗流涌动。两个人再如何，终究也不过只是一眼温存罢了。

路灯昏黄，落下的雨滴混着灯光点缀在贺从泽身上，为他整个人镀上了一层光晕。他仿佛是遥不可及的神祇，而江凛与他有着云泥之别。

江凛到底还是没动，一是的确不想淋雨感冒，二是她有自己的私心。她就想最后看一眼他也好，就当作是两个人道别了。

贺从泽撑开一把黑色的伞，朝江凛这边走了过来，风扬起他的衣摆，在空中画出了一道凌厉的线条。

助理待贺从泽上前，便识相地转身回到车上。

江凛半闭着眼，头发已经全部湿透，往下滴着水，围巾和衣服也被雨水淋湿了，全是斑驳的暗色水迹。她此时才觉得冷，冷得她牙齿打战，浑身发抖，她却仍旧身子紧绷，没有半分松懈。

二人就这么安静地对峙着，彼此都能清晰地感受到对方身上的冷意。

"江凛。"许久，贺从泽终于开口，嗓音低沉，含着隐忍的怒火，"你到底在搞什么？"

贺从泽不敢说自己没生过气、没发过火，但敢肯定的是，自己从来没有过像现在这样气急败坏的时候。

他本来对今天发生的事并不知情，还答应林天航说等江凛下班后一起去吃饭。谁知就在傍晚时分，他接到了苏楠的电话。

苏楠言简意赅地同他说明了情况，包括江凛顶罪的事情，希望贺从泽能出面帮助江凛，让江凛不至于被停职。

贺从泽知道江凛的性格极度自负，所以在很多事情上，她注定会将错误归咎到自己身上，先进行自我惩罚。

他极为焦灼，然而等他赶到A院时，却得知江凛已经走了，连把伞都没拿。他给小区保安打电话，得知江凛并没有回去，也不知去了哪里。

贺从泽是真的怕了她，开车一路沿着江凛下班回家的路线寻找，终于找到了站在路边发呆淋雨的江凛。

江凛看了看他，问："贺从泽，你又在做什么？"

贺从泽平复心情后，反手攥住江凛的手腕，语气强硬地说："你跟我走，立刻！医院的事情我会给你处理好。"

"什么叫你给我处理好？"江凛闻言，皱着眉说道，"贺从泽，这是我的事情，既然已经发生了，我自己承担后果就够了。"

"苏医生已经打电话跟我说明情况了，你还在这儿跟我逞能？"贺从泽觉得有些好笑，也觉得江凛不可理喻，"江凛，就算你有错，但也完全没必要揽下全责，更没必要接受停职这个处罚！"

"有必要！"江凛声音平稳，语气坚定，本来她的情绪已经稳定下来，此时又有些波动，"一开始，苏楠就跟我提起过药物可能会有副作用，如果不是我跟苏楠提议试试那款药，老太太怎么可能会变成现在这样？！"

江凛的气息有些不稳，她闭上眼，嗓音中有几分难以察觉的压抑与颤抖："我明明知道的，但我还是建议苏楠试试，老太太和她的家人都那么信任我，是我自己担不起，这本来也是我的责任。"

贺从泽攥紧了她的手，潜意识里却又怕弄疼她，只好又松了力道。他咬牙，想发火又不知道该怎么说，最终只得哑着嗓子说道："江凛，你是出了什么事情都在自己身上找原因。就算是小错，你也会把它最大化，再用它去折磨自己……你到底为什么总要这么看不起自己？"

"这件事发展到现在已经差不多该结束了，我愿意接受处罚。"江凛不想让自己的负面情绪表露太多，低下头将眼底的暗流掩盖住，淡声说，

"贺从泽，谢谢你！你走吧。"

她说，你走吧。

贺从泽早就习惯了被江凛拒绝，但从来没有一次像现在这样愤怒。

"走，我走。老子到底是有多贱，成天让你这么糟蹋？"他怒极反笑，松开了她，一字一顿地说，"江凛，我们好聚好散。"

说完，他便撑着伞，头也不回地朝着车走了过去。

助理见二人这副貌似决裂的模样，被吓得不轻，等贺从泽沉着一张脸拉开车门坐进来时，助理看了看不远处站在雨中一动不动的江凛，心下踌躇。

他提醒道："小贺总，江小姐还在淋雨呢，我要不送把伞过去？"

"别管她。"贺从泽蹙着眉，冷声道，"随她去，我看她今天能不能被雨淋清醒！"

助理顿了顿，小声地说："那现在……"

贺从泽合眼，强迫自己不去看窗外那个身影，只吐出两个字："回家。"

雨势仍旧很大，没了雨伞，江凛又恢复了孤立无援的状态，冰冷的雨点儿接二连三地向她身上砸来，利刃似的。她眯着眼，却觉得心里轻松了不少。

贺从泽也走了，挺好。她的性格如此别扭，没有人适合留在她的身边，现在她的确没什么放不下的了。

又站了几分钟，江凛才慢悠悠地腾出一只手来，揉了揉已经完全湿透的头发，怀中的箱子早就被雨水泡软了，她瞧了瞧里面的东西，也就是几本书和水杯，没什么值得留念的，扔了倒也不可惜。想了想，她将箱子放在路边的角落里，便直起身来。

江凛抬手将脸上的雨水抹掉，决定要走了，不能继续耗着了，万一真的因为淋雨生了病，在这个地方拖延的时间还会更长。

江凛这么想着，便抬脚向前走去。她还没走出几步，便有辆车突然开了过来，停在了路旁。

车灯直直地照着江凛，她被灯光晃了一下眼，条件反射般将眼睛眯起来，隐约间只能看见有个人从车上走了下来，连伞都没撑，便朝着这边走来，步子迈得很大，没几步那人就走到了她的身边。

江凛的视力还没从强光的刺激中缓过来，但她明白了来人的身份，蹙起眉看他，说："你怎么回来了？不是说好聚好散？"

贺从泽被她一句话堵得哑口无言，在心里暗骂了一句这个不识好歹的女人，随即没好气地说道："我就是想撤回那句话，你操这个心干什么？"

江凛觉得有些好笑，偏过脑袋，说："随你吧。"

贺从泽问她："你走不走？"

江凛摇头，说："我自己回去。"

贺从泽沉默数秒，而后了然似的颔首，语气轻松地说："就是不跟我走是吧？"

江凛转身，用行动证明自己的态度，抬脚就要离开，贺从泽却突然握住了她的手腕。

江凛正想去推他，却冷不防地身子一轻，腰上袭来的一股力道将她整个人托了起来！突如其来的腾空感让她措手不及。她还没来得及挣扎，便已经被贺从泽扛到了肩上。

贺从泽单手摁住她的腿，一套动作下来行云流水，而后轻嗤了一声，冷声道："今天就算是用强硬手段，我也得把你带走。"

江凛蒙了一瞬，随即便有些恼火，伸手拍了拍贺从泽的后背，说："贺从泽，你干什么？赶紧放我下来！"

贺从泽对江凛的抗议充耳不闻，迈开长腿，走到车旁拉开车门，一把将她塞进车里，自己也坐了进去，对助理道："车门上锁，回家。"

助理没想到自家小贺总会用这么强硬的手段把江凛弄上车，着实被上司的行为震惊到了，回过神后，便动作利索地将车门锁上，开车上路。

"我要回我住的地方。"起初江凛还打算拉开车门跳出去，但此时车已经开始行驶，她无论如何也不可能跳车，只得冷静下来坐回到位子上。

助理从后视镜中看到被淋成落汤鸡的两个人，简直惨不忍睹。他不忍直视，暗中将车内的空调温度调高，然后递了两条干毛巾过去，只是可惜车内没有准备热饮，不然也得一并送过去。

贺从泽接过毛巾，随手擦了擦湿发，便对助理道："把明天能推的会议都推掉。"

助理点头应下："好的。"

贺从泽随即将另一条干净的毛巾递给江凛，示意她拿着。江凛顿了顿，伸手接过毛巾却没用，只是抓在手中，用手攥紧。贺从泽敛眸，盯着她手中的毛巾。

助理一直暗中观察着二人之间的气氛，眼瞧着似乎又要吵起来，他的心脏也忍不住"扑通扑通"地加速跳动了起来。

贺从泽总能让人出乎意料。他没有作声，面上也都没有露出分毫的烦躁，只是轻轻地将江凛手中的毛巾拿了过来，而后展开放在江凛的头上——他替她，擦起了头发。

江凛愣住了。

助理也傻眼了，简直不敢看，忙不迭地将注意力放在开车上，心想：不得不说，这男人有了追求对象后就是不一样。

江凛的心里生出了一些难言的意味，她启唇，声音倒是柔和了不少："贺从泽，你……"

"你有心事，难受，习惯瞒着别人独自消化，就不能为我破一次例吗？"贺从泽开口，嗓音平淡，情绪稳定，"所以江凛，我很生气，也很失望。"

江凛低着头，闻言有些惭愧，不知道该如何开口。

"我欣赏你的固执和坚强，但你有时是真的顽固和自负。"贺从泽低声说，语气中有感慨，也有疲倦与无奈，"江凛，暂且不说你的顽固和自负伤害了别人，你敢说你自己就真的不难受吗？"

江凛浑身僵住了，她何尝不难受……？亲手推开对自己显露善意的人，她不见得比任何人好受。她动了动唇，终于低声说道："对不起。"

落在她头上的力道温柔轻缓，湿漉漉的发丝遮挡住了她的视线，车内温暖如春，虽然体温逐渐回升，她心中却酸涩得难受。

听到"对不起"这三个字，贺从泽动作稍稍停顿，似乎一瞬间就没了脾气。他长叹一声，借着拿开毛巾的空当儿，轻轻地揉了揉江凛的头，淡声说："两天。"

江凛看向他，问道："什么两天？"

"给我两天时间，让我查清楚这件事。"

"没用。"江凛摇摇头，道，"虽然这款药物用到现在还没有病人说有副作用，但确实说不准用在谁身上会突然起反应。而且周主任也让医院的人去检查了……药物本身没有任何问题。"

贺从泽看着她，蹙了蹙眉，说："江凛，虽然我能理解你的不自信，但你对你自己的判断就这么没信心？"

江凛闻言，神情显然有些动摇。

"药品是让医院的人检查的。"贺从泽沉声，"如果我让人送到外地去重检，结果未必会和现在的一样。"

江凛拧眉道："那批药现在已经被封起来了。"

"这个你不用管。"贺从泽道，"两天之内，我会把这件事彻查清楚。"

于是江凛不再说话，安安静静地坐在车内，看着窗外，眼底一片沉寂。她不是没想过这个可能，但又实在想不出，谁会用这样恶毒的方式陷害她。周主任已经说了药物的检查结果完全没有问题，她便打消了这个疑虑。

如果真的有人故意陷害……那她更不能连累医院里的人和苏医生。对方针对她的话，就肯定不会善罢甘休。

听贺从泽如此一说，她紧绷的神经稍有松懈。查便查吧，若是真查出来有问题，那就循着药物的货源找下去；若是查不出来任何问题，那她心甘情愿为自己的错误负责。

"贺从泽。"江凛突然开口，嗓音有些沙哑，"不论结果如何，谢谢你！"

贺从泽没有动，只轻轻地"嗯"了一声。

贺从泽带江凛回了家。

闹总已经睡下了，没有注意到家里来了人，也没出来迎接。

屋里暖气充足，江凛身上的衣服还湿着，她条件反射般瑟缩了一下，贺从泽注意到了这个细节，便道："去洗个热水澡，晚上别发烧了。"

江凛示意自己湿漉漉的衣服，说："我没有换洗的衣服。"

"我明天让助理送衣服过来，今晚你将就着穿睡袍。"贺从泽说到这里，稍作停顿，又似笑非笑地补充道，"或者穿我的衣服。"

后者显然是不可能的。江凛掏出手机放到旁边的桌子上，随后便走向了洗浴间。她在柜子中找到了全新的睡袍，暂且安下心来，起码避免了最尴尬的事情。

江凛洗完澡后，将自己的湿衣服用深色袋子装起来放到角落里，便推开门走了出去。

贺从泽已经换了身家居服，正坐在沙发上，腿上放着电脑，似乎是在忙工作，他的眉头轻蹙不曾松开。见江凛出来了，他将电脑合上放在旁边，拍拍身边的位置，说："过来。"

江凛狐疑地看着他。

贺从泽无奈，示意桌上的杯子，说："感冒药，我刚给你冲好的，趁热喝。"

"哦，谢谢。"江凛意识到是自己戒备心太强，便稍稍松懈地走了过去，捧起那杯药饮下。

先前身体的那些不适感已经消失得差不多了，她今天一整天精神紧绷，实在是筋疲力尽，此时浑身上下的细胞都在叫嚣着酸疼。

贺从泽确认她把药喝完后，这才神情有所缓和，对她说道："累了吧，去睡一觉。"

江凛颔首。她此时的确已经是身心俱疲，便不多言语，径直去了之前睡过的客房，而后轻轻地关上门。

她坐在床边上，回想着今天发生的种种，感觉脑袋有些隐隐作痛。

事发突然，事情的转折也突然，江凛很讨厌这种被玩弄于股掌之上的感觉，这让她觉得自己好像就是个废人。轻叹了一口气，她决定不再多想，先好好休息再说。将头发吹干后，她便慢悠悠地躺在床上，关灯睡觉。

床很舒服，周遭也很安静，江凛也很累，不知道为什么，她就是睡不着。已经不知道是第几十次翻身，她终于对自己的失眠感到不耐烦，起身裹了件衣服，下床走向房间门口。

客厅里的灯暗着，没有人在，贺从泽大抵已经去卧室里睡下了。

江凛刚走了几步，突然觉得胃部传来一阵绞痛，她俯身倒抽了一口冷气，缓了足足有半分钟，才勉强直起身来。

她这时才想起来自己从半夜时分就匆忙地起床赶往 A 院，再到晚上又被叫到 A 院接受处分……已经一天没有吃东西了。

尽管现在胃仍隐隐作痛，但江凛的确没什么胃口，便不去在意。

突然，江凛用余光瞥见客厅尽头有扇玻璃门，想想自己反正也睡不着，便走上前去轻轻地拉开了门，发现门外是后院的一处小平台。

平台上有个吊篮椅，空间不算太大但十分精致，江凛将双腿盘起坐了上去。刚好旁边有个毛茸茸的毯子，她用毯子将自己裹起来，整个人窝在吊篮中，很是舒服。

眼前就是雨景，虽然有清冽的风扑面而来，但江凛丝毫不觉得冷，反而心情逐渐平静了下来。

她眼睛一眨不眨地盯着雨幕，双眼失了焦距。只是单纯地发呆，她也不知道自己在做什么。心里堵得难受，她却不明白这其中的原因。

突然"啪"的一声脆响，有什么东西落在了江凛的身旁，她一震，谨慎地看过去，发现是一袋塑料包装物。她弯腰拾起来，仔细一看，见包装袋上面印着六个大字——红豆手撕面包。

江凛盯着手中的红豆手撕面包，觉得有些匪夷所思。

这是从哪儿来的？难不成老天爷觉得她饿了，该让她吃点儿东西填饱肚子，所以就天降美食？这显然是不可能的。唯一的解释，就是有人从上面给她扔了吃的东西。

意识到这点后，江凛抬头看向头顶上方，发现那里正是二楼卧室的小阳台，阳台上方是个加长的木质雨挡，所以她现在坐的位置才不会有雨落下来。

由于角度关系，无论江凛怎么调整视线，都看不见上面的人影。她实在不想让贺从泽看见自己仰起脸胡乱转脑袋的蠢样子，便低下头去，想了想，还是将面包袋子撕开。

其实说实话，她不是很想吃这个面包，但自己的确已经一天没有吃东西了，身体是需要补充能量的。

聪明如贺从泽，他定是从一开始就料到她没有吃饭一直撑到了现在，也知道她肯定不会听劝，便用这种方法给她投食。不，或者说……他也还在生闷气。

江凛慢吞吞地咬了口面包，感觉十分香软，红豆的味道在唇齿间散开，甜而不腻。她心里更是憋得难受，总觉得自己该说些什么，但又不知道该怎么开口。

就在此时，江凛旁边又落下个东西，这回是个盒装物体，她伸手捞过，发现是一盒酸奶。敢情他还怕她吃面包噎着？

江凛本来心情还蛮沉重的，但现在低头看着手里的面包和酸奶，不知怎的，就忍不住弯了唇角。唉，他还真是……

贺从泽正站在二楼阳台边缘，半倚着围栏，姿态慵懒。冬日雨夜里的风并不温柔，猛烈地撞击着他的脊背，一寸寸的凉意在他身上扩散开来。

贺从泽刚刚结束工作，睡不着，就去阳台上抽烟，谁知刚好撞见江凛在楼下的露天平台上坐下，看她只是裹着毯子发呆，大抵也是失眠。

真的是情人眼里出西施，就连看江凛发呆，贺从泽都能看得津津有味。

贺从泽上身只穿了一件单薄的毛衣，虽说是高领，但不一会儿，他就觉得自己在室内积攒的温度被寒风吹散了，实在是不如江凛这个有毯子的人暖和。

想起她肯定又是自虐似的一天没吃饭，贺从泽便随手从房间里拿了个面包，扔了下去。

江凛的反应倒也着实有趣，她抬着头胡乱地看了一圈，发现看不到二楼后，就低下了头，安安心心地吃起了面包，竟然也没什么表示。

贺从泽再度觉得江凛这个人实在没良心，便又扔了盒酸奶下去，妄图让这个女人率先开口。

事实证明，他成功了。

江凛将酸奶插上吸管，酸甜的奶顺着咽喉一路向下进入到她的胃里，酸奶大概是室内刚拿出来的，竟然还带着些许暖意。

"你说，"江凛突然边吃着面包，边望着雨景开口，也不知道是在跟谁说话，"我是不是还挺可恶的？只会惹人生气，明明是一件其他女人撒个娇就能哄回来的事，我却非要用讲道理和耍倔来处理。"

贺从泽闻言，不禁低头看了一眼楼下。本来还想瞧一瞧江凛悔过的表情，却见那个"只会惹人生气还不会哄"的女人，虽然嘴上这么自省似的说着，却还是一副悠闲姿态。

有妻如此，贺从泽由衷地为自己的未来感到难过，于是收回视线，淡淡地回她："那你可以尝试学学其他女人，撒个娇哄哄我。"

楼下的江凛没想到他会这么说，蹙了蹙眉，说："算了，我觉得我还是适合讲道理。"

贺从泽早有预料，反正也没真的指望江凛能撒娇，估计要真有那天，地球都该毁灭了。

"但道歉还是要有的，所以贺从泽，对不起！"

江凛说着，咬了一小口面包在嘴里，嚼了几口咽下去后，沉默几秒才继续道："我不是不相信你，拒绝你，只是觉得……自己配不上别人的好意。其实我有时候很讨厌自己的，出了大事什么都做不了，没有权也没有势，只能靠周围人的帮助。一次两次还行，但时间久了，我真觉得自己挺没用的。"

"你也别急着说我。我小时候和没有父亲的孩子没区别，我妈妈的情绪也不稳定，她连家长会都没出席过，导致我从小就被孤立。我看着还算正常，但心里挺自卑的，只是不想表现出来。实际上一出什么事，我就控制不住地去否定自己。"

"我在这里生活得太顺心了，虽然也遇到过不少烦心事，但遇到的更多的是愿意对我好的人，这些是我从来没有接触过的，所以潜意识里就想逃开。这次的事情就是个契机，我怕发生什么超出自己掌控的事，所以选择逃跑。"她难得一口气说这么多话，更别说像这样袒露心中想法了，因为对江凛而言，这样子实在别扭。

不过万事开头难，既然话已经说出口，接下来就没那么艰难了，江凛顿了顿，继续道："我知道自己性格别扭，但别扭这么多年了，有些东西早就根深蒂固，改不掉了。别人对我好，我就掏心窝子，一旦觉得自己配不上，就不声不响地主动疏远，别人或许会觉得莫名其妙，其实就是我自己的原因。"

"贺从泽，你对我的好我都看在眼里记在心上。只是……我不希望自己永远都被你护着，不希望自己在你面前永远是需要让你操心的那个人。我恨自己为什么无法成长，不想成为任何人的软肋，我想要的是并肩同行，而非单方面的救赎。"

对于江凛而言，不可否认，贺从泽是重要的，是她几乎已经快要融入生命里的人。

贺从泽就像是一个奇迹，悄无声息地出现在了她的世界里。他教会她爱与被爱，教会她去接纳别人的善意，教会她以更温和的方式去面对这个俗世，不至于遍体鳞伤。

江凛明白，自己是喜欢贺从泽的，只是这份感情还有些不确定性，她需要一点点时间，去完全接纳这个崭新的自己。

江凛说到这里，忍不住"啧"了一声，有些烦躁地揉揉头发，道："我也不知道我乱七八糟地说了些什么玩意儿，反正大概就这些，你自己能悟懂最好，悟不懂就继续误会吧。"

贺从泽认真地听着她的话，本来心底已经生出那么一星半点儿的感动了，闻言便无奈地笑出了声。

江凛倒是随性，能轻轻松松地把人的火气挑起来，也能轻轻松松地让人瞬间没了脾气，就这样算了吧。

"不早了，你赶紧睡吧。"贺从泽叹息一声，嗓音里含着笑意道，"虽然我就没指望过你这榆木疙瘩能开窍，但你能跟我说这么多，已经算是惊喜了。"

江凛闻言，沉默地看着已经空了的面包袋。喝完盒中的最后一口酸奶，她决定看在这面包和酸奶的分儿上，把贺从泽话里的贬义无视掉。

"对了，"她站起身来，像是突然想到了什么，出声道，"还有件事。"

贺从泽看向下方，语调慵懒地说："嗯？"

"其实我刚才突然产生了一个念头，虽然只是一瞬间，但是贺从泽……"江凛稍作停顿，继续道，嗓音平淡："出生在这世上是我的不幸，但是自从遇见你以后，我才发现原来所有的幸运，都是欲扬先抑。"

只是一瞬间，她突然有了这种想法，人们生来便活在一个变幻莫测的世界里，但她的出生似乎过于悲惨了一些，二十多年来，她一直四处徘徊寻找归宿，此时才惊觉，自己一路挣扎拼死向上的意义，就是遇见贺从泽。

话音刚落，江凛不再多言，抬脚离开，随手将垃圾丢进客厅的垃圾桶中，准备回房里休息。就在此时，她适时地打了个哈欠，便刚好趁着这阵睡意袭来，赶紧去客房里裹上被子睡下了。

贺从泽站在阳台上，久久未言。沉默了半晌后，他笑了笑，抬手轻捏眉骨，此时竟发觉自己的耳根有些发烫。能让江凛说情话，他可真是不容易啊！

江凛翌日醒过来的时候，竟然已经到了10点。

她推门出去，闹总在房门口已恭候多时，见她开门直接就扑了过来，攀着她的小腿一路向上爬，直到攀着她的脖子"喵喵"叫唤，声音又轻又柔。

江凛怕它掉下去，便伸出一只手抱住它，摸着闹总蓬松的毛，终究还是没忍住低头蹭了蹭，嗯，果然舒服。

贺从泽不知道什么时候已经走了。桌上放了一张字条，江凛拿起来看了一眼上面的内容。

看字迹是贺从泽写的，没什么内容，就简单的两句话："我去趟外地，晚饭前回来。厨房冰箱里有吃的，要是发现你又没吃饭，你给我等着。"

江凛笑了笑，觉得他还真是够操心自己的。

江凛眼神一转，便看到沙发上有个服装袋，打开看了看，是女款，大概是贺从泽让助理买来的。

在别人家里，总穿着睡袍不像回事，她便托了托闹总，对它道："闹总，你先下去。"

闹总仿佛听懂了她的话，却一百个不愿意，黏糊糊地不肯撒手，跟它那黏人的主子简直如出一辙。

江凛这么想着，便伸手将闹总扒拉下来，拎到沙发上，点点它的脑袋，说："坐好，别动。"

闹总这才心不甘情不愿地坐了下去，水汪汪的蓝眼睛还不忘对着江凛放电。

江凛直接无视，拿起服装袋便走向客房。她换好衣服后，去客厅里找自己的手机，却发现已经被贺从泽插上充电器充电了。她愣了愣，不得不说贺从泽在生活中的确是挺会照顾人的。

随即，江凛便去厨房里觅食。她本来只是想随便找点手撕面包或者甜点什么的填饱肚子，谁知打开冰箱门的那一瞬间，直接震惊了。她也终于明白，在贺从泽家里，面包和甜点大概是最称不上食物的东西。

这哪里是冰箱，分明就是个微型超市，还都是进口货的那种超市，里面的品种都是零食界的高端货。

她心情有些复杂，随便挑了两样顺眼的，便拿去客厅里吃了。她还不忘给闹总添了点儿猫粮，一人一猫倒也悠闲。

与此同时，C市。

"就是这种药。"

助理将几片药递给对面的医生，道："麻烦您查明它的成分和含量。"

这里是C市出名的私人诊所，诊所主人李医生是从A院退休的专家，也是其所在研究领域的权威人物。他与贺从泽有些交情，此次药物鉴定就是因为贺从泽亲口委托，他才破例接下。

李医生看了一眼在诊所外抽烟的贺从泽，说："下午之前就能出结果，二位在这里等着吧。"

贺从泽将烟捻灭，对李医生正色道："李叔，药物鉴定的结果对我很重要，麻烦您了！"

李医生点点头，当贺从泽亲自上门的时候，他就知道这件事的重要性，承诺道："我会尽快给你结果。"

李医生拿着那几片药去了药品鉴定室，贺从泽在外面散了散身上的烟味，才进入室内坐下。

他有些疲惫地揉揉额头，闭着眼，神色平静。

助理见他这样，看了看时间，还不到中午，便提议道："小贺总，你要不睡会儿？"

贺从泽是清早的飞机，助理知道今天要来 C 市，本来打算替贺从泽将工作推迟，打开电脑后却发现自己邮箱里已经收到了贺从泽处理完毕的所有文件。

一看收件时间，他发现贺从泽是凌晨时分回复自己的。也就是说，贺从泽一夜没睡，将工作全部处理好后就立刻坐飞机赶到了 C 市。

助理意识到这点后，觉得有些冒冷汗。是不是该说两个人有夫妻相啊……？怎么贺从泽工作起来不要命的样子越来越像江凛了呢？这着实诡异。

"不用。"贺从泽睁开眼，眉眼间虽有倦意，但眼底仍是清亮的，"我等结果出来，回去把事情处理好后再休息。"

助理闻言，便只得无奈地噤声，不再相劝。

等待的时间尤为漫长，贺从泽的心无时无刻不在悬着，他期待药品鉴定的结果，却又害怕药品鉴定的结果。

如果没能如他所愿，那该怎么办？贺从泽拧眉，强迫自己打消乱七八糟的念头，暗骂自己想得太多，江凛怎么可能会犯开错药这种低级错误呢？

二人也不知等了多久，连助理都坐得昏昏欲睡时，李医生推开门拿着药品和鉴定单走了过来，神情严肃。

贺从泽瞬间站起身来，几步迎上去，神色难得紧张，问道："李医生，鉴定结果怎么样？"

"小贺总。"李医生皱着眉头看他，道："这药你是从哪儿弄来的？成分有问题！"

"药有问题？"

贺从泽浑身一震，眼底蓦地有光闪现，又确认了一遍："您确定吗？"

"我鉴定的结果你还不相信？你可以去当地药监局再试试，一定是相同的结果。"李医生蹙着眉头，将鉴定单递给贺从泽，"你看看这单子上，有两项成分含量超标，其中一项严重超标，服用过多病人会有生命危险！"

贺从泽接过单子。他不懂上面的医学术语，但看着上面的超标符号，只觉得心里的石头重重地落下，呼吸终于不再那么沉重。

"太好了，"他呼出一口气，低声笑道，"是药有问题就好……"

李医生闻言愣住，突然有些怀疑自己的听力，问道："你这是什么话？这药难道不是你从 A 院带过来的吗？怎么药有问题还是好事？"

"说来话长，目前有一位病人因为服用这个药物险些有生命危险，但已经被抢救过来了。"贺从泽这才想起自己匆匆忙忙地赶过来，还没同李医生说明情况，"给病人换药的医生对我来说是很重要的人，因为这件事她现在已经被停职。医院鉴定药物的结果显示没有问题，但我怀疑其中有蹊跷，所以才来托您鉴定。"

"你朋友这是被人害了啊！"李医生越听越感慨，道，"这款药本身是没任何问题的，但你给我的药品有问题，是假药。A 院的药源怎么会在这方面出问题，你朋友得罪了谁，对方这么大动干戈地嫁祸于她？"

贺从泽顿住，到现在为止，自己只顾着查证和为江凛洗刷冤屈，却没有想过谁能有这么大的能耐去害她。

有本事，还与江凛有纠葛的人，无非也就是司家的三个人，司莞夏没什么脑子，是绝对干不出来这种事的，那就只剩下司振华和齐雅。

齐雅……

贺从泽突然想起，林天航跟自己说齐雅前几天刚找过江凛，虽然不知道两个人的谈话内容是什么，但江凛似乎发了不小的脾气。

他眸色沉了沉，面上却不曾表现出半分冷意，对李医生笑道："既然已经知道了药物被人做了手脚，我就一定会把这件事的真相查明。李叔，您放心，这批药物已经被封起来禁止使用了，不会再出现任何问题。"

李医生这才点点头，叹息道："现在是越来越乱了……你朋友叫什么？我怎么不记得你原来有熟悉的医生？"

"江凛，是名外科医生，去年刚被调来 A 院。"

李医生听到这个名字，却愣住了："江凛？"

贺从泽见他这个反应，问："您认识？"

"是不是一个二十六七岁的小姑娘，长得挺漂亮，话不多？"

"是她。"

"贺云锋还真是会招揽人才啊……"李医生不禁摇头，笑道，"不算认识，之前我去 S 市一个大学的医学院开讲座，她向我请教过一些问题，她的论文我看过，写得很专业。后来因为巧合，我和她合作过一场手术，这姑娘操作稳当，人也冷静，的确是位年轻的外科人才。"

原来这两个人还有这等渊源。

贺从泽突然觉得心酸，感觉所有人都能偶遇江凛，怎么自己那几年就没想着多往 S 市跑跑？

"小姑娘那么认真的一个人，怎么还会被人盯上？"李医生摇头，替江凛觉得不甘，道，"现在你拿到鉴定结果了，赶紧回去澄清吧，停职处分实在是太冤枉了。"

"不过……我看你这小子，也不像是那么喜欢多管闲事的人。"李医生顿了顿，意味深长地看了贺从泽一眼，心里已经明白了什么，"没想到你身边也能有这么优秀的人。"

贺从泽当然不会坦白自己还在艰苦地"追妻"，只笑了笑，并未解释，像是默认了和江凛的关系似的。

时间紧迫，贺从泽同李医生道别后，便同助理匆匆赶往机场，赶回京都。

在拿到最终鉴定结果后，贺从泽的第一反应便是松了口气，看来问题的确不出在江凛身上，是这批药有问题。

待他平息心底的喜悦后，便冷静下来，开始思考究竟是哪个人会这样费尽心思，不惜动用如此大的人力也要迫害江凛。

最大的可能性落在齐雅身上，毕竟按照林天航的描述，齐雅那天找江凛纯粹是去找麻烦的。可为什么是齐雅找江凛？如果齐雅知道了江凛真正的身份，不是应该第一时间告诉司振华吗？最该着急的人，也应当是默认发妻和大女儿死于火灾之中的司振华，又怎么可能轮到齐雅来操心？

贺从泽因为揣着心事，在飞机上也始终皱着眉头，助理在旁边看着，终于忍不住问道："小贺总，事情真相已经水落石出了，您还愁什么呢？"

"我大概已经知道是谁害江凛了。"贺从泽说着，有些烦躁地"啧"

了一声，"但我找不到任何证据，也想不明白对方这么做有何用意。"

贺从泽想了想，江凛与司家的关系肯定是越少人知道越好，他便换了个说法，问助理："假如有一对夫妻，丈夫在婚前害过一个人，为什么这个被害者重新出现在这对夫妻面前时，最紧张的人却是妻子？"

助理被这个假设问住了，摸了摸下巴，回答道："嗯……也对，毕竟是婚前的事情，妻子应该并不清楚才对。"

沉默半晌后，助理突然提出了疑问："小贺总，那你有没有想过，也许害人的并不是那位丈夫，而是另有其人呢？那个人或许与妻子有关，可能是她的亲戚或者朋友，所以她才这么紧张。"

话音刚落，贺从泽蓦地一震，突然反应过来。他想起，最初自己同江凛在 A 院偶遇到司振华和齐雅时，那两个人的神情各有不同，只是当时江凛的情况不太对，他便没有多想。

他现在回忆起来，当初司振华看到江凛后，神情是笃定而了然的，也许那个时候司振华就认出了江凛，只是碍于外人在场，没有表现出其他情绪。他旁边的齐雅……

贺从泽合眼，尽可能多地在脑中去重现当时的场景。他隐约记得，当时齐雅的第一反应，是震惊与……恐慌。

恐慌？齐雅为什么会恐慌？

贺从泽睁开双眼，终于明白了自己思路中的一个死结。他知道司振华对江凛母女二人不好，因此几乎是下意识地以为司振华一定会主动去害她们。他几乎猜中了江凛与司家的关系，包括那场火灾的真相，江凛也一一承认了。

于是，这就形成了一个思维定式。

此时经助理这个局外人提醒，贺从泽突然转变了一下思路，这才蓦地想起自己根本就没有问过江凛，当年纵火的人究竟是谁！

江如茜在火灾后彻底消失不见，而齐雅在火灾后的第二年嫁入司家。仅仅过了一年的时间，司振华就能忘记发妻与另一个女人坠入爱河，这个速度未免太快。因此齐雅与司振华的关系究竟是否正当，这点也有待考量。

如果齐雅真的是第三者……那她纵火的动机，以及现在害怕江凛和江如茜重新出现的原因，就昭然若揭了。

贺从泽的指尖发凉，他似乎终于明白了这种种事情之间的联系，而后他攥紧了手中的药物鉴定书。

助理见贺从泽这副沉重的模样，也不敢多问。

最终贺从泽还是决定暂且放下这件事，打算回到京都后，先去 A 院把鉴定结果摔到那群人的脸上。他得好好查查，A 院上下到底哪儿出来个胳膊肘往外拐的，又是假药又是鉴定作假，一个两个的都还翻了天了不成？！

江凛接到周主任的电话时，太阳刚要落山。

周主任语气激动地说了很多话，江凛只听见了"药物鉴定错了，药有问题"这句话，随后她脑中"轰"的一声响。

是药有问题！她回过神来，迅速地穿鞋出门，打车前往 A 院。

她推开自己的办公室门后，发现贺从泽和苏楠也在。

贺从泽正优哉游哉地坐在沙发上，两条长腿交叠搭着，神情慵懒散漫。

苏楠见她来了，当即红了眼睛，几步上前抱住她哽咽道："你真是吓死我了……我还以为你走了。"

"小贺总带来的鉴定结果清清楚楚地显示是药有问题，这是院里已经退休的专家鉴定的，不会有错。"苏楠抹抹眼睛，对江凛道，"江凛，老太太出现这种情况，原因不在你身上。"

江凛安慰似的轻轻地拍了拍她，说："我知道了，没事就好，老太太现在情况怎么样？"

"老太太术后恢复得不错，中午的时候已经醒了……"苏楠正说着，蓦地想起，"对，我还没跟老太太一家人说明真相呢，得赶紧过去！"

听到这个消息后，江凛不禁松了口气，一颗悬着的心终于落了下来。她释然地叹息了一声，对苏楠笑了笑："行，我留在这里了解一下情况，麻烦你帮我去看看老太太怎么样。"

苏楠忙不迭地点点头，江凛被洗刷冤屈的事情让她十分欣喜，她赶紧往外放消息去了。

江凛收回视线，看了看周主任，又看了看吊儿郎当地坐着的贺从泽，顿了顿，选择转向更靠谱的人，问道："周主任，这到底是怎么回事？"

"是这样的，"周主任清了清嗓子，神色稍显抱歉，"不好意思啊，江凛！贺总亲自去 C 市找专家做了药物鉴定，确实是药物中的部分成分含量超标。病人出问题责任不在你，是医院冤枉了你。"

他对江凛认真地说，语气中满是诚挚的歉意："院方已经决定撤销对你的停职处罚，我在这里跟你说一声对不起，是我在气头上，没有反复查证。"

"恭喜江医生沉冤昭雪！"贺从泽在旁边适时地拍了拍手，神情懒散，对着周主任道："那么周主任，我们来回归正题。"

"药物来源为什么会出问题？负责药物鉴定的人又是谁？"

贺从泽逐字逐句地发问，虽然语气淡定从容，却释放出了一股无形的寒意与压迫："麻烦周主任如实告诉我，我还真想看看我这个不务正业的小副总，手下出了个什么样的人才。"

"医药代表那边我已经联系过了，说是因为张主任确定药物没有问题，所以药就直接被送进了A院里。"周主任喉间动了动，嗓子有些干涩，"而负责药物鉴定的人……也是张主任。"

其实直到现在，周主任也有些难以接受现实。在他的印象里，张主任虽然能力称不上出众，却也是个老实本分的人，从来不搞那些不光彩的事情，所以这次的事情无论如何离奇，他都没有将张主任跟药物造假联系起来。但事实就被摆在眼前，他不信也得信。

江凛听到这个"张主任"后，蹙了蹙眉，自己对这个人几乎没有印象，连对方的五官都回想不起来，大抵是没怎么见过的。

贺从泽颔首，问："张主任人呢？"

"他今天是早班，这个点儿应该在家里。"

"麻烦帮我给他打电话通知一下，20分钟内要是赶不过来……"贺从泽笑了笑，看起来一副人畜无害的温良模样，颇为威胁地说，"就别想继续在A院里待着了。"

江凛在旁边抱臂站着，不知怎的，竟然有种背靠大树好乘凉的悠闲感。

周主任被贺从泽吓得赶紧掏出手机，匆忙地翻出张主任的电话拨了过去。

江凛从未想过，自己还会有这么戏剧化的一天。她不过是一个刚来医院没多久的主治医师，竟然能让医院里的主任来她的办公室里谈事。

此时此刻，江凛坐在办公桌前优哉游哉地削着苹果，抬眼看着眼前无比心虚的张主任。

贺从泽更是悠闲，抱臂坐着，饶有兴趣地将张主任上下打量了一番，意味不明，目光深沉而危险。

"张主任，您也别干站着，弄得我坐着还怪尴尬的。"江凛抬了抬唇角，示意桌前对面的椅子，"坐，有事我们慢慢说。"

张主任被这两个人前后夹击，不知不觉后背便冒出了冷汗。他揉揉额头，讪讪地笑了一声，在江凛的对面坐下，显得十分拘谨，而后开口佯装轻松道："那个……我倒是听说了今天的事情。恭喜你啊，江医生，不用被停职了！"

"哦。"江凛不冷不热地将眉一挑，"那我真是谢谢张主任您了！"

张主任闻言，心里颤了颤，只得看向贺从泽，想尽快脱身，说："小贺总叫我过来……是有什么事情要说吗？"

"张主任，我其实挺喜欢软刀子杀人的，直来直去向来不是我的风格。"贺从泽轻笑，语气淡然，"但我如果跟你兜圈子，肯定会被江医生嫌弃，所以就敞开天窗说亮话。"

江凛闻言，抬起眼帘扫了贺从泽一眼，继续削苹果。她平时都用专门的削果皮工具，鲜少用刀，因此一个好端端的苹果被她削得歪歪扭扭，看起来十分别扭。

她倒也有耐心，不紧不慢地转着苹果，凡事慢慢来就是了。

贺从泽在此时从容开口，问张主任："进假药，鉴定作假，是谁在给你撑腰？"

张主任顿时出了一身冷汗，"呃"了一声，眼神闪躲，说道："不好意思啊，小贺总！我没听懂您的意思。这批药和上一批药是同一个厂家生产的，我不知道出了问题，那份鉴定我是根据其他病人的情况来看的，最初药物也的确有副作用。"

"我不管这些，反正鉴定结果与真相不符，对吧？"

"是，但这是因为我……"

张主任妄图继续辩解，然而话还没说完，便听贺从泽不耐烦地说："你把那个苹果放下，寒碜死了，一会儿我给你削。"

张主任刚开始没明白贺从泽是什么意思，半晌后才后知后觉地转过头，发现了江凛手中的那个奇形怪状的物体，以及她手边堆起的果皮……说是果皮，其实看上去似乎果肉更多。

江凛无奈地耸肩，也终于放弃了削苹果这活儿，将苹果放在旁边，说：“看我干吗？你们继续。”

张主任闻言变了脸色，十分窘迫。这两个人根本就是在玩弄他，哪里把他当回事了？

“男儿膝下有黄金，时间就是金钱，所以张主任，你就硬气点儿，别跪着做人。”贺从泽抬手捏捏眉骨，实在是不想跟这种软弱的老实人沟通，因此又皱了皱眉，“别的不多说了，被辞退和说出幕后指使，我给你这两个选择，你自己掂量吧。”

其实现在最需要的就是让张主任说实话。毕竟他只不过是一个区区的主任，进假药和鉴定作假已经足够让他从此彻底滚出医学界，但仅仅这样做没有任何意义，更重要的是揪出他背后的那个人。

若是张主任一直不肯松口，那贺从泽还就真的没什么好办法了。

“小贺总，我是真的不明白您在说什么。”张主任一口咬定，装傻到底的态度十分坚定，“这件事的确是我的疏忽，我会承担相应责任，并主动提出辞职。”

说着，张主任用手撑住桌面，打算站起身来：“我还有事，先走……啊！”

伴随着那声惊恐得近乎变了调的叫声响起的，还有刀尖被插进木质桌面的闷响，听起来着实骇人。

张主任脚底发软，就这么直直地坐回到了位子上，动都不敢动，身子还在发抖，似乎还没从刚才那阵巨大的惊吓中缓过劲儿来。

江凛面无表情地动了动手指，冰凉的刀锋便悄然贴近了张主任的指缝，刀刃上映出了张主任肉眼可见的颤抖。

她开口，嗓音淡淡的，没什么情感：“不好意思，不是手滑。”

贺从泽也着实被江凛镇住了一瞬，有些愕然地望着江凛，愣了几秒，突然有些忍俊不禁，这女人还真够狠的。

“你废话实在太多，有点儿浪费我的时间。”江凛说道，手却没动，也不见将刀子挪开，“给你当靠山的是谁？”

张主任嘴唇抖了抖，有些恼怒地说道：“江医生，不论如何我现在也是主任，你这样……”

“你傻吗？”江凛神色冷淡，语气中不含丝毫感情，“贺从泽那个黑心肝，反正不管你说不说你都得丢工作，你就不能痛快点儿？”

无辜中枪的贺从泽一时语塞，好吧，其实他也不算无辜。毕竟就算这个张主任真的老老实实地把幕后主使供了出来，他也并不打算轻易放过张主任，之前的二选一，其实就是送命题。

这不是废话吗？他恨不得把江凛捧到天上去，锁到心里去也行，自己放在心上的人哪里是他们能随随便便诬蔑陷害的？

"张主任，你要是不说，我来替你说。"江凛这会儿耐心被耗尽，她本来就不是什么好脾气的人，更不要提这次还危及了病人性命，更是让她烦躁，于是果断地说，"司家夫人齐雅，是吧？"

张主任听到最后一句话，脸色瞬间惨白，矢口否认道："不……不是的，你胡说什么呢？"

这人连撒谎都不会，假得太明显了。

江凛瞬间便确认了答案，不耐烦地移开视线，单手发力将卡在他指缝中的水果刀抽出。

"张主任，都这样了，你不如就破罐子破摔坦白得了。"贺从泽叹息道，"看得出来你是个老实人，心里想什么都写在脸上，怎么想起来接这种活儿了？这不是自断后路吗？"

张主任的脸色更难看了，他支支吾吾的，说不出什么狡辩的话来。实在是性格使然，过于淳朴的人干起坏事来，只会漏洞百出。

张主任似乎也悲哀地明白了这个道理，整个人显得有些颓废，瘫坐在椅子上，喃喃道："司夫人说事成之后会给我一笔丰厚的报酬，最初我是不肯接受的，但她直接往我卡里汇了一笔数目不少的钱……还说只要我肯做，还会有更多。"

齐雅……

江凛闻言蹙眉，脸冷了下去。

"我……我这也是一时糊涂啊。"张主任道，"小贺总，看在我坦白的分儿上，你能不能……？"

贺从泽打断他的话，道："我会酌情考虑。"说完，摆摆手示意他可以走了。

张主任听贺从泽这么说，心想：也许还有些希望，便赶紧起身离开了，生怕贺从泽改变主意。

江凛有些疲惫地揉了揉额头，说："齐雅是没脑子还是怎么回事……？"

"或许她从一开始，就没对这个张主任抱太大希望。"贺从泽瞥向江凛，不紧不慢地说，"毕竟你就算知道是她做的，也无法对她造成任何威胁，只能白白丢了工作。"

他似笑非笑，望着江凛的神情悠然自得，说："所以大概她计划中唯一的意外，就是我亲自拿着药去外地做了鉴定。"

江凛怎么听怎么觉得贺从泽的这番话像是在邀功，她想了想，站起身来走向他。

贺从泽笑盈盈地瞧着她，不慌不忙，想看看这女人要怎么感谢自己。

谁知江凛从来不按常理出牌，就在贺从泽以为她要亲自己一口的时候，她伸出了手，十分敷衍地摸了摸他的头。

贺从泽一脸茫然，茫然中还带着点儿震惊，再配着唇边没来得及撤下的笑意，他整个人的模样实在好笑。

江凛本来只是想随便摸两下，但感觉贺从泽的头摸起来手感还不错，没忍住就多摸了几下，淡声说："这次多谢你了。"

平生第一次被人摸头的贺从泽短暂地怀疑人生过后，迅速地回过神来。

"谢什么？"贺从泽轻嗤一声，抬起头对上江凛的视线，眼里泛着盈盈的光，"继续，我不介意你的手往下放放。"

他有着一双狭长的桃花眼，笑时眼底会闪烁着柔和细碎的光点，为他本就精致的五官增添了几分光彩，尤其好看。

在极致的男色面前，女色似乎显得平淡无奇。

江凛蹙眉盯着贺从泽，却觉得他这副模样看起来有点儿放浪。也是，毕竟他脑子里只有废料。

不过这次的事情，她是真的很感谢贺从泽。如果不是贺从泽，她怕是要永远背上开错药害了病人的罪名。她又是如此偏执，恐怕会永远活在自责和愧疚中。

江凛停顿数秒后，突然没头没脑地说了句真心话："其实我觉得，特别累的时候能有个靠山倚着，这感觉好像也不错。"

贺从泽懒懒地"嗯"了一声，说："所以，你有没有什么表示？"

江凛想了想，突然俯下身去，那只本来放在贺从泽头上的手滑到他的眼前，遮挡住他的视线。

贺从泽猝不及防地被蒙住了眼睛，正想着江凛这是要做什么，便觉得有一阵温热的气息接近自己，随后，一抹微凉的柔软的感觉落在他的前额上。

是一个轻轻的吻。

贺从泽身子僵住，竟然都忘了去挪开江凛的手。这次不是失误，不是意外……江凛，居然主动亲他了？！他觉得自己马上就要痛哭流涕地抱着江凛求她继续往下亲亲了。

江凛撤回手，表情倒还是同往常一般坦然淡定，问他："开心了？"

贺从泽摸了摸自己方才被吻过的地方，只觉得似乎还残留着余温，挥之不去，让人难以忘怀。他沉默半晌后，突然笑了，说："我可没逼你这样。"

"我只做我自己想做的事。"江凛说道，语气平淡，"比如我刚才要是想往下亲，你就是不同意，我也会摁住你。"

贺从泽愣了几秒后，笑盈盈地说："那我求你快来摁住我，随便亲，别克制。"

江凛就是不能给这人好脸色，她懒得吐槽，看时间已经不早了，便准备回去。

贺从泽望着她的身影，突然开口低声说："江凛，你这颗心放在我这里，可就不能收回去了。"

江凛脚步停住，并未回头，只回了他四个字，语气中带着淡淡的笑意："看我心情。"

蓝桉树与释槐鸟

从羡 著

下册

青岛出版集团 | 青岛出版社

第八章

灯火不熄

　　假药风波过后，江凛为老太太换了药，老太太康复得还算不错。

　　得知江凛是无辜的，老太太的女儿亲自来向江凛道歉，承认自己当时没控制好情绪，不但没有信任江凛，还把所有的责任推给江凛，因此来请求江凛原谅她。

　　她身为病人的家属为病人着急是理所应当的事，又何错之有？江凛后来去病房探望老太太，见她身子并没有受太大的影响，这才放了心。

　　至于张主任那边，贺从泽秉承自己一贯的行事风格，自然是往死里打压他。他虽然不会永远失业，但最起码在京都里是无法生活下去了，医学界也不会再有他的位置了。

　　其实张主任要是安安稳稳地过日子，再过一段时间就能混到退休了，如今沦落至此，只能是他咎由自取。

　　贺从泽竟然真找出了齐雅的踪迹。因为假药事件与司家挂钩，贺云锋震怒，险些就同司家断了商业来往。

　　这日，江如茜因为不想耽误江凛工作，便独自前来A院，同江凛道别。

　　江如茜早已康复，已经在京都陪江凛一段时间了。因为她在京都终究是待得不舒服，所以订了机票，准备回S市。

　　江凛本来要送江如茜，但江如茜也只是来跟她说一声罢了。江如茜让她继续好好工作，随后便离开了。

江如茜走出电梯的时候，不小心迎面撞上了一个人。

她抬头道了声歉，对方也随口应下，然而两个人似乎都察觉到了什么，于是江如茜抬头，那人重新低头，两个人一下子对上了视线。

江如茜的瞳孔蓦地紧缩，她不敢相信地望着眼前的中年男人，不明白这个世界为什么这么小，总是让最不想相见的人突然见面。

司振华对江如茜的印象已经所剩无几。他皱眉，脑中还没来得及产生什么念头，江如茜便已经冷下脸来。

她不说话，像是不认识司振华一般，径直绕过他，走向门口。

司振华稍微停顿，冷笑一声，与江如茜背道而驰，步入了电梯。

那日，司振华去了趟 A 院院长的办公室。他与院长的具体谈话内容没有人知道。江凛后来知道，假药事件最终还是平息了。

江凛恢复工作后，和医院同事的关系更好了，也许是因为停职风波闹得太大，不少人意识到她其实还是个不错的人。

江凛这么揣测着。

在这件事之后，贺从泽的公司也是事务繁忙，他一直在忙碌。两个人可以说是各忙各的事业，因此联系也不怎么频繁。由此，变故突生。

经历了持续许久的阴天后，一场酝酿已久的暴雨终于从京都的天空落下，雨势极猛，一下就是两三日，几乎影响到了交通与人们上班和学生上学。

不知道为什么，贺从泽今夜睡得格外不踏实，始终处于浅眠与不安之中，就这样一直到了清晨。

他虽然断断续续地睡了一会儿，但感觉和一夜未眠没有差别。

外面还在下雨，雨势不见减弱半分，雨滴落下的声音本该令人觉得舒服，但贺从泽听了这么久，觉得这声音有些烦人。

贺从泽也不知道自己到底是有了什么毛病，有些烦躁地从床上坐起。窗外的天色让人完全分不清现在是白天还是黑夜，他便拿起手机看时间，发现是早上 6 点。

他的心跳没来由地比平时的要快，他搞不懂这莫名其妙的慌张感从何而来，便下床去柜子中拿了包烟出来，点燃后抽了一口。

烟草的气息悄然散开，他这才平静了一些。

床上的闹总还没睡够，软乎乎地"喵"了一声，似乎是在抗议房间中让它不适的烟味。

贺从泽便离开卧室，去了阳台。

外面依旧是大雨滂沱。

他指间夹着烟，眯了眯眼，拿起手机百无聊赖地查看未读消息。

头条新闻映入眼帘：州城特大暴雨引发洪灾，情势危急！

也是，雨下得这么久了也不见停，连京都已经快出不了门了，更不用说州城那种地势本来就低的小县城。

贺从泽隐约记得州城那边山村比较多，若是大暴雨引发泥石流，事态怕是会发展得更加严峻。

他摇首叹息，反正也是闲得无聊，便点开了那条报道，看着州城目前的各种损失情况，这次洪灾实在是有些严重。

贺从泽蹙眉，翻到最后几段文字的时候，看到报道是这么写的：目前救援队已经前往州城抗洪救灾，国内各大权威医院也已派出医疗队紧急支援！

随后便列出了几所医院的名字，的确都是排名相当靠前的医院。

贺从泽却只关注到了 A 院两个字。

名单包括 A 院，这说明了什么？

贺从泽突然有种不好的预感，似乎明白过来自己这一夜辗转反侧难以入眠的原因，当即从通讯录中找到了助理的电话号码，拨了过去。

他等了两三秒，电话被接起，助理老实巴交地问道："小贺总，这么早您有什么事吗？"

贺从泽语气严肃道："州城洪灾是什么时候的事？"

"昨晚发生的事，州城的堤坝过于老旧，降水量太大，堤坝突然就决堤了。"

"A 院派了医疗队去？"

"呃，是的。"助理闻言，竟然有些踌躇，哂笑道，"小贺总，你是怎么知道的？"

"我看了新闻。"贺从泽言简意赅，听出了助理话语中明显的异样，蹙眉道，"你是不是知道什么？"

"算是知道一点儿吧……"

贺从泽如遭雷击，想到了什么，连忙出声问道："A 院派去的医疗队里，成员都有谁？"

助理没想到事情这么快就败露了，要知道贺从泽平时几乎都不看各种新闻报道，谁知道今天是出了什么事，他竟然这么快就过问了。

助理叹了口气，在心底默默地祈祷了一下，实话实说道："A院派过去了十名医生，昨晚已经出发了。我想其他成员的名字您应该不感兴趣，所以直接告诉您，医疗队的副队长……"

助理顿了顿，道："是江凛小姐。"

贺从泽并没有勃然大怒，而是沉默几秒，低声问道："你说谁？"

助理轻咳了声，声音弱了下去："江……江凛。"

"……"

贺从泽捏了捏眉骨，认清事实后，做了几个深呼吸，尽量去平复自己的心情，但没成功。

贺从泽暗中咬牙，想开口说话，实在有点儿压不住火气。

他当初就应该把江凛捆起来然后将她锁在家里，省得她不要命似的到处乱跑！

贺从泽吐出一口气，因恼怒声音有些不稳："发生这么大的事，你怎么没打电话通知我？"

"当时太晚了，我怕打扰到您。"

"你以前半夜里给我打电话的次数还少？"贺从泽冷声道，"江凛是不是跟你说什么了？"

助理简直欲哭无泪。

这都能被贺从泽猜中，这两个人明明就是心意互通，又何苦要让他这个小助理夹在中间为难啊？！

助理努力地将江凛的话润色，道："江小姐跟我说，如果您没主动问起，我就不要把她去州城的事说出去，她怕您再为她担心。"

贺从泽长眉蹙起，怎么听这话怎么觉得不对劲儿："这是她的原话？"

"……"助理似乎是和内心斗争了一会儿，最终还是坦诚道，"江小姐的原话是'不问就不用说了，省得他咸吃萝卜淡操心'。"

贺从泽闭眼，觉得自己这次要是逮住了江凛，等事情结束后无论用什么手段，也一定要把她带回来。

他是真该好好地教育教育她，男人不是被用来晾在一边玩的。

贺从泽强行冷静后，提出了当下的主要问题："这几天公司里的事情多吗？"

"近期没有什么重要的会议，相关的合作您前段时间已经处理好了，挺清闲的。"助理老老实实地回答，突然反应过来了什么，脸色大变，"等等，小贺总，您不会是要……？"

"准备一辆行动方便的车，车上备好食物、水和安全用具。"贺从泽淡声道，似乎只是在下一个平常的命令，"最迟今晚，开车去州城。"

助理已经脑子混乱到不知道该如何回应了。

等等，不太对劲儿啊，自己明明昨晚只是例行公事，送走了医疗队，然后今天大清早起床后接了个上司的电话，怎么今晚就要去抗洪了？

事情究竟是怎么发展到这个地步的？

助理蒙了，想不到在自己漫长的职业生涯中，竟然还会有"奔赴抗洪前线"这样的经历，的确是挺风光的，但他也是发自内心地不想拥有这份风光。

助理想了想，还是决定挣扎一下，讨价还价道："小贺总，您昨天不是答应了林小少爷，接他吗？我下午还准备过去接人呢，要不……"

"你过去跟他说明情况，告诉他等我们从州城回来后我和江凛一起去陪他。"贺从泽语气慵懒、无比从容地说道，"你当初答应江凛瞒着我时的那个胆子呢？"

助理就差抹眼泪了，只得无奈地应下，心想：以后再也不掺和这两个人之间的事了，也太辛苦了。

贺从泽挂断电话后，心底的烦躁不见消退，便又点燃了根烟。

他望着眼前的连绵阴雨，眸色深沉，没有半点儿光。

看来江凛那女人，是事事都有自己的打算，完全不打算事先通知他。

贺从泽启唇，青灰色的烟雾弥漫扩散，最终在风中化为清淡的烟草香。

他敛眸，心下不起波澜。

算了，既然如此，那他就跟过去好了。

江凛一行人是夜间出发的。由于雨天路难走，州城又被洪水淹没了大半，所以他们第二天白天才抵达目的地。

这一路上实在称不上舒坦，车子摇摇晃晃的，江凛刚下车就觉得腿软，再加上州城潮湿闷臭的空气，熏得她有些反胃。

A院医疗队属于第一批赶来支援的队伍，但由于路途艰难，已经有两支医疗队赶在A院医疗队之前抵达州城，展开了救援行动。

由于苏楠有资历，曾经参与过相关的救援活动，所以院方任命她为医疗队队长，江凛则是副队长，队员都是从医院里精挑细选出来的，十分可靠。

A院的队伍下车后，便有救援兵前来迎接。救援兵将他们带到临时救援站简单地说明当地情况后，便匆匆地离开。

江凛了解到，州城这次遭遇洪灾，堤坝下游的小村庄已经被完全淹没，但好在决堤前就有专门的工作人员引导村庄中的村民转移到了地势较高处，因此村民的伤亡还不算特别严重。

只是村民赖以生存的牲畜和农田尽数被毁。

搜救行动仍在进行中，伤员也不断地被送到救援站。不论是医护人员还是病人家属，都忙得不可开交。

A院医疗队一共十个人，苏楠毕竟有经验，迅速地分配好各个队员的任务后，便下令让大家尽快展开救治行动。

雨还在下，不知道什么时候才会停。江凛拿起医疗箱，在救援站埋首便忙了数个小时，不曾歇息。

伤员里有被刮伤的，也有伤口发炎恶化的，各种各样的伤口都有，怎么都处理不完。

有个老爷爷的手臂被树枝划出了一道口子，鲜血汩汩地向外涌，他却只痴痴地望着乡镇的方向，默不作声，眼里满是茫然和空洞。

这里不是医院，麻醉条件有限，但在江凛为老人消毒的过程中，老人硬是一声不吭。到了替老人缝合伤口的时候，江凛察觉到老人动了动，也不知是因为疼还是怎么的。

她下意识地停住动作，老爷爷似乎发现了她的停顿，连忙道："没事没事，不疼的，医生您继续，别管我。"

江凛迟疑一瞬，最后点点头，继续进行缝合，不疼是不可能的，因此她只能尽快地结束这场折磨。

"唉……像我这种常年干农活儿的人，这种伤其实不算什么。"老爷爷有些感慨地说道，"身上不疼，可就是看着村子这个样子，我这心是真疼啊！"

他说到这里，情绪突然有些崩溃，哽咽了起来："这可怎么办呀？地也没了，家也没了，都没了……人还怎么活呀？"

老人的嗓子被水泡得充血，声音嘶哑，整个人失魂落魄的。他当初坐在木板上漂了半天，是被救援队救起来的。最初老人不肯走，后来还是被救援队长劝着来了救援站。

对于这些老人来说，一场洪水摧毁的不只是家和田地，还有生活中的重要部分，这其中的损失大到令人难以承受。

江凛听着这番话觉得难受，但没出声，继续自己手中的工作。

休息时间，有当地的居民来给他们送饭。医疗队的众人空腹工作了这么久，可算是到了能坐下来放松的时候了。

江凛看了看天色，猜不出现在是什么时候，但既然有人送来了饭，应该是中午了。

她估摸着这会儿政府应该已经行动起来了，只希望雨势能转小，灾民的接应工作和饮食问题尽快被解决。

各地派来的医疗队已经陆续赶到，饭后有个医疗队特意过来同 A 院的医疗队会面，沟通一下当地的情况。

他们说是沟通情况，但情况都这么糟糕了，沟通又有什么用？

苏楠身为队长自然是要留下来的。而江凛对于这种"彼此认识"的形式主义活动不感兴趣，反正也没有硬性规则要求副队长也要加入他们，于是便打算出去忙救援站的事。

就在她刚走到帐篷口时，身后有人疑惑道："那位不是副队长吗？她怎么走了？"

江凛回首看过去，发现说话的人是对方医疗队中的一名男医生，对方看上去比自己年长些，他正表情困惑地盯着她这边。

"你们聊。"江凛挪开视线，语气平淡道，"我只是觉得在这儿待着不如出去多救几个人。"

苏楠闻言，不禁在心底苦笑。她知道江凛没有恶意，但这话说得实在称不上委婉，容易让人误解。

其实苏楠也实在不想应付这种情况，之前她参与的救援行动也是如此，这种客套的行为没有任何意义。但是场面功夫总要做足，她也不好说什么。

果然，不少对方医疗队中的人变了脸色，那位男医生更是一副不敢相信的表情，拧眉盯着江凛："这位医生，你……"

江凛点到为止，虽然她看不惯这种关键时刻大家还在做闲事的行为，但更不想在这节骨眼儿上和大家闹矛盾，所以便径直出去了。

她刚走，队伍中便有一位女医生稍显不满，说道："这是什么态度？苏队长，这人是你们院的新人吗？"

医疗队队长是一位资深的中年医生。他低声制止了队伍中这种说闲话的行为，对苏楠歉意地笑了笑："抱歉，队里有两个年轻医生没参与过这种行动，不懂规矩。"

苏楠虽然有些不满，但表面上也没表现出什么，笑笑便过去了。

"那位就是 A 院外科的江医生吧？我听说过。"

苏楠"嗯"了一声："她是一位很优秀的外科医生。"

方才那名出声询问的女医生垂下眼帘，稍有不屑地嘀咕了一声："看出来了……"

"柳然。"队长蹙眉看向她，"平时你话多我不管，让你跟着过来是看你技术好，如果你不把心思放在正事上，就回去。"

柳然当即噤了声，不再说话。

京都。

雨势渐小，助理先将所有琐事处理好，再在车上准备了相应的物资。助理在准备接贺从泽前，去了趟林家。

抵达林家后，他发现林天航已经在门口乖巧地站着了。

助理无奈下车，对林天航道："小少爷，这边出了点儿意外，小贺总要出去一趟，不能陪您了。"

"啊……"林天航神情立刻黯淡了下去，"下着雨呢，哥哥要去做什么啊？"

"因为江小姐去了州城，所以小贺总也要跟过去帮她。"助理安抚他道，"小贺总说了，等他和江小姐回来，就能来陪您了。"

"州城？"林天航听着觉得耳熟，不禁愣了一下，"州城不是发洪水了吗？"

"你是怎么知道的？"

"我有每天看新闻的习惯，爸爸教我要时刻关注时事新闻。"林天航眨眨眼，随后有些焦急道，"因为江凛姐姐是医生，所以就要被迫去那么危险的地方吗？"

助理摇摇头道："不，江小姐是位很伟大的医生，是自愿前去的。"

"哥哥是要过去保护姐姐吗？"

"嗯……算是吧，虽然小贺总会挂着院方代表的名义。"

"我不能跟着过去吗？"

"不行，那里太危险了。"

林天航嘟了嘟嘴，显然是不太高兴："可是姐姐在那边啊，而且哥哥也要过去了，那样也很危险。"

助理叹了口气，道："小贺总和我去的地方相对安全，不会出任何问题，小少爷你放心就好。"

林天航闻言，沉默了半晌后，便展露笑颜："好吧，那你们一定要注意安全哟！平平安安地回来！"

助理心生感动，不禁感慨林小少爷真是太懂事了，比自家小贺总善解人意了不知道多少倍！

解决林天航这边的事后，助理便打算开车去接贺从泽，就在这时，他的手机突然振动了起来。

他正要接起电话，林天航却突然问了句："助理哥哥，你现在是要开车接哥哥，直接去州城吗？"

助理没察觉到有什么不对劲儿的地方，便点头道："对，东西都准备好了，我们直接开这辆车就走了，时间很赶。"

"这样啊。"林天航若有所思地点点头，"我知道啦，谢谢助理哥哥！"

助理应声，见是未婚妻来电，便特意走到远一点儿的地方接电话了。

毕竟他不是某人，当着小孩子的面都没羞没臊的。

林天航站在门口没有动，看了看不远处的助理，又看了看近在眼前的车。

想了几秒，他心下一横，就迈起小短腿，弯腰溜到了车的后备厢旁，空间足够大，他就算躺着都不成问题。

这样想着，林天航便大着胆子，悄悄地打开了车的后备厢。

助理打完电话后走到车边，发现林天航已经没了身影，估计林天航看下雨就先回去了。

这么想着，助理见时间不早了，忙不迭地钻入车中，加快速度赶到了贺从泽居住的公寓。

助理提前几分钟发了自己即将抵达公寓的短信。贺从泽掐着时间，刚出门就赶上车过来，助理无比准时。

贺从泽出门讲究生活精致，虽然去的地方挺危险，他还是准备了一个小行李箱，放了几件衣服和一些生活用品在行李箱里。

助理虽然在心里吐槽，还是老老实实地没多说话，见贺从泽上了车，便开车上路。

贺从泽望着车窗外的雨，蹙着眉拿出手机，不抱任何希望地给江凛打了个电话。他果然打不通她的电话，州城那边肯定是没有信号。

贺从泽已经没脾气了，用手撑着下颌，问助理道："州城那边的情况怎么样了？"

助理实话实说："不怎么样，伤员还在持续增加，估计没有半个月，情况稳定不下来。"

贺从泽无奈地用手扶额，语气听起来有点儿心疼，说道："希望到时候见到那个女人，还能看出来点儿人样儿。"

江凛的那个性子，"尽力而为"对她来说应该是件难事，她只会拼命。

助理这么想着，但没敢说。

突然，后备厢里传来一声闷响，贺从泽蹙眉问道："什么声音？"

助理想了想，不记得自己放了什么东西在里面："可能是瓶瓶罐罐的东西倒了吧，路挺难走的。"

贺从泽闻言，便也没多想，靠着座位闭目养神。

江凛发现隔壁的医疗队中，那个叫柳然的女医生好像因为她之前说的那句话挺敌视她的。

江凛自我反省了一下，自己说的话的确是不怎么好听，但那也是实话。她浪费时间还不如多救几个人，于是便也没有理会柳然的甩脸色行为。

她不了解柳然这个人，虽然彼此对对方的印象都不好，但柳然也是个兢兢业业、认真工作的医生，工作效率很高。

在一起行动的大伙儿虽然是临时的同事关系，但是因为救援站里大家实在太忙了，所以医生与医生之间根本就没什么时间说话，除了借工具，大家再没有多余的交流。

州城洪水泛滥，情况危急，江凛在救援站里忙了半天，便见有救援人员匆忙地赶了过来，救援人员要求找各医疗队的队长谈话。

　　苏楠正好这时候忙完手下的伤员，见此便拉下口罩走了过去，问道："我是A院医疗队的队长，有什么事吗？"

　　"A院的？正好。"救援人员听到是权威医院的医生，不禁松了口气，随即便语气焦灼地说道，"抗洪前线的医生不够，你们这边能派一两名医生过去帮忙吗？"

　　苏楠闻言蹙了蹙眉，在听到"抗洪前线"后，有瞬间的迟疑。

　　在州城这种地方展开救援行动，本身已经很危险，而且当前洪水情况还没能完全稳定，还下着雨，地势偏低处随时都有泥石滑落的危险，如果这时候去前线进行支援……实在是太危险了。

　　苏楠抿唇，最终还是坚定道："行，那我跟你过去……"

　　"我过去吧。"江凛的声音自后面传来，苏楠愣了愣，回首便见江凛走了过来，满面正色地对那名救援人员道："我是医疗队副队长，我跟你过去，让队长留在这里能更好地给队员分配任务。"

　　救援人员想了想，也是这么个道理，便点头答应道："好，不过前线真的很危险，你确定你一个小姑娘，要过去吗？"

　　江凛摆手道："走吧，救人要紧。"

　　苏楠无奈地道："江凛。"

　　"苏楠，这边交给你了，我那边的伤员已经全部处理好了。"

　　苏楠只得叹了口气，嘱咐道："你真是……算了，一定要注意安全啊！我忙完这边就去替你！"

　　江凛比了个没问题的手势，便随救援人员匆匆走下高地，乘越野车赶往抗洪前线。

　　救援人员开着车，无意间感叹了一句："你们这批医疗队里的女医生也太厉害了，刚才也是有个小姑娘，自己要求去前线支援。"

　　江凛闻言，倒也没什么特别感触，不置可否。

　　敬业认真的人虽然少，但肯定是有的。

　　她问道："请问现在州城是什么情况？"

　　"不好。"救援人员闻言，表情沉重地摇了摇头，回道，"本来情况是基本稳定了，但现在一决堤，建立好的防线就都完了。中下游的村庄和城镇基本快被淹了，伤亡惨重，尤其是靠养殖生活的农家，现在是一无所有了。但最主要的问题还是降雨，如果这场大雨还不停，泄洪问题会更麻烦。"

江凛看了眼天色，阴沉沉的，乌云密布，大雨倾盆，不见停歇。

她无声蹙眉，心底的不安越发浓烈起来，按照这名救援人员所说的，看来目前州城洪灾的形势还没有达到最恶劣的程度。

但目前的情况已经让人如此焦头烂额，若是所有问题并发，那还了得？

江凛忍不住叹了口气，眉眼间有了些愁绪。

"前线因为太危险，好多灾区医护人员不愿意过去，但这可以理解，毕竟大家不愿意拿命开玩笑。"救援人员说着，也是有些无奈，"只是面对洪灾真的没办法啊，我们向来采用的是人墙战术，搜救也需要人员，一批一批人换着都不够安排的，好多人都是带着伤下水救人。"

江凛闻言顿了顿，侧首看向这名救援人员，才发现他身上也是挂了彩，脸上、手臂上都是青紫色与血污，让人有些目不忍视。

她半晌憋出来五个字："辛苦你们了！"

救援人员有些不好意思地笑了笑："这都是我们应该做的，只要能救人，累点儿算什么？那些村民没了家本来就难过，我们更不能让他们再失去家人了。"

江凛点头，路越往下越难走。两个人抵达目的地后，江凛下车，见地上全是泥水，泥水深浅不一，稍有不慎脚就会陷进去。

虽然是前线，但是医护人员工作的地方是比较安全的。江凛问清楚救助地点后，便快步赶了过去。

看过高地处的救援站，江凛本以为那些伤员已经够惨了，不承想，抗洪前线的景象更加触目惊心。

饶是这些年见血见惯了，她也忍不住皱了皱眉，立刻去拿了医疗工具，迅速地开始紧急救援工作。

救援站的服务对象全是村民，而前线则不同，不仅有刚被救下来的大人和小孩儿，还有负伤的搜救人员。

江凛帮一名志愿者处理肩膀上的伤口时，发现伤口已经感染发炎，伤口十分恐怖。那名志愿者还能笑着跟她聊天，仿佛全然不觉。

江凛抬眼看他："这里没有麻醉药，待会儿你忍忍。"

志愿者笑了笑，满不在乎地说道："水里那么冷，我早就被冻麻木了，没事。你只管下手，包扎完后我好继续下水救人。"

江凛闻言，说不上来心里是什么感受，便埋首处理他的伤口。

送走这名志愿者后，她不经意抬首，望见对面有一名正在忙碌的女医生。对方大概就是方才那名救援人员所说的"也有个小姑娘"。

只是这个小姑娘，江凛觉得有些眼熟。

江凛不打算多想，准备移开视线，没想到对方也正抬手擦汗，对方的视线正巧就对上了江凛的视线。

江凛眯眼，心里"哦"了一声。

对方原来是柳然啊。

柳然似乎没想到会在这里遇见江凛，愣了愣，还是没给她什么好脸色，继续给受伤的村民包扎伤口，手法熟练，做事一丝不苟。

江凛懒得过去，她对柳然的印象本来就浅，知道对方讨厌自己，便也不理会对方，省得双方都不愉快。

前线的工作量远大于救援站的工作量，主要是伤员的受伤程度都不轻，处理步骤比较烦琐，医生很耗费精力。

江凛也不知道送走了多少人，听到过多少声谢谢，总之被通知可以休息的时候，看天色大概是傍晚了。

江凛去前线看了看具体的情况，发现只是医护人员可以休息了，救援人员还在忙着运送伤员。

江凛收回了目光，想着反正自己也不累，便去前方帮忙了。

与此同时，高地救援站迎来了一位"贵客"。

负责迎接的工作人员接到消息后，等待对方到来。

没多久，便有辆车缓缓地驶来，稳稳当当地停在了接待人员的面前。

驾驶座的车门被推开，助理走下车来，随后绕到副驾驶座门前，替里面的人打开了车门。

虽然这车与这环境实在不搭，但不得不说，来人还是十分有排面的。

"贵客"不紧不慢地下了车，随意打量了一下周围，最后把目光落在不远处的救援站上，发现情况比想象中的还要严重不少后，他不禁蹙了蹙眉。

清早起床时，贺从泽只通过新闻报道粗略地了解了州城的情况，本来还以为形势尚且可控，不承想会是如此惨烈。

被送来的伤员接连不断，忙碌的医护人员、哭泣的伤员家属……

这个场面几乎让人心里一紧。

前来迎接的工作人员见了贺从泽，轻咳一声，毕恭毕敬地唤道："小贺总，您怎么来这儿了？"

"A院的医疗队在这边，我怎么好意思不过来？"贺从泽说道，唇角挂着和善疏远的笑，"我派人送来了点儿粮食和医疗物资，州城发生这种事，我能帮的不多，希望能派上用场。"

工作人员瞠目结舌，就在不知道该怎么回复时，无线电响起，他回过神来道："啊，抱歉小贺总！"

贺从泽微笑示意："请便！"

于是便在贺从泽的眼皮子底下，工作人员同无线电对面的人通话："对，贺总已经到了……好，我会接应好的……什么，整整两车物资！"

工作人员说到最后险些破音，他大抵想不到贺从泽口中的"帮的不多"竟然是如此分量，震惊不已。

结束通话后，他很是感动，对贺从泽诚挚地感谢道："小贺总，真的是太感谢您了！"

他向来听说京都贺家的公子哥儿不好，不承想今日见到本人后，发现原来那些都是谣言！

贺从泽表示没有什么："这是我力所能及的，能帮到你们就好。"

说到这里，他稍作停顿，道："不过我这次过来，主要还是想找一个人。"

旁边的助理忍不住翻了个白眼——瞧瞧，狐狸尾巴这就露出来了。

工作人员一听能帮忙，连忙笑着问道："找谁呀？小贺总，您直接说就行，我们帮您找！"

"是A院医疗队的一名女医生，叫江凛，不知道你有没有印象？"

工作人员想了想，对于这个名字没什么印象，便主动说道："医疗队到这里后就开始忙了，还没来得及认识，正好现在是休息时间，应该都去吃饭了，要不我带您去医疗队休息的帐篷那儿看看？"

"好，麻烦你了！"

工作人员连忙摆摆手道："不麻烦！不麻烦！"

路上，工作人员随口问道："小贺总，您找那位江医生是有什么事吗？"

贺从泽笑了笑，语气轻松地说道："她对我始乱终弃。"

始终一语不发跟在旁边的助理满面震惊，没想到自家小贺总的厚脸皮竟然已经到了如此地步。

工作人员表情僵住："……"

他刚才是不是听到了什么不该听的话？

抵达专为几支医疗队临时搭建的帐篷后，贺从泽便随工作人员进了帐篷里，只见帐篷里的二三十名医生都在埋头吃饭。

虽然医生们所属院区不同，但相同点便是每个人都灰头土脸，饭菜也几乎只是蔬菜。

贺从泽不着痕迹地蹙眉，想起自己让人送来的物资中好歹还有些肉制品，可以不让他们继续吃这些补充不了多少能量的食物。

不少人听到门口有动静，便看了过去，都是一脸疑惑的表情。

工作人员穿着志愿者马甲，大伙儿很容易就辨认出了他的身份，这不足为奇。

工作人员身后站着的男人存在感实在太强。他眉如远山，眸若星辰，单凭精致英气的五官便让人挪不开眼，且气度非凡，矜贵从容。

这是一种极其复杂的感觉。

原本脏乱差的环境在这个男人踏入后的瞬间似乎焕然一新。

苏楠不经意地抬首，看清楚门口的人后，被吓得差点儿连送到嘴边的菜都没咬住。

这这这……是贺从泽？！

她无比震惊，不敢相信地擦擦眼睛，数次怀疑自己是累得产生了幻觉。

然而这并不是幻觉，不论她怎么看，对方都还是那张俊脸，而且感到震惊的人也不止她一个。凡是经常上网的医生都认出了这个新闻头条的常驻户——贺家的公子哥儿，贺从泽。

"贺公子是作为 A 院院方代表过来的。"工作人员简单地介绍道，"他给我们送来了两车的物资，稍后就会进行分配。"

此话一出，当即引得众人倒抽一口冷气，大家无比震惊地盯着贺从泽。

毕竟大伙儿对这位公子哥儿的印象实在是一言难尽。此时大伙儿不免有点儿颠覆感。

工作人员介绍后，便进入正题，向众人问道："对了，请问 A 院的江医生在这里吗？贺公子要找她。"

A 院医疗队中的几个人面面相觑，不约而同地在彼此眼里看出了"果然如此"的意味。

苏楠蹙眉，放下碗筷对贺从泽道："小贺总，江凛之前和救援人员一起去前线支援了，现在还没回来。"

话音方落，贺从泽清清楚楚地听见身边的工作人员和助理都震惊地抽了口气。

在座的各位医生也愣了愣，却没什么较大的反应，这种"自认倒霉"的事情谁也料不到。

贺从泽有一瞬间觉得自己要急火攻心了，脑袋有些晕。

他闭上眼，让自己的气息平缓，淡声问道："就她一个人去了？"

"还有几位医生也去了……"有人回应道，顺便还戳了戳身边埋首吃饭的人，"柳然，你不是也去前线支援了吗？你看到江医生了吗？"

柳然本来不想出声，闻言只好抬首，道："前线很忙，我只见了她一面，后来和其他过去支援的医生回来时没看见她，也不知道她去哪儿了。"

前线的危险程度她自然不用多说。

苏楠闻言，表情都变了，当即起身面朝工作人员说道："带我去前线！"

与她同时发声的人还有贺从泽，两个人的语气含着急迫之意。

工作人员愣了愣，显然有些为难："这个……"

"苏医生，你累一天了，在这里好好休息。"贺从泽对着苏楠，正色道，"等我找到江凛，会把她安全送回来的。"

苏楠蹙眉，犹豫半响，最终选择妥协，对他道："好……那拜托您了！"

贺从泽颔首，随即对助理道："你在这边儿等着，看看能不能等到江凛回来？"

助理应声，贺从泽随即便让工作人员带自己赶往前线，此时天色要暗下来了，前线地带更是危险。

贺从泽的眸色深沉，几乎要与天边的暗色融为一体，他尽可能去忽视心底强烈的不安，告诉自己只是自己多虑了。

——江凛，你可千万不能有事。

江凛想自己大概就是霉运体质。

那时她刚走到江边，水中的救援人员正在将伤员往岸上送，江凛见救援人员竟如此年轻，最多也就二十岁出头，大抵是志愿者。

此时他满面疲惫，在水中泡了一天的滋味想必肯定不好受，江凛看着也是于心不忍，便主动伸手帮他将伤员拉了上来。

那名志愿者十分感激地对她笑了笑，转身便要继续投入到救援行动当中。

江凛看他脸色不对劲儿，便要出声唤住他，谁知就在此时，对方身形晃了一下，一个没站稳就摔倒在了水中。

偏偏这时水流湍急，人在水里面一旦脱力便会被冲走，到时候才是真的凶多吉少！

江凛心里一紧，当即什么都没顾得上，便将身子往前一探，紧紧地攥住了那名小志愿者的手臂。由于水流冲劲儿太大，她整个人也被迫翻身扑倒在地，随即她的后背硬生生地磕到了地上，火辣辣地疼。

江凛半个身子泡在了水里，水流冲到身上，她感觉隐隐作痛，却顾不得这么多，她把所有注意力都集中到了双手上。

救人要紧，江凛咬牙发力，侧过身子借着瞬间的爆发力，将人从水中拉了上来。

若是自己再晚一步，这条鲜活的生命可能就此消失不见。

见人上来了，江凛瞬间松了口气，坐在了地上，手都有些发抖。

"抱歉，是我刚才没注意！"那名志愿者死里逃生，却迅速回过神来，连忙检查江凛有没有受伤，"对不起！对不起！你是医疗队的人吧，给你添麻烦了。"

江凛摆摆手，随口应道："没什么，你们更辛苦些。"

志愿者脸色微变："你的手臂受伤了！"

江凛闻言愣了愣，这才后知后觉地垂下眼帘，看向自己的左小臂——裂了一道口子，鲜血正不断地向外涌出，看起来十分骇人。

也许是她刚才太匆忙，不经意间便被水中的树枝或者碎石剐到了。这么被志愿者一提醒，她觉得自己的背部好像也有点儿疼，但没有说出来。

"不要紧。"江凛道，表情上也看不出来有多疼，"看着吓人而已，伤口没有多严重。"

"那也不行，得赶紧去处理一下。"志愿者认真地说道，语气不容拒绝，"这水里都是泥，太脏了，也不知道有多少细菌，万一伤口感染发炎了怎么办？"

江凛看了他一眼，想说他身上大大小小的伤口加起来顶得上自己的伤口好几个，但见他表情坚毅，便没将这话说出口。

"你得下去休息。"她对他说道，嗓音淡淡的，"你的身体撑不下去了，刚才是有我拉住你，如果你再继续下水，下次可能就是你的队友捞你的尸体了。"

志愿者愣了愣，抓抓头发道："我知道了，谢谢你！"

江凛该做的事情都做了，该说的话也已经说了，自己的胳膊还往外流着血，更没心思一个劲儿地去劝别人，便起身离开，去处理自己的伤口。

幸好伤得不严重，否则江凛都怕会影响自己的工作效率。她给伤口缠上绷带后，行动还算自如。

她本来想找个医生帮忙处理一下自己后背的伤口，但此时后背似乎也没什么感觉了，不知道是伤口结了痂还是根本没什么事情，总之江凛暂且放心了。

随后，新的一批伤员被送了过来，救援队的人看到江凛，便提醒了一句："你是医疗队的人吗？你的同事刚才都回去吃饭了，你要不要去休息？"

江凛摇摇头道："我再帮会儿忙，等会儿再回去也行。"

对方点头，便急忙去做自己的工作了。在这种时候，谁也操心不上谁。

江凛准备回高地时，已经是晚上了。

她没想到自己竟然忙到了这个时候，只能在心底默默地祈祷最好还有自己的饭菜，随后便离开前线，前往医疗队驻扎处。步行是不可能的，她想看看能不能找辆车开回去？

然而不知怎么回事，江凛突然感觉有些乏力，一时也说不上来是什么地方不舒服，只好缓缓地蹲下身子，想等最难受的时候过去。

也不知道蹲了多久，直到脚开始发麻，江凛才觉得自己好像清醒了点儿。

她因为怕脑部缺氧，所以站起身时特意将动作放慢了一些，但当彻底直起身子时，还是感到了一阵眩晕恶心。她蹙眉，身子无法控制地朝前倒去，好在她立马屈膝，让膝盖先着地，才成功地避免摔个狗啃泥的尴尬局面。

江凛满不在乎地揉了揉太阳穴，想着自己除了膝盖有点儿疼，别的问题没有。

可能是因为她没及时吃饭补充能量，刚才情急之下又用了那么大的力气去救人，还受伤流了点儿血，所以把自己折腾得够呛，身体已经坚持不下去了。

江凛撇撇嘴，干脆坐在地上恢复体力。她低着头闭目养神，打算等什么时候有人过来了，让对方顺便把她带回去。

这么想着，江凛听到一阵脚步声在逐渐接近自己，像是有感应似的，当即想到了什么，缓缓地睁开双眼。

映入眼帘的是一双做工精致的皮鞋，她看鞋子的外观便知道价格不菲，只是可惜鞋子沾了泥巴。

她的头顶上传来一声她无比熟悉的轻笑，声音里含了怒意，对方道："这谁家的美人儿，在这种地方坐着发呆？"

江凛愣了愣，随即唇角勾起，彻底放下心来——好了，她没想到这么快就有人接自己回去了。

贺从泽将她从地上捞起来，没想到这女人浑身软绵绵的像没有力气一般，索性将她打横抱起，摇摇头，道："你这个没良心的女人，连声谢谢也不说。"

没良心的女人被提醒，这才对他说道："谢谢！"

这两个字刚说完，贺从泽便不禁皱眉。

他嗤笑一声，没好气道："给鸡撒一把米，它都比你会说话。"

江凛为了证明鸡没自己会说话，索性就不说话了，安静地待在贺从泽的怀中，还算舒坦。

贺从泽敛眸打量她几眼，越看越觉得心里发堵，特别是当他的视线落在她绑着绷带的左臂上时，感觉自己的绅士风度已经完全被她磨没了。

他怒极反笑，毫无恶意地讽刺了她一句："江凛，你每次跑出来都要把自己搞得不成样子，我都怀疑你是不是故意这样，就为了等我来找你。"

江凛即便闭上眼睛休息，也不忘回他："贺从泽，你每次都要在各种地方跟我偶遇，我都怀疑你是不是个跟屁虫？"

贺从泽扬眉，不假思索地回答："我就是。"

江凛："……"

她总不能回个自己也是，便干脆不吭声装死了。

"唉，你这个小没良心的。"贺从泽觉得心痛得很，怀中的女人轻得过分，他越发觉得疼惜，叹道，"我不就前段时间忙工作没怎么去找你，你犯得着这样让我惦记着？"

江凛简直一身恶寒，心想：这样的话，也就他贺从泽能面不改色地说出口。

"这是我的工作。"她道，语气平淡，"我必须尽力而为。"

"既然是工作，那就要量力而为，你还真把你自己当女超人了？我看我成天没个正事，就跟着你到处拯救世界了。"

江凛想了想，随口胡诌了个理由："别人对你的印象不好，正好能让你跟着我沾光，让他们觉得你是个英雄。"

"我根本不管别人怎么看我，那是他们的事。"贺从泽轻笑道，江凛几乎贴着他的胸膛，甚至能感受到他胸膛轻微的震动，"就算是英雄，我也只做你一个人的英雄。"

江凛算是服了贺从泽的甜言蜜语，于是挥挥手，示意他赶紧闭嘴，随后便安心地窝在他的怀里开始休息。

忙碌了一天，神经紧绷到了现在，她实在是太累了。

贺从泽也知道她累，便不再多话，抱她上了车，随后带她回了高地。

时间已经不早了，大多数医生已经回到各自的帐篷里休息。江凛去自己的帐篷里休息了一会儿，本来还想去看看有没有吃的，贺从泽却直接从助理那边拿了个小包过来，随即丢给了她。

江凛打开一看，里面有火腿肠和面包，还有几盒饮料，她本来没什么食欲的，却硬生生地看饿了。

江凛实在觉得这些东西在平时算不上美味，但也许是因为饿得久了，竟然觉得它们比自己平时下馆子的饭菜都要好吃。

自从得知派发下来的物资是贺从泽专门叫人送来的，救援站的工作人员就无比感动，还特意给贺从泽单独加了顶防风帐篷。

贺从泽就这么抱臂坐在江凛旁边的垫子上，看着江凛手中的火腿肠袋子，里面的火腿肠数量急剧地减少。

终于，江凛喝完饮料后停了下来，然后将所有垃圾归到一个袋子中，放到了角落里。

贺从泽挑眉，问她："吃饱了？"

江凛点头。

他又问道："体力恢复了？"

江凛摇头。

"那就好。"贺从泽轻笑，目光扫向她的身体，意味不明地说道，"正好方便我干正事了。"

话音刚落，江凛心中当即警铃大作，虽然不知道贺从泽要做什么，但看他这副模样就知道没有好事，念及此，她迅速地做出了反应，起身就要往帐篷外跑！

然而说时迟那时快，贺从泽早就料到她会躲，伸出手臂轻松地拦下了她，随即一拉一扯，便将她扔到了垫子上。

江凛偏偏还没有恢复力气，根本没有任何反抗的机会。她撑起上半身，抬腿还没踢出去，便被贺从泽单手握住了脚踝。

他手向下发力，她的身子便滑了下去。他随即握住了她的腰，将她翻过去背对着自己。

男女之间的差距感与压迫感在此时显露。

江凛慌了，不知道贺从泽是抽了哪门子风，要推他，他却握住了她的手腕，与此同时用膝盖抵在她想要攻击的双腿上。他将她整个人压在他的身体下方，使她动弹不得。

这实在不是什么好姿势。

江凛对这种姿势十分没有安全感，有些恼，开口问他："贺从泽，你发什么疯？！"

贺从泽恍若未闻，一只手抓着她的手腕，将她的手腕摁在她的头顶上，另一只手则落在了她背部的衣料上，意图不明。

江凛进入帐篷后，便将外套脱掉了。此时她只穿了件薄衫，贺从泽的指尖落在她的背上，这与他的指尖直接落在她的肌肤上没区别。

江凛浑身僵住，还没来得及出声制止他，便听到一声布料被撕碎的声音，与这声响几乎同时的是她感觉到自己脊背一凉。

贺从泽撕了她的衣服。

江凛蓦地攥紧拳头，也是真的动怒了："贺从泽！你给我……"

然而话未说完，她便疼得闷哼一声，再也说不出话来。

贺从泽深沉地看着江凛惨不忍睹的后背，听她不吭声了，才冷声道："怎么？这会儿知道疼了？"

江凛听贺从泽这么说，才明白他原来只是想看看自己后背上的伤口。

若不是经他提醒，她快忘了自己后背上还有伤，应该是她当时扑过去拉住那名志愿者时被地面上的石子擦伤了。

知道贺从泽并不是如自己所想的那样想做什么后，江凛突然就情绪稳定了下来，一种无法言说的感觉浮上了她的心头，吐出了口气，气息逐渐平稳。

江凛之前一直没有注意到伤口，也没有被人提醒，没觉得伤口疼痛或是麻痒。

此时她被贺从泽就这么撕开衣服，所有的感官一下子灵敏了，背部撕裂般的疼痛感尤甚，疼得她拧紧了眉。

这疼痛实在难忍，江凛凭借自己的直觉，猜测大概是因为伤口长时间没有被处理，又沾了脏水，发炎了。

她隐忍地调整了半响，正想说些什么，就在她刚要出声的时候，有个人急匆匆地闯进了帐篷里。

"江凛，我听说小贺总把你接回来了，你……啊！"

苏楠话还没说完，看到帐篷内的情景后，一下子瞠目结舌，嘴张得简直让人怀疑她怎么了。

眼前的两个人，在她印象中一个冷漠一个风流，此时竟然冷漠的人反被风流的人压，而且江凛后背的衣料还能看出来是被撕坏的，正巧贺从泽手中就有布料……

自己要夭寿了啊！

苏楠羞耻地捂住双眼——这画面也太……太成人了吧！

"你们……你们不用管我，继续继续！"

苏楠边结结巴巴地说着，边捂着双眼往后退，脸已经红了："对不起，我不知道你们已经……"

贺从泽瞥了一眼门口的苏楠，虽然心底不太情愿，却还是松开了禁锢着江凛的手。

"你在想什么乱七八糟的？"江凛的双手终于获得了自由，她无奈地出声道，"我在前线支援的时候后背受伤了，贺从泽帮我看看而已。"

苏楠闻言愣了愣，见贺从泽也戏谑地盯着自己笑，觉得得知真相的自己更羞愧了。

看来是自己把小贺总想得太禽兽了……

苏楠不太自在地清了清嗓子，这才踮起脚瞄了一眼江凛裸露的后背，刚才没看还好，这会儿看了，她当即抽了口冷气。

江凛属于那种皮肤白皙的人，正因如此，那大片的擦伤落在她背上，才更显得狰狞可怖。青紫色的伤痕与血迹对上白皙无瑕的皮肤，实在是一种极难用言语描述的视觉冲击感。

这到底是怎样弄出来的伤啊……

苏楠单是看着都觉得疼，更别说江凛这个受伤的人了，她蹙眉问道："这伤什么时候弄的，怎么现在才处理啊？"

江凛如实地回答："傍晚那会儿，间隔时间不算很长，还好。"

苏楠简直被这个丝毫不懂爱护自己身体的女人逼疯了："这么严重的伤你竟然没有第一时间处理，江凛你就气死我吧！"

江凛哑然，知道自己有错，不吭声了。

苏楠知道跟江凛说多了也没用，反正江凛也不听，索性叹了口气，转向贺从泽说道："小贺总，处理伤口的事情要不我来？"

贺从泽笑得人畜无害，温文尔雅地说道："不用麻烦苏医生了，这点儿小事我还是能处理好的，你累了一天，早点儿休息吧。"

苏楠："……"

她怎么觉得……有种大尾巴狼在装忠犬的感觉？

苏楠安慰自己应该是错觉，既然贺从泽都这么说了，她便也不多打扰，道了声晚安后便离开了。

如此一来，帐篷中只剩下江凛与贺从泽二人。

江凛脸色立刻冷了下来，语气也冷如水："贺从泽，你从我身上起来。"

贺从泽姿势不变，单手捞过旁边的医疗包，扯开后打量了一下里面的工具，还算齐全，能用。

他翻了翻东西，发现没有生理盐水，随即蹙眉。

江凛是要忍一阵疼了。

"没有生理盐水，我直接用碘伏给你清理伤口，你等会儿忍着点儿。"贺从泽说着，目光在江凛的背部扫了几眼，越看越觉得心惊，"啧"了一声，"江凛，我发现你有事没事就喜欢折腾自己，你不心疼自己我心疼你。"

江凛顿了顿，最终还是决定解释一下："当时有名志愿者在我的面前，他年纪应该不大，也就 20 岁，也许还不到 20 岁。

"他的脸色很差，身体显然已经超负荷了。我看出来他已经在水里泡了一天。而且他应该没吃饭，不然也不会摔倒。我当时太着急，没多想就扑过去拉住他，没注意到自己摔伤了，也没想起来注意身体。

"我发现洪水比我预料中的要严重很多。虽然存活的人多，但我今天看到很多人抱着尸体哭。即使见到的是尸体，他们还是会对搜救人员道谢。"她有些疲惫，嗓音沙哑，真挚地说道，"搜救员是百姓们的希望。我是个医护人员，想在这种人间惨剧中献一份力。"

贺从泽闻言，沉默了。

他目光沉沉地凝视着江凛。

她总是如此，装出一副置身事外的无情模样，其实她比任何人都善良。

算了，她想做什么便做什么吧，反正他会护着她。

贺从泽在纱布上抹了消毒水，轻轻地将纱布敷在江凛后背上的伤口上。他看到江凛在一瞬间无声地攥拳，感受到她的身子倏地紧绷。

她肯定疼，但没有发出任何声音，连呼吸都很平稳。

贺从泽宁愿她喊疼，也不想看到她现在这样。他心疼她。

贺从泽目光在那触目惊心的伤口上扫过，消毒后，他便继续后面的步骤，动作谨慎而温柔。

"其实我这个人吧，不算特别坏。"他淡声道，声音平稳，"但我大多数时候凭利益行事，没那么多好心肠去对待别人，但是……"

贺从泽顿了顿，随即开口，嗓音低沉轻缓："但是江凛，我愿意为了你去做我所有力所能及的事情。"

江凛攥拳，拳头紧了又紧，却始终一言不发。

后背上本来没被她放在心上的伤口，此时被贺从泽这么一碰，要命地疼了起来。

胸口莫名生出了几分酸涩感，她被堵得哑口无言，心里闷闷的，不知道该说些什么来回应他。

江凛从未想过，像自己这样糟糕的一个人，也会有被别人小心翼翼地呵护的一天。即便她这样的人……也同样期待纯粹的感情。

贺从泽毕竟是在部队里待过几年的人，包扎伤口是基本技能，因此他的动作很利索，两三下就给江凛处理好了伤口。

他想起自己的行李箱里有新衣服。

他拎过箱子，拿出衣服放在了她的身边，象征性地拍了两下，道："这是衣服，你换上衣服吧，别着凉。"

江凛反手碰了碰自己的后背，有点儿疼，但应该没事。

她背对着他坐起身来，歪头扫了他一眼："我换衣服，你站着干吗？"

贺从泽无赖般挑眉道："你害羞？"

江凛觉得直接用实际行动证明"害羞"这个词根本不适用于自己，于是拿起那件衣服，随后干脆利落地将自己身上的残余衣料扯下。

虽然她是背对着贺从泽，但她的曼妙身姿无时无刻不在冲击着贺从泽的视觉神经，他感觉有什么东西在自己的血液中开始燃烧沸腾，喧嚣不止。

贺从泽不禁屏息，蓦地转过身子，拧紧了眉头："江凛，你是太信我还是太信你自己？"

"这种时候你能做什么？"江凛将问题丢了回去，慢条斯理地穿着衣服，尽量不去牵扯后背的伤，"贺从泽，在公共场合里跟我调情，最后难受的只会是你自己。"

贺从泽："……"

江凛的不解风情，怕是无人能比了。

偏偏这帐篷中安静得很，他能清晰地听到身后窸窸窣窣的穿衣声，为这片寂静平添了几分隐秘的暧昧。

贺从泽平复了气息，对她正色道："明天不许去前线，好好地在救援站给我待着。"

让江凛不工作好好养伤是不可能的，她绝对不会安安分分地待在帐篷中，而他又不能保证自己会时刻盯着她，于是让江凛不去前线是他做出的最大的妥协。

江凛想了想，觉得自己的身体情况也不太适合去前线，便答应下来："好。"

没别的事了，贺从泽便准备回去。他这次来州城虽然主要是出于私心，但来已经来了，也得有个办公事的样子。

临走前，他听到身后的江凛语气平淡地丢过来两个字："晚安。"

贺从泽脚步一顿，随后勾唇，眉眼间悄然染上了几分笑意："晚安。"

林天航醒过来的时候，一时间没有反应过来自己在哪里。

周遭漆黑一片，他茫然地撑起手，想要爬起来，却不想这个空间过于狭小，他还没直起腰便磕到了脑袋。

结结实实的一下，林天航疼得倒抽了口冷气，眼睛酸涩地捂住了脑袋，心里暗骂这是什么东西，怎么撞上去这么疼。

他揉揉脑袋，过了几秒钟，才反应过来自己是在贺从泽的车里才对。

当时助理哥哥来找自己，说明了州城的情况，他担心哥哥姐姐的安危，又对州城的情况十分好奇，便一时冲动，趁助理哥哥打电话的时候钻进了后备厢里。

后备厢和车内空间是相通的，只隔了层挡板，所以并没有缺氧的问题。虽然一路上并不安稳，道路颠簸，但林天航难受了会儿，半道上竟然就这么晕晕乎乎地睡着了。

直到现在，他才慢悠悠地醒了过来。

林天航发觉车身好像已经不再动了，想必是已经抵达了目的地，就是不知道车上还有没有人，万一被人发现，他肯定会被送回去的。

这么想着，林天航有些忐忑不安地握了握小手，又在后备厢中等了一会儿，却迟迟听不到外面的声响，也不知道是隔音太好，还是根本就没有人？

林天航做了一会儿心理斗争后，终于决定下车，去观察观察周围环境。

这么想着，他小心翼翼地在后备厢中寻找逃生装置，终于在后备厢盖下摸到了一条拉线。他轻扯了一下那条拉线，便打开了后备厢。

林天航十分谨慎，当即伸手抓住后备厢盖，通过缝隙观察外面，外面没有光，似乎已经是晚上了。

这儿应该是没人了吧，这么想着，林天航便松了手。

后备厢盖彻底升起，他下了车。

他脚下踩的是泥土地，泥土地黏糊糊的，让人十分不舒服。

林天航觉得不自在，好像已经不会走路了。他撇嘴，观察四周，入目的是零零星星的几辆车，这里可能是停车的地方。

远方有波涛击打岸边的声响，似低吼，似呜咽，让人恐慌，难以安心。

夜色浓重，州城要比京都冷很多，林天航虽然穿得厚，但还是忍不住打了个哆嗦，他拿出自己的手机看了一眼，发现真的是晚上了。

爸爸说过，小孩子晚上是绝对不能出门乱跑的，那样不安全。

想着林城的话，林天航放弃了主动出击的念头，最后环顾周围，想找一找有没有人在这里，但等了半天连个人影都没有。

现在天色又晚了，也不知道这里会不会有虫子、野兽什么的，他有些怕，只好默默地钻回了后备厢里，留出条缝隙让空气流通。

幸好手机还是满电的，林天航将亮度调到最低，开了省电模式，将耗电量降至最低，最终定了个早上的闹钟，随后便窝成一团，闭上了眼睛。

等明天上午醒了，他就去找哥哥和姐姐吧。

他这么想着，没多久便进入了梦乡。

州城的雨终于停了，救援工作仍在进行中。救援站工作繁忙，没人知道何时才是个头。

由于江凛受了伤，所以今天苏楠硬是把江凛留在了救援站里。苏楠还吩咐队内成员看好江凛，随后自己去前线支援。

江凛觉得十分无奈，只得老老实实地在救援站里待着了。

昨天被派去前线的医生今天大多数留在了救援站里，毕竟前线无论是工作量还是压力都更大一些，医疗队决定采用轮换规则，这样队伍中每个人会去前线工作一天。

江凛在收拾医疗工具时，不经意地看到旁边几米外的地方，柳然和她的医疗队队长似乎是在争吵，两个人的脸色都不好，想必是两个人发生了分歧。

江凛本来无意去听他们的谈话，但是由于与他们的距离实在有些近，自己又不能捂住耳朵，多少还是听到了些内容。

队长对柳然语气严肃地说道："柳然，我让你今天好好地在救援站里待着，是为了你好。你干吗非要去前线？"

柳然语气也称不上和气地说道："我又没受伤也不嫌累，为什么不能去？"

"你……"队长被她的话堵住，终于有些烦躁，"你是不是因为今天 A 院的江医生在救援站里，所以就不愿意待在这里？"

柳然不置可否，态度却已经非常明显："我没这么说。"

"你瞧瞧你这是什么态度，虽然不是同事关系，但好歹也是一起来抗洪救人的吧，你就不能把关系搞得和睦点儿？"

"怎么和睦？"柳然有些恼，声音也不免抬高些许，"我来这里是为了救人的，连看谁顺眼不顺眼的资格都没有吗？我根本不想顾及那些乱七八糟的关系！"

"柳然！"队长被她说中了心思，不禁有些恼羞成怒，对她压着声音道，"我告诉你，A 院医疗队里你看谁不顺眼都行，唯独不能是江凛！我之前就听说，那个江凛是靠着贺从泽的关系才进了 A 院，贺从泽对她上心得很，你别因为你自己一个人就拖累了我们整个团队。"

柳然咬唇，半晌才冷声道："大不了您就让我回去，反正我绝对不会主动去讨好谁，那不是我来这里的任务。我去前线忙了，再见。"

说完，她头也不回地转身离开了。

队长低声骂了句什么。这会儿突然起了风，刮得江凛耳畔都是呼啸的风声，她眯起眼，还没来得及多琢磨，见那队长也走了。

救援站这边人多，大家也都戴着口罩将自己裹得严实，那两个人没有注意到她在这边，也是有原因的。

虽然知道偷听不好，但江凛觉得自己就这么光明正大地站在旁边，是他们没注意到自己，所以自己应该也不完全算得上偷听。

她回想一番那二人方才的对话，又想起昨天在前线遇见的柳然，不免陷入沉思。

柳然这个人……好像和她想象中的不太一样。

但江凛也懒得多想，毕竟对方已经明确表达出了敌视态度。她甩甩脑袋，起身走向新送来的伤员。

受伤的是一名五六岁的小女孩儿，抱她来的是一位年迈的老人，江凛让老人先坐在旁边休息，随后便将小女孩儿抱到面前，看了看小女孩儿的伤势。

小女孩儿的受伤部位是右小腿，能看出来是被尖锐物划伤的，小女孩儿的伤势其实并不严重，但此时伤口已经有些发炎，处理起来会比较麻烦些。

小女孩儿盯着自己的伤口，没有吭声，很是安静，江凛却能看出来她是在紧张。

"医生啊，我是她的奶奶，请问我孙女有没有事？"老人坐在旁边，神色有些紧张地询问江凛。

江凛摇摇头道："没事，伤并不严重，处理好以后只要尽量不要沾水就会很快好起来。"

老人这才放下心来："那就好，那就好……"

江凛准备用碘伏为伤口消毒前，抬眼看了看小女孩儿，道："可能会疼，忍着点儿。"

"好的。"小女孩儿乖巧地点点头。兴许是因为对未知的疼痛感到恐惧，她没有说多余的话，只是有些紧张地攥紧了自己的衣角。

当带有碘液的消毒棉签落在小女孩儿的伤口处时，江凛明显地感到她由于疼痛动了一下，江凛手下的动作停了停，想给她一个缓冲的时间。

谁知小女孩儿忙不迭地摆摆手，有些不好意思地道："没事的。医生姐姐，我不疼，你继续吧，不用管我。"

她怎么可能不疼？

江凛叹了一口气，将动作放轻了些，为小女孩儿小心翼翼地处理发炎的伤口。

其间，江凛的额头上沁出了薄薄的一层汗，她有些不太舒服，但顾不得去擦汗，只得眯了眯眼睛。

小女孩儿注意到江凛的小动作，便从衣袋中摸出一块还算干净的小方帕，默默地替江凛擦掉了汗。

江凛的动作一顿，但也只是一瞬间，她没出声，继续忙着手下的工作。

伤口被处理完毕后，小女孩儿伸出手抱了抱她，感谢道："谢谢医生姐姐！你们辛苦了，一定要注意休息！"

小女孩儿的怀抱是温热的，在州城这块因洪水而寒冷的土地上，对江凛而言这个拥抱温暖极了。

江凛笑了笑，对她道："不用谢，你好好养伤，过不了多久，就能重建家园。"

小女孩儿应声，随着奶奶离开救援站，前往政府搭建的临时休息处。

江凛收回目光，刚站起身子，便听身旁有人含笑道："我发现，你对小孩子格外有耐心。"

她转头，看见贺从泽正站在旁边，他似笑非笑的，也不知道他是什么时候来的、在这儿站了多久。

江凛挑眉："所以……？"

他笑得十分温柔："别人家的孩子毕竟是别人家的孩子。你要真喜欢孩子，为什么不考虑有个自己的孩子？"

江凛就知道他嘴里说不出什么有意义的话来。

她突然想起医疗箱还没收拾，便蹲下身收拾起医疗箱来，边收拾医疗箱边问他："你来也来了，已经确认了我没缺胳膊少腿，州城的环境这么差，你怎么还不回去？"

"我当一回善人，来这儿发点儿物资，在物质上和精神上支持你们。"贺从泽从容不迫地答道，为了方便江凛听清楚自己的话，他也蹲下来，对着她说，"虽然这次办事的我不太符合我给大众留下的印象。但这是好事，我指不定还能趁机刷好感，是吧？"

他这句话并未说明白，没说是要在谁的心里"趁机刷好感"。但江凛看到他那再明显不过的眼神暗示后，马上了然了。

这人说话总喜欢拐弯，怎么别扭怎么说。她稍微想得浅了点儿，就无法明白他话里的意思。

这会儿贺从泽是到她这儿讨夸奖来了吗？

江凛想了想，虽然贺从泽是挺会压榨人的，但他所谓"物质支持"实在是给州城这边带来了不少便利，最起码不用担心伤员和工作人员饿肚子，也不用担心医疗资源不够用，剩下的救援工作也不过是时间问题。

贺从泽觉得自己给这个女人的暗示够明显了，正等着江凛回应，却见她不紧不慢地站了起来。

随后，他还没有反应过来，便觉得有只手落在了自己的脑袋上。她轻轻地揉了揉他的头，力道还算温柔，像是在哄孩子似的。

贺从泽蓦地愣住。

江凛倒是面色如常，随手揉了揉他的头，夸了两个字："真棒！"

她的语气虽然不像是在敷衍，但怎么看怎么像是在哄小孩儿。

贺从泽不免有些哭笑不得，之前她摸他的头，他就没说什么，结果现在又来，她这是把他当什么了？

贺从泽抓住她的手，放在唇边吻了吻，随即抬首对她轻笑："我觉得上次在你办公室里，你给我的那个奖励就挺好的。"

"我觉得也挺好的。"江凛没急着抽开手，而是对贺从泽道，"你想不想要更好的？"

贺从泽眼睛一亮，难不成这女人开窍了？

他握着她的手紧了紧，低声道："怎么不想？"

江凛于是欣然颔首："那就想吧。"

贺从泽："……"

如果这世上真的有煞风景排行榜，江凛绝对稳坐第一名。

贺从泽已经没话说了。

晚上吃饭的时候，救援队这边搭了两顶帐篷，基本上是两三个医疗队坐在一起吃饭。

贺从泽毕竟对州城洪灾支援做出了一定的贡献，还有些后续的事情需要处理，便和助理乘车去了当地政府。

由于囤货多了起来，所以大伙儿的伙食也好了些，最起码不再是第一天那样的清汤寡水，而是有了些肉丁，尽管还是远远比不上平日的生活水平，但在这种地方能吃上肉末，已经很好了。

饭前江凛被救援站的工作人员叫了出去，说是有人想见她，她走出去看到来人，才发现是上午的那个小女孩儿。

小女孩儿见江凛来了，便将怀中揣着的袋子递给她，有些羞涩地笑了笑："我不知道怎么谢谢你……我奶奶厨艺不错，在营地后厨帮忙做饭，顺便包了点包子，我给你们送来几个。"

江凛看了一眼手中的塑料袋，里面装了四个包子，松松软软的，还很热乎，应该刚出锅没多久，隔着层袋子，她都能闻到包子的诱人香味。

她感觉自己的心好像也跟着包子热乎了起来。

江凛弯了唇角，对小女孩儿道："谢谢，麻烦你了！"

"不用这么客气啦！"小女孩儿闻言连忙摆手，摸了摸头，"你们那么辛苦，要多吃点儿好东西才能补充体力呀！可惜我带不来那么多，对不起啦！"

"没关系，这些对我们来说已经足够了，你帮了很大的忙。"江凛语气柔和，蹲下身来拍了拍她的肩膀，"但是现在不早了，别让奶奶担心，你回去吧。"

"好，姐姐再见！"小女孩儿笑着乖巧地应下，脚步轻快地回去了。

江凛收好包子，走进帐篷里，给了苏楠一个。

苏楠甚为惊喜，在州城只待了两天，就觉得包子是一种多么珍贵的食物，她掰开看了一眼，更惊讶了："还是肉的！"

江凛点点头，张口咬上包子，肉香四溢，令人食欲大增："嗯，我一个病人送过来的，是个小女孩儿，她奶奶在后厨那边帮忙做饭，她给我带来了几个。"

苏楠感动得险些落泪，还特意小口小口地吃包子，生怕这幸福溜得太快了。

其他的医疗队员也陆陆续续地结束工作，回到了帐篷里。柳然来得晚。江凛无意间抬头时正好跟她打了个照面，看见她左臂上有绷带，也不知道她怎么受伤了。

柳然在看到江凛手中的肉包子后，蹙了蹙眉，却最终没有说什么，只是面无表情地坐到了自己的位子上，打开盒饭，开始埋头吃盒饭。

倒是柳然的队长看向了江凛和苏楠，笑着问了句："你们怎么还有肉包子啊？伙食这么好！"

话音刚落，不少人朝江凛那边看了过去，目光不约而同地落在那肉包子上。

"毕竟人家是有人罩着的，跟我们不一样。"柳然突然开口，嗓音淡淡的，"就算都受一样的苦，江医生得到的福利也要比别人的好。"

此话一出，众医生看江凛的眼神便有些变了。

A院众人都知道贺从泽跟江凛的事，其他外地的医疗队根本就不清楚状况，他们看到的只是昨天贺从泽亲自来找江凛，他对江凛百般呵护关怀，两个人的关系显然已经超出正常的上司与下属的关系。

柳然这么一说，有些事情他们好像也就明白了。

苏楠虽然一直知道这个叫柳然的医生看不惯江凛，却没想到她说话如此出格，不禁冷下脸来："柳医生，你什么意思？"

"我没什么意思，就是我今天去前线支援的时候，工作人员还特意告诉我别让江医生过来帮忙，贺总特意通知的。"柳然笑了笑，面上却没什么特别明显的情绪，"我就是有点儿想不通。她既然身子这么矜贵，为什么要来州城这种地方呢？"

这话句句带刺，极为伤人，让人不舒坦。

身为当事人的江凛却淡然到仿佛事不关己，不紧不慢地吃着自己的晚饭。

"柳然！"队长突然出声道，"我警告过你多少次了，你现在就出去！"

柳然不声不响，也不争辩，连饭菜都没拿便离开了帐篷，没人知道这么晚了她要去哪里。

柳然的队长忙着给江凛和苏楠道歉，苏楠耐着性子回了些客套话，江凛没注意听他们说话，他们的说话声逐渐出了她的听力范围。

江凛望着柳然离开的方向，陷入沉思。

柳然憋着气，出了帐篷后胡乱走了一通，最终到了一个空旷安静的地方，随便找了块儿石头，便坐下了。

州城的晚风很凉，她有些冷，便屈起腿抱紧膝盖，把半张脸埋进臂弯中，抽了抽鼻子。

她只是想出来冷静冷静。实际上，这两天她在队里过得不舒坦，因为是第一次参加这种救援行动，所以既不明白这其中的很多门路，也不理解为什么自家队长总要同大医院的医疗队一起行动。

柳然本来不想参与这些事情，但队长对于她这种独来独往的行为似乎越来越不满。队长已经不止一次跟柳然提起态度问题，可她真不想顾及这些闲事。

那个江凛，柳然虽然曾经听说过对方医术精湛，但江凛那种高高在上睥睨他人的态度实在令柳然不舒服，两个人所在医院的差距已经令她无法自在，得知江凛与贺从泽关系匪浅后，柳然心里更添了芥蒂。

柳然说不上来为什么讨厌江凛，如果真的要找个理由……柳然觉得，自己其实就是嫉妒她。

嫉妒她年纪轻轻就能进入 A 院，嫉妒她能轻松得到众人的肯定，嫉妒她认识那么多优秀的人。

柳然低下头，用额头蹭了蹭手臂，上面的伤口虽然已经被包扎处理好，但还是在隐隐作痛。

她闭上双眼，本来就没吃几口饭，现在直接逗能跑了出来，饥肠辘辘吹冷风的感觉着实不好受。

她更难受了，咬紧牙关，找不到可以做的事情，便开始伸手拔地上的草，泄愤似的。

也不知过了多久，柳然隐约听见身后传来了一阵脚步声，是鞋底踏过草地的声响，窸窸窣窣的，在深夜中着实有些诡异。

已经这个时候了，人们都在帐篷里吃晚饭，谁会跑出来闲逛？

柳然身子紧绷，当即单手撑地，回头看向来人，却撞见了一张无论如何都想不到的脸。

她呆呆地保持着原有的动作，手还支在草地上，神色震惊，整个人看起来有种狼狈的滑稽感。

江凛不冷不热地扫了柳然一眼，没想到自己不过是抱着试试看的心态随便逛逛，结果还真遇上柳然了。

柳然愣了好几秒，才反应过来自己是看见了谁，被吓得手一松，竟然就这么猝不及防地歪了身子，险些摔倒，接着忙不迭地向后退了退，谨慎地盯着江凛，将江凛上上下下从头到脚打量了一遍。

她好像是担心江凛趁着月黑风高，动手害人似的。

江凛对于柳然的这种反应似乎是嗤之以鼻，几步走上前去，随便扫了扫地上散落的小石块，然后单手将柳然拎了回来，摁到石头边上，让她重新坐好。

柳然只觉得莫名其妙，有些不安地盯着江凛，江凛面无表情，柳然一时也猜不出来江凛想干什么，但应该不会有坏事。

"你过来干吗？特意来看我出糗吗？"柳然没好气地开口，愤愤地将自己缩成一团，后背紧靠着石头，"你现在开心了？开心了就赶紧回去吧，反正我估计也快走了，以后也不碍着你的眼……"

江凛听着这种无关痛痒的话耳朵已经快起茧了，于是蹙了蹙眉，淡声说出几个字："你话这么多，不饿吗？"

话音刚落，柳然便感觉脸突然开始发烫，恼羞成怒道："关你什么事啊！我……"

话未说完，柳然便感觉有什么东西落在了自己怀里，还隐隐冒着热气，她条件反射地接住，手中瞬间便有香气溢出，勾得她肚子直"咕咕"叫。

柳然愣了愣，将塑料袋打开，发现是两个肉包子，正是方才晚饭时江凛拿着的。

为了证明自己是一个有原则的人，柳然决定将包子扔回去，但江凛却不声不响地在她的身边席地而坐，目视前方，神色淡然。

柳然抽了抽鼻子，决定不为了那点儿面子而委屈自己，径直从塑料袋中摸出个包子，咬了口包子。

包子皮薄馅多，肉香而不腻，还温热，柳然咽下包子，心底都带了点儿暖意。

江凛看柳然，见她狼吞虎咽地吃包子，淡声道："好吃吗？"

柳然因为正吃着东西，所以说话有些口齿不清："好吃……"

江凛于是转过头，盯着前方浓重的夜色，说出的话不掺杂任何情感："救援站的小女孩儿送来的包子，包子刚出锅。"

柳然的动作倏地顿住。

明白食物真正的由来后，她突然觉得自己再也吃不下去这包子了，愧疚感与羞耻感充满了她的胸腔，压迫得她几乎抬不起头来，也说不出话来。

江凛不理柳然。柳然不知道江凛在看什么，也不知道她脑中在想什么。

许久，柳然突然哽咽了一下，泪珠子就这么从她的眼眶里滚出来。

积攒许久的情绪被发泄出来，她一边腾出一只手来擦眼泪，一边断断续续地说："对……对不起……我误会你了，还那样说你，对不起……"

江凛沉默。

柳然将所有情绪都释放了出来，抽泣不止地说："我就是嫉妒你。你明明跟我差不多大，却达到了普通人够不到的高度，还认识那么多贵人。"

"我不想跟着队长他们一起接近你们，讨好你们，我……我觉得自己在你的面前好自卑，呜呜……"

"对你说了那样的话，对不起……"她哽咽了一下，断断续续地说，"我好羡慕你啊。你说话不好听，性子直，也不主动扯关系，他们还是很喜欢你、尊敬你。"

她这夸人的话怎么跟骂人的话似的？

江凛这么想着，却也没出声，就在旁边静静地听着。

瞥见柳然哭得一把鼻涕一把泪，江凛忍不住犯了洁癖，蹙眉，在兜中掏了掏，丢给她几张干净的卫生纸："擦脸，太难看了。"

柳然接过纸巾，胡乱地擦了擦眼泪，然后擤擤鼻子，这才逐渐平息了下来。

江凛此时偏头看她："伤怎么回事？"

柳然反应慢了半拍，低头看向自己的手臂，才支支吾吾道："帮着救援人员拉人的时候……不小心被划伤了，不要紧。"

江凛了然，不说废话，随后把柳然没吃完的包子推过去，惜字如金地说："吃。"

包子还是温热的，柳然便赶紧趁热开始吃包子，吃着吃着，又感动得眼睛发酸。

江凛这个人，话少、务实、缺少人情味，却让人觉得她格外稳重可靠，好像无论多大的事砸下来，她也能稳如泰山。

对于这两天的事情，江凛没说原谅她，也不评价她，这对柳然而言却是最好的处理方法。

"这包子挺好吃的。"柳然道，嗓音有些沙哑，"我其实手艺也不错，等有空了，去后厨给你们展示展示。"

江凛"嗯"了一声，抱着手臂看风景，尽管州城遭遇天灾之后已经没什么可看的风景。

柳然觉得，自己从未吃过这么安心的一顿饭。

翌日，柳然仿佛转了性似的，对江凛的态度和昨晚全然不同，笑盈盈地围在江凛身边，跟她一起忙着救援站的事。

原因是江凛让她受了伤就收敛点儿，在救援站一样能帮忙。柳然经过昨晚的事情，对江凛的态度一百八十度大转变，简直像是换了个人似的，就差在自己脑门儿上贴上"江凛小迷妹"这五个字。

苏楠觉得匪夷所思，偷偷地拉过江凛询问："昨晚你出去是不是去找她了？"

"嗯，给她吃了个包子。"

"就这么简单？"

"顺便说了几句话。"

"……" 苏楠知道江凛不愿意多说，便也干脆放弃了，无奈地说道，"算了，你这是又收获了一个追随者，还挺好。"

江凛笑了笑，不置可否，也没把这句玩笑话当回事。

"行了，我今天还要去前线帮忙，就不跟你多聊了。"苏楠看了看时间，"我先走了啊，再忙几天，咱们的救援工作就能收尾了，再加把劲儿。"

"今天天气不好，你要不要找个男医生替你？"江凛却蹙眉拦住她，此时正下着小雨，虽然不大，但人行动起来也不自如。

"没事，我经验足，这点儿小雨算什么！"苏楠摆摆手，"我会小心的，你也注意休息啊，背上还有伤呢。"

江凛虽然不放心，却还是颔首答应，目送苏楠离去。

不知怎的，她心里总有一种忐忑不安的感觉。

清晨时还是小雨，后来雨势渐大，到了傍晚才彻底停歇。

医生们陆陆续续地来吃饭，但苏楠迟迟不见回来，江凛察觉不对，有意看了看其他队伍，果然不止苏楠一个人，其他去前线支援的医生也没有回来。

就在此时，柳然稍显狼狈地走进帐篷里，看见江凛后，表情有些踌躇，似乎是在犹豫该不该说出口。

江凛一看她这表情就知道大事不妙，当即站起身来迎过去，问："怎么回事？"

柳然顿了一下："江凛，这事不太好说……"

江凛拧眉，正要继续问，便看到贺从泽走进来，只是表情有些凝重。

贺从泽对柳然淡声道："我跟她说吧。"

柳然迟疑地点点头，随即便不安地移开身子，走向了饭桌。

江凛看着贺从泽，心里越发觉得不对劲儿："贺从泽，到底怎么了？"

"大雨造成了山体滑坡，前线东区……"贺从泽咬牙，最终还是沉声道，"——被埋了。"

那是苏楠去支援的区域。

她动了动唇，嗓子干涩地说："那里的医护人员和救援人员呢？"

"在场人员全部失踪，目前还在搜救中。"

他闭口不提搜救情况如何，而这也是最让江凛心凉的地方。

由于江凛后背还有伤未痊愈，所以贺从泽搂着她不让她出去，还承诺一定会让人帮忙找到苏楠，她虽然不安，但自己的情况自己也清楚，便放弃逞能。

她蹙眉望着窗外的天空，阴云密布，压得人几乎喘不过气来。

林天航很蒙。

他没被闹钟叫醒，所以一觉睡到了下午；他刚一下车，州城就下雨，因为赶时间想去找江凛，就硬着头皮往停车场外走。

结果还没走几步路，林天航突然听到一阵泥石相撞的声音。经过之前的雪崩事件后，他对这种声音甚为敏感，几乎是在瞬间，便拔腿往高地跑。

未知的恐惧感从四面八方席卷而来，他闻见了空气中的泥腥味，惊觉这似乎是老师教过的泥石流，泥石流竟然被自己碰上了。

林天航着实欲哭无泪。他腿短步子小，尽管已经拼命地往上跑，但还是轰鸣声渐近。

他怎么这么倒霉？冰箱里的零食他还没吃完呢！

他以后再也见不到爸爸了，再也不能跟管家爷爷玩了！

姐姐和哥哥一定要好好地在一起呀！

就在林天航闭上眼在心里默默地为自己写遗书时，好像什么都没发生。

林天航疑惑地睁眼，往下一看，什么泥石流，根本连块泥巴都没有嘛……他再探头，往更低处的江边一看，一切都被埋了！

林天航大惊失色，看来这次真的是泥石流！

他一时有些手足无措，慌乱之间便爬下了高坡，小孩子的依赖性使他重新钻回了轿车的后备厢里，又等了好一会儿，直到所有声音消失，才敢探出头。

雨停了，空气中那股泥土的味道更浓了。

林天航摸了摸口袋，里面有几块巧克力，巧克力是他当时从家里带出来的，他才吃了一块巧克力，余粮还有不少。

想到这里，林天航便视死如归地下了车，然后小心翼翼地到了山路上，想试着往上走走。

结果刚走了几步，由于地上太滑，他一时没站稳，竟然从坡上滚了下去。

他滚了下去！

"啊啊啊！"林天航一下子惨叫出声，眼泪差点儿就掉下来了，想起姐姐说无论什么时候都一定要保护头部，便忙不迭地伸手抱住脑袋。

身子摔在泥巴地上并不算多疼，也不知道自己滚了多少圈，林天航突然觉得身体一空，落在地上，疼得他"哎哟"了一声。

这是石板地吗？

林天航正一脸茫然的表情，突然被人拎起了衣领，与此同时，头顶上传来了一个疑惑的女声："你这小孩子怎么是从上面滚下来的？"

林天航身子紧绷，当即看向来人，发现对方是个女人。她30多岁，虽然脸上和身上都是污泥，五官都让人瞧不清楚，但林天航从她的衣服上可以看出来，她是州城救援站里的医护人员。

林天航可以确定她不是坏人，于是故作镇定地问她："你是谁？怎么会在这里？"

"你不说，我也不说。"

苏楠无奈地叹息，还没遇到过这么较真儿的娃娃："我是这儿的医护人员，刚才山体滑坡，我逃到了这里。"

林天航便也乖乖地说道："唔……我是来找我姐姐的。"

"找你姐姐？"苏楠看他的目光里瞬间含了些许悲悯的意味，心想：难不成这是州城当地的孩子，和姐姐走散了？

这么想着，苏楠便出声安抚他："我打算想办法回救援站，可以带你一起过去。只要能见到我的朋友，让她帮帮忙，说不定能找到你姐姐呢。"

"真的吗？"林天航闻言，当即双眼发亮，凑上去道，"你的朋友这么厉害啊！"

"那是当然，她还是我们医疗队的副队长呢。"谈起江凛，苏楠便有种油然而生的自豪感，"她那个人啊，真的很优秀，你如果见到了她，肯定也会喜欢她的。"

"才不会！"林天航噘了噘嘴，一本正经地反驳道，"我最喜欢姐姐了，我姐姐也是一名医生，是这世界上最厉害的人！"

"你的姐姐也是医生？"苏楠看了看他，虽然有些惊讶，但还是忍不住说道，"不不不，我朋友年少有为，她的医术十分精湛，性格也好，工作态度还很认真，我特别看重她。"

"我姐姐才是最认真的，忙起工作来能好多天不露面！"

"我朋友天天加班加点地工作，熬夜都是日常。就算时间再晚，她接到电话也会赶到医院做手术。"

"我姐姐善良勇敢，人品特别好！"

"我朋友也是！唉，那家伙就是刀子嘴豆腐心，其实是个好人……"

林天航越听越觉得无话可说。怎么办？这个医生姐姐的朋友好像真的很优秀，但是自己的姐姐才是最棒的呀！

他哼了一声，倔强道："我不管，在我心里我姐姐才是最棒的！"

苏楠没想和小孩子争辩这种问题，抬手笑着揉了揉他的脑袋，本来想开口安慰他，却看到了小家伙脑袋上的泥巴，还是新的。

苏楠脸色僵了僵，随后看了看自己满是污泥的手，默默地把手背到身后，装作没事人一样。

林天航根本就没有注意到，自己此时完全成了个泥人，倘若他照照镜子，怕是会认不出来自己。

苏楠摸了摸腰间的无线电设备，晃了晃，里面却只有嘈杂的电流声，应该没被摔坏，只是信号不好。

这样想着，苏楠便皱着眉拿着无线电设备往洞口处走了走，想试试能不能联系到救援站那边，毕竟单凭自己还要带着个小孩子，想要返回那边的确不容易。

好在她还是幸运的，随手在洞口处换了个方向后，无线电设备终于接收到了信号。

苏楠心中一喜，当即联系了总部，总部很快给予回应，确认她的大概位置后，称很快就会实施救援行动，让两个人好好地待在洞穴中，不要乱动。

林天航和苏楠对视一眼，纷纷舒了口气。

林天航想起自己还有几块巧克力，便毫不吝啬地分给了苏楠一半："喏，吃吧，补充补充体力。"

"你还有巧克力呢？谢谢啊！"苏楠很是惊喜，接过巧克力一看，嚯，这牌子真是很眼熟。

巧克力中的爱马仕，看来这个小孩儿家里还挺有钱的。

林天航时时刻刻都记着要吹捧一下江凛："我姐姐教我要学会跟好人分享。"

"你姐姐教导有方啊。"苏楠吃着巧克力，随口问他，"那对方万一是坏人，你姐姐教你要怎么办了吗？"

林天航攥紧小拳头，正色道："先装乖，等坏人放松警惕的时候，就赶紧趁机坑坏人把他的好东西都拿过来！"

苏楠："……"

她怎么觉得这种话特别像是从江凛嘴里说出来的呢？

刚才这个小朋友好像也说，他的姐姐是一名很厉害的医生。

苏楠抚了抚胸口，暗道自己多想了，江凛分明是独生女。她将手中的巧克力吃完，算是勉强填饱了肚子。

过了一会儿，便有搜救人员将直升机开到洞口接应二人。苏楠先将林天航托了上去，随后自己也上了直升机。

终于尘埃落定，她浑身的肌肉开始酸痛，疲倦感笼罩着她。

林天航虽然没怎么耗费体力，但从山坡上滚下去实在是伤了元气。上了直升机后他便呆呆地躺在座位上，似乎是在缓神。

他好想姐姐哟。

林天航可怜巴巴地抿了抿嘴，就差流眼泪了。

十几分钟后，直升机稳稳地降落在距离救援站不远的空旷的平地上，无数的沙尘扬起。

苏楠带着林天航落地，刚抬眼，就看见有个熟悉的身影朝自己这边奔来。

她定睛一看，来人正是江凛。

江凛听到苏楠失踪的消息后，本就着急，但没多久贺从泽便语气轻松地通知江凛，苏楠成功地与总部取得了联系，她马上就能安全返回。

这实在是有惊无险，江凛这颗心终于放了下来。

见直升机落下，她快步走上前，却见走下来的是一大一小两个人，大人肯定是苏楠没错了，可小孩子……

这孩子怎么这么眼熟？

江凛神色愕然，突然有些怀疑自己是否产生了错觉，还揉了揉眼睛。

然而对面的两个人在看见她后，各自露出了欣喜的神情，还同时朝江凛迎了过去。

"姐姐！"

"江凛！"

林天航和苏楠异口同声地喊道，虽然内容不同，但语气中的喜悦之情倒是相似。话一出口，两个人同时怔住，对视一眼后，又同时开口：

"你的朋友是我姐姐？"

"你的姐姐是我朋友？"

"林天航，你最好跟我解释清楚。"

帐篷内，贺从泽面色冷淡，瞧着眼前畏畏缩缩的孩子，两个人僵持着。

林天航眨眨眼，有些心虚地看向江凛，妄想求救。然而江凛正给苏楠处理擦伤，压根儿没理会他。

林天航只得如实交代道："助理哥哥来找我的时候，我趁他不注意，钻到了后备厢里……"

贺从泽想起那时从后备厢里传出的异响，想来就是这小子弄出来的，当时自己怎么就没想着打开看看呢？

他眼神复杂地盯着林天航，突然觉得让林天航经常跟着江凛，还真是容易导致儿童教育的效果过好。

好到林天航别的没怎么学会，倒是学会了她的胆大。

贺从泽旁边的助理闻言，抽了抽嘴角，也觉得林天航作为一个娇生惯养的小少爷，这胆子未免也太大了。

"我也是因为担心嘛，因为看了新闻报道，说州城的洪水很凶猛。"林天航说着说着，还委屈起来了，戳戳手指头，眼睛泛红，"对不起，让你们担心了……我下次再也不会了。"

毕竟还是个孩子，稍微凶一凶也就过去了。

贺从泽见林天航这样，不禁有些心软，叹了口气，在林天航跟前蹲下身子，抬起手想安慰地揉揉他的脑袋。

但看到那颗小脑袋上全是细碎的泥块，可以说是脏到没有落手之处，贺从泽顿了顿，洁癖作祟，他从容地收手，无比自然地改为扶额动作。

"知道错了就好，你哭什么，犯错的人不能哭。"他淡声道，望着林天航，"以后的几天，你都跟在我身边，不许乱跑。"

林天航含着泪点点头。

江凛这会儿终于忙完了手里的活儿，嘱咐了几句苏楠，便让她回去好好休息了。

此时，帐篷中只剩下四个人。

林天航眼巴巴地看着江凛，像是在求她原谅。

江凛不紧不慢地坐在椅子上，冲林天航勾了勾手指头。

林天航双眼一亮，连忙凑了过去。

"知道错了？"

林天航可怜巴巴道："知道了。"

"你要区分清楚勇气可嘉与不自量力，前者能给你带来益处，后者只会给你和别人惹麻烦。"她淡声道，语气不辨喜怒，"林天航，我不评价你的行为，你自己觉得你的行为属于哪种？"

林天航抽抽鼻子，道："不自量力。"

江凛看着林天航，却莫名地觉得他这股子硬气劲儿特别熟悉，有点儿像谁。

林天航像谁？

贺从泽却在此时似笑非笑地看向她："你自己不也是？"

江凛："……"

哦，原来林天航像她。

"人无完人，林天航，你可以学习她的优点，但可别把那她的一身别扭劲儿也给学过来。"贺从泽语重心长地对林天航道，"毕竟不是谁都像你姐姐那么好运，能遇到哥哥这种有耐心的人。"

助理忍不住翻了个白眼，心里暗想这两个人不是善人。俩人说话也越来越配合，以后要是真的在一起有了孩子，虎妈狼爸准是没跑了。

时间已经不早，林天航被助理带去了救援站，看是否有热水可供他清洗自己。而贺从泽则秉承一贯的看似绅士实则狗皮膏药的风度，送江凛回她的帐篷里。

路并不长，江凛没走几步，就觉得右脚不太舒服，脚后跟处有些疼，似乎是鞋不太合脚。

她为了工作方便，今日特意借来短靴，由于一直在忙，没时间歇息，竟然也没注意到鞋子磨脚，此时闲了下来，把注意力逐渐放回到自己的身上，才开始觉得脚不舒服。

江凛不着痕迹地蹙了蹙眉，全然不影响自己继续同贺从泽并肩前行。

"州城的情况稳定不少，你们再忙几天就能回京都了。"贺从泽并未察觉到什么，说着便看向她，"你回去之后老老实实的，伤好之前不许乱跑。"

江凛懒懒地"嗯"了一声，脚后跟处被磨得越发麻痛。她只想加快步伐赶紧回去脱下鞋子，给伤口贴上创口贴。

贺从泽隐约察觉她不对劲儿，特意慢下脚步，扫了她一眼，发现她似乎……脚崴了。

于是他便很实诚地问她："脚崴了？"

江凛也很实诚地回答："新鞋磨脚。"

"怎么不早说？我让人给你送双合脚的鞋。"

"又不是不能将就，贴个创可贴就行。"

跟这个女人没法说理，贺从泽干脆闭嘴，径直将她打横抱起，朝帐篷的方向走去。

江凛虽然愣了一下，也只是一瞬间，随即便抱臂看风景，反正这样总比自个儿走路舒坦。

贺从泽把她送到帐篷中后，江凛刚坐在凳子上，他便在她的面前单膝跪下，伸手攥住了她的右脚踝。

江凛没敢挣扎，怕踢到他，便只得蹙眉问他："你干什么？"

"你不关心自己，总得有个人替你关心你。"贺从泽抬眼看了她一眼，随即无奈地叹息，"说实话，江凛，有时候我真想把你关在我家里，让你天天在我的眼前，才能安心。"

话音刚落，江凛有些匪夷所思地看向他。

她一度怀疑自己要是再逼贺从泽，他就要往变态的方向发展了。

他用两指捏住江凛的短靴底，往下一拽，它便松松垮垮地落到了地上。他看向江凛的后脚跟处，发现她的白袜子已经染上了斑斑血迹。

贺从泽蹙眉，责备的话都懒得说出口了，直接拿来了旁边的医疗箱，翻出消毒棉签和创可贴，似乎是打算亲自动手。

江凛这样沉静的人在察觉到贺从泽的意图后也有些愕然，于是脚踝发力，试图收回脚，说："我自己来。"

他挑眉，道："难得我伺候人，你坐着就成。要是真觉得感动，你亲我一口。"

亲他是不可能的，江凛沉默了一下，虽然不太自在，但还是拧着眉，没动，身体绷得很直。

她垂下眼帘，从这个角度俯视贺从泽，那副本来凛然清俊的五官在灯光下柔和了不少，长眉轻拢，一双桃花眼含着浅浅流转的光，平日里的飞扬恣意，此刻尽数化为柔情。

他搭在江凛脚踝处的手指力道轻缓，向江凛传递着温热，有种莫名的情感在江凛的心底破土而出。

江凛突然失语，分明是无比安谧平淡的时刻，自己的心底却好像有什么东西在抽枝发芽。

一片寂静中，她开口，嗓音平淡："贺从泽。"

"嗯？"他尾音微扬，含着一贯的慵懒意味。

"等回京都后，我们……"江凛说着，却突然停顿，继而道，"算了，回去以后再说。"

贺从泽的关注点全落在了那个"我们"上，他挑眉："怎么？终于想睡我了？"

江凛不置可否，只稍稍俯身，伸出手扣住了贺从泽的下颌。

她的力道不大，不算是强迫，但由于贺从泽是单膝跪在她面前的，所以这个动作让他不得不抬起头来，对上了她的视线。

她的眼里有云雾，有风雪，有夜色，也有他。

贺从泽顿住。

江凛神色清浅，盯了他几秒后，倏地轻笑："突然觉得你这张脸还不错。"

贺从泽勾唇，顺势吻上她的手指，低声道："那我配不配给你暖床？"

当贺从泽的唇覆上了江凛的指骨时，她微微敛目，轻轻地拍了拍他的脸颊："勉勉强强。"

方才她出声，似乎只是下意识的行为，好像是内心的想法呼之欲出，到了嘴边却又迅速模糊不清，让她无法表达出来。

自己究竟想说什么？

江凛未曾这般恍惚犹豫过，无声地抿唇，眸中闪过了几分复杂的情绪。

贺从泽却没有注意到江凛的微妙变化，替江凛贴好创可贴后，抬头便望见了貌似正在出神的江凛。

能遇到江凛走神实在难得，向来善于抓住一切机会的贺公子，当即以迅雷不及掩耳之势倾身，吻上了她的唇。

贺从泽不过浅尝辄止，待江凛蹙着眉要推开他的时候，他已经直起身子，姿态慵懒而散漫，唇角的弧度中含着显而易见的得意，仿佛一只偷腥成功的猫。

他抬手用指尖扫过嘴唇，这是一个极具暗示性的动作，仿佛他意犹未尽似的。

他轻笑，嗓音低沉地说："就当是我的辛苦费。"

他真是无时无刻不在勾引她。

贺从泽想着法子揩油，江凛早就习以为常，方才本来还在想事，经他这么一闹也没了心思，索性起身将他往外一推，就打算拉帐篷睡觉。

"啧。"贺从泽眉间拢了拢，"女人真是无情啊！"

被语不惊死人不休的贺从泽震惊到的江凛："……"

什么玩意儿，果然刚才他的那些温情都是假的。

接下来的几日，州城天气转晴，救援队的救援工作也在全力进行中，竭尽全力地将损失降到最低。

最终，这场支援行动在第八日圆满结束。

其实任务进行到后期，州城的情况基本稳定下来了。州城的洪灾是全国人民都在关注的大事，因此少不了新闻媒体记者前来及时地报道情况。

难得想低调一回、远离镜头的贺从泽终究还是抵不过自己的热搜体质。他作为A院院方代表亲自到州城派发物资的光荣事迹被各大媒体大肆报道。

于是，贺从泽又荣登热搜榜首。

记者在报道的过程中特意关注了A院医疗队中的江凛，由于之前江凛救下叶明成本就自带热度，媒体抓紧了这个医学界新秀，让江凛彻底进入了大众的视野之中。

不少网友对江凛的印象极好，对她赞不绝口，这种莫名其妙被众人知道的情况让她措手不及。在医疗队休整时，突然袭击的记者让她一时哑然。

"江医生好！我是××台的新闻记者，现在正在进行直播，请问你方便接受采访吗？"

女记者举着话筒，面上挂着职业性的笑容，身后就是摄像组的专业人员，他们将镜头直直地对着江凛。

记者这么问其实也不过是意思意思，毕竟画面已经被切过来了，江凛还能拒绝她吗？

江凛顿了顿，点头道："请问。"

"听说江医生是自愿来州城进行支援的，请问对于这八天的紧急救援，你有什么感受？"

场面话谁都会说，虽然此次采访是突然袭击，但江凛仍旧十分淡定地说："州城这次洪灾极为严重，救援其间虽累，但我也收获了很多，希望之后州城人民能够顺利地重建家园。"

记者点头，正欲继续提问，却瞥见贺从泽从江凛后方走来，连忙欣喜地问："贺总，大家对于你此次在州城洪灾中的善举格外关注，请问你方便说两句吗？"

江凛侧首，才发现贺从泽朝这边走了过来。他不疾不徐地上前，站定在江凛的身边，面对着镜头神情温和，一副从容的贵公子的模样。

江凛对于贺从泽人前一套人后一套的做派熟悉不已，表情也没有松动，只是收回了目光。

贺从泽对这种采访似乎司空见惯。记者举着话筒凑过来，他便带着笑意道："真正值得尊敬的人是像江医生这样在前线奋斗的救援人员。我不过是一个商人，没什么救人的本事，能为州城做的也只有这些事情，如果我所做的事情能对缓解灾情有帮助，那再好不过了。"

贺从泽说得轻巧，然而众所周知，他所谓"只有这些事情"包括了全程支援救援站的物资，以及高达数千万元的灾区捐款。

对于灾区的人民来说，他就是济世者。

记者接着问道："贺总，你为州城做贡献，大家有目共睹，可你为什么要亲自来这种危险的地方呢？其实没有必要。"

贺从泽闻言点头，同意她的说法："嗯，是没必要。"

记者本来已经准备好腹稿，没想到他会这样回应，当即卡了壳，愣愣地说："那是为什么呢？"

贺从泽笑了笑，道："我亲自来州城，主要原因是怕我未来的女朋友工作太累，特意过来帮她分担一些工作。"

记者："……"

旁听的江凛："……"

此话一出，不论是摄像组人员还是路过的行人，纷纷将目光转移到了贺从泽身上。

他们刚才，好像听到了什么不得了的话？

第九章

时间孔隙

鉴于贺从泽先前在直播镜头前的惊人发言，采访结束后的当天中午，他的手机便快被母亲打爆了。

面对母亲的各种提问，贺从泽选择把手机静音，耳不听为净。

反正他也只是说了"未来的女朋友"，又没说别的，这事什么时候成还是个问题，省得他说太多最后打脸。

贺从泽在州城这边待了太久，公司的事情已经堆积无数，所以他便准备和助理当天从州城出发，赶回京都处理公事。

众医疗队的返程问题则是自行安排，A院医疗队决定当天休整一日，次日再返回京都。

休整期间，医疗队的驻扎处挤满了灾民，他们纷纷赶来感谢医护人员。江凛那边被赶来的灾民塞了不少吃的，脸颊上也被一个曾救下的小孩子亲了一口，忙碌得很。

贺从泽见她正忙，便也不去打扰了，反正两个人明天就能见面，不差这一时半会儿。

州城附近的陆路大多被封死重修，因此贺从泽和助理决定坐车去邻市乘飞机回京都。曾在后备厢里被颠了一路的林天航，对此更是高举双手双脚以表赞成。

江凛好不容易才抽身离开营地，腾出时间去总部拿手机——本来江凛的手机是没电的，好在州城的通信和供电恢复后，柳然去给手机充电，顺带着也帮江凛一起充了。

二人的手机已经满电，江凛发现柳然的手机竟然还跟自己的是同款，实在是巧。

江凛将柳然的手机放进兜中，帮着一起带回营地，随后解开自己手机的锁屏，发现贺从泽半个小时前给自己发了条消息："为了帮未来的女友分担工作，我不务正业太久，得提前回去干正事了，回见。"

江凛："……"

他这脸皮是真厚。

简单地回想了一下在州城的这几日，她沉默了一会儿，觉得有些事情似乎该有个结果了。

有了想法便去实践，江凛向来是一个雷厉风行的人。她点出输入法，打出几个字，给贺从泽发了过去。

这边，正靠在车座椅上闭目养神的贺从泽，被助理提醒道："小贺总，手机屏幕亮了。"

贺从泽还以为是母亲的电话，有些不耐烦地扫了一眼，却没想到是江凛发来的信息，内容只是简短的一句话："我给你一个去掉'未来'两个字的机会。"

贺从泽盯着这行字，愣了半分钟。

难不成是他不识字了？他怎么觉得这不太现实？

贺从泽沉默数秒，然后认真地回复江凛："被绑架了你就发个句号。"

半晌，江凛回他："京都见。"

贺从泽看着这三个字，想现在就把民政局搬过来。

贺从泽没忍住说了一句脏话。

正在开车的助理被吓了一跳，不禁看了一眼突然激动的贺从泽。林天航捂住耳朵，闭眼，念叨："姐姐说了，我不能听脏话……"

助理抽抽嘴角，对贺从泽道："小贺总，林小少爷还在后面坐着呢，您控制一下……"

助理话还没说完，贺从泽便紧盯着手机屏幕打断了他的话："江凛要睡我了。"

助理："……"

林天航："……"

这两个大人是怎么回事？

"林天航。"贺从泽简单地平复了一下心情，随即便回首对他道，"以后别叫我哥，叫我姐夫。"

年幼的林天航感觉自己受到了暴击，愣愣地盯着贺从泽，仿佛还不能接受姐姐已经被人抢走的事实。

贺从泽此时觉得自己就像一个初恋的怀春少男，紧张得心脏"怦怦"直跳，就算现在再来几场洪水他也愿意闯。

江凛给贺从泽发完短信后便收起手机，打算回营地休息休息，顺便帮大家收拾一下满地狼藉。

虽然州城已经恢复通信，但营地那边的信号还是不行，江凛为了顺利接收信号，特意跑到了山路中段，这片地区空旷无人，风还大，她实在不宜久留。

江凛正往回走，听见身后好像传来了车轮碾压石子的声响。她侧首看了一眼，还真有一辆黑色的轿车驶来。

想到这辆车也许是要去营地，她还特意往路旁边走了几步。

谁知这辆车竟然就在她的身边停下了，江凛本来还以为对方是要问路，车窗却不见落下，车门倒是被人先推开了。

这不对劲儿！

江凛瞬间警觉，这个地方没人，她求救也没有用，于是当即迈开腿朝旁边的陡坡跑去，打算不管三七二十一，直接滑下去。

她却没想到车中的人不止一个，还没迈出去几步，衣服的后领便被人揪住了，对方力道凶狠，来者不善。

江凛低骂了一声，借着对方的力，回身便是飞踢，也不知踢到了哪里，总之对方吃痛后便甩开了她。

江凛没能稳住身子，狠狠地摔在了地上，后背硬生生地擦过地面，感觉有坚硬的石子刮过皮肤、刮过背上还未完全痊愈的伤口，火辣辣地疼。

她喘了口气，翻身正要跑，后脑却猛遭钝击。

该死，他们竟然有棍子？！

那一瞬间，疼痛感与眩晕感猛地冲了上来，江凛突然什么都看不清了，目之所及逐渐被密密麻麻的黑点吞没，有些生理性作呕。

在彻底昏迷之前，江凛听到身后传来了一个有几分耳熟的女声，语气不屑地说："啧，敲一棍子就老实了。"

"江凛去哪儿了？我怎么没看见她？"

营地中，苏楠疑惑地从江凛所住的帐篷口看了一眼，发现空无一人，便问身后的队员。

正在帮忙收拾医疗工具的柳然闻言抬起头，对她说道："江凛不是去总部拿手机了吗？可能要打电话，时间久一些？"

自从那晚江凛跟着柳然出去了一趟后，苏楠不知怎的，自己与柳然之间的关系也突然缓和下来。苏楠对柳然的印象本来不太好，但在后来的相处过程中，逐渐发现柳然是一个挺认真敬业的医生，除了有点儿过分耿直，人很不错。

苏楠看了看时间："不过现在已经快下午了，她什么时候去的？"

"快下午了？"柳然刚才一直在忙，都没怎么注意时间，闻言不禁愣了愣，"那是挺久了……怎么回事？"

苏楠闻言蹙眉，江凛这个人似乎总是与意外有缘，苏楠实在不放心，便起身道："我去总部看看，说不定能在路上遇到江凛呢。"

柳然想了想，觉得反正自己的手机也在总部充电，便说："我的手机也在那边呢，我跟你一起去吧。"

于是二人便结伴前往总部。

两个人都不会开车，只能沿着山路惨兮兮地往下走，步行前往目的地。

这边既空旷又冷，道路宽窄不一，地面上连根草都不长，旁边还有陡坡，实在是荒芜。

待走到山路中段的时候，柳然没看脚下，踩到什么东西险些滑倒，幸亏旁边的苏楠及时伸手扶住她，不然这要是摔在这地上，可就不会是一般地疼了。

柳然"啧"了一声，低头去看自己刚才踩到的东西，却发现是个手机，还挺眼熟的，跟自己的手机挺像。

她弯腰将手机捡了起来，发现手机膜被摔碎了一角，但还能打开屏幕，手机本身并没有被摔坏。

看着手机锁屏，柳然莫名觉得有些眼熟，这不是……

柳然倏地愣住，突然觉得指尖发凉，而后转头看向苏楠，将手机放到她眼前，语气急迫地问："苏楠姐，你看看，这手机是不是江凛的？！"

苏楠定睛一看，突然心里一凉，像是不太确定般将手机拿了过来，反复翻转查看，在看清楚那熟悉的白板锁屏后，手一抖，险些握不住手机。

"这是江凛的手机，怎么会在这里？"苏楠拧紧了眉，突然有种不祥的预感，"我们赶紧往下走走，看看能不能找到她。"

苏楠说完，便打算快步往前走，然而柳然没跟上来，苏楠不禁疑惑地回头去找柳然的身影，却见她正站在道路旁的陡坡边缘，望着地上发呆。

苏楠有些好奇，便走上前顺着柳然的视线，低下头问："怎么了？你看到什么……"

苏楠话还未说完，突然脸色蓦地惨白，再也无法出声。

那是暗红色的血迹，面积不大，也不会让人觉得触目惊心，但问题是人不在这里。没人知道江凛是只流了这一点儿血，还是江凛失踪前在这个地方流了这些血。

前者还好，若是后者……

苏楠只觉得浑身血液瞬间冰凉，然后惊愕地望着血迹，蹲下身子，突然脑子就空了。

她该怎么办？

江凛到底怎么了？她究竟在哪里？

"苏楠姐，我们赶紧去跟总部通知一声，派人去找江凛！"柳然迅速地反应过来，急忙将苏楠从地上拉了起来，"时间紧迫，万一……万一……总之先找到她要紧！"

"对，先去总部。"苏楠迅速地回过神来，将江凛的手机收入兜中，急忙跟着柳然一路跑到了总部，同工作人员说明情况。总部十分重视，当即派人去寻找江凛的下落。

做完这些，柳然在旁边局促不安地踱步，似乎不知道还能做些什么。苏楠在原地站了一会儿，突然想起了一个人，忙不迭地去找工作人员，翻出了那个电话号码。

那个人一定能找到江凛！

机场。

距离登机还有大概半个小时的时间，贺从泽正在候机室里等着。林天航则百无聊赖地玩着助理的手机，时不时地打个哈欠。

贺从泽本来在看时事新闻，屏幕中却突然跳出了来电显示，看了一眼来电人，竟然是医院那边的。

他蹙了蹙眉，滑出接听键，将手机靠在耳边："哪位？"

"贺总，我是苏医生，这边出了点儿事……"苏楠的声音有些颤抖，她在尽量稳定自己的情绪，"是这样的，江凛去总部拿手机太久没回来。我和同事就去找她，结果在半路上发现了她的手机，旁边还有血……"

每句话都清清楚楚地落在了贺从泽的耳朵里，他呼吸一停，要坐不住了。

他闭上眼，花了几秒钟迅速地让自己冷静下来，随即问道："人呢？你们找到人了吗？"

"没有，我们来到总部后也没遇见她，现在已经让工作人员去找了，但目前还没有消息……"

贺从泽突然失语，张口却无声，最终咬了咬牙，道："我马上回去。"

说完，他便扣死电话，站起身来。

林天航听见声响，困惑地抬起头来："哥……姐夫？"

小家伙改口后的称呼并没能让气氛缓和。助理本来坐在旁边小憩，闻声忙不迭地睁眼，站了起来，看见贺从泽的脸色后，下意识地噤声。

贺从泽此时表情森冷阴沉，眼底暗流汹涌，冷峻逼人。

这是怎么了？

助理心知不妙，却不知道发生了什么，于是小心翼翼地问道："小贺总，要取消航班吗？"

旁边的林天航不敢出声。他终究是个小孩子，被贺从泽的满身戾气吓得缩了缩身子，有些害怕。

"你给我车钥匙，我要回趟救援站。"贺从泽开口，嗓音浸着寒意，"你送林天航回去，把他安全送到林家。"

助理连忙应声，也不敢多问，赶紧把车钥匙递过去，贺从泽接过车钥匙后转身就走，步子迈得很大，焦急的情绪尽数显露。

贺从泽这么慌张的样子，助理工作这么多年了还没怎么见过，也不知道是出了什么事。他拧眉，突然也觉得不踏实了起来。

州城的事情好不容易才落下帷幕，希望大家都平平安安的啊……

江凛感觉头疼，疼得她整个人轻飘飘的，身子也沉重无比。

她后背也疼，总觉得湿淋淋的，估计是旧伤未好又添新伤，背上肯定都没眼看了。

她记得自己本来是要跑的，却不知道被哪个混账玩意儿从后面敲了一闷棍。

她现在是在哪儿？

江凛缓缓地睁开眼，眼前的事物晃来晃去，甚至还出现了重影，一片模糊不清。

该死，她不会是被打成脑震荡了吧？

江凛险些骂娘，缓了有几秒钟，才看清楚自己是在一个破旧的屋子里，屋里堆着些陈旧的箱子，像是个杂物间。

江凛勉强地找回了些力气，虽然身子难受得要命，她的忍耐能力向来不错，于是她攥了攥拳头，撑起身来，低低地喘了口气。

还好，自己还能动，手脚也没被绑起来，不是绑架。

她下意识地摸了摸口袋，有手机！

她拿出来一看，却发现手机并不是自己的，而是柳然的。

自己的手机大概是在自己逃跑挣扎的时候，掉在路边了。

柳然的手机有锁屏密码，无法打电话，江凛咬了咬牙，正在想办法，却听门口传来了声响。

她当即将手机收好，与此同时想到了什么，正好她的手机和柳然的是同款，凭着印象，她迅速地按下快捷键，随后紧盯着门口，浑身紧绷，高度戒备。

来人打开门后，便对上了江凛冰冷的视线，不禁笑道："这么快就醒了？"

望见那张表情讥讽、和自己的五官有一两分相像的脸，江凛眉头拧得更紧了。

她扶着墙站起身子，发现除了背部和后脑有些疼，身子并没有其他不适，看来对方并没有给自己吃什么药物。

江凛于是看着她，冷声道："司莞夏，你又要搞什么幺蛾子？"

司莞夏不慌不忙地关上门，迈步上前，随便挑了个稍微干净点儿的箱子，坐了上去。

她饶有兴致地观察着江凛的表情，发现那张脸上依旧没什么波澜后，嗤笑道："等会儿送你去个好地方。"

江凛不愿废话，开门见山："你想干什么？"

"因为那个地方不方便，所以我就不亲自送你过去了，待会儿就有人来接你。"司莞夏说着，似乎有些无聊似的，用头发绕着手指缠了几圈，从容地把玩着，"江凛，你真的以为自己傍上了贺从泽，就没人能动你了吗？"

江凛仅仅根据司莞夏第一句话便猜出来，自己大概是要被丢到什么荒无人烟的鬼地方了，或许是山区，或许是更糟糕的地方。

江凛不慌不忙，反正也不管用，索性抱臂靠墙，问她："你这样做也不怕被抓？"

司莞夏好笑地盯着她："你的手机已经丢了，贺从泽现在估计人也在飞机上了。就算他赶过来也找不到你，没有证据，我怕什么？"

她是算准了时间，万事俱备才来到州城的。

意识到这一点，江凛沉下脸色，自己决不能坐以待毙，于是开始盘算对策。

司莞夏撑着下巴，懒懒地说道："唉，你这种美人儿被送去那种地方还挺可惜的……要怪就怪你自己心里没数，非要在京都里待着碍我的眼，早点儿回你的S市不就行了吗？"

她绝对不能留江凛这个女人。

本来，她只是单纯地看这个女人不顺眼，并没有想过要将其逼上绝路，但自从上次知道江凛与司振华亲子鉴定的事情，司振华还说了那些模棱两可的话……

司莞夏后来想了想，对于当年那场火灾有了自己的猜想，倘若齐雅真的是纵火人，那江凛和江如茜的存在就无异于十分危险的定时炸弹。

司振华的态度不明确，她必须自己处理好这件事，绝对不能留下任何后患！

"本来还以为你那个精神病老妈出车祸，能给你一个警告，谁知道你一点儿脑子都没有，你还没有滚蛋。"司莞夏说到这里，叹了口气，"既然这样，你也别怪我下狠手了。"

江凛闻言，瞳孔倏地一缩："那场车祸是你在搞鬼？"

"贺从泽都没查出来内情，也是能力有限嘛。"司莞夏冷笑了一声，道，"那个刘彤倒是收钱什么都做，之前把你的病历给我，还愿意帮忙揽罪，就是可惜现在进了监狱，没用了。"

江凛隐约想起，当时在看守所里的时候刘彤喊了句"你以为就我一个人盯着你吗"。

当时她没怎么注意，如今看来，原来刘彤是这个意思。

想到这其中的阴谋，江凛自己都觉得好笑。

她缓缓地直起身来，走近司莞夏。

司莞夏看着江凛，一动不动。反正江凛伤成这样已经是半个残废，做不出什么来。

然而，她低估了江凛。

江凛来到司莞夏的面前，直接拎起她的衣领，照着她的脸便落下一拳！

司莞夏结结实实地挨了一拳，江凛的力道不小，疼得她直接生理性地流了眼泪，要不是江凛还揪着她的领口，她就倒在地上了。

司莞夏从小到大就没挨过揍，不敢相信地瞪着江凛，目眦欲裂，喊："江凛！"

"我在。"江凛面无表情地说完，松开她的衣领，甩了甩拳头，"我打人不喜欢用巴掌，你将就着挨几下。"

司莞夏正要骂人。江凛这次换了一只手，又是一拳头向她袭去。她这回没了江凛支撑她，整个人直接摔倒在了地上，口腔中充满了血腥味。

江凛皮笑肉不笑地说："对称美。"

江凛这个女人是疯子吗？！

司莞夏感觉两边脸颊剧痛无比，于是盛怒之中握紧拳头，大喝道："你们几个给我进来，打！使劲儿打！给我好好地教训她一顿！"

话音刚落，门便被人一把推开。

江凛的脸色，瞬间冷了下来。

贺从泽火速赶回救援站，然而苏楠交给他的只有江凛的手机。

众人表情沉重，显然还没有江凛的下落。

贺从泽敛眸，握着手机的手逐渐收紧，青筋突显。

就在此时，有工作人员神色慌张地小跑过来，道："我去调了监控，发现 B 段在中午时分出现了一辆黑色轿车，不是本地的车牌！"

贺从泽当即问道："B 段在哪？"

"那边废弃好久了，有个废弃的灯塔……哦对，还有个双层小楼，不过是用来放回收品的，那边都没人看着。"

贺从泽即刻动身，拉着那名工作人员便往外走："带我过去。"

工作人员不敢怠慢，赶紧开车载着贺从泽赶过去，话都不敢说。

"对了。"贺从泽突然出声，嗓音漠然，"再派点儿人过去，待会儿可能会用到。"

"好的好的。"工作人员答应下来，拿起无线电设备，便跟总部要来了五六个人，快的话估计两拨人是前后脚抵达。

安排妥当后，贺从泽沉着脸，觉得越发烦躁。

想起苏楠提到还看见了一摊血迹，他心底便忍不住不安起来，江凛后背上的伤还没好利索，她到底遭遇了什么，会造成流血？她是怎么被对待的，伤口严不严重？

贺从泽在心里狠狠地骂了一声，垂眼才发现自己手中还拿着江凛的手机。

按照她失踪的时间，她应该是刚给贺从泽发完短信后就遭遇了不测。

出于侥幸心理，他想看看江凛是否在手机中留下了什么信息，却发现有锁屏密码。

他随便猜测着点了几个数字，果然错了。他蹙眉，继续试着别的数字，不经意按到了下方的"紧急呼叫"键，屏幕便转到了号码拨出页面。

贺从泽本来是想退出去的，但意外发现，江凛有一个紧急联系人。

他用目光扫过那串再熟悉不过的数字，身子蓦地一僵。

——这是他的电话号码。

江凛的紧急联系人是他。

贺从泽怔怔地望着手机屏幕，有种难以言喻的酸涩涌上心头，他拢紧了眉，几乎要克制不住自己隐忍的情绪。

这女人……这女人……

贺从泽咬紧牙，终于红了眼，一拳砸在了车门上。

在司莞夏出声后，两个男人闯了进来，本来打算动手，然而看到脸颊高肿地躺在地上的司莞夏后，都蒙了。

"你们发什么呆？！"司莞夏气急败坏地说，由于脸太疼，张口都觉得难以忍受，唇角似乎是裂了，"给我揍！把她揍到没力气反抗！"

二人瞬间回过神来，当即听从司莞夏的命令，打算过去抓江凛。

江凛扫了一眼正后方，有一扇不大不小的窗户，玻璃上满是灰尘，看上去窗户已经老化了。

司莞夏望着她浑身紧绷的模样，不禁大笑出声，眉眼间浮现出了阴狠之色："哈哈……可惜了，可惜了你这身傲骨。"

江凛闻言，也笑着说："我要能称得上傲骨，那也是司小姐你成全的。"

司莞夏冷哼一声，示意男人立刻动手，却见江凛突然转身，直直地冲向了窗户！

司莞夏瞠目结舌，只听"砰"的一声，本就脆弱的玻璃被江凛狠狠地撞碎了，尖锐的玻璃碎片随着江凛的人影一同飞出去，而后她倏地坠落。

在撞碎玻璃的一瞬间，江凛护住了头部。由于动作太大，她也清晰地感觉到后背的伤口撕裂开了，大量温热的血液涌出来。

江凛无暇顾及伤口，只是觉得，如果自己真就这么死了，还挺可惜的。

她想到自己儿时还在京都生活的时候，也许曾无数次地与贺从泽擦肩而过，无数次地与他注视过。

其实当初在医院里看到岳姨手机中的那张照片时，她原本是打算等自己与他得了空闲的时间，两个人一起在京都好好地逛逛，弥补上先前的遗憾。

却没想到，她没有与他一同出去逛成了如今最大的遗憾。

京都虽繁华，却世态炎凉，因为贺从泽的存在，她对这个本来最痛恨和厌恶的地方也开始有了些许好感。

只是可惜……她也许再也没有机会回去了。

江凛轻笑了一声，随即感觉身子一沉，应该是自己落了地。

她先是麻木了一会儿，随即便有巨大的痛楚席卷而来，她承受不住如此强烈的刺激，瞬间昏死了过去。

房屋内，窗边空荡荡的，只有风往屋子里面灌的声音。

从转身到撞窗跳楼，江凛只用了三秒的时间。她毅然决然、没有半分犹豫地直接撞上了窗户。

若不是窗框上沾了些许江凛的血迹，司莞夏都怀疑江凛是否在房间里真的存在过。

"混账！"她破口大骂，当即冲出房间，还不忘对身后的二人道，"你们赶紧跟过来，如果她摔死了你们就直接处理掉她！"

总部的效率极高，贺从泽刚到小楼，总部派来的几个人就抵达了现场。

"就是这里。"工作人员说，随贺从泽一同下车，向他示意眼前的破旧小楼。

贺从泽在小楼旁边看到了那辆黑色的轿车，这辆车大概就是工作人员口中的车。他看向车牌号，这是京都的车。

他当即冷冷地蹙眉，抬脚快步地走向小楼。

然而在他距离小楼门口处还有数米远的时候，有个东西倏地从小楼上跌落下来。东西砸在了贺从泽的眼前，发出结结实实的一声闷响，似乎还是个重物。

那个重物就这么突然摔在了他的面前，在地上一动不动，是个人。

后面的工作人员被吓了一跳，当即倒抽一口冷气，震惊地盯着这边，却发觉地上的人有些眼熟。

这似乎就是……江医生。

意识到这个可能性，所有人惊呆了，不知道该作何反应。

贺从泽脊背僵直地望着眼前在地上躺着的人。

那是他最为珍重的人，此时却躺在地上，身下还有着刺目的暗红，绽放出血色的花。

贺从泽定定地站着，身体僵硬到几乎无法行动。

他向来随性无畏，此时此刻，却连上前细看她伤口的勇气都没有。

他呆呆地看着天边渗透出的一抹曦光，那是此时此刻他视野中最干净的东西。

她就这么躺在他面前，半边身子被鲜血浸湿，没有分毫生机。

那一瞬间，他的太阳好似被江凛带走了，从此他的世界里只有长夜永驻。

有人反应过来，忙不迭地上前，颤巍巍地去试探江凛的鼻息，发现她呼吸稳定，还活着！

也是，她从二楼跳下来，大概也就是个骨折，不至于致死。

"贺总！贺总！"那人松了口气，回首对贺从泽道，"江医生还活着！"

贺从泽被这句话叫醒，连忙快步上前单膝蹲下，用指尖轻轻地拨开了江凛脸上的碎发，露出那张苍白的面孔，她像个易碎的娃娃。

江凛本就白皙，此时染了病态，更加显得面无血色。

贺从泽也不知道她是哪里摔伤了，不敢轻举妄动，只得小心翼翼地扶起她的上半身，让她半靠在自己怀中。

尽管衣服染上了灰尘与血迹，他仍目不斜视。

感觉刚才在江凛后背上放过的手有些湿热，贺从泽垂下眼帘，发现自己竟然沾了满手的鲜血。

她旧伤未愈，此时又添新伤，甚至比上次还要严重数倍。

江凛的脸朝向他的胸口，贺从泽被她挨着的衣服上也沾了鲜血，于是便知道，她的头部也受了伤。

这是被他捧在心尖上的人。

这是他爱的人。

贺从泽的呼吸有些不稳，他双手颤抖地抱着江凛，尽管他的衣衫上已经血迹斑斑。平日里的洁癖早就被他抛之脑后，冲撞进鼻腔里的血腥味让他胸口钝痛，沉默无言。

司莞夏带着人匆忙地跑出来的时候，正好和贺从泽等人打了个照面。

她无比震惊地望着贺从泽，话都说得有些不顺溜："你……你不是回京都了吗？"

阴影打在他的脸侧，众人只能望见贺从泽的眸光森冷，浑身上下都透着一股凛然的杀气，令在场人员无一不觉得压抑不安。

贺从泽，彻底动怒了。

他抱着浑身是血的江凛，扫了司莞夏等人一眼，突然笑了："你们真该庆幸自己活在法治社会里。"

剩下的话，他没有说完，却让所有人不寒而栗。

"把这栋房子里的人守住，一个都不准走。"他开口，声音中满是寒意，"就关在这儿，等我回来处理。"

工作人员当即应声，挥手命人开始行动，迅速地用武力将司莞夏带来的人制服，并将他们押入了屋内。

司莞夏怒火中烧，当即便要冲过来，却被人单手拦住，喊道："贺从泽，你凭什么关我？"

"司莞夏，想死你就过来。"贺从泽将江凛打横抱起，冷眼瞧着她，"我告诉你，如果江凛今天有事，你们司家都等着给她陪葬！"

司莞夏被贺从泽吓住了，瞪着他，然后便被人一把塞进了房间里。

时间紧迫，工作人员当即开着车带二人赶往总部，抢救江凛。

江凛被送到总部的时候，所有人都傻眼了。

中午时明明还好好的一个人，此时却浑身是血地躺在贺从泽的怀中，面色苍白，不省人事。

"天……"苏楠震惊了，接过江凛时手都是抖的。旁边的柳然也愣着，似乎并不相信在短短的时间内，江凛就被折腾成了这副模样。

"柳然，你跟我一起准备手术，再来两名助手，快！"

听到苏楠的指令，众人赶紧行动了起来，由于总部没有正儿八经的手术室，所以只能挑了个稍微干净的休息室，将江凛送进去，开始手术。

房门在眼前紧闭，贺从泽在外面坐立不安，他的衣襟上、手上都沾了江凛的鲜血，黏稠又冰凉，像是她逐渐流失的生命。

太阳穴作痛，他闭眼靠着墙，一双长眉拧得死紧，不论睁眼还是闭眼，江凛浑身是血地坠落在他面前的景象都反复出现，令他心脏战栗，遍体生寒。

贺从泽从未有过如此心惊的感受，像是有人死死地扼住了他的喉咙。他喘不过气来，也没力气挣扎，只觉得呼吸越发困难，整个人如坠冰窖。

有医生犹豫了半晌，还是出声安慰他："贺总，江医生是从二楼跳下来的，楼不算很高，应该没事。"

贺从泽低低地"嗯"了一声，脸色却没缓和。

众人心知此时劝慰他没有用，便纷纷等着最终的手术结果，祈祷江凛平安无事。

由于江凛失踪，大伙儿连午饭也没怎么吃，此时天色已晚，一行人准备去吃晚饭。贺从泽婉拒了众人的邀请，独自等候在手术室前。

虽然总部有空调，但似乎作用甚微，他还是觉得浑身僵冷。

这场手术持续了数个小时，最终房门被推开，柳然走了出来。

她拉下口罩，面上满是疲倦与喜悦之色："江凛没事，只是手臂轻微骨裂，身上的两处伤口失血过多，加上身体过于疲惫，才陷入了昏迷状态。现在她的伤口已经被消毒缝合好了，等麻醉过去，人应该就能醒了。"

此话一出，在座的各位纷纷地长舒一口气，原本紧张的氛围才缓和不少。

贺从泽闻言，一颗躁动难安的心也缓缓地平静下来，对柳然颔首，低声道："辛苦了！"

柳然连忙摆摆手，道："贺总，因为州城这边设施没那么完备，所以江凛只能暂时在这间屋子里养病了，但是你放心，环境还是很好的，伤口不会被感染。"

贺从泽点头，转身便望见医护人员正在房间里收拾手术器材，被鲜血浸透的纱布闯入了他的视野，扎眼得要命。

毕竟是专业人士，收拾起来极快，没几分钟房间内的医生们便走了出来，去忙别的事了。

苏楠清理完手术后残留物，又给江凛吊上了点滴，这才不紧不慢地退出房间，让病床上的人好好休息。

然而她刚关上门，回首便望见靠在墙边抽烟的贺从泽，别的医生早就回去休息了，苏楠也不知道他在这儿等了多久。

于是她出声唤道："小贺总！"

贺从泽见苏楠出来了，便掐灭了烟，又怕自己身上的烟味让对方不适，还刻意与苏楠保持了些距离，问道："苏医生，江凛的伤势严重吗？"

"不严重，江凛的背部伤口虽然出血量多，但清理缝合后就好了。主要是她的后脑被硬物击打过，还有右前臂轻微骨裂。"苏楠道，"估计是因为摔落姿势比较专业，所以江凛除了擦伤和划伤，并没有其他的严重伤。现在并不需要对她进行隔离，等她醒过来就好了。"

贺从泽这才终于安心。

"谢谢！"他道，"麻烦你了，回去休息吧！我在这里守着就好。"

苏楠虽然好奇究竟是谁把江凛折腾成这样，但也知道现在问这个问题不合时宜，便什么都没有说，离开了总部。

贺从泽在门口散了会儿身上的烟味，才推门而入。

房间内倒是干净，东西不多，好在整洁。床边的墙上有扇窗户，清亮的月光洒下来，泛着寒意。

为了除菌，房间里飘散着些许消毒水的味道。贺从泽放轻脚步，从门边拿了个木椅上前，坐到了床边。

江凛虽然脸色仍显病态，却比先前有了些血色。尽管是在昏迷之中，她也下意识地蹙着眉，他伸手轻轻地替她抚平，感觉自己指腹下贴着的肌肤，冰一般的凉。

贺从泽无声地收手，双手交叠撑在额前，终于叹了口气。

江凛，算我求你……赶紧醒过来。

江凛觉得自己好像做了个很长很长的梦。

梦里什么都没有，只有漫无天际的黑暗，还有浓重的血腥味。

在坠落的那一瞬间，她觉得自己整个人都是冰冷的，所有的生机在迅速离她而去，她抓不住也唤不回，就像是一条在沙滩上搁浅的鱼，只能静静地等死。

可后来不知过了多久，就在她感觉自己快要被麻木吞没的时候，好像有什么温暖的东西抱住了她。

那个气息很熟悉，她知道是谁。

江凛挣扎着想睁开眼看看他，哪怕自己的生命真的要在这里画上句号，她也希望最后看到的人是他。

但是可惜，她没能成功。半昏迷状态中，她只听见有嘈杂的人声响起，自己似乎是被抱了起来，抱着她的人手臂都在微微地颤抖，不断地喊着她的名字，让她不要睡。

江凛想：自己活得也太窝囊了，二十多年来只顾着跟工作谈恋爱，好不容易遇上了个心动的男嘉宾，自己还半死不活了。

如果她醒过来，一定……一定……

这个念头刚刚浮现，江凛便觉得身体各部位的知觉似乎都恢复了，随即身子又麻又痛，后背十分不舒服，脑袋也疼。

她使劲儿地睁开眼睛，只能看见小黑点在跳来跳去，过了好一会儿，才逐渐看清楚头顶上方的天花板。

她虽然身体酸疼，但似乎并不严重。江凛记得自己是从楼上跳下来的，那楼好像不高，自己应该没什么问题。

她动了动手指，觉得右臂怪怪的，缓缓地移动目光，发现自己右前臂被小夹板固定住了，是骨裂了还是骨折了？她感觉不出来。

这是哪儿？

江凛身子还有些虚，右手又吊着针，只好撑着左手，腰部发力勉强坐了起来。有月光从窗口投进来，她看看周围，发现这里似乎是总部的休息室。

江凛感觉大脑里空荡荡的，而后下意识地看向床边。刚好对方也听到响声，眯着眼缓缓地抬起头来。

二人目光相对。

贺从泽有些呆，又有些庆幸。他沉默着，似乎还没能接受她已经苏醒的事实。

江凛怔怔地望着贺从泽，他的五官无比清晰地落在了她的眼里，她心里有某种感情泛滥了，满满当当地充斥了她的整个胸腔。

大概只有江凛自己知道那时哪种感情——她想握紧他的手，想紧紧地拥抱他，就是这些执念带着她跨越了生死。

半晌江凛突然伸出手，揪住贺从泽的衣领，不顾一切地吻了上去。

她在这方面从来不得要领，仿佛只是想找到一些真实的存在感。这个吻急切又毫无章法。

贺从泽下意识地扶住了江凛的身子，防止她因脱力摔回去。

她的唇瓣微凉，于贺从泽而言，这是真切存在的乌托邦。

出神半秒后，贺从泽闭眼，单手抬起江凛的下颌，俯身更深地吻住了她。

此刻的万般心事只能付诸一吻。

不知过了多久，江凛攥着贺从泽衣领的手才缓缓地松了。

二人缓缓地分开，一时说不出话来。

江凛眯着双眼，终于确认眼前的人是真切存在的，原本躁动不安的心也逐渐地安稳下来，她的目之所及、耳之所闻都清晰起来。

他的怀抱才是她的光明与希望。

贺从泽百感交集，先平复了自己的气息，然后蹙着眉揉了揉江凛的脸，像是要确认自己不是在做梦似的。

江凛难以忍受自己的脸被他蹂躏，抬手挣脱他，想开口说话，嗓子却干涩得无法出声。贺从泽当即了然，去接了杯温水递过来。她喝了大半杯水，终于觉得舒服了。

"这是总部的休息室，你的临时病房。"贺从泽一边说话，一边确认她身上没有不对劲儿的地方了。她还有力气强吻他，应该是没事。

他舒了口气，嗓音因疲惫与先前的高度紧张而有些低沉沙哑："你后背上的伤口被缝了几针，右前臂轻微骨裂，从手术到现在，你睡了五六个小时。"

江凛没想到自己这么幸运，低头看了一眼右臂的夹板，突然淡声问："司莞夏他们呢？"

"他们暂时被我留在了那栋楼里。"贺从泽轻轻地握住她的手，一字一顿地说，"该收拾的，我一个都不会放过。"

江凛想起一件重要的事情，便下意识地想去摸自己的口袋，却发现不知什么时候被换了身宽大的长衫，也不知是从哪儿弄来的，应该是手术后医生帮自己换的。

柳然的手机应该已经到主人的手里了，别的事情就等明天再说吧。

贺从泽这会儿从情绪中缓过劲儿来了，想起先前那惊魂一幕，便拧着眉开始教训江凛："你怎么这么拼？那可是楼啊，你说跳就跳？"

江凛心知又到了贺公子的非义务教育时间，便将视线挪开："我不知道你会来。"

贺从泽被她噎住，登时给气笑了："你真是……"

话未说完，江凛便神色淡然地抬起了他的下颌，略微倾身在他唇上印了个吻，末了还稍不耐烦地轻咬了一口，这才看他："这么道歉可以吗？"

贺从泽本来还有一堆教训的话没说，被江凛这么一亲，那些教训的话瞬间就烟消云散了。

能让他恨得牙痒又爱得深沉的人，也就只有江凛了。

"……算了。"半晌后贺从泽低低地笑了一声，轻轻地拍了拍她的脸颊，"等你伤好了，我们慢慢算账。"

"慢慢算账"这四个字被他刻意地放缓，听起来极为暧昧缱绻，惹人浮想联翩。

江凛不为所动，脸色都不带变的，从容地回复道："等我有空了就去睡你。"

贺从泽："……"

这人真是煞风景啊！

翌日，得知江凛苏醒，众医生纷纷前来探望，苏楠要不是看江凛身上还有伤，就直接扑上去给她一个大大的拥抱了。

旁边的柳然也激动得红了眼睛，一边平复着心情，一边心想：实在是太好了，江凛没出什么大事。

江凛耐心地回应了每个人的关心与担忧，其他前来慰问的人走后，苏楠和柳然单独留了下来，简单地检查了江凛的伤口情况，见恢复良好后，这才彻底放心。

贺从泽见其他人已经走了，这才不紧不慢地推开房门，江凛看了他一眼，随即唤住柳然："柳然，你的手机没事吧？"

"啊？"柳然愣了两秒，没想到江凛会突然问这个问题，"没事，没事，当时我的手机在你的衣兜里放着，我就拿出来了。"

江凛松了口气："能给我看看吗？有重要的东西被我存在你的手机里了。"

柳然昨天回帐篷后倒头就睡，还没看手机能不能打开，闻言忙不迭地掏出手机，除了边缘处稍微有些破损，手机没有任何问题。

她解开锁屏，这时才发现通知栏静静地躺着一条系统通知："录音已成功保存。"

柳然一脸震惊，将手机递给江凛："江凛，你那时候录音了？！"

此话刚出，旁边的苏楠也傻眼了，贺从泽立刻变了脸色，迈步上前："有录音？"

"有。"江凛言简意赅，她从手机中找出了那段录音，录音时间不长，大概有 20 分钟。

为确定录音内容，江凛点击了播放键，快进着把手机放在耳边听了一会儿，在听到中间的重要对话内容后，闭眼，终于放松下来。

"我和柳然的手机型号相同，我知道这款手机在锁屏情况下的录音快捷键，昨天临时按了一下，司莞夏在这段录音中直接承认了自己的罪行。"江凛将手机还给柳然，对贺从泽挑眉道，"人证、物证都在，能让司大小姐吃牢饭了吧？"

他无声地弯唇，俯身在她的额头上吻了吻，含笑道："放心，交给我。"

大型秀恩爱现场并没有逼退旁边的苏楠和柳然，因为她们正面对面地看着对方，能清晰地看到彼此眼底的惊愕之色——竟然是司莞夏绑架了江凛。

柳然憋了半晌，才开口喃喃地道："真乱。"

苏楠与她同感。

柳然将录音发给江凛后便删除了自己手机中的原始录音，毕竟这涉及个人隐私，便控制住了自己的好奇心，没有去听录音。

由于江凛的事情，A院医疗队的行程往后拖了两天。至于司莞夏那群人如何被处理，因为证据确凿，江凛便安心养伤，她将事情交给了贺从泽。

他会还江凛一个公道，江凛知道。

回到京都后，江凛由于负伤，请假在家里养伤了半个月。这半个月内，京都的人处于一种看热闹的状态，这热闹是关于司家的。

众所周知，司家小姐司莞夏跋扈娇纵，整天只会惹是生非，从来就不是什么省心的主儿。

现在这个小公主终于玩脱了，因涉嫌参与绑架人，已经被警方控制调查。证据都是铁证，警方连录音都有，司莞夏这回是彻底洗不清罪名了。

最让众人觉得神秘的是这位被绑架的人。在整个事件中，没有关于这个人的半点儿信息，这个人也没有在公众面前露面，只由贺家公子哥儿代为出面。

有人猜测被绑架的人是贺从泽的亲戚，也有人猜测被绑架的人是他的暧昧对象或女友，然后众人想象出了一场激烈的情战。总之，众说纷纭，当事人却始终不曾正面回应任何问题，全凭大伙儿去猜。

贺从泽这回是铁了心要收拾司莞夏。在那段录音里，司莞夏不仅坦白了绑架江凛的犯罪事实，连同先前设计让江母出车祸的罪行也一并承认，罪证累加，吃10年牢饭都算少。

由于司莞夏身份特殊，司家动用了大量的人力、财力，但贺从泽从上面压着，最终司莞夏被判了6年有期徒刑，不短不长，但6年牢饭也足够司小姐受了。

判决书下来后，江凛还想着司家那二位会主动来找自己麻烦，但听说这件事对司家公司的股价影响极大，他们大概是忙着控制局面，没时间管别的事情了。

时间转眼流逝。

江凛的伤势恢复良好，后背上的伤口被拆线后只留下了浅淡的痕迹，右前臂的骨裂也顺利地愈合，半点儿后遗症都没有，这主要归功于江凛那超出常人的恢复能力。

江凛重新返回 A 院上班后，正赶上换季病人就诊高峰期，整日忙得不可开交，从病历和病人的资料中抽不出身来。

贺从泽由于先前在州城里待了段时间，回到京都后又被司莞夏的事情耽误了，如今好不容易把所有琐事处理好，就又投入繁忙的工作中了。

好不容易才赢得了心上人芳心的小贺总心有不甘地、惨兮兮地坐在办公室里，夜以继日地忙碌着。

等两个人彻底闲下来，已经是回到京都的一个月后了。

这天晚上江凛下班，贺从泽开车来接她去吃晚饭。

即将迎来久违的二人世界，贺从泽心里十分雀跃，却仍未忘记自己送花大使的身份，因此特意买了捧玫瑰放在车中，打算等江凛来了便殷勤地献上。

二人虽然确认了关系，但因为前面一个月各忙各的，还来不及公开，贺从泽也苦于寻不到机会，公开关系的事情只好暂时搁置。

正想着，江凛便已经从 A 院大门口走了出来，贺从泽抬眼瞥见她，当即从车中抱出了那捧花，几步便迎上前去。

"欸，你快看那边的人，是贺从泽？！"

不远处，一名年轻女孩儿突然拽住同伴的衣服，指着某处兴奋地说："我没看错吧？"

同伴闻言登时一个激灵，立马转头去看，便见那道极其熟悉的身影正面对着自己这边，怀中还抱着一捧娇艳欲滴的玫瑰，一副俊朗英气的五官，正是那贺家公子哥儿。

"我去！"她出声感叹，瞠目结舌，"这都能偶遇，我们运气也太好了吧！"

"等等！等等！他们在干吗？那是不是他女朋友？"

二人定睛一看，却望见贺从泽正满脸笑意地看着一个女人，但偏偏角度不行，她们只能看到那个女人的背影，根本看不清面孔。

也不知怎的，周围行人出奇地少，兴许是因为这边光线昏暗，旁边又是医院，人们都不愿意走这儿的夜路。

"我的天哪！赶紧录下来！"她忙不迭地掏出手机，对准那边开始录像。

只见贺从泽对面的女人看到他手中的玫瑰后，顿住了脚步，而后似乎沉默了几秒，便突然转身离开。贺从泽也面露无奈，单手捏了捏眉骨，好像是叹了口气。

此情此景被不远处的二人完美地录了下来，女生捂着嘴震惊地说道："贺从泽求爱被拒？！"

"赶紧走！赶紧走！别被发现了！"同伴赶紧伸手把她拉远了，语气兴奋地说，"这是猛料啊，我们赶紧向卦姐投稿去！"

"对对对，我这就上微博！"

二人只顾着迅速地逃离现场，却没看见在她们背过身后，贺从泽望着她们这边无声地弯了弯唇。

大概两分钟后，江凛又走了回来，打算上楼去拿落在办公室里的包。

江凛刚回来，就看见贺从泽望着某处，面上的表情颇耐人寻味，她不知怎的就有种被算计了的感觉，不禁皱了皱眉："刚才怎么了？"

"没怎么。"贺从泽收回视线，伸手从容地将她揽过来，"我就是突然想问问你，打算什么时候来睡我？"

江凛表情不变地拍了拍他的脸颊："等我有空。"

贺从泽轻笑，俯身在她的耳边低声地说："估计到时候，你没空也得有空。"

某人恃帅行凶，仗着脸好看就满嘴流氓话，江凛对此已经习以为常，于是径直上车关门，用手肘搭着车窗边缘，冲贺从泽懒洋洋地勾勾手指，示意他利索点。

贺从泽倒是不急，看了一眼手表，估摸着刚才那两名女孩儿的离开时间，最迟凌晨新闻应该就能出来了。

实在是太巧了，还省得他挨个报喜了。

念及此，他弯起唇，连带着心情都好起来，接着迈步上车，优哉游哉地带着美人儿吃晚饭去了。

果然不出贺从泽所料，当晚零点，卦姐的微博便发布了一个爆炸性消息。

八卦吃瓜专业组V："粉丝夜晚偶遇贺从泽，意外撞见其求爱被拒！附上粉丝所录视频！"

这条微博被发出来没多久，转评赞直线飙升，原博的视频不长，因为拍摄者距离拍摄对象不太近，所以画面有些糊，但是大家还是能看出画面中捧花的男人正是贺从泽。

他身前的女人背对着镜头，几乎是毫不留恋地转身离去，可能是因为视频中的场景太过空旷，被留在原地的贺从泽显得格外凄惨。

经过网友齐心协力地努力，他们结合贺从泽先前被曝出来的那些照片，发现女主角竟然是同一个人，贺从泽真的谈了个女友！

一波未平一波又起，远在海外的陆绍廷刷微博时瞥到了这个推送，他毕竟见过江凛本人，多看几眼就认出了视频中的女人。

陆绍廷一挑眉，反正也是闲来无事，便去贺从泽的微博中翻出了贺从泽以前的某条微博，随手转发——

陆绍廷V："见证贺从泽打脸。"

这条微博下就是贺从泽之前发的微博——贺从泽V："不可能，不存在，少扯。"

就连亲友都来坐实这条消息，网友们更兴奋了。

之前贺从泽在州城接受采访的时候，说过自己是去帮助"未来的女朋友"的，因此有人怀疑他的女友是A院员工，也有人怀疑他的女友是医界某女精英。

但不论如何，众人都无法相信贺从泽会和一位医生在一起，也难以想象这种诡异的组合是什么样的。

若女方是公众人物还好，大伙儿也认识她，轻易地就能找到她，可偏偏她是个圈外人，大批群众的好奇心就这样被勾了起来，这个话题的热度直线上升，直到深夜也没有减弱。

直到清晨，贺从泽发布了一条疑似回应该事件的微博，再次为这个话题添了把火——

贺从泽V："当初否认传闻的是某人，跟我贺从泽有什么关系？"

一个小时后，热搜榜首上是七个潇潇洒洒的字："臭不要脸贺从泽！"

于是，贺从泽圈外女友的存在便以这种极为惹眼的方式被贺从泽这个当事人坐实了。

但关键问题在于，视频中的女主角是谁，网友还是不知道。能让贺从泽追了这么久还没追到、果断拒绝他的女人，众人实在想认识一下。

其实也没有其他意思，大家就是纯粹想知道她是一名多么优秀的女子。

这段地下恋情也不知道什么时候才能彻底曝光？网友正愁着呢，某一线采访节目的官方微博发布通告，声称临时得到了贺从泽的专访机会，当晚6点会准时在各平台上直播此次专访。

该专访一下子备受期待，无数人准备蹲点儿看直播，听当事人爆料。

与此同时，身为事件女主人公的江凛，正在办公室里看文件。

苏楠此时破门而入，拿着手机着急忙慌地冲了过来："江凛！"

江凛被她吓了一跳，抬眼看过去："怎么了？"

"贺……贺从泽背着你有女朋友了？！"

江凛不着痕迹地蹙眉，就着苏楠的手机，发现是一条大V的微博，转评赞数量惊人，而博文内容则是关于贺从泽求爱被拒的。

她点开视频，发现只有短短十几秒，应该是昨晚贺从泽来接自己的时候被人偷偷拍摄的。

不过她当时分明是回去拿包，这段视频录得着实巧妙，看起来就像是贺从泽在捧着花深情地表白，女方不但不为所动，还直接转身走人。

"然后贺从泽还在微博上间接承认了！"苏楠道，紧张兮兮地抓着江凛的肩膀，叹息道，"男人都是大猪蹄子，江凛我们不理他了！"

谁料江凛眨了眨眼，面色未改，淡声道："那个女的是我。"

苏楠："……"

苏楠愣了几秒，突然羞愧地捂住了脸，觉得这次的尴尬堪比上次撞破贺从泽帮江凛上药的时候。

自己这是什么神奇的脑回路啊！

"等等。"苏楠缓过劲儿来，突然明白过来什么，"那你们两个是确认关系还是没确认关系啊？"

江凛沉默了半晌，唇角弯起了一个弧度，意有所指地说："今晚就确认。"

苏楠："……"

总之是误会就好，脑补过多的苏医生羞愧难当，抱着手机默默地退出了江凛的办公室，回到自己的岗位上。

江凛刚重新拿起笔，突然想起一些重要的事情来，便伸手捞过挂在旁边的包，从中翻了翻，拨开夹层后看到了那个精致的小盒子。

这东西还是她之前买的，拿回来后忙着工作就忘了，现在看来，这礼物是时候送出去了。

江凛想罢，将包挂了回去，继续忙活手中的事了。

今晚的事情，今晚再说。

下班回家后，几乎不怎么上微博的江凛，实在是有些好奇贺从泽的离奇操作，便忍不住登上微博，想了解一下贺从泽到底说了什么。

她之前对贺从泽的受欢迎程度已经略有耳闻，只是这次才算真正地见识到了，不过是一小段视频和一条回应的微博，他便已经风风光光地登顶热搜榜，热度远远领先第二名一大截。

江凛随便翻了翻话题讨论的内容，发现众网友还在讨论女主角的身份，没什么看头，便继续向下翻，然后就看到了宣布贺从泽接受专访的那条通知。

贺从泽晚6点会接受专访？

江凛莫名有种不祥的预感，总觉得贺从泽会趁机搞什么幺蛾子，给他打电话却被提示忙线，也不知道这人是不是又要在背后做什么。

稍微想了一下，江凛就明白过来这段视频被曝光肯定是贺从泽有意纵容，昨晚他的表情就让她觉得有点儿奇怪，现在想起来，他那分明是计谋得逞的模样。

从来不关注花边新闻的江凛最终还是决定今晚一边吃晚饭，一边看直播，听听贺从泽到底要在专访中说些什么。

当晚6点，专访直播间准时开始全网直播。

直播时间不长，按照以往的采访时长，半个小时左右。直播刚开始，观看人数便骤然增加。

进行简单的开场白和嘉宾介绍后，主持人便转向贺从泽，笑道："其实都说贺公子的专访是最难拿到的，没想到这次这么轻松呢，首先感谢贺公子愿意接受这次专访。"

"不用。"贺从泽与主持人相对而坐，闻言笑了笑，从容应答，"能接受一线访谈节目的专访，我很荣幸。"

之前以各种理由拒绝专访的时候，你怎么不这么说？主持人腹诽。

主持人表面上挂着不失礼貌的微笑，继续道："自从拿下与盛衡的合作，您在商界的活跃度就日益提升，请问这是有什么契机吗？"

"我以前的确是个有些不务正业的人。"贺从泽欣然承认，神色自若，"我的这个转变有部分外界的因素，比如我父亲已经步入中年，而我想尽量帮他分担压力，但是更重要的原因就是我遇到了对我而言很重要的人，她改变了我对某些事情的看法。"

几年前的那场收购战使他被降为公司的小副总，商界的所有人也开始否认他、排挤他，他便也干脆自甘堕落、不务正业。虽然他心里十分清楚这样做不可取，但也没有做出行动上的改变。可后来他认识了江凛，那时她对林天航说的话究竟是出于何种心理，他无法得知，唯一清楚的是，自己的某个执念似乎就这样被开解了。

只要有人信他，理解他，哪怕只有一个人，他也愿意为她重新振作起来。

这种矫情的心理转变，贺从泽肯定是不会轻易地说出来的。

有些事情他不必说出来，放在心底珍藏就足够了。

主持人又与贺从泽讨论了些官方问题，直到专访即将结束，观众开始不耐烦的时候，本期专访最重要的内容终于出现。

"接下来是关于您的私人问题，也是网友们目前都好奇的事情。"主持人道，即将采访到一手的答复，这份兴奋感令她的语调都轻快起来，"今天凌晨，有微博博主爆出了一段关于您的视频，这个视频的热度也一直在直线上升。您既然已经做出回应，那么肯定已经观看了那段视频。请问贺公子，您有一个圈外女友这件事是否属实？"

贺从泽后背倚着柔软的沙发，姿态慵懒，语调平和，只简单地说了两个字："属实。"

这两个字一说出来，正在观看直播的观众都炸了，纷纷在弹幕里请求主持人询问女主角的身份。

主持人的表情有了微妙的变化，但职业操守让她维持住了面上的从容，主持人开口提出了今晚的最后一个问题："贺公子，本期专访即将结束，您的女朋友现在也许正在看直播呢，关于今天发生的事，您有什么想对她说的吗？"

"还真有。"贺从泽思忖数秒，随后无声弯唇，望着镜头笑意温柔，"江凛，你什么时候才能来睡我？"

主持人的笑容凝固了。

摄像组瞠目结舌。

网友们则陷入了沉默中。

主持人迅速反应过来后，略带尴尬地做了专访总结。直到直播间关闭前的 1 分钟，观众交流区再也没有出现任何文字。

终于，有个网友问道："江凛……是不是那个特别厉害的外科精英啊？"

这句话一说出来，当即引爆全场，网友纷纷投入热火朝天的讨论中。

"我记得江医生，不就是当初救下叶董的那位姑娘嘛，听说她特别年轻！"

"我知道，听说她是被高薪聘请到 A 院的，好像很厉害啊！"

"前段时间州城洪灾，那个自愿前去抗洪的医生不就是她嘛，我记得她还去前线帮忙了！"

毕竟早在之前成功抢救叶董的事件中，江凛这个年轻的外科精英就赢得了不少人的好感，再加上前些日子她还前往州城抗洪救灾，留给大众的印象就更好了。

于是经过了短短 1 分钟的激烈讨论，大部分人的意见达成了一致：路人听了会沉默，网友看了会流泪，好白菜终究难逃被猪拱的命运。

专访结束后，"拱白菜"的贺从泽贺公子先是慢条斯理地起身，向还在回味直播内容的工作人员道别，然后潇洒地离开。

早在接受专访之前，他就做好了回家被贺老爷子打断腿的准备，因此即便是当着镜头的面公布与江凛的关系，他也丝毫不慌。

不过江凛是不会看这种节目的，更别说是看他的专访，所以他还是不主动上门解释了，等她收到消息推送后，他再去求她原谅也不迟。

心情愉悦的小贺总一路带笑，开车回到了自己的公寓。他打算给闹总加餐，就当作是庆祝它有女主人了。

他走到家门口时，却发现有个人正在门口抱臂站着，见他来了，对方懒懒地抬手，对他勾勾手指。

贺从泽有些匪夷所思，一度以为自己看错了，但这还真的就是江凛本人。

夜色浓重，江凛靠着墙看向他，目光沉静而深沉："贺从泽。"

贺从泽长眉微挑，不紧不慢地抬脚朝她走近，轻笑道："怎么？一天不见就想我了？"

江凛不置可否，等贺从泽拿出钥匙将门打开后，她便倏地伸手拽过他的领带，力道很轻，但贺从泽始料未及，还是俯下了身。

江凛不说废话，用双臂环住他的脖颈后便朝着贺从泽的嘴唇亲了上去。毕竟江凛已经被贺从泽占过几次便宜了，加上她的学习能力本就强，再如何不懂也会了点儿技巧，因此这个吻倒也称不上生涩。

不过江凛知道自己不适合主导该事，于是适时抽身，在贺从泽的耳畔低声地说："应你请求，今晚就来睡你。"

贺从泽闻言愣了半秒，随即低笑了一声，当即反客为主，用双臂环住江凛的腰身将她拥入怀中。他随即反手关上门，将她抵在门上，俯首便去寻她的唇。

闹总听见声响，被吓得出来看了一眼情况，看到门口身影交叠的二人，呆了几秒，此时不能上去凑热闹，便默默地回到自己的窝里去睡觉了。

终于，江凛气喘吁吁地松了口。她的气息有些不稳，眸中含了潋滟的水光，面颊也浮起了一层浅淡的粉色，这显然是已经情动的模样。

贺从泽垂下眼帘，将她这般难得的娇软模样收入眼底，只一眼便看得他整颗心软乎乎的。

他俯首轻咬了一下她的耳垂，带着低哑的笑问："今晚有空了？"

江凛想开口说话，因此并未继续吻贺从泽，她的耳朵因为他靠近变得更加敏感，忍不住偏偏脑袋，凑近了他一些。

二人之间的距离极近，彼此的呼吸近在咫尺，唇与肌肤因彼此肢体起伏不时地相触。

江凛挨着他的唇角，嗓音染上了几分慵懒的意味："过了今晚，我每晚都有空。"

贺从泽愣了一瞬，随后低笑，懒得再说话，将她抱起来，迈步朝卧室走去。

江凛在贺从泽的怀里也不安分，既然要做，就不遮遮掩掩、欲拒还迎，她迷迷糊糊地吮上了他的喉结，当即便感受到他的身子一僵，他抱着她的手臂更紧了一些。

江凛眯眼，瞬间明白过来。

她无声地弯唇，抬起头来又要去亲贺从泽，却被他警告般的捏了捏腰，头顶上方传来了他沙哑的嗓音："江凛，你再这么闹我，明天就别想去上班了。"

江凛身子刚触碰到柔软的床，便倏地将贺从泽的身子拉低，一使劲儿就改变了二人的位置。贺从泽有意让着江凛，没想到转眼间，竟然就被这个女人压在了身下。

不过这也无妨，反正最后两个人的位置还会反过来。

颇有风度的贺公子这样想着，眼里闪过戏谑的光，索性直接将身子放松，一副任君采撷的模样，说道："你脱吧。"

江凛跨坐在他的腹上，闻言倒也毫不客气，伸手摸向他的皮带，这玩意儿看着设计挺简单的，没想到这么难解开，始终没有找出打开卡扣的方法。

这是什么破东西？

江凛蹙着眉，有些不耐烦了，扯了几下似乎也硬扯不开，这皮带卡扣简直让她为难。

贺从泽被她的这副模样逗乐了，揶揄道："你很着急？"

江凛不咸不淡地瞥了他一眼："如果你只需要几分钟，那我一点儿也不急。"

贺从泽："……"

他不禁轻笑，抬起手将自己的衬衫下摆从西装裤中抽了出来，而后握住了江凛的手，带着她的手指拨弄了两下自己的皮带，便听"咔嗒"一声，卡扣开了。

江凛感觉自己不过是摸到一个圆形金属扣，还没反应过来，皮带就被解开了。

"男人的皮带要这样解。"贺从泽语气慵懒地开口。

江凛垂下眼帘看着躺在自己身下的人，眉目俊朗如画，近乎无瑕，每一处都是极致的美色。

空气中弥漫着浅淡的清香，带着暖意，似乎还透着一点儿甜，更加为光线昏暗的卧室增添了几分暧昧。月光洒在窗帘上，如同一团绵软的云。

随着窸窸窣窣的衣物落地声响起，满室都是柔和的光影。

江凛安静下来，用手掌撑着贺从泽的腹部，向下是两条极深的人鱼线，向上是结实的胸膛。贺从泽从肩到腰，每处的线条都恰到好处，精致却不瘦弱，惊艳而不女气。

江凛不得不承认，极致的男色才是最撩人的。

贺从泽亦是用自己明亮而温柔的眸子盯着眼前的女人，视线里首先是江凛洁白修长的脖颈，然后视线下移看到了她好看的锁骨，再下移……

贺从泽不急，长夜漫漫，他们有的是时间。

…………

江凛在意识模糊间，隐约听见贺从泽俯身在自己的耳畔说了句什么，但是没听清楚，只是感觉被他折腾得浑身不舒服，当初在州城出生入死时她也没有这么累过。

江凛感觉自己好像被贺从泽捞到了怀里，于是安心地合上眼，不久便沉沉睡去。

翌日，江凛醒来的时候，觉得自己的胳膊和腿好似要散了架一般。

她醒得早，向来就是个人形闹钟，这会儿天还未彻底大亮，贺从泽正在她身旁安稳地熟睡，气息平稳。

江凛咬咬牙，撑起身子轻手轻脚地下了床，忍着身上的各种不适感，弯腰捞起地上的衣服，打算去楼下的浴室洗个热水澡。

睡觉归睡觉，正事不能耽搁，因此她今天的早班是一定要上的。

江凛洗完澡，收拾换洗衣服的时候，有个小盒子从她的外套衣兜中掉到了地上，她扫了一眼，才想起还有一件事情没做，真的是差点儿就忘了。

江凛换好衣服、吹干头发，便赤脚回到了楼上的卧室里——贺从泽家里的地板是木地板，还特讲究地铺着毯子，拖鞋这东西在他家里就是摆设。

江凛走路的脚步轻，贺从泽没有被惊动。她走到床边，垂下眼帘去打量这个躺着的男人，一张脸怎么看怎么好看。

腰依旧十分不舒服，江凛只能尽量忽视这种酸麻感，简直想给贺从泽来一拳头。

但是看着面前贺从泽安稳的睡颜以及眉眼间舒展与温和之态，她没了火气，沉默半晌，觉得昨晚也算是挺愉快的。

时间流逝。江凛想反正下班后贺从泽肯定会来接自己，便干脆利索地打开手中的小盒子，将里面的东西拿了出来。她好一阵忙活，总算是大功告成。

临走前，江凛总觉得自己好像有点儿太无情了，便想给贺从泽发一条微信，但想到他原先给自己的那些"小情书"，又顿住了。

最终，良心不安的江凛从书房中找到了纸和笔，然后思忖几秒，潇洒地写下了一句话。她将字条放到卧室的床头柜上，转身走人，就是不知道贺从泽醒来后会有什么感触。

江凛到达A院后，发现大伙儿看她的目光都不一样了。她想了想，觉得也是，毕竟厚脸皮如贺从泽，他昨晚在专访直播时说出了那种浑话，实在是令人浮想联翩。

不过无所谓，反正他俩已经睡了。

江凛无比沉静，如往常一般打了卡，迎着一路复杂的目光，到了自己的办公室里，不紧不慢地换上白大褂。

苏楠正巧这时候推门而入，手里拿着给江凛送来的转院申请，本来以为办公室里没人，便没有敲门就进来了，却没想到江凛已经到办公室里了。

苏楠在门口愣了好久，始终保持着开门的姿势，出神，脸上还带着不敢相信的表情，有几分滑稽。

江凛看了看她，不禁觉得有些好笑，招招手说："认不出我了，还是怎么了？"

"不……不……不是！"苏楠被江凛的这句话唤回了意识，连忙将门关上，快步走向江凛，开口想问什么，却又好像因为问题太多不知道问什么，整个人看上去十分纠结。

江凛在等她整理思路的时候，从容地拿过她手上的转院申请，粗略地扫视一遍转院申请后将它放到了办公桌上。

此时，苏楠终于挤出了一个问题："江凛……昨晚小贺总那个全网直播的专访，你知道吗？"

江凛颔首，表情淡然地说："我看直播了。"

苏楠瞠目结舌，发现江凛面上仍旧一派淡然之色后，不禁在心底暗暗地感叹：果然自己这辈子是别想看见江凛害羞的样子了。

"那……"苏楠本想问两个人后来是怎么发展的，但总觉得这个问题过于羞耻，便没问出口这个问题，"嘿嘿"一笑，道："那挺好的，挺好的。”

“……”江凛被她这副欲言又止的模样逗乐了，而后叹了口气，道，“不用猜了，我昨晚去满足他的请求了。”

苏楠：“……”

苏楠感觉自己不能再多想了，再多想的话鼻血要流出来了。

苏楠僵硬地点了点头，连话都说不出来了，只是红着一张脸，默默地退出了江凛的办公室。

江凛眼神淡淡的，直到望见办公室的门被关上后，才轻轻地拢起眉心。她从办公桌的抽屉中拿出了那个从未用过的镜子，随便擦了擦。

江凛并不是用镜子来照脸的。

江凛拨开自己的衣领，果然在自己的脖颈与锁骨处发现了大片吻痕。她将衣服的领口扯大了些，发现那吻痕竟然还有往下延伸的趋势。

她表情复杂地收起镜子，接着拢好衣领，在心里发誓，晚上一定要逮住那男人狠狠地啃几口，只有如此才算解气。

江凛吐了口气，打算将精力转移到正事上。她打开电脑，又拿过方才苏楠送来的那些转院申请，正式开始了今天的工作。

贺从泽醒来的时候，身边已经空了。

他尚未完全清醒，半眯着一双眼，伸手摸了摸旁边的被窝，发现早就凉了。

唉……她这就跑了，还真是个无情的女人。

贺从泽自然知道她肯定是去上班了，因此也只是叹了口气。他转头看了看时间，发现才上午8点多，还好。

他慢条斯理地坐起身来，丝滑轻薄的被子便滑到了他的腹部，只是虚虚地掩住了被里的风景。

贺从泽揉了揉头发，待稍微清醒点儿了，便下床随意捞起一条裤子穿上。将窗帘打开后，他打量着外面的艳阳天，打算先下楼冲个澡，然后就去找那个无情的女人算账。

然而没走几步，他突然瞥到床头柜上不知何时多了一张字条，想到也许是江凛留下来的，他便走过去拿起了字条。

其实说实话，除了江凛在A院时写的各种专业术语，贺从泽还真没见过她正式写过什么字。

都说医生的字潦草到教人认不出是中文，那是因为医生在工作时写的都是简笔字，自然难以辨认，然而贺从泽此时才发现，江凛的字还蛮好看的。

字如其人，她的字凛然，笔画勾连间也十分大气。白纸黑字只寥寥数语，便深深地刻进了贺从泽的心底——"我曾经迷路，但已归正途。"

一句话，十个字，两个标点符号。

贺从泽盯着手中的字条，觉得自己大抵会把这十个字记一辈子。

半晌他低眉敛目，将字条放回床头柜上，用左手撑额，轻笑出了声。

这大概是贺从泽听过的最动人的情话了，他的心情瞬间便明朗起来。

他抬起眼，唇角的笑意还未完全展开，却发现自己左手的无名指上，有什么东西闪耀了一下。

贺从泽倏地顿住。

他瞳孔微缩，展开左手放到眼前，才发现自己的无名指上竟不知何时被戴上了一枚戒指。

戒指款式简单，并不奢华复杂，是江凛会选中的风格。阳光斜斜地透过窗户，斑驳跳跃的光点落在戒指上，熠熠生辉，格外耀眼。

贺从泽出神地盯着这枚戒指，盯了很久很久。

直到闹总在卧室门口"喵呜"地叫了一声，他才蓦然清醒，心里一时五味杂陈，说不出来是什么感觉。

感动与欣喜之情涌上了贺从泽的心头，又迅速地充满了他的整个胸腔，甚至还有些酸楚的感觉，惹得贺从泽不知不觉地又弯起了唇角。

这女人，还真是……

半晌，贺从泽先是轻笑了一声，然后走到卧室门口抱起闹总，不管三七二十一就一通猛亲。

闹总蒙了，自己只是来要食物的，谁知道自家铲屎官突然情绪激动，大清早就对自己表达爱意。

贺从泽放下闹总后，便下楼去厨房里拿了兜小鱼干。虽然闹总不知道这突然的美食福利是因为什么，但甚为惊喜，高兴得直叫唤。

贺从泽现在是看什么都觉得顺眼。

洗漱完毕，贺从泽一身清爽，穿着浴袍走出浴室后，转念一想，决定临时改变目的地。

正好江凛今天是早班，等她忙完工作后，他们还有大把的时间可以谈正事。

贺家。

贺云锋坐在客厅里的沙发上看着手机的推送消息，脸色黑得堪比锅底，这些消息无一例外不是关于贺从泽昨晚的那场专访。

贺云锋被气得胸口发闷，拧着眉毛叹息道："贺从泽这个臭小子，迟早气死我算了。"

崔妍正坐在一边试用新买的面膜。她是今早贺家第一个看到消息的人，看完消息后便波澜不惊地通知了贺云锋，接着忙自个儿的事情去了。

此时，她见贺云锋这副火大憋屈的模样，摆摆手，语气轻松得仿佛是在说什么平淡无奇的事情："你都一把年纪了发这么大火做什么？贺从泽从小跟你关系紧张，就是因为你们爷俩这互相不对付的臭脾气……"

"你看这小子这回是搞出了什么幺蛾子？"贺云锋一边抚着心口，一边闭上眼靠在了沙发上，"哎哟，气死我了。"

"江凛那小姑娘长得不错，人品也挺好的，工作还特别上进，反正我就是特别欣赏这种女孩儿。"崔妍说到这里，不禁感叹道，"你也不想想贺从泽自从遇见江凛后改变了多少。他正儿八经地开始在公司里忙活，就连犯浑的时候也少了。我看他们两个人在一起挺好的。"

贺云锋闻言，平静下来后仔细地想了想，发现还真是如此。自从江凛来到京都后，自家儿子受她影响重新振作了起来。他还干了不少让贺云锋骄傲的事。这两个人在一起好像真的还不错。

"我说的对吧？"崔妍见贺云锋一副陷入沉思的模样，便知道他是想通了，于是轻快地说道，"其实说实话，本来我还以为我儿子要孤独终老了，没想到他竟然找了个这么优秀的女朋友……啧啧啧，你儿子跟你一样好运。"

贺云锋："……"

他因为被崔妍噎了一句，没能立刻还回去，只得摇摇头，撇了撇嘴。

被崔妍这么一说，贺云锋发现贺从泽与江凛在一起似乎还挺好的，于是拿起手机，准备给贺从泽打个电话，然而指尖还没落到屏幕上，就听"哐当"一声，家门被人一把推开了。

与此同时，门口传来了贺家二老那混账儿子轻松愉快的声音："妈！我的户口簿呢？"

"啪嗒"，崔妍的面膜从脸上掉了下来。

"砰咚"，贺云锋的手机摔在了地上。

江凛下班的时候，贺从泽亲来她的办公室门口接她。

自从昨晚贺从泽在镜头前真挚地求爱后，他不论走到哪儿都是人群中的焦点，更不必说亲自来A院接自己的"圈外女友"江医生了。

从停车场到医院大厅，再到楼上办公区，贺从泽一路接受着各种目光的洗礼，仍旧不为所动，直直地朝着江凛的办公室走去。

江凛这边刚将白大褂脱下来挂好，便听有人敲门，她道了声进来，对方才不紧不慢地推门而入。

江凛本以为是来送文件的同事，然而抬眼扫过去，却瞧见了一张熟悉的俊脸，脸的主人正倚在门口似笑非笑地看着她。

江凛一挑眉，伸手捞过自己的包包："怎么上来了？"

"主要是迫不及待地想确认一件事情。"贺从泽从容地说道，一边说着，一边将目光落在了她右手的无名指上，看到那里果然也戴着与他同款的戒指后，他不禁抬起了唇角。

江凛见他一副满脸得意的样子，轻轻地摇了摇头，自然也知道他指的是什么："现在确认了？"

"确认了。"贺从泽直起身子，优哉游哉地迈步上前，伸手便将江凛搂入怀中，俯首吻了吻她的额头，旋即低笑，"从现在开始，我是属于你的。"

江凛在他怀中，难得没有推拒，只懒懒地笑了声，拍拍他："少在这儿浪费时间，趁民政局还没下班，利索点儿。"

话音刚落，贺从泽眼底悄然浮现出了一抹光亮，心里虽喜，却还装模作样地犹豫道："这种终身大事，我还没来得及跟我家那二老……"

江凛打断他的话："户口簿不在你手上？"

"在倒是在。"

"那不就完了？"她淡声道，"我早就跟你说过，被我相中的人绝对没跑，管别人同不同意，到我这里必须同意。"

贺从泽闻言顿了顿，笑意渐深，敛眸望着她，眼底熠熠生辉。

其实两个人刚刚确认关系时，贺从泽本以为自己与江凛还需要在这段新关系中磨合一段时间。他稍微耍了个小心思，借他人之手将两个人的关系曝光，其实是期待江凛能有所反应，毕竟两个人都是初次这么喜欢一个人，在这场感情中，谁能不希望得到对方的感情更多一些呢？

但是昨晚她彻底地将自己交付给了他，这是他从未料想过的惊喜。

他从来想要什么就有什么，到了现在，其实也没有什么特别想要得到的东西，自然能摆出一副淡然的样子。

直到昨夜，他终于体会到了什么才是真正的满足。

对贺从泽来说，"满足"二字便意味着江凛。

"走了。"他轻笑，"领证去。"

二人都是雷厉风行的主儿，说干就干，离开 A 院后便直奔民政局，刚好赶上民政局快下班。

民政局的工作人员一边整理着结婚登记需要填写的材料，一边还不忘悄悄地打量着眼前的男女。

坐在自己面前的两个人仿佛都自带光环，不论相貌还是气质都无可挑剔，男人俊朗矜贵，女人美貌清冷，真是羡煞旁人。

但这些都不是重点，重点是……这个男人是贺从泽啊！他是那个昨晚在全网公布恋情的贺从泽啊！

工作人员的手紧张得有点儿颤抖，表面虽然冷静，实际上脑中已经起了风暴——

这到底是怎么回事？按照微博上的爆料，江凛不是拒绝贺从泽了吗？贺从泽之前也好像说江凛是自己的"未来的女朋友"，两个人不应该还没确认关系吗？他们怎么会今天就来领证了？江凛难不成未婚先孕了？家族压力？

问题越积越多，好奇心害死猫，工作人员登时觉得自己满心疑惑，实在是憋得难受。

但她毕竟是公务人员，凭借多年来的阅历积累，自然明白如何才是最得体的处理方式，于是表情淡定地将手中的文件递过去，道："这个是申请结婚登记的申明书，麻烦你们二位填写一下。"

江凛将其接过来，顺手在贺从泽的面前放了一张申明书，贺从泽把需要的相关材料交给了工作人员，以供检查核对。

申明书上需要填写的内容不多，贺从泽两三下填完后，便转头看向身旁的江凛。

江凛也已经将个人资料填写完毕，只剩下了申明人签字，望着那个空白处，她稍微停顿后移动笔尖，写上了自己的名字。

随后，二人便去小房间中拍了张红底照片。没多久，工作人员将两本结婚证递给二人，微笑地祝贺道："祝两位新婚快乐！"

"谢谢！"江凛颔首，接过结婚证后打开看了看，发现她跟贺从泽还蛮上镜的，合照挺好看。

贺从泽眉眼间满是愉悦之情，自从踏进民政局后，他的嘴角就没放下来过。他打量着手中的结婚证，感叹道："原来这就是结婚证，还挺有分量的。"

江凛闻言瞥了他一眼，笑道："毕竟我们一辈子都搭进去了，它能没分量嘛。"

虽然嘴上这般无所谓地说着，江凛却始终没有将目光从结婚证上挪开过，还用指腹贴着证书轻轻地摩挲了一会儿，这么一个简简单单的小本子从此便成为她过上全新生活的见证。

她有家了，一个有贺从泽的家。

江凛无声地勾唇，平复了心底泛起的层层涟漪，仔细地想了想这好像也没太大不同，只是往后的人生道路上多了个伴儿，他可以陪她一起经历风雨。

贺从泽总觉得这种好消息不能藏着掖着，便将手机拿出来，打开相机，用左手执起了江凛的右手。

江凛不解，蹙眉去看他，倒也没挣开手："怎么了？"

"向所有人昭示一下。"贺从泽示意了一下自己的手机，笑容满面地说，"你对我始乱终弃后，终于肯负责了。"

江凛："……"

怎么搞得她好像是个渣女一样？

贺从泽将手机对准二人紧紧相扣的手，"咔嚓"就是一张照片，而且特意找的是一个光线较充足的角度，使得无名指上的对戒格外耀眼。

他满意地打量着手机中的照片，随后便干脆利索地发了一条微博，也不管粉丝和网友们是何反应，而后将手机收起，又极为自然地在江凛的无名指上落下了一个轻吻，眼底满是柔情。

"其实我上午回了趟家。"贺从泽坦白道，笑吟吟地望着她，"我是专门回去拿户口簿的，当时我父母都在家，你想不想知道他们是什么反应？"

江凛想了想，自己对于贺家二老并没有什么印象，也没个什么概念，不过按照各种豪门的经典剧情，她这种半路杀出来的程咬金，应该是不怎么讨喜的。

于是她沉吟两秒，道："他们恨不得扒了我的皮？"

"脑补得倒挺多。"贺从泽轻嗤，"以后在贺家，你的地位比我高。"

江凛："……"

这似乎和她想象中的不太一样。

"二老喜欢我？"江凛不禁有些莫名其妙，对于贺家长辈，她唯一有印象的便是贺从泽的祖母，而自己当初来京都工作，与贺从泽的父亲并没有很多联系。

作为将贺家上下最矜贵的公子哥儿劫走的女人，江凛还以为贺家对自己会十分痛恨呢。

"我母亲是学医的，平时 A 院的事情她也经常关注。"他道，"你最初来到 A 院的时候，她就注意到你了，对你的印象一直不错。"

江凛闻言愣了愣，才发觉贺从泽的家庭与自己潜意识中认为的那种家庭是不同的。

兴许是受儿时生活的影响，江凛小时候与有钱人都有过一些接触。有钱的家庭与寻常家庭是不大相同的，一场婚姻永远不是两个人的事，而是牵扯到了各家利益。至于有钱太太之间的暗流，她自小便看得通透，因此对她们没什么好印象。

她原本以为贺从泽家也是这样的。

但他家好像并不是。

江凛顿了顿，道："你母亲也是学医的，那跟我是同行？"

"不然你以为贺家从商多年，做的多是投资生意，怎么就突然向医学界发展了？还不是因为贺老爷子是个妻奴，为了老婆开了家医院，结果最后还得儿子管。"

说到贺云锋，贺从泽就免不了寒碜他，但也懒得多说，便解释了一句："不过我母亲不是医生。她原来在医学院当教授教书，后来嫁给我父亲，生完我就没有再回去上班了。"

江凛望着贺从泽，仅仅想了想贺家二老，倒是觉得二人之间还挺温馨，于是有些忍俊不禁："你们家还挺好的。"

这话似乎是她无意中说出来的，贺从泽不着痕迹地看她，发现她唇角的弧度虽然不大，却能从中琢磨出几分纯粹的欢喜。

这个口口声声说谁都不需要的女人，面对人之常情时，分明最容易共情。

贺从泽低眉敛目，用手揽过江凛的肩膀，语调慵懒地说道："什么你家我家，以后都是一家。"

江凛微顿，半晌才"嗯"了一声。

拿到结婚证后，江凛才想起自己还没有通知S市的江如茜，遂给她打了个电话过去，电话被接起后，江如茜的声音传来："凛凛！"

"妈，我结婚了。"

江如茜沉默许久，似乎难以接受这个事实，整个人在原地僵住。

旁边的岳姨疑惑地问道："怎么啦？江凛说了什么？"

江如茜有点儿茫然地与她对视："我好像……有女婿了。"

岳姨："……"

江凛极为细心地给了母亲足够的反应时间，才继续道："我现在刚跟贺从泽从民政局里出来，打电话和您说一声，等有空了就回去看您。"

贺从泽在旁边无比自然地说道："妈，我厨艺还不错，有空给您和岳姨展示展示。"

江凛凉凉地扫了他一眼——他瞎套什么近乎，结婚证还没焐热，就叫上妈了？

"行行行。"江如茜只是没想到这两个人的行动如此之快，贺从泽对江凛好，江如茜作为母亲肯定是看得出来的，当即开心地说，"你们两个人好好的。江凛，你脾气倔，学着点儿退让，有事情要跟从泽好好沟通。"

行吧，江如茜已经直接喊人的名字了。

江凛捏捏眉骨，无奈地说道："我知道了！你好好休息，挂了啊！"

她挂断电话后，贺从泽勾唇，问："今晚跟我回贺家？"

江凛一抬眼皮，说："见家长吗？"

"怎么样？"

"连聘礼都没有，你还好意思问我。"

"聘礼吗？"贺从泽轻笑了一声，眸子里有夕阳温暖的光，他执起她的手放到自己的心口上，垂眼低声说，"连人带心，附赠所有资产，够不够？"

江凛的掌心下是他胸前的衣襟，衣襟之下，便是生命生生不息的源泉。江凛用手覆在他的心口上，能感受到他那颗心脏正在剧烈地跳动着，这是最直白的情书。

江凛出神半刻，随后将贺从泽的身子拉低，吻了上去。

二人纠缠半响，直到彼此的呼吸已经稍显急促，才分开些距离。

江凛依偎在他的耳畔，嗓音虽低，却带着浅淡的笑意："这样才算够。"

虽然快立春了，网友却热闹得如同过年。

本来大家的生活就平淡，自从网上爆出了一个接一个的猛料，上班党和上学党纷纷抱紧了手机，生怕自己错过了什么新闻。

早在一个月前，州城发生特大洪水，贺家公子哥儿贺从泽亲自到场分发物资，并为州城重建家园的工程捐助千万元，这件事让圈内和圈外的人大为震惊。

贺从泽在圈内人的眼中是个冷血商人，在圈外人的眼中是个败家子，大家何时见贺从泽做过这种事？

紧接着，他便在采访中，透露自己"未来的女朋友"也参与了州城的抗洪工作，这件事彻底引起了大众的好奇心。一系列事件的热度也由此开始。

先是"未来的女朋友"的身份成谜，后来好不容易身份风波过去了，又有大 V 爆出了贺从泽求爱被拒的视频，让网友大跌眼镜。

贺从泽虽然是热搜常住户，平日里也没什么正形，但是鲜少有绯闻。他在大众面前的形象从来都是个放浪形骸的公子哥儿，除了偶尔不务正业，倒是让人挑不出什么生活作风上的问题。

因此这么正儿八经的关于贺从泽的恋情风波还是头一回，瞬间便激起广大网友的探索欲，势必要将这位神秘女友的身份扒出来。

但还没等网友挖出什么信息，贺从泽这个不走寻常路的潇洒人士就忍不住了——在全网直播专访结束的前一刻，他当着所有观众的面，道："江凛，你什么时候才能来睡我？"

贺从泽这个当事人撂下话后就跟个没事人似的，只剩下被吓得目瞪口呆的围观群众。他们不是震惊于贺从泽的厚脸皮，而是震惊于贺从泽的圈外女友竟然是江凛……虽然不得不说，这个人的厚脸皮也着实让人们长了见识。

先前 A 院新秀救下叶明成的消息不胫而走，江凛这个年轻的外科医生便受到了外界的一些关注。江凛一方面是被贺家亲自聘请过来的，另一方面年轻貌美，这都足以引起别人对她的注意。

江凛与贺从泽鲜少同框，要不是因为这次的事情，基本上不会有人主动将这两个人联系到一起——当然，除了已经吃狗粮吃到撑的众A院员工，以及小贺总朋友圈的众人。

一个是貌美冷清的外科女医生，一个是离经叛道的公子哥儿，这种诡异的组合，着实有种令人说不出的古怪。

总之，这一系列事件给众人的感觉就是：好白菜怎么就被猪拱了呢……

谁是白菜，谁是拱白菜的，不言而喻。

不过种种迹象表明，江凛似乎还没有与贺从泽在一起。贺从泽的朋友中有不少流量人物，暂且不说知名演员陆绍廷已经公开嘲讽过贺从泽，宋家少爷宋川也表示两个人不可能发展这么快，网友们便也美滋滋地继续看戏，看贺从泽如何踏上漫漫追妻路……

转折由此突生。

贺从泽昨夜刚撂下了羞耻度爆表的表白，今天下午就再次更新了一条微博。

这条微博的内容十分简单，就一句话，外加两张图。

贺从泽 V："凛姐工作忙，以后你们的表白由我转告。"文字后面有两张图。

一张图上是两只十指相扣的手，两只手的无名指上各戴着一枚戒指，从款式上能看出来是对戒。戒指在傍晚的阳光下熠熠生辉，极为闪耀。

另一张图是张合照，照片中的男女外貌出众，气质非凡，郎才女貌的十分登对，照片的底色是红色。

底色是红色……

这是红底的结婚照啊！！

网友在看到该条微博后，一度陷入了自我怀疑之中，贺从泽的微博评论区出现了大片的问号和柠檬，十分热闹。

他们本来以为这两个人还没确认关系，结果当事人倒好，连个恋爱过程和心得都没有，就直接干脆利索地领证了？！

贺从泽也着实是热搜体质，他的名字再次被挂在了热搜榜前排，后面还带着几个柠檬的小挂件。

这边，宋川正优哉游哉地打着高尔夫球，突然听朋友喊了一声"贺从泽结婚了"，被吓得差点儿把金属球杆敲在自己的腿上。

"什么玩意儿？"宋川不敢相信地看过去，十分怀疑自己听到的话，"谁结婚了？"

他刚才好像听到了六个字，每个字都很好懂，可是字连起来怎么就听不懂了？

朋友不多解释，一把将手机往宋川眼前一送，手机差点儿就贴在了宋川的脸上："天，贺从泽和那个 A 院医生这会儿已经领完证了！"

宋川定睛一看，愣了有几秒钟，突然大骂："这小子怎么下手比我快？！"

朋友当即胆战心惊地看着他。

宋川察觉到自己这句话有歧义，憋了半晌，解释道："我和我对象已经处这么久了，前段时间求婚还被我对象敷衍过去了，贺从泽竟然能赶在我前面结婚！"

想到这儿，宋川不禁拍了拍胸口，自己明明快把江凛当哥们儿了："哎哟……江凛那么潇洒的姑娘怎么就栽在贺从泽的手里了？"

朋友也有些感慨地说："我刚开始以为他俩成不了，没想到……啧啧啧，贺从泽也是够快的。他前不久还是咱们中唯一的单身狗，现在就成了唯一的有妇之夫。"

没人知道贺从泽经历了什么。

宋川越想越难受，便去微博翻到了贺从泽的那条微博，评论了一句："别以为我不知道江凛工作忙，你就只能整天被晾在一旁。"

随后他便收起手机，仰天长叹了一声，一边继续打高尔夫球，一边在心里默默地想着自个儿什么时候才能求婚成功。

宋川打完高尔夫球，也打算回去了，进屋前看了一眼微博，发现贺从泽竟然回复自己了。

宋川瞥了一眼微博，发现不知何时自己的那条评论已经被赞到了评论区第一位，目光下移，便看见贺从泽的回复："我家江凛白天献身医学，晚上献身于我，有问题？"

网友们纷纷回复贺从泽："没问题！没问题！"

宋川："……"哪儿来的这么厚颜无耻的人？贺从泽再秀恩爱信不信到时候自己连份子都不给他？！

江凛晚上便随贺从泽去了贺家。

两个人抵达贺家的时候，贺云锋正在书房里办公，贺从泽便上楼去找他。崔妍笑眯眯地将江凛揽了过来，左看看右瞧瞧，发现自己这个儿媳妇真是怎么看怎么顺眼。

江凛对于他人的态度十分敏感，因此也能察觉出贺从泽的母亲对自己并非客套，她是真的喜欢自己。

在来这里之前，江凛还担心会不会发生各种不和的事情，现在才发现自己的担忧是多余的，情况比她想象的好太多。

这实在是个惊喜。

由于崔妍本身也是学医的，因此和江凛有许多聊天的话题，二人从生活不知不觉地聊到了学术上，二人相处越发融洽，十分自在。

此时不到晚饭时间，用人还在厨房中做饭。崔妍天生是个话多的人，又因为喜欢江凛，所以话便更多了。

没一会儿，崔妍才一拍手，想起贺从泽跟江凛领证的喜事还没跟贺老太太说。

贺老太太上次来京都转了一圈后，待了没几天实在无聊，便又环游世界去了。崔妍联系到她时，贺老太太正躺在沙滩上晒太阳呢。

听到江凛跟贺从泽领证的消息后，贺老太太一个激灵，当即就准备订回国的机票，后来冷静下来又觉得回国好像也没什么事，便放弃了。

贺老太太却没急着挂电话，而是让崔妍打开免提，问："江凛在旁边吗？"

江凛凑过去一点儿，回道："我在。"

"江凛，我跟你说啊，贺从泽那小子虽然以前犯浑，但只是因为有些事情没想开，实际上他是一个好孩子。你们两个既然决定在一起，就好好的，有什么问题一定及时沟通，我们这些长辈全力支持你们！"

不得不说，不是一家人不进一家门，贺家这两位女性长辈都是性格极好的女人，江凛对二人的印象也十分好，与她们相处起来无比舒适。

闻言，江凛有些忍俊不禁，回了声："好，我知道了，祝您旅游愉快！"

将电话挂断后，崔妍不紧不慢地将手机收起来，侧首看向江凛，随后轻轻地握住了江凛的手。

江凛顿了顿，看过去，二人视线相对。

崔妍笑得眉眼弯弯，眼里盛满了温柔，流露出的情感纯粹而真挚，江凛鲜少从他人眼中瞧见这样的感情。

崔妍对她轻声地说道："江凛，我虽然在安逸的环境中生活了多年，但对于某些事，还是能感觉出来的。总之不论过去如何，以后，贺家就是为你遮风挡雨的地方。"

江凛这个人，与人初见时浑身上下都透着一股生人勿近的气息，总会让人觉得高高在上，难以靠近。但没有人生来就是冷漠的，崔妍心思敏感，所以知道江凛这孩子肯定是有故事的。

她并没有多问，也不觉得这是江凛的性格缺陷。在崔妍看来，贺从泽作为她的儿子，义无反顾地选择了江凛，在救赎江凛的同时也让他本人更加成熟，这就注定他们两个人会迎来一个美满的结局。

崔妍自认不算是特别称职的家长，毕竟年轻时耽于事业，经常把贺从泽散养在身边，但在教育孩子上她还算是颇有心得的，只要是贺从泽自己决定的事情，她即使身为贺从泽的母亲，也绝对不会插手其中。

当然，贺云锋那种老顽固就不说了，每当父子俩有什么冲突，都得她硬扯着将两个人分开才行。

想到这里，崔妍便忙不迭地补充道："对了，贺从泽他爹就是个老古董，经常板着脸，也有点儿古板，不过你不用管他。"

江凛闻言有些想笑，在来到贺家之前，她当真是想不到贺从泽的母亲会如此平易近人，于是稍稍颔首："谢谢您！"

崔妍欣然而笑，毕竟二人刚熟识不久，她也不着急让江凛改口叫"妈"，凡事都得慢慢来，反正她是对这个儿媳妇百分之百满意，喜欢得很。

楼上书房。

贺从泽时刻谨记自己孝子的身份，一边优哉游哉地替贺云锋整理着桌角上的文件，还时不时地翻两下文件；一边有一句没一句地与贺云锋聊着公司里的事情。

二人倒是没怎么提贺从泽拿走户口簿后做了什么。贺云锋同贺从泽谈了谈最近生意上的一些问题，发现贺从泽已经将一切安排妥当后，这才露出了一些满意的笑容，其中还包含了不少自豪的意味。

"喀。"贺云锋清了清嗓子，终于打算进入正题，"你和江凛是从民政局过来的吗？"

"领完证就来见家长，这叫效率。"贺从泽没正形地应道，将结婚证从衣服口袋里拿出来晃了晃，弯起唇角，"如何？这个儿媳妇够优秀吧？"

"你这小子还好意思说！"贺云锋听着贺从泽的说话语气，险些又要拍桌子，"我当初让你去接机的时候就警告过你。你要尊重人家，少动歪心思，结果你就是这样回应我的吗？"

贺从泽不置可否地耸耸肩，坦然道："您得相信一见钟情啊！我对人家那是真心实意的，您也不希望贺家的香火断在我这儿，是不是？"

贺云锋憋了半秒，才冷哼道："你小子虽然不让人省心，倒还算是个情种。"

贺从泽认同地点点头，姑且将贺云锋这个评价当作夸奖了。

"不过我把话说在前头，你们两个人谈情说爱我不管，但你别为了感情的事把工作耽误了，不然到时候你看我怎么找你算账。"

"我知道。"贺从泽揉揉额头，语气中有几分无奈，"您老当初不还是因为惹我妈生气，后来才建立 A 院来讨我妈欢心的嘛。我心里有数，爸您可省省吧。"

贺云锋："……"

对于这种年轻时的黑历史，贺云锋只想绕开话题，遂咳了两声，道："那你们两个现在已经领证了，接下来打算怎么安排婚礼？"

婚礼这种烦琐的事情，他们肯定是要提前准备的，虽然这是两个孩子的个人意愿，但贺云锋身为家长还是要问一句。

正好这个问题贺云锋问到了贺从泽的心坎儿里，他不禁叹息道："看她的心情，等她有空。"

贺云锋："……"

他们贺家男人的身体里大概都有祖传的"妻奴"基因吧。

第十章

归属岁月

　　吃晚饭时，贺家的气氛十分轻松愉悦，崔妍与贺云锋对于贺从泽与江凛二人感情方面的事并未多问，对待江凛的态度也不错，基本已经当她是满意的儿媳妇了。

　　江凛本来以为见家长会是一道大关卡，没想到如此轻松地就跨过去了。

　　饭后，天色已经不早，江凛打算搭贺从泽的车回去。

　　谁知江凛刚拉开车门打算进去，贺从泽就从她的身后贴了上来，一双手臂轻轻巧巧地环住了她的腰身。她背靠着他的胸膛，感觉到了他身体的温度。

　　贺从泽将下颌靠在她的锁骨处，轻轻地吻了吻她的脖颈。他盯着那片白皙肌肤上的红痕，目光微沉，只觉得自己现在对江凛实在是食髓知味，这女人分明什么都没做，他便已经感觉有些燥了。

　　他的呼吸轻扫过她的皮肤，江凛觉得痒，不太舒服地蹙了蹙眉，随即稍稍偏过头，抬手要推开他的脸。

　　然而她刚抬起手，还没碰到贺从泽，便被他趁机在掌心亲了一口，江凛不禁"啧"了一声，收回手："你腻歪个什么劲儿？"

　　"证也领了，家长也见了，你什么时候过来跟我住？"贺公子恍若未闻，仍旧抱着怀中的女人，嗅着她颈边的香气，低笑，"我和闹总都很期待有你的生活。"

江凛不置可否地挑挑眉，并不急着回应，只是问："同居能给我带来什么便利？"

"睡前醒后各一吻，一日三餐我包，家务不用你管，上班车接车送，还有萌宠陪你玩。"贺从泽勾唇一笑，眸中闪烁着浅淡的光泽，"最重要的是……"

他凑到她耳边，刻意地将嗓音压低，语气暧昧而缱绻："还有私人暖床服务。"

江凛闻言一愣，随即嗤笑出声。

真不愧是贺从泽，能说得这么正经。

不过江凛不得不承认，他说的这些福利都很诱人。

嗯，她绝对不是因为最后那个"私人暖床服务"才答应贺从泽的。

"送我回去，我收拾收拾东西。"江凛道，侧首拍了拍他的脸颊，"以后你就等着每晚给我暖床吧。"

"妥了。"贺从泽扬眉，趁机俯身偷亲了她一下，而后勾着嘴角开始期待接下来的幸福的同居生活。

江凛其实也没什么行李，无非就是一些衣服、鞋子、化妆品，等等。回到住处后她径直去了卧室，将自己的行李箱翻出来，随后便开始忙活了。

贺从泽来这儿早就不止两三次了，江凛家里着实没什么看头，他便索性悠闲地靠在墙边旁观江凛收拾东西。

江凛看他也是闲得难受，于是头也不抬地说了句："你去卫生间，帮我收拾一下洗漱用品。"

贺从泽不紧不慢地开口："那些东西没必要带。"

江凛抬头看他，挑了一下眉，似乎是在问他什么意思。

贺从泽满脸温柔地看着她说："我早就准备好了。"

江凛："……"

看来他是蓄谋已久了啊，正好还省得她再去买了。

江凛正在卧室中叠衣服，便听身旁的贺从泽说："等你有空了，我们就准备婚礼吧。"

江凛的手一顿。

他言语中带着笑意，继续说："不知道我现在有没有资格让你心甘情愿地踏进婚纱店里？"

江凛觉得贺从泽的这句话听着有些耳熟，仔细想了想，便想起之前二人一起陪林天航去选礼服的时候，自己曾经说过类似的话。

她已经快没印象了，没想到他还记得。

"最近医院的工作有点儿多，过段时间吧。"江凛回他，之前因为各种事情，她已经请了很多次假了，着实不好再请假。

贺从泽表示可以理解。

不过，他还有一个问题……

他低眉敛目，看向自己左手无名指上的戒指，问她："对了凛凛，这对戒你是什么时候买的？"

江凛听到这个问题后，停顿了大概半秒钟，随后说话轻描淡写，好像真是这么回事："回京都后不久，某天下班的时候我看着被摆在橱柜里的戒指挺顺眼，就买了。"

贺从泽闻言却似笑非笑地看了她一眼："哦？那看来你是一时兴起。"

贺从泽隔三岔五就开车接送江凛，又怎么会不知道其实 A 院附近根本就没有首饰店？商业区在更远的地方，她怎么可能会下班路过首饰店呢？

戒指肯定是她特意去买的。

江凛眼尾跳了跳，耳根子有点儿热，不耐烦地说道："废话，难不成是我早就打算好了吗？"

贺从泽简直太爱她这副口是心非的模样了。

他"啧"了两声，也不去揭穿她，只是笑着说："没事，就算是你临时起意买下来的戒指，它在我这儿也是个宝贝。"

就算要把这枚戒指当传家宝供起来，贺从泽觉得自己也会毫不犹豫地这样做。

江凛瞥了他一眼，说："你说话别这么卑微，搞得我很渣一样。"

贺从泽抚着心口作痛心状，叹息道："行，现在已经不是你用完我，就可以把我晾在一旁的时候了。"

江凛："……"

她对卑微的贺从泽感到无奈，也自觉理亏，只得迅速地将行李箱收拾好。

她又检查了一遍屋子，确定没有落下东西后，便同贺从泽一起离开了。

　　反正两套房子都是他的，她住在哪儿都没区别。

　　江凛对于长期利益向来是没什么抵抗力的，想到搬过去以后自己的生活基本上就是三点一线，以后还有美男、萌宠陪着，就觉得这生活还是不错的。

　　抵达住处后，江凛没让贺从泽帮忙，自个儿将行李箱拖到了门口。贺从泽刚掏出钥匙打开门，江凛便瞧见有抹雪白的身影自门口闪过。

　　闹总本来是冲着自家的铲屎官跑过去的，余光瞥到了贺从泽身边的江凛，登时一个大转向，便十分欢乐地挂到了江凛的小腿上，还"喵喵"地叫着，声音又软又糯。

　　贺从泽见此不禁蹙眉，将闹总拎了起来，有些嫌弃地说道："闹总，你怎么回事？已经绝育了还贪图美色？"

　　闹总被冷不丁地拎了起来，登时炸毛龇牙，又仿佛听懂了贺从泽的话，用一双碧蓝色的眼睛凶巴巴地瞪着他。

　　"你凶也不管用。"贺从泽无情地嗤笑了一声，轻轻地晃了晃它，眉眼间略带讽刺之意，"你以后晚上都别想进卧室里了，窝里待着去吧。"

　　江凛："……"

　　贺从泽是什么玩意儿，怎么又不对劲儿了？

　　江凛到了卧室后，将衣柜拉开准备把自己的衣服放进去，然而在看到贺从泽那堆风格迥异的衣服后，愣了愣。

　　这人竟然能同时拥有商务西装和流行潮牌两种类型的衣服，毕竟还是有皮囊加持啊，不然他怎么能驾驭得了这些风格？

　　相比之下，江凛发现自己的衣服还真是单调得没看头，于是摇摇头，迅速地把行李箱清空，然后将行李箱推到了角落里，也算是彻底收拾好了。

　　贺从泽正在外面给闹总喂猫粮，闹总似乎有些闹脾气。江凛探出脑袋，对楼下的一人一猫说道："浴袍在哪儿？我要洗澡。"

　　贺从泽一把按住躁动的闹总，抬头回应："卫生间柜子里的第二个格子。"

　　江凛应了一声，于是拿着换洗的内衣物走进了浴室里，果然在柜子中找到了叠好的浴袍，一黑一白，是情侣款。

……这都搞情侣款的，他还挺讲究。

江凛将那个白色的浴袍拿出来挂在旁边，便去沐浴了。

待贺从泽收拾好闹总，走进卧室里时，江凛已经坐在床边吹头发了，一双纤细白皙的腿搭在床沿处，白得直晃他的眼睛。

江凛显然并没有意识到自己穿得有多危险。浴袍本就松垮，她便在腰间系了个扣，坐下时浴袍微敞，只能虚虚地掩住她胸前的风光。

贺从泽的喉结滚动了一下，他突然有些后悔刚才跟闹总浪费了好多时间，放着大好的共浴机会不去，简直太吃亏了。

念及此，他默默地在心里叹了一声，江凛抬眼便对上了他的视线，皱了皱眉头说："怎么了？"

"没怎么。"贺从泽轻笑一声，随手将外套挂在衣架上，"我就是突然觉得，只要是和你在一起，这种平淡的生活也挺好的。"

这人真的是满嘴情话，有事没事就能说出来一句，江凛已经习以为常了，便懒懒地"嗯"了一声，继续吹头发。

贺从泽见时间不早，便也去冲了个澡，顺便将戒指摘下来放在了洗手台上，这小东西他可是当成宝贝护着的，绝对不能碰了水。

洗漱过后，他简单地围了一条浴巾，一边擦着滴水的发丝走出浴室，一边拿起洗手台上的戒指打量着，这戒指实在是怎么看怎么顺眼。

贺从泽刚抬起唇角，却发现戒指被强光一照，似乎有一处有些残缺，他蹙眉，发现残缺是在戒指内侧。

贺从泽心下微动，当即将戒指转换了个角度，这才看清戒指内侧竟然有几个字母。

他眯眸，在心里缓缓地念出：Dawn（黎明）。

黎明，曙光，拂晓。

贺从泽愣了好一会儿，才后知后觉地笑出声来。

这个女人表达爱意的方式还真是隐晦。

他凝视着那四个字母，感觉有一股温暖柔软的情感自心底溢出，而后缓缓地溢满了他的整个胸腔。他整颗心都被欣喜与感动充斥着，这种感受实在是难以描述。

贺从泽的眼里满是温柔，他随便擦了擦头发，便换上浴袍，推门而出。

江凛吹干头发后便靠在床头玩手机，听到声响，她懒懒地抬眼，然后拍拍身边的位置，说："暖床，赶紧的。"

"不急。"贺从泽轻笑一声，上前轻扣住了她的肩膀，在她耳侧暧昧地低声说："今晚一起暖。"

江凛"啧"了一声，正要推开这个没正经的，贺从泽便单手夺过她的手机扔到了床头柜上，随后她还未来得及出声，便已经被他吻上了。

…………

情到深处时，贺从泽嗓音沙哑地问道："戒指里的单词是你让人刻的？"

江凛这会儿哪儿有心思应付他，只回道："别问我，自己琢磨去……"

贺从泽被她的回应搞得无奈，便也不再问，将注意力转移到了正事上。

贺从泽吻了吻她有些发烫的脸颊，嗓音沙哑地说："你这女人就不能坦诚点儿吗？"

江凛懒懒地抬眼，便大发慈悲地撑起身子，附在他的耳边说了三个字。

贺从泽微怔，反应过来时，江凛已经翻身下床走向浴室了。

他转头对着她的背影道："我没听清，你再说一遍。"

江凛摆手拒绝，淡声道："好话我就说一遍，你听没听清随你。"

他怎么可能没听清？

江凛那一瞬间真情吐露，他是要记一辈子的。

贺从泽唇角微扬，道："我也爱你！"

江凛脚步一顿，没应声，只觉得耳根有点儿发烫。

自从江凛与贺从泽的恋情曝光后，二人迅速领证、秀恩爱的行径成功地刺激到了广大群众，关于二人的话题热度也一直没有降低，毕竟这两个人不论是性格还是职业都很难被联系在一起，他们之间的故事自然更是惹人好奇。

面对疑问，两个当事人都选择该干嘛干嘛。只是自从在微博里晒出对戒与合照后，贺从泽出现在众人视野中的频率突然变高了不少。

起先，大伙儿还觉得新奇，也不理解他这是怎么回事，但后来次数多了，终于有人忍不住怒斥——贺从泽这也太刻意了吧，怎么总是把左手往镜头前摆？！

是的，不止一个人发现了，广大网友都发现了，但凡有贺从泽出镜的地方，不论是照片还是视频，他左手无名指上的那枚戒指存在感极强，简直快闪瞎众人的眼睛。

他这秀恩爱的行径实在无处不在，让人想忽视都没办法，一度引起了"民愤"，就连陆绍廷都没眼看下去了，陆绍廷表示要屏蔽贺从泽一段时间来调整心态。

对此感到心理有落差的人又何止是网友？贺从泽的朋友们更是无奈。贺从泽自从和江凛在一起后，每次和朋友出来吃饭的时候，有事没事就跟家里的那位打个电话沟通感情……当然，是贺从泽单方面地沟通感情。

尽管如此，众人依旧觉得十分愤怒，以宋川为首的有对象但未婚的兄弟们纷纷巴不得把贺从泽扔到火锅里涮涮。

这段时间以来，狗仔队一直在纠缠江凛和贺从泽，无一不想从他们这儿取得第一手的消息。时间久了，江凛也有点儿烦，索性催贺从泽赶紧解决，让他大不了随便接个访谈。

贺从泽还觉得挺稀奇，道："我还以为你不答应，就一直拖着，你早说不就成了？"

江凛正抱着闹总窝在沙发上，贺从泽则坐在她的旁边，她正调着电视节目，闻言转头扫了他一眼，懒懒地回道："只要你别乱讲话，就随便你。"

类似于上次那种"你什么时候才能来睡我"的话，着实让她经受了好长一段时间的目光洗礼，她再怎么不在乎别人的视线，都有点儿不自在起来。

贺从泽嘴上没个把门儿的，谁知道他还能说出来什么话？

贺从泽笑着耸耸肩，不置可否，随后连人带猫地揽过江凛，江凛懒得挣扎，索性抱着闹总半靠在他怀里，反正也暖和舒服。

于是，贺从泽挑了半天节目组，最终还是觉得上次参加的那个比较给力，访谈的事情就这样"将就"着确定了。

对于这个二次到访的流量人物，节目组表示十分惊喜，便忙不迭地放出去直播消息，成功地吸引了一波观众前来蹲点儿。

访谈开始时间仍旧是晚上 6 点，只不过这天正逢江凛晚班，所以她便没了看直播的机会。

反正即便她看了也不能阻止贺从泽说什么，索性就随他去，反正秀恩爱这各事基本上是由他来秀的。

这么想着，江凛还觉得有些良心不安，发现自己好像还真的有点儿渣。

这都是什么乱七八糟的，江凛甩甩脑袋，在心里感叹了一句耽于情爱要不得，随后便将注意力集中到了手头的工作上，仔细翻看着最近记录下来的临床表现。

与此同时，备受期待的访谈节目终于开始直播了。

"贺公子这是第二次参加我们的节目了，首先感谢贺公子愿意在百忙之中腾出时间，来接受这次访谈。"主持人脸上带着职业性的微笑，心里却在默默地叹气——他是忙，忙着花式秀恩爱，今天过来也是为了秀恩爱。

贺从泽勾勾唇角，从容地回应道："不用谢，经过上次专访，我对本节目的采访方式也十分满意，甚至可以说是感谢节目组。"

"相信屏幕前的各位观众，对于贺公子也已经十分熟悉了。"寒暄过后，主持人便迅速地切入正题，"那么让我们进入今天的重点……贺公子，自从您与江小姐的恋情曝光后，大家对于你们二位的情感故事十分好奇，您能否在这里透露一些呢？"

贺从泽稍稍颔首，姿态极为从容："我十分理解网友们对于我和江凛的好奇，毕竟在此之前，我与她没有爆出过任何相关的花边新闻……但需要澄清的是，我与江凛并不是地下恋。"

话音刚落，主持人顿了顿，眼里闪过了一抹惊讶，顺势问道："您的意思是你们确认恋爱关系后，紧接着就去领证了吗？"

"没错。"贺从泽点头，继而道，"但我们并不是一时冲动，因为在此之前，我已经追求江凛半年多了，彼此早就有了感情基础。我们双方又都是雷厉风行的性格，于是确认了彼此的心意后索性就去民政局领了证。"

这信息量有点儿大，主持人消化了有半秒钟，才问道："您追求了江小姐半年？如果我没有记错的话，江小姐似乎是半年多前才被聘请来的。"

"一见钟情。"贺从泽懒懒地"嗯"了一声，"说到这个，我还挺感谢我家老爷子的，要不是他半夜给我打电话让我去给江凛接机，我还不知道什么时候能遇见她。"

他并不知道，贺家二老也正在观看直播。

"你看这小子这副嘚瑟样儿！"莫名其妙中枪的贺云锋有些无奈地长叹了一声，"唉，真是……"

"嘘！注意听他扯！"崔妍忙不迭地让贺云锋噤声，道，"咱们当父母的人又不好意思问，也就趁着这时候能了解一下他们俩的事了。"

贺云锋却轻嗤一声："他现在飘得不行，美化自己呢。"

崔妍闻言想了想，觉得贺云锋的话有点儿道理。

但她懒得计较这些，还是把贺云锋拉了过来："管他美不美化呢，咱听就行啦！"

贺云锋有点儿无奈，只得陪着自家夫人继续看直播。

主持人继续发问："那么，请问贺公子，您的父母对于江小姐有何看法呢？"

"他们很喜欢江凛，也支持我们在一起。"贺从泽说到这儿，笑了笑，"不然我可能连户口簿都拿不出来。"

主持人听了他的话，就觉得这俩人恩爱得实在是让人无话可说。

什么门当户对，这些外界因素在他们两个人面前，通通是能够被摒弃的东西。

一场感情能够纯粹至此，的确是羡煞旁人。

主持人清了清嗓子，问："既然如此，那在您最初被博主曝光的那张照片里，坐在您车里的正是江小姐了？"

"是。"

"那您方便告诉大家，为什么那时您会否认两个人之间的事情呢？"

"说来惭愧。"贺从泽轻笑了一声，淡声道，"因为当时我并没有预料到，以后自己会那么喜欢她，喜欢到如果对方不是她，我大概这辈子都不会有公布恋情的机会。"

"大家也知道，原先我有点儿浑蛋，做过一些不好的事情。所以我要感谢江凛能接受我。她让我重新振作，让我决定好好地工作、生活，让我明白——"贺从泽稍微停顿，而后语气认真地说，"爱没有程度之分，要么存在，要么不存在。"

他此话一出，主持人顿了顿。

就连屏幕前的贺云锋与崔妍也稍有动容，陷入沉默中。

崔妍默默地戳了一下贺云锋："这话我觉得他不像是在美化自己。"

贺云锋没吭声，只是眼神有些深沉，半晌才叹了口气，心想：贺从泽这个臭小子终于长大了。

访谈终于进入尾声，主持人抿了抿唇，轻声地对贺从泽道："最后一件事，其实是节目组的一个请求。"

贺从泽颔首："请讲！"

"因为江小姐的工作关系，所以我们并不方便采访她。我们能不能借着这次机会，也采访一下江小姐？"

贺从泽闻言，思忖了几秒。

一是江凛现在正在工作，不一定会接他的电话；二是江凛对于表达感情这种事并不擅长，就算接起电话，是否愿意发言也是个问题。

但贺从泽最终还是决定尝试一下。

他将自己的手机从口袋中拿出，道："我打给她试试。"

主持人忙不迭地开口："谢谢贺公子愿意接受这个请求！"

贺从泽示意不必，随后便将电话拨了出去，等待接听的时间似乎格外漫长，他在等，其他人也在等。

终于，电话接通，场外连线成功。

江凛在那边问道："你不是有访谈吗？"

"嗯，现在是场外连线。"面对江凛时，贺从泽不论是神情还是嗓音都明显柔和下来了，他道，"主持人想问问你对于我们之间的感情有什么看法，你想回答吗？"

那边沉默了一会儿，就在贺从泽几乎以为江凛要婉拒的时候，她说："所以我现在说的话，主持人和观众都能听见是吗？"

"是。"

江凛沉吟半秒，不紧不慢地说："我不会说什么情话，也不太擅长表达自己的情感，所以详细的事情你们听贺从泽说就好。"

"我只能说，在遇见贺从泽之前，我不喜欢交际，并且觉得生活枯燥无味。"她说话时的语气很平静，仿佛只是在例行公事地陈述着自己最真实的想法，"但是和他在一起后，我会觉得每天都很新鲜，所以我觉得，这应该能被称作爱情。"

说完，她又补充了几个字："只属于我和他的爱情。"

话音刚落，主持人突然沉默下来，似乎正在组织语言，却又实在不知道该说什么才好。

握着手机的贺从泽顿了顿，突然极为深情地说了一句："凛凛，我爱你！"

江凛有点儿无语地蹙眉，反正该说的都说完了，便干脆利索地挂电话，继续工作。

她只是把心里话说出来了而已，贺从泽至于反应这么大嘛。

江凛承认自己只会做不会说，要不然也不会选择在贺从泽的那枚戒指内侧，让人刻上"Dawn"这个单词，她本来以为贺从泽很久以后才会发现这个小细节，没想到他这么快就看见了。

其实江凛心里还是有些话没说出来，但用语言说这些话实在太肉麻了，所以她便自动省略了。

这个世界荒谬又无趣，而他于她是唯一能称得上奇迹的光。

她把对社会为数不多的善意全部用来爱他。

江凛虽然不说，但她知道贺从泽是明白的。

人只要用心，就能感受到那些细腻的感情。

她是知道这些的，并且会用一辈子去记住。

自从那场访谈结束后，网友们算是大概了解了江凛与贺从泽这两个人的情感经历。

了解其实是次要的，最重要的是，观看那场直播的网友都被爱情之光闪到了眼、被狗粮喂到了撑。

围观直播的网友纷纷表示——今天也是为别人的绝美爱情而流泪的一天。

暗中观看了直播的贺家二老也表示想催着俩人办婚礼了，最好还能赶紧生个小宝宝……

两位当事人则继续不慌不忙地过日子。

这日早上，江凛刚在办公室里坐下准备办公，同事就通知她说周主任找她。

江凛放下手头的工作，前往周主任的办公室。她觉得自己最近挺老实的，也不知道周主任找自己有什么事。

她轻轻地敲了敲周主任办公室的门，听到里面传来一声"请进"，这才不紧不慢地推开门走了进去，顺便单手关上了门。

她上前几步："周主任，你找我？"

"对，有件重要的事情，我要问问你的意见。"周主任坐在办公桌前，对她颔首道，"你先坐吧！别站着！"

江凛便也不再客气，直接坐在了办公室的小沙发上。

"是这样的。"周主任从办公桌上的一沓文件中拿出了几张纸，略微整理后说，"江凛，A院现在有一个出国进修的机会，时间是两年，实习地点是IC医院主院区，指导教授是胸外科的专家Aaron，你对他也有所了解，应该不用我多介绍。"

江凛只听了周主任几句简简单单的介绍，眼神就亮了起来，似乎是有些惊喜。

IC是国际有名的医院，很多医生挤破头都想进去工作。就各方面的配置而言，IC精英云集，几乎是医学界的一个金字塔顶。

Aaron医生——江凛刚开始学医时便已经听说过他的大名。首先，他的医术极为精湛，各种手术他都能完美地接手完成；其次，他在学术界颇有成就。江凛至今仍收藏着他的部分论文，觉得受益颇多。

她想不到竟然会有这种机会！

江凛不禁有些不敢相信地望着周主任，有点儿怀疑事情的真假。

周主任见她这副模样，有些忍俊不禁，叹息着解释道："IC把进修的机会分配到国内，名额少得可怜，A院这边只有一个名额，院方开会后认为你和苏楠是合适的人选，但是苏医生个人原因不方便出国这么久，所以我就来问问你的想法。"

江凛果断地说道："我愿意去。"

这个机会不是轻轻松松就能碰上的，江凛想抓住这个机会。这是真正能让她有所成就的方式，她绝对不能错过机会。

周主任欣然地点头，道："行，那我这就把你的相关信息报上去，一旦有消息，就立即通知你。"

"不过你最好是先和家人……咯，和小贺总说一声，因为以你的能力，基本可以稳稳地过审。"周主任说着，将方才整理出来的那几张纸递给她，示意她拿着，"这是与进修相关的安排详情，我打印了一份，你拿回去了解了解。"

江凛应声，起身接过那几张纸："好的，谢谢周主任！"

"没事，你是个优秀又努力的孩子，理应得到机会。"周主任笑了笑，"去忙吧，好好加油。"

江凛点点头，随后便离开了周主任的办公室。

江凛回到自己的办公室后，便将周主任给的相关资料仔细地阅读了一下，发现需要支付的费用虽然高昂，但自己狠狠心还是能承担的。进修的内容十分丰富，个人不仅有临床上手的机会，如果表现出众，更可以获得参与科研的资格。

资料中的内容实在太诱人，江凛越往下看，就越是心动，这些内容对医生来说实在是意义非凡。

好在江凛的外语水平还算不错，当年她在学校里的学习成绩就很好，语文和外语成绩更是格外优异。也不知是有语言天赋还是什么，总之，她可以很轻松地学会外语并运用自如。

所以就算指导教授不是华人，她大抵也是能很快适应过来的。

虽然周主任那边的审核结果还没下来，但江凛想起他的叮嘱，还是决定给母亲打通电话，说一下这件事。

江如茜了解后，表示自己百分之百地支持江凛，只是她嘱咐江凛一定要跟贺从泽好好商量，毕竟两个人刚结婚不久，这突然就出国进修两年，着实是好长一段时间。

江凛心里都明白，便答应下来。挂断电话后她想了想，觉得这并不是什么小事，便决定下班回去后，跟贺从泽当面谈。

她今天是早班，贺从泽一如既往地开车来接她，路人对此早就见怪不怪，对于这种嚣张的秀恩爱行为表示司空见惯。

上车后，江凛倒是不急着说正事，见贺从泽心情不错，便觉得反正他迟早都得憋屈，那就能拖一会儿是一会儿好了。

二人讨论了晚饭问题，最后决定没什么好吃的，干脆就不在外面吃了，贺从泽打算回家亲自下厨。

江凛自从搬去跟贺从泽同住后，便觉得自己明显比原来圆润了些，贺从泽的厨艺和花样儿实在太多，她管不住嘴，平时运动也不多，自然长了点儿肉肉。

不过江凛的身材原本就属于那种过于纤细的类型，现在胖了些，看起来倒是恰到好处了。

回到家后，江凛打算去床上睡会儿，贺从泽则打开电脑急促地处理琐碎的工作，闹总觉得有点儿无聊，便也跳上了床找江凛一起睡觉，还不忘给自家铲屎官扔了个白眼。

贺从泽强忍住了把闹总锁起来的冲动，劝自己要心平气和，不要跟失去了雄性特征的公猫计较，它已经没资本了。

这么一想，贺公子瞬间觉得心情舒畅，于是继续办公。

江凛向来作息很准，睡了一个多小时，不需要闹钟催，便自己醒了过来。

江凛刚睁开眼，便瞧见自己的身边窝了一团雪球，还毛茸茸的，她习以为常地上手摸了一把，果真手感不错，闹总还是一如既往地好摸。

此时大概也到了做饭的时间，江凛打了个哈欠，坐起来伸个懒腰，下床正要离开，却惊动了闹总。

闹总也刚睡醒，见江凛要走，迷迷糊糊地也不管三七二十一，直接把爪子搭在了江凛的身上，顺带着软乎乎地"喵"了两声。

江凛向来对于闹总的卖萌无计可施，便叹了口气，单手捞起闹总，带着它一起走出了卧室，下楼找贺从泽。

在与江凛生活的这段时间中，贺从泽倒是已经自觉培养出了家庭"煮夫"的优良品质，见到了该做饭的时间，便自觉地进了厨房里。江凛下楼的时候，听到厨房中已经传来了细微的声响。

兴许是怕吵到她补觉，贺从泽还有意将厨房的门虚掩上，想要尽量减少传出去的噪声。

江凛抱着闹总，轻轻地推开了厨房门，没有作声，只是静静地望着贺从泽的背影，突然有种说不清楚的感受涌上了她的心头。

如果她去进修，那岂不是整整两年都要自己做饭或者买饭吃了？

唉，她想想就觉得有点儿艰难。

江凛正在厨房门口想着。闹总闻见了厨房中浓郁的香味，便已经忍不住"喵呜"地叫唤了起来。贺从泽闻声回首，正好对上了江凛的目光。

贺从泽愣了一下，随后勾唇笑道："这么快就睡醒了？去外面等着吃饭吧，饭快好了。"

"好。"江凛点点头，乖乖地带着闹总离开厨房，坐在客厅中的沙发上摸过茶几上的遥控器，打开了电视。

江凛本意是想看会儿娱乐节目转移注意力，没想到心里已经乱得根本看不进去任何内容。她也不知道是怎么回事，明明当初听到进修这件事时还挺高兴的，但想到待会儿要跟贺从泽说这件事，就又有些忐忑。

江凛说不上来是什么原因，所以才苦恼。

江凛不禁吐槽自己什么时候也这么磨叽了，这算怎么回事啊？

晚饭时的气氛一如往常，饭后江凛把碗筷放进了自动洗碗机中。收拾好后天色已经暗了下来，她便与贺从泽关了客厅的灯，抱着闹总一起吃着零食看电视。

一切与平时没什么差别。

正因如此，江凛才越发不知道该怎么开口。

终于，还是贺从泽垂下眼帘，问道："你是不是有话要跟我说？"

江凛猝不及防地被贺从泽提问，愣了一会儿，才道："你是怎么知道的？"

"你倒是很会藏事，其他人肯定发现不了你不对劲儿。"他笑了笑，有些无奈地对她说，"你把我当什么了？刚才我在厨房里的时候，就看出你有心事，等到现在你还不说。你到底怎么了？"

"我觉得这件事挺重要的，自己拿主意不太好，所以该跟你商量商量。"江凛好不容易才憋出来了一句话，不过开了头，后面的话说起来就轻松多了，"今天周主任找我，说医院有个去 IC 进修的机会，指导教授是医学界的精英，进修的时间是两年，学习内容很丰富，我……不想放过这个机会。"

贺从泽听她言简意赅地说完，便明白了她这一晚上欲言又止的原因。

虽然他是商人，但毕竟贺家名下也有个 A 院，对医学界也有所了解，IC 的地位是何等高，这次的进修机会有多么难得，他自然是明白的。

贺从泽稍加思忖，便欣然道："这么好的机会为什么要放弃？你要是想去，那就去吧。"

江凛观察着他的脸色，也不知道他是真的没生气还是在装："你有话就说，有火别憋着，我是真的看不出来。"

贺从泽："……"

她倒是挺有自知之明的。

"不至于生气，有点儿舍不得倒是真的。"他轻声叹息，道，"我们才在一起多久，这一下子就要分居两年……不过 IC 在朗斯，京都离朗斯虽然很远，但我伸伸手还是能够到的。"

江凛蹙眉："这话是什么意思？"

"你对你老公的资产还真是不关心，好歹资产也有你的份儿，这都不了解？"贺从泽"啧"了一声，"贺家在朗斯有分公司，我有时出差会去那边。"

江凛还真不知道。她只知道贺家有钱、公司多，哪里会闲着没事去研究他家有哪些分公司啊？

江凛"噢"了一声，心里的疑虑就此消除，还抬手顺了顺头发，道："那还挺方便的。"

"是挺方便的。"贺从泽虽然这么说着，却撇了撇嘴角，"但总归比不上你在国内方便吧。你去外地的话，我们联系起来还算方便，这下顶着异国时差，虽然也不怎么影响我们联络感情，但总归是有点儿伤人的。"

江凛陷入了沉默中，心虚得不敢吭声，觉得贺从泽好像着实是有点儿委屈。

"但是我早就说过，你想做什么便去做，不用回头。"他淡声道，语气中没有半分负面情绪，坦然而自在，"能去 IC 进修是个很难得的机会，你本身就很优秀，去那里学习两年后，肯定能有一番作为。既然对你来说是一件好事，我又怎么好意思为了个人私情把你留在身边呢？"

"我不想绑着你，更不希望你为了我去牺牲自己，你应该有更好的未来，所以我愿意你去闯。"

说完，贺从泽俯首吻了吻江凛，轻笑道："只要你这个女人别那么没良心，只顾着学习，然后把我和闹总忘了就行。"

江凛听着他的这番话，心跳慢了半拍，觉得似乎有一种酸涩的感觉正源源不断地从胸腔中溢出。

她怎么会忘呢？

他这么好的一个人，她怎么舍得忘？

"所以，我等你两年之后载誉归来。"贺从泽言语含笑，眸色沉沉，"到时候你足够优秀，再也不用追赶别人，我们就能够并肩站到一起了。"

江凛记得，这是自己原先说过的话。

当时因为换药风波，江凛犯了自卑的毛病，一心将问题怪罪到自己身上，正是贺从泽拉了江凛一把，她才得以脱困。后来二人一个楼上一个楼下，她于深夜中敞开心扉，说了一堆乱七八糟的话，就连她自己都记不太清楚了，他却铭记于心。

江凛觉得心头百感交集，实在是说不清楚。

许久，江凛才开口，低声答应："……好。"

两年时间，待进修结束后，她便会回来与他并肩同行。

她会努力变得更加优秀，成为与他一样出类拔萃的人。

几天后，周主任便高兴地通知江凛，说她的审核通过了，待一切准备妥当后，她就可以直接启程去 IC 报到了。

江凛对于这个好消息自然是十分欣喜的，苏楠听说后更是扬言要请江凛吃饭，江凛好不容易才拦住了苏楠。

随后得知消息的便是江凛的母亲，江如茜很是欣慰，连连感叹自己的女儿真是太有出息了，又嘱咐她未来两年的异国生活要注意些什么，絮叨了一大堆后才肯挂断电话。

贺从泽知道这事后，自然也是为江凛感到骄傲的。他将江凛即将去 IC 进修两年的事情告知了父母，贺云锋虽然觉得两年时间有些长，但还是决定尊重儿媳妇的选择。崔妍身为学医者，自然知道能去 IC 进修意味着什么，于是高兴得连忙把两个人叫回来一起吃了顿饭，称儿媳妇能去 IC，这大概以后能成为她逢人就炫耀的事。

总之一周后，江凛便拖着行李箱步入机场，彻底准备踏上长达两年的进修之旅。

贺从泽确实舍不得江凛，但也没办法，最后也只从江凛那儿讨了一个吻，便目送着她离开了。

此事一传出去，贺从泽的朋友们又被瞬间惊动了，以宋川为首的众损友纷纷开始无情地嘲笑贺从泽，导致贺从泽干脆把这一伙儿人给屏蔽了，反正眼不见为净，玩乐总归比不上工作重要。

贺从泽觉得这两年的异国分居实在是苦，各种方面、各种意义上的苦。

江凛转过一次机后，终于成功地抵达了此行的目的地——朗斯。

她在飞机上迷迷糊糊地睡了很长时间，下飞机时正好是白天，她的精神头还算不错。

两地时差是 12 个小时，江凛将手机开机，看着手机已经随地理位置的变动而自动调整了时间，国内这会儿还是晚上，她也不打算打电话了。

她给江如茜和贺从泽各发了一条自己已经安全抵达的信息，随后便拎着行李箱离开机场，准备先去 IC 报到，见一见那位自己敬佩已久的 Aaron 教授。

虽然原先在国内不常用英语，但江凛与外国友人的面对面交流还是没有任何问题的。她搭上一辆出租车，将地址给司机看后，司机便载着江凛前往 IC。

司机年纪不大，看出江凛不是本国人，却又听她一口英语说得极其流利，便随便同她聊了几句，江凛也正好借这个机会多询问了一些本地的情况。

她身上有提前换好的朗斯货币，抵达 IC 后，便向司机付款，并道了声谢，然后就拖着行李箱正式步入了 IC 的大门。

此处是 IC 的主院区，规模很大，不论是环境设施还是服务态度都是国际顶尖水准，欧式建筑风格既古典又养眼，搭配上恰到好处的绿植，让人瞧着十分舒服。

江凛刚下飞机便同 Aaron 教授取得了联系，此时顺利抵达 IC，便给 Aaron 教授打了个电话过去，对方很快就接听了起来。

听说江凛已经到了，Aaron 教授便让她在门口稍等几分钟，说自己很快就来接她。

江凛于是老老实实地等了一会儿，随后就见一位中年男人朝自己这边走了过来，他身穿白大褂，五官立体，眉骨很高，眼睛是蓝色的，是一副很标准的欧洲人长相。

"你就是江凛吧？"Aaron 打量着她，笑着打了声招呼，"我是你的指导老师，你叫我教授或者 Aaron 都可以。"

江凛颔首，应声道："好的，教授。"

"我看过你的简历，的确很优秀，希望这两年你能进修顺利。"Aaron 道，态度和善，"跟你同一批进修的医生也已经陆续抵达 IC 了，我先带你简单地参观一下以后的工作场所，可以吗？"

"好，那就麻烦教授了。"

见江凛还带着个行李箱，Aaron 便特意带她开着车挨个地方参观了一下，有病房楼、科研室，还有临床区……都是她将来会有所接触的地方。

望着眼前的情景，江凛只觉得自己越发期待接下来两年的学习生活了。

大概熟悉了各个场所后，江凛便将自己的相关证明文件交给了 Aaron 处理，然后 Aaron 告诉她只需要明天早上准时来 IC 报到就好了。

Aaron 教授的态度很亲和，对于江凛的问题也十分耐心地予以解答，江凛不由得感觉心情畅快了不少，刚刚抵达异国的不适感也减轻了一些。

告别 Aaron 教授后，她重新拎起行李箱，打算去自己的住处看看，谁知刚走到门口，便听到有人兴高采烈地喊道："江凛！"

江凛听到有人在用标准的中文喊自己的名字，而且觉得这声音听起来还挺熟悉的。

江凛愣住，循声望去，发现对方是一个与自己年龄相近的女人，一副五官成功地与她印象中的某张脸对上了，她有些发怔，再度确认不是自己认错了人。

竟然是柳然！

"真的是你啊！"柳然见自己没认错人，当即笑颜逐开，拉着自己的行李箱跑向江凛，"你也是来 IC 进修的吗？"

江凛点点头："对，我刚下飞机过来，你也是来学习的？"异国他乡遇见熟人，她还是比较开心的。

"我应该跟你是前后脚过来的，刚跟着我的指导老师熟悉完地点，谁知道刚走到这边，就看到你了。"

"我也是刚参观完，正准备走。"

"太巧了，在这里我们都能遇上。"柳然笑道，有些感慨，"我的指导老师是华人，原先在国内就带过我，正好这次我有机会过来，你的指导老师是谁？"

"Aaron 教授。"

柳然一脸震惊，然后拍了拍江凛的肩膀，正色道："加油！这次代表的位置就看你了。"

江凛弯起唇角，淡声道："我先适应一段时间再说吧，毕竟刚来不久。"

"也是。"柳然颔首，目光不经意地瞥到了江凛的右手无名指，不禁笑了，"话说，你跟贺从泽还真是进展神速啊！挺好的！"

江凛起先还没明白柳然的话是什么意思，随后顺着她的视线看到自己的戒指，便明白过来。

她耸耸肩，无奈地说道："我们也没在一起多久，这不连婚礼都还没办，我就过来进修了吗？"

柳然再次一脸震惊，说："你还真是无情啊！"

江凛轻咳一声，自觉地跳过了这个话题，开始和柳然聊起正经事："不说这些了，你是准备去住的地方吗？"

柳然说到这个住房问题，就有些头疼，道："对啊……我还没找到住处呢，打算先去找个宾馆住一住，慢慢再找房子。"

江凛想了想，给她提了个建议："我已经找到住的地方了，还挺宽敞的，你要不要跟我一起住？"

柳然当即双眼放光地说："你这么快就找到房子了？"

"嗯，因为我不太会做饭，你之前不是说自己厨艺不错嘛，所以得麻烦你帮我解决一下吃饭问题，就当是你付的房租了，你觉得怎么样？"

江凛还问柳然觉得怎么样？这简直就是天上掉馅饼了！

每天只要做饭就能不交房租，这么美好的事情柳然想都没想过，此时不禁有些蒙："什么意思？你要连我的房租一起交吗？不行不行，我自己交就好。"

"我不是租的房子。"江凛解释道，"这房子是买的。"

柳然："……"

江凛觉得自己好像还是没说清楚，又补充了一句，说："因为贺家在朗斯这里有分公司，贺从泽有时会过来出差，就在附近买了套房子，位置不错，离 IC 挺近的。"

柳然："……"

跟着蹭吃蹭喝的感觉真是太好了，柳然由衷地想着。

于是二人就这么一拍即合，而后柳然便跟随江凛拖着行李箱，按照贺从泽给的地址，一起搭车前往住处。

途中，她们穿过了一条种满梧桐树的街道，因为还没到梧桐树长满绿叶的时候，因此街道显得有些单调。

江凛望着窗外的景色，心想：等到了秋天，这条街一定会很漂亮，自己到时候一定要来看看。

二人的住处与 IC 果然距离不远，江凛感觉不过 10 分钟的时间，就抵达了地址中的那栋小楼……

是的，贺从泽给江凛安排的住处竟然是一栋小楼。

当初贺从泽只对江凛说自己在那边买了房子，"还算"宽敞，江凛便真的信了他。

什么叫房子还算宽敞，这分明就是一栋复式小楼！

柳然也信了江凛之前说的那句房子"还挺宽敞"，险些怀疑二人走错了地方，直到看见江凛从口袋中摸出一把钥匙，顺利地将小楼大门打开后，她彻底无话可说了。

室内的布置简单大方，颜色搭配也十分舒服且不显单调，家具也一尘不染，看得出来应该是有人事先好好地打扫过。

江凛花了几秒钟接受这是个小型别墅的现实，随后冷静下来，面色如常地对柳然道："我上楼看看，你熟悉一下这个房子。"

柳然忙不迭地点头答应，突然感觉自己之后的两年生活，大概可以用"享受"两个字来形容了。

单是看着这个居住环境，她就快落泪了好嘛……

江凛去楼上看了看，发现是楼上楼下各一间卧室，洗手间和浴室也是单独的两个，十分便利。

江凛实在想不明白贺从泽都不怎么在这里常住，竟然还要如此讲究地买房子，他的生活委实也太精致了些。

最终江凛与柳然通过猜拳决定了二人的房间分配问题——江凛睡楼上，柳然睡楼下，正好厨房也在一楼，以后柳然下厨还方便了不少，做好饭直接叫江凛下楼就行。

这么想着，江凛觉得以后的日子似乎还挺好过的。

今天是她们的休息调整时间，明天才是二人正式去 IC 报到的日子。

确定好房间分配后，两个人便前往各自的房间去收拾行李。

楼上房间的装修风格与贺从泽家的有异曲同工之妙，江凛瞥见床头柜上的烟灰缸，便明白这是贺从泽出差时会住的房间。

这人也是奇怪，在京都的家也是两层小楼、两间房，他也住在楼上，不知道是哪儿来的习惯。

江凛懒得多想，迅速地打开行李箱收拾了一下行李，而后拿出一套松垮的家居服便去浴室里洗澡了。洗掉一身的疲倦、吹干头发后，她直接在床上倒头便睡。

柳然基本也是差不多的情况。一觉睡醒后，柳然见到了晚饭的时间，便赶紧去厨房里准备做饭。本来她还担心冰箱里会不会没有食材，谁知冰箱里什么都有，就连小零食和饮料都被整整齐齐地摆在那里。

柳然再次感受到了贺从泽的宠妻程度，真是的，自己就连开个冰箱都能被贺从泽喂狗粮，她不禁叹了口气，撸起袖子开始忙活。

柳然的厨艺着实不错，江凛睡醒后便闻到了香味。晚饭过后，二人简单地讨论了一下在 IC 进修学习的相关事宜，最后决定早睡早起，迎接明天的报到。

睡前，江凛跟贺从泽打了通电话，贺从泽得知江凛跟朋友一起住后，顿时放心不少，嘱咐她尽量每天与自己保持联系。

江凛应着一声，不经意间想起了自己下午乘车时路过的那条种满梧桐树的街道，便随口对贺从泽道："对了，贺从泽，不知道你有没有注意到有一条街道，离公寓不远，种着两排梧桐树？"

贺从泽闻言便回忆了一番，但的确没什么印象："我去朗斯出差的时候，没怎么注意周围环境，基本上是开完会就立即回国，怎么了？"

"没什么，就是觉得到了秋天时，那条街道一定会很美。"江凛道，"到时候我拍给你看，应该景色还不错。"

贺从泽轻轻地弯唇笑道："好。"

没聊多久，江凛便打了个哈欠，贺从泽登时便催她去睡，她正好也有此意，应了两声遂将电话挂断。

她抬手灭掉床头灯，翻身合眼睡觉。

时间转瞬即逝。

江凛已经在 IC 学习了半个月，从最初的摸索观摩，到现在的偶尔协助 Aaron 教授进行手术。她态度认真且十分好学，经常跟在 Aaron 教授后面请教学习，Aaron 教授对她十分满意，也有意栽培她。

柳然也十分上进，跟在自己的导师后面刻苦学习，也时常跟江凛在一起研究课题，两个人隔三岔五地便会熬夜讨论方案，也算是各有收获。

其实还有几名国内同批来 IC 进修的医生，尽管大家有时也会偶然碰面，但除非必要的总结会议，几个人基本上也没有什么其他的交集。

江凛这半个月来可以说是下了苦功夫，她将平日里学习用到的相关资料都打印出来，然后堆在了自己卧室中的桌子上，有空便去阅读资料、做笔记、圈疑点，以便之后向 Aaron 教授请教。

也不知道是不是最近用功过度的原因，江凛时不时地便觉得头晕疲惫，就连饭量也减少了，她便调整了一下自己的作息，这才稍有缓和，但依旧很容易就觉得浑身乏力。

直到这天，江凛与柳然正在科研室中学习，江凛又觉得有些累了，便想着眯着眼睛休息一会儿，没想到自己竟然就撑着脑袋睡着了。

柳然一直在专心致志地翻阅资料，不曾注意到旁边的江凛，只是觉得身旁的人好像好久都没动静了，便转头随意地瞥了一眼，哪知江凛早就睡了过去。

她想起这些日子以来，江凛每天都在夜里埋头用功，很晚才熄灯休息，这样下去，时间久了，她的身体肯定是吃不消的。

江凛简直是不要命地努力啊！

柳然摇摇头，轻轻地叹了一口气，最终还是决定喊江凛一声，让她先把课题完成再去休息。

江凛本来已经快要睡熟了，冷不丁地被人唤醒，便瞬间睁开双眼，意识到自己竟然睡着了，她不禁皱着眉揉揉额头，对身旁的柳然道："谢谢。"

江凛的嗓音有些沙哑，能听出其中含着些许疲惫。

柳然怕她再这样下去身子就垮了，叮嘱道："你赶紧写完课题，然后我们就回去，你看看你都累成什么样儿了，回去之后好好休息。"

现在是下午，她们的学习任务也没有那么重，只要将课题提交了，就能提前回住处了。

江凛也觉得自己状态不行，便点头答应，而后强打着精神写完了课题，反复检查没有问题后，便跟柳然一起去交给了导师。

随后，二人便乘车回到公寓。柳然推开门，便对江凛道："江凛，你先上楼回房睡一觉吧，等晚饭好了我去叫你。"

江凛"嗯"了一声，委实觉得累了："好，那我先去休息一会儿，麻烦你了。"

柳然摆摆手，表示没什么，随后便目送着江凛上楼。

唉，江凛未免也太不把身体当回事了。

不过其实有些奇怪，柳然皱了皱眉，想起自己最近的作息明明跟江凛的差不多，有时甚至会比她还晚睡早起，怎么自己就没感觉到有什么不舒服的？

难不成是个人体质的原因？但是她们的差距也太明显了吧。

话说最近江凛的食量也减少了，很多时候都说没胃口……

等等。

柳然像是突然明白过来什么，愣在了原地。

嗜睡、乏力、没有食欲……难不成……？！

柳然差点儿就跑上楼把江凛从床上拎起来，但冷静下来又想万一是自己瞎想怎么办？算了，还是先让江凛好好休息吧！

吃晚饭的时候，江凛不用柳然叫自己下了楼，睡醒一觉后她感觉精神了很多，坐在餐桌前一边同柳然有一搭没一搭地聊着，一边吃着饭。

然而江凛还没吃几口，就突然蹙了蹙眉，觉得胃里不太舒服，有种想吐的感觉，她费了好大的力气才将食物咽下去，却觉得反胃的感觉越发强烈。

江凛瞬间起身，匆忙地对柳然说了声"抱歉"，便直直地冲向卫生间。

柳然心道：不好，难不成真的被自己猜中了？

江凛在卫生间里干呕了半晌，因为她本来就没吃多少，所以也只是胃部痉挛，恶心得难受而已，十分不舒服。

江凛去洗手台前漱了漱口，而后用凉水洗了把脸，让自己清醒了些。

她用双手撑在洗手台的两侧，定定地望着镜中的自己，突然有了一个隐约的猜测。

柳然也在此时跟了过来，蹙着眉问江凛："你没事吧？"

江凛摆摆手，轻咳了一声："没事，就是感觉胃有点儿不舒服。"

柳然顿了顿，最终还是问出了口："江凛……你这个月来例假了吗？"

江凛的神色稍显凝重，显然也是想到了这方面，她轻轻地"啧"了一声，抓抓头发："没有，但是我的例假时间本来就不准，所以我也不确定。"

而且她才跟贺从泽在一起多久，两个人平时工作都挺忙，那方面的事其实也没几次，难不成自己这就中招了？

"不行，我还是不放心。"江凛懒得在这儿猜来猜去，索性直起身子，"我出门买个验孕棒去。"

柳然主动提议："我陪你一起去！"

江凛点点头，二人随后便套上外套出了门，最终在一家店里顺利地买到了验孕棒，江凛付过款后便将其收起来，只等明早去检测了。

柳然有些摸不透江凛的态度，于是小心翼翼地试探道："江凛，你要是真的怀孕了，怎么办？"

江凛被问得一愣，待反应过来柳然的话是什么意思后，不由得笑了起来："当然是生下来了，我怎么可能会打掉这个孩子？"

说完，她抿抿唇，像是有些无奈地感慨道："孩子肯定是我优先考虑的，虽然怀着孕进修学习对我而言不太方便，但应该耽误不了什么事。"

事实上，如果她真的怀孕了，是否耽误事也并不取决于她，全看她肚子里的宝宝安不安分。

"进修期间怀孕倒是没事，我知道有个前辈还一边带孩子一边学习呢。"柳然回想着自己身边的人，发现倒是有不少类似的情况。

江凛只是无奈地叹了口气，道："等明早我测了后再说吧。"

晚上睡前，江凛照常跟贺从泽打电话聊了两句，但没有跟他提晚上发生的事情，想等确认后再做打算。

第二日，江凛清早起床后，便老老实实地去卫生间里研究昨天买来的小玩意儿去了。

约莫 5 分钟后，刚刚起床的柳然顶着一双惺忪的睡眼，刚伸手推开卧室的门，打算去客厅里喝杯水，便听见楼上传来一声："我的天！"

柳然被吓得脚下打滑，差点儿摔倒，不过整个人也登时清醒了。

她赶紧两步并作一步，直奔楼上江凛的卧室，一把推开门，问道："怎么了？！"

她正好迎面撞上了刚推开卫生间门的江凛，二人成功地对上视线，她战战兢兢地看着江凛手中的那个小东西，既想问又不敢问。

半晌后柳然深吸了一口气，开口的声音有些颤抖："中了？"

江凛有些讪讪地摸了摸自己的小腹，道："中了……"

柳然瞠目结舌地看着江凛，先是为她高兴，随即又有些手足无措，于是结巴道："那……那现在打电话告诉贺从泽？"

"再等等吧。"江凛垂眸望向自己的腹部，眼底逐渐浮现出了一丝温柔，"如果现在告诉他的话，他不得大老远地跑过来陪我？太耽误事了，等再过几个月稳定下来再告诉他也不迟。"

柳然想了想，觉得有道理，只是自己也没什么照顾孕妇的经验，只能忙不迭地掏出手机，开始搜索各种适合孕妇的饮食。

江凛盯着验孕棒上的两道杠看了一会儿，嘴角向上扬起却不自知。她将验孕棒丢进垃圾桶里，走到镜子前打量了一下自己，腹部是平坦的，看不出来什么。

江凛估摸了一下，自己忙起来的时候连生理期都不怎么注意，往前算日子的话……应该就是在一个月之前怀上的。

江凛不禁有些心虚，但还是在心里暗骂了一下贺从泽。

江凛想着如果现在就将自己怀孕的消息告知贺从泽，贺家那边肯定不放心自己一个人在国外既养胎又进修，到时候指不定会给双方添多少麻烦，所以就再等等吧。

希望自己肚子里的这个小家伙能安分点儿，别太闹腾，不然她又得学习又得补身子，还真是会不好受。

由于江凛刚怀孕，所以孕吐有点儿严重，基本上是吃了就吐，不吃也吐，整个人都瘦了不少。

好在她肚子里的那个小包子总归还是心疼自己的妈妈的，没舍得闹太久，因此江凛的孕吐反应也渐渐地消失了，日常三餐终于稳定下来。

柳然抽空便与江凛去采购食材，孕妇的饮食有很多需要注意的地方，两个人买东西时精挑细选，确认没有半分差错后才敢放进筐中。

Aaron 教授得知江凛有孕后，便将她手上的临床任务减少了一些，正好着重培养她的科研能力，因此江凛每日的学习任务基本是病例讨论与学术论文写作，还算轻松。

江凛仍旧每日与贺从泽保持着电话联系，因为二人没有视频的习惯，所以贺从泽并没有察觉到江凛有什么不对劲儿的地方，只是觉得她似乎养成了早睡的习惯，他对此还蛮欣慰的。

江凛偶尔也会觉得有点儿良心不安，毕竟贺从泽是孩子的父亲，她就这么拖着消息不告诉他，会不会不太好？

但毕竟她情况特殊，为了让贺从泽还有贺家二老不为她担心，她只能选择将这件事先放下了。

江凛偶尔晚上不困，便会抱着自己的笔记念，念到最后连她自己也觉得枯燥无味，心想：自己当时是怎么把这些医学知识装进脑子里的？

这么想着，江凛不禁伸出手，小心翼翼地覆上了自己的小腹，她的腹部现在已经稍微有些圆润了，想到里面是一条与她有关的小生命，她的一颗心便忍不住软得一塌糊涂。

"你可要老老实实的啊！你妈我现在人在国外，要一边带着你一边学习，你也要多学着点儿，万一以后也当医生了呢？"江凛也不知道自己脑子里哪根神经搭错了，对着自己的肚子语重心长地说道，"算了，还是别当医生了，不仅累而且工资也不多，你还是去继承你爹的财产吧，当个霸道总裁也不错。"

这么想着，江凛突然有些茫然，肚子里的这个宝贝会是个女孩儿还是男孩儿？

其实对她来说，都是好的。

江凛不自觉地弯起嘴角，谈到贺从泽时，她连语气都温柔了不少："你现在还没见过你爹，估计再等几个月就能见到了……他这个人不好评价，不过你可一定要长得更像他一点儿，以后绝对很受欢迎。"

她的眼底洋溢着极其浅淡的光彩，她轻轻地抚摸着自己微微隆起的小腹，轻声地说："小家伙，我是通过你父亲才看到了这世界上的美好的。再过几个月，我就能把它们分享给你了，到时你可一定要好好去感受。"

遇见贺从泽之前，江凛不仅性情冷漠，还悲观厌世、自暴自弃。

如今，她终于走出了童年的阴霾。在他自始至终的耐心陪伴和温柔爱意中，她逐渐学会了去温和地对待世事，去成为更加强大优秀的人。

他给了她一个家，让她从此不必流浪。

"他叫贺从泽，大家对他的评价褒贬不一，但对我来说，他是我的人生中不可缺少的人，对你来说也会是如此。"江凛想到什么就说什么，没忍住又碎碎念了一句，她后来觉得自己真的是闲得难受，遂关灯睡觉。

合眼前，她还不忘跟肚子里的小包子道了声"晚安"。

日子一天天地过去。自从怀孕后，各种补品江凛没少买，燕窝与各种水果都是日常饮食的必需品，即便已经吃腻了，为了宝宝的健康发育，她也硬撑着吃了下去。

好在江凛已经很少出现孕吐反应了，除了在饮食口味上有些轻微变化，并无其他需要注意的地方。

都说酸儿辣女，江凛也不知道这国内的民间说法是否有依据，毕竟她最近酸辣都吃得挺多，不觉得有偏向哪一种的意思——难不成自己还怀了俩？

江凛最初被这个想法吓到了，后来打量了一番自己的肚子，发现没那么大，估计就只有一个宝宝。

反正她也不关心男女，自己的宝宝无论如何自己都会捧在心尖儿上的，也没什么不同，便也不去猜测了。

说到江凛日常饮食上的各种问题，真是多亏了柳然。

自从江凛测出来怀孕后，柳然便迅速地从一名外科医生转变为职业家政人员，不仅成功地用自己的手艺将江凛因孕吐而减轻的体重给补了上来，甚至还让江凛圆润了不少。

想起最初二人在州城时的剑拔弩张，到现在成为同住好友，着实让人觉得世事难料。

缘分的奇妙之处大抵在此。江凛偶尔兴起，便同柳然一起去婴幼儿用品店逛逛，挑挑玩具和小衣服，顺便看看婴儿床，计划着到时候该怎么养娃。

但因为对颜色和款式有点儿纠结，江凛站在架子前犹豫了许久，此时，她才由衷地觉得，唉，如果这时候贺从泽在自己旁边的话，就能提供一些建议了。

柳然在旁边观察着江凛的神情，见她眼底突然浮现出了几分不易察觉的思念，不禁觉得心里有些不是滋味，心想：这女人还真是口是心非，明明就是想孩子他爸了，却死活不吭声。

时间流逝，转眼便数月过去了。

江凛的孕肚已经很明显了，不过她虽是孕妇，却照样能跑能跳，起先 Aaron 教授还挺担心她，但后来见江凛上得了手术台下得了科研室，就放下心来。

江凛身体素质着实过硬，除了最开始的一个月有点儿不适应，往后基本就看不出怀孕对她有什么影响。即便是挺着肚子，她也没耽误正事，操刀手术、临床试验，各个都是费神费力的活儿，她该干什么就干什么，没事时还会给肚子里的孩子上上课。毕竟除了肚子一天天地大起来，江凛并没感受到有何不同。

这日，江凛在写报告的时候，突然感觉肚子里面的宝宝好像动了动。

她的心便也跟着动了动。

江凛忙不迭地放下笔，去试探性地摸了摸自己的肚子，想要再体会一下方才那一瞬间的惊喜之情。

对了，自己现在好像已经怀孕满五个月了，理应会有胎动，所以刚才那一下，应该就是肚子里的小家伙动了。

江凛生性偏冷淡，因为儿时缺乏亲情，所以与一般孕妇不能完全共情。

　　然而此时此刻，那个小家伙突然有了动静，江凛实在是又惊又喜。

　　似乎是感受到了她的情绪变化，肚子中的那个孩子像是怕弄疼了母亲，又轻轻地踢了一下，正好碰上了江凛的掌心。

　　这次是实实在在的接触，江凛身子微僵，一时间眼睛竟有些酸涩。她终于清晰地感受到了这个孩子与自己的密切联系，这个孩子是她在这个世上的归宿之一。

　　从出生到后来横冲直撞地活着，江凛之所以无所畏惧，不过是因为不怕生死，也没有其他执念。直到遇见贺从泽，她才慢慢地找到了积极生活的动力。但直到此时此刻，她才算是彻底有了一种强烈的归属感。

　　因为她有了家，有了爱人，有了孩子。

　　江凛神色怔怔的，不一会儿又眼眶微微湿润地抚着肚子微笑，平日里十分清冷淡漠的五官，此时竟也添了几分柔和与温情，看得人心里为之一动。

　　她太过喜悦，便没能发现自己斜后方的身影。

　　其实柳然已经在门口站很久了。

　　从江凛察觉到胎动到她欣喜地去回应那个孩子，柳然始终在她身后看着她。

　　江凛这个人初看冷情，对任何人、任何事似乎都没有什么特别的执念，就像是四处漂浮的浮萍，从不惧怕，一往无前。

　　但就在刚才，柳然见识到了江凛不为人知的一面。

　　那种只有做了母亲的人才能拥有的温柔，教人动容。

　　柳然默默地向后退了几步，想了想，最终还是决定冒着被江凛打一顿的风险，拿出手机给远在京都的贺从泽发了一条短信："贺总，我是柳然。江凛最近常吃燕窝和柚子，但这些东西在朗斯这边不太好买，能不能请您托人捎点儿过来？"

　　她说的是实话，虽然柚子不算特别难买，但燕窝在朗斯这边的确不好找，之前买来的也快被吃完了。

　　她能做的都做了，剩下的全看天意，只希望贺从泽能看懂她这条隐晦的消息。

　　柳然这样想着，遂收起手机，美滋滋地做饭去了。

彼时，贺从泽正跟朋友们在饭局上拼酒，一群人玩得不亦乐乎。

贺从泽今晚手气不错，举着啤酒瓶跟宋川碰了一下，直接对瓶就吹，二人喝得有些微醺。

"江凛出国小半年了吧，这还有一年半呢，你慢慢等着啊，总有守得云开见月明的那天。"宋川搭着贺从泽的肩膀，晃着酒瓶子笑道，"贺从泽，你真是我的快乐源泉啊，先是被江凛始乱终弃，最后又独守空房，哈哈哈，你们俩拿错剧本了吧？"

天知道贺从泽费了多大的力气，才忍住憋屈没用啤酒瓶砸宋川的脑袋。

"闭嘴，就你厉害！"贺从泽"啧"了一声，抬手将欠揍的宋川推到了一边，干脆耳不听为净。

自从江凛出国去 IC 进修，他已经半年多没有见到她本人了，即便二人每天都有联络，但隔着电话与时差，短短几分钟的联系，意义不大。他怎么可能不想江凛呢？

每当贺从泽睡前瞧见左手无名指上的那枚戒指，便会想起二人共度的那些夜晚；想起她弯腰时划出的流畅而惊艳的弧线，勾人又娇憨；想起她仰起脖颈时，汗湿的发丝倾泻散开，温柔又妩媚……

贺从泽不禁又觉得心头有火气上涌，随即便抄起酒瓶猛灌了一口。

冰凉的酒液自咽喉滚下，稍微将贺从泽身体里的那些燥热平息了些。两个人刚刚结婚，他正是食髓知味的时候，偏偏美人儿远在天边，贺从泽委实心疼隔三岔五就去冲冷水澡的自己。

他想多了都是泪。

贺从泽觉得大抵全国都找不到他这么憋屈的老公了，好吃好喝地伺候着江凛，就连她出国学习也不敢拦着，自己简直是既委屈又卑微。

贺从泽正在这自我感动，手机屏幕便亮了起来，他用余光一扫，以为是公司里的人，却没想到竟是当初在州城时认识的那位柳医生。

这位柳医生是同江凛一批去 IC 的，现在和江凛一起住在他给江凛买的那栋公寓中，听江凛说，二人的一日三餐都是柳医生负责的，估计柳医生也挺不轻松的。

她给自己发短信干什么？

贺从泽拿过来扫了一眼，看见短信内容就两句话："贺总，我是柳然。江凛最近常吃燕窝和柚子，但这些东西在朗斯这边不太好买，能不能请您托人捎点儿过来？"

贺从泽愣了几秒钟，没反应过来这两句话是什么意思。

他觉得燕窝和柚子这两种东西实在是有点儿寓意，但又说不出来是什么，只觉得就差一点儿就能想出来，偏偏还就是想不出来。

旁边的朋友见他满脸沉重，便随口问："纠结啥呢你，跟我说说？"

"燕窝和柚子一起吃，有什么功效？"

"燕窝和柚子？"朋友皱皱眉，"什么功效？燕窝补营养，柚子补叶酸，这两个不都是女人怀孕的时候才会吃的东西吗？"

朋友真是一语惊醒梦中人。

贺从泽瞬间反应过来，难怪觉得这两样搭配有点儿寓意，原来是孕妇补品！

贺从泽再一想，不对，孕妇补品，江凛还常吃？

"怎么回事？"贺从泽大喊一声，突然从沙发上蹦了起来，把一伙儿人吓了一跳。

宋川很是嫌弃地丢过去一个白眼："什么宝贝砸到你脑袋上了？看把你给乐的！"

贺从泽兴奋过头，就差抱着宋川亲一口了，激动地说道："老子要当爹了！"

话音刚落，"啪嚓"一声，在场的一位兄弟因为太过震惊，竟然手一滑将酒瓶子摔碎了。

在座的各位无不目瞪口呆，个个把嘴巴张得仿佛能放一个鸡蛋进去，这场面着实是既滑稽又诡异，若是此时有服务员推门进来，指不定会被这个场面吓到。

仿佛过了一个世纪，宋川才结结巴巴地说："当……当什么了？"

贺从泽哪有闲心理他的茬儿，赶紧给助理打电话，助理刚接听起来，贺从泽便斩钉截铁地说道："现在就订机票，去朗斯，要最早的航班。"

助理大半夜被电话叫醒，一脸茫然："啊？朗斯那边的公司最近没什么会议啊。"

"快点儿，我赶着过去见贺家未来的继承人，这事不能耽误。"

助理蒙了两秒，迅速被这个消息吓清醒了："江……江小姐怀孕了？！"

贺从泽被助理的反应弄得有点儿烦，遂道："没错，所以你给我快点儿，越快越好。"

"好好好，您要头等舱是吧？"

"管他头等舱还是经济舱，最早的航班就行，这会儿还讲究什么？"

"行行行！"助理忙不迭地应声，挂断电话后就赶紧订下了去朗斯最早的航班，然后便迅速地收拾行李去了。

饭局上的众好友此时看贺从泽挂断了电话，才缓缓地回过神来，纷纷开始骂他，结婚那么利索也就算了，现在竟然孩子都有了。

贺从泽现在心情大好，对众人的笑骂声充耳不闻，一心只想孩儿他妈……不不不，是"她"还是"他"还说不准呢，万一是双胞胎呢？或者是龙凤胎呢？

当然，只有一个孩子也是好的，不论男孩儿女孩儿他都喜欢。

想着想着，贺从泽有点儿坐不住，单手抄起自己搭在旁边的外套，抬脚就朝包间门口走去，边走边头也不回地敷衍："你们这些没老婆孩子的人自己嗨吧，爷先走了。"

这厮临走也不忘秀恩爱？！

众人虽然表面上都表现得十分不爽，实际上都是替贺从泽开心的。

贺从泽前脚刚走，宋川便一脸悲戚地举起酒瓶子，道："行了行了，什么也别说了，大家挨个儿准备好份子吧。"

碰杯声响起，伴随着众人的叹息："为份子，干杯！"

贺从泽去外面吹了会儿冷风，想让自己冷静冷静，然而吹冷风也没用，他便急躁地掏出烟盒拿出了一根烟，点燃后狠狠地抽了一口。

直到烟燃掉半根，贺从泽的心情才平静了些。

他拿起手机看了看时间，太晚了，等自己见到江凛后，再跟贺家二老说明情况吧。

方才贺从泽出来得太匆忙，也没问柳然，江凛怀孕多久了，念及此，连忙给柳然发了一条短信问："江凛怀孕几个月了？"

过了五六分钟，他收到了柳然的回复："五个多月。"

贺从泽一愣，夹着烟的手指一松，"啪嗒"一声，烟掉了。

五个多月……五个多月？！

江凛这个女人竟然瞒了他这么长时间？！

贺从泽实在是又气又喜，先是想着一孕傻三年这句话或许是真的，再想了想，便明白过来，江凛肯定是怕他得知她怀孕的消息后，就放下工作大老远地飞过去陪她。

虽然话是这么说，可她瞒着他算什么事啊？

这段时间以来，二人几乎天天通话，贺从泽竟然没有察觉出来半分不对劲儿，任那个女人一个人在国外怀着孩子忙工作，早知道他就应该和她视频！

五个月……五个月的话，她肚子里的孩子是不是已经会动了？

贺从泽越想越喜，越喜越急，巴不得现在就插上翅膀飞去朗斯。无奈他只能想想，就算夜间登机，最快也要一天后才能抵达朗斯。

助理不久便将电话打过来，告知贺从泽航班定在三个小时后，机场距离市区不算近，两个人动作快的话，刚好能赶上飞机。

贺从泽将自己的地址报给助理后，便站在原地等待着。他出神地想着以后有了孩子的生活，想着孩子该起什么名字，想着婴儿房该如何装修……

夜晚的风已经有了冷意，阵阵吹向贺从泽，他却浑然不觉。

贺从泽又抽了支烟，抬起眼看向头顶上的天空，发现今晚的月亮格外明亮，只有零星的几颗星星藏在流云后，发出淡淡的光芒。

他便想起了那个远在海外的人，想起她的眼睛，想起她的一切。

贺从泽轻轻地闭上眼，感受着自己渐渐地平稳下来的呼吸，突然无比期待见到江凛的那一刻。

因为京都没有直达朗斯的航班，所以贺从泽与助理要在抵达朗斯旁边的小洲后，再转机前往朗斯，中途少不了一番折腾。

助理从跟着贺从泽起，就没再坐过经济舱，时隔多年再次坐经济舱，还真有几分……新鲜感。

是的，实在是难为自小矜贵讲究的小贺总坐在如此狭小的座位上，还能面不改色。贺从泽甚至还兴奋地望着窗外暗沉沉的夜色。

助理讪讪地收回目光，心想：就小贺总这个欣喜劲儿，他此时见了路灯都会将路灯当成太阳。

贺从泽心里一直想着"五个月"这三个字，怀着孩子的江凛是什么样子？

他原先还觉得不能理解那种要当爸爸的欢喜感，此时这种事情真落到自己的身上，才发现，心里的期待感与雀跃感根本就抑制不住。

他期待她为人母的模样，更期待她肚子中的那个宝宝，那是与他们二人紧紧相连的孩子，那是他一生中收到过的最惊喜的礼物。

"你说，怀孕五个月的人大概是什么样子的？"贺从泽把手放在肚子上比量着，言语中满是笑意地说，"这样吗？会不会太夸张了……"

助理欲哭无泪，自己还没有孩子啊！如何去理解准爸爸的喜悦呢？

贺从泽似乎也想到了这件事情，遂抚着心口道："对了，差点儿忘了，你还没孩子，你当我没问。"

助理："……"

贺从泽稍微平复了一下自己的情绪，随后冷静地说道："京都那边来的任何工作上的电话，全部推掉，能延后就延后，不能延后就取消，一切等我回国后再说。"

"什么？！"助理大惊失色地说，"贺董会杀了您！"

"杀不了。"贺从泽淡定从容地说，"难道你觉得我能在朗斯一直待到江凛进产房？"

助理想了想，如实地说出自己的想法："江小姐是不会同意的，肯定会把您赶回国。"

贺从泽敷衍地拍拍手："然也。"

虽然助理认为以自家上司的厚脸皮程度，应当是能赖在江小姐身边的。

飞机起飞后，周围静谧无比，这是夜里的航班，因此许多乘客已经在座位上闭目休息了。

助理先是被贺从泽从熟睡中叫醒的，醒后便急匆匆地去订机票，接着就换好衣服出门接人，然后又驱车一路到机场办理相关手续，忙得跟个兔子似的。

如今好不容易到了清静安稳的时候，那股子被他强行压下去的困意再度翻涌上来，想到接下来的路途委实需要养精蓄锐，助理便小心翼翼地打了个哈欠，合眼开始打盹儿。

一夜之间突然得知自己成为准爸爸的贺公子，此时坐在从未坐过的经济舱中，仍心潮澎湃难以平息，于是嘴角噙着笑开始规划一家三口未来的幸福蓝图……

十几个小时过去，飞机终于缓缓地降落。

跨过 12 个小时的时差，贺从泽走出机场时，外面仍旧是黑夜，让人有种日夜颠倒的感觉。

助理下飞机后，立刻去查询飞往朗斯的最早航班。贺从泽没带行李，身上除了手机、钱包什么都没有，他抱臂站在机场出口处，望着来来往往的车辆，灯光洒下来，一派影影绰绰的景象。

不久，助理面色稍显为难地走过来，对他道："小贺总，最早的航班也要等到早上了，我们得在附近找个地方歇歇脚。"

贺从泽闻言皱皱眉，看了一眼手机上的时间："最早的航班是几点？"

"早上 9 点多。"

太晚了，他等不及了。

贺从泽"啧"了一声，脑中迅速地想着有没有其他的办法。突然，他瞥见了机场出口处的一名外国男子。

对方正站在一辆越野车旁掏车钥匙，似乎是准备开车离开，贺从泽见此灵光乍现，对助理挥了挥手："你在这等我会儿。"

随后，他便朝那边快走过去，远远地唤住了那名外国男子。

助理有些茫然，倒当真就这样站在原地，看着贺从泽上前对那名外国男子说了些什么，刚开始那外国男子似乎不太愿意，但接下来不知贺从泽说了什么，那人瞬间便满脸笑容地点了点头。

也不知道那名外国男子答应下来了什么。

助理与他们二人之间的距离不算近，尽管深夜时分的机场无比静谧，助理还是没有听清楚他们到底说了什么。

于是助理只能通过他们的行为举止来猜测他们的谈话内容，只见贺从泽拿起手机操作了几下，不久，对面的那名外国男子也拿出手机看了看，委实像极了某种交易的现场。

接下来，贺从泽也用实际行动证明，助理猜得没错。

从助理的角度来看，便见对面的两个人友好地握了握手，随后那名外国男子转身离去，贺从泽从容地收起手机，转身走了过来……手里还转着把车钥匙。

对，车钥匙。

助理瞪大了一眼睛瞧着他："……"

贺从泽轻松愉悦，瞥了眼助理这呆子似的模样，将手中的车钥匙丢了过去："发什么呆？走了。"

助理腹诽了一下，得知自己刚才真的是见证了交易现场后，便莫名地觉得手里这串车钥匙仿佛有千斤重。

毕竟助理也不知道，视金钱如粪土的小贺总究竟花了多少钱才从对方的手里买下这辆车的。

但是在拉开车门，坐在驾驶座上后，助理突然意识到了一个更严肃的问题。

等等，他们之前不是准备找个地方休息一会儿，然后赶早上的飞机吗？他们为什么现在会坐在车里？

"小贺总。"助理转头看向坐在副驾驶座上的人，言语中尚存一丝希冀之意，"我们是要去找宾馆吗？"

"想什么呢？"贺从泽给了他一个白眼，说了一句平淡却极具震撼力的话，"现在上路兴许还能在下午之前赶到朗斯，赶紧的！"

原来贺从泽知道最快也要下午才能到朗斯啊！刚下飞机就要开这么长的车程，他这是想让自己肾虚吗？助理敢怒不敢言，只得满脸愁苦地插上钥匙，打开手机导航，驱车上路。

外面夜色浓重，路上的车辆少得可怜，越野车行驶在宽阔空旷的街道上，显得格外寂寞。

"疯了，真是疯了……"助理喃喃地说道，语气悲壮，"衣服没带，行李没有，连吃的东西也没买，就直接往朗斯跑……"

"你懂什么？！"贺从泽摆摆手，身子向后倚靠着座位，姿态慵懒散漫，道，"我这么多年都没这样赶过路了，还挺新鲜的，你要学会享受这份新鲜感。"

助理："……"

助理：你不是开车的人，当然能享受……

这么想着，助理长叹一声："是，不吃不喝不睡也要赶到朗斯，去见夫人。"

贺从泽眯着眼："不吃不喝不睡算什么？年纪轻轻就该多吃些苦，磨难使人成长，你不要打扰我难得的心境。"

心境！

助理悲愤欲绝，不吭声了，抓着方向盘专心地开车。

贺从泽一路想一路看，一路看一路想，满脑子都是江凛和她肚子里的孩子。

他就这样望着窗外，也不知道过了多久，直到长夜即将结束，天际泛白，远方浮起了微弱的橙红的光影。

稀薄的云雾中缓缓地透出了一抹晨光，直直地照进了车里，贺从泽动了动手指，那束光便照在了他无名指上的戒指上，戒指熠熠生辉。

贺从泽怔住了。

那个身在异国与他近乎半年未见的人，在得知怀有他的孩子的时候，是怎样的心情？江凛是否向孩子提起过他？怀孕初期身体不适的时候，她又是否如他对她一般，深切地想念着他呢？

想到这些，贺从泽心里又甜又酸，抬起手，轻轻地吻了吻那枚戒指，神情无比郑重。

江凛，你等等我，再等等我。

很快了，很快他就能将心爱的女人拥入怀中，去见属于他们的孩子。

时间过得出奇地慢，贺从泽感觉自己似乎等了极为漫长的一段时间，才等到越野车驶上大道，这就意味着再过数个小时，他们二人就能抵达朗斯了。

天已大亮。就在此时，贺从泽安静已久的手机突然闹腾了起来。

他扫了一眼过去，看到来电显示愣了愣，随后便接了起来："喂？"

尾音还没来得及拖长，对面的贺云锋已经怒道："贺从泽，你这小子怎么才开机？你怎么一声不吭就缺席公司会议了？！"

贺从泽暗中抽了口冷气，被贺云锋吼得耳朵都有点儿疼，忍不住将手机拿远了些："我有点儿事，昨晚在飞机上，没看手机。"

"你能有什么事？要是没个有说服力的理由我……"

不等贺云锋说完，贺从泽便坦白道："江凛怀孕了，五个月了。"

贺云锋："……"

时间仿佛在此刻静止了。

彼此都是一阵沉默，贺从泽等着贺云锋给他回应，倒是不急不忙，不再出声。

许久，贺云锋才难以置信地确认道："江凛怀……怀孕了？"

"嗯，我也是刚知道的。"

"这么大的事你怎么没跟我说？"贺云锋蓦地抬高声音，言语中不乏激动之情，"你现在见到江凛了吗？赶紧接她回来养胎啊！"

贺从泽正要说什么，却听手机听筒中传来了一阵嘈杂的声音，几秒钟后，电话对面的人俨然已经换成了崔妍："你说什么？小江怀孕了？！"

"是，我现在正在去朗斯的路上，还没见到她。"

"你快点儿，见到小江后立刻给家里回个电话，养胎在哪儿都行，主要是看看她身体怎么样，还有孩子的情况！"崔妍收到了肯定的回复，登时乐不可支地继续说，"哎哟，怎么不早说啊？我赶紧送点儿补品过去，小江怀着孩子又学习，正缺营养呢！"

贺从泽经母亲这么一说，才想起自己竟然空着手就来了，不禁在心里骂了自己一声，急忙开口："对了，妈，你往这儿寄点儿燕窝和柚子，我太激动忘拿了。"

"去看自己老婆竟然还空着手？"崔妍"啧"了一声，显然对此有些不满，但现在喜事临门，她也懒得管这么多了，"行了，我让人帮忙捎点儿过去，你只管操心小江和孩子就好！"

贺从泽应声，遂将电话挂断。

两地渐近，现在他只等见江凛了。

这天，江凛从早上起床开始就莫名地有些心慌。

不，说是心慌也不完全正确，倒不如说她有种隐隐约约的预感，像是有什么事情要发生似的。

可是她今天并没有觉得身体有什么不适之处，肚子里的小包子也安安分分地没有闹腾，一切同往常相比没有任何不同。

这种莫名其妙的感觉一直持续到她结束一天的学习生活。她与柳然离开 IC 搭车回到公寓后，那种感觉没有消散，反而越发浓烈。

江凛望着满街的梧桐，地上铺了一层梧桐叶，随着车辆驶过，叶子在空中随风扬起，弧度好看。

已经入秋了。

江凛眨了眨眼睛，心想：自己当初果然猜对了，这条种满梧桐树的街道在秋天里的确美不胜收。

她不知怎么了想起了许久以前自己与贺从泽之间的那个承诺，于是便自然而然地想到昨晚没联系上他的事情。他的手机很少关机，江凛推测他也许是在开会，便没有继续拨打。

她心里觉得怪异，也许就是因为这件事。

江凛想着，不禁摇了摇头，怀孕之后她的情感也丰富了不少，实在是太容易想多了。

回到公寓后，她照常剥了柚子吃，然后去楼上卧室中翻阅学习资料。

柳然本来正在楼下客厅的沙发上写论文，突然听到了门铃的声音。

她瞅了一眼门口，这时才想起的确该有个人来了，遂踩着拖鞋慢悠悠地走到门口，通过猫眼打量来人，没想到他竟然动作这么快。

柳然心里也是高兴的，一边暗自感叹，一边将门打开，不等对方出声询问，便主动道："人在楼上卧室里呢。"

卧室中，江凛正靠在床头上，捧着书懒洋洋地看着。

本来该是安静的时候，却有人十分不合时宜地一把推开了门。

江凛被吓了一跳，毕竟柳然从来没这样着急地开过门，江凛还以为有什么事发生，便抬头看过去。

紧接着，她便浑身僵住。

贺从泽风尘仆仆地赶来，第一眼看向她的脸，确认她没有消瘦、气色不错；第二眼看向她的肚子，惊喜道："跟我想象中的差不多！"

然而话音刚落，江凛便已经"腾"地从床上一跃而起，直接赤着脚奔向贺从泽，一下撞进了他的怀里！

贺从泽慌忙护住江凛，轻轻地揽住她的肩膀，低声说："小心孩子！"

她将脸深深地埋进他的胸膛里，双手紧紧地攥着他的衣襟，近乎贪婪地呼吸着只属于他的气息，感觉到了一种久别重逢的安心。

江凛不出声，只是闭着眼，几乎以为此时此刻只是一场梦境，极度的喜悦淹没了她，连眼眶都慢慢地湿润了。

贺从泽将目光紧紧地黏在江凛的身上，面上是欣喜与不可思议的神情。江凛被他看得有些不好意思，于是退后了些，却又立马被他重新拥入了怀中。

"凛凛，我这一路上一直在想，你怀孕后是什么样子，可现在真见到了，还真是……"他笑出声来，轻轻地摇头，声音有些不稳，"真是语无伦次、不能自已。"

"看出来了。"江凛的情绪逐渐平缓下来，她不太自在地撑着他的肩膀，"你怎么知道我怀孕了？"

不等贺从泽回答，她便蓦地反应过来，惊道："柳然！"

她刚喊出这个名字，便听"啪"的一声，卧室门被关上了，柳然溜走了。

江凛沉默半晌，终究是发不出脾气来。

毕竟自己是真的想念贺从泽了。

"嘘，你还怪别人？"贺从泽笑着斥责她，半抱着她坐到床边上，"要不是柳医生告诉我，我要什么时候才知道我当了爸爸？难不成要等到孩子出生？"

江凛沉默了一会儿，随后说了一句："没那么晚。"

"那也已经很迟了。"他看她一眼，随即垂下眼帘，看向了她的肚子，那里正孕育着他们生命中最美好的事物，再过不久，那个小家伙就要降临到这个世界上了。

想到这里，贺从泽眼里的神情便不由得温和起来，眼睛如同秋水，好看得教人挪不开眼睛。

江凛有些出神地望着贺从泽，不知怎的，便觉得心里微酸，抬起手摸了摸自己的肚子，轻声地说："小家伙，这就是你爸爸，我之前跟你说了许多次，却让你这么晚才和他见面……是我的错。"

贺从泽便也语重心长地说道："小家伙，你妈妈真的是个狠人，对你爸爸我始乱终弃不说，好不容易肯负责了，还怀着你跑到国外来了，留我一个人独守空房，实在是无情。"

江凛拧起眉头，这是哪门子的胎教，怎么净说她坏话？

"不过，你妈妈这样做也是因为体谅我。"贺从泽轻笑一声，话锋一转，语气温柔着说，"她怕自己在国外怀着你，如果这消息被我太早知道，我肯定是宁愿扔下工作也要赶过来陪她的，她不想让我耽误工作，所以才瞒着我到了现在……你要明白她的这份苦心。"

江凛闻言抿唇，心里的忧虑被贺从泽的这番话打消了不少，她起先还在纠结该如何向他解释这件事，不承想，贺从泽是如此了解她，理解她的所作所为。

"而且……"贺从泽缓缓地直起身子，望着江凛似笑非笑地说道，"我似乎记得有个人对我说过，这里的秋天会很美。"

江凛顿住，有些恍惚。

"所以我特地过来了。"他俯首去寻她的唇，低声地说，"因为这世上所有的美好，我都想与你们一起分享。"

他说的是"你们"。

她，与他们的孩子。

江凛感觉眼睛蓦地酸涩起来，于是将他抱紧，深深地回吻他。

自己这颗漂泊的心，终于有了归宿。

第十一章

如约而至

江凛半靠在贺从泽的怀里，他虽是揽着她，却仍小心翼翼地避开她的肚子，一副想碰又不敢碰的模样。

江凛瞧他这样，不免觉得有些好笑，然而下一瞬，她望见了他眼里藏不住的倦意，登时心里又生出几分酸楚来。

她便忍不住地问道："你是什么时候从京都赶过来的？"

"前天……不对，昨天？"贺从泽笑着摇摇头，有几分无奈，"我倒时差已经倒昏头了，按照你这里的时间算，我应该是昨天白天出发的。"

"因为中途需要转机，那个航班太晚了，所以我就和助理开车过来了，幸好一路上也没堵车，不然真是要急死了。"贺从泽轻叹了一口气，说，"我已经迟到太久了，一分一秒也等不及了。"

江凛按照贺从泽说的话简单地推算了一下时间，发现他竟然已经一天一夜没有好好休息了，他直接从京都赶过来了。

难怪他看起来这么疲惫。

江凛心里有些不是滋味，蹙眉道："反正你迟早都会到，怎么不好好休息，把自个儿当铁人了？"

贺从泽哭笑不得，被她这句话气得怒也不是叹也不是，便将她抓过来，把下颌放在她的颈窝处，偏过脑袋吻了吻她。

熟悉的女人香充斥了他的鼻腔，他大老远风尘仆仆地赶来，一颗躁动难安的心到了此时此刻才平静下来。

贺从泽提起近半年来自己对江凛怀孕毫不知情，若不是柳然告诉自己，自己这个当爸爸的人究竟要到什么时候才会知道这个孩子的存在？他再等半年吗？或者孩子降生？甚至孩子足月？

贺从泽越想越觉得生气，但又不能真拿江凛怎么着，只得咬着牙道："你这个女人也好意思说，到底是谁把自个儿当铁人了？"

江凛正想出声，却觉得他环着自己的手臂收紧了几分，那些被他隐忍许久的焦灼终于在她的面前流露了出来。

贺从泽语气十分复杂，让人分辨不出他是喜还是急：

"你为什么要瞒着我这么久？

"你在 IC 进修、养胎、救死扶伤，在异国的压力该有多大，我们每天通话，你竟然也不肯跟我说你怀孕了。

"我是你的丈夫，是孩子的父亲，却错过了这么多重要的日子。你的身体不适我一无所知，我甚至不能陪在你的身边。你知道我有多自责吗？

"江凛啊江凛，我真是迟早要被你气死！"

贺从泽埋首于她的颈侧，因此江凛不知他此刻的神情，但她能清晰地感受到他呼吸有几分不稳，情绪上的波动显而易见。

这个男人示弱撒娇的一面委实难得，江凛心里微动，也不知道是太久没见他的缘故，还是当了母亲情感泛滥的缘故，她觉得自己连人带心都柔软了起来，心里像是被塞了团棉花。

"其实……你也没有错过很多。"江凛终是忍不住为自己低声辩解道，"昨天上午，这个小家伙踢了我两下，那是我怀孕以来第一次胎动。"

"已经胎动了？"贺从泽闻言，倏地直起身子，一双眼睛亮晶晶的，"这么快？"

江凛皱皱眉，似乎是嫌弃他没常识："已经五个月了，没有胎动才是不对劲儿。"

贺从泽俨然是标准的新手爸爸模样，欣喜又无措，也不知该怎么跟宝宝互动："那我怎么跟孩子沟通？孩子会回应我吗？"

人前向来矜贵从容的贺公子，此时青涩喜悦的模样简直和毛头小子没什么区别，整个人都接地气了不少，江凛瞧着也觉得委实有趣。

她垂下眼帘，摸了摸自己的肚子，道："喂，给你妈妈动一动。"

小包子恍若未闻，完全不回应她。

江凛皱眉，心想：这孩子怎么这会儿这么安静了？难不成还睡着了？

"我试试。"贺从泽在一旁跃跃欲试，将掌心轻轻地覆在了江凛隆起的肚子上，小心翼翼地感受着掌下鲜活的生命。

他嗓音低沉，温柔地唤："宝贝，我是你爸爸，我们今天是第一次见面，你能感受到我吗？"

正儿八经的语气，好像她肚子里的宝宝真会回他话似的。

江凛正想笑他，毕竟这孩子连自己亲妈都不理，怎么会对自己素未谋面的亲爹给予回应呢？

然而事实证明，孩子还真的会。

贺从泽话音刚落，江凛便发觉肚子微微麻痒了一瞬！是小家伙踢她了！

而且也不知道是不是巧合，那一脚不偏不倚地踢在了贺从泽手掌所在的位置上，感觉到掌心传来微妙的触感，贺从泽心里满是震惊与感动。

这种感觉如同人生中最盛大的一场烟火冲破云层尽情绽放，而后终得圆满。

这份触动显然不只是贺从泽感受到了，江凛自然也是有感觉的，她与他对视一眼，便望见他满面的惊喜与不可思议。

贺从泽张口，似乎想说什么却又没能组织好语言，半晌才由衷地笑道："这孩子肯定很喜欢我。"

"也是个没出息的。"江凛"啧"了一声，对着肚子道，"妈妈怎么教你的？不能被人的外表迷惑，你爹这种就是表里不一的典范，你别被哄住了。"

贺从泽笑吟吟地瞧着江凛，倒也不反驳，只说："宝贝儿，我虽然这样，但你妈也不是什么省心的人。在有你之前，我成天追在她后面替她收拾残局，她还总是一声不吭就扔下我走人，后来好不容易肯对我负责了，这才有了你。"

要按这么个胎教法，孩子迟早得被贺从泽教坏。

江凛当即竖眉，佯装生气，轻推了他一下："你怨气我就冲我来，跟孩子碎碎念什么！"

"我得让这个小家伙知道我在家里的地位。"他叹了口气，幽幽地说道，"反正日后在家里我少不了被压迫，你做严母我做慈父……宝贝儿，你可要有点儿眼色，多黏着我点儿。"

像是在回应贺从泽似的，小家伙又隔着肚皮踢了一下他的掌心，江凛便眼睁睁地看着这个男人的嘴角已经快要咧到耳根了，不禁开始担忧自己未来在孩子心目中的印象。

贺从泽也不说好话，不过是感受到了两次胎动就乐成这副模样，真是教她不知该说什么好。

让江凛无言以对的贺公子，此时正饶有兴趣地盯着她的肚子，问她："凛凛，你说肚子里的这个小家伙，是男孩儿还是女孩儿？"

"不知道。"江凛实诚地回答，"我酸辣对半儿吃。"

贺从泽沉吟半秒，随后满意地颔首："这么喜欢我，应该是个小女孩儿。"

"这是什么理？"她皱皱眉，"我怀了孩子几个月，她肯定更喜欢我。"

"好好好，那就喜欢你。"他轻笑，显然不想在这个问题上争执，"希望是个香香软软的小姑娘。"

江凛倒从未发现，贺从泽竟然有隐藏的女儿奴属性。

虽然她也希望肚子里的孩子是个女儿，不过其实男女对她来说没差别。她可不像他这样张口就想要女儿。

江凛挑眉，问："怎么？如果是个男孩儿，你还能烦他不成？"

贺从泽摇摇头："最好别是儿子，不然以后家里就多了个跟我抢你的男性了！我想想就头疼。"

江凛："……"

敢情他这是连孩子的醋也要吃？

她不禁觉得有些好笑，摸了摸自己的肚子，对肚子中的小家伙说道："你听见没有？你爹原形毕露了。你要是个小子，以后就小心着点儿了。"

"你要是个小姑娘，以后就只管黏我。"贺从泽倾身，顺着她的话往下说，"小裙子、洋娃娃、各种好吃的，你要什么我给你买什么。"

江凛越听越不舒服，当即扫他一眼："哪儿有你这么惯孩子的？不成，以后还是我带着孩子，你一边儿去。"

"女孩子就是要娇养。"贺从泽"啧"了一声，又突然想到了另外一个问题，"对了，家里还要再腾出个婴儿房，我回国就立刻去准备！"

江凛失笑道："还有四五个月这个小家伙才落生呢，你这么早安排干吗？"

"意义不同，这些东西必须提前准备好。"他正色道，自顾自地统计着，"还有婴儿的衣服、奶粉、玩具……"

他再这么说下去，江凛怕他又要想到孩子以后如何继承财产了。

"行了行了。"江凛忙不迭地出声打断他，"你还是想一想更紧急的事吧，孩子的名字还没起呢。"

贺从泽经她这么一提醒，才蓦地反应过来，拍了一下手，道："对，名字！"

贺从泽想了几个名字同她说，江凛拿出词典又翻了翻，两个人正儿八经地考虑着孩子的名字，商量来商量去，还是没有定下来。

最后，江凛想得有点儿不耐烦了，便对肚子里的小家伙道："算了，反正爸妈折腾半天取出来的名字你也不一定喜欢，你出生后自个儿翻字典决定吧。"

贺从泽不敢相信地盯着她："这样算什……"

不待他说完，江凛便摸摸肚子："你要是觉得我的提议不错，就踢我一下。"

她话音刚落，那个小家伙就蹬了一下腿。江凛很是得意地看向贺从泽，道："看吧，这孩子就是随我，有主见。"

贺从泽："……"

不知怎么了，听到江凛这句"这孩子就是随我"，他突然心颤了颤。

不行，他期待的可是个又软又可爱的女儿，若是孩子随了江凛的性子，以后让他头疼的人不就成两个人了吗？

这么想着，他越发为以后的生活担忧起来。

两个人在房间里絮絮叨叨太久。江凛始终将贺从泽一天未休息的事情挂在心上，便催他赶紧去睡觉缓缓。

贺从泽正有此意，但在此之前，还是先给贺老爷子打了个电话，先报喜再说。

因为贺家二老一直在等他的电话，所以几乎在电话被打通的瞬间，贺云锋就接了起来。

还不等贺从泽汇报情况，贺云锋便已经急匆匆地问道："情况怎么样？！"

"情况很好，江凛身体不错，孩子也很健康……"贺从泽防止被对面传来的高分贝声音攻击到，将手机放远了些，弯唇，"那个小家伙还踢了踢我，肯定是个机灵的孩子。"

"哎哟，已经有胎动了！"那边传来崔妍的声音，有些远，却能听出里面满是欣喜，"我已经让人把补品寄过去了，贺从泽你让小江好好养身子，跟她说在 IC 进修也别给自己太大压力，身体和孩子要紧！"

贺云锋登时表示不大乐意了："已经怀孕了，怎么还好在那里继续进修，还不如接回国……"

"你懂什么啊？"崔妍不满地怼了贺云锋一句，"女人怀孕了就一定要待在家里休息吗？要我说，家庭和事业一样重要，能不放就不放！"

贺云锋叹了口气，也不再强求，嘱咐贺从泽一定照顾好江凛后，便挂断了电话。

贺从泽与贺家二位长辈打电话的时候，江凛在一边全程旁听，崔妍的话语自然是一字不落地被她收入耳中。

对于崔妍的理解与支持，江凛十分感动。其实最初她决定隐瞒怀孕的事情，担心贺从泽耽误工作是原因之一，而另一个原因……则是她担心贺从泽的父母会要求她回国养胎。

现在看来，她是不用操心这些了，好好地待在朗斯继续她的进修生活就好。

这样想着，江凛不禁松了口气，面上浮现出了一些轻松的神情。

贺从泽何尝不知道她的小心思，打这通电话，就是为了给她打一剂安神针，好让她放下心来，好好地做她自己的事情。

贺从泽也知道，自己千里迢迢地赶到朗斯，却也只能陪江凛和孩子短短几天时间：一是因为公司的事情不能总拖着不处理；二是因为江凛比他还要清楚这一点，怕是最后赶也要赶他回京都的。

江凛究竟在想些什么，贺从泽早已经琢磨出了个大概。他是如此了解她，甚至有时比江凛都要更了解她自己，有些话有的事她不必开口，他就能知道。

江凛也知道贺从泽肯定已经将自己猜透了，于是也懒得再多说些什么，直接伸手将他按到床上："从现在开始不要说话，有什么话等你睡醒了再说。"

"行。"贺从泽低笑一声，从容地伸手将她一拉，让她与自己躺在一起，"你陪我睡，不然我睡不安稳。"

江凛瞥他一眼，也不知道他说的是真是假，但随后就捞过被子将自己与贺从泽盖住，毫不客气地钻进那个自己怀念许久的怀抱中，合上了眼睛。

　　就当给自己放个假好了，嗯……这种时候，男色比较重要，她在心里这么告诉自己。

　　贺从泽在朗斯陪了江凛几天，难得看着江凛过了几天不熬夜、纯养生的日常。然而短暂的浓情蜜意后，他便带着助理回国了。

　　一方面，因为公司催贺从泽催得紧，最近贺云锋逐渐放权给了贺从泽，因此贺从泽事务缠身，有太多工作需要接手处理；另一方面，便是江凛知道贺从泽正是忙碌的时候，所以让他早日回国，抽空过来看看自己就好，她仍旧会每天跟他汇报自己的身体情况。

　　肚子里的小包子让人很省心，从来不跟江凛闹腾。有时候，这个小家伙起了玩心，便会用脚轻轻地踢几下江凛，江凛也不知这孩子是想让她说话还是怎么了，总之只要她随便对着肚子聊几句天，孩子就会安静下来。

　　江凛对此十分欣慰——这孩子将来肯定是个乖孩子，绝对不用自己多操心。

　　崔妍也动不动就从京都寄很多补品来，江凛上一批补品还没吃完就又迎来了下一批补品。柳然一边感叹着钱的耀眼光环，一边越发觉得自己当初向贺从泽透露风声真是个正确的选择。

　　贺从泽离开朗斯后，柳然一直提心吊胆的，担心江凛会责怪她。但江凛好像直接忘了这件事一样，再也没有提起过这件事，如往常一般安安心心地边学习边养胎。

　　毕竟江凛不在国内，认识的人也不多，所以怀孕的消息只有小范围内的人知道。

　　江如茜得知自己马上就要当外婆后，着实乐不可支，整天盯着江凛的作息，定时给她打电话当人体闹钟，监督她早睡，连时差都拦不住江如茜。

　　江凛自此过上了早睡早起、多吃补品的养生生活，几个月下来整个人圆润了不少。她简直没眼去看那数值飙升的体重秤了。

　　虽说养胎的日子实在枯燥，她不仅需要按时完成些胎教任务，那些寄来的补药也难喝得要命，但是为了肚子里的这个小家伙，这点儿小事她还是能忍下来的。

到了怀孕后期，江凛仿佛完全没有身为一个孕妇的自觉，即使挺着大肚子，照样在 IC 忙上忙下，在教授指导下顺利地发表了一篇论文，还因为成绩优异获得了参与国际学术交流会议的机会，该干的正事一样也没落下。

其实江凛的优异表现已经远远超过了 Aaron 教授的最初期待，他本来已经打算让江凛参与院里的科研项目了，但是因为江凛怀孕了，她的身体多有不便，所以二人便决定过一段时间再谈这件事。

就这样，日子一天天地过去，江凛终于临近预产期。贺从泽连忙从京都赶了过来，硬是将自家这位不安分的孕妇摁到了医院里，让她好好地做准备。

江凛本来不大乐意，但一想自己挺着个大肚子再去做事情，也委实不怎么方便，于是安心地在医院里住下，等着肚子里的小包子出世。

由于这位待产孕妇的身份实在特殊，所以医院加派了数名护士实时观察江凛的情况。护士每天都要去病房中瞅一眼，看看她的肚子里有没有什么动静。

直到某天，怀着孩子、无比矜贵的江医生，在睡梦中迷迷糊糊地嘟囔了一句："我肚子不舒服……"

此话一出，旁边的护士被吓得连忙紧急通知医生，就差直接检查江凛的身体情况，推她进产房了。

大半夜里，听见消息的小贺总从床上翻身而下，揪着助理慌慌张张地赶到医院里，进入病房却只迎上了自家夫人一双蒙胧的睡眼："干吗啊？大半夜的！"

就这从容不迫的模样，她哪里像个即将临产的孕妇？

医生赶到病房后，发现孩子没什么动静，就是江凛饿了。

江凛饿了……

时间转瞬即逝。这日，在阳光明媚的午后，江凛本来躺在床上准备睡觉，却突然觉得小腹处传来了一阵隐隐的刺痛感，针扎似的。

江凛当即正过身子，扶着肚子倒吸了口气。她还以为这是正常的胎动，然而过了一会儿，腹部的剧痛却仍没缓解。

阵阵的绞痛从江凛的小腹传来，随后迅速地扩散到了她的上半身，她感觉自己的肚子仿佛已经缩成了一团，这种绞痛缓慢而剧烈，她疼得大汗淋漓，连咬牙的劲儿都快没了。

江凛强迫自己冷静下来，想起之前查过的分娩前的征兆和感受，惊觉自己这不是胎动，而是羊水破了！

这个小崽子怎么挑这会儿出来啊？还让不让她睡觉？

江凛只觉得头痛，忙不迭地摁铃呼唤医生。她感觉肚子难受得要命，不出几秒，她的额头便出了层汗，她用手下意识地攥紧床单，拼命地咬着唇没有喊出声来。

直到医生急匆匆地推开病房门，她的呼吸也急促起来，肚子传来的阵痛让她渐渐地没了力气，甚至连喊痛的声音都发不声来，虽然她已经做好了心理准备，但是真没想到会这么疼。

江凛感觉自己整个人如同被火车碾过一样，甚至觉得要是肚子真的这么疼上几个小时，可能孩子还没生出来，自己已经疼晕过去了。

医护人员将她向产房转移时，江凛只觉得浑身难受得厉害，压根儿就没心思去管别人怎么动她，只想着赶紧结束这种要命的痛苦。

这个娃前几个月让她这么省心，应该不至于等到这个时候突然折腾自己吧？

江凛讪讪地想着，心里却不免有些底气不足，开始止不住地去怀疑孩子安分下来的可能性。

匆忙赶来的贺从泽成功地见到了即将被推进产房的江凛，赶忙两步并作一步上前，紧紧地握住了她的手，放在唇边吻了吻："凛凛，没事，有我在外面。"

他的声音有几分颤抖，江凛能听出来他的不安与无措，于是在百般不适中挤出了一点儿清醒，抬起手虚虚地摆了两下，豪气扬言道："慌什么，今天在太阳落山前，这孩子肯定得出来！"

话刚说完，江凛便被推进了产房里，她的手从贺从泽的手边滑过，他似是不舍地探了一下手，但终究没有碰到江凛。

贺从泽之前听说分娩对孕妇而言也算是个生死关，所以对此颇为心悸。他在产房外来回踱着步，从左走到右，从右走到左，助理已经被他晃得眼花了，便道："小贺总，江小姐这次是无痛分娩，受不了太多苦的，你不用着急。"

贺从泽恍若未闻，只拧紧一双眉，道："我怎么总觉得安不下心来……奇怪……"

事实证明，贺从泽的这份不安应验了。

江凛腹中的孩子大抵是百分之百地继承了她的逆反与执拗，丝毫不理会母亲让自己在太阳落山前肯定得出来的要求，一直到月亮高高地挂上了天，也没有一点儿要出来的意思。

产房中，助产士以及助手们都累得不轻，起初还精力充沛、在怀孕期间养胎学习操刀手术各不耽误的江凛，也已经把贺从泽这三个字咬在嘴边骂了无数遍。

产房外的贺从泽听着，却觉得莫名心安——她还有力气骂自己，看来应该问题不大，估计孩子也快生出来了，她继续骂自己就好！

江凛肚子里的孩子也不知是怎么了，这会儿即将出世时竟然格外难缠，江凛甚至怀疑这个小东西前几个月那么安分，就是为了现在折磨自己。

夜色沁凉，月亮在一片暗色中泛着莹白的光辉，几颗星星点缀在一旁，一闪一闪的，分外亮堂。

就在此时，贺从泽隐约听见产房内传来了江凛的声音："出来！"

她说的是"出来"还是"出来了"？

贺从泽在外面等得坐立难安，偏偏还不能进去看江凛和孩子的情况，就这样在外面干等着，感觉自己的一颗心已经被拧成一根麻花了。

产房中，江凛俨然已经筋疲力尽。她正生气地想为什么不是谁塞娃谁生娃呢，就听助产士突然惊喜道："出来了！"

孩子终于出来了……

江凛整个人都松懈下来，差点儿眼睛一闭晕了过去，但浑身上下的疼痛又让她无法成功地失去意识。她简直清醒得不得了。

短暂的欣喜过后，江凛突然反应过来——孩子怎么没哭？

孩子竟然没哭？！

江凛登时大惊，就差起身把孩子抓来瞧了。然而就在此时，像是为了专门给她听似的，那个小家伙扯着嗓子倏地发出了一阵响亮的哭声，哭声着实是震耳欲聋。江凛险些暂时性失聪，被这哭声弄得傻了几秒。

抱着孩子的助产士更是直接遭殃，工作这么多年来都没遇到过哭声如此洪亮的孩子，整个人都茫然了，甚至还有点儿耳鸣。

得了，就冲这底气十足的哭声，这孩子绝对半点儿事没有。

江凛终于放下心来在手术台上躺平，肚子终于空了，安安心心地等着护士为自己处理创口。

外面的人自然也听见了这声音。助理还没听过哭得如此响亮的婴儿，不禁呆呆地望着产房的房门，心想：这两个人的孩子会不会也是个小魔王？

贺从泽听到哭声后登时身形不稳，本在踱步的他跟跄了一下，而后扶着墙僵在原地，望着产房发呆。

素来淡定自若、从容不迫的贺公子，此时脸上复杂的表情可是前所未有，旁人都想偷偷地拍下来留作纪念了，反正大家也都知道以后肯定是不会再有机会瞧见贺公子这个表情了。

贺从泽越发焦灼起来，因为这会儿江凛又没声了。他确定了孩子没事，那江凛呢？她怎么样了？

贺从泽正想着，护士便推开产房门走了出来。护士怀中抱着被洗得白白净净的宝宝，把宝宝抱给贺从泽看，欣喜道："恭喜这位爸爸！是个小姑娘！"

女儿！

贺从泽心蓦地一跳，几乎手忙脚乱地将宝宝接了过来，用有些僵硬的姿势抱着她，让她安安稳稳地依偎在自己的臂弯之中。

小家伙还没有睁开眼，但长得极为白净漂亮，此时正哼哼唧唧地哭着，被贺从泽抱在怀里，抱着孩子的贺从泽瞬间感觉自己好像正在做一个关于棉花糖的梦。

由于新生的婴儿要先被送去婴儿室，所以贺从泽便将孩子小心翼翼地交给护士，让护士好好地照看孩子。

没多久，躺在病床上的江凛便被助产士从产房中推了出来。经过了长达十几个小时的战斗，她实在是累得不轻，发丝已经被汗水沾湿贴在了脸颊上，脸色是略显病态的苍白，整个人极为虚弱无力。

贺从泽只这么一眼瞧过去，便心疼无比。他一路紧紧地跟着助产士将江凛送回病房中。

待一切安置妥当，助产士同贺从泽强调了照顾江凛时需要注意的几点事项后，便默默地离开了。

目送助产士关门离开后，贺从泽走到病床边，轻轻地握住了江凛微凉的手，为她传递温暖。

他看着江凛这副筋疲力尽的模样，心里委实感动又怜惜，于是拨开她散乱的发丝，俯身在她额前落下了一个温柔的吻。

贺从泽先是轻轻地叹了一声，随后对她低声地说："凛凛，你真的辛苦了！谢谢你！"

江凛本来半闭着双眼休息，听见贺从泽的声音，便懒懒地抬起眼皮，却也不怎么想说话，只是"嗯"了一声。

"你看，哪怕这一路跌跌撞撞，但你还是学会了爱与被爱，学会了更温和地去对待世事。现在，你甚至有了对一个生命负责的勇气……"他说着，语气轻柔缠绵，由衷地说道，"凛凛，你真的很棒！"

这番话被江凛一字不落地收入耳中，着实哄得她开心了些。

江凛本来想扯扯嘴角，笑着跟贺从泽打趣一句，但奈何精力有限，她现在已经快把半条命扔在产房里了。

累，生孩子是真累，江凛觉得自己没在孩子出来后立马晕过去，已经足够争气了。

"对了……"她突然想起一件重要的事情来，于是勉强开口，声音干涩暗哑，"是男孩儿还是女孩儿？"

"是个女孩儿。"贺从泽轻笑，望着她的眼神温柔如水，"以后家里就多了位小公主。"

宝宝是女儿啊……挺好的。

江凛唇角不易察觉地勾起了一个弧度，喃喃地说道："女儿好哇，宠着就行。"

"嗯，以后我宠着你们两个人。"贺从泽安抚道，嗓音低缓平和，"乖，你先好好休息，睡醒后就能见到我们的宝宝了。"

江凛闻言笑了笑，姑且算是给他的回应，此时她实在没有多余的力气开口了，不论是身体还是意志都到了宕机的临界点。

她缓缓地合上双眼，随后滔天的困倦吞没了她，脑海中的意识逐渐地模糊起来，最终化为虚无。

江凛醒来的时候，天已大亮，她只能瞧见窗外有光，却不清楚现在是什么时候。

江凛除了感觉身子酸软，倒是没有其他不舒服的地方。她试着动了动胳膊和腿，发现卸货后，身体真的有一种久违的轻快感。

江凛从床上坐了起来，兴许是因为刚醒，她觉得看东西有些模糊。

江凛揉了揉额头，缓了几秒钟，才慢悠悠地转过脑袋，目光紧紧地锁定在了旁边的小床上，里面正躺着个熟睡的宝宝。

江凛先是怀胎十月，又费了九牛二虎之力才把这个孩子带到了这个世界上，此时江凛就这么直直地面对着她，竟然觉得有些……有些紧张，像是近乡情怯似的。

江凛将身子向前探了一些，尽量将自己的动作放轻，防止发出声响吵到孩子。

幸好孩子睡得又香又沉，歪着脑袋闭着眼睛，根本就没注意到身边靠过来了一个人。

江凛打量着这孩子的眉眼，发现孩子当真是完美地继承了她与贺从泽的优点。虽然孩子出生不过一天，五官还未长开，但一张小脸白嫩干净得出奇，可爱极了。

这是她的女儿，是她与贺从泽的女儿。

江凛想到这里，便不自觉地向上扬起唇角，心情很是愉悦，觉得生活简直是阳光普照。

她在此时不经意地抬眼，正好赶上贺从泽推开病房门走进来。二人对上视线，她便望见他的眼底微微闪过了一抹光。

"睡醒了？"贺从泽快步地走到病床边，仔仔细细地端详着江凛，因为怕吵到女儿，所以说话的声音很轻，"身体有什么不舒服的地方吗？"

江凛摆摆手，示意自己的身子骨倍儿棒，此时此刻舒坦得很："没事，都挺好的，再缓缓就能下床走路了。"

贺从泽闻言，心中的石头这才落地，而后松了口气，笑着向江凛示意正在小床里安稳熟睡的宝宝："你看，我们的女儿。"

江凛刚才就打量过宝宝了，于是摸了摸下巴，有些自豪地说道："你还别说，这孩子折腾了我这么久才出来……我本来被她气得不轻，但一看她这么好看，就觉得挺值。"

贺从泽勾唇一笑，低眉敛目间，望着那个小家伙的眼神温和慈爱，仿佛这是他最为珍贵的宝藏。浅浅淡淡的笑意散在他的眼角眉梢上，他心里有一种恬适而温暖的感觉，这是他从未体验过的幸福满足感。

江凛望着他这副模样，心也不由得更柔软起来，有欣喜有感动，实在是五味杂陈，说不清楚。

就在此时，小宝宝像是感受到了父母的注视，哼哼唧唧地逐渐醒来，也不知道是否看清楚了他们。

贺从泽当即惊喜地说道："醒了！"

似乎是为了印证贺从泽的话，也像是为了证明自己，小宝宝茫然了几秒钟后，一张嘴就扯着嗓子"哇哇"地哭了起来。

她这一开口，可谓是惊天动地、气壮山河，哭得江凛忍不住扶额。这小姑娘是怎么做到哭声这么响亮的？

江凛被吵得忍不住往后退了一点儿，想不通小家伙这么小小的一个身体，为什么她可以哭得如此惊天地泣鬼神？但自己的宝儿就是要一鸣惊人，江凛这么想着又还觉得挺骄傲的。

江凛忍不住下床伸出手，对着自己闺女那张粉嫩白净的小脸又是揉又是捏，越发觉得手感极好，怎么着都不舍得停下来。

小家伙哭了几嗓子后，见母亲笑吟吟地开始玩起了自己，就逐渐收了声，委屈地看了眼自己俊美无比的父亲，企图请父亲帮助她。

贺从泽接收到女儿的眼神求助后，当即心里一喜，却并不打算帮她，只是安慰似的对女儿道："宝宝乖，你妈妈是太高兴了，你让她摸一会儿就好了。"

小家伙瞠目结舌，她才来到这个世界上，就清楚地感受到了自己在家庭中的地位。

闺女已经成功出生了，二人向密切关注江凛孕期情况的各方汇报完喜讯后，便开始准备给这个小家伙取名字了。

江凛决定按照自己先前的承诺来，于是爽快地让贺从泽拿来了一本小字典，扔到闺女面前让她随便翻，指到哪两个字就叫什么名字。

当然，寓意仍旧是要二人帮着把把关的。江凛与贺从泽看着自家闺女翻翻点点数页后，终于决定了闺女的名字——贺伊睿。

"伊"意指美人，自然是好字；"睿"则表示智慧，两者合一便有了"才貌双全"的意思，江凛对此十分满意。

贺从泽虽然总觉得就这么定下了女儿的名字，委实有些草率，但听江凛说"以后她要觉得名字难听，就跟她说是她自己取的"，他便也觉得有道理，反正名字也挺好听的，于是欣然接受。

贺从泽因为太过欣喜，在女儿出生后没几天，就为其上了户口。后来，他手里捧着有着一家三口资料的户口簿，怎么看怎么觉得生活真是幸福美满。

江凛嫌他跟个痴汉似的，一看就知道将来铁定是个女儿奴，把贺伊睿放在他身边还不知道要被惯成什么样了。

正好因为贺伊睿年纪小，上飞机可能不太安全，因此江凛与贺从泽商量了一下，最终决定把贺伊睿放在朗斯由江凛带着，而贺从泽负责定期来探望母女二人。

毕竟江凛还有一年多的进修任务没有完成，本来因为怀孕生子，她就耽误了一段时间，怕是回国的日子还要往后拖延一阵子，那时正好贺伊睿已经周岁，她们直接回国就好。

江如茜对于二人的决定并无异议，贺家二老也表示可以接受，虽然孙女在国外待着他们也不太放心，但毕竟她还小，跟着妈妈会更合适一点儿。

贺从泽这次在朗斯计划待半个月，时间有点儿长，他便让助理先回国代他处理工作，老婆孩子是第一位的，剩下的事情等他回国后统一处理。

贺伊睿出生后，江凛便过上了养娃的生活。但她对坐月子这种事并没什么特别的概念，而且她本就属于自愈能力特别强的人，因此在公寓休息了没几天，便去 IC 继续学习了。

贺从泽在朗斯的半个月时间里，除了待在分公司工作，便是守在女儿身边。自从贺伊睿出生后，他便启动了优秀奶爸模式，整天不是围着夫人转，就是忙着陪着女儿，俨然一副称职家庭主"夫"的形象。

贺伊睿察觉出爸爸似乎更宠自己一些，便也格外黏他，尤其在盯着贺从泽那张俊脸的时候，她时常高兴得眼睛闪闪发光，抱着他不撒手。

江凛见闺女一副在美色面前没有出息的样子，只觉得心痛无比，总算是懂了为什么自己陪着贺伊睿的时候，这孩子总是哼哼唧唧的，而一旦人换成贺从泽，她就笑脸相迎了。

敢情她这么小就只看脸了！

贺从泽实在是个女儿奴，有时候被贺伊睿缠得紧了，他把她抱在怀里，一坐就是一两个小时都不带动的，还总是一副满面春风、十分幸福的模样。

江凛正好趁机得闲，让他们父女俩培养感情，反正以后贺伊睿还是得老老实实地在朗斯待着，这会儿刚好可以让她她爸爸多相处一会儿。

时间飞速流逝，到了贺从泽回国的日子。

江凛送走恋恋不舍的贺从泽后，与他的联系方式便由语音电话转为视频，主要还是为了让某妻奴兼女儿奴能看到自己朝思暮想的两个人。

贺伊睿每次在视频中看到贺从泽的脸，就会开心得"咯咯"笑。

江凛曾一度怀疑，贺伊睿是不是还继承了贺从泽身上的某种特性……譬如，偏爱美色。

自从成了母亲，江凛觉得自己突然变得更加有人情味了，比如她认为贺伊睿的哭声是这世上最美妙的乐曲，贺伊睿的笑靥是她见过最美的容颜，即便贺伊睿大半夜哼哼唧唧地吵她，她也觉得甘之如饴、幸福无比。

以前，江凛肯定是连想都不敢想这些事情，但如今觉得甘之如饴，并且不觉得有什么不对，沉迷其中。

在有贺伊睿之前，江凛觉得承担一个生命对自己来说太过沉重；有了贺伊睿之后，她便再也不想无欲无求、清冷度日，而是只想当个普通的母亲和妻子，去体会这世间最平淡却又最充实的幸福。

当然，如果她不提贺伊睿成天扯着大嗓门儿"嗷嗷"哭的话。

因为要时时刻刻地观察贺伊睿的情况，江凛便把婴儿床放置在了自己的床边。婴儿床是贺从泽亲自选的，贺伊睿的小衣服也是贺从泽买的，粉白蓝，少女感十足，江凛着实是不知该如何评价。

孩子在婴儿时期最让家长头疼的特点之一便是喜怒不定，贺伊睿也不例外。但在最近这段日子里，江凛发现贺伊睿在哭的时候，她越哄贺伊睿，贺伊睿就哭得越起劲儿。

于是等到贺伊睿再哭的时候，向来简单粗暴的江医生便采取了不理会的态度，照常该干嘛干嘛，大不了戴着耳塞看书，总之就是不去哄孩子。

起初，贺伊睿见自己没有存在感，便使劲儿地哭号，大有江凛不过来她就不停下的势头。

柳然听着这哭声十分不忍心，便去好声好气地哄贺伊睿："小宝贝儿，这里都是自己人啊，你好好的，别哭了啊。"

贺伊睿不为所动，哭得更带劲儿了。

江凛在旁边淡定地制止柳然，摆摆手道："她哭累了就好了。"

江凛不愧是贺伊睿的母亲，熟知这娃娃的脾气，果真贺伊睿见自己哭了半天也没有人理会自己后，便自行闭嘴，用小手抹了一把眼泪，抱着玩具自娱自乐去了。

她转瞬间变脸，看得柳然啧啧称奇，也不知道这孩子像谁，当真是聪明、机灵极了。

又这么来回折腾了几次后，贺伊睿还是栽在了自己的严母手里，之后再也没有闲着没事乱哭过，反而更黏江凛了，每天睡前都要向江凛讨亲亲，不然就要掉眼泪。

江凛简直是怕了这个小家伙的卖萌本领。她长得实在好看，百分之百地继承了江凛与贺从泽的外貌精髓，一副可爱的模样，谁看了都会喜欢。

本来下定决心当一位严母的江凛也不知不觉地隐约有了一点儿女儿奴的倾向。

与母女二人同住在一个屋檐下的柳然柳医生，对于贺伊睿这个会卖萌、会撒娇的小机灵鬼更是喜欢得紧，成天有空了就会抱着贺伊睿亲上几口，被蹭了一脸口水还乐呵呵的。

贺伊睿的团宠地位，由此彻底坐实。

就这样，江凛继续在朗斯过着自己的学习与育儿兼顾的进修生活。

短短半年时间内，江凛就发表了两篇学术论文，由于材料翔实、论证充分，两篇论文甚至被学界的顶级期刊转载，登时为江凛赢得了不少名气。

当然，江凛知道自己能有这么大的进步，与 Aaron 教授的耐心指导和热心帮助是分不开的，毕竟许多临床经验和操刀机会极为难得，如果不是 Aaron 教授愿意让她尝试，她很难走到现在。

与此同时，由于身体已经恢复得差不多了，江凛便在 Aaron 的介绍下成功地加入了 IC 的相关科研项目组，从此便科研、育儿两不误，既忙碌又快乐。

听说江凛在 IC 获得的优异成绩后，崔妍简直乐不可支，成天地向闺密们讲述自己的儿媳妇有多么优秀，就连向来要求甚高的贺云锋，都觉得江凛这孩子实在是出类拔萃，对江凛是怎么瞧怎么满意。

这期间，贺家其实发生过一个小风波。贺云锋持续多日咳嗽不止，还觉得胸闷，后去医院检查，竟然查出他的左肺发生了占位病变，但好在手术顺利，病情没有恶化。

江凛收到这个消息的时候，着实被吓了一跳，幸好最终又传来了手术顺利的好消息，当真是万幸。

随着日子一天天地过去，贺伊睿不仅五官逐渐地长开了，眉眼弯弯美如画，性格也十分活泼可爱。就连江凛偶尔带她去 IC，小家伙都让人省心得很，不闹腾还爱笑，简直是人见人爱。

贺伊睿第一次说话，是在江凛与贺从泽视频的时候。

当时江凛正抱着贺伊睿，一边向她示意手机屏幕中的贺从泽，一边耐心地说道："这个人是你的爸爸，他跟妈妈一样爱你，再过不久你们就能见面了，开心吗？"

贺伊睿笑着点点头，对着屏幕噘了噘小嘴，像是撒娇讨亲亲一般，成功地将江凛与贺从泽二人逗笑了。

江凛揉了揉小家伙的脑袋，随后便同贺从泽简单地聊了聊最近发生在 IC 的琐事，顺便询问了一番贺云锋的身体情况，得知诸事顺利后，她不禁松了一口气。

就在她打算挂断视频通话时，怀中的贺伊睿突然开口，甜甜软软地喊了声："妈妈。"

江凛浑身震住，远在京都的贺从泽也是惊得愣住了，然而更让二人惊喜的还在后面……

只见贺伊睿抬起眼睛瞅了瞅母亲，见江凛没有回应，便咕哝着将视线转移到了手机屏幕上，随后眼睛一亮，喊了声："爸爸！"

贺伊睿现在才几个月大，此前江凛因为觉得她年纪还小，并没有特意去教过她什么，谁知这个小家伙竟然如此聪明，这么快就"自学成才"了，虽然她的发音并不十分标准，但江凛和贺从泽还是被她震惊到了。

"睿睿，你刚才喊我什么？"贺从泽无比惊喜，连忙哄着贺伊睿道，"乖，再喊一遍爸爸好不好？"

贺伊睿笑容甜甜地乖巧地说道："爸爸！"

江凛这才回过神来，忍不住地嘴角向上扬起，而后轻轻地揉了揉贺伊睿的脸蛋儿，夸她："贺伊睿你挺有出息的啊！很棒！以后妈妈教你中英文！"

贺伊睿抱着江凛的手臂，声音软糯地喊了声："妈妈。"

天知道这声"妈妈"听得江凛的一颗心要化了。

贺从泽又何尝不欣喜不激动。他叹了口气，由衷地说道："看来睿睿随我，聪明早慧。"

"你行了，她这是随我。"江凛对贺从泽的话表示不屑，"贺伊睿这么省心，是继承了我的优点。"

"是吗？"贺从泽轻笑着问了一句，随后含情脉脉地瞧了她一眼，"虽然我觉得你只有看人的眼光比较好，但你说什么就是什么。"

江凛皱皱眉，俯身对贺伊睿语重心长地说："贺伊睿，今天妈妈教你第一个成语，'厚颜无耻'，这个成语描述的就是你爸爸的这种行为。"

贺伊睿一双眼睛亮晶晶的，拍着小手，满面喜悦之色地说："好！"

贺从泽："……"

面对此情此景，他着实有些哭笑不得，心里既欣喜又无奈，但总归还是被贺伊睿的那声"爸爸"哄得整个人都幸福得有点儿飘。

因为时间不早了，二人还隔着时差，江凛见贺伊睿打了第一个哈欠，便结束了视频通话，抱着贺伊睿去小床上睡觉了。

自从贺伊睿那天顺利地喊出了爸爸妈妈后，江凛便开始有意去教她说各种日常用语，以及表达自己的情绪。

贺伊睿显然属于那种十分聪明的孩子。在江凛的教导下，她还未满周岁便能将许多字读得字正腔圆，几乎已经能用中文进行简单的交流了。

江凛见贺伊睿进步飞快，闲来无事便开始教她英语。刚好贺伊睿身处国外，耳濡目染地也学会了不少英语的日常表达，这智商和学习能力实在是非同寻常。

当然……在学习道路上顺风顺水的贺伊睿小朋友，到了日常生活中，就让人格外头痛了。

对于贺伊睿过分活泼闹腾的性格，江凛身为母亲，第一次觉得孩子太像自己也不是什么好事。

因为江凛曾经听江如茜说过，江凛自己小时候就不是让人省心的孩子。她才周岁大点儿就在外面各种闹腾，每天都灰头土脸的，还经常带着各种大伤小伤回家，伤都是她自己瞎搞出来的。

贺伊睿显然是完美地复制了儿时的江凛，同样是在周岁的年纪开始闹腾，同样是作天作地的性格。

每当江凛在实验室里忙碌的时候，贺伊睿便会自己摸索着去玩耍，经常会闹出一些乌龙事件。

最初，贺伊睿因为不小心打碎了玻璃杯，弄得满手是血，把江凛吓得不轻，江凛为她处理伤口时才发现原来贺伊睿只是被轻微划伤了，并不会留疤。

江凛本来以为那次事件是一个巧合，但随着巧合累积，江凛彻底看透了贺伊睿。贺伊睿这个过于活泼好动的性子，百分之百随她。

贺伊睿小朋友有事没事便会让自己身上挂彩，摔伤、擦伤、划伤……长此以往，江凛对她这个样子也就见怪不怪了。

后来，江凛觉得这样下去不行，为了让贺伊睿学会自己承担后果，每当贺伊睿受伤回来哭唧唧地求江凛安慰的时候，江凛便会将包扎用品丢给她。

教会贺伊睿如何处理伤口后，江凛便去忙自己的事情了，任凭贺伊睿坐在地上胡乱地拿着碘酒抹，就算她的伤口根本就没被处理干净，江凛也无动于衷。

柳然作为旁观者，见贺伊睿给自己包扎的伤口惨不忍睹，本来想过去帮忙，却被江凛拦了下来。

柳然觉得贺伊睿毕竟年纪还小，江凛这样的教育方式有些不妥，然而谁知当晚她上楼去给江凛送资料的时候，刚推开卧室门，便撞见江凛正站在小床边小心翼翼地忙活着什么。

柳然迷茫地看向江凛手边的医疗箱，发现里面装的是消毒用品和创可贴，又见贺伊睿正在小床上熟睡着，便瞬间了然。

江凛因为怕弄醒贺伊睿，便尽量将动作放得很轻，最后为贺伊睿处理完伤口时，她的额头上已经沁起了一层薄汗。

江凛默默地将东西收拾好，刚转身就看见柳然表情复杂地站在卧室门口，一脸"哦，我明白了"的表情。

这种事情被撞破，江凛并不觉得有什么尴尬，只对柳然做了个不要说出去的手势，随后便轻手轻脚地向柳然走去。

江凛出了卧室后，便掩上了房门，以防二人的说话声将贺伊睿吵醒。

柳然决定先解决正事，便将手中的几张纸递给了江凛："喏，这是刚打印出来的典型病例，我给你送一份儿。"

江凛接过来看了一眼，说："好，谢谢你。"

"唉，你说你也真是的。"柳然摇了摇头，想起刚才看到的情景，不禁笑着感叹，"明明不放心睿睿自己处理伤口，你怎么当初不帮她呢？还要装作那么严肃的样子，让她自己处理，最后还不是趁她睡觉的时候，偷偷地帮她消毒包扎？"

"我主动帮她，和她受伤后自己先处理，这两件事教给她的道理完全不同。"江凛淡声道，表情十分坦然，"如果她每次受伤我都帮她，她就永远都不知道轻重。如果我不管她，让她自己去摸索、去感受疼痛，那她下次就会知道什么能做什么不能做，自己犯的事就该自己承担。"

"她自己弄的那算什么啊？"说到这里，江凛不禁有些嫌弃似的，"涂点儿碘酒裹上绷带，简直乱七八糟的，我要是不管她，伤口肯定会发炎，到时候她还不知道要吃多少苦。"

江凛终究还是不忍心，因此趁她睡着时帮她处理伤口，但让她尝点儿包扎伤口的苦头对她而言也算是一个警醒。毕竟是自己的心头肉，江凛还是舍不得让她遭受任何伤痛。

"你啊你……"柳然听江凛这么说着，无奈地感慨道，"江凛，你还真是个称职的严母，又当爹又当妈，真是厉害。"

这话还真不是恭维，柳然一直觉得江凛这个人虽然十分慢热，但她的三观很正，令柳然十分佩服。如今看来，在教育孩子这方面，江凛也是有自己的独特方法的。

有这么优秀的父母，贺伊睿小朋友还真是有福气啊……

柳然觉得这位小姑娘将来一定不是个一般人。

然而这平静安宁的生活，在江凛即将结束进修任务、准备回国的时候被国内传来的一个消息打破了。

贺老爷子突然入院了。

江凛那天正在 IC 的实验室里为自己的科研做收尾工作，突然接到了贺从泽的电话，得知了这个噩耗。

之前贺云锋做了肺叶切除手术后，身体状况一切正常，于是便没有再把这件事放在心上，出院后照常生活，也没有觉得身体有什么不适之处。

这次疾病突然复发，主要是因为贺云锋对这件事并未上心。后期咳嗽时他只当是单纯的术后后遗症，后来就持续发热盗汗了。贺从泽赶紧将贺云锋送到医院后，得知贺云锋肺部的癌细胞已经扩散到了肝脏，情况不容乐观。

最终，贺云锋被确诊为肺癌二期，需要立刻住院治疗。

自从贺云锋被确诊癌症晚期后，贺氏公司的股价便开始下跌。因为贺云锋病情的不确定性，不少贺氏的合作对象也选择撤资，暂且观望。

在贺云锋的要求下，贺从泽正式接手公司的执行总裁之位，开始处理公司中的各种事务。贺云锋将公司的大小权力全部交给贺从泽后，终于放心地入院接受治疗。

江凛在电话中得知这个消息后，沉默良久，才对贺从泽道："老爷子的肺病恶化到什么地步了？"

事发不过几日，贺从泽的说话声中便已经充满了掩饰不住的疲惫："肺癌二期。"

江凛倒抽了口冷气，拧眉道："你把病历和所有 CT 发给我，我先看看。"

她在 IC 的这两年多里，学到了很多国内暂不熟悉的操作与医学知识，其中便有与肺癌相关的治疗方法。

贺从泽"嗯"了一声，没挂断电话。江凛等了五六分钟后，听见自己的电脑里传来了邮件提示音，当即过去查看，发现是贺从泽给她发的邮件。

江凛打开邮件后，映入眼帘的便是贺云锋入院以来的所有检查结果。

江凛让贺从泽先等等，随后快速地浏览了一下老爷子的病况，发现老爷子的病情实在是有些糟糕。他如果再不尽早采取治疗，怕是……

江凛轻叹了一口气，边看着各种化验结果，边对电话那头的贺从泽道："老爷子现在有肝转移的症状，不能立刻动手术，要先进行至少一个疗程的放射治疗……最起码，要保住肝脏。"

贺从泽叹了口气，嗓音沙哑地说："医生建议采取生物治疗，但是生物治疗技术目前在国内还不大成熟，我不敢让他冒这个险。"

江凛闻言微顿，眼里突然浮现出了些许光亮。

"贺从泽，你先让老爷子接受放疗，让老爷子稳住病情。"她道，"给我半年时间……不，不用那么久，等我回国后，亲自为老爷子操刀做手术。"

"贺从泽，我需要老爷子的主治权。"江凛单刀直入，言语中没有半分犹疑，"生物治疗技术虽然在国内还处于临床试验阶段，但是在 IC 其实已经挺成熟了。我在 IC 进修期间主攻的就是生物治疗，因此可以指导国内医院为老爷子进行生物治疗，绝不会有差错。"

贺从泽从来不曾怀疑过江凛说的话，既然她这么说，那他就敢答应。

贺从泽询问过崔妍和贺云锋的意见后，二人也表示同意江凛成为贺云锋以后的主治医生，将贺云锋后续治疗权交给她。

于是，江凛便正式成为贺云锋的主治医生。

当天结束通话后，江凛便亲自去拜访了 Aaron 教授，并将贺云锋的相关病历和检查结果交给了 Aaron 教授，向他请教治疗方法。经过数个小时讨论后，江凛顺利地与 Aaron 教授一起敲定了贺云锋的治疗方案。

因为生物治疗技术仍然存在一定的风险，所以江凛回到公寓后便开始将各种抗体的可能性副作用罗列出来，一一进行排除，最终确定了最为妥当安全的抗体。

贺云锋的肺癌已经是中晚期，因此江凛对他的治疗方案是谨慎再谨慎。她将贺伊睿哄睡后，便抱着电脑在桌前坐了一夜，反复修改治疗方案，总算确定了第一步观察期的治疗流程。

对于贺云锋这种半高龄癌症患者来说，生物治疗绝对是最好的选择：一方面可以消除癌细胞，另一方面可以确保不破坏机体的免疫系统功能，比起化疗要好上太多。

江凛当初有幸参与了 IC 的生物治疗科研项目，并且深入地参与了许多临床试验与治疗过程，在这些试验中，她见过失败的案例，也见过成功的案例，因此已经积累了不少经验。

她先前发表的学术论文也恰好是关于这方面的，既然论文得到了界内专业人士的认可，也就说明她的想法很有可取性。

次日，江凛便顶着时差，在朗斯与京都 A 院的上层领导以及众医生进行了网络会议。她先是将治疗方案进行了详细解说，随后凭借自己在 IC 进修时的临床经验，简单地分析了生物治疗方法的利弊，指出了 A 院目前对生物治疗的某些认识误区。

这场会议持续了数个小时，终于，在确定在场所有人已经明白该如何进行接下来的治疗后，江凛终于放下心来，结束了这场会议。

但事情远远没有结束，毕竟江凛只是将方案和选用抗体进行了详细说明，最关键的还是 A 院如何具体实施治疗方案，因此她时刻紧盯着贺云锋的治疗进程，并适时对之进行指导和调整。

贺伊睿自从知道自己的祖父病重后，就再也没闹腾过，她知道江凛因为这件事承受了很大的压力，所以便安安分分地待在江凛的身边，十分乖巧懂事。

江凛在每天跟进贺云锋病情的同时，也征得了 Aaron 教授的同意，在

IC 开始跟着他学习各种手术操作以及与肺癌相关的各种病例，收获颇丰。

与此同时，贺从泽重回总裁之位后，果真没有辜负贺云锋的期望，力挽狂澜，不久便让岌岌可危的贺氏股市焕然一新，股价持续上涨。

但贺从泽因为工作繁忙，有时两三天都腾不出时间跟江凛联系，更不必说亲自去朗斯看望母女二人了。

他们二人天各一方，虽然都忙得不可开交，心里却知道对方在无时无刻地思念着自己。

所幸，经过江凛与 A 院全体上下的不懈努力，贺云锋在接受几个月的生物技术治疗后，体内的癌细胞已经得到了有效的控制。

贺云锋状态一日比一日好，发热盗汗的现象也很少再出现，身体的不适感也明显减轻，就连食欲也比最初入院时好了不知道多少。

贺从泽与崔妍都将贺云锋的明显变化看在眼里，江凛的治疗方案当真立竿见影，不过短短数月，贺云锋的情况便明显有了好转。

江凛与贺从泽此时已经有大半年不曾见面。

因为二人各忙各的，所以连聊天的机会都少得可怜，朗斯与京都又有时差，他们想要腾出时间联系一下更是困难。

这天深夜，贺从泽正抱着电脑坐在床头办公，闹总懒洋洋地趴在他的旁边打盹儿，它时不时地发出轻微的打呼声。

卧室中格外安静，只有他点击鼠标的声音与敲打键盘的声音，因此安静中又透露出了几分冷清之意。

贺从泽正处理着公司的文件，听到放在旁边的手机响了一声。他扫了一眼，瞥到助理发来的微信，大抵又是公司里的事情。

他有些疲惫地揉了揉额头，拿起手机看完消息、回复了助理后，便又将手机放回原处。

他稍微动了动脖颈，本来打算继续工作，却用余光瞥见闹总醒了。它先是瞅瞅他，又瞅了瞅屏幕还未暗下的手机，表情有些蒙。

突然，闹总双眼亮起，紧紧地盯着贺从泽的手机壁纸，而后愣了几秒，蓦地翻身凑了上去，蹭了蹭屏幕，像是在求抱抱。

贺从泽起初有些不解，但当想起自己的手机壁纸是江凛的照片后，瞬间便心里了然。

闹总蹭了半晌，也渐渐地发现自己蹭的并不是江凛本人，登时便蔫儿了下来，失落地趴在手机上，用两只前爪抱着手机发呆。

贺从泽觉得好笑，可笑着笑着，突然觉得心里有些难受。

他伸出手，轻揉了两下闹总的脑袋，低声地问："你也想她了吗？"

闹总没有回应他，神情仍旧怏怏的。

贺从泽无奈地苦笑了一声，而后一把抱起闹总，吻了吻它的头，眼里是藏不住的思念与柔情。

远在海外的两个人是他此生挚爱——他的夫人与他的女儿。

他再等等，她们很快就会回来，江凛会以最美好的姿态来见他。

他说过会等她载誉归来。

"乖，我们很快就能见到她了。"贺从泽浅浅地弯了下唇，对着闹总声音轻柔地说，"她到时候还会带个小包子回来……嗯，一个小姑娘，长相随我，很好看，被她妈妈带了两年多性格也不错，你肯定会喜欢那个小家伙的。"

闹总闻言，耳朵动了动，抬起一双湛蓝的眼睛望着他，似乎是被勾起了兴趣。

"我好像还没跟你提起过。"贺从泽思忖半秒后，继续耐心地与闹总唠嗑，"她以后就是你的小主人了，叫贺伊睿，是她自己选的名字，是不是很好听？"

贺从泽每每提起贺伊睿，眼里便满是初为人父的骄傲与满足之意。看见贺从泽这副模样，闹总眼神有些复杂，于是扭头翻身上了床，继续睡觉去了。

贺从泽笑了笑，也结束了休息时间，重新正过身子拿起电脑，投入到了工作中。

江凛回来时不经意间被认识她的网友拍到了机场照片，照片被放到了网上。

于是，江凛携女自IC荣耀归来的消息不胫而走，引起了广大网友关注。

江凛在医学界里年轻有为，本就获得了不少圈内圈外人的赞赏。自从听说她前往IC进修后，众人更是对她评价极高。

IC在国际医学界的地位绝对是最高级的，前往那里进修的人都是精英。

虽然江凛只是去IC进修学习，但实际上获得这一资格的医生本来就是在各自的研究领域中颇有成就的人，关于这点，大伙儿都是心里有数的。

江凛的确也用事实证明了她的潜力远不止大众所看到的那些。在 IC 学习了小半年后，江凛便受邀参加了国际学术研讨会，亲自参与手术的次数更是数不胜数。她的指导教授 Aaron 也是胸外科的大牛。天时地利人和，再加上江凛本就既努力又出色，因此此次的进修学习，让她身上的光芒越发耀眼。

网友们纷纷感慨这简直就是一个开挂的人生，就在与江凛相关的进修新闻即将被淡忘时，一条令网友惊掉下巴的消息被爆了出来——

江凛，怀孕了！

更惊人的还在后面：江凛身为孕妇，却完全没有安分养胎的自觉性，上手术台、入科研室两不误，什么工作累干什么，就算肚子里有个宝宝也不耽误她干正事。

众人拼命地将下巴收了回去——江凛太强了，简直是新时代女强人啊！

最终，江凛诞下一女的消息传出后，因为母女两个人都在国外，身为妻奴兼女儿奴的贺公子也整天泡在夫人和闺女身边从不露面，所以外界并没有得到太多与之相关的消息。

一般来讲，孕妇生完孩子都是要坐月子缓缓的，然而到了江凛这里，她偏偏不走寻常路，只是短短休息一阵子后，就重新回归手术台和实验室，随后接连发表了两篇极为优秀的学术论文，这两篇论文成功地引起了学界广泛关注，并被顶级期刊收录。江凛的这一番操作仿佛是在暗示她要将因为怀孕而耽误的成就通通夺回来似的。

不仅如此，她还在 Aaron 教授的指导下顺利地参与了 IC 的生物治疗相关科研项目，最终成功地做到了一系列基于临床试验的病例救治。

如此看来，她着实成就卓著。

正因如此，大概连老天都觉得这家人的生活太过顺风顺水，便闹出了贺云锋患癌入院的风波，闹得贺家众人提心吊胆，整日都极为揪心。

虽然贺从泽重回总裁之位挽回了贺氏的公司危机，但贺云锋的情况却不见有什么显著好转。因为贺从泽有意隐瞒贺云锋的病情，所以关心这件事的网友也只是知道远在朗斯的江凛成了贺云锋的主治医生。

在江凛的指导下，A 院的生物治疗技术突飞猛进，在经过数月的生物技术治疗后，贺云锋的病情也大为好转，一切都在朝着好的方向发展。

时隔三年多，江凛终于带着女儿现身京都机场。

贺伊睿已经小半年没见过自己的爸爸了，然而毕竟之前江凛经常带着她与贺从泽在手机上视频，所以她对贺从泽还是有很深的印象的。她知道今天就要跟妈妈一起去见自己的长辈，所以乖乖巧巧地跟着江凛走下飞机，好奇地问："妈妈，这是哪里呀？"

"这里是京都，也是我和你爸爸的故乡，我们的家就在这里，你很快就能见到他了。"江凛随手揉了揉小丫头的脑袋，道，"你跟着我在朗斯生活了两年多，可能暂时会有点儿不习惯国内的生活，但接下来我会很忙，所以你要乖乖的，可以保证吗？"

贺伊睿举起一只手，做发誓状："可以！"

江凛弯唇，赞赏地看了她一眼，随后便牵着贺伊睿的小手，往机场外面走。贺从泽这个时候，应该已经在等着她们了。

果不其然，江凛带着贺伊睿刚走出机场，便望见了那辆极其眼熟的钛银色阿斯顿·马丁，车身在日光下璀璨生辉。

斜身倚靠在车前的男人身穿藏青色大衣，搭配深色的休闲西裤，一副雅痞模样，这样的衣着虽然简单，但衣服被穿在他的身上总是让人很有感觉。

两个人半年多未见，他的发型换成了更利索的两边铲，整个人全然没有了过去的散漫样子，而是多了几分沉稳之意。

他捧着玫瑰花，正百无聊赖地看着手机，这个场景委实太过耀眼。凡是经过这边的路人，要投以目光。

贺伊睿看到那辆阿斯顿.马丁之后，便双眼放光，悄悄地扯了扯江凛的手，道："妈妈，这辆车好酷啊！"

江凛扫了她一眼，语气平淡地说："咱家的车。"

贺伊睿眨巴着眼睛，又笑嘻嘻地说道："车的主人好帅啊！"

江凛"嗯"了一声，嘴角总算抬起些弧度："我的人。"

贺伊睿："……"

贺伊睿本来还期待江凛能回一句"咱家的人"，但是她渴望占有帅气爸爸的目的未能达成。于是她便撇撇嘴，随后松开了江凛的手，撒腿朝前方的男人跑去。

她边跑边美滋滋地喊道："爸爸！"

贺从泽闻声蓦地顿住，下意识地抬头，一眼望见了在不远处站着的江凛。

二人四目相对的瞬间，贺从泽的心底登时掀起了滔天巨浪。喜悦充满了他的胸腔，而后轻柔地蔓延开来。

虽然京都此时已经入春，但他最爱的人不在身边，四季对于他来说基本没什么差别。直到现在，她在他的身边，他才惊觉暖春终于到来。

贺从泽第二眼便望见一个小小的人儿朝自己跑来，连忙收起手机，蹲下，将贺伊睿迎入怀中。

贺伊睿除了刚出生那会儿与贺从泽接触过一段时间，之后便只是在手机视频上见过他，因为先前贺云锋出事，她更是大半年没有见过他，对他着实很是想念。

贺伊睿对自己这个帅气爸爸的印象十分深刻，即使父女俩已经许久未见，贺伊睿也迅速地与贺从泽熟稔起来，照着他的脸颊就亲了一口。

贺从泽起初还担心贺伊睿会不会和自己生疏，此时看来自己完全是多虑了，收到了女儿的香吻，贺公子不禁觉得此生圆满，现在就差不远处那个大美人儿的吻了。要是江凛也能主动亲他一下，就是让他原地爆炸他也愿意！

贺从泽弯唇，摸了摸贺伊睿的小脑袋说："睿睿，想爸爸了没有？"

"每天都在想！"贺伊睿答得没有丝毫犹豫，而后向贺从泽悄悄示意身后的江凛，刻意将声音压低道，"爸爸，你别看妈妈这个样子，她都是装的。其实妈妈也想你了，还经常翻出你的照片看。"

贺从泽顿了顿，随即唇角笑意加深。他看向江凛，眼神意味深长。

江凛："……"

江凛不知道久别重逢的父女俩在那儿嘀嘀咕咕什么，便拖着行李箱上前，伸手轻轻地点了一下贺伊睿的脑袋："贺伊睿，你怎么见了爹就忘了妈？这看脸的本事是从哪里学来的？"

"估计是随你。"贺从泽笑吟吟地接话，"咱女儿看人这方面的能力十分出众。"

江凛登时佯装嫌弃道："继续扯。"

贺伊睿侧过脸看了看妈妈，心想：这真是个心口不一的女人，爸爸当年追妈妈到底得费多大的功夫啊……

贺从泽早就对江凛的口是心非见怪不怪，于是从容地站起身来，从车里拿出一束玫瑰往江凛怀里一送，江凛顿时就感觉芬芳扑鼻。

江凛下意识地就伸手接过了花，却刚好给了贺从泽趁虚而入的机会，他趁她接花的这工夫，果断地伸手搂住她的腰，在她的唇上印下一吻。

这个吻的时间并不算长，只是他结束的时候，还轻咬了一下她的下唇，其中的暗示意味极其明显。

江凛再怎么淡然自若，突然被贺从泽这样偷袭也蒙了一瞬："贺伊睿还在旁边！"

"那怎么了？"贺从泽全然不在乎，反而侧首问贺伊睿，"睿睿，你看到刚才的画面了吗？"

贺伊睿茫然地点点头，只知道爸爸妈妈嘴碰嘴了，不过这代表了什么吗？

"睿睿，爸爸亲妈妈，是因为爸爸爱妈妈，并且这辈子除你以外，我也只会亲她。"他将话说得简单明了，毫不含糊，"综上所述，你明白什么了吗？"

"嗯……"贺伊睿当真正儿八经地思索了半晌，答道，"这辈子只可以和爱的人亲亲！"

贺从泽轻笑了一声，夸道："就是这样，睿睿真聪明。"

贺伊睿被贺从泽夸奖后，当即骄傲地挺胸抬头，稚嫩的眉眼间满是欢喜。

江凛眼神复杂地看向贺从泽，突然寻不出什么批评他的理由，只得说道："你这都能用来教育她？"

"既然是女儿，我们当然要早早地做好全方位的教育。"贺从泽眼里含笑地瞧她，侧身将她搂到了怀中。对于江凛，他从来不是浅尝辄止的人，经过方才的那一吻，他的一颗心早就按捺不住了，遂又轻轻地吻了吻她的脸颊，低声问，"怎么着，是先回家还是去 A 院？"

"去 A 院，我见见老爷子。"江凛几乎是没有任何犹豫地说道，并指了指贺伊睿，"正好让二老跟贺伊睿见个面。"

说来惭愧，正是因为她当初在朗斯隐瞒了怀孕的事情，才让贺家这么晚才知道孩子的存在。等到贺伊睿出生后，又因为贺伊睿需要她照顾，所以被留在了她身边，如此一拖再拖，贺家的两位长辈还没正式见过贺伊睿。

贺从泽表示并无异议，听到她口中的称谓，却将眉拢起："'二老'？"

江凛经他提醒，便稍作停顿，改口道："爸妈。"

贺从泽瞬间便是一副"老婆最乖"的表情。

江凛才懒得看他这副得意模样，径直低下头："贺伊睿，我现在要带你去我工作的医院，去见你的爷爷，你想去吗？"

贺伊睿果断地应声，点头道："我想去。"

江凛于是颔首，道："那上车坐好。"

江凛从贺伊睿小时候就开始培养她的独立意识，无论大事小事都要先征求她的意见，如果她愿意，那就去做；如果不愿意，那就不做。与此相对的，不论结果如何，贺伊睿都要为自己的选择承担责任。

事实证明，江凛的这种教育方式的确有效，贺伊睿虽然还不到3岁，但已经能够自己决定一天中的日程安排以及学习内容。

单凭这一点，她就不知道领先同龄人多少了。

江凛与贺伊睿坐在后座上。贺从泽坐在驾驶座上，不忘提醒江凛："我还没来得及装儿童安全椅，你先给睿睿系好安全……"

贺从泽还未说出那个"带"字，便通过后视镜看见江凛神态自若地抽出安全带，她将安全带递给了旁边的贺伊睿。

贺伊睿显然对此不觉得奇怪，直接双手并用扯过安全带，随即贺从泽便听"咔嗒"一声，贺伊睿自个儿把安全带扣上了。

她动作行云流水，没有拖沓犹豫，贺从泽能看出来她是经常这样做才会如此熟练。

贺从泽有些愕然，回想自己2岁的时候，过的是衣来张口饭来伸手的生活，出门都是专人接送，上车就立刻有人帮他系好安全带，哪里像贺伊睿这样？

江凛看出了他的惊讶之意，于是懒懒地扬眉道："没想到贺伊睿会系安全带？"

"妈妈之前就教过我啦。"不待贺从泽出声，贺伊睿便已经开心地说道，"上车后第一件事就是系安全带，我已经学会很久了。"

贺从泽微怔，着实觉得江凛当真是会教孩子，于是莞尔，夸赞贺伊睿道："睿睿真棒。"

江凛正好借这个机会教育贺伊睿，说道："贺伊睿，你爸这种少爷从小就被人照顾。这一点你绝对不能学他，明白吗？"

"嗯？"贺伊睿睁着一双水灵的眸子，模样娇憨，"我已经会自己照顾自己了。爸爸，你好逊。"

贺从泽："……"

这极其熟悉的嘲讽技能，他该怎么回应？

贺伊睿不愧是江凛带出来的女儿。

贺从泽被女儿说得说不出话来，哭笑不得地摇摇头，而后将车启动，驶上前往 A 院的道路。

贺云锋的病情已经稳定了许多，江凛功不可没。贺云锋如今只差一场肺叶切除手术，他最后的体检结果将证明这一切。

机场距离 A 院有些远，即便这一路上不堵车，他也要开车开上好一阵子。贺伊睿毕竟还是个小孩子，在飞机上时本就没有好好休息，此时便忍不住迷迷糊糊地靠在江凛的手臂上，打起了盹儿。

江凛没有叫贺伊睿，知道她折腾了一路后此时已经筋疲力尽。她伸手将贺伊睿颊边的碎发敛好，动作很轻。

望着小家伙白皙干净的脸蛋儿，江凛眼里浮现出了为人母独有的温柔之意。她自己都没有察觉，在对着贺伊睿的时候，她脸上的笑容幸福而又满足。

贺从泽将她的温情模样看在眼里，无声地弯唇，不知为什么，他竟有些希望这段路再长些，让此情此景再持续久些。

一个多小时后，三个人抵达 A 院。

贺从泽将车驶入地下车库里时，不等江凛出声，贺伊睿便已经转醒。她睡眼惺忪地坐直身子，因为刚刚睡醒，表情还有点儿蒙。

随即，贺伊睿后知后觉地看向窗外，发现自己似乎是到了停车场一样的地方，应该是已经抵达妈妈所说的医院了。

想到马上就要见到爷爷奶奶了，贺伊睿登时清醒过来，双眼亮晶晶的，她端坐着，一脸期待。

爸爸长得这么好看，那爸爸的父母应该也长得很不错吧？

颜控的贺伊睿小朋友如此想着，不禁感到一阵心潮澎湃，暗戳戳地玩手指，脸上挂着难掩的笑意。

江凛在旁边瞧见这小丫头满脸期待的模样，有些忍俊不禁："这么高兴？"

"当然啦。"贺伊睿点点头，一本正经地说道，"这座城市很陌生，但我有爸爸妈妈，如果还有更多爱我的人在这里，我肯定要高兴呀！"

江凛闻言稍作停顿，只笑了笑，而后抬手揉了揉贺伊睿的头，没有说话。

其实江凛对于贺伊睿与贺家，是有些愧疚的，毕竟贺伊睿不只是她的孩子，更是贺家所有人的亲人。当初让贺家很晚才得知自己怀孕的事情不说，接下来的两年她更是为了不耽误事业，带着贺伊睿在朗斯生活，导致他们与贺伊睿未曾有过见面的机会。

所幸贺家的两位长辈愿意尊重她的决定，并不强制让她带孩子回国，江凛感谢之余，更是无比愧疚，不知该如何弥补双方空缺的这几年。

江凛因为儿时缺少亲情的关怀，所以想过若是哪天有了小孩儿，一定不能让其步自己的后尘，却没想到真到了这时候，她还是让贺伊睿跟着她在异国他乡待了将近三年的时间。

其他孩子都是从出生起就跟着家人一起生活的，贺伊睿跟着她在朗斯举目无亲，有时她忙起来甚至顾不上陪孩子。虽然贺伊睿现在才 3 岁不到，再长大些就会忘记这段日子，但江凛每每想到这件事，都觉得这实在是一个无法弥补的遗憾。

待停好车后，贺伊睿率先解开安全带跳了下去。江凛下车后，望着在前面蹦蹦跳跳的贺伊睿，感情有些复杂。

贺从泽不紧不慢地走到江凛身旁，而后牵起了江凛的手，二人十指相扣，掌心相贴，彼此交换着温度。其实他早已瞧出了她的异样，毕竟他如此了解她，自然知道她在想些什么。

江凛抬头看向贺从泽，他执起她的手，放在唇边吻了吻，低声地说："别想太多，睿睿在你身边成长得很好。凛凛，你真的很优秀，不要过分苛责自己。"

江凛愣住半秒，而后无声地握紧了贺从泽的手，浅浅勾唇道："走吧，爸妈还等着呢。"

贺从泽眸中略含欣喜，笑道："嗯，爸妈还等着呢。"

贺云锋住在 VIP 病房，病房位于 A 院极其安静的一角，平时基本听不到走廊上有任何噪声，环境和设施都属上乘。

崔妍作为家属，因为平时要照顾贺云锋，所以索性也住了进来，反正病房够大够宽敞，该有的都有，她住习惯了，觉得也挺自在。

今天是江凛带着贺伊睿回国的日子，崔妍特意起了个大早，贺云锋虽然嘴上嫌弃她这么兴奋的样子，却也是醒得格外早，只能看电视消遣。

到目前为止，贺从泽那边也只发过来一条已经接到人的短信，还没说什么时候来医院，崔妍闲得无聊，便坐在沙发上玩着手机里的消消乐游戏。

就在这时，病房门却突然被人推开，与此同时，病房外响起了一阵轻快的脚步声。

崔妍闻声抬头，一眼便望见了从门口蹦过来的小娃娃。小娃娃也就两三岁，在看到崔妍后，站定脚步，好奇地与崔妍对视。

小娃娃脸蛋儿精致无瑕，眉眼如画，留着过耳短发，蓬松的空气刘海儿因为动作过大而向两边散开，有几分俏皮感。

她身穿明黄色的卫衣，搭配纯白的百褶裙，脚上踩着一双纯色的松糕鞋，整个人明媚可爱，讨人喜欢。

此时，她正与崔妍对视。崔妍见她那双清澈的眸子里映上了自己的影子，不禁心头一颤，瞬间就将这孩子与自己印象中的人对上了号。

果真如崔妍所想，紧跟在小孩子身后走进病房里的便是江凛与贺从泽二人。江凛比出国前更温和沉稳了，眉目间添了几分女人的风韵，可能与她成为母亲有关。

崔妍心生感动，还未来得及出声，门口的娃娃便已经双眼放光。小娃娃朝着她这边小跑过来，而后扑到了她的怀里。

崔妍手忙脚乱地接住了小娃娃，生怕弄疼了这个小宝贝。贺伊睿却没那么娇气，只是揽着崔妍，抬起小脸展露笑颜，甜甜软软地唤道："奶奶好呀！我是贺伊睿！"

崔妍瞬时间闻到了一阵馨香，小孩子柔软的身子窝在她的怀里，就像是天边软软的一团云朵。小孩子的身上有奶香味，如同在奶罐中浸过，让崔妍感受到了一种说不出的温暖感。

过去的两年里，因为江凛忙，贺从泽也忙，所以他们身为老一辈的人也只能拿着贺伊睿的照片看一看。如今崔妍还是第一次见到贺伊睿，小孩子长得实在是水灵可爱。

崔妍欣喜得不得了，抱着贺伊睿左看看右看看："我们睿睿真漂亮啊！"

贺伊睿笑嘻嘻地捧起崔妍的脸："奶奶也很漂亮！"这句是实话。

毕竟贺从泽的长相摆在那里，身为贺从泽母亲的崔妍自然也是一位十分标致的美人儿，虽然年近 60 岁，但她的模样依旧年轻，保养得也很好，岁月真是无比善待她。

江凛望着那一大一小其乐融融的模样，笑着摇摇头，在心里默默地感叹贺伊睿这个小丫头当真嘴甜，也庆幸此刻的氛围还算是轻松。

贺从泽见贺伊睿这么快就开始黏人了，不禁弯起唇角，而后转向崔妍道："妈，我爸在里面休息吗？"

VIP 病房十分宽敞，是小型宾馆房的格局，几个人所处的地方只是外面的小厅堂，病床所在的房间还在更里面的地方。

"呵呵，自从知道小江和睿睿今天回国，你爸大清早就醒了，正看电视呢。"崔妍谈起病床上那个男人就无奈，而后低头轻轻地捏了捏怀中贺伊睿的脸颊，笑着问："睿睿，奶奶带你去见爷爷，好不好？"

贺伊睿一双眼睛亮晶晶的，果断地回道："好！"

正好江凛也想跟贺云锋沟通一下与手术相关的问题，便跟着崔妍走到小房间门前，将门打开。

贺云锋正靠在床头看电视，因为等的时间有些长，所以他有些着急，忍不住拿起床头柜上的手机，想看看有没有收到贺从泽的消息。

然而他还没来得及看手机，就听到了房门被打开的声音，被吓得赶紧把手机扔回去，坐在床上面无表情地看电视，装作什么都没发生过的样子。

直到那抹小小的身影奔至病床前，贺伊睿甜甜地唤了声："爷爷，睿睿来看你啦！"

在看到那张精致无瑕的小脸儿后，贺云锋泰然自若的表情瞬间崩了，他轻咳一声，心里虽然大喜，脸上却没表现出什么，只"嗯"了一声："小丫头倒是挺水灵的。"

贺从泽不咸不淡地瞥了一眼自己的爹："喜欢就直说，非得这么委婉，拐着弯儿夸我家睿睿？"

贺云锋当即竖眉，冷冷地回道："什么你家我家，睿睿还是我孙女你怎么不说？"

江凛在旁边看着父子俩斗嘴，有些忍俊不禁，好在及时忍住，才没笑出声来。

"你们不要争啦！"贺伊睿说道，敞开怀抱做拥抱状，"我是属于大家的。"

崔妍瞬间被自己的小机灵鬼孙女儿逗笑了，真是怎么看怎么觉得她可爱，禁不住去揉了揉这个小家伙的脑袋。

　　"我之前和妈妈在国外的时候，就一直在想念爷爷奶奶呢。"贺伊睿实在是当之无愧的气氛王，她眨巴着眼睛，笑吟吟地说道，"家人团聚或许会迟到，但是不会缺席的！"

　　"之前怎么没见你这股巧舌如簧的劲儿？"江凛轻笑了一声，用手刮了一下女儿的鼻子，随后问贺云锋，"爸，最近身体怎么样？"

　　贺云锋看见江凛，眼里浮现出了些许喜悦之情，面上却仍旧平淡："好很多了。"

　　"哎哟，你别问他了，他就是口是心非。"崔妍看不下去了，十分嫌弃自己的丈夫，她对江凛道，"小江，真的是多亏了你啊！他的癌细胞已经在慢慢地减少了，身体状况比刚开始入院时好多了。你为这个家付出了太多，谢谢！"

　　"都是一家人，谈什么谢不谢的。"江凛忙不迭地摆摆手，"我也只是在那边活学活用而已，有效果就好。"

　　"妈妈太谦虚啦！"贺伊睿却是不大满意地出声，嘟嘴道，"奶奶，你知道吗？其实当初妈妈为了设计治疗方案，熬夜忙了好多天呢，她超级努力的！"

　　"嗯。"贺从泽莞尔，深以为然，"你妈妈是一名很优秀的医生，兼母亲。"

　　贺伊睿竖起大拇指，一本正经地颔首附和道："就是这样！"

　　江凛无奈，倒也不算是有被拆穿了的尴尬，就是单纯地有些不太好意思，因此没再继续这个话题，而是问崔妍要来了贺云锋最近的体检结果和各种身体指标检测表，想看看目前贺云锋的身体状态适不适合做手术。

　　在亲眼见到贺云锋之前，江凛的心始终是悬着的，因为不确定生物治疗是不是真的对贺云锋的病情有效，但如今见到了人，又看到了检查单，她终于彻底放下心来。

　　生物治疗技术的运用十分成功，她在朗斯这大半年来日日夜夜的跟进果然没有白费力气，每次治疗方案的调整，效果都立竿见影。

　　这真的是太好了。

　　贺云锋能平安就好。

江凛下意识地舒了口气，放下相关资料，对贺云锋道："爸，您的情况基本已经稳定下来了，现在只需要再做一次肺叶切除手术，就可以确定癌细胞是否被清除了，您看可以吗？"

贺云锋听她说完，点点头道："我相信你，你安排就好。"

只短短一句话，便瞬间给了江凛满满当当的信心。

贺从泽听完这句话，有些意外地看了一眼贺云锋。

贺云锋这个人不擅长表达情绪，且对人要求严格。贺从泽长这么大，听他认可别人的次数实在是屈指可数，现在他对江凛的认可算是不容易了。

老爷子是百分之百地认可江凛了。

"我这几天就确定手术时间。"江凛颔首，言语间很坚定，"我一定会让您健康出院的。"

崔妍很是欣慰地瞧着江凛，心里越发觉得江凛能进贺家的门实在是太好了。

江凛这孩子太坚定、太优秀，是难得有天赋又努力的好苗子。当初她边带孩子边在 IC 里取得各种耀眼成就的时候，崔妍就知道江凛注定会成为他们贺家的骄傲。

她有个如此出色的儿媳妇，真是巴不得昭告全世界啊！

江凛因为已经彻底结束了在 IC 的进修任务，所以今天来 A 院申请重新入职，有很多事情需要处理，便让贺从泽带着贺伊睿和二老聊聊天，自己先暂时离开，去处理事情。

她首先要去一趟周主任的办公室，因为有些从 IC 盖章的文件需要转交给 A 院院方。江凛进入电梯里后，遇到了不少眼熟的面孔，同事们纷纷同她打招呼，虽然时隔这么久，但熟悉的人仍旧是老样子啊。

苏楠一听说江凛今天回国的消息，就开始在办公区里时不时地张望了，终于看到那道熟悉的身影，双眼一亮，当即就迎了上去："江凛，欢迎回来！"

苏楠这么一带头，后面的同事们也纷纷开口："欢迎回来！"

江凛前脚刚踏入办公区，就听见了一群人的祝贺声，着实出乎意料，愣在原地，没能将步子迈出去。

看到大家后，她笑了笑，倒有些不自在："我还真有点儿受宠若惊。"

"啧啧啧，你可算学成归来了。"苏楠搂过她，颇感触地说，"就别在这儿谦虚了啊！你在 IC 的那些事迹我们可都是听说了，厉害啊江凛！"

现在江凛在医学界里有一定的地位了。毕竟她是有实实在在的学术论文在那儿摆着的，各种复杂的专业知识在她的笔下突然就变得通俗易懂起来，人们不敢相信这是一名年轻的医生写出来的学术论文。

江凛最初在 A 院里初露锋芒，就是让旁人艳羡的存在；如今载誉归来，众人对她钦佩极了。

她的天赋只被部分人记在了心里，可她的努力被所有人看在了眼里。

江凛就是这么出色。

有医生由衷地感慨道："是呀，江医生，你太厉害了吧……贺董肺癌中晚期也是多亏了你建议进行生物治疗，才快痊愈了！"

江凛笑了笑道："以后都是同事，大家都一样。"

与众人寒暄后，江凛很快进入了工作状态中。她将相关的文件提交给周主任后，便回到了自己的办公室里。办公室被打扫得干干净净，与三年前她离开时相比没有任何不同之处。

她穿上了被挂在衣架上的那件白大褂，看了看胸牌，实在是久违了。

白大褂是新的，她胸牌上的职位也已经由"主治医师"变成了"副主任医师"。

江凛垂眸，看见白大褂上的 A 院院徽，觉得这才是永远值得她骄傲的东西。

从进入 A 院开始，她新生了，亲情、友情、爱情……好多好多的事情都发生在这个地方，或喜或悲，历历在目。

江凛知道自己未来还有很长的时间要继续待在这个地方，继续救死扶伤，继续感受世事无常……

她勾唇，坐到办公桌前打开电脑，开始安排自己回归 A 院后的第一场手术。

…………

三天后，贺云锋被推进手术室里，进行左肺下叶切除手术。全网密切关注此事。

主刀医生是江凛。

第十二章

人生海海

贺云锋的手术十分成功，目前人已经被送到了普通病房，开始进行术后恢复。

因为贺云锋身份特殊，外界对他的身体状况都极为关注，而江凛身为他的主治医生，不免收到了无数来自他人的疑问。

江凛性子使然，不太愿意腾出时间来应付这些，索性随便挑了个记者，接受采访。

这日她刚下班，记者便准时到了她的办公室，坐好后便直奔主题："江医生，贺董的身体状况自从手术结束后就一直没有公开过，您可以透露一下相关情况吗？"

江凛淡声道："虽然我还不能保证完全将癌细胞清除，但是目前贺董的病已经基本痊愈，后续只要注意调养，就不会出现疾病复发的情况。"

"贺董此次能顺利康复，江医生您实在是功不可没，真的太厉害了。"记者不禁由衷地夸赞道，"众所周知，您之前获得了前往 IC 进修的机会，学习期间更是成绩优异，并在有关生物治疗的科研项目中有了您自己的重大发现，可以讲一讲您这几年在朗斯的感受吗？"

"进修期间的任务很重，我在 IC 跟着教授学到了很多东西，我之前公开发表过的观点和想法也受到了教授的启发和指点。"

"是的，我们都知道您的两篇论文在医学界反响非常大。当初参加国际学术研讨会时，您就受到了同行的密切关注，是否会觉得有很大的压力呢？"

江凛的回答十分正式："压力肯定是有的，但我习惯将压力转为动力，所以在 IC 学习的这段时间里，我在各方面都成长了许多。"

"江医生不论是在事业方面还是在爱情方面都很顺风顺水呢。"记者应声道，语气轻快，"听说江医生当时是一边怀孕一边学习的，生下女儿后又获得了那么多荣誉，真是厉害。"

江凛笑了笑，道："过誉了，我只是一名医生而已。"

江凛不接受镜头采访，所以这次的采访是私人采访，记者只带了录音笔和笔记本，打算简单地问几个大众比较关注的问题，整理一下用来发表专访文章。

江凛与贺从泽将孩子保护得很好，外界只知道他们生了个女儿，却没有任何人见过这位小公主，更不要提知道她的名字了。

记者张口，正要说些什么，办公室的门却突然被人推开了，接着有什么人走了进来。

记者背对着门口，她对面的江凛一眼瞧见来人，眼里便浮现出了浅淡的笑意，颔首似乎是跟对方打了个招呼。

记者出于好奇便回过头去，只一眼便被来人的颜值震惊到了，忍不住退了退身子。

贺从泽身穿黑白的运动卫衣，配着深色的工装裤，整个人休闲利索，全然不同于平日镜头前的西装革履，显得更平易近人了些。

他手上正牵着一个女娃娃。女娃娃两三岁，衣着与贺从泽如出一辙，五官精致如画，虽然年龄尚小，却已经能被瞧出美貌惊人。

显而易见，这俩人是父女。

记者蒙了，痴呆似的坐在沙发上，望着眼前这对高颜值父女发呆，压根儿就没反应过来自己是见到了传说中的贺家小公主。

贺伊睿好奇地望着记者，走上去探了探脑袋："妈妈，这位姐姐是谁啊？"

贺从泽凭借这么多年来的经验，迅速地认出了穿着便衣的记者，没想到记者会在这个时候出现在江凛的办公室里，他蹙了蹙眉，轻轻地将贺伊睿护在身后。

江凛淡定地回应贺伊睿："她是记者，来采访我关于你爷爷的事。"

随后，江凛将目光重新移到了在对面坐着的记者身上："请问还有什么问题吗？"

记者正因为自己成了第一个见到贺家小公主的人而感到震惊，出神半晌，才被江凛唤回神来，忙不迭地起身："没了没了，感谢您愿意接受这次采访！"

江凛颔首，"嗯"了一声："不用谢，你辛苦了。"

送走记者后，贺从泽才对江凛道："原来你是主动接受采访的，我还以为是记者直接上门来堵你的。"

江凛耸肩道："最近事情太多，还是得我亲自出面处理一下。"

贺伊睿听着两个人的对话，便从贺从泽的身后钻了出来，迈着一双小短腿奔向江凛，扑了过去。

江凛张开双臂接住贺伊睿，抱起她让她坐在自己的腿上，伸手为不安分的小丫头捋了捋有些凌乱的短发，笑着问："怎么这么开心？"

贺伊睿抬起小脸，亲了一口江凛，笑嘻嘻地说道："这是我第一次和爸爸妈妈一起逛街，当然开心啦！"

今天上午，江凛与贺从泽决定开始布置贺伊睿的房间，所以便许诺贺伊睿，江凛下班后，一家人就去逛街买日常用品，顺便囤点儿小零食。

贺从泽不紧不慢地走到二人跟前，摸摸贺伊睿脑袋，道："以后这样的机会还有很多，不过我们要先把眼下的事情处理好，比如睿睿，你想不想自己设计房间？"

关于贺伊睿房间的布置问题，江凛与贺从泽都认为这种事要由贺伊睿自个儿做决定，一是训练孩子的思维能力和设计能力，二是训练贺伊睿在一些"大事"上自己做选择。

二人的养娃方式十分前卫，本来还不怎么放心这种方式的贺家二老见孙女是越来越有能力，这才彻底放下心来。

江凛抽空带贺伊睿去见了一下江如茜，江如茜对这个水灵可爱的外孙女很是喜欢，将贺伊睿抱在怀里舍不得放下来，岳姨也被贺伊睿那张满是甜言蜜语的嘴逗得满面笑容。

于是贺伊睿再次成功地收获了两位家人的喜爱。

"自己设计房间？"贺伊睿闻言，双眼登时亮了起来，极为兴奋地转过脑袋，再三确认，"我可以吗？真的可以吗？"

"当然可以。"江凛也被她这股高兴劲儿感染了，弯唇，用手刮了一下她的鼻尖，道："但是你如果确定的话，就要确定好怎样设计，因为这个房间是属于你的小世界，房间以后不能轻易地被改动，你要慎重决定。"

"好的！"贺伊睿笑逐颜开，抱着江凛又亲了一口，"睿睿爱死你们啦！"

贺从泽做为实打实的女儿奴，见贺伊睿这么开心，也是由衷地觉得欣喜，于是蹲下身子，佯装不满道："睿睿，你可不能只顾着喜欢妈妈，就把爸爸冷落了。"

"没有哟！"贺伊睿最见不得自己帅气无比的爸爸撒娇，赶紧从江凛腿上蹦下来，伸出小手攀上贺从泽的肩膀，软绵绵地亲了一下他的脸，笑呵呵地说，"睿睿最喜欢爸爸啦！"

贺从泽对此喜闻乐见，一挑眉，便将贺伊睿单手托抱了起来，怀中抱着香香软软的女儿实在是幸福感爆棚，他不禁觉得极为满足。

江凛听了这句话，却是皱皱眉，道："贺伊睿，你说说我和爸爸，你最喜欢谁？"

贺伊睿眨巴了一下眼睛，眸子水灵灵的，"嗯嗯啊啊"了一会儿，最后诚实地回答："爸爸……吧？"

江凛："……"

这孩子哪儿都好，坏就坏在为什么完美地遗传了她爹的看脸基因？

"不可以。"贺从泽却对贺伊睿轻声地说道，神色温柔且耐心，"睿睿，你妈妈辛辛苦苦地怀了你九个多月，受了很大的苦，流了很多的血，才让你来到了这个世界上。她是这个世界上为你付出最多的人，你要把她放在第一位，明白吗？"

江凛怔了怔，听完贺从泽这番话，心里有些动容，眼神复杂地看向他，千言万语说不出口。

"啊……"贺伊睿有点儿蒙，对于贺从泽那句妈妈受苦和流血的话，她十分敏感，登时便心疼得眼睛红了，"原来妈妈这么辛苦……"

贺从泽正经了没一分钟，便迅速恢复了平日里的态度："其实最主要的原因，是我最喜欢你妈妈，所以相应的，你也要最喜欢妈妈。"

江凛清清嗓子，扫了一眼贺从泽，心想：这人怎么在孩子面前也总说这些情啊爱啊的？

倒不是江凛觉得让贺伊睿了解这些事情不好，相反，情爱是世间最美好的事物，贺伊睿理应早早地认清并了解它。

只是江凛终究脸皮薄，对于在自家女儿面前秀恩爱这种事，她这张薄脸委实有些挂不住。

哪知贺伊睿小朋友压根儿没发现重点，只是举起小拳头挥了两下，一本正经地发誓道："好，那以后我就要和爸爸一起保护妈妈！"

贺从泽跟她击掌，毫不吝啬地夸赞道："睿睿真棒！"

这一大一小闹得有趣，江凛看着，觉得这的确算得上一道赏心悦目的风景，往后的日子里若是每天都能如此这般平淡中带着甜味，也是不错的。

贺从泽开着车，带着老婆孩子前往京都最大的购物大厦，准备开始今天的采购计划。

江凛向来生活随意惯了，所以此时只负责把贺伊睿放在推车里的座位上，推着她往前走，而向来细致入微的称职家庭主夫贺从泽，便开始按照脑中早就列好的购物清单，在各个区域搜罗目标。

贺伊睿乖乖地坐在座位上，睁着一双大眼睛打量着周围，先前她是在朗斯那边生活的，自从回到京都后，这还是她初次来这种大型公共场合，想想还有点儿兴奋。

最终，贺从泽将购物车装得满满当当，才舍得带着母女二人走向收银台。江凛瞥了一眼车中杂七杂八的东西，发现小到卷纸大到装饰品，之中还夹杂着不少零食，应有尽有。

付款后，贺公子很自觉地承担起了搬运物品的任务。三个人到达地下车库后，贺从泽将几个大袋子扔进后备厢里，让母女二人先上车，随后他拉开车门坐在驾驶座上。

三个人回到家中，闹总在三个人面前溜达了一圈，贺伊睿蹲下去亲了它一口，它便一直跟在贺伊睿身后，极为黏人。

自从贺伊睿回到家里，闹总的巴结对象便从江凛变成了贺伊睿，整天追在她的后面撒娇。

晚饭前，贺从泽找人要来了房间设计模板，耐心地教贺伊睿选色和设计。贺伊睿一边认真地听贺从泽的话，一边正儿八经地用铅笔勾勾画画起来。

贺伊睿为了动笔方便，便用手胡乱地把头发绑了起来，小孩子闹腾，又没耐心，于是脑袋上便顶了个乱七八糟的丸子头，谁看了都觉得她寒碜。

身为完美主义者兼女儿奴的贺公子，怎么可能忍受得了女儿这种模样？他看贺伊睿正聚精会神地盯着设计图稿，便单膝跪在她的身后，轻轻地将她脑袋上的皮筋拿了下来，将皮筋套在手腕上。

江凛给闹总倒好猫粮后，见快到晚饭的时间了，便准备去喊贺从泽。

然而她刚走到客厅，便将即将说出口的话咽了回去，而后安安静静地望着客厅中的景象。

贺伊睿腰板挺直，坐姿端正地坐在小桌子前面，正在写着什么。贺从泽则在她的身后，先是用左手小心地拢起了她的头发，而后用右手轻轻地顺着她有些乱的碎发，动作虽然有些不太自然，但也正经得有趣。

他用手指穿过贺伊睿柔软的发丝，先是轻轻地钩住她的头发，再缓缓地将其拢入手中。

贺从泽是第一次做这种事情。作为一个帅气的短发男人，他哪里做过给人扎头发这种细致活儿？此时他做起这种事情来却不急不躁。

没有梳子，贺从泽也懒得去寻梳子。只要足够耐心细致，他就能为贺伊睿把头发梳理好，真的没过多久，贺伊睿的头发便已经被他尽数收进掌心中。

贺伊睿似乎觉得自己的爸爸难得亲自服务自己，还挺享受的，便停下了手中的笔，将身子向后靠了靠，懒洋洋的。

贺从泽最终还是打算正视自己的能力，决定放弃挑战丸子头，只给贺伊睿扎个低马尾，于是便将手腕上的皮筋拿了下来，用手指钩着皮筋不太熟练地转了两个圈，将贺伊睿的头发绑好了。柔顺的低马尾垂在她的脑后，让她整个人看起来极为娴静乖顺。

贺伊睿摸了摸自己的小马尾，很是惊喜地叫了一声，转过身来亲了一口贺从泽，笑吟吟地说道："爸爸好棒，比睿睿扎的头发好！"

贺从泽见小丫头高兴的模样，自己也被感染了，不禁莞尔，轻轻地揉了揉她的脑袋："那以后等睿睿想扎头发了就来找爸爸，好不好？"

贺伊睿忙不迭地点头："好！"

江凛在客厅门口看得出神，望着这一大一小，不知何时弯起了唇角，十分动容。

没有乱七八糟的碎头发干扰贺伊睿，她便开始认真地研究起自己的房间设计图。

贺从泽也不打扰她，慢条斯理地站起身来，便看到了在几步外站着的江凛。

她指指厨房，他当即会意，哑然失笑，朝厨房走了过去。

江凛虽然在国外待了快四年，但对做饭的基本技能仍旧一窍不通，不过至少已经可以在旁边给贺从泽打下手而不是添乱了，贺从泽对此不禁感动得热泪盈眶。

贺从泽也是从多功能老公成功地转变成多功能奶爸，回想过去数年里在外面逍遥快活的日子，他不由得感慨万千。

自由有自由的好，他有了妻女自然也有其中的乐趣。

贺从泽原本是很讨厌这种平淡乏味的生活的，但后来才发现，每天从公司回来就能看到门口的鞋柜上摆着一大一小两双鞋，走进客厅里就能看见他的爱人陪在孩子的身边，这种生活虽然寡淡，却无比幸福。

人终究是要被时间沉淀的。

江凛正在旁边洗菜，哪儿能注意到身边人的出神，道："对了，贺从泽，贺伊睿也差不多到年纪了，之前跟我吵着说想去上学，你看着安排一下。"

人家都是吵着不想去上学，贺伊睿这个小丫头倒好，还巴不得成天往外边跑。

贺从泽扬眉，道："早说，正好再过一段时间就赶上开学季了，这事交给我就好。"

江凛对于贺从泽的处理速度十分放心，便点点头，同意让他负责。

贺从泽却在此时弯唇，用耐人寻味的语气说道："不过……凛凛，你似乎忘了一些重要的事情。"

江凛抬眼看向他，并不记得自己有什么事情还没办好："什么事情？"

贺从泽抬起左手，示意自己无名指上的戒指，笑容温和地说："你觉不觉得，这个地方该换成婚戒了？"

江凛望着那枚戒指，终于被贺从泽唤起了遥远的记忆，想起二人当初领证过后，还有一些必要的仪式没有办——婚礼。

江凛觉得领证多年后再举办婚礼的这种行为有些好笑，况且二人还带着个贺伊睿，颇有奉子成婚的感觉，可又觉得这辈子穿一穿婚纱还是挺重要的，遂点头道："行吧，你看着办，对戒我已经出了，婚戒就交给你了。"

她只想安安心心地做个米虫，反正都是婚内财产，不需要分谁跟谁。

"这个好说。"贺从泽眉眼带笑，找着机会就在她的唇边亲了一口，"折腾这些年也是不容易，我总算是能把你明媒正娶了。"

江凛听出了他语气中的委屈，遂懒懒地揉了揉他的脑袋，安慰似的说："放心，我会对你负责到底的。"

贺从泽被她逗笑，正要说话，手边却传来了热油的"吱吱"声，是锅热好了。

无奈之下，本来还想继续调情的贺公子，只得惨兮兮地端着食材，去继续自己的家庭煮夫事业了。

司振华与齐雅去探监的时候，天色阴沉，还飘着朦胧的雨雾。

两个人刚到场，狱警便请二人到室内坐下，送上茶水，然后开始安排家属与犯人见面。

自从司菀夏入狱后，齐雅就一日比一日沉默，司振华对于自己不成器的女儿倒是没什么特别的感觉，但齐雅这副日渐消瘦的模样落在他的眼中，他心里着实不是滋味。

每次二人来探监的时候，都是齐雅进探监室里与司菀夏谈话。司振华与司菀夏关系一般，本就没什么好谈的，所以只偶尔见过两次面，就作罢了。

这日依旧如此，齐雅在狱警的带领下走进探监室，一眼就看到了坐在玻璃窗对面的司菀夏，忍不住开始眼睛发酸。

在监狱里的这些日子，司菀夏瘦了一圈，就连眉眼中往日飞扬的神采也没有了，十分老实规矩。

司菀夏见齐雅来了，便抬起头，拿起手边的电话，对她颔首。

齐雅连忙几步走上前，坐在位子上拿起电话，嗓音沙哑地说："菀夏，最近感觉怎么样？"

"还是那样，平平淡淡的。"司菀夏的语气没什么波动，"还有几年，慢慢地熬吧。"

齐雅听着心里发酸，长叹一声，道："都怪当年江……"

不等齐雅说出来那个名字，司菀夏便已经拧紧了眉，打断道："行了，我说了多少次你别跟我提她！"

"好好好，不提就不提。"齐雅顺着司菀夏的心情来，见她不乐意，于是赶紧改口，"饮食方面还适应吗？需不需要妈让厨师改改，再给你送饭来？"

"不用了，我在这儿挺好的。"司菀夏有些疲惫，而后闭了闭眼睛，突然说道，"妈，其实我有件事一直想问你……"

齐雅当即回应她："嗯？什么事？"

"……"司菀夏用余光瞥了正在监听的狱警，沉默半秒后，最终选择了一个隐晦的表达方式，"当时我不小心听爸爸说了些话，猜到这些话跟你有关系，但是不太确定。"

齐雅本来觉得莫名其妙，却在接收到司菀夏给她投来的眼神后，登时浑身僵住，遍体生寒。

"是这样吗？"司菀夏望着她，神色复杂，"妈，是这样吗？"

母女连心，齐雅怎么可能听不懂司菀夏是在暗指什么事情？

于是这一系列的事情齐雅便也明白了过来。原来司菀夏早就猜到了当年火灾的真相，怕江凛的存在是一个威胁，所以才会绑架威胁江凛。

"傻孩子。"齐雅有些无措地将目光挪开，讪讪地笑道，"瞎想什么呢？"

知母莫若女，司菀夏见她这副模样，就知道自己想的事情没错，心里顿时冷了，心情十分复杂。

最终，这次探视不欢而散，齐雅走出探监室时有些魂不守舍。司振华将这一切看在眼里，却没过问。

直到二人远离监狱区域，即将抵达停车场时，司振华才问齐雅："你是怎么回事？"

齐雅本来是想摇头说自己没事的，却想起了司菀夏的那句"当时我不小心听爸爸说了些话"，于是心里越发惶恐不安起来。

齐雅本来以为当年的事情天衣无缝，不会有人再将事情翻出来，不承想，江如茜母女二人活了下来，她们改名去了外地生活。齐雅更没想到今天，这件事竟然还会被人重新提起。

"老公，你……"齐雅顿了顿，嗓子干涩无比，"你是不是知道什么，但是没告诉我？"

司振华闻言稍微停顿，问了句："我该知道什么？"

齐雅蓦地住口，低声地说："没什么，就是我昨天看到了关于贺云锋

480

的一些报道，他的肺癌好像是痊愈了，被江凛治好的。"

司振华鲜少关注这件事，于是不置可否，不予评价。

"当初江凛把莞夏送进监狱后，就去了国外，让我根本就抓不到她。"齐雅喃喃地说道，目光阴沉，"现在她终于回来了……老公，我们绝对不能放过她。"

司振华看向她，道："你还想再让自己进监狱？"

"我有我的办法。"齐雅道，"江凛跟贺从泽好几年没怎么见面，也就是带着个孩子回国，仗着治好了贺老爷子来稳固自己的地位。但是隔了这么长时间，贺从泽和江凛的感情怎么可能还跟原来一样？现在正是他们关系脆弱的时候，我们才更有机可乘。"

司振华沉默半晌，最终算是默认了要帮她："你要做什么？"

"江凛让我的女儿进了监狱，我肯定也要让她尝尝自己女儿受苦的滋味。"齐雅看司振华是这个态度便知道事成了，于是扯起唇角，冷笑道，"以前我碰不到她，现在这里是京都，我动手就方便了。"

齐雅早在得知江凛回国的消息后，便将所有关于她的信息翻了个遍，最终成功地构思出了一个计划，只要计划成功，她就能让江凛一无所有。

二人回到司家已经是夜里。齐雅将家里一位工作许多年的用人叫走，说是有重要的事情要讨论。

司振华既然已经决定对齐雅的行为睁一只眼闭一只眼，就肯定不会过问这些事情。他照常去书房里处理公司事务，只是看着财务部门新送来的账本上的那些支出，他的眼神有些复杂。

司振华也不知道是怎么回事，明明自己已经在这些灰色地带干了这么多年，也不见被查出来什么或者被举报成功过，但自从江凛回国后，他竟然有了些隐隐的担忧。

江凛可以说是完美地遗传了司振华的疑心重与心思深，现在又借着贺从泽爬到了一定的位子，如果她真把这方面的事情揪出来了，到时候司振华的麻烦就大了。

因此不论怎么看，江凛都留不得。

司振华的眼中闪现了几分阴鸷，他无声地攥拳，越发后悔自己当年怎么就选择了放过那母女二人，才留下了今天这些后患。

其实，无论是当年的火灾，还是现在出现的这一系列麻烦，司振华都知道得一清二楚。

他突然没心思看文件，遂靠在椅子上，拧眉沉思。

他想起自己 20 多岁的时候，听了家里的话与江如茜联姻。婚后二人倒是平淡，没什么交集，但江如茜似乎对他有些好感，经常关心他和照顾他，起初司振华觉得这样还好，可毕竟他对江如茜毫无感情，时间久了也生出了几分不耐烦来。

司振华本就对江如茜没什么感情，因此自从江家家道中落后，就越发觉得江如茜没有利用价值，接着就开始冷落、厌恶她。在得知江如茜怀孕后，他更是不愿意回到那个房子里，直到后来在出差途中遇见了齐雅，二人情投意合，便顺理成章地在一起了。

但司振华并不认为自己的所作所为有何不妥。他与江如茜的婚姻本就没有什么感情基础，他为何要承担这些婚姻责任呢？江如茜在怀孕时屡次遭受司振华的冷暴力，便也情绪低落起来，整日待在家中养胎，并且有些病态的嗜睡症状。

家庭医生诊断出江如茜的心理出现了问题，司振华也不以为意。他只觉得她简直是一个累赘。一年后孩子出生，司振华得知孩子是个女儿后，他的厌恶对象便成了母女二人，每天连与她们见面都觉得烦躁。

江凛出生后，司振华迫于家里的压力，曾在家里待过一段时间。那时候，他与江如茜总是因为各种事情争吵，想离婚的意愿已经无比强烈，并且当时还有孩子在拖他的后腿。这一切几乎磨光了他对于这个家庭的耐心。

随着江凛……不，应该是随着司悦一天天长大，她受到了江如茜的影响，沉默寡言、畏畏缩缩，司振华看见这个孩子就觉得烦。司振华对这个女儿没有任何好感，因此在教育方面并不上心。

后来的事情他已经记不太清，反正江如茜终于同意离婚了。不久后，司振华还未来得及向齐雅说明自己已经离婚的事情，司家就发生了一场大火，一切被烧得面目全非。

司振华知道，是齐雅对江如茜动了杀心。

事实上，那两个人的生死对于司振华来说没有任何意义，他对此也漠不关心。后来派人清理火灾现场时，他得知二人的尸体没有被找到，显然二人是死里逃生了，他也懒得追究，索性将消息压了下去，随后挨个儿给处理现场的人付了封口费，这场风波就这样过去了。

随后，齐雅顺利地嫁给了他，不久后，他们便有了司菀夏。

日子安稳地过了这么多年，事情发展到了今天的地步。

司振华脸色阴沉，抬手用指腹细细地摩挲着眉峰，若有所思。

江凛，他万万不可留她。

在贺从泽的安排下，贺伊睿顺利地成为京都某学校的一名小班学生。

江凛没有告诉贺伊睿这所学校也是自己的母校，而是告诉她在学校小学部里有个叫林天航的小哥哥，自己以后可以带她去见他。

事实上贺伊睿最关注的问题只是一个："妈妈，那个小哥哥长得好看吗？"

江凛着实是服了自家闺女，沉默半秒后答道："好看。"

贺伊睿当即巴不得就要去见见母亲口中的帅气小哥哥。

江凛算了算时间，自从自己出国后便没再见过林天航。小家伙得知自己怀孕后，还经常打电话来问候自己，现在几年过去了，林天航应该已经10岁了。

她不知道小家伙还记不记得她的长相。

江凛想着以后接送贺伊睿时，总会在学校里偶遇林天航，便也没特意去安排两个人见面。正巧最近事情多，她忙得不可开交。

贺伊睿上了幼儿园以后，因为清秀的外表和开朗的性格，成功地收获了很多老师与同学的喜爱，顺利地成为幼儿园中的宝贝。

当然，贺伊睿在成功地适应新环境后，遗传自江凛的好动本性开始表现出来。

虽然早在贺伊睿小的时候，江凛就已经用各种方法改正了不少她的闹腾行为。但她本性如此，有事没事就翻墙、爬树，没少惹老师们头痛。

偏偏贺伊睿虽然顽皮，但又最会撒娇，犯了错后，第一时间就跟人撒下嘴角，可怜巴巴地认错道歉，发誓下次再也不犯了，楚楚可怜的模样让人十分不忍，便也舍不得责怪她。

这个贺伊睿，说她温顺可爱吧，她又向来睚眦必报、绝不吃亏；可若有人说她是个小霸王，她还彬彬有礼、斯文优雅，教人挑不出任何毛病来。

这个小丫头虽然热爱集体、关心同学，却也不是个安静、柔弱的孩子。园里凡是与贺伊睿接触过的淘气孩子，都不约而同地收敛了些，老实巴交得不得了，要知道，平时就连老师们都管不住他们，也不知道贺伊睿是怎么做到的。

总之无论如何，贺伊睿委实是个公认的人气宝宝，却也是个公认的难缠户：因为她虽然看起来不好管教，但又实实在在地没有被人抓住过任何把柄，根本就没法儿说。

幼儿园中众老师暗暗地想：真不愧是贺公子和江医生这两位精英带出来的女儿……真是让人又爱又恨，的确特别啊！

然而开学不到一个月，贺伊睿便发生了意外事故。

那天江凛刚带着实习生查完房回到办公室，连门都还没来得及关上，手机便响了起来。

她一看，见是贺伊睿班主任的来电，便蹙了蹙眉，接起电话："您好！"

对面的班主任语气焦急，有些愧疚地说："江小姐，您好！贺伊睿在中午外出活动的时候被一辆汽车刮倒了，幸亏被随行老师及时护住了，所以只有一些轻微擦伤，但孩子受了惊吓，您能过来看看她吗？"

江凛一听到贺伊睿被车刮倒，手已经发凉了，但得知孩子并没有大碍后，又不禁稍稍放下心来。

"好的，我马上就过去。"江凛赶紧应了下来，随后给贺从泽打电话说明了情况，挂断电话后，便立刻打车赶往贺伊睿所在的学校。

幼儿园的医务室中，贺伊睿坐在椅子上，看着医生姐姐给自己膝盖上的伤口消毒。

斑斑血迹在白嫩细腻的肌肤上显得格外刺眼，医生看了都觉得疼，但这个小姑娘没有喊一声疼，还照常跟人说说笑笑，看不出她有任何不适。

看到医生给贺伊睿的伤口贴上创可贴后，旁边的班主任忍不住问贺伊睿："睿睿，疼的话你就说，不用忍着的。"

"没事没事。"贺伊睿摆摆手，笑嘻嘻的模样仿佛受伤的不是自己，"我小时候经常受伤啦，这点儿疼没什么。"

起初得知贺伊睿受伤的消息时，大伙儿都倒抽了口冷气，毕竟这可是贺家的宝贝，要是出了什么问题谁都担待不起。但兴许是因为贺伊睿表现得太过从容，在场的几位大人便都觉得她是真的没事，纷纷放下心来。

直到医务室的门被人推开，江凛出现在门口，贺伊睿本在与医生姐姐聊天，却像是有感应似的转过脑袋，眼神直直地对上了江凛担忧的目光。

贺伊睿愣了好久，表情看起来呆呆的，突然她回过神来，倏地从床边蹦下来，不顾一切地迈开腿，奔向江凛。

江凛蹲下身来，将贺伊睿揽入怀中，小家伙攥紧她的衣服，把脸埋进她的怀里，胡乱地蹭了蹭。

江凛心疼得不得了，抱着贺伊睿轻声地安慰道："没事，妈妈在这儿。"

贺伊睿登时撇嘴，本来在他人面前强撑的冷静之色，此时彻底崩塌。她开始抽噎起来，豆大的泪珠从眼眶里滚落下来，很快就将江凛的衣襟打湿。

在场的几位大人也蒙了，没想到贺伊睿刚才的沉稳都是装出来的。在见到江凛后，她才迅速地流露出惶恐不安的情绪。

贺伊睿毕竟是个小孩子，在经历如此惊魂的一幕后，又怎么可能不被吓到？

贺伊睿抽泣着，还不忘跟江凛诉苦："呜呜呜，那个司机是怎么回事？他差点儿撞到我！

"呜呜呜，吓死我了！我还以为再也没机会吃零食、看电视、见小帅哥了！

"呜呜呜，妈妈你快把爸爸叫来，好好教训那个家伙！气死我了！"

江凛听着贺伊睿在这儿胡说八道，觉得既心疼又好笑，嘴上却低声地应着"好好好"，安抚着小丫头此时脆弱敏感的情绪。

没几分钟，得知消息的贺从泽也火速地从公司赶来。

他火急火燎地闯进医务室，上下左右、前前后后地好好地打量了一番贺伊睿，确认她只有膝盖处被擦伤后，才舒了一口气。

"怎么回事？孩子怎么会突然出车祸？"贺从泽的长眉拢起，他还穿着商务西装，本就气场强大，此时语气也不善，班主任忍不住缩了缩脖子。

"是这样的。"班主任咳了一声，解释道，"中午孩子们活动的时候，贺伊睿去附近的街边玩，没注意到行驶过来的汽车……但是她旁边的李老师反应及时，把她拉到了旁边，所以贺伊睿只是摔倒了。"

闻言，江凛眉头一挑，看向还在哭的贺伊睿，像是在问她究竟是怎么回事？

贺伊睿心知是自己乱跑惹锅，便迅速地止住眼泪，安安静静地站着，假装什么都不知道。

贺从泽自然也明白过来是自家闺女又不安分了，于是叹了口气。这会儿贺伊睿的情绪才缓过来，他不知道自己是怪她好还是不怪她好。

江凛看向班主任，有些担忧地问道："那位李老师呢？她没什么事吧？"

李老师毕竟是救了江凛女儿的人。江凛对这位老师很是感激，想要当面道谢。

"李老师不小心崴了脚，现在回家休息了，后天才来上班呢。"

江凛闻言，更觉得给人添了不少麻烦，于是叹了口气，向老师和医生道谢后，便与贺从泽一起带着贺伊睿离开了。

贺伊睿一路上沉默着，自己也心虚，所以没哭没闹，只是一直默默地跟着二人到了停车区，又默默地上了车，一边抽着鼻子将安全带扣好，一边望着窗外，满面忧伤之色。

江凛终于忍不住了，无奈地说道："行了，贺伊睿，我不教训你。"

贺伊睿闻言，登时眼睛一亮，转过脸来时哪里还有方才失魂落魄的模样。她抱住江凛的手臂，甜甜地笑道："我就知道妈妈最好啦！"

坐在驾驶座上的贺从泽闻言，忍不住抽了抽嘴角，在心里感慨，不知自己的女儿从哪儿学来的变脸术，这变脸术当真是出神入化。

"我当然知道我最好了。"江凛表情依旧，眼神淡淡地望着贺伊睿，语气一本正经，"但你别以为就这样蒙混过去了！贺伊睿，我不说你，这次的事你要自己反省。"

贺伊睿见江凛似乎是真的有些生气，便也没再开玩笑，低下头去戳了戳自己的手指头，半晌后，道："对不起……我错了，是因为我自己乱跑，才会差点儿被车撞到。"

"能认识到错误，这是第一步，很好。"江凛颔首，继而道，"那你想想，如果当时没有李老师在旁边，你会怎么样？"

贺伊睿眨巴眨巴眼睛，低声说："会……会住院。"

"那是轻的。"江凛心平气和地补充道，"如果严重了，那就像你说的，再也没机会吃零食、看电视、见小帅哥了，那不仅是对你自己的不负责，更是对爸爸妈妈的不在乎，明白吗？"

贺伊睿红了眼睛，想到这件事的后果，便有些后怕："明白了……我

486

以后再也不乱跑了。"

"能直面后果，这是第二步，你很棒。"江凛摸了摸她的脑袋，语气平和地说，"那么贺伊睿，知错就改是最后一步，也是最重要的一步，你告诉我，能不能做到？"

贺伊睿使劲儿地点头，抬高声音说："能！"

"这才对。"江凛满意地弯了弯唇，眉眼也终于温柔下来，她捏了捏小家伙的脸颊，"当时被吓坏了吧，没事，不怕了。"

贺伊睿被江凛这么一安慰，又要开始掉眼泪，江凛好不容易才劝住了她，她便伸手抹了抹自己的眼睛，催眠似的对自己道："我不能哭……不能哭。"

江凛轻轻地按住了贺伊睿的手，而后抽了张纸巾，耐心地替贺伊睿擦拭着泪痕，动作轻柔，怕弄疼了她。

"你能哭。只要你难受、想哭，那就哭，不要自己憋着。"江凛对贺伊睿语重心长地说，"对亲近的人示弱并不丢脸，贺伊睿，你要明白这个道理。"

正在开车的贺从泽听到江凛的这句话后，不禁通过后视镜看了一眼她，而后勾起唇角。

贺伊睿思索了数秒后，道："嗯……那我以后只在爸爸妈妈面前哭。"

"好。"江凛点点头，"在爸爸妈妈面前，有话就说，有泪就掉，这样的贺伊睿才最让人喜欢。"

贺伊睿赶紧应声，搂住江凛的手臂，顺便还擤了擤鼻子。因为受到了惊吓，所以她整个人都有些没精神，不久便靠在江凛身上睡着了。

江凛朝贺伊睿那边靠近了些，稍微调整了下一姿势，让贺伊睿睡得舒服些。她轻轻地吻了吻怀中小家伙的头发，又揉了揉，这才无声地叹息一声。

她其实也只是表面冷静而已，天知道她刚才在 A 院接到电话，听见班主任说贺伊睿出事时是何等的焦心，哪怕知道贺伊睿只是有些轻微擦伤，但她还是一颗心被揪得发疼，几乎是什么都没想，便直冲贺伊睿那边。

好在贺伊睿除了稍微受惊和膝盖处的擦伤，并没有大碍，这也算是吃一堑长一智了，江凛知道这个小丫头聪明机灵，肯定能记住这次的教训。

就是她把他们当父母的整得有些狼狈。

江凛抚了抚胸腔，刚才接电话时那种心悸的感觉好像还清晰得很，委实难受得要命。

"你还在那儿安慰睿睿。"贺从泽见她这个样子，有些忍俊不禁，"我看你自己就被吓得不轻。"

江凛扫了他一眼，想起他赶来时惊慌失措的语气，回了一句："咱们彼此彼此。"

贺从泽耸肩，自愿将爱女心切当成自己的优良品德，还不忘自夸一番："幸好是虚惊一场。不过睿睿随我，是个知错就改的好孩子，以后肯定不会再发生这种事了。"

江凛闻言轻嗤："她要是随你，我才更不放心。"

贺从泽笑嘻嘻地说："咱们彼此彼此。"

江凛被他这话里有话的语气噎住了，登时便想起了自己作天作地的童年，以及过去几年里自己各种"惹是生非"，似乎没有一天是消停的。

江凛这么一想，如果贺伊睿在某些方面真的随自己，那她要愁死了。

贺从泽见江凛一副极其复杂的表情，便知道聪明的她肯定是明白了自己的意思，颇为欣慰地点点头，道："不过睿睿性格随你倒也挺好，只要她以后也能遇见像我这样的好男人，就不用怕出事了。"

江凛沉默了一会儿，不冷不热地挑眉："你倒是给自己的脸上贴金贴得挺开心啊。"

但是她不得不承认贺从泽的话的确是实话。

贺从泽不跟她辩驳，反正自己的主要目的就是让这个女人知道他好。他顺利地达到目的，便安心地开车，心情也好了不少。

江凛垂下眼帘，打量着贺伊睿恬静可爱的睡颜。她有些出神，脑中隐约有了些异样的感觉。

半响，她突然抬起头，对贺从泽道："贺从泽，我有个任务要交给你。"

开学后的第一次家长会，因为江凛临时有一场手术，所以贺从泽去给贺伊睿开家长会。

家长们带着各自的孩子走进校园里，贺从泽与贺伊睿这对好看的父女无疑成了一道亮丽的风景线，吸引了众人的注意力。

贺伊睿拉着贺从泽的手到了自己的班级里。在跟班主任打过招呼后，贺伊睿便开始左右看，似乎是在寻找什么人。

紧接着，她迅速地锁定了人群中的一个人，高声唤道："李老师！"

贺从泽当即反应过来这位"李老师"正是先前救下贺伊睿的人，便也跟着看了过去——这是一个温婉柔美的女子，20多岁，平易近人。

李老师听见贺伊睿的呼唤声，便转过头来，对她笑了笑，打招呼道："睿睿这么早就来啦！"

"嗯嗯！"贺伊睿欢欢喜喜地跑过去，拉住了李老师的手，"我这不是为了赶紧过来见你嘛。"

李老师弯唇，宠溺地揉了揉贺伊睿的脑袋："嘴怎么这么甜呀？"

贺从泽不紧不慢地朝这边走来，看了看李老师，随后唇角勾起了一个恰到好处的弧度，礼貌而疏远地说："李老师，你好，我是贺伊睿的家长，多谢你之前救了贺伊睿，孩子给你添麻烦了。"

"啊，您好！"李老师见到贺从泽，似乎是有些惊讶，手足无措道，"我叫李冬瑶，是睿睿的老师。您不用这么客气，确保孩子们的安全是我的责任。"

贺从泽颔首，嗓音淡而轻地说："真是辛苦了。"

李冬瑶轻轻地摇头，不好意思地笑了笑，示意没什么。

家长会的内容无非就是老师介绍班级情况，向家长介绍孩子在接下来的学习生活中需要注意的各种问题。贺从泽记下了贺伊睿班主任的电话号码，顺便也存了李冬瑶的电话号码。

贺伊睿倒是很喜欢李冬瑶，因此虽然小家伙平时在学校里挺闹腾的，但格外听李冬瑶的话。

家长会结束后，贺从泽正准备带贺伊睿离开，然而二人刚走出教学楼，就看到了几步之外人群中的李冬瑶。

她本在好端端地走着，却突然被行人不小心碰到了，随着她惊呼出声，二人便看到她脚一崴，直接坐在了地上，样子有些狼狈。

"李老师！"贺伊睿爱师心切，见李冬瑶摔倒了，赶紧松开贺从泽的手，跑过去扶她。

李冬瑶也不知是脚踝扭伤了还是怎么的，表情带着几分吃痛，小孩子的力气不过是杯水车薪，她勉强扯起唇角，对贺伊睿道："谢谢睿睿哟，老师自己起来就可以。"

说着，她不着痕迹地扫了一眼不远处的贺从泽，便试图撑着身子站起来，然而她刚试着动了一下便抽了口冷气，仿佛是疼得不轻。

贺从泽颇有绅士风度地走上前来，揽着李冬瑶的臂弯，将她扶了起来："李老师，没事吧？"

"没事的，就是我好像崴到了脚踝。"李冬瑶将手搭在贺从泽的小臂上，虚弱地笑了笑，"谢谢贺先生扶我起来。"

"是不是你上次车祸后落下的伤？"贺从泽望着她，眉眼间似有担忧之情，"李老师，如果有什么情况，你一定要跟我说，我会尽我所能帮助你的。"

李冬瑶仿佛受宠若惊般连忙摆手道："贺先生实在是太客气了，我没什么大事，就是脚踝还没好利索而已。"

"这样吗？"贺从泽挑眉，还是不太放心，便拿出手机，"我给你打个电话，你存上我的电话号码吧，以后方便联系。"

李冬瑶闻言，眼里登时闪过了一抹光亮，面上却仍旧不动声色，低声道了谢。

贺伊睿站在二人中间，左手牵着贺从泽，右手牵着李冬瑶，不知道的人一眼看过去，很容易产生误解。

就在此时，在三个人前方的不远处，传来了一个不冷不热的女声："看来三位还在忙，是我来得不是时候？"

李冬瑶听见这个声音，顿时有些手足无措，抬头便看见了江凛正面色平淡地望着他们这边，眼神里透露出些许不善的意味。

贺从泽也刚好打通了李冬瑶的电话，铃声适时响起，李冬瑶手忙脚乱地挂断贺从泽的来电，转过头慌张地看了一眼贺从泽，似乎又想到了什么，赶紧收回视线。

江凛本来还觉得没什么，但看到李冬瑶的这一系列动作，突然觉得有什么地方不太对劲儿。

果不其然，江凛脸色沉了下来，盯着李冬瑶的目光也变了味道。

"妈妈，她就是李老师！"贺伊睿丝毫没有察觉到紧张的气氛，对着江凛笑嘻嘻地说道，"她对我可好啦！"

"是吗？"江凛了然似的颔首，接着上前几步，将贺伊睿从李冬瑶的手里牵了回来，而后对李冬瑶礼貌地说道，"我作为贺伊睿的母亲，对于李老师你的关心表示感谢。"

江凛话虽这么说着，但只要是有点儿眼力见儿的人，都能瞧出来她说的并不是真心话，而是违心的客套话。

"凛凛，你这语气……"贺从泽在此时适时地出声，眉间轻拢着，有些疑惑地望着江凛，"你生气了？"

江凛凉凉地扫了李冬瑶一眼，道："你的错觉。"

"你是不是误会什么了？李老师是睿睿的救命恩人，你想到什么地方去了？"

"我说了这是你的错觉，你跟我较什么劲儿？"

感觉到面前两个人之间的气氛越发紧张，李冬瑶慌张起来，赶紧劝阻二人，对江凛轻声地解释道："江女士，我刚才不小心摔倒了，贺先生只是把我扶起来，不是您想象中的那样……"

江凛轻笑了一声，好像是觉得她这话有些可笑："李老师，你知道我想象中的是哪样儿？"

"我……"李冬瑶委屈地红了眼睛，让人一看就觉得她是被欺负的人，"我真没有……您误会了……"

贺从泽再次忍不住出声，语气已经严肃起来，就连对江凛的称呼都换成了全名："江凛，你在工作上有气，别把气带到外边来撒。"

"对呀……妈妈，你有点儿凶啦！"在旁边安静良久的贺伊睿也忍不住出声，向后退了退，低声道，"李老师对我和爸爸都可温柔了……"

江凛听了这句话后，脸色更沉了几分，但并未多言，只是蹙眉看了一眼李冬瑶，随后扯了扯嘴角道："是我个人情绪不太好。李老师，抱歉！"

她说完便带着贺伊睿头也不回地转身离开。贺伊睿还颇为恋恋不舍地回头看了一眼李冬瑶，委屈巴巴地跟她挥了挥手。

贺从泽眼神复杂地望着江凛离去的背影，对李冬瑶道："不好意思，李老师！她这人就这样，容易多想，让你受委屈了。"

"没有，没有。"李冬瑶抹了抹眼睛，勉强地笑道，"您赶紧追上去解释清楚吧。"

贺从泽点头，随后说了声"再见"，便快步地朝着江凛离开的方向追了过去。

贺从泽没看到的是，本来还一脸委屈表情的李冬瑶在他转身后立马就换上了一副带着点儿得意的表情。

他果然中招了。

在接下来的日子里，江凛与贺从泽一同接送贺伊睿的次数越来越少，每次都是他们其中的一个人来，没人知道原因。

李冬瑶看在眼里，乐在心里，却并不急着进行下一步计划，而是一心等着学校再次举行班级亲子活动，到了那个时候，会要求父母和孩子都到场。

亲子活动的内容是父母与孩子共同制作创意动画，江凛与贺从泽时隔多日后难得同框。然而任何视力正常的人都能感觉到，他们两个人之间的气氛十分微妙……甚至于气氛很不好。

今天李冬瑶特意没有主动同贺从泽打招呼。贺伊睿喜欢黏着她，她便陪着贺伊睿玩了一会儿。

活动开始后，在场的所有家长都忙了起来，江凛与贺从泽也不例外，只是两个人全程沟通少得可怜，表情也都没有什么波动，贺从泽面上甚至还偶尔表现出了些许不耐烦之色来。

活动时长为两个小时，李冬瑶全程在场协助各个家长操作。但她像是觉得不自在一般，有意地避开了江凛与贺从泽，这就显得更加刻意了。

就连贺伊睿都察觉出来了不对劲儿，生气地对江凛说道："妈妈，都怪你！之前你对李老师那么凶，李老师都不过来找我啦。"

江凛闻言皱皱眉，抬头扫了李冬瑶一眼，也没说什么，只是有些烦躁地应付了一句："忙你手上的事，我不是教过你，做事一定要聚精会神吗？"

贺伊睿冷不丁地被妈妈凶了一句，于是撇撇嘴角，不大开心地趴在了桌子上，百无聊赖把玩着自己的头发，也没心思继续做动画了。

贺从泽见此，不禁低声责怪江凛："你最近怎么回事？要是有火就对我发，你对孩子凶什么？"

江凛"啧"了一声，冷冷地回他："那还真是不好意思，我后来就是这个样子。"

二人之间的对话全部落入了李冬瑶的耳中，她心里大喜，想着果然跟齐夫人说的一样，江凛与贺从泽分离的那段日子就是一个无可弥补的漏洞，只需要随随便便地一挑拨，就会裂开缝隙。

现在这道缝隙正在以肉眼可见的速度扩大，向着更深处蔓延。

在所有人看不见的地方，李冬瑶无声地翘起嘴角，眼里浮现出了几分得意之色。

活动结束后，江凛负责去提交作品，贺从泽与贺伊睿则在原位等着。

江凛前脚刚走，李冬瑶后脚就像是无意地路过贺从泽这边，紧接着就被贺从泽叫住了："李老师。"

他的嗓音温和悦耳，与刚才面对江凛时的不耐烦与冷漠截然不同，听得李冬瑶的心都跟着跳了跳。

她疑惑地"嗯"了一声，停下脚步，看向他："贺先生，有什么事吗？"

贺从泽似笑非笑地对她说道："也没什么事，就是我可能要耽误李老师几分钟。我想问一下最近睿睿在班级中的表现怎么样？有好好听话学习吗？"

李冬瑶当即展露笑颜，干脆利索地回答："睿睿是个很聪明的孩子！她的学习能力很强，基本一教就会呢，也很听我的话。"

她特意说成了"很听我的话"，强调了自己对贺伊睿的重要性，只希望贺从泽能渐渐地注意到这点。

无论如何，李冬瑶是救过贺伊睿一条命的人，汽车直冲冲地行驶过来时，如果不是李冬瑶及时地推开了贺伊睿，后果将不堪设想。贺伊睿正是因为无比明白这个道理，所以才格外亲近李冬瑶这个"救命恩人"，甚至可以说得上是依赖。

贺伊睿对李冬瑶的喜爱与亲昵，似乎已经快要超过对江凛了。

江凛回来的时候，看到的就是贺从泽与李冬瑶谈笑风生的模样，二人之间气氛极其融洽，瞧着像是郎有情妾有意似的，扎眼得很。

贺伊睿乖巧地站在二人之间，偶尔还笑着说几句话，三个人乍一看才像是真正的一家人。

江凛挑挑眉，不紧不慢地走上前去，停在了三个人面前，她这次却没开口，只是拎起了自己放在桌子上的包，准备离开。

李冬瑶见她过来了，便忙错过身子，笑着打了声招呼："江女士。"

江凛闻声看向李冬瑶，脸上是一副欲言又止的神情，极为复杂，她面对着满脸无辜的李冬瑶，沉默良久。

最终，江凛缓缓地说道："李老师。"

李冬瑶嘴角仍旧挂着礼貌的微笑，歪了歪头作为回应："嗯？"

"我这个人说话可能不太好听，但我习惯直来直去，所以想到什么就跟你说什么了。"江凛这么说着，突然对李冬瑶莞尔，轻声地说道，"之前你救下贺伊睿的事情，我一直没好好地跟你道谢。你脚踝上的伤似乎还没痊愈，要不这样吧，我给你打点儿钱儿过去。"

话音刚落，李冬瑶的脸色就变了，她说："江……江女士……您这是什么意思？"

"江凛，你闹够了没有？"贺从泽突然出声道，脸色不太好看，语气也十分冷酷，"你怎么总是针对李老师？你为什么要这样羞辱睿睿的救命恩人？"

"羞辱？"江凛道，"我只是想让李老师好好地去治疗脚伤，这是羞辱吗？"

"行了，我感觉我也没什么好说了，你就当我是精神病。"不等贺从泽出声，江凛便无比疲惫地揉了揉额头，拿起包转身就走，"我先走了，你们随意吧。"

说完，她便脚步略显沉重地越走越远，显然是在忍着怒火。

李冬瑶紧咬下唇，一声不吭地站在原地，低着头无比委屈。

"李老师……抱歉。"贺从泽侧首，对李冬瑶愧疚道，"这次是江凛的错，我替她向你道歉。"

"不用，江女士的心情我能理解。因为她太爱您了，所以才不喜欢我离您太近。"李冬瑶善解人意地为江凛解释道，笑容苦涩，"但我与您之间是清清白白的，我也不过是喜欢睿睿这个小姑娘而已，江女士对我实在是太提防了。"

贺从泽知道她情绪不好，便耐心地安慰她道："江凛疑心太重了，还经常把事情想复杂，我有时候也觉得江凛这样很无趣。"

李冬瑶应着，时不时地为江凛和自己辩解几句，一副很是憋屈、心酸的模样。

通过这件事，李冬瑶已经清清楚楚地知道了，在江凛与贺从泽之间横亘着难以跨越的鸿沟。

接下来的一段时间里，但凡江凛与贺从泽出现在李冬瑶面前，二人多半在冷战。

李冬瑶将这一情况告诉齐雅后，也并未做出什么太逾矩的行为，始终很谨慎地观望他们。

直到有一天，贺从泽送贺伊睿来学校的时候，李冬瑶发现他手上少了一件东西——那枚之前被他天天戴在无名指上的戒指。

贺从泽已经把戒指摘下来了，这说明了什么？

李冬瑶用余光瞥到了贺从泽空荡荡的无名指，不禁心中狂喜，但面上仍旧不动声色，只是淡定地将贺伊睿从贺从泽手中接过来，而后揉了揉小丫头的脑袋。

贺伊睿似乎兴致不高，没有回应李冬瑶，整个人都蔫蔫的。李冬瑶从来没有见过她这个样子，不禁在心里猜测着究竟发生了什么事情。

她抬起头，对着贺从泽温柔地出声，语气诚挚地说："贺先生，您好像很累。"

贺从泽疲惫地笑了笑，嗓音有些低哑地说："没事，就是这几天事情有点儿多，我有点儿忙不过来。"

李冬瑶真情实感地劝解贺从泽："您一定要注意休息啊，不仅睿睿会担心您，江女士也会很担心您。"

提到贺伊睿还好，但李冬瑶发现当自己说到江凛的时候，贺从泽的眼神明显地黯淡了下来。

李冬瑶顿了顿，轻声唤他："贺先生。"

"其实有时候，我感觉也挺没意思的。"贺从泽沉默半晌后，叹了口气，道，"公司里的事情已经很多了，我回到家后还要被她猜疑。自从她回国后，我真是越来越累了。"

"我在想，究竟是我变了，还是她变了？"贺从泽说到这里，长眉蹙起，"抱歉，我不该和你说这些的。"

李冬瑶知道贺从泽口中的"她"指的是江凛。

"贺先生。"李冬瑶试探着开口，对他柔声道，"如果可以，我是说如果……毕竟我也是睿睿的老师，和家长沟通也是我的部分职责。您要是偶尔觉得烦了，想找人聊聊天，我是愿意陪着您的。"

贺从泽闻言有些怔愣，似乎是被李冬瑶的话感动了，于是对她笑了笑，道："谢谢你，李老师！你不仅是位好老师，还是个品性善良的人。"

说着，他揉了揉贺伊睿的脑袋："睿睿，你要多跟李老师学习。"

"就是嘛。"贺伊睿登时附和道，戳了戳自己的手指头，"比整天凶巴巴的妈妈好多了……"

李冬瑶欣喜于他们二人对自己的信任与亲近，一想到齐雅派给自己的任务即将完成，不禁心生欢喜。

"睿睿，不可以这样说哟，你妈妈听到会伤心的。"李冬瑶半蹲下身子，对贺伊睿温和地说道，"来，准备去上课啦，跟你爸爸说再见。"

贺伊睿乖巧听话，转身便对贺从泽挥手："爸爸再见。"

贺从泽微笑颔首，随后便上了车，临走前还不忘降下车窗，对李冬瑶道："李老师，再见。"

贺从泽本就是那种不论在相貌上还是在家世上都出类拔萃的人，若说过去的他有些玩世不恭，如今的他则是事业有成，成熟稳重，这副模样越发惹人心动。

李冬瑶表情愣了一下，心跳突然慢了半拍，连忙笑着应声："再见。"

刚才那一瞬间，李冬瑶甚至觉得如果齐雅交给自己的事情真的办成了，她或许还会有什么新的机会。

一想到自己有嫁入豪门的可能性，李冬瑶就忍不住地兴奋起来，甚至直接目送着贺从泽驱车离开，久久没有收回视线。

这日，幼儿园的学习生活与往常并无差别，唯一不同的就是贺伊睿突然变得沉默寡言起来。

要知道贺伊睿向来是个小淘气包，自从开学开始，几乎可以说是没有一天真正老实过，总喜欢东摸摸西窜窜，安稳不下来。

贺伊睿这种开朗爽快的性格，也使她迅速地成为园中的孩子王，非常受小朋友的喜爱与追捧，可也正因如此，她今天的沉默安分才格外引人注意。

班主任瞧出她不开心，便去耐心地问她是不是遇到了什么问题，但贺伊睿闭口不谈自己的心事，只说没有，显然她并不愿意向他人敞开心扉。

李冬瑶这一整天下来，将贺伊睿的异样表现看在眼里，并且大抵猜到了贺伊睿不高兴的原因，只是她还需要确认一下。

于是放学的时候，李冬瑶特意将贺伊睿单独留下来，带她去了休息室里，说有些问题想要问她。

贺伊睿乖乖地跟了过去，休息室中只有她和李冬瑶两个人，李冬瑶让她坐在沙发上，给她递了一杯热水。

贺伊睿接过水，低声道谢，也不知道是因为被水蒸气熏了眼睛还是其他原因，她的眼睛有些泛红。

她像极了小孩子因为受尽委屈而临近崩溃时的隐忍模样，想哭却又不敢哭，委实可怜得紧。

虽然李冬瑶对贺伊睿没什么感情，但是漂亮的小孩子谁不喜欢呢？尤其是贺伊睿这种小孩儿，一颦一笑都牵引着人的心，让人不自觉地便去喜欢她。

这孩子将来一定很迷人。

李冬瑶走过去坐在了贺伊睿的身旁，柔声地问："睿睿，现在没有别人在这里了。你今天似乎心情不好，可以把原因告诉老师吗？"

贺伊睿欲言又止，最终只是委屈地抿着嘴，倔强地不肯吭声。

李冬瑶明白了贺伊睿的抵触情绪，心知不能过急，但又觉得贺伊睿如今已经十分信任自己了，只要自己耐着性子好好地诱导贺伊睿，肯定能套出话来。

这么想着，李冬瑶便继续问："睿睿，老师不是教过你难受时一定要说出来嘛，你难道不相信老师吗？"

贺伊睿闻言，像是听出了李冬瑶语气中的伤心意味，于是挣扎了半晌才说："我……我没有不相信老师。"

"老师真的很爱睿睿，如果睿睿难过，老师也会难过，所以睿睿能告诉老师原因吗？"

贺伊睿在李冬瑶的诱导下情绪终于缓和下来。小丫头抽了抽鼻子，眼睛红红的。

贺伊睿嗓音又轻又哑地说："其实有两件事已经困扰我好久了，我每天都在想它们，真的好难受。"

李冬瑶听贺伊睿已经愿意松口，便知道自己的努力有了成效，于是不禁松了口气，用手轻抚着贺伊睿的背部，安慰道："睿睿乖，可以把这两件事跟老师讲一讲吗？"

"我……我……"贺伊睿一听到这个问题，如同被碰到了痛点一般，隐忍许久的眼泪瞬间就夺眶而出。

她一边抽泣着，一边含混不清地对李冬瑶说道："呜呜呜……爸爸妈妈他们……他们最近在谈离婚的事情了……"

江凛和贺从泽要离婚了？

这个劲爆的消息从天而降，砸得李冬瑶猝不及防，自己的计划竟然这么快就要完成了，她高兴得有些不知所措。

难怪今天早上她看到贺从泽把无名指上的戒指摘掉了，他还说什么最近他很忙。难不成他就是在忙着办理离婚手续？！

"我真的好怕啊！如果爸爸妈妈真的离婚了，我以后不就是没有家的孩子了吗？"贺伊睿嘟囔着，眼泪像断了线的珠子似的往下掉，"我不想那样，好讨厌那样。"

"不会的，睿睿乖，事情没有那么糟糕。"李冬瑶虽然内心雀跃，但眼下最重要的事情还是安抚贺伊睿，于是她耐心地说，"睿睿，你听老师说，就算你父母真的离婚了，你也还是有家的。你爸爸这么优秀，你会有个更好的妈妈。"

贺伊睿抽了抽鼻子，眼睛红通通的，楚楚可怜的模样令人心生怜惜："是这样吗？"

李冬瑶抽过一张面巾纸，替她擦了擦泪，弯起嘴角，温和地说："是这样的。"

贺伊睿听她这么说，才慢慢地止住了眼泪，而后伸手轻轻地抱住了李冬瑶，极为依赖地将下巴放在了她的肩上，喃喃地说道："李老师，我觉得你就比我妈妈好多了。"

李冬瑶眼里微亮。

她压制住内心的喜悦，一边轻拍着贺伊睿的后背，一边笑着问："谢谢睿睿哟，那睿睿觉得，是你妈妈好还是老师好呢？"

贺伊睿"嗯"了一声，沉思数秒后果断地说道："还是李老师比较好！"

李冬瑶这会儿听了这句话，更是高兴得不得了，一时有些飘飘然，几乎控制不住自己唇角上扬的弧度，幸好贺伊睿看不见自己的表情。

她试探道："那……那如果以后老师加入了睿睿的家庭，睿睿会高兴吗？"

贺伊睿迟疑半晌，然后缓缓地点了点头，给了李冬瑶肯定的答案。

巨大的喜悦油然升起，李冬瑶在高兴之余，突然想起贺伊睿刚才似乎说是有两件事困扰着她，而她现在才说了一件事。

李冬瑶便随口问道："对啦，睿睿，你刚才不是说有两件事吗，还有一件呢？"

闻言，本来还在默默哭泣的贺伊睿后知后觉地抬起头："对噢，差点儿忘了说了。"

她的嗓音因为哭泣而变得有些沙哑，而她此时说话的语气也让李冬瑶听起来觉得不太对劲儿。

贺伊睿突然伸手搭上了李冬瑶的肩膀，而后将脸一偏凑近了她的耳边，温热平稳的呼吸洒下来，让李冬瑶觉得耳朵有些痒。

　　李冬瑶浑身僵住了。

　　小女孩儿带着奶香的柔软身体靠在她的怀里，软软绵绵、香香甜甜的，让李冬瑶的大脑短暂地空白了一会儿。

　　"第二件事，就是……"下一瞬，那小小的人儿开了口，语气一扫方才的悲痛，十分轻松愉悦地说，"老师，其实这段日子以来，不论是你看到的还是听说到的，都是假的哟！"

　　"……"

　　李冬瑶顿时瞪大眼睛，难以置信地僵直身子，整个人仿佛被雷劈了似的。

　　不，她现在的感觉，还不如被雷劈了来得舒坦。

　　李冬瑶放在贺伊睿后背上的手缓缓地滑了下去，她感觉自己的脑子就像一团乱麻。过了一会儿，她才终于反应过来，虽然自己和贺伊睿是在休息室里，但不可能始终没有同事进来。

　　从一开始到现在，这里都太安静了，安静得根本就不正常。

　　李冬瑶感觉自己的脖子极为僵硬，她艰难地将头转向了休息室门口，果然那里站着两个人，脸上都是一副看好戏的神情。

　　站着的两个人正是江凛与贺从泽。

　　贺伊睿翻脸比翻书还快，眼泪也说没就没，当即毫不留恋地一把推开李冬瑶，脚步轻快地朝江凛小跑过去："妈妈！妈妈！我演得好不好，你快夸夸我！"

　　江凛伸手揽住了朝自己奔来的贺伊睿，笑着亲了亲她的脸颊："很棒，等会儿给你买好吃的。"

　　贺伊睿登时便欢欢喜喜地拍手："妈妈最好啦！最爱妈妈！"

　　旁边站着的贺从泽伸手揉了揉贺伊睿的头，直起原本靠着墙的身子，不紧不慢地朝李冬瑶走去。

　　江凛抱着贺伊睿，对怀中的小家伙和气地说："贺伊睿，这段时间以来演戏挺累吧。等解决完了这些糟心事，我和爸爸带你出去玩。"

　　贺伊睿无比感动地抹了把眼睛："呜呜……好！我最近成天讨好自己讨厌的人，简直要难受死了。"

　　李冬瑶脸色难看，望着贺从泽，瞠目结舌："你们……你们这是什么意思？"

"看不出来吗？"窝在江凛怀中的贺伊睿笑嘻嘻地问李冬瑶，"我们当然是在演戏啦。"

李冬瑶目眦欲裂，当即去看贺从泽的左手，想要去找证据："可是今天早上，你明明……"

她话还没说完，就停住了。

"今天早上？"贺从泽似笑非笑地反问。他似乎想起了什么，遂将自己的左手抬起，无名指上的钻戒光芒四射。

"如果你想说戒指的话，其实今天早上我把睿睿送到学校后，就去店里取了婚戒。"贺从泽无奈地叹息，眉眼间笑意浅淡，"定制款戒指好久才被做好，婚礼我也需要花费很多心思去准备，所以这段时间以来我真的忙得不可开交。"

李冬瑶彻底无语了，只是瞪着一双眼睛，觉得无比震惊。

她还以为贺从泽是在忙离婚的事情，却没想到自己竟然被他们一家人从头骗到了尾！

"李老师，事到如今我也懒得再装了。我们开门见山地说话。"贺从泽淡声道，坐在了李冬瑶对面的沙发上，长腿随性地搭在一起，姿态散漫。

他不紧不慢地从口袋中摸出烟盒，咬着烟点燃后抽了一口，这才慢条斯理地说："说吧，你为什么要自编自演那场车祸？"

李冬瑶呆若木鸡，半晌后，结巴着回应他："抱歉，贺先生，我不明白您在说什么，您是不是误会了什么？"

"误会？"贺从泽闻言笑出声来，双眼微微眯起，"李冬瑶，我们都别浪费各自的时间了，都这时候了你还装吗？"

李冬瑶一张脸涨得通红，但仍旧嘴硬："对不起，我是真的不明白。"

随着她的话音落下，贺从泽弯唇，嘴角的弧度略带讽刺之意。

"你似乎记性不太好。"他稍稍俯身，伸手将桌上的烟灰缸拉近了些，轻弹了两下手中的烟，烟灰散落。

贺从泽拿出自己的手机，解锁手机后点出了一个界面，然后将手机屏幕转向李冬瑶："那要不我给这个人打个电话，让他帮你回忆回忆？"

手机屏幕上显示的是一个联系人的信息，不过他没有备注姓名。李冬瑶将目光落在那串电话号码上以后，脸色突然就白了。

这个电话号码她再熟悉不过……正是那场车祸中的汽车司机的电话号码!

这怎么可能?!

计划如此缜密,因为怕引人怀疑,她还特意让司机尽量少参与这件事,好让江凛与贺从泽都以为这场意外只是因为贺伊睿调皮,让他们不去追究司机的责任。

令她没有想到的是,贺从泽竟然会有这名司机的电话号码!

贺从泽是什么时候查出来的?那名司机已经向他坦白了吗?难不成最近这些日子以来,这一家三口都是在试探她?

冷汗浸湿了李冬瑶后背的衣物,但她只是咬紧牙关,不出声。

只要她什么都不说,就可以了吧?

"你以为装哑巴就没事了?"贺从泽嗤笑一声,眉眼间泛出了冷意,"李冬瑶,这个世界上没有办不成的事情,你给了那个司机多少钱,我可以加倍出……所以你猜猜,他会不会如实招供?"

贺从泽只说了这么一句话,李冬瑶的一颗心便彻底冷了下来。

看来,他们早就有备而来了。

但李冬瑶仍旧不肯松口,倔强地说道:"话不能这么说啊!贺先生,您怎么就没想想,万一是司机诬陷我呢?"

"李冬瑶,省省吧。"始终在旁边看戏的江凛终于不耐烦了,蹙眉望着李冬瑶,淡声道,"你如果提前收集过我的信息,那就应该知道我已经把两个人送进监狱了。现在我手上有司机亲口承认受你指使的录音证据,他已经交代了所有细节,你觉得这件事要是闹大了,你不会进监狱?"

如果说在面对贺从泽的软刀子时,李冬瑶还能保持冷静,那现在她无疑是被江凛用刀抵住了脖子,丢盔卸甲不过是瞬间的事。

李冬瑶受到齐雅的委托后,自然是先了解了一下江凛这个人,因此知道刘彤和司菀夏这两个人的事情。

所以李冬瑶清楚,江凛既然这么说了,就真的敢这么干。

李冬瑶有点儿发慌地咬了咬唇,内心似乎正在做着激烈的斗争,她犹豫半晌后,终于开口:"我……我坦白这件事的所有内幕,我真的只是替人办事的而已,你们到时候能不能放过我?"

贺从泽懒懒地挑眉:"可以考虑。"

李冬瑶决定还是要先保住自己要紧,毕竟这件事情被抖搂出来后,剩下的就是贺家和司家的内斗了，也许到时候就没人来追究她的责任了。

李冬瑶稍微组织了一下语言，便开始了艰涩的陈述："其实我的真实身份是司家的一名用人……主要负责照顾齐夫人的日常生活。"

"自从司小姐入狱后，齐夫人就对江女士你怀恨在心，但因为你后来出国了她不好动手报复，所以她现在等到你回来了，就打算把新仇旧怨合在一起跟你算账。"

"齐夫人跟我说，你们两个分开了这么久，感情肯定很脆弱，就让我利用贺伊睿来接近你们，从而挑拨你们的关系让你们分开……最后等到只剩下江女士一个人的时候，她才更方便对江女士下手。"

"那个司机是我联系的，但联系方式是司老爷给我的，我也只是个用人而已，虽然做的事情不对，但我没有害人啊！"李冬瑶言简意赅地概括道，还不忘焦急地为自己辩解两句，"我把所有的事情都告诉你们了，就算要追究责任，也是要找司家吧，我真的没有做什么！"

江凛就在那儿静静地听着李冬瑶揭秘，心里毫无波澜。

毕竟她的对头，除了在监狱里蹲着的两个人，就只剩下司家了，仅凭李冬瑶这种人，是绝对不会有接近他们的机会的，所以江凛便隐约明白过来肯定是有人在搞鬼，并且这个人不是齐雅就是司振华。

事实证明她的猜想果然没错，司家这两位都是策划者。

虽然江凛的生活已经美满幸福了，但她回国后，并没有忘记自己还背负着送司菀夏入狱的名头，指不定在什么时候就会被司家盯上，所以她一直有心提防司家。

贺伊睿这次遭遇的意外车祸，明面上着实没有什么不对劲儿的地方，幸好当时江凛觉得不放心，让贺从泽去查了查那名司机，这才引出了车祸真相的冰山一角。于是她与贺从泽商量过后，决定演一出戏，顺便让贺伊睿也加入进来，就当是锻炼这个小家伙的演技了。

李冬瑶很聪明，始终都把节奏掌握得恰到好处，直到江凛与贺从泽耗费这么多日子后，李冬瑶才露出了马脚。

人不犯我、我不犯人的道理江凛是明白的，"关你屁事"和"关我屁事"也是她在日常生活中始终秉承的做事原则。她有了丈夫和女儿，自己的母亲也过着安稳的日子，她本来想试着放下那段过往，可是司家人仍旧贼心不死。

江凛本就不是什么善人，如今他们竟然把箭头对准了贺伊睿，她终于动怒了。

江凛沉默了数秒后，淡声问李冬瑶："你现在是不是每晚都要回司家汇报情况？"

"不是。"李冬瑶迟疑了一会儿，摇摇头，"我是隔上几天才回去一次，平时都是通过电话和短信与夫人沟通，因为夫人要时刻了解你们的情况。"

"给我电话！以后我们每天保持联系。"江凛说，"下次你回司家的时候，就跟齐雅和司振华说，我和贺从泽已经在准备离婚手续了。"

贺伊睿一脸蒙地抬起头来，不明白自己精明能干的妈妈在想些什么，只能茫然地盯着她。

贺从泽却是瞬间便知道了江凛要做什么，于是弯起唇角，与江凛交换了一下眼神，十分默契。

"什么？！"李冬瑶听她这么说，当即变了脸色，果断地拒绝道："不行，你这不是让我当眼线嘛。我已经把我知道的事情都告诉你了，不会继续帮……"

"别这么着急拒绝我们。"贺从泽在此时突然出声，而后晃了晃手中的手机，笑容里透着懒意，"很不巧，你刚才说的那些话，已经全部被我录下来了。"

江凛本来是打算继续威胁李冬瑶的，却没想到贺从泽竟然还留了一手。她不禁在心里感叹了一句贺从泽无耻，但也隐隐庆幸这样一来确实省了不少的事。

李冬瑶脸色苍白，眼都不眨地紧盯着贺从泽的手机，声音微微颤抖着说："你竟然……"

"抱歉，可能是因为我在你面前演得太好了，才让你误以为我是个正人君子。"贺从泽稍稍耸肩，嘴角的笑意无比纯良，说出口的话却震慑力十足，"这份录音在我的手里，保不准我会将录音传给谁。李冬瑶，你要是个聪明人，就重新想好后再回答我们。"

李冬瑶相信，倘若自己今天真的拒绝帮助他们两个人，贺从泽绝对会将这段录音送到司家人的面前，到时候她才是真正的吃不了兜着走！

与其这样，她还不如冒险试试。

李冬瑶满心无奈与愤恨之意，但只能暗自咬牙，没有脾气，最后闷声道："好，我帮你们。"

"李老师果然是个聪明人。"江凛轻笑了一声，捏了捏贺伊睿软乎乎的小脸，问贺伊睿，"贺伊睿，你说是不是？"

"嗯……"贺伊睿被江凛问住了，她拧着眉头沉思数秒，虽然很想迎合妈妈，但又记得妈妈教自己要诚实，遂踌躇道，"可是我觉得，她好笨呀……"

江凛挑挑眉，神色如常："那你的直觉还挺准。"

李冬瑶的一张脸被憋得通红，一副敢怒不敢言的模样，毕竟她还有把柄在人手里，现在是连大气儿都不敢喘一口。

最终，李冬瑶黯然离开，并答应江凛自己回司家的时候会提前给她打电话的。

一家三口演了这么久的戏也已经累了，现在终于不必再花心思做那些表面功夫，贺伊睿对此无比欣喜。

因为江凛答应了贺伊睿，所以贺从泽便替江凛实践承诺，带着她们一大一小去了已经提前预订好了的餐厅，打算晚上在外面畅快够了再回家。

吃喝玩乐期间，江凛与贺从泽闭口不谈司家的事情，都将精力放在了贺伊睿身上。直到他们带着贺伊睿从游乐园回来，小丫头终于玩累了，打了个大大的哈欠。

她揉了揉眼睛，已经有了睡意，于是便斜着身子靠在江凛怀中，懒洋洋地打着盹儿。

贺从泽的视线扫过后视镜，确定小家伙睡着以后，才对江凛低声说道："凛凛，我觉得司家的事情不能再拖了。"

"是该做点儿什么了。"江凛深以为然，"难得我想过安稳日子，他们还不给我这个机会。"

"其实司菀夏入狱后，我就一直让人在暗中观察司家的情况，有了不少意外收获，但司振华在这方面很谨慎，我没找到任何相关的证据。"

江凛闻言顿了顿："偷税漏税？"

"远远不止这些。"贺从泽意味深长地看了她一眼，"还有很多料，足够让他去监狱里陪他女儿。"

按照贺从泽的说法，应该已经基本可以确定司振华有违法犯罪的行为，唯一缺少的就是他做过这些事的铁证。

"我在司家公司里安排了人，但是就算我的人已经深入财政部门，还是没能挖出来什么有力的证据。"贺从泽说到这里，不禁有些烦躁，"啧……真难搞。"

江凛也蹙着眉，刚想开口再问些与之相关的事情，却突然感觉有个记忆碎片蓦地从她的脑海中一闪而过，模模糊糊的。

她迅速地凝神去想，突然想起了一件极为重要的事情。

江凛的童年虽然无趣乏味，但无论如何，她也无法避免与司振华有些接触。因为怯意作祟，所以她常常等司振华进入书房后，才敢小心翼翼地走出房间。

司振华的书房向来是禁地，他不在家的时候，书房不仅房门紧锁，甚至房内还装有实时监控的摄像头，好像他生怕里面有什么东西会被人发现一样。

彼时的江凛毕竟只是个孩子，好奇心很重，因此也想知道司振华究竟在书房里放了什么东西。奈何她始终找不到机会进去，也就渐渐地放弃了。

直到有一天晚上，司振华突然回家。那时她正起床喝水，不经意间望见了书房微敞的门。这些记忆虽然已经十分模糊，但她还是记得自己清楚地看见司振华将一个账簿模样的东西放进了桌角的一个极为隐蔽的小抽屉里。

江凛察觉到不对劲儿后，便开始留意司振华在书房里的各种动向，也就屡次看见他将一些文件收进了那个抽屉里。

当时她太过懵懂，还不明白那代表着什么，现在江凛再回忆起这件事情来，瞬间便明白了。

"书房。"江凛蓦地开口，笃定道，"是他的书房！"

"书房？"

贺从泽眉峰微挑，明白了江凛的意思："你是说，司振华很有可能把证据都放在书房里了？"

"至少在我小时候，他有这个习惯。"江凛勉强地回忆着，时间太过久远，她也只能回忆出大概，"他从来不让任何人进书房。除了他自己和家里的老管家，我没见别人进去过他的书房。"

"我记不太清楚……只记得他似乎一直在藏什么东西，应该是挺重要的东西，我小时候撞见过几次，没被他发现。"

"但是我也不确定，毕竟那会儿我还小。"江凛说着摇了摇头，神色有几分凝重，"李冬瑶不是司家的用人嘛，如果资历不深，司振华和齐雅这两个老狐狸也不会放心地用她。我只要跟她确认现在司家的书房是否还是禁地，就能知道司振华是否还保留着当年那个习惯。"

"好。"贺从泽颔首，语气微冷，郑重其事地说道，"伤害你和睿睿的人我一个都不会放过。"

当然，他早在得知江凛的童年遭遇后，就想着不论用什么手段，都要让司家人受到惩罚。

那时江凛已经明确地向贺从泽表明自己打算彻底放下过去。他不想在任何事情上强迫她，只好暂且作罢。

但他也只是暂且作罢，并不是以后不会再拾起这件事。贺从泽向来清楚自己是一个睚眦必报的人，也坦然接受自己疾恶如仇的本性。

这些新仇旧恨，迟早有一天他要清算，不过是早晚的事情而已。

回到家后，贺伊睿已经困得连连点头了。

江凛将睡得迷迷糊糊的贺伊睿拎到卫生间里，先给小丫头洗脸刷牙，又给她换上了睡衣，见她已经哈欠连天，便让她先回房间里睡觉。

贺伊睿十分乖巧地"嗯"了一声，随后便亲了一口江凛的脸颊，咕哝道："妈妈晚安。"

江凛勾唇，揉了揉她的头发，柔声道："晚安。"

贺从泽刚在客厅内跟助理打了一通电话。贺伊睿从卫生间里走出来的时候，正好赶上他收起手机。

贺从泽用余光瞥了贺伊睿，见她已经穿上了那件毛茸茸的皮卡丘睡衣。她拖着小闪电尾巴站在他的旁边，睡眼蒙眬地张开双臂道："爸爸，我准备睡觉了，给你晚安吻。"

贺从泽心一软，在她的跟前蹲了下来，轻捏了两下她的脸蛋儿，随后在她的额头上落下了一个吻，轻笑着回应："睿睿，晚安。"

贺伊睿知道帅气的爸爸吻了自己，不禁乐呵呵地凑过去，在贺从泽的脸上也啄了一口："爸爸也晚安！"

跟父母都道过晚安后，贺伊睿还不忘去摸了几下闹总，这才安安心心地回房间里睡觉去了。

贺伊睿的房间在楼下，江凛确认她睡熟后，便将灯熄灭，走向楼上卧室。

这段时间以来她成天在那个李冬瑶面前演戏，还得忙着工作，实在是累得不轻，现在只差最后一步，就能给这些乱七八糟的事情彻底画上句号了。

卧室里有个单独的阳台，江凛刚推开卧室门，就见贺从泽正在里面吞云吐雾，她皱皱眉，却不打算管，反正贺从泽平时心里有数，也基本不抽烟。

这样想着，江凛拿过自己的浴袍，走进浴室里冲了个热水澡。洗去满身疲惫后，她舒坦得很。

等贺从泽在阳台上散完身上的烟味，拉开门走进室内的时候，刚好撞见了从浴室里走出来的江凛。

她只随意地穿着一件松垮的浴袍，腰带虚虚地打着结，胸前衣襟微敞，其中的美好风光若隐若现。

江凛眉目间还蒙着层水雾，整个人看起来慵懒而媚气，晶莹的水珠从她的发丝上滑落，顺着她的脸颊滑过脖颈，最终经过锁骨滑进了她的衣领里。

活色生香，不过如此。

贺从泽喉结滚了滚，看向江凛的目光突然就蒙上了些许隐晦暧昧的意味。

"出来了？"江凛尚不自知，只抬眼瞧他，"正好，你去洗吧。"

正说着，江凛径直走向床头，想去拿吹风机，谁知在经过贺从泽身边时，突然被他揽入怀中，紧扣住了腰。

他俯首，唇贴着她的耳侧，低声道："我饿了。"

耳后处的肌肤过于敏感，江凛稍微侧首，慵懒地挑了挑眉，也不挣开，只"噢"了一声："哪种层面上的？"

贺从泽闻言顿了顿，随即轻笑道："身体上的和精神上的，还挺难受，江医生要不要考虑帮帮我？"

江凛不置可否，轻轻地拍了拍贺从泽的脸颊，从容道："洗干净，在床上等我。"

贺从泽被她逗笑，随手在衣架上扯过自己的浴袍，随后不由分说地将她打横抱起，走向浴室："我觉得一起洗可能比较好。"

江凛抱臂皱眉："我觉得不好。"

"就是这样。"贺从泽应她，似笑非笑地瞧了瞧怀中的女人，"新婚后就让我强行禁欲这么久，你觉得我怎么收拾你才能解气？"

江凛"啧"了一声，正要开口说话，贺从泽却将她放了下来，她下意识地向后靠，后背贴上了浴室的墙壁，不算特别凉。

贺从泽不打算给她太多的反应时间，伸手抬起她的下巴便落下一记深吻。

贺从泽的唇上还带着些烟草味道，不浓不淡恰到好处，混着浴室中尚未散去的热气，像是催人迷乱的荷尔蒙一般，迅速地侵占了江凛的身体各处。

二人接触的瞬间，彼此都能清晰地感受到对方的动情。

他们太久没有这样亲近了，真的太久没有了。

江凛不屑地轻嗤道："你什么时候不是乖乖地等着被睡的人？"

贺从泽笑得仿佛是一只计谋得逞的狐狸，低声道："那我们今晚就看看，究竟是谁睡谁。"

满室里皆是热气，缠绵的情意聚于此刻，旖旎缱绻。

江凛晚上被贺从泽折腾得不轻，一觉过后醒来时，正好是天蒙蒙亮的时候。

她慢悠悠地从床上坐起，腰酸背痛的感觉差点儿让她重新跌回床上。她暗暗抽了口冷气，十分想踹一脚在身旁睡着的餍足的男人。

江凛摸了摸脖子，果然有点儿疼，又掀开被子看看身上，终于沉默。

他是属狗的吗？

江凛十分不满，毕竟对睡贺从泽这件事她十分执着，所以慢悠悠地打量着贺从泽。

嗯，她这么一看，他们倒是彼此彼此。

江凛心满意足地收回目光，正准备翻身下床去喝水，手腕却被人拉住，不仅重新跌回到了床上，还被装睡的人趁机压在了身下。

江凛还没反应过来。贺从泽眯着眼，已经低下头去吻她了。

江凛躲闪不及，便只得承受了这个并不算温柔的早安吻。

吻罢，贺从泽贴着她的脸颊，笑意慵懒地问："怎么样？"

江凛"嗯"了一声，也懒洋洋地回道："服务不错，我很满意。"

贺从泽低笑一声，这才不紧不慢地坐起来，轻薄的被子随着他的动作滑落，他身上的那些痕迹便直直地闯入了江凛的视野。她耳朵滚烫，不禁扭头。

江凛换好衣服后，刚好到了叫贺伊睿起床的时间。她就下楼去喊贺伊睿，然而刚推开门，见小家伙已经醒来了，正在往自己的身上套衣服。

江凛愣了愣，问："你是什么时候醒的？"

贺伊睿睡眼蒙眬，显然是刚睡醒的状态："刚醒……"

江凛因为贺伊睿自律感到惊喜，走上前一边帮她整理衣服，一边夸赞道："这么快就能自己起床了，很棒！这个好习惯要继续保持。"

"真的吗？"贺伊睿最喜欢听妈妈夸自己，登时笑逐颜开，忙不迭地点着头答应，"那我以后就自己起床了！"

"可以啊。"江凛欣然道，"好习惯是你的资本之一。贺伊睿，这就是你领先同龄人一步的地方，很厉害。"

贺伊睿正乐着，却不经意地看到了江凛脖颈处的红痕，于是疑惑地伸出手戳了戳江凛的脖颈："妈妈，你受伤了吗？"

江凛起先还没明白她在说什么，然而下一秒便迅速地明白了，思索半秒，想这种事自己该怎么跟孩子解释。

她想了半天不知道说什么好，索性面不改色地说道："这不是伤，是草莓。"

贺从泽刚换好衣服下楼，就听到了江凛的这句话，他本来觉得莫名其妙，然而过去一瞧，瞬间就明白过来江凛在说什么了。

"草莓？"贺伊睿摆出好奇宝宝的姿态，"草莓不是水果吗？"

江凛神情自若地继续说："水果中的草莓是种在地里的，这种草莓只能种在皮肤上。"

贺从泽："……"

"好神奇哟！"贺伊睿双眼亮晶晶的，接着问，"可是好像自己种不到呀？"

"嗯，这个只有别人才能种。"江凛颔首，觉得自己说的有些不对，又补充道，"只有你最爱的那个人才能种，不然就会很痛。"

"最爱的人？"贺伊睿歪歪脑袋，"就像爸爸是妈妈最爱的人吗？"

"对。"江凛揉揉她的脑袋，耐心地解释道，"更深层的事情，还需要你随着年龄的增长慢慢地了解。"

贺伊睿懵懵懂懂地继续问："更深层的事情……是像那些哥哥姐姐一样亲亲抱抱吗？那种事好害羞哟。"

江凛始终认为在孩子的性教育方面，因噎废食不可取，就在她思索该如何向贺伊睿解释的时候，身后传来了贺从泽温和沉稳的声音："睿睿，不论爱人之间的感情，还是更加亲密的事情，都是很美好的事情，而不是什么难以启齿的事情。"

江凛回首看向贺从泽，他慢条斯理地走过来，在母女二人面前蹲下身子，笑着捏了捏贺伊睿的脸蛋儿："虽然你现在可能听不明白，但总有一天你会明白这个道理的。"

贺伊睿似懂非懂地点点头，正儿八经地说道："我会好好记住的！"

贺从泽弯唇，笑容中满含着对女儿的温柔宠爱，看得旁边的江凛一时有些无语。

半晌后她垂下眼帘，无声地笑了出来，心里委实欣慰又感慨。

江凛今天是晚班，所以与贺从泽一起去送贺伊睿上学，目送贺伊睿背着小书包走进教学楼后，江凛这才收回视线，拿出手机。

她给李冬瑶打了个电话。

也不知道对方是在纠结还是怎么回事，电话响了一会儿才被接起来，那边传来了李冬瑶慢悠悠的声音："……喂？"

"你在司家工作多少年了？"

虽然不知道江凛为什么要问这个问题，李冬瑶还是老实地回答："快十年了。"

"这十年里，司振华是不是一直不允许别人进他的书房？"

"对，就连司小姐和齐夫人也不行……怎么了？"

瞬间确认了心里的猜想，江凛笑了笑，道："除了他，没人能进书房？"

"还有我和老管家，但我们进去也只是打扫卫生，不能动书房里的任何东西。"

书房里果然有猫儿腻。

江凛想着，便从容地对李冬瑶说道："现在我有个任务要交给你……等你告诉司家人我和贺从泽离婚后，就趁他们两个放松警惕的时候进入书房里，然后去搜搜他的办公桌，里面肯定会有我想要的东西。"

这件事虽然有难度，但并没有难到让李冬瑶一口拒绝的地步，她只是好奇地问："你想要的东西是什么？"

江凛并未正面回答她，只是淡声说道："如果你真的翻出东西来，你就知道了。"

挂断电话后，江凛便等着李冬瑶那边的消息了。

两日后，李冬瑶正式离开学校，重回司家，营造了一种计划顺利完成的假象。

齐雅听到江凛与贺从泽即将离婚的消息后，当即喜上眉梢，随后向李冬瑶确认："真的？这么快？"

李冬瑶点点头，沉声道："贺伊睿亲口说的，而且他们两个人已经把戒指摘下来了……在我任职的那段时间里，他们两个基本上是分开来学校的，气氛很僵。"

虽然李冬瑶有些胆怯，但是江凛与贺从泽两个人的所作所为更让她无措。李冬瑶只好强行压住心里的慌乱，装出一副冷静的样子。

"好！"齐雅笑着拍拍她的肩膀，"这次的事情多亏你了，报酬绝对少不了。"

李冬瑶在司家工作多年，是除老管家之外齐雅最信任的人，所以齐雅很容易就相信了李冬瑶的话。

更何况之前，齐雅让人暗中关注江凛与贺从泽的情况，发现他们之间的关系确实已经十分冷淡，这也就是说，李冬瑶顺利地完成了任务。

现在江凛失去了唯一的后台，接下来齐雅就可以展开手脚做事了。

"呵，我还以为他们两个人情比金坚，原来也不过如此。"齐雅嗤笑，冷声道，"江凛没了贺从泽，可就随意任我摆布了。"

李冬瑶闻言，只动了动嘴角，随后轻声地道了句"恭喜夫人"，便被齐雅打发回房间里休息了。

今天刚好老管家不在，司振华也在公司里有事，他要晚上才能回来。于是打扫书房的任务自然就是李冬瑶的。

李冬瑶站在书房门口，额头有些冒汗，因为她知道门口有司振华安的针孔摄像头，所以不敢表现出异样，神情自若地推开书房门，走了进去。

李冬瑶毕竟在司家工作快十年了，即使知道书房内没有摄像头，也明白这里不宜久留，于是开始迅速地寻找江凛所说的东西。

江凛也没具体说它是什么东西。李冬瑶只能一头雾水地翻找着，还要记着把物品放回原处，不敢歪斜半分。

随着时间流逝，李冬瑶依旧没有找到什么，眼看着再不出去就要引人怀疑了，有些丧气地打算放弃。

然而她站起身的时候，不小心衣角勾到了办公桌侧面的一个小抽屉。

李冬瑶被吓得不轻，对着小抽屉又是检查又是擦拭，生怕留下什么痕迹。就在此时，她发现这个小抽屉有些不对劲儿——在偌大的办公桌侧面，这个小抽屉显得格外不起眼，而且上面还挂着一个深色的暗锁，如果不凑近仔细看，根本就发现不了它。

她在司家待了这么久，打扫过很多次书房，从来没有注意到这个隐秘的小抽屉，以为它只是个装饰品罢了。

李冬瑶迅速地运转大脑，想着如果这里面真有什么重要的东西，十有八九就是江凛想要的东西，这么重要的抽屉，司振华应该不会把钥匙随身带着……

这么想着，李冬瑶终于在一个不起眼的角落处找到了一把钥匙，估计这把钥匙就是小抽屉的钥匙。

李冬瑶深吸一口气，把钥匙插进锁孔的那一刻，她的手都是颤抖的。

"咔嗒"一声，锁开了。

李冬瑶心里突然产生了一种轻松与紧张并存的诡异感受，她将钥匙放在旁边，拉开抽屉去看里面的东西……

竟然什么都没有。

李冬瑶怔住，正觉得可惜，却瞥见抽屉深处有个小玩意儿，她拿出来一看，是个U盘。

她万万不敢用司振华的电脑，想起自己随身带着双头数据线，便赶紧从兜中掏出数据线，将U盘和手机连上。

李冬瑶在手机上点开文件列表，发现U盘里面不过是几个较大的文件，应该记录了不少东西。她本来想尝试着打开一个文件看看，却发现文件都被加密了，只得作罢。

等李冬瑶再看一眼加载栏，发现文件名字已经加载出来了，她看着那几行文字，突然觉得脑子"轰隆"一声，蒙了。

这是……这是……

李冬瑶觉得自己整个人都被冲击得有些头脑发昏，脚底发软。

她指尖颤抖地复制了那些文件，而后手忙脚乱地将场面收拾回原样，又把钥匙放回原处，反复确认没有纰漏后，才默默地退出了书房。

因为怕引起怀疑，她又在走廊象征性地打扫了一会儿，看时间差不多了，才收好杂物，返回自己的房间。

半个小时后。

刚上班不久的江凛，接到了李冬瑶的来电。

她蹙蹙眉，不紧不慢地回到了自己的办公室里，将门反锁后，才接了电话。

不等她开口，手机对面的人已经絮絮叨叨地开始说了："江小姐，我真的已经为你做很多事了，今天过后你就放过我吧，我就是个普通人，承受不了这些事啊……"

江凛自动屏蔽了她的那些废话，从中抓到了重要信息："你发现什么了？"

李冬瑶声音有些发颤，音量低得生怕被谁听到似的："你要的东西，是不是司老爷干坏事的证据？"

话音刚落，江凛轻轻地抽了一口气，显然没想到惊喜这么快就来了。

她沉默数秒，稳定好情绪后，对李冬瑶沉声道："把你拿到的那些东西发给我，这件事就算结束了，你为自己准备好后路就行。"

李冬瑶闻言，有如得了赦令，赶紧应声，挂断了电话。

没一会儿，江凛便收到了她发过来的几个文件，她想打开文件却发现文件被加密了，就直接把文件转发给了贺从泽。

文件被传过去后，江凛想了想，又打出几个字发了过去："天凉了，司家该玩完了。"

贺从泽收到江凛的信息后，第一时间将那几个文件扔给了助理，让他赶紧找人破解，越快越好。

助理原本不知道这是什么玩意儿，还有些好奇，但是看到几个文件的名字后，登时就起了一身冷汗，忙不迭地把这烫手山芋扔给了专业人员，等待最终破解。

约莫一个小时后，助理收到了被破解的文件，看都没敢看，就迅速地发到了贺从泽的邮箱里。

贺从泽迅速地结束公司会议，快步地回到自己的办公室里后，关上门拒绝任何人打扰，弄得大伙儿一头雾水。

贺从泽坐在办公桌前，在电脑上打开收件箱列表，下载保存了助理发来的文件后，依次查看了那几个文件。

贺从泽越往后看，心就越稳。

这些文件分别记录了司家名下各公司近几年来的内账报表、企业对外收款的私人账户、各种客户方转入私人账户的转账记录……

更重要的是，就连司振华公司一整年的记账流水也被单独列在了一个文件里，无比详细。

贺从泽作为商人，看着这些异常记录，自然明白这代表了什么。

这些证据彻底坐实了司振华经济犯罪。

这些东西一旦被公开，司家就没有挣扎的余地了。

贺从泽关闭了文件，觉得心情有些难以描述，遂从烟盒中抽出一支烟点上，青灰色的烟雾升起消散，浅淡的烟草味弥散开来。

抽完烟后，贺从泽将手上的证据简单地整理了一下，打包放在了一个文件夹中，等待着最后的举报程序。

他拿起手机，给江凛打过去一个电话。

江凛很快就接起电话，开门见山地问道："文件解开了？"

"解开了，我刚看完这些文件，这些文件是司振华经济犯罪的铁证。"他回道，嗓音中情绪平淡，"只要我现在去举报司家，这一切就都结束了。"

江凛闻言，不禁觉得有些恍惚。

这个从她儿时就开始的持续了二十多年的漫漫长夜，终于要迎来太阳了。

其实江凛在很小的时候，就想过自己一定要与司家拼个你死我活。可后来随着年龄增长，她发现很多事情不一定会有好的结果，并且不是所有缺席的正义都会来到，有些正义是永远不会来到的。

她本来已经放弃这些恩怨了。因为她身边有了贺从泽与贺伊睿，还有视她如己出的婆婆，母亲身体健康，自己工作顺利，这一切都幸福美满。

她其实要放弃为自己和母亲讨一个公道了。

他却始终将这些事记在心里，替她考虑。

"举报吧。"江凛垂下眼帘，语气平和地说，"这些乱七八糟的遗留问题是该被解决了。"

"好，那剩下的事情你放心地交给我。"贺从泽语气含笑，"看吧！凛凛，正义虽然会迟到，但永远不会缺席！"

结束通话前，江凛突然开口，声音难得地柔且缓："贺从泽。"

"嗯？"

"这是你还给我的公平。"她逐字逐句、坚定却不冷硬地说，"它本来是永远缺席的，你把它还给了我。"

江凛从来都不会说煽情的话，此时却突然豁然开朗，觉得原来说难以启齿的话语也没什么大不了的。

"谢谢你，还有……"江凛微微一顿，道，"贺从泽，我爱你。"

那三个字分明是落在贺从泽耳畔的，却仿佛是压在了他的心上，足足有千斤重，因此电话对面的他倏地怔住了，就连回应江凛都忘记了。

半晌他终于反应过来，轻笑了一声，温柔地回道："我也爱你。"

这世间生生不息的东西，远不止生命。

他并不是什么大好人，明白世事从来不是非黑即白，公平与否更是受到了太多外界因素的影响，无比复杂。

他习惯独善其身，可是也愿意为了她成为一个多管闲事的人，即使知道这世上有太多跨不过去的悲剧，他也想尽可能地让她看见世界美好的一面：恶人终有报，好人得善终。

他同样希望有一天，社会的法治能够更加健全，让恶人在阳光之下无处藏身。

翌日，在全网各大平台迅速曝出了司振华偷税、逃税数十亿元的消息。

官方报道称收到了关于司振华犯罪事实的相关举报，经核实后，确认司氏名下企业已经持续多年偷税、逃税，涉嫌严重的经济犯罪，司振华身为企业负责人已被刑事拘留，等待警方调查。

不过短短半天时间，股民纷纷开始抛售司氏公司的股票，司氏股市一路飘绿，股票大崩盘，并且资金周转不灵，岌岌可危。

想来司家已经没救了。

没人知道究竟是谁举报的，反正大伙儿心知肚明，能让司家这种业界大头潦倒至此的，肯定是对家公司，至于究竟是哪家公司，大家纠结这个也没什么意义。

所有人都在讨论司家一家人真的各个都是奇葩，先前司大小姐司菀夏因为涉嫌绑架与教唆杀人被告入狱，如今事情刚平息还没几年，司振华竟然又被爆出了涉嫌偷税、漏税，这一家人现在唯一还好好的，就是司夫人齐雅了。

然而也不知道是不是为了证明这一家人都不是什么好东西，司振华经济犯罪案事发一个星期后，更猛的料出现了：警察在搜查司家时，竟然意外地在齐雅房间内的一个小型保险柜中发现了一把钥匙。

有知情人接受采访时透露，该钥匙看起来已经被保留了有些年头，至少十余年。

"十余年"这个敏感的数字登时引起了不少人的警觉：当年但凡知道司家火灾事件的人，都或多或少地听说过，司家发生火灾时，前司夫人的卧室门被人反锁了，而钥匙不翼而飞。

但是因为大家都知道司振华的发妻有心理疾病，所以就认为他的发妻是自杀的，而那把失踪的钥匙肯定已经在大火中被烧毁了。

可如今警察竟然在齐雅的卧室中搜出了一把极其可疑的钥匙，这瞬间就引发了公众对当年大火的一连串怀疑。

司振华在那场火灾后，还因为思念意外逝去的妻女，原封不动地复原了司家旧宅。他曾在接受记者采访时红了眼睛，说之所以复原旧宅，只是为了给自己留个念想。

这句话是否出于真情实感，现在已经无法确认。工作人员为了证实众人的猜想，还特意带着钥匙去了司家旧宅。

当众人将那把模样老旧的钥匙插入锁孔，成功地打开卧室门的那一瞬间，听到的不只是门被推开的闷响，更是时隔十余年，真相才迟迟到来的叹息声。

证据确凿，齐雅此时才惊觉自己被骗了。然而她此时此刻万念俱灰，终于松口坦白了当年火灾的真相，称当年是她上门找江如茜谈话，后来动了杀心，纵火后锁了江如茜的房门匆匆地逃走。

终于真相大白。

此消息一出，全网轰动，新闻热度持续多日仍不退，各种故事层出不穷，大家各有各的猜测与说法。

虽然火灾事件已经过了追诉期，但因为当时火灾特殊，所以如今犯罪嫌疑人出现后，火灾事件并不受追诉期限制。

司振华与齐雅都走上了法庭，等待着接受法律的制裁。往后余生，他们都要在牢狱中度过。

所有人都认为原司夫人与司小姐已经死在了当年的那场大火中。

那她们就让大家这样认为吧。

只有江凛知道，自己与母亲在那场火灾中已经死过一次了，如今她们已经浴火重生，又何苦再去揭开自己的伤疤呢？

那年司夫人与她的女儿司悦早就在火灾中意外丧生了。

她就让当年的那些事情被时间冲散吧，那些不为人知的秘密也是时候被深埋了。

如今不论是江凛还是江如茜，都安好、幸福。

这就足够了。

齐雅作为纵火犯被揪出来的事情，江凛是无论如何都没想到的。

毕竟已经过去十多年了，这件事情早就被时间抹平了，但上天总是会安排各种奇妙的意外，这些意外串联在一起成了一个天大的惊喜。

正如她没有想到司振华为了守住他那张深情的面具，会将司家旧宅原封不动地复原。又如她不知道齐雅是不是想着最危险的地方就是最安全的地方，才选择把江如茜卧室的钥匙藏在了自己的身边。

这所有的事情中每一件事都让人觉得匪夷所思，然而这些令人意想不到的事情真的就这样近乎巧合地发生了。

在某种意义上，司振华与齐雅也算是互相坑了对方，让人不知道说什么才好。

江凛哭笑不得，但也算是彻底了结了这桩心事。

远在S市的江如茜自然也看到了这几天关于司家的新闻报道。她只是觉得不可思议，但也想不出除了江凛和贺从泽这两个孩子外，还能有其他让司家付出代价的人了。

于是江如茜给江凛打了个电话。经过这次通话，她了解到了江凛与贺从泽从头到尾的计谋与行动，计谋并没有那么复杂，在得知贺伊睿也参与这件事后，她不禁有些发笑。

事情并没有那么复杂，甚至顺利到了有如天助的地步，这大概就是恶人有恶报吧。

江如茜知道司振华和齐雅双双入狱后，心情有些复杂。毕竟她将自己最好的年华都耗费在了阴沉无趣的司家。无论如今她有多后悔，也已经晚了。

让当年的真相大白，这是江如茜想都不敢想的事情，她从未奢望过会有这么一天，她本来以为自己早就放下了，真到了这时候，仍旧感动得泪流满面。

终于一切尘埃落定，她的第一段也将是唯一一段的荒唐婚姻，也算是彻底地画上了句号。

这是她给自己的交代，也是给江凛的交代。

江如茜想想以后的日子，自己会和岳姨在 S 市安心地过着安稳的日子，想念江凛和贺伊睿了，便去京都旅行一番，如此也轻松自在。

未来可期，所有的事情都在朝越来越好的方向发展了，真是十分美满。

当然，这只是对江如茜来说。

早在江凛回国后就开始计划举办婚礼的贺公子，此时好不容易等到了所有事情结束，便有些按捺不住了。

江凛倒十分淡定自若，觉得现在工作稳定娃也省心，反正结婚证已经领四年了，办不办婚礼这个问题完全没什么关系。

贺从泽一直在思索该如何才能让自己的夫人燃起举办婚礼的热情，然而百思不得其解，只好在微博上惨兮兮地建了一个超话——"今天凛姐跟我办婚礼了吗？"

于是贺公子又上热搜了。

在这个超话里，委屈卑微的贺公子，每日记录着自己的催婚实况——

"Day1：没有，也许明天吧。"

"Day2：没有，明天不指望了，也许后天呢？"

"Day3：没有，期待下周。"

"Day4：没有，要不明年吧……"

…………

每天的打卡搭配上超话标题，当真是听者伤心闻者落泪，引得网上冲浪爱好者也纷纷加入催婚大队，陪着贺从泽一起打卡。

终于，江凛有一次偶然刷微博时，突然看到了各种各样的与贺从泽相关的话题推送，她看着那些诸如"总裁一往情深却惨遭冷落"的标题，陷入了沉默中。

江凛大致扫了一眼文章的内容，又看了看贺从泽建的那个催婚超话，越发觉得自己像个始乱终弃的渣女。

于是当天江凛下班回家，就把佯装无辜的贺从泽摁在沙发上，理智地讨论了接下来的婚礼事宜。

再次凭借厚脸皮赢得夫人妥协的贺总，不禁欣慰地笑了。

因为之前被司家的事情耽搁了不少时间，所以两个人除了戴上婚戒，连婚纱都还没来得及去试穿。

直到这日，江凛特意请了一天假，准备跟贺从泽一起去婚纱店试衣服，正赶上贺伊睿放假，小家伙追着二人问："爸爸妈妈，你们要干什么去呀？"

　　江凛十分实诚地回答："去试衣服。"

　　贺从泽耐心地补充道："去试最好看的衣服。"

　　贺伊睿一听到"最好看的衣服"六个字，登时眼睛就亮了，立马"噔噔"地跑到鞋柜边上换好鞋子，背着手笑眯眯地说道："我们走吧！"

　　这种雷厉风行的架势，实在是不容拒绝。

　　江凛拿她没办法，想着反正贺伊睿在外从来不会瞎闹腾，便也就同意带着她一起去了。

　　贺从泽开车带着母女二人前往婚纱店，店面稍远，江凛听牌子的名称是有印象的，知道那是婚纱界的高精端，礼服界的爱马仕。

　　抵达婚纱店后，贺伊睿还从未见过这么多好看精致的裙子，觉得无比新奇，绕着各种款式的婚纱看来看去，不论哪件婚纱她都很喜欢。

　　店员虽然接待惯了公众人物，但在看到来人后，还是忍不住眼睛发亮，感叹道："二位终于准备结婚啦！看来催婚大队还是有用的。"

　　江凛："……"

　　她深呼吸了一口气，看了一眼身侧满脸笑意的贺从泽，也不知是该气还是该笑。

　　因为江凛不论样貌还是身材都没有瑕疵，就是个行走的衣架子，再好看的衣服在她的身上也只能当陪衬。

　　店员找了又找看了又看，最终将店里的经典花嫁款婚纱拿了出来，打算将其作为参考，给江凛看看。

　　江凛并无异议，店员便带着她去试衣间里试婚纱了。贺从泽也没在旁边干巴巴地等着，嘱咐好贺伊睿乖乖地待在原地后，便拿着配套的西装走向了更衣间。

　　贺伊睿早在看到江凛即将试穿的那身婚纱后，就迫不及待地蹲守在了门口，满眼小星星地期待着妈妈穿婚纱的样子，兴奋得不得了。

　　婚纱款式复杂，过了十多分钟，江凛才被店员带着走出更衣室，来到全身镜前。

　　江凛其实很少穿裙子，于是有些不太自在地拉着婚纱的裙摆，望着镜中的人，突然觉得恍惚。

婚纱的款式无可挑剔，抹胸被设计得恰到好处，将她的身材曲线极妙地勾勒出来。她的锁骨半隐入薄纱之中，在灯光下泛着莹润的光泽，神圣无瑕。

江凛有些出神地看着自己身穿婚纱的模样，竟然生出了一种认不出自己的感觉，也不知道是不是因为婚纱衬托，就连房间内的光都显得圣洁而温柔。

贺伊睿一眼看到试好婚纱的江凛，被眼前美丽的妈妈冲击得愣了半响，才兴奋地出声："妈妈！妈妈！你好漂亮呀！"

平时甜言蜜语张口就来的贺伊睿，此时却找不到任何能形容自己妈妈美貌的形容词。她小跑到江凛的身边，恨不得从各个角度观赏一番江凛，小脸儿上满是羡慕之情："妈妈太好看了……爸爸太幸福了吧。"

江凛对贺伊睿最后说的那句话显然十分受用，于是弯起嘴角，揉了揉贺伊睿的脑袋，敛目，轻声地说："你将来也会穿上婚纱的，到时候，肯定比我还漂亮。"

贺伊睿固执地摇摇头，抬起脸一本正经地说："才不是呢！妈妈是这个世界上最美的女人，绝对没有比妈妈更美的人了！"

突然，身后传来了男人含笑的声音："那看来，我跟睿睿的观点不谋而合。"

江凛侧首，不知道贺从泽是什么时候过来的。他身穿西装，领口处整洁利索、一丝不苟，领带平整毫无瑕疵，整个人从容矜贵。

贺从泽看到江凛后，眼里迅速地闪过了一抹惊艳之色，接着缓步上前，打量了她几眼后终是忍不住笑了："这辈子最让我想不到的，一个是你怀孕时的模样，另一个是你穿婚纱的模样……果然，一个比一个让我惊喜。"

江凛挑了挑眉，勾起唇，抬手帮他抚了一下西装肩头："你倒是比平时顺眼了不少。"

贺从泽握住她的手，吻了一下她的手背，缓声道："能一辈子让你觉得顺眼，是我的荣幸。"

敲定婚纱款式后，江凛又亲自在图纸上更改了些细节，随后二人付好定金确定好时间，总算是解决了婚礼中最重要的环节。一家三口快乐地回家了。

婚礼的准备程序复杂无比，但因为贺从泽对婚礼十分期待，所以准备起来也很得心应手。这场婚礼已经迟到三年了，如今终于等到所有事情尘埃落定，那么他与她的幸福，自然要让所有人来亲眼见证。

等各项事宜已经逐一被安排好，需要决定婚礼日期的时候，贺从泽来征询江凛的意见，因为这个月月中婚纱才能被赶制出来，后续还要腾出些时间确定流程，婚礼最快也要下个月才能举办了。

江凛看了一眼那些被贺从泽标了红的好日子，表情不曾有什么波澜，却准确无误地伸手点上一个并没有被标红的普通日子，道："这天吧。"

贺从泽前半秒没反应过来，后半秒就蓦地顿住了，那天啊，他的眼神一瞬间亮了起来，复杂而柔和。

半晌后，他轻笑，低声道："好，就这天。"

这天虽然不是什么所谓"吉日"，但是对于他们二人来说，却是无可比拟的特殊存在。

这是他们最初相遇的日子，是他们之间的故事开始的日子，是他们各自人生的新征程，亦是他们此生中最为幸运的时刻。

婚礼定在这样的一个日子，再好不过。

距离婚礼举行还有半个月的时间，贺从泽的生日到了。

因为他一直不曾主动说过自己的生日，江凛又向来不拘于这种形式主义，所以他便始终以为她并不知道自己的生日。

可那天贺从泽从公司回到家中，迎接他的却是正布置餐桌的江凛。

江凛将蛋糕从做工精致的盒子中拿出来后，摆在了桌子中央，贺伊睿眼馋得不行，在旁边眼巴巴地看着，弱弱地说道："妈妈，我就吃一口……一口，爸爸他绝对发现不了……"

"不行，这个没得商量。"江凛干脆地拒绝了她，"今天是爸爸生日，蛋糕第一口要留给他吃。"

"啊……"贺伊睿遗憾地嘟着小嘴，"妈妈，你什么时候也这么形式主义了？"

江凛看了她一眼，轻飘飘地回了一句："你爸爸是特例。"

贺伊睿："……"

受到了爸妈的恩爱暴击，贺伊睿委屈巴巴地转过身来，刚想跑去摸摸闹总以平复心里的愤懑，就望见了站在门口的贺从泽，登时欣喜地唤道："爸爸！"

江凛正好也准备完毕了，听到贺伊睿喊声后，她虽然已经做好了准备，但还是不免有些被撞破后的不好意思，遂拍拍手佯装无事，模样优哉游哉的。

贺从泽早就在门口看着她们母女二人忙活好久了，看见江凛这副手足无措的样子，感动之余不禁觉得有些好笑。

他迈步上前，看了看桌子上丰盛的美食，又看了看神态自若的江凛，眼里情愫涌动："你什么时候开始准备的？"

"你别想太多。"江凛摆摆手，淡声道，"要不是贺伊睿提醒我，我都忘了今天是什么日子了。"

贺从泽看她在这儿睁眼说瞎话，也不拆穿她，只俯身亲了一下她的脸颊，轻笑道："凛凛，我真的很开心。"

"……"江凛感觉耳朵有些发热，半晌后才憋出来了一句，"你开心就好。"

也不管这女人说话中不中听了，贺从泽本来也是对生日无所谓的人，可是今天，他觉得自己收到了一份最别出心裁的生日礼物。

吃过晚饭，贺伊睿终于准备对蛋糕下手，连忙插上蜡烛，拍着手催促贺从泽："爸爸，爸爸，你要先吹蜡烛再许愿哟，这样的话生日愿望一定会实现的！"

贺从泽本打算直接切蛋糕，但是女儿奴的本质作祟，他便拿出打火机，将蜡烛挨个儿点上。

随后，他闭上眼，认真地许下了自己的生日愿望，才将蜡烛吹灭。

烛火刚熄灭，贺伊睿便兴致勃勃地探过身子，问："爸爸，你许了什么愿望呀？"

"愿望说出来就不准了。"贺从泽笑道，看向旁边的江凛，"但是，你妈妈应该知道我的愿望。"

江凛当然知道他的愿望。

她颔首，嘴角的弧度浅淡："那你的愿望基本已经实现了。"

"不急，还有几十年的时间。"他望着她，嗓音低且缓，"等到了白发，才算实现。"

江凛顿了顿，认真地说道："有道理。"

随后，贺伊睿眼睁睁地看着贺从泽吃下了第一口蛋糕，这才美滋滋地给自己也切了一小块儿蛋糕放在纸盘上，吃起蛋糕来。

贺伊睿边刮着奶油，边好奇地问贺从泽："爸爸，妈妈以前也这样给你过生日吗？"

"以前的时候，你妈妈工作比较忙。"贺从泽一边从容地回答，一边用眼神似有若无地扫过旁边的江凛，"她虽然嘴上从来不说，但我知道她在心里给我过生日呢。"

江凛有点儿被贺从泽肉麻到了，于是揉揉胳膊表示自己对这种肉麻的感觉有些承受不住，却破天荒地没有怼回去。

"啊？"贺伊睿微张小嘴，显然有些惊讶，表情中隐约还有些悲悯之色，"那妈妈真是很无情啦！爸爸，你好可怜。"

贺从泽深以为然地说道："是吧，睿睿也这么觉得吧！"

江凛："……"

这一大一小两个人是怎么回事？

"但是，不论是过生日，还是生活中那些小事，哪怕我和你妈妈并不在同一个地方……比如你妈妈和你在国外的那几年。"贺从泽话锋陡然一转，嗓音低缓，"那时我们见不到彼此，双方忙起来时甚至电话都打不了，即便如此，我们还是走到了今天。"

贺伊睿还是个小孩子，听不懂他话里的意思，只隐隐约约地感觉到，爸爸妈妈都很相信对方。

"那爸爸和妈妈为什么会在一起呀？"她对此深表疑惑，歪了下脑袋，"明明很少见面，那不是连沟通都很少吗？"

贺从泽还未答，江凛便已经从容地说："因为我们是相爱的，爱人之间有一种超能力，叫'心有灵犀'。有些事、有些感情，我们不需要沟通，对方也能知道。"

贺从泽半眯了眯眼睛，嘴角弧度甚微，神情却十分温柔。

贺伊睿听着江凛的话，一双水灵的眸子里盛满艳羡，继而扭头追问："睿睿也想拥有这个超能力！爸爸，你和妈妈是怎么相爱的呀？"

他笑了笑，说："爱是人之本能，无师自通。"

"爱是一种什么感觉啊？"

贺从泽想了想，道："对于爸爸来说，就是如果没有你妈妈，我就不知道每天早上醒来的意义是什么。"

每日醒来的第一眼，如果能给最爱的人，那该很好。

江凛看向贺从泽，眼神中少了些复杂，多了些纯粹。

她明白他的意思。

贺伊睿显得有些茫然无措，连蛋糕都忘了吃，道："可我没有这种感觉啊，是我不够爱爸爸妈妈吗？"

江凛耐心地向贺伊睿解释道："你当然爱我们，不过这种是亲人之间的爱，爱有很多种，亲情只是其中的一种。"

"能遇到一个让你不会感到厌烦的人，是一件很不容易的事情。"她摸了摸贺伊睿的头，轻声道，"我 26 岁时才遇见了你爸爸，而在此之前，绝对没有过要跟别人共度终生的念头，所以你要等，总会等到这么一个人出现的。"

贺伊睿懵懂地点点头，似乎江凛的话让她明白了一些道理。

"你妈妈说得很对，但是还有很重要的一点，你需要记住。"贺从泽表示赞同，垂下眼帘望着贺伊睿，道，"你的妈妈，也就是我的夫人，她为你熬心费力近十个月打造出来的心脏，绝对不能因为别人而轻易受伤。"

贺伊睿郑重其事地点头："睿睿记住了！"

江凛听着这父女俩的对话，稍作停顿后，不禁失笑。

她此时才知道，原来幸福这么容易就能获得。

饭后，江凛把餐桌残局收拾好后，去厨房教贺伊睿洗碗擦碗，母女两个并排站在架子前，不时传来贺伊睿的嬉笑声，气氛极为温馨。

贺从泽回到卧室里，打开自己的电脑，快速地处理了邮箱中的一些待处理公务。半个多小时后，他结束工作，将电脑关机合上。

再下楼时，他发现江凛正抱着贺伊睿坐在外面小院中的吊篮椅上谈笑，气氛温馨和睦。

闹总懒洋洋地趴在地毯上，此时正打着盹儿，发出若有若无的呼噜声。

贺从泽走了过去，不紧不慢地在江凛身旁坐下，伸手将她轻轻揽入怀中，在她额头上吻了吻。

江凛提醒他道："今晚的月色很好。"

贺从泽闻言，抬头望向天空，果真望见了无边星云铺在夜空中，皎月欲坠，光影清透。

他笑："是，很好。"

此刻美景，有她才是最好。

江凛与贺伊睿有一搭没一搭地聊着天，耐心地陪着贺伊睿谈天说地，眉目间尽是绵绵的温柔。

贺从泽低眉敛目，瞧着怀中的她，突然觉得此时此刻，有些话其实已经不必再说了。

　　恍惚间，贺从泽仿佛回到了他们相遇的时候，那时的月色似乎比现在的还要动人。

　　他无声地弯唇，继续抬头望向月色，终究还是将想说的话放在了心底——

　　那晚的夜色很浓。

　　我站在那儿，看着你踏着清冽的光向我走来，不知怎么了，忽然觉得这寥寥一生，不过如此。

　　这一生仅一个你而已。

关于那些日子

幼儿园里最近来了三个插班生，插班生都是男孩子。

三个人因为本来就认识，所以刚来就组成了一个团体。他们还都是"过分活泼"的性格，在课上闹腾也就算了，还喜欢跟同学开恶劣的玩笑。但凡他们经过的地方，过不了多久就一定会有哭声响起。

他们让老师感觉十分头痛。但老师既不能骂他们，也不能打他们。难不成老师还要跟家长诉苦吗？

贺伊睿小朋友身为幼儿园里的人气王，平时自然是受不到别人欺负的，况且在江凛与贺从泽的教育下，她也不是那种会任人欺负到头上的性格。

可是她身边的小朋友们纷纷遭殃了，又是被扯辫子又是被扔书包的，很狼狈。

贺伊睿制止过他们几次后，这三个人也不消停。他们整天把班上闹得鸡飞狗跳，弄得人心惶惶。

就这样，贺伊睿满心惆怅地回到家中，摆出了一副茶不思饭不想的模样。肚子都敲鼓了，她也固执地待在自己的房间中，不声不响。

贺伊睿小朋友表面上如此忧伤，实际上内心戏已经上演了好几十集了。她趴在桌子上委屈地画圈圈。

呜呜呜，为什么妈妈还不来找她？她的肚子真的好饿……大家不是说欲拒还迎、欲擒故纵最有效嘛，这些话都是假的！

贺伊睿正嘟嘟囔囔着，便听见了房门被推开的声音。她当即转过头去看，果然看见江凛朝自己这儿走了过来。

江凛哪儿能不知道贺伊睿的小心思？刚看贺伊睿的第一眼她就捕捉到了小家伙眼里一闪而过的精光，虽然那只是一瞬间，但江凛还是明白过来，贺伊睿这是有事情要跟自己说。

"以后有事情就直接说。"江凛不紧不慢地坐在了贺伊睿的旁边，抱臂望着她，神色淡淡的，"拐弯抹角是效率最低的方式，不是所有人都能猜到你有心事。"

贺伊睿就知道自己妈妈是刀子嘴豆腐心，便笑嘻嘻地凑了过去，给江凛又是捏肩膀又是捶背，道："因为我真的很苦恼嘛……"

江凛对小家伙这副殷勤讨好的模样简直无法抵抗，于是叹了口气，轻轻地握住贺伊睿的小手："说说吧，怎么回事？"

贺伊睿每次犯了错，或者有什么事情要求她解决时，就会摆出这副撒娇模样，偏偏每次都能在江凛的面前奏效。

"我们班里前几天转来了三个插班生。"贺伊睿开始将原委讲给江凛听，语气又气又无奈，"他们三个人仗着有自己爸爸妈妈护着，就在学校里横行霸道，搞得大家都很难受，但是又没有办法。"

江凛思索数秒后，基本明白了：贺伊睿的幼儿园里来了三个插班生，他们都是熊孩子。

不过贺伊睿倒是没说自己也被他们欺负了，江凛想想也是，贺伊睿毕竟是贺家的千金，大抵也是没人敢轻易动她的。

看来还是几个有脑子的熊孩子。

"所以呢？"江凛稍稍颔首，沉声问她，"你是想让我和爸爸亲自出面，让那三个孩子消停下来？"

贺伊睿闻言只是笑了笑，没承认也没否认，江凛看她这副模样，就知道这小丫头就是这么想的。

江凛想了想，又问："但是贺伊睿，他们欺负你了吗？"

贺伊睿愣了愣，答："没有……"

"他们欺负的是你的同学和朋友，欺负的是你自己圈子里的人。"江凛耐心地说道，表明自己对此事的态度，"你想保护身边的人，当然可以去教训那三个插班生，但我们只是你的父母，只能保护好你，如果我们强行出头，那就算是多管闲事，你明白吗？"

"你如果想要保护身边的人，就要拥有自己的力量，而不是依靠别人，这样才能真正击败自己讨厌的人。"江凛对她说道，"关于这件事，我和你爸爸当然可以帮你解决，但是你想想，那三个孩子害怕的人是谁呢？要是我们这些大人不在，他们真的会收敛吗？"

他们真的会收敛吗？

贺伊睿听了江凛的这番话后，显然有些蒙。

她虽然已经足够早慧，但思维模式还是很直接单纯的，只想着给对方一个下马威就好了，却完全没考虑到如果自己的靠山不在现场，对方会不会重新猖狂起来。

这是治标不治本呀……

贺伊睿想了想，发现江凛说的很有道理，于是不禁犯起愁来，一张小脸儿已经快要皱成包子了："那我要怎么办呀？我也不能打他们呀。"

"虽然暴力能快速地解决某些问题，但是我们不能以损害个人形象作为代价去教训那些讨厌的人。"江凛抬起手，揉了揉贺伊睿的脑袋，从容地说道，"你要智取，我原来是怎么教你的，要游刃有余地击败对方。"

说到这儿，江凛又禁不住去想，如果此时贺从泽在场，肯定又要说她在给贺伊睿灌输厚黑学。

江凛虽然是第一次做母亲，但在教育孩子这方面有着某些不可动摇的自己的坚持。江凛并不去遏制贺伊睿爱玩的天性，在日常生活中，也尽力去开拓她的想象力和创造力，对她可以说是既纵容又约束，控制得恰到好处。

江凛对贺伊睿的教育方式基本上就是散养。因为贺伊睿什么都要自己做，所以她的独立能力和逻辑思维能力远远超过了其他同龄人，不论做什么事情，不论好坏，贺伊睿自己都心里有数，能够自我纠正。

江凛是第一次养娃。贺伊睿这才几岁，就能这么有出息，江凛已经十分欣慰了。贺从泽更是感慨不已，就江凛这种养娃的方式，贺伊睿竟然能长成这样真是不容易。

二人在生活中将虎妈猫爸的角色扮演得十分灵活，黑脸白脸混着扮演，效果竟然出奇地好，贺伊睿不论是对爸爸还是对妈妈都黏得要命。

"嗯……游刃有余。"贺伊睿皱着自己的小眉头，有些困惑地说，"这个怎么做呀？"

"机会是要自己去找的。"江凛温馨提示道，"你们下周三，学校里不是有亲子活动吗？"

"对！"贺伊睿被江凛这么一提醒，才想起来了这件事，眉开眼笑地说，"太好了，到时候我就找机会教训他们三个！"

于是，在贺伊睿小朋友的期待下，这场亲子活动如期而至。

因为亲子活动是幼儿园统一举办的，所以整个园区的孩子都参加了这场活动，父母们带着自己的孩子在园内四处观赏，活动场地内人声鼎沸，热闹非凡。

江凛一家三口也参加了活动。正逢贺从泽公司没事，江凛想到要陪贺伊睿来参加活动，便向 A 院请了一天假。

江凛现在是 A 院外科的一把手，当初她在 IC 学到的临床技术与科研知识足够让她受益终生。她虽然这会儿只是个副主任医师，不过下次就可以升职了，可谓步步高升。

江凛事业、爱情两开花。

江凛不仅肤白貌美，而且事业有成、家庭幸福，堪称人生赢家的典范，赢得了无数人艳羡的目光。这会儿她带着自己英俊的丈夫与可爱的女儿一路走过来，简直堪比走红毯。

江凛跟贺从泽在一起久了，耳濡目染，早就对别人的目光见怪不怪了。

贺伊睿小朋友倒是对热情的大家表示十分喜悦，笑吟吟地朝行人打招呼，一张俊俏的脸蛋儿上是明媚的笑容，越发讨人喜欢。

贺从泽见这么多人盯着贺伊睿，不禁蹙了蹙眉，突然莫名地担忧起来："睿睿这才多大，就这么受欢迎，那以后怎么办？"

社会险恶，让人不得不怕，尤其贺伊睿还是个女孩子。她更该被人好好地保护才对。

"孩子受欢迎多好。"江凛倒是十分以自己的女儿为荣，道，"因噎废食不可取，难道因为怕有人不怀好意，就要刻意去约束自己吗？"

"我虽然也怕她受伤害，但能做的事情就是尽早教会她保护自己和防范别人。至少她还在我身边的时候，我一定能保护好她。我会让她好好地成长。"江凛望着正在前面轻快愉悦地走着的贺伊睿，嘴角的弧度浅淡，"我当然希望我的女儿平安，可更希望她能活出她自己想要的模样。不论平庸还是不凡，她只要开心自在就好。"

贺从泽闻言稍微停顿，随后失笑，无奈地点头道："我发现我还真是说不过你。"

"嗯。"江凛听完他这句话，深以为然，"没人能说服我。"

"我觉得也是。"贺从泽勾唇，突然不着痕迹地靠近她的耳畔，轻吹一口气，声音低沉道，"毕竟你从来就不是能被人'说'服的那种人。"

他刻意将那个"说"字说得意味深长，听得江凛心窝发软。她不太自在地扭头，耳根子已经泛起了红晕。

江凛"啧"了一声，言简意赅地评价他："厚颜无耻。"

贺从泽回应她："美色在前，不能自已。"

江凛："……"

此局贫嘴，江凛惨败。

亲子活动正式开始后，按照规则是由一名家长带着孩子参加，江凛便自觉退位，拿出手机打开相机，对准了贺从泽跟贺伊睿，专门负责拍照和录视频。

她悠闲得不得了。

在此次亲子活动中，贺伊睿无比活跃，表现十分出色，而贺从泽也完美地配合着贺伊睿，父女两个几乎在每一次的比赛中，都能拿个小奖品回来，然后放在江凛面前炫耀一番。

江凛瞧着倒也有趣，更加捧场地举起手机，始终用镜头追随着贺伊睿与贺从泽的身影，拍出的每一张照片看起来都无比温馨。

江凛本意是专拍贺伊睿的照片，日后好打印出来装到相册里面做纪念，因为江凛小时候的照片甚少，她几乎对自己的童年没有任何愉快的印象，所以现在有了贺伊睿，江凛在这方面格外重视。

只是在江凛拍照的时候，贺从泽这个陪同孩子比赛的父亲，自然也被江凛注意到了。

贺从泽虽然平日里在江凛面前没个正形，但不得不说，他的这副皮囊还真是好看得挑不出任何毛病来，此时他耐心地陪着贺伊睿跑前跑后，为人父的温柔模样更是惹人心动。

在贺伊睿出生以前，江凛一直觉得，贺从泽也就是在认真工作的时候比较有魅力。后来贺伊睿这个粉嫩嫩的小团子出生了，江凛才蓦然发现，贺从泽当父亲的样子其实是最顺眼的。

贺从泽收起了自己的气场，将女儿抱在怀里笑意清浅，分明只是一名世间最普通父亲的模样，在江凛看来却分外动人。

江凛这么想着，就连什么时候勾起唇角的也不自知。不知不觉地，江凛竟然开始将手机镜头从贺伊睿身上移开，全程跟着贺从泽的身影走了。她回过神来后，皱眉自责了几秒。

　　贺从泽早就注意到了江凛粘在自己身上的视线，只是不曾表现出什么异样来，此时发现她终于后知后觉地挪开了眼，他这才侧头看了她一眼，眉眼间满是笑意。

　　随后他收回视线，继续陪着贺伊睿参加亲子活动。

　　江凛就在旁边尽职尽责地担任亲子时刻记录员，拍下来了一堆视频和照片。本来江凛还想挑几张好看的照片发给贺家二老，奈何这父女俩的颜值实在太高，她翻了半天觉得照片都很好看，实在不知道该发哪几张，索性一股脑儿地全部发给了二老。

　　两位长辈对于二人的表现赞不绝口，极为欣喜，尤其是崔妍看到了孙女神采飞扬的活泼样儿后，更是高兴得不得了。

　　两个多小时后，亲子活动终于缓缓地落下帷幕，大家也迎来了午休时间。

　　因为下午幼儿园还要开活动总结会，家长还不能带孩子回家，所以大多数家长为了节省时间选择带着孩子去食堂解决午饭，也有的家长领着孩子开车去外面的饭店吃。

　　江凛询问贺伊睿的意见后，最终决定在食堂里吃午饭。

　　园里的食堂极好，共三层，每层都有不同地域的美食。虽然饭菜的价格相对昂贵，但好在食物都很精致，色香味俱全。

　　贺从泽这种玻璃胃都能接受食堂的食物，其精致程度可想而知。

　　因为大多数家长和孩子选择在食堂里吃饭，所以食堂里的位子有些紧张。贺伊睿抢占先机，火速地将自己的背包放到一个桌子上，先下手为强，成功地占了一个位子。

　　江凛对自家闺女雷厉风行的性格十分满意。贺伊睿真是越来越像她了，挺好。

　　三个人占好位子后，就去点餐口排队点餐了。因为他们来得比较早，所以并没有排太长时间的队就拿到了放着食物的餐盘。

　　江凛因为一早上没怎么运动，也没有消耗太多体力，所以只点了些清淡的食物，贺从泽则依旧是往常的食量。

　　倒是贺伊睿小朋友因为整个上午都在蹦蹦跳跳，现在累得不行，所以点了一大堆的美食，美滋滋地用盘子端着美食，满脸幸福之色。

然而这种快乐仅仅持续了 1 分钟，因为她发现自己的位子被别人占了。

她的书包还在桌子上，但位子已经被那三个孩子占了。他们闹哄哄的，好像全然不觉自己抢了别人的位子。

更巧的是，就是那三个胡作非为的插班生占了贺伊睿的位子。

贺伊睿的脸色当即就变了，她回过头来，对上了江凛的目光，委屈巴巴地开口："妈妈……就是他们三个，现在他们还占了我们的位子。"

这事贺伊睿也跟贺从泽说过，贺从泽本来不觉得有什么问题。反正那三个孩子只要不欺负到贺伊睿的头上，他就不会对那三个孩子做出什么事。

可是眼下，那三个孩子在太岁头上动土。专治熊孩子的贺公子自然是忍不住了，抬起脚就要走过去。

江凛却在此时侧了侧身子，挡住了贺从泽，与此同时，她低下头问贺伊睿："那么，现在你被欺负了，要怎么办呢？是求助我和爸爸，还是你自己解决问题？"

贺伊睿听到这个问题后，愣了几秒钟，似乎在认真地考虑自己该怎么办。

"凛凛。"贺从泽无奈地出声道，"睿睿才 3 岁，她……"

"我觉得妈妈之前跟我说的话很有道理。"贺伊睿突然开口，对二人正色道："所以我自己解决问题吧，你们看着就行！"

小家伙说这话的模样正儿八经的，倒有些可爱。说完这句话，她将自己的餐盘交给江凛，转身走向了那张桌子。

贺从泽心想：小家伙面对的是三个男孩子，不怎么放心，想跟着贺伊睿一起过去。江凛适时地扯住他，淡声道："我们先观察观察。"

贺从泽只好作罢，只是盯着那边的情况。

贺伊睿不紧不慢地走到桌子前，然后站定。本来还聊得热火朝天的三个孩子注意到了她，便转过头来疑惑地看着她。

贺伊睿一本正经地对他们说："这个桌子上的背包是我的，这是我的位子，你们能离开吗？"

有个小男孩儿嬉皮笑脸地回她："我们先坐下了，这不就是我们的位子了吗？"

话音刚落，两名同伴便嘻嘻哈哈地表示赞同，似乎完全没有将小小的贺伊睿放在眼里。

站在不远处的贺从泽看着这边，已经眉头紧锁，江凛的表情也不太好看，打算如果那群孩子再嚣张下去，她就亲自上去教他们做人。

贺伊睿面对着三个人的戏谑态度，却不慌不忙，只是甜甜地笑了笑，语气温柔地问："是这样呀，那你们的家长在不在这里呀？"

对方不屑地说道："不在啊，为什么要留他们在这里？"

那个"不在"话音刚落，贺伊睿便蓦地翻脸，伸手扯过了桌上的背包，使劲儿地往桌子上一砸！

因为背包有点儿重，贺伊睿又充分地遗传了江凛的大力气基因，所以这声闷响格外摄人，成功地震住了那三个男孩子，他们一脸蒙地望着眼前的小丫头。

贺伊睿表情森冷，对那三个男孩子冷喝："家长不在你们还敢在我的面前嚣张？！赶紧离开我的位子！"

话音落下三秒钟。

"呜……呜哇啊啊啊……"

有个小男孩儿被她吓哭了，这个小男孩儿一哭，他的两名同伴本来还在状况外，又受了惊，便也跟着他掉了眼泪。

于是这三个最让大家头痛的熊孩子，此时却在一个娇娇弱弱的小女孩儿面前哭得眼泪止不住。

江凛欣慰地说道："不愧是我的女儿。"

旁观的贺从泽："……"

他怎么感觉贺伊睿这孩子将来肯定大有作为啊……

食堂里坐在各自位子上陪着孩子的家长，此时不免注意到了这边的动静，都一脸茫然地注视着贺伊睿和那三个小男孩儿。

兴许是想不到平日里娇俏可爱的贺家千金竟然会有这副面孔，大伙儿都蒙了，贺伊睿的同学们更是呆若木鸡，都一脸难以置信的表情。

"你们哭什么呀？"贺伊睿眨眨眼，见那三个男孩儿看起来十分凄惨，便也赶紧收起了自己装出来的凶狠，"好像我欺负了你们似的，你们有错在先竟然还会觉得委屈吗？"

其中一个小男孩子儿似乎有些恼羞成怒，刚想开口说话，就用余光看到了贺伊睿身后的江凛与贺从泽二人，他登时抽抽鼻子，便愤愤地离开了，其余两个男孩儿见此，便也推推搡搡地走了。

贺伊睿望着那三个小男孩儿落荒而逃的背影，撇了撇嘴角，转头再看向江凛的时候，面上已经满是笑意了："妈妈，妈妈，我装得好不好！"

江凛慢条斯理地将餐盘放在桌上，随后抱起贺伊睿，毫不吝啬地夸赞道："你很厉害，成为成功人士的第一步就是学会维护自己的权益。"

"耶！"贺伊睿当即比起剪刀手，眼睛笑得弯成了月牙，"睿睿是成功人士！"

围观群众："……"

贺从泽："……"

不得不说在某种意义上，江凛对孩子的教育方式还真是与众不同。

午饭过后，家长们带着各自的孩子去休息室里休息了。到了下午3点钟，幼儿园准时在大礼堂里举行了亲子活动总结会。

总结会的内容并无新奇之处，领导的活动感悟罢了。领导讲话过后便是颁奖环节，由于贺伊睿在活动中表现优异，所以获得了一等奖。

贺伊睿是第一次与爸爸、妈妈一起参加亲子活动，还得了一等奖，高兴得不得了，将奖状往江凛和贺从泽的眼前送："睿睿得奖啦！"

贺从泽见她笑容纯净好看，心里也跟着软了软，遂伸手将贺伊睿抱了起来。小丫头很小，浑身热乎乎的，散发着红豆的香甜味。

他弯唇，伸手捏了捏贺伊睿的脸蛋儿，轻声道："睿睿真棒，你永远是爸爸和妈妈的骄傲。"

贺伊睿笑着用脸蹭了蹭贺从泽的手："多亏爸爸和妈妈帮忙啦！"

小丫头虽然嘴上这么谦虚，但根本掩饰不住眉眼间的得意之色，明眼人都能瞧出来她很自豪。

江凛见贺伊睿抱着奖杯如此开心，也被她的情绪感染了，开心地笑了笑。

总结会结束时已经是傍晚了，三个人见时间不早，便踏上了回家的路。贺从泽一边开着车，一边同江凛和贺伊睿商量着晚饭吃什么。

贺伊睿今天心情甚好，蹦蹦跳跳了一天竟也不觉得累，一副兴致勃勃的模样，哪里像个从早闹腾到晚的孩子？

贺从泽依旧是家中主厨。反正家里有他，他便没让江凛去学习做饭。二人分工明确。他并不觉得男人下厨是一件难以启齿的事，反而还乐在其中。

朋友们近两年来也有了各自的家庭或者未婚妻。宋川现在已经是准爸爸了，早已经戒烟、戒酒、戒夜生活，成天守在怀孕的妻子身边，黏人得要命，也不知道几年前是谁对准爸爸贺从泽的转变不屑一顾的。

贺从泽的那些公子哥儿朋友现在已经变得成熟稳重了，各忙各的事。偶尔大家有空了，便会一起吃顿饭，简简单单的一顿饭，倒也有趣。

在厨房里忙碌的贺从泽一边将火调小，一边挽起衬衫的袖子，而后偏头看向客厅中的两抹身影……哦不，还有地上的闹总。

贺伊睿很喜欢跟闹总玩。此时她正坐在江凛的怀里，拿着逗猫棒在闹总的面前晃来晃去。闹总也十分配合贺伊睿，又是蹦跶又是打滚，活跃得很。

江凛则坐在旁边看手机，偶尔会分出些注意力给贺伊睿，把闹腾的她重新搂回怀里，顺便再揉揉她的小脑袋。

这个场景既简单又温馨，虽平淡却动人。

贺从泽笑而不语，收回了目光。

他不由得想起了自己因为受打击而不务正业的那段日子。正是因为遇见了江凛，他才仿佛新生，决定振作起来，好好地去学习如何爱一个人。

记忆翻涌着回到了他们最初认识的时候，那时他们之间是那般剑拔弩张。可现在他们却成了夫妻。过去的种种历历在目，他如今想起过去的事情来，不禁感慨命运真神奇。

人与人之间的缘分永远充满未知，或许这就是人生的奇妙之处。

人会和一些人渐行渐远，从此失去联系。但人也会与另一些人相遇，自此永不分离。这一切都是缘分，不论结果如何，人与人的每一次相遇都应获得尊重。

今天的晚饭十分合江凛与贺伊睿的胃口，江凛那张向来蹦不出什么好话的嘴，竟然也夸了贺从泽一句，着实让小贺总有点儿感动。

晚餐结束后，江凛不紧不慢地收拾整理着厨房。贺从泽将衬衫袖口挽起，正打算去帮忙，却被脚边不知何时凑过来的贺伊睿轻轻地扯住了。

贺伊睿煞有介事地对贺从泽嘘了一声，就把自己怀中藏着的东西往贺从泽手里塞，低声道："爸爸，你收好，这是睿睿给你的特殊礼物，可千万别被妈妈发现哟！"

贺伊睿的话成功地勾起了贺从泽的好奇心，他接过贺伊睿递给自己的东西一看，发现是一本日历，日历的年份却已经是四年前了。

他似乎明白了些什么，却依旧有些不懂，便看向贺伊睿，就听她小声地解释道："这个日历被妈妈特意收起来啦，然后又被我不小心找到了，应该是妈妈带着我在国外时用过的。"

"妈妈虽然嘴上不说，但真的很爱我和爸爸哟。"贺伊睿说着，还握了握自己的小拳头，"总之爸爸你先看吧，一定要藏好！"

听贺伊睿这么一说，贺从泽就暂时放弃了去厨房里帮忙的打算，直接拿着日历回到房间，开始从前往后翻。

这个日历的排版很有趣，上面是可以写日记和月份总结的，虽然供人发挥的空间不大，但他粗略看下来，发现基本每一页的日历上都有字。

日历上的这些文字记载了江凛抵达 IC 后的所有日常生活和心情变化。尽管那时江凛每日都与他通话，但他此时才算是真正知道了她在那段时期里的所思所想——

"我已经很久没吃过他做的饭了，好不习惯。

"朗斯的景色很漂亮，但我总觉得朗斯比不上京都。

"坐也想他，卧也想他，我真是变得越来越婆婆妈妈了。"

贺从泽越往后看江凛的日记，嘴角的笑意变得就越深。他当真是了解到了一个全然不同的江凛，日记里的文字显露出了她温情柔软的一面，虽然这些都极为隐秘，但是与他息息相关。

江凛几乎每天都写一些短日记，有时是一两句话，有时是几个字；有时关于他，有时关于学习和生活。贺从泽继续耐心地往后看，注意到在江凛怀孕期间，自己的名字出现在她日记中的次数格外多，字里行间满是江凛对他的思念以及她初为人母的欢喜。

贺从泽将指腹搭在日历上，轻轻地摩挲着，珍视无比。

在每个月最后一天的那页日历上，江凛都备注了一句：距离回家见他还有 × 天。

贺从泽看在眼里，心里亦是极为感动。突然，正在翻日历的贺从泽瞬间被某个日期吸引住了目光——因为日历上的那天不仅被江凛用红笔大大地圈了起来，还被加上了三个感叹号。

那个被江凛圈出来的日子正是当时今日，是他的生日。

贺从泽先是愣了一下，而后哑然失笑。

江凛啊江凛，连她自己的生日都没有重视，权当是普通日子，却将他的生日如此郑重其事地记了下来。

她在感叹号后面还备注了几行字："今天是他的生日，但我不在他身边。我想送他礼物但又怕他一冲动就跑到朗斯来见我。算了，还是等我回国再给他补上吧。"

这话言之凿凿，好像还挺有道理的……贺从泽无奈地摇了摇头。

最后，贺从泽将日历翻到底后就小心翼翼地将日历收了起来，觉得就江凛那死要面子的性子，这本日历要是被她发现了，她肯定会销毁它。

他已经将这个宝贝收入囊中，自然要好好地珍藏，好在日后再拿出来翻看它。

能瞧见江凛这种如手写情书般的东西，贺从泽认为这辈子应该也就这一次了。

江凛正在楼下给闹总倒猫粮，并不知道自己的小秘密已经被发现了。贺伊睿则在厨房里帮妈妈整理餐具，将碗筷摆得整整齐齐，有模有样的。

贺伊睿看向江凛时露出的笑容总让江凛觉得有猫儿腻，但江凛又说不出来怪在哪里，就没把事情放在心上。

江凛收拾完厨房便陪着贺伊睿一起在客厅中看电视。贺伊睿靠在她的怀里，还抱着闹总。二人一边撸猫，一边观看节目，很放松。

江凛虽然对综艺节目不感兴趣，但陪着贺伊睿一起看节目，倒也觉得节目可以。

直到节目结束，贺伊睿才控制不住地打了个哈欠，江凛看了看时间，已经晚上 10 点多了。

贺伊睿懒洋洋地动了动身子，嘟囔道："妈妈，我困啦！"

江凛遂将小丫头抱下沙发，带她去卫生间里简单地洗漱后，便送她回房间里睡觉了。就算明天贺伊睿放假，也不能睡得太晚。

江凛这种已经将熬夜当成习惯的人，婚后在贺从泽的要求下开启了"养生模式"，基本每天晚上 10 点半就准备上床睡觉了。

她也有些乏了，今天上午参加幼儿园组织的亲子活动耗费了不少力气。冲了个热水澡后，她便回了卧室。

不过，贺从泽竟然不在卧室里。

江凛挑眉，想到他肯定是在书房里工作，也就自觉不去打扰他。

因为不想一个人先睡，所以她便靠在床头翻看起了近期精选的医学论文，握着笔时不时地勾勾画画，时间便从笔尖下悄然流逝。

直到江凛隐约觉得脖子传来了酸痛感，才将论文放在旁边。贺从泽这会儿还是没回来，她不禁看了一眼手机，快 12 点了。

他还在忙吗？

江凛皱皱眉，怀疑贺从泽是不是在书房里面睡着了。纠结许久后，最终她还是忍不住下床去书房里看看情况。

听到书房门被推开的声音，文件堆中的贺从泽下意识地抬起了头，本在键盘上敲敲打打的指尖也停了下来。他微皱眉，看着站在门口的人。

他分明跟她约法三章，让她10点半之前一定睡觉。这已经快12点了，她怎么还没睡？

这么想着，贺从泽便问道："你怎么还不睡？"

江凛靠着门框，抱臂，打量着贺从泽面前一桌子的文件，不答反问："你最近的工作量很大？"

"还好，都是些琐碎的小事，有些费时间。"

"那你今天打算熬夜？"

贺从泽隐约察觉出来了什么，眉眼间浮现出些许笑意。他没正面回答江凛的问题，而是说："我明天不用去公司，只有下午的会议需要过去一趟。"

江凛闻言停顿半秒，随后"噢"了一声，转身就准备要走："那你慢慢熬，我先去睡了。"

江凛的语气听起来倒是平淡得很，与日常语气没什么区别，但是贺从泽就是听出来了一些极其隐秘的不对劲儿。

贺从泽勾了勾唇，放下手中的笔，对江凛道："你先过来，我有事跟你商量。"

江凛停下脚步，侧过脑袋瞥了他一眼，不知道他神秘兮兮的又要搞什么，但还是转身走了过去："怎么了？"

她刚走到贺从泽跟前，还没来得及站稳脚，就被他握住手腕扯着坐到了他的怀里。

江凛下意识地就要重新站起来，然而贺从泽已经用手臂环住了她的腰，任她怎样动，就是无法脱身。

江凛"啧"了一声，道："大半夜的，你怎么动手动脚的？"

贺从泽笑了，轻咬了一下她的耳垂，语气有几分含糊地说："大半夜不正是动手动脚的时候？"

江凛："……"

贺从泽搂着怀中的女人，女人熟悉的体香萦绕在他的鼻端，染得他满怀都是温柔的芬芳，让他有种说不出的心安。

他语气中噙着笑，低声问："怎么？没我睡不着？"

贺从泽的呼吸洒在江凛的脖颈处，满室的气氛瞬间便暧昧起来。江凛不自在地躲了躲，蹙着眉答他："没有你，我睡得更香。"

此时贺从泽的注意力却全在江凛已经泛着粉色的脸颊上，半晌后他哑着嗓子道："你这个口是心非的习惯，真得好好改掉。"

"我就是来看你是不是在书房里睡着了而已。"江凛此时已经觉得耳根子有些发烫了，所以想从他怀中逃开，"行了，你忙你的吧，我回去睡觉。"

然而她刚想挪开身子，却发现自己动弹不得，便拧眉去看贺从泽，恰好看到了他眼底的暗色。

江凛心里警铃大作，瞬间知道事情没那么简单。

"急什么？"贺从泽慢条斯理地开口，还将她搂得更紧了些，"反正我们已经要晚睡了，再晚点儿也无所谓。"

他便将她打横抱起，径直离开书房回到卧室里，随后二人双双跌到了柔软的床榻上。

还不待江凛反应过来，贺从泽就先一步抬起她的下颌，吻上了她的唇。

卧室内一片静谧，细碎的阳光从窗帘缝隙溜入屋内，在地板上跳跃出灿烂的光点。

贺从泽正赤裸着上身靠在床头，处理昨晚电脑中未处理完的文件。

时间缓慢地流逝，直到被窝中的江凛有了细微的动作，似乎有睡醒的迹象。几秒钟后，江凛慢悠悠地翻了个身，半睁开一双睡眼，模样慵懒至极。

贺从泽低下头，在她的额上吻了吻，轻声道："醒了？"

江凛懒懒地"嗯"了一声，毫不客气地搭着他的腰，他低头从江凛的脖颈向下打量她，能瞧见她身上那些分外明显的暧昧痕迹，也不知是由于他未能克制自己的力气，还是她的肤色太过白皙。

江凛哪里知道贺从泽又在自己这儿揩油，只是看他，等适应了一会儿光线，才问他："几点了？"

"你这一觉睡得有点儿久。"贺从泽轻笑，眼神柔和中又含着几分戏谑之意，"现在已经 10 点整了。"

"10 点？"江凛瞬间就清醒了，连忙坐了起来，"怎么这么晚了？"

"我看你好像挺累的，就让你睡到自然醒了。"那个直接导致她赖床的罪魁祸首此时倒是一副人畜无害的模样，"正好你今天晚班，我们三个人都在家里，我就让睿睿多睡了会儿，现在她应该正在客厅里看电视吧。"

江凛干脆利索地将他前面说的那句意味深长的话屏蔽掉，而后揉了揉自己的头发，装成什么都没听懂的样子，下床朝浴室走过去："我去洗个澡。"

贺从泽见她这样，有些忍俊不禁。他愉悦的笑声传入江凛的耳中，让她瞬间觉得脸热得很。

她快步走进浴室里，"砰"的一声关上了门，还顺便上了锁，就怕那个厚颜无耻的家伙突然进来。

江凛从浴室里出来的时候，贺从泽已经换好衣服了。

他西装革履，整个人就是一副矜贵姿态，江凛在心里啧啧感叹。

贺从泽的袖口妥帖整洁，没有一丝褶子，他戴上腕表后，便拿过放在旁边的领带，正要自己打领带，余光瞥见站在浴室门口的江凛，见她一副似乎一言难尽的表情，也不知道她是怎么了。

"凛凛。"他唤她，眼尾带着慵懒的笑意，道："过来帮个忙？"

江凛不上他的当，问他："什么忙？"

贺从泽勾了勾手指："乖，先过来。"

江凛被他那个"乖"字吓得不轻，勉强抖了抖身上的鸡皮疙瘩，才不大情愿地走了过去。

然而她刚站定，贺从泽就执起她的手，将一件东西放了她的手里。

江凛定睛一看，是一条深色的领带。

领带？

江凛挑眉，终于明白过来贺从泽是要她帮什么忙，不禁有些好笑道："你让我帮你打领带？"

贺从泽颔首，轻弯唇角道："既然我已经教过你解腰带了，那打领带肯定也少不了你。"

江凛："……"

这人是不是说话不调情就浑身不舒服？

她说话言简意赅："不会。"

他只多加了一个字，就换上了一种疑问语气："学不会？"

江凛明知贺从泽在使用激将法，但偏偏这法子还就是管用。她将眉头一皱，便干脆利索地将领带挂上了他的脖子，顺便往下扯了扯，让他稍微低下头来。

江凛嘴角一撇，也不管到底怎么打领带，也不管三七二十一就开始系，贺从泽看她这架势，像是要系成个死结似的。

"哪有你这么乱来的？"贺从泽忙不迭地按住她的手，无奈地叹了口气，"我手把手教你。"

江凛挑眉示意贺从泽请便，反正她要是自己来的话，保不准真能给贺从泽的领带打个死结。

于是，贺从泽便握着她的手，耐心细致地开始教她打领带。

二人挨得极近，近到彼此的呼吸已经交融在了一起，低着头的贺从泽光明正大地望着江凛，发现她秀气的眉眼中满是专注，看着看着，竟觉得她这模样比以往还要动人些。

明明只是个领带的事情，对江凛来说这不过是小事一桩，根本称不上需要学习，但她还是如此认真，愿意在这种小事上费心思。

以前，她肯定会将这种事视为是在"浪费时间"，又怎么会陪他不紧不慢地磨时间呢？

其实江凛自己并没有察觉到，在潜移默化中，她已经改变了许多。

贺从泽这般想着，嘴角也无声地勾起，但江凛此时正忙着研究如何打领结，没注意到他神色上的微妙变化。

他一步步地握着江凛的手教她，步骤清晰速度适当，江凛在贺从泽的引导下，将领带交叠翻绕，后插环收紧，一个领结就这样打好了。

江凛左看看右看看，怎么看怎么觉得满意，心想：自己也是够可以了，这么快就变成贤惠夫人，实在是令人感动。

贺从泽也觉得实在不容易，便趁她没反应过来，迅速地低下头在她的脸颊上落下一个吻，笑道："还真是不容易。"

"那你感恩戴德去吧。"江凛说，"几点回来？要是回来晚了，记得买饭。"

贺从泽顿住了，感觉自己气也不是笑也不是，心情着实复杂。

这女人真是煞风景啊！

最终，贺公子还是依依不舍地走到了家门口，离开前还抱了抱贺伊睿，刮刮她的鼻尖，说道："爸爸要去公司开会，很快就回来。"

贺伊睿握拳做加油状，道："爸爸工作加油呀！"

贺从泽弯唇，遂起身离开了，但走出去没两步，他又忍不住折回来走到了江凛跟前，捧起她的脸，吻上她的唇。

这个吻浅尝辄止。

"凛凛。"他用指腹贴着她温热的肌肤，眼里含笑，"记得好好休息。"

说完，贺从泽便转身离去，看起来快乐得很。

他口中那"好好休息"四个字，乍听起来没什么不对，可若是深想一下，就能察觉出其中的微妙之处。

江凛眉角挑了挑，越发觉得这人当真是惯不得。

翌日。

江凛把贺伊睿送到幼儿园后，便去 A 院上班了。

贺伊睿走进班级里，然后上课、午休，一切似乎都与往常没什么不同。

然而她午睡过后，再回到教室里的时候，就发现自己的背包不见了。

贺伊睿记得自己当时就把背包放在桌上，怎么睡了一觉背包就没影儿了？

贺伊睿一边困惑着，一边继续在课桌附近找背包，却并无所获。想到背包是妈妈送给她的，她不禁有些急躁，眼睛已经急红了，撇着嘴坐在位子上十分委屈。

背包怎么就没了？到底是哪个坏蛋拿走了背包？

贺伊睿感觉无措又茫然，鼻子已经开始发酸了。要是妈妈知道自己把背包弄丢了，会不会认为自己不在乎她送的礼物？妈妈会不会生气？

贺伊睿越想越难过。就在她独自黯然神伤的时候，其他小朋友也结束午休，陆续走进了教室里。

班主任环视全场，孩子们差不多都来了，他们还聊得热火朝天的。班主任准备照着花名册清点人数。突然，班主任瞥到了失魂落魄的贺伊睿，小丫头没什么精神。她上午还好好的，这是怎么了？

贺伊睿的身份不凡。班主任唯恐出现什么差错，连忙过去温声地询问道："睿睿，怎么不开心啊？"

贺伊睿可怜巴巴地抬起头，道："我的背包不见了……我记得自己把它放桌子上了，但是现在背包没有了……"

班主任皱了皱眉，接着抬高声音对其他人道："大家静一静！哪个小朋友看到过贺伊睿小朋友的背包吗？"

班级中安静了一会儿，随后响起了几声"没看见"，但紧接着，有小朋友惊讶地问："是垃圾桶里的那个背包吗？"

贺伊睿听到"垃圾桶"三个字后，登时变了脸色，也没管在身前站着的班主任，直接小跑到了放垃圾桶的地方，果然发现自己的背包正在垃圾桶里跟纸屑与瓶瓶罐罐躺在一起，场景凄凉。

贺伊睿蒙了。

这是谁干的？

教室里安静到她能听到大家浅浅的呼吸声，气氛十分凝重，没人敢开口，就连班主任也没料到会有人这样对待贺伊睿。

贺伊睿垂下眼帘，默默地将自己的背包拾了起来，丝毫没有洁癖地拍了拍上面的灰尘与纸屑，尽管背包已经不如原先那么干净了。

就在此时，贺伊睿听到人群中发出了几声偷笑声。她看过去，锁定对方，发现偷笑的人正是那三个插班生中的一个。

她终于明白了他们的意思。他们看现在她的爸爸、妈妈不在，没人给她撑腰，他们三个就开始为昨天的事情报复了。

"这是谁干的？！"班主任神情微怒，音量也跟着抬高了，"知道这种事情有多恶劣吗？你们才多大，怎么就有这种坏心思？"

班里仍旧十分安静。

贺伊睿收回目光。其实即便班主任问不出来答案，她也已经知道是谁在搞鬼了。

班主任见没人出来承认，更加生气，拧着眉头道："你现在站出来，我就考虑不通知家长。有没有人看到是谁干的？"

话音落下半晌，才有个小姑娘怯生生地说："是……是那三个插班生，他们趁午休的时候扔了贺伊睿的背包，我在门口看到了。"

班主任听见又是那三个小魔头干的好事，只觉得太阳穴已经开始剧烈地痛起来了，她从人群中找出那三个孩子，不悦地对他们说道："你们三个，站出来！"

他们见事情被揭发了，倒也丝毫不觉得难为情，还大大方方地走了出来，其中一个孩子吊儿郎当道："就是我们干的。"

班主任强忍住把人拎过来的冲动，认真地问道："你们为什么要这么做？"

"开个玩笑而已嘛，谁知道她这么不经玩？"

"你这是什么语气，到底知不知道自己做错了？快给贺伊睿道歉。"

"不要，我伤害她什么了？为什么要道歉？"男孩儿理直气壮，睨着贺伊睿，"背包又没坏，她能不能别这么矫情？"

其余两名同伴也跟着附和道："就是，真矫情！"

"你们！"班主任这段时间以来积攒的所有怒火都在此时被引燃了，她拿出手机，准备联系家长把孩子接回去，"我看学校是容不下你们三个了……"

然而电话号码还没拨出去，她的衣角就被人扯了扯，接着就传来了女孩子甜糯的嗓音："老师。"

贺伊睿半垂着眼帘，强颜欢笑地低声道："没事啦，是我小题大做了！老师，您不要生气啦！"

贺伊睿向来是个聪颖懂事的孩子，虽说平时很调皮，但大家依旧很喜欢她，现在这个小丫头受了委屈的模样格外楚楚可怜，看得班主任心里十分难受。

"可是……"

"没事。"贺伊睿笑笑，继续道，"我没事啦！背包找回来就好。现在不是到了课外活动时间了吗？我不想耽误大家的时间。老师，您带我们下去玩吧？"

班主任越发觉得无奈，只好顺着贺伊睿的意思，带班级里的小朋友们去了小操场。

其中一个男孩儿临走前，还朝贺伊睿嗤了声："现在你爸妈不在，你就不敢吱声了吧？"

贺伊睿低着头，表情看不清楚。

他觉得无聊，就拉着伙伴走了，道："走走走，我们去器材室玩球去。"

他们三个并没有发现贺伊睿默默弯起的嘴角，她听着那三个孩子的脚步声渐行渐远，这才不紧不慢地抬起头来，眼里满是意味深长的笑意。

你们要去器材室是吧……

江凛之前的教导已经深深地刻进了贺伊睿的脑海里。经过刚才背包被扔的事件后，她终于明白过来，有些事情只有自己亲自动手，才能彻底解决。

贺伊睿将自己的小手机从背包中摸了出来，她毕竟年龄还很小，词汇积累量有限，于是她想了半天也不知道自己想搜索的关键词怎么写，就摸索着输入了意思相近的词语，接着手机屏幕上就出现了搜索结果页面。

很快，她就找到了需要的东西。

随后，贺伊睿快步离开教室，从教学楼中的小通道下去，到了小操场上，班级中的小朋友们已经玩开了，那三个插班生也正跟班主任说着什么。

贺伊睿猜测他们是在要器材室的钥匙，想着时间紧迫，她便小跑着去了器材室所在的区域，这附近比较空旷冷清，没什么人，树倒是挺多的。

贺伊睿皱眉，左看看右看看，也找不出一处能供她躲藏的地方。很快，她将目光锁定在了器材室正对着的那棵树上，接着计上心头。

"天航，谢谢你今天来帮忙啊！"

老师将好不容易才整理分类好的文档放好，对在桌旁坐着的少年道："昨天园里与亲子活动相关的文件太多，我有点儿忙不过来。"

"没事。"林天航礼貌地笑了笑，"反正今天小学部提前放学，我回家也没什么事情可做。"

"有个人搭把手就轻松多了。"老师松懈下来，感觉肩膀稍有酸痛感，便一边抬手揉肩膀，一边对林天航说道，"我这就去跟你们班主任说，把你这次帮忙整理资料的事情算进实践学习里。"

"好的，谢谢老师。"

林天航道谢后，看已经是下午了，于是说道："请问老师我还有什么能帮您的吗？没有的话我就先回家了。"

"没了，没了，你赶紧回去吧！真是谢谢你啦！"

"不用谢，那我先走了！老师再见！"

从资料室里出来后，林天航便顺着楼梯往下走。这个地方稍微有些偏僻，他儿时在这儿上学，直到快毕业了，才注意到原来小操场的后面还有这种地方。

除了资料室，这里就只剩下了一间大家不怎么常用的器材室，因为园里有特设的游乐区，所以器材室很少被使用。器材室只是一个小房间，连个窗户都没有，基本算是个仓库。

林天航走出去几步，就看见不远处有三个小男孩儿结伴走着，看方向他们似乎是打算去器材室，这倒是很少见。

毕竟没有哪个孩子愿意去那个阴暗又寒冷的小房间里，甚至还有传闻说器材室里"闹鬼"，因此器材室往往被孩子们当成探险屋。

他摇摇头，抬起脚继续朝前走，打算离校回家。

贺伊睿坐在树干上，紧盯着前方器材室的情况，不一会儿便看见那三个插班生有说有笑地走了过来，其中一个男孩子拿出钥匙，几下就打开了器材室的门。

就是现在！

贺伊睿双眼亮起，陡然直起身子，扶着枝干站起来。这树并不高，她打算直接跳下去，也不浪费时间。

这么计划着，贺伊睿便吸了口气，然而就在她探出身子的那一瞬间，树下突然有行人经过！

贺伊睿当即暗道糟糕。但此时她根本就稳不住自己的身子，只能不受控制地向下栽去！

因为怕那三个男孩子听见响声，她不敢出声，只能瞪着眼，拼命地挥手，希望那人赶紧躲开。

林天航从一棵不起眼的树下经过时，突然听到头顶上方传来了格外明显的树叶窸窣声，便随意地抬头看了一眼，不看还好，一看就见有个人在树干上摇摇欲坠。

这个人还是个小姑娘。

林天航登时被吓得浑身一震，眼见那个小姑娘要摔了下来，忙不迭地判断好她的位置后，便一个箭步上前张开了双手！

在这短暂的一瞬间，他脑中其实是空白的，完全是出于条件反射才跑过去的。

贺伊睿在掉下去的时候，便已经认命地闭上了眼，认定自己肯定要摔在地上了，然而随着身体的失重感陡然消失，却没有传来她想象中的疼痛。

她似乎，是被谁接住了？

贺伊睿小心翼翼地半睁开眼睛，望见眼前这张俊秀的面庞，愣住了。

春日温柔的风徐徐而来，林天航凝视着眼前的女孩儿，突然有些分不清，此时鼻端的那阵馨香究竟是花香，还是怀中小女孩儿的发香，他不得而知。

　　约莫过了两秒钟，贺伊睿才后知后觉地发现自己正被人抱在怀中，不禁有些蒙。

　　她现在要赶时间去复仇，眼看着胜利在望，但是这个小哥哥真的好帅啊！她真的不想这么快就从他的怀里出来，呜呜呜……

　　贺伊睿内心戏十足地悲哀了半秒，紧接着还是觉得复仇比帅哥重要，便匆忙道谢，从他的怀中挣脱了出来。

　　林天航正要开口问她为什么要爬树，就见眼前的小丫头急匆匆地拾起了刚才被她踹下来的粗树枝，拔腿就跑向了半掩着门的器材室。

　　林天航不明白她这是要干什么，他分明记得刚才进去的那三个小男孩儿还没出来。

　　只见那娇憨的小女孩儿在器材室门前停下后，便轻手轻脚地合上了门，似乎是不想发出任何声响，随后她将树枝穿过门把手，干脆利索地别到了墙上的挂钩上，完美地做出了一个手工门锁。

　　林天航越发觉得有些莫名其妙，不懂她的意图，便想上前去提醒她器材室中还有人。

　　然而他刚一靠近，就听见器材室的门被人从里面"哐哐"踢了几下，那三个小男孩儿似乎是想出来，但发现门打不开，有个孩子的声音明显有点儿慌了："谁把门关上了？喂，谁搞的鬼！"

　　难不成这是恶作剧？

　　林天航皱皱眉，当即想去制止小女孩儿的行为，说时迟那时快，只见小女孩儿从衣袋中掏出了一部小手机，在手机屏幕上戳戳点点后，她便将手机对准门缝，指尖在屏幕上点下去——

　　一段令人毛骨悚然的音乐便从手机扬声器中传了出来。

　　器材室里本就一片漆黑，此时配着这诡异的音乐，里面那三个男孩子瞬间就被吓哭了，对着门又是捶又是踢，哀号道："啊啊啊……开门啊！快放我们出去啊！！"

　　贺伊睿对他们的反应十分满意，故意压低声音道："我听说，以前这里面闹过鬼哟。"

　　"贺伊睿？！你赶紧给我们开门！！"

　　"道歉啊！"她笑吟吟地说，"你们挨个儿道歉，我就开门，不然……"

　　她没说完后面的话，只是继续冷冷地笑了两声，便足够那三个男孩子脑补出了一场恐怖大戏。

于是被困的三个人争先恐后地向贺伊睿道歉，一声比一声响亮："啊啊啊啊……对不起！对不起！对不起！你快开门吧！求求你了，呜呜呜……"

旁观的林天航："……"

林天航虽然觉得眼前的这个小女孩儿的内在与甜美的外表严重不符，但听了几句他们的对话，初步推断出这是私人恩怨。

这就没有他插手的必要了，秉持不多管闲事的原则，林天航默默地往后退了几步，离开了现场。

等贺伊睿将那三个男孩子从器材室中放出来，他们惨兮兮地向她道歉后，她才心满意足地转过身，想要去找刚才的那个帅气的小哥哥。

可她身后已经空荡荡了，他已经走了。

贺伊睿有些茫然地站着，莫大的遗憾感涌上了她的心头。她沮丧地叹了口气，觉得可惜。

算了，算了，妈妈说万事看缘分，那肯定是她和小哥哥的缘分不够啦！

番外二

教会你了吗?

自从贺伊睿将那三个插班生教训了一顿后,他们才算是真真正正地明白了贺伊睿不好惹,开始约束自己的行为,低调行事。

没人知道那三个小魔头到底是出了什么事才这么听话,但总归园里比先前安稳了不少,那些事也就没人计较了。

只有贺伊睿知道这其中的原因,不过她毕竟用了相对不光彩的手段,也就自觉地闭嘴了,只要目的达成就行。

贺伊睿还是对那天树下的小哥哥念念不忘,回想一下他的模样,怎么看他都比自己大了很多。他至少 6 岁。

日子一天天地过去。

A 院外科最近非常忙,江凛常常在办公室里加班到深夜,又带了一群新来的实习医生,整天都带着他们查房指导。闲下来了她还要写报告,忙得不可开交。

贺伊睿对此习以为常,看着自己的爸爸在妈妈的面前与妈妈的工作争宠,这是贺伊睿的生活常态。

每每想到兢兢业业的妈妈,贺伊睿就十分心疼爸爸。她简直不敢想象爸爸当年到底是费了多大的劲儿才追到了妈妈。

她爸爸应该很不容易。

这天,江凛难得下午就下班了,便亲自开车去学校里接贺伊睿放学。

贺伊睿起初并不知道是江凛来接自己，便背着自己的小背包，慢悠悠地走向校门口，心里正想着妈妈今晚要什么时候才能回来。谁知抬头她就看到了脑中正想着的人。

贺伊睿愣住，然后不敢相信地揉揉眼睛，仿佛不相信自己的眼睛。

"妈妈？！"她陡然出声，兴奋地向江凛小跑过去，说话的语调因为惊喜而微微上扬，"你今天怎么来接我啦？"

江凛看到贺伊睿后，将手放在贺伊睿的发旋处，揉了两下，神情也逐渐变得柔和，说道："今天妈妈不加班了，在家里陪陪你们。"

"不加班了？"贺伊睿双眼一亮，笑嘻嘻地牵住江凛的手，"那今晚要让爸爸做好吃的啦！妈妈你不是很忙吗？现在工作轻松点儿了吗？"

"基本快处理好了，正在进行收尾工作。"江凛低头对她笑笑，领着她走，"今天比较特殊，我们晚上要吃好玩好。"

"今天吗？"贺伊睿闻言，略显困惑，"爸爸的生日过了，妈妈的生日还早，也没到我的呀……难道是闹总的生日？"

"今天是爸爸和妈妈的结婚纪念日。"

"结婚纪念日？"

"意思就是很多年前的今天，我和你爸爸结婚了。"

"哇！"贺伊睿惊叹道，"那我陪爸爸妈妈过结婚纪念日！"

江凛揉揉她的脑袋，道："对，所以今天是个很特殊的日子。"

贺伊睿扬起小脸，笑吟吟地说："我记住啦！以后重要的日子就是生日和你们的结婚纪念日！"

贺伊睿真是嘴甜得要命。

江凛接到贺伊睿后，并不急着带她回家，而是在沿途的商业街停下，领着贺伊睿去商场购物。

江凛身为母亲，是真的有段时间不曾好好地陪过贺伊睿了，她对此愧疚不已，但是除了尽可能多地弥补贺伊睿，她也不知道该怎么做才好。

贺伊睿许久没有被江凛单独带出来玩了，整个人高兴得蹦蹦跳跳，一路走一路买，又是衣服又是零食，江凛难得由着她的性子。

贺伊睿并不是心里没数的孩子，也不盲目消费，所以江凛也没觉得什么。

购完物后，母女俩拎着大包小包，一路上有说有笑地回到家里。

贺伊睿特别欢喜地跑过去，给闹总戴上了一个粉嫩的蝴蝶结头套，而闹总为了守住自己的雄性尊严，在家里上蹿下跳地抵死不从，不过最终还是被江凛一把捏住了命运的后颈，丢到了贺伊睿的怀中。

贺伊睿欣然接住了闹总，按着它的头就把头套给他戴了上去，然后还颇为欣慰地抚摸着它："闹总乖，今天是爸爸妈妈的结婚纪念日，你要可爱点儿，明白吗？"

被强行换女装的闹总一脸生无可恋的样子，趴在贺伊睿的怀里做痴呆咸鱼状。

江凛瞧着闹总觉得挺可爱的，想了想，对它道："反正已经绝育了，你就别守着最后那点儿雄风了。"

闹总再受暴击，目光呆滞："……"

贺伊睿抱着闹总，想到今天是爸爸妈妈的结婚纪念日，她的嘴角就抑制不住地向上扬起。

然而在这个特殊的日子里，贺从泽却迟迟不见人影。

起初江凛并没有注意，但潜意识里还是觉得今天等待的时间似乎有些过长，抬头一看时间，竟然已经 6 点钟了。

江凛不禁皱起眉头，问贺伊睿："你爸爸平时也这么晚回来？"

"不是呀。"贺伊睿也一头雾水，"爸爸平时三四点就能回来，今天是怎么回事呀？"

江凛"啧"了一声，在给贺从泽打电话与继续等待之间来回纠结。

结婚纪念日这种事情全看当事人记不记得，江凛并不想特意地去提醒贺从泽，但眼下来看……贺从泽这是真忘了，还是说过去的几年里，他们因为各种事情没能好好地庆祝过结婚纪念日，他记仇了？

江凛沉默数秒后，觉得显然后者更有可能。

"妈妈……妈妈。"贺伊睿坐在沙发上等着，也觉得有些急，看不进去电视，催道，"爸爸是不是在路上呀？你要不要打电话问问他？"

江凛本来还在犹豫该用什么借口给贺从泽打电话，这会儿贺伊睿一开口，她便成功地找到了借口，拿出手机点开贺从泽的联系方式，将电话拨了出去。

奇怪的是，过了很久电话才被接通。

江凛没说话，听着手机听筒中传来了贺从泽的嗓音："凛凛！"

他的语调平缓，稍带笑意，与往常无异。

江凛听着他的语气，突然怀疑这人是不是被自己冷落太久，他真的把结婚纪念日忘了。

她停顿半秒，用平常的语气说道："贺伊睿让我打电话问你，你怎么这么晚了还没回来。"

贺伊睿闻言，忍不住抬头看江凛，突然觉得自己好像明白了什么，望着江凛的目光意味深长。

她恍然大悟般点头，原来妈妈是不好意思打电话给爸爸呀。

贺伊睿无奈地叹了口气，摸了摸怀中的闹总，在心里感慨着：妈妈早说不就好了！唉，妈妈真是嘴硬啊！

江凛并不知道自己女儿的内心戏，只听见贺从泽轻笑着回道："难得你给我打电话，我还以为你想我了呢。"

江凛说："你想得美。"

"不解风情。"贺从泽无奈地摇头，"我今天有个会议，要晚点儿回去。"

江凛收到他的答复，突然沉默。

所以……贺从泽是真的忘了结婚纪念日了吗？

"怎么不说话？在忙吗？"贺从泽还语气轻松地问她，"这么早就到家了，你们吃晚饭了吗？"

"吃晚饭？"江凛挑眉，淡声道，"贺从泽，别跟我装傻，你不知道今天是什么日子？"

手机对面的人沉默了两三秒，手机听筒里安静得他们只能听见手机中隐隐约约的电流声。

突然，贺从泽笑了一声，很是愉悦，有些忍俊不禁的意味。

江凛的眉毛皱得更紧了，她在此时反应过来，自己又被贺从泽这个心机男骗了。

"让你主动开口还真是不容易……"贺从泽虽然正常说着话，但江凛从他的语调中可以听出来，他在忍着笑意，"唉，这就够了，我圆满了。"

他果然记得结婚纪念日。

江凛虽然心里微松，但还是没好气地说道："你圆满了就赶紧滚回来，不然等会儿我们就锁门了。"

贺从泽轻笑了一声，然后没头没脑地对她说道："凛凛，去二楼卧室的阳台上。"

江凛没动，不知道他又要搞什么花样，先问："有什么？"

"你过去就知道了。"他优哉游哉地说道，"我给你的结婚纪念日礼物，你带着睿睿一起去阳台也行。"

江凛想了想，看向客厅外的小庭院，望见那片漆黑的夜色，她眉心微蹙，但还是转过头来，对贺伊睿说道："走，我们上楼看看你爸爸准备了什么惊喜。"

"咦？爸爸准备礼物了吗？"贺伊睿听见有惊喜，登时就从沙发上跳起来，放下闹总，忙不迭地跟着江凛，"走走走，睿睿要看！"

江凛便带着贺伊睿上了二楼。到了二楼后，她推门进入卧室里，朝着阳台走了过去。

说实话，江凛还真的挺期待贺从泽能搞出什么花样的，他人又不在现场，卧室里也跟平常没什么两样，她想不出来他能有什么发挥空间。

江凛和贺伊睿并排站在阳台上，找了一圈，除了无尽的夜色，并没有发现其他新奇之处。

贺伊睿显然也无比困惑，不禁"咦"了一声，感到有些奇怪地问道："爸爸骗人，哪儿有什么惊喜呀？"

江凛也觉得莫名其妙，正要问是怎么回事，贺从泽兴许是听到了贺伊睿的声音，便在她开口前问道："你们到了吗？"

"我和贺伊睿现在就在阳台上。"江凛说，"贺从泽，你的结婚纪念日礼物最好能让我觉得惊喜。"

他可别告诉她，今晚的月亮就是礼物。

贺从泽低低地笑了一声，对她道："一定让你惊喜。"

"看好了，我送给你的礼物。"

他含着笑的话音刚落，江凛便见有数道璀璨的光点在天边缓缓地升起，成为这漆黑的夜色中最耀眼、最明亮的存在。

江凛浑身一震，蓦地怔住。

"好好欣赏。"他嗓音低沉地说道，"这是为你存在的时间。"

色彩缤纷的烟花在夜空中尽情地绽放，将方才的黑暗与寂静尽数驱散，漫天的光彩填满了整个夜幕，沉闷的轰鸣声落在耳畔，璀璨的烟花绽放在眼前，江凛心中震撼无比。

曼妙的烟花线条牵引延展，最后纷纷坠落，光影斑驳，落在了江凛的眼底。

那些烟花似乎触手可及，就像很久以前，他在跨年夜送给她的那场盛世烟火。

那时他说的话犹在耳畔，那一幅幅场景都历历在目。

"哇！"贺伊睿呆愣了几秒，然后才震惊地说道，"这……这就是爸爸给妈妈的惊喜吗？"

贺伊睿从出生到现在，也就只在电视上才见过这么盛大华丽的烟花盛宴，因此激动得不得了，赶忙扒着栏杆踮起脚，紧盯着烟花，生怕错过了任何一秒的美丽。

江凛手里还拿着正在通话中的手机，手机中没有传来任何声音，贺从泽似乎很有耐心，等着她发表感言。

江凛望着眼前的美好景象，愣怔片刻后，才勉强把神识给呼唤了回来。

她张开嘴，嗓子莫名有些干涩，声音中的情绪不太平缓："贺从泽，你在哪儿？"

他不可能还在公司里，既然准备了这样的惊喜，他一定不会在太远的地方。

可江凛低下头，庭院中却没有他的身影，她皱皱眉头，心头翻涌的情绪难以克制，她从来没有像现在这样这么想见到他。

终于，听筒与她身后同时传来了贺从泽的声音："回头。"

江凛于是转过头，就看到站在卧室门口的贺从泽，他眉眼含笑，怀中还抱着一捧玫瑰花。

"哇。"贺伊睿羞涩地捂住了脸，只觉得自己的少女心开始萌动了，"天！爸爸你好浪漫呀！"

江凛定定地望着贺从泽，半秒后，她突然朝他跑了过去，然后紧紧地抱住了他。

在江凛跑过来的前一刻，贺从泽先是把玫瑰花放在了旁边的桌子上，接着张开双臂，把她搂在了自己的怀中。

江凛将脸颊贴在他胸前的衣襟上，没吭声，只是蹭了两下。

她向来是这种不会表达感情的人。贺从泽当她是感动到说不出话来，遂抬起手摸了摸她的头，莞尔道："怎么样？惊不惊喜？"

江凛闷闷地"嗯"了一声，算是给了肯定的回答。

"那你跟我说说看，"他垂下眼帘，眸中满是温柔的笑意，"我这个不专业的人生导师，教会你爱了吗？"

他教会她爱了吗？

江凛有些恍惚，再次回想起当年的那场跨年烟花，好像还能听见他对自己一字一顿地说道："那么我来教你，时间再久也没关系。直到你明白这世上真的有人爱你，直到你明白人生苦短，只要有一个真心待你的人，这个人就能成为你好好活下去的理由。"

江凛突然感觉自己的眼睛酸涩起来。

她活了二十多年，有人教她做恶事，有人教她行善。

只有贺从泽……只有贺从泽愿意花这么多的时间耐心地陪伴在她的身边，教她怎样爱人、怎样被爱。

她曾经横冲直撞地生活，直到遇到他，才突然觉得这世上其实还有很多美好的事物，而她只想和他一起去看那些美好的事物。

"没教会。"江凛低声道，"你这人生导师不行，所以要花一辈子才能让我学会爱。"

贺从泽闻言，眉峰拢起："你怎么不说是你这个学生悟性不高？"

"少跟我得了便宜还卖乖。"江凛从他的怀中抬起头来，"我和贺伊睿到现在还没吃晚饭呢，这事就这么算了。"

贺伊睿的肚子适时地叫唤起来，她嘟着嘴小跑过来，伸手扯了两下贺从泽的衣角："就是就是……爸爸，你虽然准备了惊喜，但是我跟妈妈为了等你可是一直饿着呢。"

"我这么贴心，怎么可能回来的时候不带吃的？"贺从泽道，眼中带了些揶揄的意味，"你们母女两个人也真是实诚，就这么不吃饭干巴巴地等着我。"

江凛挣脱了他的怀抱，看了他一眼："你倒好意思说自己是故意等到天黑的。"

"哪儿有傍晚放烟花的道理？"贺从泽耸肩，笑了笑，"饱眼福也算饱。"

贺伊睿已经到了桌子旁边，踮起脚把那捧娇艳欲滴的玫瑰花抱了下来。她闻着芳香扑鼻的玫瑰花香，不禁感叹道："爸爸，你讨好妈妈的手段还真是多呀！"

"我不仅会讨好你妈妈。"贺从泽道，"楼下餐桌上有我带回来的蛋糕，你可以去吃了。"

"蛋糕？！"贺伊睿瞬间就把花放下了，头也不回地往外面冲，还不忘喊，"爸爸我爱你！"

这小家伙。

江凛无奈地摇摇头，随后拉了一下贺从泽，抬起脚朝门口走去："走了，去吃饭。"

贺从泽跟上她，语气愉悦地问："夫人，你还没发表感想呢，看到我的结婚纪念日礼物，感动吗？"

江凛淡声道："一般般。"

"你刚才跑过来抱我的时候，分明已经快哭了。"

"你的错觉。"

贺从泽笑了，果然逗弄江凛是他人生中的第一大乐趣，他走到她身边，极其自然地牵起了她的手。

江凛扫了一眼，随后张开手与他十指相扣。

贺从泽看向她，见她明明做着这样深情的动作，面上却还是波澜不惊……当然，除了她微微泛红的耳根。

他弯起嘴角与她一同下楼，贺伊睿已经坐在桌前吃起了蛋糕，满脸都是满足的笑。

时光安好，诸事顺意。

早在几年前那个美好的下午，红色的证件被郑重地放入贺从泽的掌中时，他就决定要用余生去爱自己身边的女人。

在这漫长的一生中，酸甜苦辣都会有，欢愉与痛苦也并不对等，但倘若能与所爱之人携手同行，应该会很美好。

番外三

未来见

9月阳光正烈，酷暑未过，燥热的风穿堂而过，吹得枝头上的树叶"簌簌"作响。

体育课上，同学们跑操结束后，开始自由活动。江凛坐在看台上，眼中没什么情绪地看着那群少年在操场上奔跑喧闹，好像根本不觉得这天气有些见鬼的烦闷似的。

江凛觉得体育课好无聊，但盯了操场一会儿，她觉得这样出神的自己更无聊，倒不如考虑考虑今晚去哪儿打零工，好提前准备明年上学该交的学杂费。

用未成年的身份找兼职实在太难，她原本想尽量避开那些麻烦的工作，却没想到给自己的选择机会压根儿就不多，哪里容得她挑。

阳光太刺眼了，江凛倚在看台栏杆上，用手半遮着眼睛去瞧太阳，只一瞬就厌恶地挪开了目光。

"江凛！"耳畔忽然传来一道有些熟悉的女声，江凛侧首看过去，发现来人是班里的学习委员，一个戴着眼镜、留着乖巧学生头的女孩子，老师眼中标准的好学生。

两个人基本没说过什么话，但每次她来找江凛，江凛就知道麻烦要来了。

果不其然，只见学习委员眨了眨眼睛，没敢跟江凛对视，说："班主任找你呢，快过去吧。"

江凛也不知道学习委员为什么在自己面前总是畏畏缩缩的，或者换个说法，周围大多数人都下意识地与江凛保持着距离，就仿佛江凛是个稍微靠近就会吃人的洪水猛兽。

诚然，江凛对人际交往丝毫不感兴趣。生活已经够难了，她没有多余的心思去关心这些琐事，也懒得思索其中的原因，她只是向来不喜欢浪费时间而已。

"好。"江凛应了一声，并未多言，便径直与学习委员擦肩而过，朝着教学楼的方向走去。

走出去了一段距离，她隐约听到后面传来了同学跟学习委员的对话声——

"班主任怎么这么爱跟江凛喝茶啊？明明江凛很奇怪。"

"嘘，别被她听见了。"

"怕什么，她已经走远了。我感觉她好装啊，她成天冷着一张脸……"

江凛的听力比旁人的要好些，她自然将闲言碎语听得清清楚楚，但她从始至终步履未停，脸上的表情也极为平淡，没有对此做出任何反应。

似乎向来如此，她对外界的感知并不敏感，大多时候觉得兴致索然。

班主任姓陈，是一位中年女子。她从高一开始带江凛这个班，因为性格温柔和蔼，教学水平也不错，班里同学都很喜欢她。

江凛对这位班主任没有什么感觉，只是陈老师似乎对她格外感兴趣。从高一开学陈老师就立志要将她"拉回正道"，每周都要对她进行一次爱的教育，坚持至今。

两个人之间聊的话题大多平淡，她们就是唠唠家常谈谈心事，可惜大多数时候是陈老师在讲。江凛的生活除了打工就是学习，无聊至极，因此每次她只是打着哈哈将陈老师敷衍过去。

这次两个人的对话与往常一样。

陈老师先是对江凛的这次月考成绩进行了一番夸赞，随后开始劝她多与人交往，让她不要总是将心事藏在心底，让她要学会跟旁人倾诉……

江凛坐在陈老师办公桌对面的椅子上，表面上在认真地听陈老师讲话，实则把目光落在了被阳光照得金灿灿的窗台上。她透过玻璃看着在阳光下纷飞的黄色树叶，感觉阳光的热意好像渗进了她的肌肤里。

太无聊了，有这时间她还不如在教室里做题呢。

"江凛！江凛！"陈老师终于后知后觉地发现她在走神，无奈地问她，"你在听我说话吗？"

江凛终于将注意力转了回来，坦然地说道："我觉得您真没必要这样。"

"你怎么能说是没必要呢？"陈老师叹息一声，抬手指了指江凛脸侧的伤，"我上个月就见你脸上有伤，怎么旧伤才好没多久，又出现新伤了？"

江凛下意识地摸了摸自己的脸，其实她的胳膊和腿上还有更多的伤，但那些伤可以被校服挡住，脸上的伤就不太方便被遮挡了。

江凛受伤的原因也很无聊，不过是某位高年级学姐的意中人有一天来找江凛要联系方式，这件事不知被谁添油加醋地传了出去，江凛就自认倒霉地被那位学姐教训了一顿。

那天刚好江凛在打工的地方憋了气，又赶上了那件破事，所以江凛也没让对方好过，只能说是杀敌一千自损八百，若不是陈老师提起此事，她都快忘了。

"没什么，跟人闹了个小矛盾而已。"她有些不耐烦地揉了揉头发，"您看我这次考试也没发挥失常吧，所以真的没事。"

陈老师却摇摇头，转而接了杯温水，将水杯递给江凛，一脸正色。

江凛看这架势就知道，对方肯定要严肃起来了。

果不其然，江凛的这个想法刚刚出现，陈老师就不紧不慢地开口道："江凛，在我这儿转移话题可不管用，我就是想知道，你到底是什么情况？"

江凛觉得有点儿无语，道："我感觉挺好的。"

"你上个月无故旷课十三次，晚自习一次也没来，也不说明原因，电话也打不通。"陈老师望着她，眼里满是无奈，"更何况这种情况也不是一天两天了。江凛，你好好告诉我，这到底是怎么回事？"

怎么回事？自己缺钱啊，所以得出去打工，得让自己转得像个无法停止的陀螺。

江凛想起上个月自己因为未满18周岁，所以无法去正经营业的店铺打工，只好选择去街边烧烤摊，夜夜忙活到凌晨，还被社会人士各种找事，最终才赚了 1000 多块钱，然后全部用来给妈妈买药了。

所以说出来这些事情就能解决问题吗？她是能一夜暴富还是能结束这样的生活？既然都不可能，那为什么要说出来，难道就为了看别人可怜自己的目光？

关心又不值钱。

江凛这么想着，面上依旧温和冷淡，道："我觉得挺好的。"

"……"陈老师无言以对，知道没办法再和江凛聊下去了，于是问，"那下个月家长会，你妈妈能过来吗？"

我怕她来了会犯病。

江凛冷静地想着这些，却没有说出来。

"以前不都是我自己来吗？"她现在真的很想打哈欠，但只能抑制自己，接着对陈老师笑了笑，"这次也一样啊。"

"唉，现在读高二了，虽然说学习要紧，但你也不能总这样天天封闭自己，要多跟身边的同学交流呀，多好的年纪，不要有太多烦心事。"

可惜烦心事并不受人的主观意志掌控。

江凛垂下眼帘，最后那点儿耐心终于也要被耗尽了，于是她迅速机智地转移话题："陈老师，其实我就是想考个好点儿的大学，您与其跟我说这个，还不如和我谈谈学习，我还有些知识点弄不懂，哪儿有时间干别的事情啊？"

于是江凛成功地将话题从自己的私人生活上移开了。

又和陈老师磨了大半个小时后，江凛终于如愿以偿地从办公室里走了出来。

下节课是自习，她并没有打算上，于是径直走到了学校后墙翻墙开溜，动作无比熟练。

只是她落地时膝盖突然传来了一阵剧痛，疼得她险些栽倒，所幸她及时用手肘撑住了身子，才没有把自己弄得太狼狈。

江凛忍不住蹙了蹙眉，这才想起自己前两天打过的那一架，看来是旧伤还没好。

夕阳即将落下，她站在街角处，抬头看着熙熙攘攘的人群，莫名觉得今天很疲惫。

她最近实在倒霉，打工不顺，运气也糟糕透顶，还要来学校跟陈老师聊天浪费时间……真是烦透了。

江凛甩甩头，现在还不到打工的时间，所以打算先回趟家。回家后，她见妈妈吃了安眠药还在熟睡，便径自去厨房里做好晚饭，将晚饭放在了桌上，不紧不慢地吃完自己的那份，随后离开。

　　接下来便是百无聊赖的打工时间。

　　好像是老天听到了她无声的控诉，今晚并没有烦人的酒鬼来耽误事，因此江凛顺利地收工。她看了一眼店里的钟表——已经是凌晨2点了。

　　领了今天的工钱，江凛并未第一时间回家休息，而是骑车来到了小区附近的公园里。

　　这个时间，除了流浪汉只有她会在草坪上躺着了。

　　江凛没什么别的爱好，只有这隔三岔五半夜来看夜空的习惯。她倒也不是为了看星星，只是单纯地觉得这是自己一天中难得的可以放松的时刻。

　　江凛感觉自己的脑中紧绷了一天的弦终于慢慢地放松了下来。她盯着头顶上漆黑的夜空，别说星星，月亮都看不见。

　　这样也挺好，但凡有点儿光亮，她都嫌刺眼。

　　这样暗无天日的生活她也不知道何时可以到头儿啊！其实她可以随时结束这一切，一座桥、一栋楼……只要她想，这些都可以被抛到脑后，她可以瞬间逃离这个世界。

　　但是不行，尽管她也给不出什么缘由。

　　大多数时候她不知道自己为什么要往前冲，所以每次想到自己为什么要往前冲的时候，她会直接选择放弃思考。

　　江凛用拇指蹭了蹭食指指节，觉得自己有些想抽烟，最终还是放弃了。

　　次日清晨，江凛是被人叫醒的。

　　"你该起床了。"她听到有人这么说。

　　说话人的声音是很好听的少年音，带着介于成熟与青涩之间的暗哑感，落在人的耳中，让人觉得很舒服。

　　江凛心想：家里除了妈妈不可能出现旁人。更何况妈妈平时忙着沉浸在自己的世界中，根本没时间搭理自己，那么这个声音到底是从哪儿来的？更何况还是个男生的声音。

　　江凛觉得很怪异，但不知道为什么，这个声音又让她觉得熟悉。哪怕只是一个单调的字音，都让她觉得无比安心。

于是她睁开双眼，从床上爬了起来，发现床边站着一个少年。

少年眉目英俊，五官的棱角分明而流畅，一双似笑非笑的桃花眼里盛满了清晨的日光，他的眼睛里有她的身影。

这个人好看到即使在茫茫人海中也能让人一眼看到他。

江凛想着自己或许是在做梦。可直到她的掌心被指甲刺痛了，她也没有清醒过来。

那少年自然地替她拎起书包，催她赶快去洗漱收拾，让她别愣着。

这一切都过于怪诞，江凛发现自己居然没有感到分毫诧异，仿佛自己的生活中本该就有这样一个人。她一如既往地收拾好自己，给江如茜留下一份早饭，然后准备出门去学校开始新一天的无聊生活。

可是今天她的身边多了一个家伙。

这个人将属于她的书包随意地搭在了他的肩头上，像是无数次做过这样的事一样，因此显得格外自然。他穿着跟她一样的灰白色校服，先她一步走到楼梯口，然后微微抬头，朝她看过来。

江凛看到有跳跃的光点缀在他的发间，像昨夜她没能如愿以偿地看到的星辰。

他太干净了。

这个少年身上令人怀疑的地方太多，江凛却只察觉到了这一处。

眼前的人一看就是那种养尊处优的少爷，不论是他的气质还是他的行为举止，都与江凛生活的破落环境格格不入，江凛甚至怀疑究竟是自己睡迷糊了，还是时空错位，自己遇到了什么玄学事件。

"怎么还傻站在那儿？"少年见此，轻挑眉梢，索性伸手攥住了她的手腕，"走了。"

一切都仿佛理所应当，好像他们已经这样相处了很多年。

二人步行去学校，一路上江凛没说话，反倒是这个不知道从哪儿冒出来的人始终在讲话——

"你刚才做早饭时怎么没给自己留一份？"

江凛说："懒得折腾。"

话音刚落，她就听他低声道了一句："难怪有胃病……"

然而不等她多想，对方便又熟稔地说道："那从明天开始我陪你出来吃吧。"

江凛一口回绝："没时间。"

"后天也不是不行。"

"不想。"

按理来说，正常人被这么接二连三地拒绝，就该自觉地闭嘴了，偏偏江凛身边的这个人直接离谱地接话："正好，那就现在吧。"

江凛："……"

江凛一时间没跟上对方的思路，还没等她找到其他借口推辞，便已经被他带到了学校附近的一个街边小摊前，开始吃早餐。

结账时，少年还顺手给她买了一杯温豆浆。

江凛喝了一口，是没有糖的，合她的口味。

那种奇妙的熟悉感又从她的心头蔓延开来，不声不响地充斥了她的整个胸腔，是某种她不熟悉的，但又很柔和的情愫。

她动作顿了顿，忽然侧首，第一次认真地打量起了身边这个凭空出现的陌生人。

在夏季的阳光下，燥热潮湿的风拂过她的耳畔，又悄悄地掠过少年的发梢，带出了几点光芒，直直地落入了江凛的眼底。

他过于耀眼，是不该停留在这里的人。

江凛望着他，这样想着。

对方比江凛高出许多，察觉到了她的视线，兴许是以为她要说什么，便附身稍稍贴近她，问："怎么了？"

他的尾音是带着些慵懒意味的上扬，却不让人觉得痞气。

少年温热的呼吸骤然贴近江凛，她的思绪突然被打断，向来波澜不惊的眼底难得出现了裂痕，脚下的步履也突然不稳，她险些就要平地摔倒，幸好被他及时捞住。

于是两个人挨得更近了，隔着夏季本就轻薄的校服布料，二人都能清晰地感知到彼此的体温。

江凛身子微僵，难得觉得不自在，稍微避了避，道："别突然靠那么近。"

对方闻言却轻笑，饶有兴趣地问："那你看我做什么？"

江凛没有合适的理由，只觉得脑袋仿佛停止了思考。

她鬼使神差般开口道："看你好看而已，有问题？"

话音刚落，她自己都觉得离谱。身边的少年愣怔片刻后，突然忍俊不禁。

"没问题。"他似笑非笑地盯着她，不容许她退让，"你要是喜欢，我以后天天给你看，而且还不仅限于脸。"

这人说话没正形。江凛却发现自己并不讨厌他的说话方式，甚至还有些习以为常。

她实在忍不住，于是蹙眉停下脚步，忽然伸手探进他的校服外套口袋里，摸出一张卡片来。

江凛本来只是想试试，没想到还真的能摸到他的学生证。

江凛低头去看，他的脸和证件照片上的人的脸能对上，年级和班级……原来他是隔壁班里的学生。

这人叫——贺从泽？

江凛无声地将这个名字念了一遍，心里那种柔软的感情又隐隐地出现，她觉得有些不适应。

江凛正因为自己古怪的感觉而困惑，然而下一瞬，她的手就被人握住了。

她怔住，然后冷声开口："你……"

"快迟到了，你什么你？"贺从泽揉了一把她的头发，俯身笑着看她，"小学霸，走了。"

今天老板不出摊儿，所以江凛晚上不用去打工。

江凛收到老板的短信后，随手将手机丢进了书包里，而后看了看已经被夕阳染红的天际，决定去超市采购。

一会儿的数学课她就翘课吧，她这样想着。

结果她刚走到班级的后门处，就跟来人撞了个满怀，熟悉的味道充斥在她的鼻间，江凛抬起头，果然看到了贺从泽那张格外引人注目的脸。

两个人的距离太近，江凛正想往后退，却被贺从泽握住了手臂，动弹不得。

贺从泽垂下眼帘，仍旧是那副似笑非笑的模样，道："小学霸，带我一起逃课吗？"

江凛对他知道自己行踪这件事丝毫不觉得意外，只是觉得，这场梦有些太长了。

"我要去买东西，你跟来干什么？"她稍微用劲儿挣脱了他，然后径直向楼梯走去。

"我可以帮你物色。"贺从泽跟了过去，懒洋洋地说，"买东西嘛，我擅长。"

江凛对此半信半疑——毕竟这位怎么看都是那种十指不沾阳春水的人。

二人来到了便民市场里，这里人流量大，价格又亲民，是江凛每周必来之处。

她轻车熟路地走向水果区。贺从泽是头一回来这种地方，新奇感与不适感都有。他垂眼看她："你打算买些什么？"

"先看看水果。"江凛回他，"这里人多，你跟紧我。"

贺从泽闻言顿了顿，略带笑意地"嗯"了一声，随后无比自然地牵起了她的手。

江凛整个人一顿，立刻瞪着他："别动手动脚。"

江凛话虽这么说，却也没甩开他。

贺从泽表情极其无辜，说："我这不是怕走丢嘛，人生地不熟的。"

江凛被他噎得哑口无言，最终只得作罢，随他去了。

江凛看了看四周货物上的价格牌，决定还是去自己熟悉的那几个摊位，结果刚走没几步路，就听贺从泽在旁边来了句："这桃子不是挺便宜的，不买点儿？"

江凛顺着他示意的方向看过去——好家伙，六块五一斤！比她平时买的价格贵多了。

江凛："……"这家伙果然是个生活白痴。

想起之前这人还言之凿凿地说自己擅长买东西，她看他是擅长结账花钱吧？

江凛实在无话可说，只觉得心累，便拉着他往前走："你别说话了，跟着我就行了。"

贺从泽倒是老实，只不过有些疑惑地问道："难道不便宜？"

江凛没有回答他，而是将他带到了某个摊位前，只见桃子那边的价格牌上赫然写着三块八一斤。

贺从泽不吭声了，有些心虚地清了清嗓子。

二人买完水果后接着又去了蔬菜区。江凛熟练地穿梭在各个摊位前，买了几小袋食材——当然，都被贺从泽二话不说地主动拎着了。

反正江凛也乐得轻松，便没跟他客气，二人付完款后就离开了市场。

直到走到家门口，江凛正要逐客，结果贺从泽却反客为主，直接进门把手中的大包小包拎去了厨房，仿佛他才是这个家的主人。

江凛看着他的背影，沉吟了几秒，而后去妈妈的卧室里看了一眼，发现妈妈正靠在窗边看书，情绪挺稳定的。

江凛也没唤父母，只默默地去了厨房里，没搭理抱臂旁观的贺从泽，径自下了碗面条，炒了盘小菜，便端到了外面的餐桌上。

贺从泽顺势找了把椅子坐下，问："筷子呢？"

江凛佯装嫌弃地看了他一眼："不是给你吃的。"

贺从泽："……"

他维持着唇角的半永久笑容，等着她接下来的行动。

江凛重返厨房，几分钟后就又端来了两碗冒着滚烫热气的食物，将其中一碗放在了贺从泽的面前。

贺从泽觉得这味道闻起来有几分熟悉，思索片刻，脑中便有了答案。

江凛坐在了他的对面，不紧不慢地拌了拌碗中的面，问他："吃过这个没？"

出乎意料，贺从泽轻笑一声，给出了正确的答案："方便面。"

这回轮到她挑眉了，毕竟，她的确感到惊讶他居然知道这种并不营养的速食食品。

"你吃过？"她问，语气中难得带了好奇。

"吃过一次。"贺从泽道，含笑望着她的眼里有着她看不懂的复杂情感，类似感慨，又像无奈。

"江凛。"他嗓音低得像喃喃自语，"你招待人的方式还真没变。"

江凛手中的筷子停顿一瞬，她脑中有个念头逐渐地清晰起来。

用过晚饭后，江凛百无聊赖地刷了会儿题，见天色已晚，便转身看向自己的床铺。

贺从泽此时正躺在上面看书，姿态慵懒。

"你不嫌无聊？"她问。

他将问题反扔回去，理所应当地问："有你在，我无聊什么？"

江凛思忖片刻后，无声地打量着他，更加疑惑，却又在向着她的猜测无限地靠近。

片刻后，她忽然出声问："你什么时候走？"

这个问题实在无厘头，旁人或许反应不过来，贺从泽却懂了。

他眉毛轻扬，将书往旁边一放，抬头对上她探究的目光。

"说实话。"他逐字逐句地说道，"我也不清楚。"

得到答案后，江凛并没有追问，而是站起身来，问："我要出门，你想继续在这儿待着？"

贺从泽饶有兴趣地打量了她一番，笑了。

"我当然得陪着你。"他这么说。

于是江凛带他来到了她熟悉的公园里。

贺从泽打量着四周，觉得挺稀奇："你的秘密基地？"

"不算是。"江凛自顾自地找了个舒服的地方躺下后，将手臂枕在脑后，淡声说，"我只是觉得在这里能放松。"

身旁传来了一阵"窸窸窣窣"的声响，紧接着便有似有若无的温热靠近，贺从泽挨着她躺了下来。

江凛没有转头，而是继续盯着天空，发现今晚的天空居然没有一朵云彩，干干净净的月亮仿佛挂在眼前，几颗明亮闪烁的星星点缀着夜空。

她注视着夜空，贺从泽注视着她。

江凛不习惯被人长时间看着，忍不住蹙眉道："你看我干吗？"

他弯唇，笑道："你可比星星和月亮好看。"

"……"江凛没忍住，说，"油嘴滑舌。"

她不知道身边这人有什么毛病，他被她骂了好像更愉悦了，也不知道他脑子里究竟在想什么。

正如江凛也不知道自己究竟在想什么。

"为什么会这么真实？"她低声问，或许是在问自己，又或许是在问他。

贺从泽知晓她的意思，反问："你觉得你在做梦？"

江凛没说话。

她在梦里承认做梦，是不是该醒了？她好像没有那么急切了，甚至鬼使神差般想在梦里多待会儿。

原因或许是他在自己的身边。

"我知道你是从哪儿来的。"她没头没脑地蹦出了一句话。

贺从泽仿佛预料到她的话一样，懒洋洋地回话："我也知道你。"

但是这很荒谬，不是吗？

江凛提问："你是来找我的？"

"是，你是不是想起了什么？"

"什么也想不起来。"她说，"我很讨厌这个环境，也讨厌这座城市。十年、二十年之后，我会不会还在这里半死不活的？"

这次她没有等到答案。

江凛缓慢地眨了眨眼，刚想扭头，身边的人却突然坐直身体，他垂下眼帘静静地看着她。

那双眼里埋藏了太多的情绪，是她这个年纪看不懂的，但她又能从中琢磨出一些模糊的东西来，难以言说。

"不会。"他终于回答了江凛，脸上再也不是先前那种慵懒无谓的神情，"你会考上一所很好的大学，虽然生活或许没那么轻易就能好起来……但用不了多久，你会站在很多人无法企及的高度。"

"包括你？"

他似笑非笑道："我是和你并肩的那个人。"

江凛已经猜到了，点点头，没有再说什么。

"我昨晚还在想，日子一天天地过，好像永远看不到尽头。"她跟他对视着，表情很淡，唯独眼里的迷茫出卖了她的真实情绪，"未来真的值得我期待吗？"

贺从泽想了想，道："我以后长得比现在更好看，应该值得你期待。"

江凛有些好笑道："你没必要跟我剧透这些。"

"那你想听什么？"他低笑，朝着她的方向略微俯下身子，吸引着她的视线，"你应该猜到我们的关系了。"

江凛承认："是。"

他继续靠近，二人之间的距离已经有些危险了，但他们的目光仍旧纠缠在一起。

"未来你会有一个家，你闯祸了有人替你收拾残局，你的负面情绪会有人无条件地接纳，你不会再独自一人，你会有坚强的后盾，也会有足以安心依靠的港湾。"他不紧不慢地说道，每个字都无比清晰，"这些，值得你期待吗？"

话音落下，江凛的眼神隐隐颤动。

紧接着，最后一点儿距离也消弭，她下意识地闭上眼，却发觉被温柔触碰的部位是额头。

江凛感觉自己周遭的声响瞬间都消失了，似乎有什么东西被抽离了。

江凛最后听到的声音是少年逐字逐句地在她的耳畔说："江凛，我们未来见。"

江凛睁开双眼。

正是深夜，她还有些不清醒，下意识地翻了一下身，却撞进了一个温暖的怀抱里。

熟悉的气息将江凛包围着，她理了会儿思绪，才说："我梦见你了。"

贺从泽嗓音里带着刚醒的暗哑，问："什么样的我？"

"高中时期，你话很多，挺缠人，还油嘴滑舌。"

闻言，贺从泽轻笑一声，没好气地揉了揉她的头发："我高中那会儿可受欢迎了，怎么到你嘴里就这么讨人嫌？"

江凛想说倒也不是，但这话一旦说出口肯定又要被他追着问些烦人的话，于是干脆就闭嘴了，没再继续这个话题。

然而不承想，贺从泽却对她梦境里的内容有些兴趣，追问她："他都跟你说什么了？"

江凛瞥了他一眼，打了个哈欠："他跟我做了个约定。"

本以为按照贺从泽的性格定是要刨根问底的，结果贺从泽听完便慵懒地"嗯"了一声，仿佛要的只是这个答案，压根儿没有继续询问的意思。

他这样却引得江凛更想告诉他了。

"你就不问问我，他跟我约定了什么？"她有些不甘心地开口。

"管他说什么，兑现约定的人是我。"贺从泽不紧不慢地揽过她，"行了，继续睡，要是再梦见那小子，就替我转告他一句话。"

江凛本来也很困，待在他的怀里懒得动弹，随口应了声："转告什么？"

"告诉他，"贺从泽在她的耳边低声说，"我们的未来会很好！"